御製

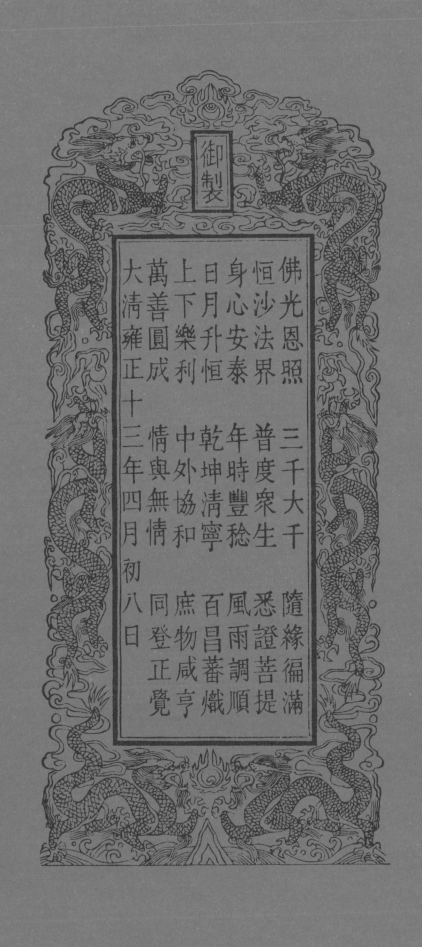

佛光恩照　三千大千　隨緣徧滿

恒沙法界　普度衆生　悉證菩提

身心安泰　年時豐稔　風雨調順

日月升恒　乾坤清寧　百昌蕃熾

上下樂利　中外協和　庶物咸亨

萬善圓成　情與無情　同登正覺

大清雍正十三年四月初八日

大方廣佛華嚴經疏鈔會本

大方廣佛華嚴經疏鈔會本

唐于闐國三藏沙門實叉難陀譯
唐清涼山大華嚴寺沙門澄觀撰述

清刻龍藏佛說法變相圖

大方廣佛華嚴經疏鈔會本第三十四之六

唐于闐國三藏沙門實叉難陀　譯

唐清涼山大華嚴寺沙門澄觀撰述

佛子今此衆會皆悉已集

後佛子下發言正請於中三初陳衆集二善淨下歎衆德三善哉下結請

善淨深心

二中十句初總餘別總謂善淨深心離教證過故名善淨深心有二一具修一切諸善行故即下教淨二與理相應故即下證淨

善潔思念善修諸行善集助道善能親近百千億佛成就無量功德善根

下九別中前五阿含淨後四證淨謂順教修行名阿含淨證理起行名爲證淨教通

地前證唯地上

今初五中一善潔思念即欲淨隨所念阿含得方便念覺淨謂得方便即不取念相名爲善潔一善潔思念等者此之五淨前二聞慧三四思慧五是修慧欲淨是求法心樂法稱欲隨所念阿含得方便念覺淨即是論文謂得方便下疏釋論文上言隨所念者所念非一故得方便念覺是能念心念是欲念覺是思覺疏家但釋得方便言然其方便乃有二意一以念覺與聞慧爲由二不取念相今疏但出深意耳二善修諸行者求淨三業敬順起求法行故三業敬順者起行攝法故名爲求但令三業修行順法即名求耳三善集助道即生得淨願得益衆生處上上勝生生而便得悲智勝念以助正道故即生得淨論當第四今以論就經耳益衆生處即是上上勝生悲智勝念即是思心此順論文若遠公意云論文語倒合云得生淨生是所求勝生得是思慧集於勝念亦是一理四善能等即受持淨親近多佛意在多聞憶持故即受持淨論當第三持即思慧憶持不忘經言近佛論言受持義豈爲同故疏出意云近佛意在受持法故然論經約由見多佛受持法故常得勝生故受持第三今經約由得勝生生見佛受持妙法故受持第四而同思慧五成就善根即行淨爲求地上眞證法故習少欲頭陀等離著善根離著善根者欲入證時先須修行離著之行十二頭陀皆爲捨著故

後證淨四中一捨離癡惑無有垢染深心信解於佛法中不隨他教

後證淨四中一捨離癡惑者得淨現智善決定故謂眞見道中得無分別智非比知故名爲現智相見道中以後得智審觀理智故決定無惑亦可俱通相見道中亦名現觀眞見道中決理無惑皆破無明故云捨離癡惑得淨現智者上皆論文謂眞見道下疏釋於中有二先別配現智善決定後亦可下通配二句前中以現智二字配眞見道即六現觀中第四現觀智諦現觀名爲現智相見道下以善決定字配相見道言後得智者然三心見道有

配根本智有配後得彼論以其後義爲正故今疏中名相見道是以三心及十六心皆配後得言審觀理智者三心見道悉皆緣理十六心見道八觀真如八觀正智故知相見通緣理智亦可俱通者通配二句但前所不道謂前相見道不名現智今亦得名以論亦名爲現觀故三心見道亦是第四現觀少分所攝是觀非安立後得無分別智故十六心見道即是第五現觀所攝真見道者上真見道但名現觀不名善決定今亦名決親證真如於理決定故皆致無明者以上二釋會釋經文上但釋論現智善決定言今此所明二種見道皆破無明是故經云捨離癡惑謂真見道正能破於迷理無明故云捨癡相見道中是後得智無力能破迷理無明而亦能破迷事無明謂所知障故云離惑故下剛藏牒此文云雖此眾集善潔思念捨離愚癡及以疑惑明知癡惑二字義殊上言六現觀者即唯識第九釋二見道後云此二見道與六現觀相攝云何六現觀者一思現觀謂上品喜受相應思所成慧此能觀察諸法共相引生煖等加行道中觀察諸法此用最猛偏立現觀煖等不能廣分別法又未證理故非現觀彼疏意云思有三品上揀餘二劣故非也喜受相應揀於捨受此明利故共相即是無常苦等能引煖等者思生修故雖未證理而觀於法勝於煖等用最猛故偏立現觀煖等近見境界徵略又未證理故非現觀論二信現觀謂緣三寶

世出世間決定淨信此助現觀令不退轉立現觀名釋云信亦上品通漏無漏現觀是慧故信爲助論三戒現觀謂無漏戒除破戒垢令觀增明亦名現觀釋云即道共戒論四現觀智諦現觀謂一切種緣非安立根本後得無分別智釋云謂在何位但緣非安立即通二智皆是此攝故言一切種大論七十五說三心見道是此現觀故知亦是後得智攝即見道修道之二智也不取無學之二智者與究竟現觀不殊別故論五現觀邊智諦現觀謂現觀智諦現觀之後諸緣安立世出世智釋日謂緣安立十諦等後所得智然通有漏無漏一切見修道緣安立諦智大論七十一等說緣安立諦境慧是此自性故論六究竟現觀謂盡智等究竟位智釋云即無學道後盡智無生智等而爲自性論此真見道攝彼第四現觀少分此相見道攝彼第四第五少分彼第二第三雖此俱起而非自性故不相攝釋日第四觀緣非安立根本智即真見道攝緣非安立後得即三心相見道攝第五觀緣安立諦故十六心相見道攝而通修道故云少分論云菩薩得此二見道時生如來家住極喜地善達法界得諸平等常生諸佛大集會中於多百門已得自在自知不久證大菩提能盡未來利樂一切釋日諸平等者攝論第六得三平等謂一切眾生一切菩薩一切如來上皆唯識論文上疏已引意釋但觀論文居然可知二見道皆是第四現觀謂緣非安立根

本卽真見道緣非安立後得卽三心相見道十六心緣安立世出世智故是第五現觀

二無有垢染卽不行淨修道中一切煩惱不行故相見道後至金剛無間道中皆是修道復數修習無分別智故名修道滅二麤重皆使不行對見道中初斷所知故云垢染成唯識第十云煩惱障中修所斷種金剛喻定現在前時一切頓斷彼障現起地前漸伏初地已上能頓伏盡令永不行如阿羅漢由故意力七地之中雖蹔現起而不爲失八地已上畢竟不行等煩惱卽是垢染不行卽是無有然見道中非不斷惑見理義增修道位中審慮重觀除障義勝故此偏說

卽不行淨者文中有二先舉論後疏釋前中有三初標名二修道中者辨位三一切下釋相見道下二疏釋論亦有三節一定位卽初地之中含通達修習兩位從金剛喻定解脫道後方是究竟位二復數下釋修道名卽

唯識第九加所爲中已廣引竟三滅二麤重下疏釋論中煩惱不行之言此言正解不行淨義疏文有五初正釋二解妨三引證四會經五重解妨今初唯識云數修此故捨二麤重二障種子立麤重名性無堪任違細輕故令彼永滅故說爲捨對見道者二解妨謂有問言然見道中雙斷二障而云所知者何答以異生性障正取所知以爲體故故唯識云雖初地所斷實通二障而異生性障意取所知說十無明非染汙故是故此經云捨離癡惑癡惑卽是偏舉所知次云垢染卽是煩惱成唯識等者三引證此前論云此十一障二障所攝煩惱障中見所斷種於極喜地見道初斷彼障現起地前已伏修所斷種下論與此疏同釋日就修斷中直觀論文初地已上能頓伏盡修惑現行如阿羅漢諸漏已盡無復煩惱次云由故意力七地之中雖蹔現起而不爲失自是一段通於妨難謂有問云既如阿羅漢令永不行如何前四猶起我見七地已前猶起貪瞋等耶故此荅云故意力起謂六地之前容有出觀尚有悞起七地之中常在無相爲化衆生故意而起起不爲失示起示滅如下經中七地文云雖畢竟寂滅諸煩惱燄而能爲衆生起滅貪瞋癡煩惱燄卽其文也論言而不爲失者下經云雖常寂滅以方便力而還熾然雖然不燒卽其文也故下經中解脫月問金剛藏言佛子七地菩薩爲是染行爲是淨行金剛藏言初地至七地所行諸行

皆捨雖煩惱業以迴向無上菩提故分得平等道故然未名爲超煩惱行便舉輪王梵王爲喻輪王乘空不染貪病未名超人以喻七地乘波羅密乘不染煩惱未名超煩惱行若捨王身生於梵天爾乃名爲超過人位以喻八地乘清淨乘爾乃名爲超煩惱行故次下論云八地畢竟不行此之論文甚與經合而大乘法師釋意如阿羅漢由故意力連成一句云如阿羅漢有怖有不怖不怖怖者起怖者不然此則以護法羅漢懼於煩惱不敢起故似非得意又云然此中所說見所斷者唯頓悟人修所斷者通漸有學漸無學者二種俱無又問云其在地前所未伏者相貌可知其已伏者與此何別答道力猶微不能伏盡爲煩惱制少分自行卽我貪等有失念起故說地前已伏少分非有別相地前伏之釋曰此釋地前漸伏之言以非正要故在後釋八地已上任運不行道力勝故此是對法第十四文煩惱卽是下四會經文然見道等者五重解妨也應有並云修道能斷惑修道名修道見道既斷惑亦應名修道又並云見道能見理見理名見道修道既重觀亦應名見道故此釋云從增勝義各舉一名言見理義增者初見理故卽顯斷惑義微不斷俱生故修道除障義勝者能除難斷俱生惑故數數斷故前已見理故此爲微

三深心信解卽無厭足淨不樂小乘但於上勝佛德深心希欲信解決定故卽無厭等者卽八地無功用行在法流中趣果無間故曰無厭不樂小乘自分堅也但於勝進上求希欲卽是深心決定釋其信解

四於佛法下不隨他教淨趣菩薩地盡道中自正行故上歎德竟不隨他教淨者論立名趣菩薩地盡下論釋然論但云趣盡道中自正行故今疏加於菩薩地盡釋論盡字卽是十地位極道圓地法在心不由他教故云自正行也

善哉佛子當承佛神力而爲演說此諸菩薩於如是等甚深之處皆能證知

第三結請可知

爾時解脫月菩薩欲重宣其義而說頌曰

願說最安隱菩薩無上行分別於諸地智淨成正覺此衆無諸垢志解悉明潔承事無量佛能知此地義

二偈頌中初偈直舉法請不須前文上半舉法請說下半彰說有益後偈頌前請可

知

爾時金剛藏菩薩言佛子雖此衆集善淨思念捨離愚癡及以疑惑於甚深法不隨他教

第四爾時下不堪有損止中二先長行中亦二先領前所歎對下有損所以言雖

然有其餘劣解衆生聞此甚深難思議事多生疑惑於長夜中受諸衰惱

後然有下舉損違請於中二先舉損劣解之人通凡小等皆是迷法之器故名生疑者正行相違猶豫義故惑者心迷於理能破壞善法遠離善法故此明現損於長夜下明其當損

劣解之人者經言劣解論經云樂小法者故疏合舉凡即地前小謂小乘等取權教菩薩此中無小何以揀之謂此會中亦有小心之衆生故亦可不欲廣被即名爲小此雖揀之激令起心即爲所被多生疑下牒經解釋正行已下至善法故旨是論文然疑從二境上生既滯二途故無詣理真正之行惑謂迷惑一向不了故能不信由此故能破壞善法遠離善法遠公亦將後二句論別結疑惑二種之過由有疑故破壞善法由有惑故遠離善法亦有理在但論二句共一故字則以通結疑惑二字此明現損是疏結前生後於長夜者生死昏寢事等於夜輪轉無際名之爲長破法不信墜三惡道故受衰惱

我愍此等是故默然

後我愍下結默違請

爾時金剛藏菩薩欲重宣其義而說頌曰

雖此衆淨廣智慧甚深明利能決擇其心不動如山王不可傾覆猶大海

有行未久解未得隨識而行不隨智聞此生疑墮惡道我愍是等故不說

偈中亦二初偈頌前段淨明有信餘皆有證如山如海雙喻教證

初偈頌前段者即領前所歎淨明有信者信即順教是前段中善潔思念等即長行中善淨深心前淨深心雖兼教證今爲分二故云有信餘皆有證者廣智慧即前捨離癡惑無有垢染即長行中捨離愚

癡及以疑惑甚深明利能決擇卽前深心信解已下經文長行中於甚深法不隨他教如山海者動謂動搖覆謂返覆今於教決信不動更無翻覆於證亦然 後偈頌後段以取相故但依於識不能依智後偈頌後段卽舉損違請以取相故但依於識者返顯不取相是智徵應依之 第五雙歎人法請中復重請者示彼疑惑應須斷之豈可避之避之不說有多過咎何等過咎不得成就一切佛法雙歎人法請疏中有二先叙意中先徵後示彼下論釋豈可避之翻前多生疑惑後避之不說有多過者翻前於長夜中受諸衰惱安能成就一切佛法

爾時解脫月菩薩重白金剛藏菩薩言佛子願承佛神力分別說此不思議法此人當得如來護念而生信受

文中先長行後偈頌長行中三初標請次何以故下釋請後是故佛子下結請

何以故說十地時一切菩薩法應如是得佛護念得護念故於此智地能生勇猛

釋中二先直徵釋後轉徵釋前中先徵意云何以當得佛護而能信耶釋云法應得護由得護故必能信受

何以故

二轉徵釋中先徵後釋徵意云何以說十地時法應得佛護耶下釋意云如來說法不離教證最所要故

此是菩薩最初所行成就一切諸佛法故

文中三謂法喻合法中最初所行者依阿含行故成就一切諸佛法者是證智故此即九種教證中第四修成相對

譬如書字數說一切皆以字母爲本字母究竟無有少分離字母者

二喻中以字母喻於地智爲諸法本論云

書者是字相如嘶字師子形相等者以書記字非正字體言師子形者謂□字如蹲踞形有云如呼師子爲□詞孕多故□字像形似師子頭尾者全不似也疏以書記字下釋論書即色法字即是文不相應行故言非正字體言師子形者牒論解釋然嘶字本從□娑上字流出即十二音中第四字謂娑上娑平臬嘶蘇上蘇引洗鰓蘇騷毿索今嘶字即第四字梵語輕重今古小殊大旨無異若作十二梵字者□娑上□娑□臬□嘶□蘇上□蘇引□洗□鰓□蘇□騷□毿□索有云如呼師子下即刊定記釋然□字亦不似師子又西方無此字字者論云噁阿等者即十四音正是字體字即文也等餘十二然有十四音二音不入字母謂里梨二字數者名句此二是數義者謂有二字多字名必以多字成句故皆數也說者是語言即十四音者此下疏釋論此譯帶古然噁字合是第十四字若準與善三藏譯金剛頂瑜伽字母云一阿上二阿長三伊上四伊長五塢六汙七唱唱刦引八力嚧引九蹟十愛十一汙十二輿引十三暗十四惡其里梨字即金剛頂中唱唱力嚧字各是二合故成十四其輿字云引者更有三藏說十二字中上六前短後長下六前長後短則輿字不合引西方異同故今具出謂有二字者若一字名不名爲數二字名三字名等皆名爲數如色即一字名末那即二字名阿賴耶即三字名言必以多字成句者終無一字句故說者語言義當色法皆以字母爲本者明末依本喻果依因字母究竟者明本能攝末喻因無不攝上二順明無有少分離字母者反成上二是則上書字數說總是聲名句文共爲教體故此四事總攝一切能詮教法皆用字母而爲其本言字母者即迦佉等三十四字以前十二音入此三十四字則一一字中成十二字復有二合三合乃至六合展轉相從出一切字故名爲母論經名爲初章者以梵章之中悉談字母最在初故然五天口呼則輕重有異書之貝葉字體不殊梵天之書千古無易不同此土篆

隸隨時故此爲毋亦常楷定即迦佉等者若古三藏說謂牙齒舌喉脣各有五音及會音有九牙音五者即迦上佉上識上伽弡仰鞥去呼齒音五者左蹉上惹鄭可才孃上舌音五者謂吒上咤上拏上茶去拏褫奘反鼻聲呼仍喉音五者多上他娜駄囊脣音五者謂跛頗麼婆重去莽嚊聲會音九者野囉邏上嚩無反可捨灑娑上賀乞灑合二已上三十四字足若般若三藏云前五句中一句之內卽有五音如迦齒音佉氣從喉出識字喉音伽字胷藏音仰字鼻音其餘四句準例皆然則一一字者謂將上阿上阿等十二字遍入三十四如初迦字十二音入便成迦上迦鷄上鷄俱上俱計上改姑啥甘伽去入迦字既爾入佉字三十三字亦然復有二合等者如以囉字半體入迦字時便成舸羅合二字成十二字言囉字半體者囉字具足梵字者口字是也半體者ㄑ一半是也若入迦字者迦字梵書丙若入半體謂丂此字是也五邏卿鍮迦卽云迦羅二合里下反一柯羅里反二迦吉里三吉梨四古魯五姑盧六吉禮七吉犁八古路九古澇十吉濫十一吉邏來十下二反若以迦佉字合娑字爲遏塞迦卽三合字咸十二字梵字樣若此頭言四合者過悉怛邏五合者遏悉但梨上也言六合者謂還識上彌上雉持也但至六合字已無邊如一字王但有二合云部林有三合云唵部林此等諸義故非正要經有論有故須略知耳梵天之書者謂大梵天王劫初之時作此書字以教衆生不同此方者古書隨時有多名目史籀是大篆李斯爲小篆蔡邕八分程邈爲隸書等皆隨時有別

佛子一切佛法皆以十地爲本十地究竟修行成就得一切智

三合中初合末依於本後十地究竟合因無不攝所以須此二者若但言爲本容非是末如以百錢爲本成多財貨等今明如水爲海本無海非水故云究竟無有離者又爲本者非但因爲果本亦乃後爲前本地前望證修阿含故初心卽以智觀如故

是故佛子願爲演說此人必爲如來所護令其信受

第三結請可知問若依上義諸佛有力能令信者何故今後衆生於彼法中亦有謗意答有二種定則不可加一感報定以先

世今世造定業故二作業定宿惡熏心猛利纏起難曉喻故上如釋種下如琉璃（上如釋種等者並如觀佛三昧經及智度論等說釋種種報定是故必爲瑠璃王殺瑠璃王作業定故佛不能諫）

爾時解脫月菩薩欲重宣其義而說頌曰

善哉佛子願演說趣入菩提諸地行十方一切自在尊莫不護念智根本

此安住智亦究竟一切佛法所從生譬如書數字毋攝如是佛法依於地

頌中初偈頌標請後偈頌釋請略不頌結頌釋中長行法中無究竟之言而喻中有今此反前欲顯具有又法中明本能生末合中明末依於本皆影略耳

爾時諸大菩薩衆一時同聲向金剛藏菩薩而說頌言

第二大衆同請者上來衆首請說顯衆堪聞樂聞今大衆展誠自陳有根有欲文中先叙請（自陳有根有欲者有根故堪聞有欲故樂聞）

上妙無垢智無邊分別辯宣暢深美言第一義相應念持清淨行十力集功德辯才分別義說此最勝地

後正偈請於中二前四偈半歎人堪能請後一偈歎法成益請今初亦二前二頌歎說者餘歎聽者前中初五句歎說者自成教證後三句歎能令他入今初初四句歎證一句歎教自分所成一切行位通名爲證上受佛教說爲阿含即九種教證中第八門也今初上者是總然總有二義一雙爲教證之總二唯顯證力辯才對教名上（對教名上者則前雙爲教證之總稱上者約入以歎明金剛藏所有教證最上也）

此中歎證辯才有三一眞實智爲辯所依即經初句無漏故無垢過小故云妙二辯體性即第二句謂堪能分別無邊法義故三者辯果即下二句依前起詞樂說故名爲果一詮表深旨字義成就即下句二滑利勝上字義成就即宣暢句此中歎證下釋別句依前起者上三辯才即爲三節一眞智爲本二依眞智能解法義三依法義起詞樂說然約心智四皆稱智若流在口四皆稱辯然詞樂說即是能說法義二智即是所說正說時詞樂爲能令約內有法義方起詞樂故詞樂爲果詮表深旨即是樂說滑利勝上即詞無礙二皆約說故並爲字二有一句歎阿含謂念持於教得淨慧無疑名清淨行三句歎能令他入者初句令入證謂已入地者令得佛十力未入地者令得入地故云集功德集功德即論經淨心淨心即初地出集德成故後二句令入阿含辯才分別說者意令受持十地法故淨心即初地者謂心離染故言由集德成故者會經同論經論經云爲十力淨心論言淨心即所成初地今經言集功德即能成因故下說分初地云若有衆生深種善根善修諸行善集助道等而爲得地所依之身故集功德成於初地辯才分別說者疏但通釋則上句經是正說下句經是說意若遠公意兩句不同則辯才分別義者即依前體性分別地義說此勝地即依詞樂說說十地法令人受持以論但云云何令入阿含無礙分別義令受持十地法故故疏但通相釋耳說主既內具二力外令他入何故不說說主既具下通結二力二頌之意定戒集正心離我慢邪見此衆無疑念惟願聞善說

二有二頌半歎聽者中二初偈歎衆有根後一偈半歎衆有欲令初由有根故堪受教證初句有治次二句離所治下句結請結請惟願是總惟願有二一求阿含二求正證有二妄想不堪聞教一我二慢以我

慢故於法法師不生恭敬以定戒爲治謂若有定則心調伏故內無我慢戒則善住威儀外相不彰有二妄想不堪得證一邪見顛倒見故二疑念於不思議處不生信故有二對治則能得證一正見善思義故即經集正謂積集深思故二者正心信心歡喜故惟願是總下直至不生恭敬皆是論文從以定戒爲治下疏取意釋然論教證各二妄想一時併舉下四對治亦一時併舉今疏救證分説今但舉教之二過以戒定下取下論治彼論具云有二對治堪聞阿含一定二戒定者心調伏故戒者住善威儀故今疏乃添字釋之可知次舉證二過便蘇二治並顯可知但經集正心句論經云定戒深正意深即今經集字意即今經心字又第二句論經云離我慢妄見妄即今之邪字而論別釋妄字故遠公云初句攝治行門有五相從爲四要攝唯二言行有五者一定二戒三深四正見五正意正見一門義有文無以論釋云三正見四正意故云義有經文則無相從四者深與正見合以爲一要唯二者但是入阿含及證行耳今疏但有二四不開成五者以經無妄字妄即邪字論釋妄云妄者謂妄想見中同使故而釋見但云顛倒見義通淺深謂於法妄取名顛倒見此見則淺撥無因果爲顛倒見此見則深見中同使則撥無因果之邪見故不開耳但正字兩用謂正見正意故所治既唯有四能治集正合治倒見謂積集深思者以經集字會論深字耳深思即稱理見也故論云深者細意善思惟故信心歡喜者正心即是信心信解具足故能入證餘文可知

如渴思冷水　如饑念美食
如病憶良藥　如蜂貪好蜜
我等亦如是　願聞甘露法

二歎有欲者顯示大衆求法轉深於中一偈喻明半偈法合前有四喻喻四種義門示現正受彼所説義一受持謂求聞慧初聞即受隨聞受持如水不嚼隨得而飲示現正受者遠公四種求心謂一求聞等隨喻通合具有五種一求法心二所求法三是依法所成之行四是依行所治之病五是求法起行之人言求法心者謂求聞思修證心也所求法者聞思修證四種法也所成行者依法所成聞思修證四種行也所治病者聞思修證四種障也言求人者且約大位攝以爲四一善趣人求教起聞二

習種人求義起思三性種人求行起修四解行人求實入證今對此五以喻顯示如初一喻渴是病思是求心冷水是法略無求人次二句亦然第四喻中蜂喻於人影顯前三亦有求人略無有病例前應有亦貪字兼之由貪故思好蜜其成行即飲食服味文即現無義已含有論經云如衆蜜蜂依蜜依義同行亦影略耳雖有五事正意喻能求心至耳故疏中引論便釋其此五義謂求聞慧求即求心聞慧即所求法初聞即受是行飢云隨得而飲必除渴病下三求心及法例知二助方謂求思慧嚼所聞法助成智力如食咀嚼以資身力謂求思中嚼所聞即行資身力即除病三遠離謂求修慧依聞思行能去惑習如服良藥藥行除病上三三慧謂求修中依聞思行能去惑習即除病四安樂行謂求證智即三慧果聖所依處現法受樂行故如蜜衆蜂所依故云貪也四安樂行者現法受樂行故即行必無疲苦即病除後法合中能求一向是法所求猶通法喻以一甘露總合四喻甘露有四能故一除渴二去饑三愈病四安樂故所求猶通法喻者甘露是喻故法字即法故涅槃中以大涅槃爲甘露不死之藥配於上四在論所無

善哉廣大智願說入諸地成十力無礙善逝一切行

二有一偈歎法利益請直觀經文似當結請今依論判故云歎法善哉是總所說法中善具足故善哉有三一所依即廣大智說地必依此慧故二體性即第二句正說入諸地則地地轉勝故三者地果即後二句謂具十力無障礙佛菩提故行亦果行如出現品說行亦果行者行有二義一因行即十地能得善逝名善逝行二者果行如出現品者出現品云真實行是如來行無礙行是如來行真實即契實智無礙即悲智雙流如金翅闢海依法性空入生死海故自下第三如來加請前雖二家四請爲顯法勝復待佛加前來爲分主伴主佛唯明意加今欲

具於身口故復重加又前默與威神令有加請令加爲說不與前同若爾諸佛前已具於三業何得復加前但是加未是請故令以加爲請並異於前上力被下說以爲加因加勸說目之爲請加即是請故云加請長行則以加爲請偈頌則以請爲加不以常口求請而以雲臺發言不以常身展敬而以光業代者爲不輕尊位故要復請者爲重法故前加分中不加大衆今此加者前若即加說主無由三止此若不加請主前言得佛護念便爲無驗自下第三如來加請故論云若請者非尊法非殊勝聖者則不說釋曰此是反明若也順說由請者尊故顯所說勝剛藏則說前來爲分下二通妨難於中有二先通伏難後通躡跡難然遠公總有五門分別一能加佛異二所加不同三加業有異四加相不等五加請分差令疏皆具而文中先通伏難者謂有問言前來巳加今何復加此爲復重難之答此有二

一前未具故二所爲別故前中先出不具足意云爲分主伴由主威力令十方佛加故前身口不同諸佛次正顯未具即唯辨意加謂承佛神力因中毗盧遮那本願威神令長行光照爲身加偈頌請說爲口加故具三業加相方具此即遠公第三加業有異又前默與下二所爲別故亦應問言前何不具令方具耶答云留此身口發起請法言令有加請者前主佛加令得諸佛加既得佛加出定說本故便有請則前主佛加爲諸佛加因及三家請因令主佛加加即是請故不同也此即遠公第五加請分差若爾巳下第二通躡跡難意云主佛未具身口故令欲具伴佛巳具何得復加復加即經云十方諸佛悉亦如是及諸佛威神力故而說十頌言前但是加下答此亦加請分差此段亦含遠公第一能加佛異前約所表皆十方金剛藏加令但云十方表通方故又遠那亦照十方說法菩薩則知異名諸佛亦得同加要復請下通躡跡難謂有問云若重尊位何如草請答云爲重法故前則尊人此爲重法尊極請故故法爲重前加分下二揀所被不同即遠公所加不等則前局說者此通說聽疏出所以可知

大方廣佛華嚴經疏鈔會本第三十四之六

音釋

枲 息里切 鰓 蘇來切 毶 蘇含切 噁 烏故切 呂 音呂 嚧 音盧

啫 胡告切 籀 直又切 邈 墨角切 嚼 在爵切 咀嚼含味也

大方廣佛華嚴經疏鈔會本第三十四之七

唐于闐國三藏沙門實叉難陀　譯

唐清涼山大華嚴寺沙門澄觀撰述

爾時世尊從眉間出清淨光明名菩薩力燄明百千阿僧祇光明以爲眷屬普照十方一切世界靡不周徧三惡道苦皆得休息又照一切如來衆會顯現諸佛不思議力又照十方一切世界一切諸佛所加說法菩薩之身作是事已於上虛空中成大光明雲網臺而住

文中通有八業二身且分爲二先長行有二身七業後偈頌但明請業前中二先此佛光照十方後十方佛放光照此二光互照必互相見二段皆有二身七業今初分二先明光體業用後作是事已下正明所作今初先明光本上加於下多用眉間之光亦表將說中正之道出清淨下正明體用於中文有六業一覺業即光名體謂是光照菩薩身已自覺如來力加故覺照光用故曰燄明二百千下因業能生眷屬義故三普照下卷舒業舒則普照十方卷則還入常光今文略無卷業若兼取下文如日身中於空中住義則通有四三惡下止業五降伏業論經云一切魔宮隱蔽不現今經闕此六又照一切下敬業顯現佛會令物敬故七又照十方下示現業正爲令衆見說聽者皆得佛加堪說聽故長行受身加之名偏從此立今文畧無卷業者以卷約作用已竟卷歸毫光下既有餘業故經畧無但以如日身當之而論經舒卷相對故逆明之故論經云普照十方諸佛世界靡不周遍照已還住本處還住本處即是卷業四止業明光

利益五降伏業明光勢力六敬業顯光攝益謂顯佛力令他敬故卽爲攝益正爲令衆見說聽者文云又照此娑婆世界佛及大衆并金剛藏菩薩身故明知通說聽也
二正顯所作卽二身之一言二身者一流星身往他方世界故論不指經古德共指卷舒敬示三業當之以是往來光體如星流故三如日身謂如日處空卽此所作於上空中爲臺是也故以身業相對應成四句一業而非身謂八中除三二身而非業卽如日身三亦身亦業卽流星身四非身非業此經所無卽論經彼此相見以身約有體業約有用三則雙具四則非正所爲故以身約有體下出四差別所以業約有用如日身作能皎住故言非正所爲者本意不爲令相見故故無業無體令經畧無
時十方諸佛悉亦如是從眉間出清淨光明其光名號眷屬作業悉同於此又亦照此娑婆世界佛及大衆并金剛藏菩薩身師子座已於上虛空中成大光明雲網臺
二十方佛放光照此者正爲照此然其作業亦周十方七業二身不殊此佛而加又亦照此娑婆經文以主佛普照此不待言伴佛普照正意爲此加被相故
時光臺中以諸佛威神力故而說頌言
第二偈頌明請業中二初偈所依望前猶屬於身
佛無等等如虛空十力無量勝功德人間最勝世中上釋師子法加於彼
後正偈請五偈分二前四加請所說後一敎說分齊前中亦二初二偈舉法請後二偈舉益請前中亦二初偈正顯作加後偈顯加所爲令初加於彼三字是總此偈正

爲加故其世中上亦總亦別望加於彼是別以二種加中是具果加故望四勝義是總以上即勝義具四種勝爲世中上故今初等者此中經文有其三節一唯總二通總別三唯別疏文有二初定總別有二加於彼三字二偈之總其世中上即二十五字之總除加於彼三字故言以上即勝者會今經同論經

言四勝者亦如世王一自在勝所作無礙故即經初句言佛無等者由離二障解脫自在不染如空十地已還皆無等故重言等者唯與佛等欲顯佛佛等正覺故言四勝下二釋別相一自在勝不爲他屈二障即他二力勝即能伏他三眷屬勝即輔弼豪強四種姓勝籍胄尊貴不染如空者空有多義今取不染此舍二德以離二障者即是斷德能離此者即是智德故下結云等正覺故又自在者離煩惱障則心自在離所知障則智自在問斷癡慧明滅愛心脫故淨名云不滅癡愛起於明脫今此何故除癡除愛皆名心脫以但云煩惱故事中照用爲慧解脫文云離所知故釋曰二脫有二義一由解中無染之心名心解脫照理之智名慧解脫是爲心脫除愛慧脫除癡二以真識出離愛染爲心解脫事中照用爲慧解脫則心解脫雙離癡愛慧解脫照事無遺經多依前門今論乃是後意十地已還下釋佛無等等之言謂過下故爲無等以齊上故重言於等欲顯等者此遮復難謂有問言何不但說無等何用重言齊等故今荅云以諸賢聖望於下地皆名無等而更有上猶未上齊故今唯佛方能等佛覺以究竟正覺同也

二力勝即經十力能伏邪智之怨敵故二力勝者亦是智德多約權智如十力是體能伏邪智之怨敵故是用然論經言十力無畏等總爲力勝十力是體無畏制外等字兼於神力以用降魔今以無量等言屬下眷屬勝以無量字該之故但將十力以爲力勝爲順文故若將勝功德言兩處用之於理無失故今取意能伏邪智即是制外其怨敵言亦有二用一者邪智即爲怨敵二怨敵言即是天魔

三眷屬勝即無量勝功德及人間最勝論經即當無量諸衆首謂具功德堪爲衆首故云人間最勝論云諸衆首者佛於世間最上勝故論經等者彼經下句云諸佛無等等功德如虛空十力無畏等無量諸衆首釋迦姓法生人天上作加釋曰由此故遠公與論皆初二句是自在勝如虛空言獨喻

功德今功德字在第二句中屬第三勝則無量勝今功德之言通於三處一以功德屬自在勝二以功德當無畏神通便屬力勝三該無量勝功德便屬眷屬勝今疏順文別配故但屬眷屬勝次論云諸衆下引論牒釋則今之經文同論釋語四種姓勝謂家姓勝故即釋師子法於中又二一釋師子是生家勝謂應生釋姓輪王貴冑故諸佛同加偏語釋者以現見故是主佛故二法之一字是法家勝謂非但生家勝諸佛皆同眞如法中住故由上四義故稱法王名世中上上云二種加者一具身加依法身故謂釋師子是有法所依之身故二具果加證佛果故即是世中上及別明四果勝異未成佛之色身故今此具德之人加金剛藏上云二種加下結歸二第一重總以二加加金剛藏故於中先結二加有法所依之身者謂具相好身未成佛時已有故未是果後依身修起方名爲果向約四勝中則釋師子法別開二義唯法一字名爲法家餘則生家今爲二加則單取釋師子爲身加總取釋師子法爲具果加

佛子當承諸佛力開此法王最勝藏諸地廣智勝妙行以佛威神分別說

第二偈加所爲者欲令開現法藏義故第二偈加所爲疏中初總辯意今開法藏示顯現故文中初句及下句以佛威神是說所依餘文正辯所爲開勝藏一句是總下十字是別別歎勝藏有其二種一義藏成就二字藏成就義藏即勝妙行行者諸菩薩行所謂助道法故妙者眞實智故即是證道勝者神力勝故是不住道染淨無礙故云神力如是顯示深妙勝上之義二字藏者即諸地廣智及分別說謂說十地差別相故上舉法請竟是說所依者依佛神力說故故論問云此偈中何故顯承佛力說答有衆生於如來所生輕慢想以自不能說請他而說爲遮此故顯是承力非佛不能說開勝藏者即開此法王最

勝藏句然此勝藏屬於如來故云開法王
藏義藏卽是地體字藏卽是地敎染淨無
礙故云神力謂經但云勝論諂爲上者神
力勝故疏會釋謂不住道處生死而不染
不礙涅槃在涅槃而不證不礙生死是爲
染淨無礙又論但名行爲助道其證不住
疏例論釋以義順故論舉一隅耳如是顯
示者總結義藏深卽助道助道能窮實故
故說爲深妙結證道勝上二字同結不住
論經云上今經云勝論結雙明勝上二字
藏者卽諸地廣智及分別說若望經文分
別說言通說二藏以論經云分別智地義
一句爲字藏今取文同故合第
三句四字及第四句三字當之

若爲善逝力所加當得法寶入其心

第二舉益請者顯所說法利他有三時益
故二偈分三初半偈聞時益若得上加則
法寶入心成聞持故若得上加者正順解
脱月雙歎人法請說
此不思議法此人當得如來護念而生信
受由法勝故則得佛加得佛加故法寶入
心法寶入心卽是聞持旣由法
勝故加明是舉法勝益以請

諸地無垢次第滿亦具如來十種力

次半頌修時益上句修時因圓下句所修
果滿

雖住海水劫火中堪受此法必得聞其有生
疑不信者永不得聞如是義

後一偈轉生時益卽具堅種人上半順明
明有信之益下半反顯舉無信之損卽具
堅種
人謂具金剛種雖在八難而得聞經以彰
聞經益之深遠種子無上故地獄天子三
重頓
圓
論經但有順明偈云雖在於大海及
劫盡火中決定信無疑必得聞此經今經
堪受卽決定信義此中大意云若有信有
機爲堪受者無問惡道善道難處生者皆
得聞經以難不障聞故言雖也海水劫火
卽是轉生難處今經堪受決定信義者正
會釋也若無信心在善道
中尚不得聞況惡道耶故次辯大意若有
信心難處尚聞況非難處以難不障下四
以論釋文於中但釋前半後半總科之中
以出大意竟就釋前半中疏文有二先總
明此言有二意一者成上所以不問難不
難者以不信障聞非難障聞故二者卽躡

此意以釋雖字雖者縱奪之詞言含得失八難是惡而不障聞故雖難而非難也言海水劫火即是轉生難處者即總指經文釋論轉生之義大海即是惡
道畜生趣故故論云龍世界長壽亦得聞
此經偈言雖在於大海故而言長壽者如
有經說右脇著地未動之間已經賢劫千
佛出世更一轉亦爾但蹔臥息尚爾況其
一生大海即是下二別釋也先釋海水堪聞以龍宮有經故龍至佛會故劫
火中者即是善趣論云雖在色界光音天
等亦得聞此經偈言及劫盡火中故此即
指二禪已上爲長壽天難然論無長壽之
言而前龍趣劫有長壽且三惡爲難不必
長壽恐是譯人誤將此中長壽入於前文
然二經中文皆巧略若具應言劫盡火起
時在光音天中故論爲此釋以火起時初
禪無人二禪不爲其壞於中得聞故等言

等取三禪四禪免水風災長壽天難乃至
無色亦皆得聞今舉初攝後及對水成文
故云劫火案智論等通上二界除五淨居
皆長壽難今不取初禪者以彼有梵王多
好說法有覺有觀聞法障輕又正已燒故
不說之此即指下二會釋論文以論云光音天已上故然二經下三以論會
經言巧略者下云若具應言即顯經意文
是略也而云巧者下云舉初攝後對水成
文此即巧也等言等取下第四釋論等字
於中文有二先顯論包含劫盡有三謂火
水風火壞初禪二禪已上得聞水壞二禪
二禪已上得聞風壞三禪四禪已上得聞
故劫火言亦是火劫異水風劫故論云經云
劫盡火中者正取二十住劫已終又十九
劫壞有情竟名爲劫盡一劫壞器名爲火
中今舉初下二顯經之巧舉火劫攝於水
風顯義巧也對上海水而云劫火顯文巧
也此言切對長壽天所以得聞者以彼有
天曾從佛聞而爲說法故二能下就佛而
聽法故如初列衆處說皆由信故難不爲
難其爲難者未曾聞熏躭禪味故按智論
下五會長壽寬狹即智論三十八云長壽
天者謂非想非非想天處八萬大劫故或
有人云一切無色定通名長壽以無形可

化故不任得道常是凡夫處故或說無想天名爲長壽亦不任得道故或說從初禪至四禪除淨居天皆名長壽以著禪味邪見不能受道故上卽智論等言等取梁攝論及成實論皆同智論第三師說上諸論意皆以上二界壽長又躭禪味不任受道故爲難處今有信心並非是難今不取初禪者明論小狹二因故除一有覺觀義通餘處二正燒者正順論文若說初禪爲長壽天難無由得說火劫今火燒初禪初禪無人故約二禪已上得聞長壽之難得聞

上順論釋八難之中

善惡二趣各舉其一理實八難皆容得聞

又劫火之言兼佛前後劫壞之時無佛出故脩羅地獄容在海中則兼數難矣今經但云劫火則正在火中亦容得聞以衆生見燒燒處有不燒故

後理實八難下正申別旨於中又二先通八難八難雖則不具不唯有二謂論已有二加佛前後爲三海兼地獄爲四修羅兼鬼爲五以趣明義修羅亦鬼攝故其生聾盲正絕見聞不可說聞但潛益耳忽令生於耳目亦容見聞世智辯聰亦不妨聞今經但云火中者二別釋火中之言卽法華意華藏品已引故華藏云劫燒不思議所現雖敗惡其處常堅固卽明火中聞也火浣之布火中之鼠炎鐵團內而有蟲生衆生業殊豈妨火中聞法方對海水之內正在其中

問若依前義云何堪受法人復生難處答此約乘戒緩急應成四句

答此約下初以義正答然戒能防非止惡近得人天之身乘者理運彌載遠證涅槃之果爲功不等益有淺深故美乘而輕戒然戒有隨相離相三聚尸羅則體卽是乘定慧若有漏取相亦不能運出今以隨相律儀不動不出不得稱乘定慧了知性相動出名乘各舉一邊以美乘妙

一乘緩戒急生長壽北洲不聞法要

一乘緩戒急者事戒嚴峻纖毫不犯二種觀心了不開解以戒急故人天受生或隨禪梵世躭湎定樂世雖有佛說法度人而於此類全無利益設得值遇不能開解震旦一國不覺不知舍衛三億不聞不見著樂諸天及生難處不來聽受是此類也譬如禁繫之人或以財物求諸大力申延日月冀逢恩赦在人天中亦復如是冀善知識化道修乘卽能得解脫若於人天不修乘者報盡還墮三惡道中百千佛出終不得道

二者乘急戒緩生三塗中不礙聞法故佛會中多列龍鬼等類

二乘急戒緩者是人德薄垢重煩惱所使是諸事戒皆爲羅剎之所噉食專守理戒觀行相續以事戒緩命終卽墮三惡

道中受於罪報於諸乘中隨何乘強強者先牽若一乘強即聞華嚴等三者乘戒俱急則人天聞法三乘戒俱急者謂具持眾戒理事無瑕於諸妙乘觀念相續即於今生便應得道若未得道此業最強強者先牽必昇善處隨戒優劣欲色等殊隨乘勝劣運出亦異若一乘急即於人天等身中聞華嚴等四乘戒俱緩則處三塗諸根不具又不聞法四乘戒俱緩者謂具犯眾戒又復無乘永墜泥犁失人天報神明闇塞無得道期展轉沉淪不可度脫今海水劫火是二三兩句餘二無乘故經論不明即後半意

勉旃學徒願留心法要故涅槃云於戒緩者不名為緩於乘緩者乃名為緩勉旃已下結勸引證即涅槃第六當四依品因明菩薩忘犯護法迦葉菩薩白佛言世尊如是菩薩摩訶薩於戒縱緩本所受戒為具在不佛言善男子汝今不應作如是說何以故本所受戒如本不失設有所犯即應懺悔悔已清淨乃至云善男子於乘緩者乃名為緩於戒緩者不名為緩菩薩摩訶薩於此大乘不作懈慢是名奉戒為護正法以大乘水而自澡浴是故菩薩雖見破戒不名為緩釋曰此意唯以大乘為乘今疏文意亦取大乘正法為乘耳故結勸云留心法要旃猶之也

應說諸地勝智道入住展轉次修習從行境界法智生利益一切眾生故

第二一偈敎說分齊中應說諸地者總勸說也說地何義謂應說前字藏之中諸地廣智三漸次相故次修習言即為總相言漸次者漸明非頓次辯不亂云何為三一觀漸次二證漸次三修行漸次此即十地之中加行根本後得三智為地地中初中後相也一觀漸次下觀者所謂觀解始心揀擇名之為觀依解得實名之為證證心清淨解脫成德說為修行如金清淨為莊嚴具此即十地下出體體即三智遠公更有一釋云解行為觀初地為證二地已去說為修行今以論意皆言十地觀等故唯依前釋勝智道者即觀漸次道者因也以加行智為正證勝智之漸次故名勝智道謂說此十地若加行觀若加行所依止理

能生諸地實智故道者因也者以勝智爲地智因故以道爲因道即加行若遠公意諮三慧爲智漸增爲勝虛通曰道就辯觀相中三觀爲能觀依止理爲所觀觀理智相應能生後地而遠公云始觀爲觀正住名依止地中滿足起後爲能生此三自爲觀中漸次似非論意故疏不依但以加行爲證漸次耳次入住展轉者是證漸次入者入地心住即住地心未轉向餘地故展轉即出地心地地轉所住處故即此三心證智自爲漸次

第三句即修行漸次以後得智要由證眞修行方能了俗故名修行漸次言法智者正辯後得智體緣法别故名爲法智此智從二境生一由證眞故云從行生故論云行者入住展轉成就故二外能了俗故云從境界生故論云境界者此行種種異境界故謂以正證之行行於俗境是後得也利益衆生一句結說之益亦是後得智境以後得智者故三漸次唯證一種當證上論自云三心以爲漸次餘二以自望他而爲漸次

問地地正證者如初地中正智親證眞如則後九地中不應更證以如無二無異故古德釋云如雖一味約智明昧有十親證此亦順理此亦順理下二疏爲會釋以列定取唯識意約德異故有十親證破智明昧故爲會釋二義俱取於中有二初句總標言此亦順理者非是不許彼之正義正義即唯識意故云此亦順理彼疏有二先難古釋後申正義難古有三一難云謂境智互相如約智證十如何不境智互相如約境證一如二難云加行後得非親證可說彼智有明昧正體緣如不變影何得說此有明昧三難云能證有分限所證無分限以限證無限境智豈相如下出正義云應知親證之言但望當地加行後得故名爲親不望後地說爲親證故不相違也於義可知今爲古德先通此難一我許有十如則應如所難我今立一如何因爲此難故應順語答第一云境智互相如說智十遍證境智互相如約境唯一證二答第二云汝證十如不變影一如而說爲十如我證真如不變影何妨一智十親證三酬第三有其二意一隨難通以能隨所證不許有明昧以所隨能證真如應是智二反難云具如無分限不許

有明昧真如體不異十德何由成是則前難未爲切要故唯識論云雖眞如性實無差別而隨勝德假立十種此約所證德異故有十地親證故唯識下二會別釋於中有四一舉唯識正義唯識正答如無異難刋定傍此而斥本師然唯識疏中釋云真如實無別隨其所證所生能證勝德假立十種釋曰既云所生能證勝德假立十種早有智明昧義矣又云雖初地中已達一切而能證行猶未圓滿爲令圓滿後後建立此則亦約能證明昧意也又云雖初地下二借唯識文通賢首義然唯識論此一段文自明廢立應有問言初地之内不達十如應無發趣之果能達後後相及得果若已通達何不齊證真如十德故今答云達即齊達證行未圓故行位有十故有十種圓滿真如乃至如來十皆能了如辯中邊論廣有分別言能證者由如行圓後後地行別別漸圓豈非約智有昧明義雖彼疏釋本爲廢立即以此義可通明昧故得引之以非證論中通真如無異之義故今疏云亦約能證明昧意也若唯取所證德異則初地未全證如亦未能全通如無異難若唯取下三反難成立此有二難一初地未證難如有十德初唯證一豈是證如二不通本難難謂本難云如本無異何有十證今云當地證於一德名親證者無異之難豈得免耶如人觀空小時不遠大則漸增空雖無差眼有明昧如人觀空下四以喻顯示眼有小大空無差別是故生公依於此理立頓悟義明唯佛悟證如窮故十地聖賢皆爲信境未全證如故云夫稱頓者明理不可分悟語極照以頓明悟義不容二不二之悟符不分之理理智兼釋謂之頓悟即斯意也雖迥異常談亦爲繫表之玄矣

爾時金剛藏菩薩觀察十方欲令大衆增淨信故而說頌曰

自下第三許說分齊謂所說不過義說二大是地分齊於中二先敘說儀意後正顯偈辭今初觀察十方是敘說儀論云示無我慢無偏心故觀十方佛將欲承力故無我慢觀十方機擬將普被故無偏心故上下文皆云承佛神力普觀十方也亦可普

觀物機不慢旁人普觀諸佛不偏一佛十觀方下疏釋論文自有二意一以無慢對佛不偏對機佛請不說便是自高今承力說安敢慢乎一亦可下意欲顯通却以無慢對機不偏對佛欲令大衆增淨信者是叙說意謂衆先有信深渴所聞今更示說正地二大增益聞者堪受正義不如言取名增淨信若準論經更有增喜彼經云欲令大衆重增踊悅生正信故以踊悅即是淨信故今略無故論云踊悅者心清不濁故由信以心淨爲性則稱理而悅以前說主違請中已令衆喜故今云增如何得此踊悅論云踊悅有二種一義大踊悅爲得義故二說大踊悅因此說大能得義故欲令大衆下二釋說意疏文有四一依經釋然疏示說正地該通二大遠公以示說爲說大正地爲義大乃成穿鑿三以前說主下三疏釋論中重增之言義名所以深廣稱大即是當法受名說

名詮表因於此說得彼義故依所得義故名爲大大之說故依他受稱聞於二大皆踊悅者因詮得旨湛淨無疑法喜內充故增踊悅大意如此

然二大體相古說不同遠公云此地經中宗要有四一是言教二是所說教道之行三是所顯證道之行四是證道所表地法就此四中初二爲說大以行依言成言依行發故合爲說後二合爲義大以證依法成法由證顯故合爲義賢首釋云此經宗要有六一所依果海如太虛空二地智所證十重法界如空所畫之處三根本智能證法界如能依畫相四此地後得隨事起行悲智不住五諸地加行所起行解爲趣地方便六寄法顯成諸地差別如第二地

中十善爲正三地禪支等於此六中前三合爲義大後三合爲說大然其後解不取能詮者意云如偈中七偈亦明義大豈無能詮正應用所以甚深故名之爲義可寄言說故稱爲說且依後解四是證道者證道約人契會地法本自有之猶十二緣以法就人三世流轉𠆵人論法性相常定古德因此復辯可說不可說義然下論自明因果二分說不說義非無眉目故今敘之於中先就義大次約說大後辯雙融然下論自明者論意云因分爲可說果分不可說舉論此文即奪古德從非無眉目下縱成古義妙理無妨故義中有三一約果海可以總標舉令人知有名爲可說不可指斥示人名不可說義中有三下別顯言可以標舉令人知有者顯三意爲義大皆可標舉如前七偈即其事也不可指斥者文云言說莫能及是也二約證處既此所證離相離名還云此法不可說聞以此遣

言之言當彼法故名爲可說有言斯遣名不可說二約證者如鳥足所履之處以喻所證而言此處非有非無即爲可說爲跡之處不可顯示名不可說三約本智謂以遮詮易解故名可說直詮不逮故不可說三約本智等謂以空中鳥跡喻於證智說有空中之跡即是可說不可示其長短大小即不可說攝論云無分別智離五相故謂睡眠惛醉等以直詮不到故約遮詮以示彼法攝論云者雙證說不說義即無性攝論第八增上慧品第九論曰此中無分別智離五種相以爲自性一離無作意故二離過有尋有伺地故三離想受滅寂靜故四離色自性故五離於真義異計度故離此五相應知是無分別智釋論曰依智自性說離五相由遮詮門說智體相以表詮門不可說故遣分別門無分別智其相可了若異此智應有分別何等分別謂後廣說無作意等若無作意是無分別智者睡眠醉等無所作意應成無分別然不應許由離功用應得無煩惱故若二是者第二靜慮已上應成無分別智若三是者此智體相難可成立以彼離心無有心法故若四是者應不成智如四大所造故若五是者此智不成是無分別性有分別故論頌云諸菩薩自

性遠離五種相是無分別智不異計於真釋論云前三句遮五第四句正說自性已上引論云今疏中言睡眠醉等略舉五相之一等字二義者一者等取餘四皆爲證成第三約智耳二義者一等於無想定及無想報以五位無心略舉二故第五滅定第三相中自揀竟無故以直詮不到下即釋論意具如上引上句即不可說下句即可說義義又上三義且從別義配果海等而實三義俱通果海理智等三皆可標舉不可指示寄言遣言約遮約表思之又上三義明說不說更有二義一約自體真法互相顯現名爲可說如經云智起佛境界等謂以如顯智以智顯如名爲可說不可以此性相別取名不可說二者情實相對以情望實情外有真可以談說據真就情真外無情用何起說

二就說大中亦三一約後得智隨事行相可以言辭分別是則可說是出世間故不可說是出世間者以後得智必由證真故是出世如何可說二約加行智謂是意言觀故是則可說觀中行相言不至故名不可說又諸法自相皆不可說諸法共相皆是可說此通一切法觀中行相者以修中觀必稱性修性出名言故不可說故彌勒云種性麤相我已略說諸餘實義唯佛能知又諸法自相者此依因明論謂一切法上實義皆名自相以諸法上自相共相各附已體不共他故若分別心立一種類能詮所詮通在諸法如縷貫華名爲共相此要散心分別假立是比量境一切定心離此分別皆名現量如第十唯識疏說然就說大中約加行智傍出此義以其加行觀法廣故通意言觀故傍出也

三約所寄法可以寄此表示令人解十地故名爲可說不可以此即爲十地名不可說

三約雙融中此上六中各說即是無說無說即說無二俱融準思可知又果海離緣故不可說所證就緣是則可說二所證非修故不可說能證修起是則可說三正證離相故不可說後得帶相是則可說四後得無分別故不可說加行有意言是則可說五加行觀無分別故不可說寄法表地是則可說又果海離緣下上說不說通其六重此下六重相望則初後唯

一中間具二

此上不可說皆各不異於可說以眞理普徧故可說不異不可說以緣修無性故是故下文雖說一分義亦不必故論云如實滿足攝取故意在於此涅槃亦云不生生等皆不可說有因緣故亦可得說故說不說不可局執餘至下明

此上不可說下三融通於中有二先正融通以真理普徧故者真理不可說普徧於事是故可說言以緣修無性故者緣修即可說無性故便同真理不可說也是故下引證先引當經即末偈云我今說少分涅槃亦云下二引他經即涅槃北本第二十一高貴德王菩薩品說十功德中第一智慧功德因辯修行大般涅槃聞所未聞瑠璃光菩薩從東方不動世界滿月佛所而來問佛便明至不至義世尊以生不生等釋成至不至義略有六句四句是複一不生生不可說二生生不可說三生不生不可說四不生不生不可說二句單云五生亦不可說六不生亦不可說今略釋之第一可未生之法名爲不生有可生性名之爲生既不生爲他所生故不可作不生說也第二句謂生相能生生可生之法名爲生生今生相不能自生旣不自生何故生他故不可作生生說第三句謂生相能生未生之法名生不生今由不生時無漏故不可作生不生說第四句謂未生時無有生事名不生不生如虛空未生之時無有生事不能令生有漏之法既未生時無有生事若有緣會則能生耶故不可作不生不生說也五生相是生不能自生故不可說六未生是不生緣會便生故不可說言有因緣故亦可得說者經云有十因緣則可得說遠公二釋一以十二緣生前十共爲生支之因二云即地持等十因生謂一隨說因二觀待因三牽引因四攝受因五生起因六引發因七定異因八同事因九相違因十不相違因釋曰後義爲善廣如唯識等然彼經中廣解不生等相今但略引證說 上來敘意竟

黙之旨故不廣具

大方廣佛華嚴經疏鈔會本第三十四之七

音釋

弼 薄密切 輔也

冑 直又切 裔也

大方廣佛華嚴經疏鈔會本第三十四之八

唐于闐國三藏沙門實叉難陀　譯
唐清涼山大華嚴寺沙門澄觀撰述

如來大仙道微妙難可知非念離諸念求見不可得無生亦無滅性淨恒寂然離垢聰慧人彼智所行處

第二正顯偈詞有十二偈大分爲二前七顯義大後五明說大今初分四初四偈總顯地智微妙二有一偈類地行微三有一頌寄對彰微四有一頌喻顯地微今初分二初二總顯地微後二別顯微相今初正顯地智微妙之相故論云此偈依何義說依智地故依者據也云何知依智地上來本分請分皆依智地後說分中亦說智地即今此中第六偈云智起佛境界亦依智地明知此顯地智微妙非別明佛果今初正顯

下疏文有三初定所顯之法以遠公意明初三偈半顯佛法微妙後有三偈舉彼佛法顯地出言故今揀之明初三偈半亦是顯於地智微妙非說佛果故論云下二引證也文中有五一問二依智地故論荅三依者據也疏釋四云何知下論重微五上來下論自釋然論但云上來所說皆依智地後復所說亦依智地第六偈言智起佛境界故釋曰論無本分請分等言今疏義加耳此論引三節文謂一上來二者後說三即今偈本分即前標舉地之體相是請分謂解脫月大衆如來皆請說十地解脫月請經云何故說地名而不爲解釋諸地妙義趣光衆皆欲聞大衆請經云辯才分別義說此最勝地如來請經云諸地廣智勝妙行以佛威神分別說如是等文皆是十地之智地耳非佛果也後說分等者即論後復所說意云酬請既說十地法門明知許說分齊亦說十地之深義耳即今此中等者此經第六偈即論經第四指語全同意云智從佛境界起所起之智即是十地故下釋云智者是地智起者以何觀以何同行能起此智此下釋佛境界言次前論云此偈示現思慧及報生識智是則可說此智非彼境界以不同故偈言智起佛境界故意云此智地唯佛窮盡故辯所知亦只智地又境界即如如爲佛境今此智地由於加行觀佛境起明皆說十地智耳

不爾豈有請說皆明十地今乃示果之分齊耶於中論經但有六句初二句即此初偈彼云微難知聖道非分別離念言微妙者二偈總相即前地智超言念故餘皆是別別中初句是微體餘皆是微所以於中難可知總顯所以下六句別顯所以論云云何微偈言難知聖道故此即雙指謂聖道是體難知故微也故淨名云微妙是菩提諸法難知故此即雙指下疏釋論言聖道是體難知故微者聖之一字即今經如來大仙即聖人之道名爲聖道以人取法意在於道道即地智故云是體言難知故微者難知是微所以亦是微相該於說證故下開二義言故淨名云者即菩薩品彌勒章中文也云何難知此有二義一說時難知口欲辯而辭喪故二證時難知心將緣而慮息故上大仙道是所證說大仙是佛故言微妙道者是因修行證智之因得大仙果故云何難知下二開章

別釋口欲辯而辭喪者言語道斷故心將緣而慮息者心行處滅故前來頻釋問既云說時云何難知答有心不能說故淨名云其說法者無說無示則言而無言矣上大仙道者牒經第一句爲其地體即論經聖道二字上直就法體以論微妙今以人顯法以是佛因何不微妙六句別顯微所以中初句即說時難知言非念者非有念慮分別心者之境界故何以非是念慮境耶以此地智自體無念故故云離諸念也由上二義如是聖道名爲甚微初句即說時者次第釋上二章也非念離念語則非念似南宗義無念離念似北宗義釋乃非念同北宗修得非念故離念同南宗本性離故若二宗相成由本無念要須離念方知今此云何以非念者由本離念故言自體無念者以無緣故然體無念復有二意一性淨無念以心體離念故今亦非此義以此通一切凡小故二契理無緣都無所得名爲無念即今所用若依此義亦異偏就南宗故南北圓融方成離念由上二下結即非念離念二義下之五句明證時甚微於中復有總別初句爲總求欲證見難證得故以無見無得方能

證故求欲證見者以論經但云難得今經云求欲證見不可得得之與見俱約證說故云求欲證見難可得故次無見無得下雙證二經言無見者上經精進慧菩薩云有見則爲垢此則未爲見遠離於諸見如是乃見佛又善慧菩薩云無見說爲見無生說衆生若見若衆生了知無體性又功德慧菩薩云無見即是見能見一切法於法若有見此則無所見無得者智慧菩薩云有諍說生死無諍說涅槃生死及涅槃二俱不可得真實慧菩薩云佛法不可覺了此名覺法諸佛如是修一法不可得又云一切法無住定處不可得諸佛住於此究竟不動搖般若宗中無智亦無得以無所得故菩薩心無罣礙諸佛則得菩提淨名天女云若有得有證於佛法中爲增上慢故無見得方能證得得與無得俱絕名言非離有得而證無得方爲真無得也亡言亡言下四句別有四甚微第一觀行第二依止第三清淨第四功德下四句者以總明難得其相猶隱故別顯之第一觀行下二列名依論次下釋順經論經云難得無垢濁智者所行處自性常寂滅不滅亦不生故爲此次初句即功德甚微不生者契理出世故不滅者非一往滅不捨利益衆生事故即無住涅槃寂用無礙功德初句下三釋經初句釋第四功德微即無生亦無滅句無生者用而常寂不滅者寂而常用故云不一往滅者即同二乘上來釋經即無住涅槃寂用無礙功德者結成論名次句即清淨甚微性離煩惱非先有染後時離故名爲性淨如此則無不離之時故恒寂然即性淨涅槃次句清淨下釋第三清淨微上功德微即是自在我義此微既約性淨即是常義悟實本淨無染可除先染後淨即是無常言離垢者即觀行甚微謂觀智中離無明垢故不同世間八禪爲無明雜故言離垢下釋第一觀行微即是淨義先順釋論云智中無無明故不同世間下反釋故論云有無明雜智是名爲濁以論經云無垢濁故世間八禪是不動業必雜無明聰慧人下即依止甚微聰慧人者登地已上有智之者彼人之智能行地智聰慧人下釋第二依止微即顯樂德言依止者爲行依故先釋能行之人此聰慧即論經智者二字何智能行若就總就實唯一實智見一實諦故若就別兼權則通三智一加行智

增上善勝解故二根本智增上善寂滅故謂滅諸惑證寂滅理故三後得智隨聞明了故何智能行下二徵以別顯然有二對一總別二權實今疏合明論云智者所行處者自證知故自證知者依彼生故於中智者見實諦義故復增上善解法故增上善寂滅故復有世間智隨聞明了知故釋曰今疏意明此中論有總別先總後於中下別總中二句皆是實智別中有實有權故合之就總就實唯一實智然總別就文權實約義云何行處此之地智是彼證智自證知故依彼地智說證智生故說爲行非正證時有能所行也云何行處即第三正釋行處二智可見故唯約證智能行即是論中總意初云此之地智是彼證智自證知故者即論云智者所行處者自證知故云依彼地智說證智生者即釋論第二句云自證知者依彼生故是則地智約本有之證智約人就法亦由遠公上云三證智四所表地法思之上四徵中功德異小觀行異凡依止清淨揀異外道自尊之者以智斷異故前清淨微是斷德不同彼有見惑及滅心想爲清淨故依止即是智德不同彼以六行而伏惑故上依增勝若通說者並異凡小上四徵下第四料揀於中有二先依論從勝以配上依增勝下二疏意明通通相云何如功德異小無住功德凡外豈有觀行異凡小乘外道皆有無明明彼亦無依止清淨揀異外道凡小寧有以並非聰慧雙證二空定契性淨爲涅槃寂然故知論主從勝略配耳

自性本空寂無二亦無盡解脫於諸趣涅槃平等住非初非中後非言辭所說出過於三世其相如虛空

第二兩頌別顯微相故論云此甚微智復有何相此微體相也是智有二相初二句明同相智體空寂故後六句不同相智位差別故此微體相者疏釋論體相有三一者摽相如見煙知火見鶴知池等二者形相長短方圓等三者體相如火熱相等今揀前二故云體相體相復二一者事體如向所引二者理體如空寂等今是理體約不同相雖義兼於事皆事理相即

爲深義之體也智體空寂者其猶世間色等空寂名爲同相色相差別名爲不同相不同猶於自性也今初同中上句總下句別總中此是誰相彼智相故故言自體此智自體以何爲相謂本空寂何以言同此即性淨涅槃上同諸佛下同衆生一切衆生皆有此故橫同諸法諸法皆如故此如即是自體空故一切皆以空爲自性智性色性本無差別一切皆有安樂性故總中下釋總句有二先釋經中兩重假徵以經配答可知但體性有同有異異者相據於外性主於內體者性相之通稱則寬狹不同今此所明即性爲體故經云自性論經云自體何以言同此即性淨下二釋論同相之言先出體此即性淨涅槃者出體也則下言不同是方便淨涅槃同相有二一對因彰果本隱今顯二對用彰體涅槃體淨故不揀修生修顯功德彰體齊稱性淨若依初義無始法性名之爲體昔爲妄覆今障息德顯故名爲淨若依後義則涅槃法體名之爲性涅槃體淨名爲性淨下方便淨亦有二義次下當辯上同諸佛下後釋名也以體釋名由體同故略舉三同顯橫豎皆同上下即豎

橫同諸法摽也諸法皆如下展轉釋成文中自有五重徵釋一云云何得知皆同諸法釋云諸法皆如故智體即如故云同也二又徵云經云性空何干於如故釋云如即空故三又徵云何以得知如即是空故釋云一切皆以空爲自性故自性即是空如四又徵云豈不言總意別別在於智何言諸法故釋云色性智性本無二故即起信文以法取性性隨法別是則智空非說餘空若以法就性性無不同五又徵云縱言性同何以得知是涅槃性故引涅槃經證一切諸法中皆有安樂性安樂性者即涅槃性即涅槃第三四十二問中一問也下句別者論經加一有字云有不二不盡釋云此智空寂其相云何謂離三種空攝是眞空相三種空者即地前空亂意菩薩一疑空滅色取斷滅空此失空如來藏即損減也二疑空異色取色外空三疑空是物取空爲有今云有者即初離謗攝不謂斷滅如兎角故言不二者即離異攝不謂異此空智更有異空言不盡者離盡滅攝不謂有彼此自體彼

此轉滅故此明非滅有體之智成有體之空亦非空有物可轉滅也離此三空即見自性本空空如來藏今闕有字如何會通此有二意一以不盡攝之謂有體故不盡無則異於斷滅若無可盡滅則非有物義如前說二者西域之經自有二本故論云有二種頌一有不二不盡二定不二不盡此頌雖異同明實有若非實有不得言定此云何定定能滅除諸煩惱故意云定即是有故能滅惑今經亦無定字義同定本謂定是有無不二法故離前二空謂無二中兼得空與有不二故非斷滅三種空義如寶性論第四所明三種空者即實性論第四云若散亂心失空衆生者謂初發心菩薩離空如來藏義以失變壞物修行名爲空解脫門此明何義初發心菩薩起如是心實有法可滅後時得涅槃如是菩薩失空如來藏修行又

有人以空爲有物我應得空又生如是心離色等法別更有空我應修行彼人不知空今疏二當第三三當第二爲順論中三種謗故又取意引對文可知然般若經中四句正遣此三空疑一疑空滅色故以色即是空以遣之二疑空異色故以色不異空空不異色遣之三疑空是物今明空即是色故非別有空也今云有者四引論別釋也然論先列三病即返問辯非後列三名治之即順問彰是今初論云自體空者可如是取如兎角耶不也可如是取異此空智更有異空耶不也可如是取有彼此自體彼此轉滅耶不也後順問彰是云云此何取此自體空有不二不盡如是取此句顯離三種空攝一離謗攝二離異攝三離盡滅攝釋曰上論先舉所捒以經一對治今疏乃分其能治所治兼經五字一一對釋於義易了如云今云有者牒經即衫離謗攝者即舉論立名不謂斷滅下明離前過如兎角者即前可如是取如兎角耶其不謂兩字即前不也二字斷滅兩字即取三空亂意中第一亂意會同論文下之二攝例此可知但觀上來所引論文自分主客二即疑空異色三即疑空是物謂空爲有此明非滅下者此有二釋今是第一釋由論云彼此自體故以空爲此智爲彼既離盡滅故非滅有體之智等亦非空下即第二釋前釋雙就智空上論盡滅今就空上論盡滅正順上第三謂空爲有謗不異約智論有也離此三空下結成正義然正義

尚難初二是有後義非有自互相違何成正義故說正義智相是有智性說空今此智空由有三德離上三謗一相作義故離初謗攝謂若無智則無有空若無真空智不成立故若諸法不空即無道無果故中論云以有空義故一切法得成故論經云有能離謗攝既空能成有豈待滅智方說空耶二不相礙義是故不異異即有礙於空定性有故空礙於有定性無故既不相礙故非色外別更有空故離異攝三相違義以體非有故無可盡安謂空為有耶故初則廢他成已故有空後則廢已成他故非有空由初有故不無由後無故非有非有非無是中道義故此空有豈得異耶由空義故與智非一由前二義與智非異非一非異是中道故故此真空是智之體體相無二為智之相是同相也同相即是空如來藏空如來藏即性淨涅槃其揆一耳今闕有字下第五會通經文此句徵也此有二意下釋初意以不盡字攝有字前明不盡是無故無可盡則離謂空為有過今明有體故不盡則離斷滅過二者下第二意即以無盡二字攝有字以是有無不二故離斷滅於中先出論文次意云下釋論後今經亦無定字下會釋今經離前二空者一謂有無二故離於異攝二即異故義如前說二者有無既其不二豈減有明無故離斷滅雖有二意後意最親

二有六句明不同相者即方便淨涅槃二有六句者疏

文有三一總彰大意文中有三初出體即方便涅槃對前性淨方便有二一對因彰果從因方便而修得故二對體起用作斷用差別故名方便方便即寂故稱涅槃

斷惑平等不同凡小而能斷故不同外境但是所證有異相故不同於空斷惑平等下第二釋名釋此不同對於前同前同有三今亦有三而少開合一對下同眾生言斷惑平等者斷惑異凡夫平等異小乘小乘不斷法執故非平等又謂有惑可斷不解無斷而斷今皆反此故云平等二而能斷者以其外境但是所證即對前橫同諸法然諸法中含其有無故開為二今對有境質礙之境不能斷惑但是所證三有異相者即前諸法中含此無法又加此空者前約性淨同空義多今方便淨同空義少故云不同於空不云不同諸佛者此多同佛故

涅槃是果此云何是約分證故又是所依果海如下十山十德不離海故此當義大不可說故今明地智應是菩提那言涅槃若分相門則所證為涅槃今顯相融即智之性為性淨涅槃智出惑障為方便淨涅槃二而不二難說甚深良

在於此涅槃是果下三通妨難而文有二妨一以果違因妨先問後約分證下答答有三義文並可知今明地智下第二所證違智妨亦先問後若分相下答大意可知然約相融凡是一法即攝一切若以涅槃爲門涅槃攝一切法若以菩提爲門菩提攝一切法若法身爲門法身攝一切法今約地智地智門中攝一切法智相即同菩提智性即同涅槃今取即相之性故同與不同皆名涅槃二而不二者性與相殊而復相即故難說甚深欲言菩提即同涅槃欲言涅槃即說爲智互融雙絶難以一事當之故理圓言偏理與言絶爲難說耳文中解脫是總餘皆是別總謂淨相解脫故異前也實性論第四云清淨有二種一自性清淨謂性解脫即前同相二離垢清淨謂得解脫即此淨相解脫文中解脫是總下隨文解釋先解總句異前同相也寶性論下引論成立此論前有偈云佛身不捨離清淨真妙法如虛空日月智離染不二論云此偈明何義向說轉身實體清淨又清淨者略有二種何等爲二一自性清淨二離垢清淨自性清淨者謂性解脫無所捨離以彼自性清淨心體不捨一切客塵煩惱以彼解脫不離一切法如水不離諸塵垢等而言清淨以自性清淨心遠離諸煩惱垢更無餘故又依彼果離垢清淨故云若無上依經第一亦明四德各有二義淨有二者一自性清淨是其通相二無垢清淨是其別相我有二者一遠離外道邪執我二離二乘無我樂有二種一離一切苦二斷意生身諸陰滅常有二種一離無常斷見二離涅槃是常見故上皆取意引經耳廣如涅槃章別中以別顯總別有二種一何處得解脫即經於諸趣也此顯所脫謂煩惱爲趣緣業爲趣因生爲趣果故三雜染皆諸趣攝若脫因緣則無生果別中以別顯總下釋別句於中有二先釋於諸趣言二云何解脫即下五句此明解脫之體五句即顯五種解脫之相一等二際是觀智相二斷煩惱是離礙相後三體德圓備即是涅槃之相二云何下釋餘五句五句即顯五種解脫之相者標也下唯列三後三合故若具應云三明般若是觀行相四明法身㫖轉依相五明解脫是無凝相今以後三合爲涅槃前之二義亦三德開出般若約決理邊即名觀智約契合邊即名觀行無間道斷即斷惑相解脫道證即證無凝相故雖五句但是三德補曰三并合一恐文繁長下闕爲三

閒二復五　閒三復三

言平等者謂世間涅槃平等攝取非如聲聞一向背世間故以世間之性即涅槃故中觀云世間之實際即是涅槃際無毫末差別故

言平等者即牒經解釋也此即第一等二際是觀智相者即經涅槃平等住謂世間涅槃平等攝取下皆是論文以世間之性下疏釋平等之義然論云平等攝取約人說平等非如聲聞不得平等得與不得並約於人而疏以性釋者由二乘不了性等故背生死向涅槃菩薩了性本來平等生死即涅槃故不捨生死而取涅槃不離不在納法在心故云平等攝取中觀云下引證釋成即涅槃品偈云涅槃與世間無有少分別世間與涅槃亦無少分別涅槃之實際及與世間際如是之二際無毫釐差別今但義引三句意已具矣若更廣說應有四句一全涅槃故無毫釐差以世間實性說爲涅槃涅槃之相說爲世間以性收相無相非性故唯涅槃亦無有差二全世間故無毫釐差以相收性無性非相故三全世間之涅槃與全涅槃之世間無毫釐差以雖互收不壞二相故四全世間之涅槃非涅槃也全涅槃之世間非世間也非世間與非涅槃無毫釐差以性相互奪異不可得故義句雖四法唯一事所謂無事故非四也是故順情而取四句俱非順法而言四句俱是

也此般若智於外能照諸法皆空內照之體廓然即空空四絕故四絕中間即空之神照朗無相之虛宗是般若法也此即非中之中也由不礙事之理故全涅槃入生死全生死入涅槃由不礙理之事故差別究然也由二俱無礙故入不入俱成也由一無礙又不二故入即不入不入即入如是方爲究竟平等

二斷惑相者謂三時無斷方說斷故故云非初非中後

二斷惑相下釋此一句疏文有三一總明大意謂三時相因俱無定性故三時無斷由無定性方能斷惑故云方說斷耳故云非初下指經文然雜集第十亦云從何而說煩惱斷耶不從過去已滅無故不從未來以未生故不從現在道不俱故此即三時無斷義也中觀廣說即以三時門明無斷義無斷即是性空義以有性空義故一切法得成故成斷義下當廣明補曰二斷煩惱科文徵分爲五細玩得之繁

釋此有二義一約相翻二約相續

言相翻者謂無間道正斷惑時爲智先起惑後滅耶爲惑先滅智後生耶爲同時耶此三惑智各有兩失故不成斷謂智先起智有自成無漏過不能滅惑過煩惱先滅

煩惱有自滅過不障聖道過智後同時各具四過如燈不破闇可以喻此又涅槃云毘鉢舍那不破煩惱若爾云何說斷若依唯識第九明二真見道現在前時彼二障種必不成就猶明與闇定不俱生如秤兩頭低昂時等諸相違法理必應然是故二性無俱成失者此但擧法相一邊亦不違餘緣集斷義若望此宗則有所遺謂秤衡是一低昂無妨解惑不爾豈得俱時明闇之喻雖則相傾到與不到俱不破闇同時則相乖異時不相預故若此宗斷結要性相無礙上明非先後俱爲顯無性無性緣成則說斷結由能斷無性方爲能斷所斷本空方成所斷若定有者則墮於常不可斷故若定無者則墮於斷失聖智故謂智先起

者一本因斷惑得無漏智今智先起則不斷惑自成無漏二智既先起惑猶在故不能斷惑煩惱二過者一智已先起煩惱猶在故後滅時是自滅耳二惑在不礙智起故不障聖道惑智各二故有其四智後同時等者併出二開言智後者即前爲惑先滅智後生耶言四過者初明二惑一惑自先滅過由智未生而惑滅故二不障聖道過惑先已滅不礙智故智二過者一智有自成無漏過惑已先滅智不斷惑故二不

能滅惑過惑已先滅無可滅故言同時者即惑智同時亦有四過智二過者既與惑俱惑不干智故自成無漏亦不斷惑二惑過者既與智俱故不障聖道與智俱時惑猶在故後若斷時亦自滅耳如燈不破闇下約喻以明通經及論又涅槃下引經法說成上喻說並如下明若依唯識下四正顯斷義於中有三一正顯唯識言二真見道者彼疏不釋有云謂真見道及相見道此釋非理言二真故斷惑正在真見道故

有云人法二空此亦難依二空所證今說能斷故有云無間解脫爲一此二應非斷惑正在無間道故若爾何者指南應是大小二乘爲二故次前論云二乘見道現在前時唯斷一種名得聖性菩薩見道現在前時具斷二種名得聖性二種即二障所斷廣狹小異大小俱是真見道斷故然彼論意爲異薩婆多宗彼宗所立見道之前斷異生性無間道起與惑得俱說言斷耳故爲伏難云若異生性見道前捨無漏果

起無有凡聖俱成就失今既依於見斷種立即無間道有惑種俱異生未斷如何凡聖無俱成夫故唯識云見道起時彼種不成猶如明生不與闇並故凡聖二性無俱成失若無間道與惑得俱却有凡聖俱成之失雜集第七亦明此義明暗之喻下二破明闇喻明闇同喻極似於法理則無違故先印許到與不到下但就無性理破三論廣說中論三相品中小乘被破大生小生二互相生彼便救云本生生時能生生故引喻云如燈能自照亦能照於彼生法亦如是自生亦生彼論主破云燈中自無闇住處亦無闇破闇乃名照無闇則無照意云明中無闇闇中無明明既無闇爲何所破彼便救云具足之燈無闇可破初生之燈明體未全則有闇破故復破云云何燈生時而能破於闇此燈初生時不能及於闇意云初生名半生半未生未生之半此半無明亦不能破已生之半此半無闇亦無所破彼便救云何用及闇但使能破故復破云燈若不及闇而能破闇者燈在於此闇應破一切闇又反並云若燈能自照亦能照於彼闇亦能自闇亦能闇於彼釋曰今闇不能闇於彼明知是燈不能破闇由依此義故上疏云雖則相傾意云而明闇理別明能破闇闇不破明故涅槃二十九亦同於此以燈不破闇喻上毗鉢舍那不破煩惱若此宗下三辯此宗大意如前總中及下相續中明由能斷無性下三雙明能所即空而斷補曰相翻科中有四一定斷處以開三門

此三惑智下依闇五過若爾下假問徵起若依唯識下正影斷義言相續者不約惑智相對但就一智自有三時論依此釋就此三時復有二種一約初心究竟通分三時二約無間道中刹那三時經論並通此二論云此智盡漏爲初智斷爲中爲後答云非初智斷亦非中後偈云非初中後故此上順釋偈文兼定三時唯約智說故言是智斷惑若爾三時無斷云何斷耶論云如燈焰非唯初中後前中後取故此舉喻釋成謂實教斷惑必性相雙明經文正顯證智唯據甚深緣性不可說義論主兼明斷義故性相雙辨非初中後辨因緣無性是斷之不斷前中後取即不壞緣相是不斷之斷故大品云菩薩非初心得菩提亦不離初心後心亦爾而得菩提譬如然燈非初

熖燋炷亦不離初熖後熖亦爾而炷實燋故龍樹判云佛以甚深因緣答涅槃二十九亦云衆生五陰雖念念滅而有修道如燈雖念念滅而有光明上諸經論皆顯性相無礙無斷之斷又今經論反覆相成謂若定斷者一念便足何假三心既並取方成明知無性無初中後無初中後是無性故方得成於初中後斷此則因緣故無性無性故因緣也若云初念則能斷後念方究竟斷者不異毘曇一念有燒始終方盡若云初念獨不能斷積至中後方能斷者不異成實一念不燒相續方然勿失宗旨

就此三時下二辯三時不同疏中自有二種三時前三時長如下大品之文發心爲初修行爲中成佛爲後後三時短謂唯無間道然無間道通於諸位今且取見道爲初金剛爲後各有三時論云此智盡漏下三依論正釋文中分三初順釋無斷義此

舉喻下二疏解經論此中亦有古義至下結彈中明今但直就性相無礙以解正義於中有二一釋論經文正顯證智者此中義大是不可說故唯顯甚深論主若不性相雙明豈知是斷惑義故大品下二引證證成論主如燈燄義然大品經具云須菩提白佛言世尊菩薩爲用初心得菩提爲用後心得菩提初心不在後心後心不在初心心心法不俱云何善根增益能得菩提佛反問言譬如然燈爲用初燄燋炷爲用後燄燋炷須菩提白佛言世尊非初燄燋炷亦非離初燄後燄亦爾佛問須菩提炷爲燋不須菩提白佛言實燋佛合喻云菩薩不用初心得菩提亦不離初心後心亦爾從初發意行般若具十地得菩提經已分明況論釋云佛以甚深因緣法答所謂不但初心得亦不離初心得所以者何若但初心得不以後心者菩薩初發心便應是佛若無初心云何有第二心第三心以初心爲根本因緣亦不但後心亦不離後心者是後心亦不離初心若無初心則無後心初心集種種無量功德後心即具足故能斷煩惱習得無上菩提合喻準法此中燈喻菩薩道炷喻無明等煩惱燄如初地相應智慧乃至金剛三昧相應智慧燋喻無明等煩惱燋亦非初心智燄亦非後心智燄而無明等燋成無上道彼既云非初不離初等則非唯但取相續之義故論云甚深因緣又彼經中法喻影略法說得菩提喻說斷煩惱二義相成同故引證涅

槃二十九等者然涅槃云念念滅者即是空義由念念滅是無性故不同小乘何以得知彼經初師子吼問云衆生五陰空無所有誰有受教修集道者佛便以此經答云雖念念滅而有修道明知念念滅即是空義故義符今論性相雙明又今經論下重結正我謂非唯無礙而又相成前則事不礙理理不礙事性相雙存今則依理成事事能顯理亦含雙奪此則因緣等者即中論云若法從緣生是則無自性若無自性者云何有是法即緣生故空義也次云無性故因緣者即中論云以有空義故一切法得成即無性故有義也若云初念下四結彈古義即遠公解前解經云治必階漸非定始終故云非初亦非中後正論其果斷在窮終不得說言非初中後今乃據果反談昔因因時不頓是故說言非初中後下釋論言非初智斷亦非中後云非初智獨斷中後亦然通取三時方能盡結次釋論云若爾云何斷如燈燄非初中後前中後取不異毗曇一一念有燒始終方盡治結同然若依成實一念不燒相續方然治結亦爾若依大乘慧心明勝一念能斷但相續終始方盡究竟故經說言念念具足一切助道於一念中尚能具足一切道品何有不能斷除煩惱但相續始終方盡究竟是故今說前中後取如義正知名之爲取釋曰此公雖明大乘慧勝要明具足三時始終方斷故疏不依但依前爲正義約性相無礙釋云今依其義開爲兩關難令同彼毗曇成實謂應問言爲初念即斷後念方究竟耶爲初念不斷積至後念方能斷耶依初則同毗曇依後則同成實一念具足道品何所證耶又但成於斷惑之義不知斷而不斷不斷煩惱入涅槃義故結彈云莫失宗旨

上猶通實教若依圓宗所斷之惑一迷一切迷一斷一切斷無斷無不斷若具顯諸宗差別如別行章

若具顯下指廣從略廣如五教義分齊中即是別章上已略辯謂結彈同毗曇成實即小乘斷結義引唯識文及具三時即初教義正約性相無礙即實教義第五結成圓融中正顯圓教義於無斷無不斷中兼頓教義謂若無斷者一切契理故無不斷若一斷一切斷故即圓教義若云尚無有斷何有無斷性本寂寥言亡慮絶說爲斷者即頓教義第二斷煩惱竟

非言詞下三句明三德者初句即般若是觀行相謂無分別觀體絶名言真智內發不同聲聞依聲而悟前云觀智約其決了此云觀行約行契極

三句明三德者即前體德圓備是涅槃之相若別說者法身是體般若解脫是德若通相說三皆稱德合爲涅槃之體故云三德涅槃即對前解脫於諸趣諸趣有三雜

漏智故大圓鏡智相應心品有義金剛喻定無間道得有義至解脫道乃得初起異熟識種金剛喻定現在前時猶未頓捨與無間道不相違故非障有漏劣無漏法但與佛果定相違故金剛喻定無所熏識無漏不增應成佛故釋曰此意正明捨異熟識方始轉名圓鏡智故成所作智相應心品有義菩薩修道位中後得引故亦得初起釋曰謂第六意識後得引故於淨土中起五識故論有義成佛方得初起以十地中依異熟識所變眼等非無漏故有漏不共必俱同境根發無漏識理不相應故此二於境明昧有異由斯此品要得成佛依無漏根方容現起而數間斷作意起故釋曰言不共者即不共眼根根唯爲眼識依故言必俱者是俱有依根識同時故言同境者即同境依根識共同緣一境故此三名異俱是五根皆三依中俱有依攝所依眼等既是有漏故不能發無漏識智言此二於境有明昧者二即是漏及與無漏無漏即明漏識即昧十地五識既是有漏故至佛果方成所依俱有依義廣如問明品引今疏意取成佛時得故此不言依彼本識者二釋所依言真如者即前唯識爲迷悟依聖道轉令捨染得淨然其真如即唯識性故彼論云此諸法勝義亦即是真如常如其性故即唯識實性今即於本識之中依真如性又法性宗識相識性互交徹故然於一識有二種門一真如門二生滅門於真如門中法身即是真如門攝故經

云真如平等無相身若生滅門中法身即名如來藏性如來藏性即是本覺故起信云所言覺義者謂心體離念離念相者等虛空界無所不遍法界一相即是如來平等法身依此法身說名本覺然真妄和合名阿賴耶凡夫但從妄識熏種聖智去妄雖則本識未捨異熟而其二智唯依真如法身常理故論云轉依止依止常身故是了義下疏釋於中亦二此句出意由是了義故經定說涅槃經下二爲引經文於中又二先正引即南經第三十五憍陳如品云爾時世尊告憍陳如色是無常因滅是色獲得解脫常住之色受想行識亦是無常因滅是識獲得解脫常住之識彼經次說苦空不淨亦復如是故說如來五蘊常樂我淨言其文非一者即涅槃經第二開宗顯德即說常住如玄談中已廣分別此經上下其文非一若依唯識下二解釋於中又二先依法相宗言非自性常者自性則凝然常此約法身報身名相續常即上能依亦說名常三者化身名不斷常應用不斷故若起信下二依法性宗先引論謂本覺是法身始覺是報身既云始覺同本覺無復始本之興名究竟覺則二常無別生公亦云真理自然悟亦寘符真則無差悟豈容易不易之體爲湛然常照等並如前說勝覺經者若別說三身如來妙色身世間無與等無比不思議是故今敬禮則說化身如來色無盡智慧亦復然即歎報身一切法常住即歎法身是故我歸依總

歸三身既云一切法常住則上二身豈非常住亦同法華世間相常住世間尚猶常住三身豈得無常

三其相如虛空即解脫相不同不

聲聞猶有智障二障雙亡故如空無礙同

聲聞下釋顯其相亦取論意耳論亦有三一反問辯非云可同聲聞緣覺智有障得解脫耶不也二順問彰是云云可一解脫偈言其相如虛空三釋是異非云無一切煩惱障礙故釋曰煩惱即法華云離諸苦縛名得解脫是人於何而得解脫但離虛妄名爲解脫其實未得一切解脫未脫所知有三餘故今脫二障故不同彼

三德之義已見上文然圓滿在佛圓教十住即許開發此中約因即言分得所依果海等佛無差轉依亦爾從因門中是見修轉就果辨者究竟廣大轉也

三德之義下二總結三德於中有二先總結見上文者即問明品然下出現品復富廣明然圓滿在佛下約位分別即天台智者意約圓教六即以明一理即三德謂一切衆生平等共有即三雜染煩惱即般若結業即解脫苦報即法身迷成三雜染體即三德二名字三德謂於圓理若因若果解了分明三觀行三德三德圓修障無不寂理無不照寂照雙流徹見心性又

一空一切空即是般若一假一切假即是解脫一中一切中即是法身四相似三德謂六根清淨身如瑠璃照法實相業繫不羈五分真三德如初發心住得如來一身無量身說法智慧所作自在六究竟三德即是如來今此即當分真三德今云圓滿在佛即究竟三德十住開發即是分真此中約因即言分得亦分真也從十住初心直至十地皆名分真故所依果海即等究竟轉依亦爾下二別會轉依即唯識第十釋四轉依之前先云如是菩薩於十地中勇猛修行十種勝行斷十種障證十真如於二障依便能證得二轉依菩提涅槃即轉依位別略有六種一損力益能轉謂初二位由習勝解及慚愧故損本識中染種勢力益本識內淨種功能雖未斷障種實證轉依而漸伏現行亦名爲轉二通達轉由見道力通達真如斷分別二障麤重證得一分真實轉依三修習轉謂修習位由數修習十地行故漸斷俱生二障麤重漸次證得真實轉依攝大乘中說通達轉在前六地有無相觀通達真俗間雜現前令真非真現不現故說修習轉在後四地純無相觀長時現前勇猛修習斷除麤重多令非真不顯現故釋曰通達真俗者以有相觀通俗無相觀達真言令真非真現不現者入無相觀真現非真不現出觀真不現入有相故非真現言後四地多令非真不顯現者常在無相觀故多不現由雜煩惱未名清淨則非真猶現故有多言四果圓滿轉

謂究竟位由三大劫阿僧企耶修習無邊難行勝行金剛喻定現在前時永斷本來一切麤重頓證佛果圓滿轉依窮未來際利樂無盡五下劣轉謂二乘位專求自利厭苦欣寂唯能通達生空真如斷煩惱種證真擇滅無勝堪能名下劣轉釋曰上有六義故稱下劣六廣大轉謂大乘位為利生故趣大菩提生死涅槃俱無欣猒俱能通達二空真如雙斷所知煩惱障種頓證無上菩提涅槃有勝堪能名廣大轉此中意說廣大轉依捨二麤重而證得故問曰何以不取果圓滿轉釋云對菩薩說是以不取意明上約位不出後二大乘小乘小乘不取故唯取第六今疏文中但不取小乘及損力益能益能但是資糧加行今辯地故

此不同相由得前同成斯不同能顯前同令離障清淨無別不同如融金成像像非金外論中結後五句云如是觀智如是斷煩惱如是觀如觀如如是依止依止如是解脫得解脫後三皆重言者皆上牒前下是結成謂如是觀而觀等也偏此後三有重牒者以前文後三對妄顯真故須牒真就以結之此不同相下二

總結會通於中有二先結會同義應有問云若解脫如空則本來無礙何異同相故為此會同約體空此約契空悟本無縛名真解脫故云由得前同成斯不同彼能成斯斯能顯彼能所不一也論中已下二結不同但結五句者解脫是總於諸趣是脫處故不結之謂如是等者謂應如是契實而觀莫作餘不契之觀而云等者等取依止解脫謂應如是依止於常莫依無常應如是雙離二障解脫莫同聲聞後三對妄顯真者一般若云不同聲聞依聲而悟二法身云非如無常意識智依止無常意識因緣三解脫云不同聲聞猶有智障故牒於真以結此三令依於真不依於妄故亦可後三即涅槃故前二不離三故已如上說論中此後會六相云如是說已於中自體空是總三種智空是別釋曰此會同相論又云解脫是總五種解脫是別釋曰此會同不同相也但會總別同異成壞略可知故

大方廣佛華嚴經疏鈔會本第三十四之八

音釋

燋　茲消切音焦

烓　腫與切音主

大方廣佛華嚴經疏鈔會本第三十四之九

唐于闐國三藏沙門實叉難陀　譯

唐清涼山大華嚴寺沙門澄觀撰述

寂滅佛所行言說莫能及地行亦如是難說難可受

第二一偈類地行微於中上半牒前地智離言以爲能類下半正舉地行以爲所類第二一偈等者然遠公復云後之三偈以佛果法類顯地實意云前二涅槃是佛所行故難言說類於地實亦難說聞雖有此理前之四偈曾不說於佛果之相但指涅槃菩薩得者是佛所行之涅槃故故今疏云以上地智類顯地行爲甚微妙故論釋行云謂是檀等非地實故初中謂彼前地智顯二涅槃皆言不及寂即同相性淨涅槃自性寂故滅即不同相方便淨涅槃要智緣滅非約性滅故此二涅槃是佛所行故言不及行者證也言不及者說聽皆難也何不直說無言而云言所不及若一向無言何由悟解令尋言求理而知理圓言偏故但云不及

下半所類者謂非唯證智如是深玄而令智眷屬行亦難說受論云地者境界觀行者智眷屬智眷屬者謂同行同行者謂檀等諸波羅蜜言境界觀者如爲境界照達名觀此即加行設地是地體意在舉地取行故云地行將此地智修行檀等故名同行同彼事而行故斯即後得爲證智眷屬也設地是下四揀濫也正揀遠公所類是其地實以前論言地者境界觀徃疏作加行觀釋故今縱之云設令地是地實境界觀非是加行是地實者意取地實所起之行非取地實故論云行謂同行以其地實即是證智同彼檀等差別行故明知取行耳

智起佛境界非念離心道非蘊界處門智知

意不及

第三一偈寄對彰微者對聞思等以顯微故（寄對彰微者文中有二先總顯意取對即開等三慧等取報生識也）初句舉法體智是所起地智即前五偈所明根本之智起者即加行後得二皆觀如如即佛境並爲能起故論云以何觀以何同行能起此智此即前偈何觀者前境界觀何同行者前檀等行皆言何者隨何觀行是非一之言以加行隨地不同後得緣境各別故（初句舉下隨文牒釋四句三節中二合故初句有三一取意正釋言起即加行後得者此二爲能起其智一字即是所起二皆觀如如亦能起故云並爲能起故論云下二以論釋前加行後得之言何觀是加行何同行是後得此即前偈下三疏釋論文然論但牒問云以何觀等而無別答今疏即指偈之論釋觀及同行從皆言何下正示答相即隨地加次行等起證智故其論此智字前疏已釋）

二句明難說於中初句非心數故難說非念者非思慧境故離心道者非報生識智境故報生識者如上違請中辨後句明不同三科有色心根境故不可說論經云非陰界入說論釋非說云離文字故今經略無說字門即是說故法華中以說爲智門（故法華者彼釋諸佛智慧甚深無量爲證甚深釋其智慧門難解難入爲阿含甚深阿含即教法生公云夫知智在說說則爲門非唯智不可解門亦難了了門則達二非非難解如何皆以說爲門也）下句明不可聞智知者唯諸智知故意不及者如聞取故即依智不依識也

如空中鳥跡難說難可示如是十地義心意不能了

第四一偈喻顯地微上半喻下半合此中喻者不唯取空餘處虛空不爲喻故不唯取迹砂土上迹不爲喻故正取空中鳥迹

第四一偈喻者疏文有四一揀喻體一同前文風畫之喻論云鳥行空中迹處不可說相亦不可見者總顯喻相也處即迹處之空相即空處之迹不可示其長短大小令見不可說為有無等此中迹處之空以喻證智空處之迹以喻阿含故論合云如是鳥迹住處名句字身住處也此中跡處下疏釋此下更有論云何以故虛空處鳥跡相不可分別故非無虛空行跡今疏但義合影在合中何以不可說論云虛空處鳥迹相不可分別故意云鳥足履沙則有迹及處由履空故處迹難分名句字身亦爾菩薩證智所攝故不可說聞若說若聽心意不能了也故以證攝教如空攝迹令名句等非如聲性也以是證智之名等故上明麤相非有順喻不可說聞後明細相不無以喻可證論云非無虛空行迹故謂

迹處之空異於餘空喻非無他智空處之迹異於無迹喻非無名句字身以有鳥行必有迹故故論云非無他智名句字身即雙合也謂有諸聖親證如故證尚不無況於言教

又以空攝迹迹不可示以迹攝空空亦非無喻以證攝教教不可示以教攝證證可寄言喻意正爾

若欲開鳥異迹則鳥喻言詮迹喻差別地相則有三事而迹處中以迹隨於鳥迹相非無以迹隨於空迹相非有喻以差別隨於詮差別非無地相隨於證差別非有若欲開下二取類展合於中有三一展成三事加於鳥故若更開迹處之空異太空者則迹空喻證智太空喻果海迹空隨於迹地智可說迹空隨太空則地

智離言雖通此義在論無文若以迹喻證智如前風畫中辨若更開下二展爲四事開空爲二故若以跡喻證智下三例前以釋亦有四義然向四者一太空喻果海二跡處之空喻證智十如三空處之跡喻地相四鳥喻言教而跡不喻證智今例風畫跡喻證智則應云一大空喻果海二跡處空喻十如三空處跡喻證智四鳥喻言教地相皆教道故言如風畫中辯者已上空中風畫例同今跡故然彼處本論但以風畫喻阿含所依之空喻證智然其阿含約言教說次下疏云若將二喻喻所詮者仍有兩重一以風畫喻地相所依空喻證智二以風畫喻地智所依空喻果海今取例第二意然其風畫三遍用之方成四事一喻言教二喻地相三喻證智兼所依空喻所證十如四太空喻果海然其風畫離於空中風畫無別風畫如鳥異跡故無空處之畫以喻地相畫喻能詮以斯鳥迹之喻暎下十地之文則寄位淺深之言施戒禪支之類一文一句莫不深玄豈謂地前爲深地上爲淺故論總結云此中深故示義大踊悅以斯鳥跡下結歎勝能此中鳥迹亦雙喻教證難說難聞何異請中

風畫之喻故論云云何復說論答云汝等不應如聲取義此意云上喻及法是顯默不說之意此中喻及難說誡衆捨著許爲宣說意不同也若以著心隨聲取義有五過失一不正信以隨言解不稱實故二退勇猛不能忘相趣實理故三者誑他以己謬解爲人說故四者謗佛指己謬解是佛說故五者輕法以淺近解解深旨故謂法如言不殷重故意令大衆自知無此五過所以酷明難說難聞令人以地上爲淺者並陷斯五失故歎難說聞則翻斯五失以成五德已說深義令生正信若以著心下二引論釋取著之過於中有四一正出五失論主但有五名疏中一句舉名如一不正信即是論文一句釋論如云以隨言解不稱實故下四例然初中通有三節前二違行次二違人後一違法今人下三結彈異釋今人者非對古人但謂如今有人耳故歎難說下

四舉五失之損翻成五德故言五德者一
者正信二者勇猛三者正說四者順佛五
者重
法
慈悲及願力出生入地行次第圓滿心智行
非處境是境界難見可知不可說
自下第二復顯說大令生正信五偈分三
初一偈半正顯說大三成就義二有三偈
彰已無過誡衆除失三有半偈示說分齊
但是說因
今初言三成就者一因成就大謂慈悲願
力爲起行本故名爲因二因漸成就大謂
聞思慧等爲出世智因起之不頓故名爲
漸三教說修成就大謂即修慧真修契實
如於正證可寄言詮故名教說教說二字
正揀義大非如果分不可說故前二不似
正證體非玄妙不假言揀但爲出世智因

故並稱因當分獲得三皆成就此三地位
爲在何所此有二意一約初地則前二容
在地前地加行故後一唯居地上二約通
說地地之中加行修等慈悲願力即是因
成聞思慧等即爲因漸正證後得皆教說
修
今初下先釋名也若粗相分別即聞思
修慧爲三若細辯相修慧有二真修爲
第三緣修屬第二前二不似正證下後解
妨兼釋通名謂有問言三種成就並非義
大何以第三獨揀義耶答意可知當分下
重復通難謂有難云若皆是因何名成就
釋云當分說成非對因說以爲成就以獲
得釋成就者俱舍論云得謂獲成就故即
以此文便釋通名名三成就此三地下第
二辯位遠公名爲約處以定疏意十地皆
有三種成就初地三成前二在地前餘皆
地上故云初二容在地前若遠公意總有
二意一假寄處因此有三義一寄種注種
性種子成立因成就大相順彼故二寄解
行解行起修趣入出道因漸成就相順彼
故三寄地上地上德成教說修者相順彼
故二約實行處說大同疏
意以後義要當但爲後解
問慈等聞等說
十地中在文易了正證之相何處是耶答

此有二意一地體玄妙不可直彰寄法顯示即是其相謂如十善禪支道品諸諦等二因滿入處即是正證如初地云名住菩薩歡喜地不動相應故八地云入一切法如虛空性成就此忍名入不動地等即其文也以真實正證不可說示故此二類皆是說修若爾上三漸次何以諸佛教說證耶彼從所表義大故名爲證今從可說但得云說故上論云因此說大能得彼義故

問慈等下三就文辯意慈等等取悲願力聞等等取思及修故上論云下後引論證成在文易了然此解妨問即是遠公對前辯異同其問意云此三成就何異三漸次釋云初因成就非三漸次因二其因漸成就是三漸次體即前三中觀漸次也皆是聞思修故三其教說修成就所有觀修是前三中證漸次此說證智爲觀修故其滿足修是前三中修行漸次漸說彼中真修所有教行爲滿足故今之疏意並不用此其因成就及因漸成就皆觀漸次以通諸地皆悉有三因成就即是地加行故三種

成就望於後地皆是加行望於前地即是後得故滿足觀修亦後得攝其證漸次但是深義前七偈明爲不可說故此說分無證漸次故今對前以通妨難然其此義不合傍叙恐慮後人不知疏意故對辯之

已知大意次正釋文

因成就大即初二句慈悲是利他願通二利力通上三以二利熏修不同二乘故名爲力下句即二利之功出生地行正是因義

二因漸成就大即次第二字論云說聞思慧等次第乃至能成出世間智因故

論云說聞思慧等次第者釋漸字從聞生思從思生修故云次第從乃至能成就出世間智因故者即釋因字前因成就是聞思修因今云因者是出世智因

此云等者通有二義一者等上以其修慧是第三大故不等之二者等修修有二種一者緣修屬此門攝二者真修屬第三攝由等義有包含故但云等不爾何不但言聞思修而

以等替修

三圓滿下明教說修成就大此有二種一滿足修即初八字二者觀修即後兩句真修位極世慮都寂能滿地智名滿足修真智内發寂照分明名爲觀修初即稱性寂然後即寂而能照猶瑩明鏡垢無不淨如滿足修鑒無不徹如彼觀修此二種修望於真證猶彼等妙等覺等於妙覺而但是因圓妙覺捨行方稱果滿此亦然也二修如於出世但是因分之終正證捨修方名果分諸有智者請鑒斯旨

真修位極下二釋二修之相疏意可知遠公云滿足修者即真實教道真心之體隨順集起法界行德名滿足修下釋論中云真德之中教行滿也觀修者即真實證道真心之體本隨妄隱今隨對治離妄漸淨始淨之心内照法界名爲觀修下釋論中云真德之中證心明也此公意以教爲滿足以證爲觀修今疏小異滿足則教道之修觀修亦屬教道教中似證故稱爲觀則以能顯爲滿足所顯爲觀修以未息修不得名證猶瑩明下第四喻顯然亦分喻對前稱性寂然即是全喻對滿足教道猶是分喻但取二修同時似正證義耳二修如於下次明所例則二修如等覺正證如妙覺亦如七地修無功用未名無功八地報行方得斯稱

文中慮即聞思智即真修之智心即真修心體謂若無聞思緣慮之心方名真修之心圓滿故唯真修之智所能行耳若準論經心是所如出世之心故論經云非心境智滿如淨心論釋云滿足修者偈言非心境故非心境者此句示聞思慧等心境界處唯是智因能生出世間智而此不能滿彼出世間智者此明聞思是心境不能滿地智翻顯真修非心境方能滿地智故次便引偈云偈言智滿如淨心故次牒釋云如淨心者如出世間清淨心能滿彼地智故此明函蓋相稱謂欲滿地

智非餘心能要真修慮寂之心一如出世智心方能滿也其所如出世之心即是正證地智此言甚直心即真修者謂所證心體恒沙性德唯是真智方能行故次觀修中是境界者即真修之境難見者非聞思能見可知者唯真修自心寂照方知知即見也故論經云難說自心知釋云自心清淨可見既難可見亦難可說而隨修以顯說大中牧不同果分但是深義次觀修者下即經是境界難見可知不可說也既難可見下通妨妨云既難見聞何不義大中牧後而隨修下會釋

佛力故開演　汝等應敬受　如是智入行　億劫說不盡　我今但略說　真實義無餘　一心恭敬待　我成佛力說　勝法微妙音　譬喻字相應　無量佛神力　咸來入我身

第二彰已無過誡衆除失中二初半偈總明後二頌半別顯今初由說聽者各有二過不能得證故並彰離說二過者一佛不隨喜說今云佛力開演則知佛已隨喜二不平等說今云汝等應受則情無彼此聽二過者一見諍過言我法是彼法非如是執著種種諸見二於說法者不生恭敬今令敬受雙離二過謂敬法故無見諍過以敬人故無第二過一佛不隨喜者亦名違法慢心謂若自說不承佛力言多乖理不順聖心故佛不隨喜第二別顯中上雖離四過事但有三一承力二開演三敬受今三段廣之初一偈廣開演次一偈顯敬受後半偈顯承力今初上但云開演未知廣略今顯略而非廣上半顯智入之行深玄廣說不盡言智入行者地法爲所入證智爲能入行此智行則入地法又智入是證

智行是事行下半令雖略説攝廣無遺真實者即智入行也無餘者若事若理無不具故地法爲所入者即當經文如是二字證智爲能入者論云此所説地法衆生以智入若事等者以所入如來藏中恒沙佛法此知理也事者即因分之行解也第二顯敬受者即示恭敬相初句正明三句出因恭敬有二一身正恭敬待如威儀住堪受説法故二心正恭敬待如心決定堪能憶持故心敬則身必恭敬偈但云心也下釋恭敬所因謂由善説故初句對人彰已善説説之一字論經名善説善説者對於當機無謟無憍慢故承佛力者示已無增上慢不言齊佛故次二句對法彰已善説勝法二字即是所詮次六字是能詮其相應二字通能所詮文雖三節義乃四重一令之所詮示現何事所謂勝上地法故云勝法二復徵云所詮是地能詮多種或以色香威儀進止皆爲能詮爲用何法爲能詮耶故論云以何事答云我用八種梵響微妙音聲以爲能詮不用香等故經云微妙音三復徵云用此音聲復有多種爲直爾用爲喻類顯故論云云何事答云非直爾顯寄喻類明故云譬喻然喻有二種一是譬事爲喻如下節節引金莊嚴具大海珠寶等二借法相事況出於理曉喻時聽亦名爲喻令通此二四復徵云雖知喻顯喻亦多種爲依世間不善文字而爲喻耶爲依出世善字喻耶故論云依止何事答云依於善字經闕善言論經具有云何相應通能所詮一以妙音聲與喻相應是約能詮二約善字與理相應是遍所詮

故論云善字有二種一隨方言音善隨順故二字句圓滿不增不減與理相應故又與能詮三事相應則與理相應也一身等者若別釋者形虔曰恭心重曰敬然實恭敬通於身心是故疏云心敬則身必恭論云身正恭敬等恭謂恭謹敬謂敬重由心恭敬則身恭敬恭者恪也敬者恭也故二大同有人釋云貌多心少曰恭心多貌少曰敬故從多分配於身心實卽通也言正恭敬者敬善法故若於邪法雖復恭敬而非止也由恭敬故便決定求卽此求心亦名敬相待有二義一者停待待我當說故二者當待當者對也將恭敬心當對我說無諂等者謂勝我者則諂其心必下劣我者憍慢其心必高心無高下故不諂慢易云上交不諂下交不黷辯必然之理不改其志操亦斯義也文雖下解義然論一時總徵云一示現何事二以何事三云何事四依何事次重其問以對經文更無別釋今疏取意便牒便釋四重釋中初重有二先問所謂下答卽果分地法爲所顯示故云勝上地法下之三段文皆有四一義釋問意二故論云以何事卽引論證三答云下義釋答意四故經云微妙音者引經證成斯則經答伏難論假問起先釋義後方引文此釋第二下三句例知爲依等者妙音是聲善字是名句文文卽是字爲名句依故但云字則四法倫矣故上風畫喻云說者以此二事說聽者以此二事聽一隨方等者隨諸方土梵漢等異二字句等卽教與理相應又與能詮等者上明說人與教相應復與理相應理卽所詮今明但稱能詮居然合理若乖能詮卽違理故三事卽聲字譬喻

第三廣承力者論云前言承佛神力未說云何力故說此也無量佛者略有三類一是主佛二十方金剛藏佛三千方一切佛也

此處難宣示我今說少分

第三示說分齊者但是說因耳半偈之中下句論經乃在說六五偈之初云我但說一分正是分齊或是譯者迴文或是梵本有異義旨不殊前後何妨於中上句牒前所請兼結上來義說二大爲此處也難宣示義廣如上辨下句許說少分論上解云前言十地如是不可得說聞今言我但說

一分此言有何義是地所攝有二種一因分二果分説者謂解釋一分者是因分以於果分爲一分故然因果二分古有多釋全乖文旨者今所不論有可通者正而用之直望論意即指義大爲果分故不可説説大爲因分是則可説更以義取略有二種一唯就十地以明以證智爲果分方便寄法等並爲因分此復二義一以修證相對則方便造修爲因分息修契實爲果分二以詮表相對則以寄法顯地差別爲因分真實證智爲果分如初三地寄同世間次三寄二乘及禪支道品等令衆因此表解地義爲因所表證智是此因之果斯皆證智言所不及故不可説如彼鳥迹同於虚空方便寄法可以言顯故云可説如空中鳥迹約鳥説異是以一迹通有二分即可説不可説也二約究竟佛果對普賢因説義通一部謂即此證智冥同究竟果海爲果分如迹處之空不異太空地相之因同普賢因以廣説則有無量差別事殊勝願力復過於此故是則迹處之空隨於空處之迹亦有説義地智亦可寄言標舉故

古有多釋者有云十地有二義一約教所安立十地法門在聞者識上以義顯現名爲因分因此表離言之義故二者正詮十地證入十地正行離諸言教所安立相説名果分由此因分之所表故是故因分可説果分不可説釋曰此釋理似可通而因分義成果義不顯又似影像教則可説本質教則不可説有云於一證智不壞相邊可言説故名爲因分相即無相言教不及邊名爲果分故此二分非一非異釋曰此解則似下文不説無相又唯約一證論説不説教行不言故又説與不説縱許得成因果不顯故疏並略之是則跡處下三辯可説不可説果海絶言易故不明

問上論云是地所攝有二如何説爲究竟果

耶答豈不向言寘同果海故上論云此智是誰證偈言佛所行故又上加分云不思議佛法又地影像分云彼十大山因大海得名大海亦因十山得名菩薩十地亦爾同在一切智因一切智得名彼因果相順故是知論主亦用究竟之果爲十地攝有云彼說十山依海不說大海即山者大海十德豈離海耶寶珠十義豈離珠耶明知爲此難者不見地智之旨又且依一相不可指陳等云不可說及與可說若有因緣故果可寄言即事入玄因亦巨說故云說少分也不可局執問上論云下第二解妨先問即刊定記主難師答豈不下答中即今疏扶昔大義於中有二一總呵既寘同果海豈非地攝有能所同因果非一既曰寘同則因果非異非一非異爲真地智故上論云下二引證略引三文一即示說分齊中釋寂滅佛所行偈又上加分即加所爲中自利總句經云欲令汝爲一切菩薩說不思議諸佛法光明故論釋云不思議諸佛法者是出世間道品明知地智是佛果法又且依一相下三拂跡入玄如前二大自下大文

第七明說分中三門分別一來意謂請儀既終已示分齊彰其地實地實難明寄顯在相相即因分從此已下廣明地相令尋相得實故有此來又請分生其正解此後顯其行修故次來也又請分等者上一來意約法以明此之一意就益以辯又前約相實相對此約解行故二不同二釋名演暢宣陳十地差別故名說分以上請分通請十地對請辨說理必宜通爲歡喜在初受斯總稱故論云自此已後正說初地既有初地說分即知十地皆有說分又初地中皆應名說爲分地滿異於初住故十願下更與異名名校量勝又論家科文但舉大格至於血脉殊不介懷隨時起盡不應執定

以上請分下二通違論妨論云初地所攝有其八分說分屬初那言通十故爲此通又初地下三通展轉難謂有問云既言初受總名何以更立校量勝分故爲此通又論家下四總相會釋餘如品初

三釋文者十地即爲十段

就初地中七門分別一來意二釋名三斷障四證理五成行六得果七釋文

初來意者十地之中最初斷障證理得聖性故

二釋名者此論所釋已見本分當經有釋備於下文今引地部成立正義唯識第九云初獲聖性具證二空能益自他生大喜故此有三義一得位二證理三成行由此三故名極歡喜攝大乘論第七云由此最初得能成辨自他義利勝功德故此唯依第三成行義說十住毗婆沙云始得法味生大歡喜故此唯約證理義說瑜伽七十八引深密經云成就大義得未曾有出世間心生大歡喜故此約二義大義即是二利行成出世間心是得聖位此同本論本分中釋

此有三義一得位者諸解雖衆唯識委具故先引之謂既斷異生之性便獲聖人之性以成聖位下二揀異二乘二揀唯證生空三揀唯能自利對於二空故云具證然準攝論二利亦云初得則以初冠下三皆初得此文唯依者故自利中亦攝初二在文不顯故云一義出世間心者亦含二空故能出世亦以文不顯故屬一義耳

三所斷障者唯識第九中異生性障是此所斷謂二障中分別起者依彼種立異生性故二乘見道現在前時唯斷一種名得聖性菩薩見道現在前時具斷二種名得聖性此言異生即是凡夫梁攝論中名凡夫性此論本分中名凡夫我相障此障障於初地上來就能起煩惱是根本故說斷二障若具說者亦斷惡趣論業果等

由斯初地說斷二愚及彼麤重一執著我
法愚即異生障二惡趣雜染愚即惡趣諸
業果等此業果等雖非是愚愚品類故下
九地中愚皆準此斷義如前分齊中說二謂
障下次明斷障先舉唯識此中意明依分
別障種立異生性障分別揀於俱生種揀
現起分別之言此言猶漫而本論云凡夫
我相障知是我執故下二愚名執著我法
愚彼論釋云雖初地所斷實通二障而異
生性障意取所知說十無明非染汙行由
斯初地下次引論正釋言斷二愚即是現
行及彼粗重者彼論釋云顯彼二種次文
釋云或二所起無堪任性如入二空說斷
若根所斷若根雖非現種而名粗重此亦
應然彼粗重
言側亦應釋
四所證理者由斷前障證徧
行真如謂此真如二空所顯無有一法而
不在故梁攝論中名爲徧滿徧滿一切有
爲行故意明無有一法非二空故此地最
初徧證徧滿四所證等者文中有五初對
前生起以斷障證如義相順
故由前在凡二我之執不見二空若證二
空彼障隨斷故斯斷證二義相成二謂此

真如下引唯識釋三梁攝下會其異名四
意明下雙釋二論謂一切法本是二空故
云遍滿等非別有如來遍諸法五此地下
爲遮伏難謂有難言下之九地豈不遍耶
豈復非是二空所顯故爲此通意明遍行
之如是如總相下之九如隨德別立今當
初得得於總
相以受別名
五所成行略有四種一約增
勝修成施行二約所成起十大願三約修
成謂信等十行四約實行謂十度等行無
不皆修餘所修行釋文自顯二約所成者
大願昔發至
於初地能如願作故稱所成復名爲行謂
信等者即淨治地法文在行校量中一信
二悲三慈四捨五無有疲猒六知諸經論
七善解世法八慚愧莊嚴九具堅固力十
供養諸佛
依教修行
六所得果略有四種一得當地
滿時調柔等四果二得檀行成大財果三
依攝論通達障空得一切障滅果四通論
得唯識三性三無性理智及奢摩他毗鉢
舍那等果
然上諸門多依行布若約圓融一斷一切

斷一證一切證一行一切行一得一切得也然上諸門下二總相圓融於中四義對於三四五六四門來意一門但明次第不離下六釋名通從三四五六得果一種非正地法故但對四第七釋文分二先長行後偈頌前中若直就經文應分爲二初明地法後佛子菩薩住此地多作閻浮提王下地果前中先廣明後佛子是名下總結前中有三初明入心次佛子此菩薩以大悲爲首下明住地心後佛子菩薩住此歡喜地已以大願力得見多佛下明其出心十地之文大體皆爾故依慈氏論於十地内皆有三心仁王上卷亦云地地上中下三十忍地地中始生住生終生不可得等理必然也而論以出心爲調柔果所以至下當明故依慈氏下次引證先引瑜伽二引仁王仁王即觀如來品文云般若空故菩薩亦空何以故於十地中地地已上文如疏引

今且依論判長行中二先明初地說分後佛子菩薩住此下校量勝分前中依論總有百句分爲三分初四十句明住分二佛子菩薩住歡喜地下三十句釋名分三佛子此菩薩以大悲下三十句安住分若通取校量勝即爲初地四分初云住者出世菩提心生堅守初地更不退失故稱爲住即始住入心初雖住地未得名善更起信等地中善住故名安住即地中正住及後一分並是住心其釋名分十地應齊但從義顯徧釋三地謂初及八十餘略不論以初地是得聖之始釋名故用初八地無功用初法雲菩薩地盡各無數劫滿故偏釋也初云住下二疏釋論其釋名分最後釋者義通始終故然十地中既三心齊證則地地之中皆攝前之三位

此中住分攝發心住其釋名分攝歡喜行後之二分攝救護衆生離衆生相迴向皆文義相順如文思之

大方廣佛華嚴經疏鈔會本第三十四之九

音釋

叵普火切音頗不可也　畫胡卦切音話繪也

大方廣佛華嚴經疏鈔會本第三十四之十

唐于闐國三藏沙門實叉難陀　譯
唐清涼山大華嚴寺沙門澄觀撰述

佛子若有衆生深種善根善修諸行善集助道善供養諸佛善集白淨法爲善知識善攝善清淨深心立廣大志生廣大解慈悲現前

今初住分文分爲二初別顯住法後菩薩住如是下結住入位前中四十句分四初十依何身次十爲何義三有十句以何因四有十句有何相初謂深種善根爲所依身次爲得佛果爲所緣境義上二皆發心緣三以大悲爲發心之因四以過凡得聖爲發心福利之相瑜伽四十七亦有四相論依經造故同於此又此四事即三種善提心深種善根是深心次爲求善提是直心三即大悲心具此三心成後入地之相又此四段各具含三心可以思準今初住分下釋文有四初一曲科瑜伽下三引證彼云菩薩發心因四行相一者何相發心二者何緣發心三者何狀自性四起何勝利即此四段也又此四下會三菩提心即起信意前十住品已廣分別又此四段者向就增勝各配其一一者深心即樂修一切善行故配依何身深種善根今有集白淨法即是直心慈悲現前即大悲心二直心正念眞如法故配為何義以求佛智同念眞如故今有救一切世間等即是悲心為淨一切佛刹即是深心三大悲心救護一切苦衆生故故配以何因大悲為首今有智慧增上故有直心善巧方便所攝故有深心四有何相總則具上三心故得入位今別說者生如來家是直心相得菩薩法即今大悲相住菩薩處即深心相餘可例知

初依何身十句初總餘別總云若有衆生者是具行之人依地持論是解行人有如是心則入初地入已此心常現在前下諸地中初之十心類此可知言深種善根者正是總句論經名厚集厚則深也集即種

也若約圓融則不定時數若依行布謂一僧祇已積資糧故云深種別有九種集前六護煩惱行後三護二乘行前中即增上三學初戒次定餘四是慧慧中前三如次是聞思修後一所成出世之智後三中初二護二乘心謂大志護陿心大解護小心後一護二乘行

已知其意云何九集一行集即經善修諸行善作眷屬一持戒故三聚非一故名爲諸不淨尸羅不生三昧故首明矣

二定集即經善集助道善作眷屬三昧故即明得等及四靜慮以定親資慧故名助道皆云眷屬者慧爲主故已知下後釋經九句前二皆言眷屬者慧為正道戒定助道

三親近集即經善供養諸佛供佛爲欲集聞慧故

四聚集即經善集白淨法聚思慧善思量波羅蜜等諸善法故謂依聞思彼若名若義自性差別有上下故成煖頂位治諸蔽漏故云白淨

五護集即爲善知識善攝由內修行實證得外教授故修行實證即如實智亦分上下立於忍位及世第一上五皆同加行下四皆已入地謂依聞思等者以前之五集明四善根古來諸德皆云權教似小擬識立四華嚴即無然華嚴正約四十二位文無彰灼四善根名論無釋文義旨含有是約五位收攝之義且十地皆有十句加行起十種心此心未滿猶屬初地滿成二地二地加行十心未滿屬於二地滿屬三地下七皆然未知初地亦起十心十心已滿即入初地未滿屬何例於下九即在地前迴向會竟既非迴向當屬何人為加行位理極成矣又上深種善根之人地持判屬勝解行人有如是心即入初地明知未具是地前也彼依四位明義初一即是勝解行人始從十信終至地前餘三即是見修究竟同於唯識又依十二住亦以地前為第二勝解行住三即極善明

知加行勝解行攝然判地位總有十門廣如十住今約五位初地加行屬加行攝況論釋十句前五約聞思修等第六方名淨心集者前為加行文理更明雖局初地而以地前望於地上即為十地之加行也故於十地總有三處總集方便謂初地八地及與十地然初地方便復有二種一收三賢皆為趣地之遠方便二者取加行為近方便三賢別會已廣說竟今為加行於理無違復有人言此中十句唯屬初地四加行位總屬十地斯人不曉唯識論文云為入見道復修加行明知即是初地加行故

四加行義通於總別切復麤心言四加行者唯識第九偈云現前立少物謂是唯識性以有所得故非實住唯識論曰菩薩於初無數劫善備福德智慧資糧順解脫分既圓滿已為入見道住唯識性復起加行伏除二取謂煗頂忍世第一法此四總名順決擇分順趣真實決擇分故近見道故立加行名非前資糧無加行義釋曰決擇

是智即擇法也決揀疑品擇揀見品疑品擇而不決以猶豫故見品決而不擇非正見故今此具二決擇即分論煗等四法依四尋思四如實智初後位立標也四尋思者尋思名義自性差別假有實無釋四尋思也如實遍知此四離識及識非有名如實智何故名義各別尋求名義自性及與差別即合觀察問也名義相與故別尋求二二相同故合思察次論別釋四相文云依明得定發下尋思觀無所取立為煗位

謂此位中創觀所取名尋四法皆自心變假施設有實不可得初獲慧日前行相故立明得名即此所獲道火前相故亦名煗釋曰明得是定尋思是慧故云發也下發皆然次論云依明增定發上品尋思觀無所取立為頂位謂此位中重觀所取名等四法皆自心變假施設有實不可得明相轉盛故名明增尋思位極故復名頂依印順定發下品如實智於無所取決定印持無能取中亦順樂忍既無實境離能取識

寧有實識離所取境所取能取相待立故印順忍時總立為忍印前順後立印順名忍境識空故亦名忍釋曰忍有三品下品名印忍印所取無故中品名樂順樂無能取順修彼故上忍名印順印能取無順觀彼故故論云印順忍時總立名忍印順俱定名印順定忍即智也次論云依無間定發上品如實智印二取空立世第一法謂前上忍唯印能取空今世第一法二空雙印從此無間必入見道立無間名異生法

中此最勝故名世第一法下論總釋云如是煗頂依能取識觀所取空下忍起時印境空相中忍轉位於能取識如境是空順樂忍可上忍起位印能取空立世第一法雙取空相皆帶相故未能證實故說菩薩此四位中猶於現前安立少物謂是唯識真勝義性以彼空有二相未除帶相觀心有所得故非實安住真唯識理彼相滅已方實安住依如是義故有頌云菩薩於定位觀影唯是心義想既滅除審觀唯自想

如是住內心知所取非有次能取亦無後觸無所得釋曰此偈初二句煖位次二句頂位次二句下忍位第七句中忍合前三句為上忍位其世第一住時促故此偈畧無末句見位但觀上來唯識論文四五二集釋然自解治諸蔽漏者按唯識論但是伏位故次論云此加行位未遣相縛於麤重縛亦未能斷唯能伏除分別二取違見道故於俱生者及二隨眠有漏觀心有所得故有分別故未全伏除全未能滅釋曰今約伏故云白淨耳又上疏言欲集聞慧及思慧等者彼論次云此位菩薩於安立諦非安立諦俱學觀察為引當來二種見故及伏分別二種障故非安立諦是正所觀非如二乘唯觀安立釋曰上皆聞思也又上疏云定謂四禪者彼論次云菩薩起此煖等善根雖方便時通諸靜慮而依第四方得成滿託最勝依入見道故唯依欲界善趣身起餘趣猒心非殊勝故次論云此位亦名解行地攝未證唯識真勝義故釋曰即順攝論唯四位義也

六淨心集即善清淨深心以得出世間正智於所緣境無分別智都無所得不取種種戲論相故名爲善淨智能契理故曰深心六淨心集者牒名指經從以得出世間正智即是論釋從於所緣下疏釋經前加請分皆已廣明

七廣集即立廣大志深心廣利故七廣集者明護小乘發意曠兼故名廣心起心般重故名為深

八信心集即生廣大解以求一切智智故信解大因求大果故名為大心

九現集即慈悲現前謂多行慈悲無時蹔捨故云現前慈悲現前

疏釋論名謂多行下即是論釋然小乘無求佛意故於護小心中明自利心求一切智小乘亦有自利三學之行故今護行之中但舉利他慈悲於中慈依苦苦壞苦以正在苦思願樂故悲依行苦拔彼妄樂不知行苦之所遷故三界不離三苦故爲慈悲之境又明與樂即能拔苦故慈依二苦拔苦即與眞樂故悲依行苦然小乘下第二隨難料揀即是後三應有問言何以護心雙約二利護行唯約利他故為此通又約自利多同前六故於中等者然其慈悲畧有三義一別慈能與樂悲能拔苦二通故三地中釋慈心廣大無量云廣者與欲界樂大者與色界同喜樂無量者與不同喜樂經文後三無量例同於慈更不見釋義

當同與樂也又彼地中依苦衆生故入慈悲無量即慈亦拔苦今則二皆拔苦慈心麤拔二苦悲心細拔行苦疏中有二先順論總明拔苦又明與樂下顯二通義可知

已知總別集爲同相戒等異相略說爲成廣說爲壞如上具明

爲求佛智故爲得十力故爲得大無畏故爲得佛平等法故爲救一切世間故爲淨大慈悲故爲得十力無餘智故爲淨一切佛剎無障礙故爲一念知一切三世故爲轉大法輪無所畏故

第二爲何義者爲求佛果先別顯求果之相後佛子下總結發心今初十句初總餘別總云佛智謂無上智知斷證修故約無作四諦說此四別修究竟故亦得名修總云佛智等者上句舉經謂無上智即論總指其體知斷證修故論別顯其相謂知苦斷集證滅修道若是報法不可言斷但可言知以令生厭集則可斷滅是理法但可云證道是心法可以進修約無作者此疏釋論揀非權小如四諦品言修究竟故者釋妨恐有問言既是佛智何得有修通意可知

此智差別有九種業皆悉求之一力佛智問記爲業以十種力隨機答故此智差別下別中九句一問記業記即答也二無畏佛智破邪見業揀異菩薩復稱爲大揀二異菩薩者皆窮盡故三平等佛智得人法無我教授衆生證入之業三中平等有其二義一二無我理生佛平等二令衆生平等皆證四救佛智以四攝法化衆生業五淨佛智能爲救攝因業慈悲淨瞋恚故五中救攝因者由慈淨瞋能用四攝廣利樂故六無餘智佛智常以佛眼觀世間衆生業十方徧觀故云無餘六無餘智下四句經文約五無量界謂六即衆生界無量七即世界八即法界及調伏衆生界九即調伏加行界如文可知六中言佛眼觀衆生者四眼九眼入於佛眼皆名佛眼無餘亦有二義一遍觀衆生盡無盡故二以十眼委照性相心行等故七無染佛智若順今經以無障礙智嚴

其依報自然應化令其信樂爲業論經闕於淨刹七中言論經闕於淨刹者論云七無染佛智一切世間無障無染自然應化令信作業智心無礙如經得一切世界無障淨智故釋曰經無淨刹釋有淨義即淨刹無染心解脫故化往無障慧解脫故今經亦令衆生但生信樂而無染著八覺佛智一念知三世衆生心心數法爲業八中窮盡心行方善調故九轉法輪佛智解脫方便善巧業故言善巧者於百億閻浮提同時轉大法輪故法輪即是能令衆生解脫方便九中初擧論法輪即是下疏以經文會論所釋然上九句皆先標智體後顯其業初三自利後六利他利他之中四攝是利他之行慈悲是利他之心後四利他之智

佛子菩薩起如是心

二總結發心中言起如是心者若直望經文即指前十心而論云即是本分中願善決定者上求佛智即是願故前本分中指此文云願善決定者如初地中發菩提心即此本分中願者即指此文生心即是生善提心以上求佛智故願即願於菩提二體不殊故得互指前指於此即攝上之十句佛智此指於前即攝前文六決定義彼是總句中指此是總結中指總攝別故前指於此下三辯論指文不同前即指此結文欲以後攝前此則指前總句欲明以前攝後總之與結皆是總義故結云總攝別故又但云生心者心是總即攝知斷證修故不云生智亦攝一切助道法故不云生餘心所已說爲何義又但云生心者四釋通妨難論有二問二答疏亦兩節一問云前求佛智何故唯云生如是心不云生智故今答云心是總故已攝於智知斷證修亦攝下亦有問言別有諸德何故但云生如是心答云心亦是總總攝諸德故不別擧助道等法亦應問言心既是總攝於知斷證修何故前文不求佛心有二義故一前是所求此是能求故二

果位智強心不可知故

以大悲爲首智慧增上善巧方便所攝最上深心所持如來力無量善觀察分別勇猛力智力無礙智現前隨順自然智能受一切佛法以智慧教化廣大如法界究竟如虛空盡未來際

第三以大悲下明以何因生如是心意云何因求大菩提謂以大悲爲衆生故如三地中思惟度生不離佛智故下總句論經云是心以大悲爲首是心即指前求佛智心也明以何因者此是論文此中疏文問意稍畧應云第三以大悲下明以何因次應更云謂以何因生如是心今以先科文便釋意耳意云何下疏釋論文引於二經成立論意十句中初總餘別別有九種大十句文下釋文不釋總句者有二意焉一以下別成總義故二者前生起中已顯意故謂菩提心依於大悲為根本故亦即瑜伽四因之中大悲因也一增上大

細行苦智慧增上生故謂若了苦苦壞苦智非增上論又云智者因果逆順染淨觀故此約了事名智論云慧者自相同相差別觀故此約了二諦通理爲慧復是一門別義言自相者因緣之有是法自體故同相者二空眞如等一味故念生迷此故起悲心同六地中大悲增上觀其逆順等亦如六地廣明一增上大疏文有八一標名即經智慧增上智導前悲所以先辨二細行苦下論釋名細智現前故名為生三謂若了下疏反釋論四論又下論釋智慧二別釋二字皆先舉論此約下疏釋五復是一門下雙結智慧以智慧名有通有別通謂分別名慧決斷名智此義雖別而通事理二別有二義一了事名智如第十度了理名慧如第六度二者如今疏文六自相下牒論解釋七念生下出經論意不知三界皆苦及苦性相故八其逆順下指難在下二善巧等即攝大四攝曲巧隨宜攝故二善巧等者等取方便所攝也四攝釋所攝曲巧釋善巧隨宜釋方便巧用四攝隨物所宜故三最上下

淳至大淳至即最上義謂向發大心許盡
生界無盡利益故曰深心緣此悲增淳厚
至到故云最上常以此二持此菩薩三最上下
下取深心所持謂向發下是論自釋然論經云直心深心淳至故論意以深直是別
淳至是總故標為名謂深則悲行深重直則正念真如悲智相資能盡生界故云淳
至淳至即最上然經深心有其二義一以樂修善行為深深即重義二以契理為深
深即直心故第二地初有十深心論經名直則知深心已攝直心
四如來
力無量者無量大攝取如來無量神力生
物信故四如來下無量六此下四大皆明勝進此謂雖攝佛智亦為利生
五善觀等即決定大於上妙法決定信解
名善觀分別於諸衆生決定能度爲勇猛
力於所治障決能對治爲智力無礙智現
前通結上句五善觀等者等取下經具云善觀察分別勇猛力智力無
礙智現前論經云善決定衆生力智力論云五者決定大上妙決定信深智勝對治
今疏開經成三決定復以無礙智該於上三即展演經論
六隨順自然

智即隨順大六中有名無釋論釋云隨順菩提正覺即佛自然智前疏
頻有故畧不釋七能受等即受持大能取大勝法
授與衆生故大包一切勝即佛法授與即
教化智慧故能授七中先舉論後大包下疏釋就經八廣
大如法界即最妙大攝受勝妙功德故
九究竟下住盡大無量愛果因盡涅槃際
故爲成十句合於此二後之二大如本分
說但前云無常愛此云無量者勝用非一
故上九大中前七悲體次一悲德後一悲
能七中前三自分一拔苦智二拔苦行三
拔苦心後四勝進
佛子菩薩始發如是心即得超凡夫地入菩
薩位生如來家無能說其種族過失離世間
趣入出世道得菩薩法住菩薩處入三世平
等於如來種中決定當得無上菩提

第四佛子菩薩下有何相正顯得位福利之相文有九句初總餘別總云始發如是心者指前二段即得超凡夫地者以得出世間聖道故超即過義一入菩薩位下別有八種過論皆先法後喻此入聖位生如來家如世王子生王家故故句句皆有相似法言以得出世者聖道是福利正體故論為總一入位過初成出世間心如始住胎相似法瑜伽住品名入菩薩正性離生一入位下二隨別解釋前七自分後一勝進一入位過中先舉論後瑜伽下引證正性離生是出世義二生如來家者即家過生家相似法謂如世人雖受胎報若在凡家不足爲勝要在王家方爲顯勝菩薩亦爾若在外道法中出家不足爲勝今得佛所證法方爲尊勝梁攝論云生法王家具足尊勝下諸句例皆躡前揀勝謂如世人下上即論文此下疏釋所證即是真如故攝論云真如為家契會為生前約入位此約入證下引梁論明生家亦勝三無能下種姓過子相似法大乘行生故謂大行成立如得王體分堪紹佛種是子義也非賤非客故梁攝論云以過二乘及世間種姓故于相似法者上即論文謂大行下疏釋大行即助道行也四離世下道過非有漏故離世間趣如非鬼畜等王之體成無漏故入出世道如要人王之體分故梁攝論云永不作殺生等邪行故道過經有二句前一句揀異地前下句明是地上喻揀可知引梁論殺生等即世間道道即因故論云四者道過世間道不攝出世間道攝故異異生道相似法故者謂世間不攝是初句出世間攝故是下句異生道相似法者喻謂人道異於三惡之道疏中喻文義已分明五得菩薩法即法體過以同體大悲爲菩薩體故以化他事即是自事若無大悲法身不具如揀異殘缺瑜伽云設有問言菩

薩以何爲體應答以大悲爲體五即法體過初至自事皆是論文論下云自身體相似法若無大悲下疏釋論意義已明顯六住菩薩處者處過謂不住道是其住處不同凡小染世捨世以滯二邊如世王子不處鄙陋六論云六者處過不捨世間方便不染善巧住故處相似法會疏可知七入三世平等者業過謂證平等眞如以資慧命揀無滋味則壽命夭促不任紹繼故是命相似法七業過論云順空星智生命相似法故八於如來下畢定過佛種不斷顯因畢定得無上道顯果畢定如世王子雖依正精勝志氣不立所作不成今志氣成立決定紹位名成就相似法八畢定過者大心堅固名爲畢定論云佛種不斷究竟涅槃道成就相似法故會疏就經文並可知論云如是示現凡夫生菩薩生不相似有煩惱無煩惱故者顯與地前不相似也論云下第三總結不相似顯成過義先舉論顯與地前下二疏釋然論此下更云如是次第家不相似種性不相似道不相似體不相似處不相似生業不相似成就不相似如是說住此地中是名爲住如次經云菩薩住如是法名住菩薩歡喜地以不動相應故釋曰此論次第別結皆有不相似言則知十句不似地前從如是說下釋於結文作觀此論則似唯取第四段爲住如是法以攬前三成斯相故故全收四以總該別皆有煩惱無煩惱異

菩薩住如是法名住菩薩歡喜地以不動相應故

第二菩薩住下結住入位住如是法者指上四段名住歡喜地者是初住地義以不動相應故者釋成住義一證眞理不復失故二乘異道不能動故然不動有五一種子不壞名不動即種性地已上二起行不退名不動即此初地已上地持云初地已上如明分月日夜增長善法不退亦復如是三空有無間不動即七地四無功用不

動即八地已上五究竟不動即佛地也

佛子菩薩住歡喜地

大文第二釋名分中二一總標釋名分者此中論有生起云已說住義次說釋名云何多歡喜示名歡喜此問得名以何歡喜此問喜相為身為心下答具二此地中菩薩歡喜復以何念此問喜因初說十句此答喜相後說二十句此答喜因釋曰上論疏已摘用故不併舉恐尋論者怪不見文故此具出

成就多歡喜多淨信多愛樂多適悅多欣慶多踊躍多勇猛多無鬬諍多無惱害多無瞋恨

二成就下別顯於中分二初正明喜相後佛子下出喜所因然其喜相對依何身以深種善根得此位故後喜因中有念當得喜對爲何義以所求果定當得故有念現得喜對有何相以現離凡得聖故其第三以何因悲心惻愴喜義不顯故不對之今

初正明喜相中十句初總餘別總有三喜云多歡喜一心喜謂入觀之心適悅二體喜出觀喜受相應三根喜由前心體歡喜內充外及五根輕安調暢故此喜者亦名為樂又內及觀心即無喜之喜不同二禪浮動之喜故梵本他經多名極喜喜之極故總有三喜者論主但云歡喜者名為心喜體喜根喜疏便開釋但直下彰名攝其體性即是下九此是論主攝別入總謂下九中前六自利喜行之體後三化他顯於喜能前中初二敬之與愛是喜行心非正喜體今攝入總名為心喜次三正是喜心之體攝之入總名為體喜後一明其喜行功能出生之義說以為根攝之入總名為根喜備此三喜故名多喜今雖直釋至下別中結歸此三三根喜者心即初一體即第二二皆為內然五受明義在五根為樂在意地為喜三禪心喜亦名為樂此地身樂亦名為喜就通義故輕安之言即是善數亦輕安樂調暢之言即是受樂所以結云故此喜者亦名為樂又內及觀心下重會前三揀異凡小觀心是初內通前二謂雙證二空離憂喜相名為無喜寔契寂靜唯證能知故云之喜二禪喜相三地當

知別中九一敬喜證三寶體得不壞信增恭敬故 一敬喜別九喜中已如總中之科下疏便結之今初尊敬三寶名為敬喜由證同體信不可壞恭敬轉增然總具下九故名為多當句言多復有何義遍敬二寶即是多義餘可類取 二愛喜樂觀眞如法故上二即喜行之心即是心喜次三正是喜之體相 上二即喜行下結成總中心喜次三即喜之體相者即總中體喜 三調柔喜身心徧益皆適悅故即六根喜 四慶喜自覺所證勝地前故此句論當第三前覺後悅義甚次第 前覺後悅者論經先慶喜但心自覺勝於地前次調柔喜離諸獷強是故身心悉皆適悅 五踊躍喜身心徧益增上滿足故增上過前是踊躍義 後踊躍者遍益逾前故名踊躍是為三句作初中後之次第也 六勇猛喜自知堪受菩提去果不遙故云勇猛此一喜能上六皆自行喜下三化地離於喜障 此一喜能者喜行成就能攝菩提故名為能此與念當得喜有何異耶答念當逆念當果此念念之自能故不同也下三化他者即口身意離三業障故下論云鬪諍於言中塞論義通於自他問此等解釋唯約自行又此三句初句自他無擾次句不惱於他後句不為他惱 七無鬪諍喜自心調伏故論義解說時不令自他心擾動故 八無惱喜化攝衆生時但以慈柔不惱他故 九不瞋恨喜見不如說行當時不瞋後無恨故此句不爲他惱

佛子菩薩住此歡喜地念諸佛故生歡喜念諸佛法故生歡喜念諸菩薩故生歡喜念諸菩薩行故生歡喜念清淨諸波羅蜜故生歡喜念諸菩薩地殊勝故生歡喜念菩薩不可壞故生歡喜念如來教化衆生故生歡喜念能令衆生得利益故生歡喜念入一切如來智方便故生歡喜

第二彰喜所因中二先念當得故喜後念現得故喜各有十句今初初總餘別總云念諸佛者論云如佛所得我亦當得故者文中雖皆念他並是以他類已故判爲念當得也以總該別皆屬已當別有九種一念佛法二念佛菩薩三念佛行四念佛淨五念佛勝六念佛不壞七念佛教化八念佛利益九念佛入以總該別皆名佛者爲成佛故六相融故

若別顯義相統收十句不出因果人法一佛二法是果中人法論云初二念共者佛及佛法二事通二乘念故名爲共則顯餘八不共二乘

後八皆因初一是人謂二地已上乃至普賢之位餘七是法於中更有總別菩薩行爲總於中更有總別者此中之總望前為別望後為總即亦總亦別別中六句次第顯前菩薩行一以何法爲所顯謂波羅蜜淨以是行體故二彼之行體顯相云何謂一地去一垢淨一度即菩薩地殊勝故三何謂此行全顯謂第十菩薩地盡去障盡故則行不可壞上三自利餘三利他皆法雲之行一能受諸佛法明爲教化法二能雲雨說法則衆生得利益三受佛智職入大盡等是一切智行亦可後三通於諸地別中六句者則以六句為能顯菩薩行為所顯以別顯總故即顯示之義於六句中自有能所初一行體為所顯餘五句能顯亦是別明顯相此則顯理之教義其次第之言兩向用之故佛次法後菩薩今菩薩行等故為次第二於後六句初體後顯六句次第餘三利他者故論釋菩薩地盡竟便云此中餘者約數化法故等則顯餘三是菩薩地盡中事也亦可後三下然論云此中餘者故疏配在菩薩地盡之中然無顯文故兼顯通諸地意又上十句初佛次

法餘皆是僧僧中有人有德可知

復作是念我轉離一切世間境界故生歡喜親近一切佛故生歡喜遠離凡夫地故生歡喜近智慧地故生歡喜永斷一切惡趣故生歡喜與一切衆生作依止處故生歡喜見一切如來故生歡喜生佛境界中故生歡喜入一切菩薩平等性中故生歡喜遠離一切怖畏毛竪等事故生歡喜

第二念現得中二初正明所念二句以故下隨難徵釋前中十句初總餘別總云我轉離一切世間境界者轉離一切凡夫取著事故然事有麤細麤則外六塵境通是一切凡夫取著境故細謂現前立少物謂是唯識性亦爲地前凡夫取著境故轉離一切者此即論文上即指經下即疏釋別有九種轉離然此九種對前有何相中總別九句文雖不次法體全同以是念前福利相故故論二段之中皆以相似不相似揀謂與地前不相似故總別九句者初即第二生如來家過二即總句超凡夫地三即第一入菩薩位入位過四即第四離世間趣得道過五即第五得菩薩法法體過六即第三無能說其種姓過失種姓過七即第六住菩薩處處過八即第七入三世平等是業過九即第八於如來種中決定當得無上菩提名畢定過餘八全同唯第九捨轉離相文小不同故疏會釋九中一入轉離經云親近一切佛以了法如常見佛故此顯事不相似謂即前生如來家以佛法爲事不似凡夫六塵事故

一遠轉離

三近至轉離此二示自身不相似謂初即過凡夫地識爲身故後即入菩薩位智爲身故

四斷轉離即行不相似謂離世間趣行行出世淨行故

五依止轉離即迭相依止不相似謂得菩薩法大悲爲體依衆生起還與衆生爲依不同凡夫不起悲心不爲他依故

六近見轉離是他力不相似謂以大乘行成種性無過見佛得助道力不似凡夫非器不得故

七生轉離即處不相似謂不住道是佛境界亦菩薩住處依之起行名生其中

八平等轉離即生業不相似謂證三世平等之性以資慧命而生智業不同凡夫雜染業也

九捨轉離即成就不相似謂成就離障畢定勝位捨約離障成約得位即前第八畢定過成就相似法故由離怖畏決得無上菩提前就行位此就斷位言怖畏者論云不愛疑慮憂想共心相應故不愛是所畏事不活等五令心憎惡故疑慮憂想正是畏體所畏不定便生疑慮所畏決定便生憂想由心畏故相現在身名毛豎等即前第八下二會通前文此斷前行故須會釋謂前明者志氣成立決成菩提於如來種中即是行義行斷雖殊決成菩提義則同矣言怖畏下釋文先舉論不愛下疏釋然此九句與有何相文同符契皆已義引不得異解由上諸義不相似故名爲轉離非唯離障名轉離也

何以故此菩薩得歡喜地已所有怖畏悉得遠離所謂不活畏惡名畏死畏惡道畏大衆威德畏如是怖畏皆得永離

第二隨難徵釋由捨轉離文義廣故重徵

釋之義有四重謂怖畏與離各有因果而文分五節一總徵二列名總答三轉徵四舉因顯相五菩薩如是下結酬初徵令初徵意云何以此中說離畏耶二答意云以五怖畏是初地障得初地時法爾離故又離此即是此地利益翻畏名喜此相最顯故於釋名分中辨之今初徵意者謂得初地遠離一切煩惱業苦何以偏言離怖畏耶二答疏有二意一以五怖偏障初地初地盡斷所以偏說餘障通障諸地初地不盡是以不說如十使中五見及疑盡在見位偏說斷之貪瞋癡慢通障見修此中不盡二畏是喜障故偏說之故於釋名分中說耳

何以故此菩薩離我想故尚不愛自身何況資財是故無有不活畏不於他所希求供養唯專給施一切衆生是故無有惡名畏遠離我見無有我想是故無有死畏自知死已決定不離諸佛菩薩是故無有惡道畏我所志樂一切世間無與等者何況有勝是故無有大衆威德畏

三轉徵者此之一徵文含四意一云何以名爲不活等畏耶二云何因而有此五畏耶此二是怖畏因果故論上生起云何者是怖畏云何怖畏因三何以名爲得永離耶四因何令此得永離耶此二離畏因果若得離因自然無果故論上云遠離此因無怖畏故故論上云下以是經前生起之論故云上也論文具云次說何者是怖畏云何怖畏因遠離此因無怖畏故釋曰論中怖畏有問無答經中離畏有答無問故疏具出　四舉因顯相者謂正舉離因顯離果相反顯畏因及畏果相故通有四意酬前四徵如不愛自身何況資財是離不活因則反顯愛身資財是不活畏因若不畏不活即是離畏果則反顯畏於不活是

此畏果餘四例然又此離因即是能治其怖畏因即是所治

五怖畏果不活與死二相何別懼無資緣身不存於朝夕名不活畏懼其因壽正捨報時名爲死畏大怖之極無過死故又不活通於三業死唯約身故論云第一第二第五依身口意第三第四依身死約愛於善道懼捨身故惡道畏者憎於惡道懼得彼身故但說五者打縛等畏皆五攝故五怖畏下後開義別釋不次第釋經而取義類以釋於中分二先總彰五畏之果但揀相相濫即爲釋文死約愛下次揀死惡道此因上第三第四依身故爲此揀上三有濫所以揀之惡名威德易故不釋但說五者後通妨辨攝謂有問言怖畏多種謂打縛等豈不畏耶何但說五故爲此通則五無不攝如打縛等即不活死畏所攝等此怖畏因略有二種一邪智妄取想見愛著故二善根微少故然此二因通五怖畏善根少者亦乏資財懼不活等故有愛著者未能忘懷畏大衆等故若取相顯初一爲前三畏因後一爲後二畏因邪智即是分別身見取我乖理目之爲邪邪心決斷名之爲智由有此智妄取於我及我所想以成執見而起愛著故我見爲主我所隨生愛著於我則有死畏見有我身懼捨命故愛著我所有前二畏但著財利有不活畏著利兼名有惡名畏但無我我所則三畏因亡然不活因舉我況所意但取所後二因者功德善少畏墮惡道智慧善少畏於大衆又過去善少今畏大衆現在善少當畏惡道今具福智兼二世善以爲對治故初三離因即二空智後二離因即二莊嚴此怖畏下二彰怖畏因及明離義文中有三初引論總明觀下釋文二因自顯懼不

活等者等取死及惡名耶智愛著別是前三之因今通為後二之因畏大衆等等取惡道若取相下後別別從相顯通約義兼故通明中即別所揀謂善根微少別為後二之因今通為前三之因

菩薩如是遠離驚怖毛竪等事

五菩薩如是下結酬初徵前云何以能離令酬由上三段如是義故所以能離意正如此而論云怖畏毛竪等事何故二處說耶前說身怖畏後說異身怖畏者意謂前第十句屬念現得故但云身今通當報惡道等故云異身

大方廣佛華嚴經疏鈔會本第三十四之十

音釋

燸乃管切　猶豫猶于求切豫音遇切猶豫獸名多疑慮每聞人聲輒登木久之方下須臾又上如此非一故不決曰猶豫

大方廣佛華嚴經疏鈔會本第三十四之十一

唐于闐國三藏沙門實叉難陀　譯

唐清涼山大華嚴寺沙門澄觀撰述

佛子此菩薩以大悲爲首廣大志樂無能沮壞轉更勤修一切善根而得成就

自下大文第三佛子此菩薩以大悲下安住地分中三初總明安住二所謂下別顯安住三佛子菩薩以成就下總結安住今初文有三句一大悲爲首是安住因菩薩所行皆爲衆生悲爲行本故言爲首二廣大志樂無能沮壞是安住觀論云煩惱小乘不能壞此觀故謂契理深心爲大故煩惱不能壞悲化兼物爲廣故小乘不能壞也三轉更勤修一切善根而得成就是安住行此望初句是智導悲望第二句是行塡願此所修善即下三十句顯示

所謂信增上故多淨信故解清淨故信決定故發生悲愍故成就大慈故心無疲懈故慙愧莊嚴故成就柔和故敬順尊重諸佛教法故

第二別顯安住即顯前第三勤修善根云何勤修此有三十句顯三種成就一信心成就二修行成就三迴向成就信爲行始次依信起行後迴行成德以爲行修次第今初信心十句初總餘別總云信增上者隨所有事謂下所列諦寶等境深信決定名爲增上（謂下所列等者諦即實事理實即三寶等等取世出世善之功能皆所信境）別中有九初六始起信心後三信增成欲（信增成欲欲即信果）前中初二自利後四利他自利中一敬信增上謂徧信三寶名多

淨信二淨信增上自證眞淨智解故上二皆云清淨是信之性三決定信增上分別令他證淨智故即利他之行四悲五慈六無疲厭此三增上皆利他心慈悲明心大無厭明心常一徹信即於德信也二淨信即於寶信也離疑濁故名淨即經解清淨句上二皆云等者上皆唯識並如前句引三決定信增上即經信決定故今取經爲名準論云以信分別故便名分別信增上令他證淨智故故今疏以分別字爲其釋文此三增上下通釋然今經云發起悲愍論經云起悲愍心論釋云起者轉復現前謂地前修習入地即現今在地中云轉復現後三中七慚愧信增上是所成行體謂有慚愧故治慳等蔽不著世間成檀等度故八柔和信增上是得等侶於同法者不惱亂故九敬法信增上於所入法益敬信故七慚愧者論云樂修何等行波羅蜜行故以崇重賢善爲慚故成檀等諸度輕拒暴惡爲愧故治於慳等諸蔽輕拒暴惡即不著世間無惡有善故曰莊嚴故遺教經云以慚愧服而自莊嚴是得等侶亦即行緣論云僧爲等侶同事安樂九敬法者即行所依論云入何法中謂諸佛教則亦行所詣是所入故

日夜修習善根無厭足故親近善知識故常愛樂法故求多聞無厭足故如所聞法正觀察故心無依著故不耽著利養名聞恭敬故不求一切資生之物故生如實心無厭足故

第二日夜下修行成就中九句初總餘別總云無厭足者即無間修別有八集前七教行後一證行前中初二攝法方便一親近集近善友意在不忘諸法故二樂法集於問答中論義解釋心喜樂故第二日夜修中有二先依論釋一親近集又是求法方便二正聞法時直諮爲問直酬爲答設難爲論義通難爲解釋後五句次第修行於中前三內觀順理之行一多聞集斯即聞慧二正觀集即是思慧三不著集即是修慧於三昧中

無依著故後二隨緣離著行謂六不貪集是知足行已得不貪故七不求集是少欲行未得不求故後五句次第五句即爲次第又先明內觀後辨隨緣亦是次第八如寶心集即證行圓明常現前故又難得無垢勢力莊嚴殊勝不改證心同此具六義故上依論釋竟又難得下舉世寶六義顯證法六義一地前所無故云難得二已斷分別故云無垢三能爲二利故云勢力四能嚴法身故曰莊嚴五等同法界故云殊勝六一得不失故云不改亦與六決定義同其第六七集更有一理謂第六心是遠離修修對治心離三過故諸說法者有三種過一著利養求四事故少欲知足則能治之二取名聞爲勝他故正念定慧則能治之三爲他屬過愛敬事故遠離精進則能治之此中能治即大人覺其第七句是觀過修八種不淨是謂資生一切不求見不淨故此比論釋通局有殊此中能治者文中具有但遠離一種攝於二事一攝寂靜二攝無戲論此二俱治不遠離故言八覺者一少欲二知足三寂靜四精進五正意念即是止六正定七正慧八無戲論八種不淨者即涅槃經第六邪正品經文廣列而不分數若案善生優婆塞經具列一畜田宅二種植根栽三貯聚穀粟居店求利四畜奴婢人民五畜春儲羣畜六畜金銀錢寶七畜象牙金銀刻鏤諸寶大牀綿褥氍毹八畜銅鐵釜鑊

求一切智地故求如來力無畏不共佛法故求諸波羅蜜助道法故離諸諂誑故如說能行故常護實語故不汙如來家故不捨菩薩戒故生一切智心如山王不動故不捨一切世間事成就出世間道故集助菩提分法無厭足故常求上上殊勝道故

第三求一切智下迴向成就謂求一切智是迴向菩提有十二句初總餘別總即所求之事名之爲家一切智地是求處故總即

所求之事者論有十一句初總餘別若隨行要分別乃爲三節一求一切智地是家二求力無畏不共法爲依家三餘句明無障求故論別列十一求竟總云於中求何等事求求一切智地故以何觀求觀諸佛力無畏不共法故云何求求諸波羅蜜無著法故此三求者是家依家無障求故釋曰今疏別摘配釋並不違論故今總句即是家也言總即所求之事者此中正明求佛故一切智即所求等事故論上云求何等事名之爲家者即上論此三求中是家家是三中之一此即以事爲家從一切智地是求處者以經釋論爲家之言處即家故別即能求之因有十一求初一顯能求之觀名爲依家於前家中分別觀察具足十力無畏等故別即能求之因者從總開出皆明求義雖有三節後二皆因因中分二初一爲觀即論云以何觀求名爲依家者即前論三求中依家二字於前家中下疏釋觀義其十力無畏即一切智地依彼成觀故名依家餘十能求之行并總都有三求於求行中又分總別總名無障求謂求諸度無著法故能除蔽障餘十能求之者即上論云云何求即三求中無障求也皆治蔽障故下九句別別治諸障故

初二對治檀中二垢一者離求治於諂曲見乞求者詐現方便一向無心與故二如說能行求治不隨先言許而不與或許多勝與少劣故又前是諂後則是妄或許多勝等者兼上有三一許不與二許多與少三許勝與劣三者護求治戒一垢謂不護實語違本所受犯已覆藏故

四不汙求治忍一垢謂惱亂他業是汙如來利益家故

五不捨求治進一垢謂菩薩戒法無量不可具持劫數長遠不可常持戒法精妙難持難行不可善持生退轉心令不捨菩薩戒具能持之不捨律儀故能持難持不捨三聚能行難行也進策萬行而偏就戒辨者有三義故一戒爲三學之首故二戒具

三聚故三戒通事理難行易敗故寄以策之五不捨求中二先釋文戒法無量者戒有三聚三千威儀八萬細行故劫數長遠者一受不捨至成佛故戒法精妙者防於意地起心動念即毀犯律儀論於止作故說爲持三聚進善利生故云行也後進策下釋通妨難難行易敗者不同定慧證法之樂堅固難失六不動求治禪二垢一者亂心外攀如山治之二者不能調伏憶想分別一切智心治之

下之三句治般若三垢即三通障謂七不捨成就求治障不住道垢謂無善巧方便一向涅槃現不捨世間治之一向世間現成就出世治之異於凡小成不住道

八者集求治障助道垢

九者常求求治障證道垢於上勝妙證法之中願欲心薄故上來迴向成就竟

佛子菩薩成就如是淨治地法名爲安住菩薩歡喜地

第三總結者上三十句廣於勤行具足成就此勤行有四一信二欲三精進四方便信謂忍受決定欲謂希求趣彼行故初十句中前七是信後三是欲次十是精進對行造修後十是方便行成巧求故是名此地說分中安住故云成就如是淨治地法名爲安住後三是欲者故上文云後三信增成欲次十是精進者即修行成就後十是方便者即迴向成就能以上少善成無量果故云方便亦不滯寂故依論辨更有別理上多淨信已能永斷闡提不信障發生悲愍尊重教法等亦能永斷凡夫著我障日夜勤修無有疲倦又能永斷聲聞畏苦障求一切智乃至常求上上勝道亦能永斷緣覺捨悲心障故云淨治地法上依論辨下更示別理離四障故亦是攝論第六斷除四處障也而

有開合後二即彼第一離二乘作意初一即第二諸疑二即彼第三離聞慧我我所執兼第四斷除分別緣法安住地分竟

大文第四校量勝分謂住此地中勝二乘故論主既云住此地中勝者明知願等初住地分已有但文不累安故居安住之後非是地滿方有願也謂住此地下文前有二先釋總名兼彰分齊通一地故問經云初發已爲天人師勝出聲聞及緣覺故沙彌發心羅漢推敬如何至此方辨勝耶答然其勝義乃有衆多統而收之不出三種謂願行智此三歷位故有衆多畧明十位一初發心勝通於一切凡夫如沙彌等此通三心二信勝亦通三心三解勝四行勝五願勝此三即三賢別歷三心六證入勝齊證三心雙證二空是爲智勝起十大願即是願勝備修諸行即是行勝下辨果勝亦三心果此中行智由願導故所以最勝依行布說七地已上智方自勝故下經云從初地來彼悉超過但以願求諸佛法故非是自智觀察之力今此七地自智力故一切二乘所不能及論主立願爲校量勝憑此明文雖歷諸地戒定道品等地地超勝亦不出三心故七從第七地去名權實自智勝八無功起行勝九上等諸佛勝十究竟勝所謂諸佛三心果滿問經云下先問引涅槃三十八迦葉菩薩讚佛云憐愍世間大醫王身及智慧俱寂靜無我法中有真我是故敬禮無上尊發心畢竟二不別如是二心先心難自未得度先度他是故我禮初發心初發已爲天人師勝出聲聞及緣覺如是發心過三界是故得名爲最上故沙彌發心者即智論文昔有羅漢領一沙彌擕持衣鉢沙彌忽發大菩提心羅漢心知便取衣鉢令其前行前行之次見諸細蟲思衆生多難可化度便退大心羅漢即令却持衣鉢令在後行沙彌問師師具荅云汝發大心即

是羅漢所歸敬處故推於前汝後既退菩提之心故是凡夫不合居我聖人之前如何下結難二信勝者既於大乘決定解故依深觀解起行願故云具三心如問明是智淨行品中兼明行願二解勝者習種已去於深法界如實解故四行勝者性種已上具依種智一切行故五願勝迴向大願向三處故此即三賢別歷三心者從增勝說通亦具三如十住品下辨果勝者調柔是行果發趣是智果願智通二果攝報通三果雖歷諸地下會興說謂遠公有十七過十義同疏二地淨業過戒清淨故三地定自在過四地不捨衆生修道品過五地不住道行過六地甚深解行過七地寂用雙行過八地利他功用過九地辨說行過十地成就微細智過兼初地中復有兩重一證過如前二求勝過謂地滿求證無足故此有十一唯存其證後至七地功用滿故八地已上無功用故故云雖歷諸地不離三心於十一中存三除八蹤中前五後一是同已同其九加第九等覺故唯十過問若有十重今但對地前辨勝便足何用對於二乘答良以小乘是大乘所對凡欲辨勝多皆對之乃至佛果亦對彼耳下經非一法華亦云諸佛智慧甚深難解一切聲聞辟支佛所不能知

今此正明願行勝也文分爲三一願勝謂標志遐廣二修行勝依願造修三果利益勝即位行成就令初二義故勝二乘一常勤修習無量行故二與一切衆生同行故同行即是十無盡句文分爲三下正釋經文所釋以三者即行修始終也

此願勝先以五門分別一名體二修證三行位四因果五立意圓融五各二義則有十門

初中先名後體名中先總後別總云願者是希求義故下論云發諸大願者隨心求義故而言大者下論云光明善根轉勝增廣故謂教證二光與行願善根轉勝地前廣彌法界故十願中皆云廣大如法界也瑜伽四十五云菩薩所修正願畧有五種一者發心願二受生願三所行願四者正願五者大願初求菩提次攝生處生三無倒思擇諸法願於境界修無量等四願當

來攝受一切菩薩善法故名正願大願即從正願所出此復有十全同今經今揀異前四故云大願兼取所從即後二願別別大相至文當知後顯別名瑜伽三十五及諸攝論皆有明文並如下文當願自釋今且依梁論畧列一供養願二受持願三轉法輪願四修行二利願五成熟衆生願六承事願七淨土願八不離願九利益願十成正覺願後體性者𤋮性即以欲勝解信三爲自性若取所依悲智相導即後得智以爲願體若并眷屬一一皆以一切俱行功德爲性故論云光明善根者光明即後得智善根即信等及行故下論云者以論先廣釋十願意後方以義收東今先爲義門故言下論凡有下論之言皆準此知而言大下釋此大字有通有別別指在文通有三初正釋先舉論文光明善根此舉大體轉勝增廣此示大相謂教證下䟽釋論文兼取所從者正願但約攝受菩薩善法異於凡小大願即顯行相深廣故二不同別正通大別正未必大大必是正故兼二也即以欲勝解信等者欲及勝解別境中攝信即是善並如前釋今希求即欲要印持前境方忍樂欲而心淨故二修證者先約修行初七修始次二修熟後一修成得果後約證者地前已發今此十願齊證

三行位者先約於行初二自利次五利他一以何身謂攝法上首而爲利他轉法之身二以何心謂即令他修行之心三何者衆生四衆生住處五自在身住何處能化衆生上三可知後三不定一即八是自利滿九是利他滿十是二利得果或俱自利論云後三顯自身故或俱利他論云此三示現如實教化衆生故若約通論十皆二利故論云校量勝有二一行無量行即是

自利二與衆生同即是利他後約位者通則十皆初地所得别則前七明行已如上辨後三明位下論云一得地校量勝初地至九地二得菩薩地盡校量勝即第十地三得一切地盡究竟故即如來地一以何身者此中五句論有微下即疏答義屬經文如一以何身論也謂攝法下是疏囑經下四皆然而但釋前二後三易故四衆生住處者即第六承事願有其二義今取土中有生往化之義後三不定者自有三釋初一是占疏意次二即論後三明位下從初地來證論如同聖故至九地不離諸菩薩會四等二十地方得三業不空三如來可知約因果者若就言顯前九求因後一求果若約具攝七亦求果是依果故十是正果餘皆是因

五立意圓融者先立意所以但說十者已攝二嚴二利因果行位無不周故又爲表此無盡願故故下云一一皆攝阿僧祇願而爲眷屬言圓融者以稱性故一願之中具一切願即入重重如常所辨六相圓融正在此文已知大意已攝二嚴等者初一福嚴次二智嚴四通二嚴五六福嚴七八通二九福滿十智圓因果行位已如向辨

佛子菩薩住此歡喜地能成就如是大誓願如是大勇猛如是大作用

次正釋文文分爲二初正顯十願彰自勤行後明十盡句與衆生共今初分四一總標二所謂下别列三佛子菩薩住歡喜地下總結四以此十願門爲首下明攝眷屬今初初句明成願之位是歡喜地次能成就下正明總願能成就言該下三句一始起要期云如是大誓願隨心求義故二方便起行云如是大勇猛謂成彼一一願中所作方便皆勇猛故三願遂行成云如是

大作用謂如供佛願便能供故餘例此知論云菩薩住此地漸次久習起此三行非一時故是知此願亦即是行稱願行故非如凡夫空有要期是以總言能成就也以總該別十願皆有此三一始起要期下釋此三句論在後結中釋今將來此論經二句不同二云大方便三云大行然一一句皆有三段如初句云始起要期是疏出意二云如是大誓願是牒經證三隨心求義故是論釋下二皆然是知此願等者論言起此三行故二別列中十願不同即爲十段一一願中文各有四皆初四字總標起願次顯願行相三廣大下彰願德能四一切劫數下明願分齊初後二段文通義局第二行相文義俱局第三德能文義俱通十願無別故

所謂生廣大清淨決定解以一切供養之具恭敬供養一切諸佛令無有餘

今初供養願準論願供養勝田師及法主此則通供經從勝故但云供佛文中闕於總標以近前總如是大願故二三兩段各有三義通成六大顯初供養大願之義今初行相之中三大義者一心大即經生廣大清淨決定解謂增上敬重深稱佛境故云廣大迴向菩提決定信故名清淨決定解清淨解言信因果故此上論意局在初願若以義求通餘九願皆爲菩提廣大無限無疑淨信而起願故二以一切供養之具即供具大此是行緣三恭敬下福田大於中令無有餘是總相無餘有三一一切佛無餘即是行境二一切供養無餘三一切恭敬無餘此二行體由上二義成上敬田上三皆云一切者佛即三身亦兼十身

供養有三一衣等利養二香等敬養三戒等行供養恭敬亦三一給侍恭敬二迎送恭敬三修行恭敬即敬順佛故上三各三竪論一切若橫論一切則佛該十方無盡等餘三準思清淨解言者因即解字勝解即於境印持為性不可引轉為業即唯識論深忍之義清淨是果若准唯識樂欲是果今望上因心淨即果

廣大如法界究竟如虛空盡未來際

二彰願德能言三大者一攝功德大如經廣大如法界一切餘善根中勝故二因大即究竟如虛空無常愛果無量因故三時大即盡未來際此因得涅槃常果故一攝功德大者此下三大即是初地六決定中之二初一即勝善決定中義云一切餘善根中勝故意取勝等不取決定二三即因善決定開之為二

一切劫數無有休息

三明願分齊十願文同所作各異此應盡未來際行供養故

又發大願願受一切佛法輪願攝一切佛菩提願護一切諸佛教願持一切諸佛法

第二受持願亦名護法願瑜伽雙云攝受防護願行相之中文有四句皆通二利然若約能受等說受謂受領攝謂攝屬故勝鬘云攝受正法護謂防護持即任持故勝鬘云護持正法若約所受初教次果三行四理而受等言文雖互舉義實互通亦初教次證三云護教而判為行者論經云一切諸佛所教化法皆悉守護論云謂修行法於修行時有諸障難攝護救濟故即攝護自行救濟於他亦初教次證上約教理行果以釋經文而論經但有三句初句明教次句明證三云一切諸佛所教化法皆悉守護故此即用前教證以化衆生故名為行論下釋中教謂修多羅等此釋法輪書寫供養讀誦受持為

他演說故此釋受字釋次句云攝受一切佛菩提者所謂證三種佛菩提法攝受此證法教化轉受故釋第三句如今三云護教下所引論文上疏順四故爲此配若配教證亦可後二護初教法持上證法上約始修願名受攝等若約終成名四成就故上總云成就如是大誓願也一者法輪不斷成就二者證智成就三修行成就四入理成就上約始修下明成就義行德相應總名成就論亦三成就四是加順四法故論釋第三云三者修行乃至如實修行正覺成就故者即修上證也上論三種菩提者而論自釋即三乘菩提此有二意一明菩薩善提包含二將隨宜化物廣大如法界究竟如虛空盡未來際一切劫數無有休息

又發大願願一切世界佛興於世

第三轉法輪願亦名攝法上首願先攝後轉故

行相中四一轉法處即一切世界佛應處故

從兜率天宮沒入胎住胎初生出家成道說法示現涅槃

二從兜率下轉法時謂現八相時八相之義離世間品廣釋離世間者今經具列彼各有十然亦有佛不具八者如天王佛白衣成道故若以離俗爲出家則亦具矣須扇多佛無生可化則不具轉法輪留一化佛半劫化人是則亦具然論釋一切處云順衆生見故下料揀何故不處色無色界恐衆生云此難處來不爲成故二何故不處他化等而生兜率令衆生知捨彼勝樂念衆生故三何故下生人中捨於天樂爲懸我故四何故處胎示現同生增長力故五何故自成正覺示非餘佛教化願丈夫力成就非因他得菩提故六何故入涅槃爲令懈怠衆生懃心修道故此等畧舉示八相中一義而已下離世間各具十義故疏全指

皆悉往詣親近供養爲衆上首受行正法

三皆悉下攝法方便於中初集功德方便後爲衆上首下集智慧方便以此二種助

菩提法故云方便
於一切處一時而轉
四於一切下明轉法頓周
廣大如法界究竟如虛空盡未來際一切劫
數無有休息
又發大願願一切菩薩行廣大無量不壞不
雜攝諸波羅蜜淨治諸地總相別相同相異
相成相壞相所有菩薩行皆如實說教化一
切令其受行心得增長
第四修行二利願若約成益名心增長論
從此義故先標云第四大願心得增長以
何等行令心增長一切菩薩所行教化一
切令其受行心增長故文中亦四第二行
相中分二初明能增長行後明所增長心
前中分四一明行相論名種種二行體三
行業四行方便以此四種教化衆生令其
受行初行相者世出世間各有多異故云
種種於中廣大無量是世間行意明俗智
之行廣從初地乃至六地大者七地無量
者八地已上不壞不雜是出世行法無我
平等觀出世間智故謂不雜世間有漏法
故不壞者冥同眞性故若瑜伽通論云地
前名廣雖行一切但得名廣一一行故非
大無量地上名大一一各以一切成故不
動已上乃名無量一切行中具一切故不
壞者於前六地各得成一不可破壞論主
意明此地中之願故不取地前之行義不
異前世出世間者謂明世出世畧有二義一約位謂地前爲世地上爲出二隨義教道爲世證道爲出今下廣大無量即是教道故云世間不壞不雜即是證道爲出世間故云種種下直至八地已上上三行疏文意明俗智之行是疏餘皆論文法

無我下即是論釋謂不雜下是疏釋論文有三段一釋經二若依下會異釋三論主下會通二論言義不異前者即廣大無量不壞皆同故瑜伽便當釋論廣大等義

二攝諸波羅蜜即是行體廣大等相但辨此故

三淨治諸地即是行業以十度行淨十地蔽助眞如觀淨十障故

四總相已下明行方便然有二種一自行方便謂以六相圓融巧相集成一具一切仍不壞相故名方便六相之義廣如别章畧如前釋二皆如實下即化他方便不違實道而化物故

二心得增長者即所增長心化他受行他心增長化他成自自心增長

大方廣佛華嚴經疏鈔會本第三十四之十一

音釋

躭都含切樂也　沮壞沮慈呂切過也壞古賄切毀也　諂誑諂丑琰切佞言也誑居況切欺也　諮津夷切問也　貯直呂切積也　鏤郎豆切雕刻也　褥而欲切禂褥也　氍毹氍音瞿毹春朱切氍毹毛席也　釜扶雨切鍑屬　钁厥縛切大鉏也　攜奚圭切提攜也　兜率梵語也此云知足兜當侯切

大方廣佛華嚴經疏鈔會本第三十四之十二

唐于闐國三藏沙門實叉難陀　譯
唐清涼山大華嚴寺沙門澄觀撰述

廣大如法界究竟如虛空盡未來際一切劫
數無有休息
又發大願願一切衆生界有色無色有想無
想非有想非無想卵生胎生濕生化生三界
所繫入於六趣一切生處名色所攝
第五成熟衆生願成熟亦名教化就行相
中文分二別初明所化衆生後如是等下
彰化所爲今初初句爲總有色下別別有
六種差別一麤細差別此明報相下二界
有色爲麤無色界爲細於有色中有想天
爲麤無想天爲細就無色中非有想爲細
謂第四空非無想爲麤謂下三天此經文

略論經云非無想非想非非想謂非無想
是麤餘即是細彰化所爲者論云何義故化無想天爲細者色界十
八天唯除無想皆名有想無想天與廣果天同處外道取爲究竟涅槃修無想定生
於彼天得五百劫無心果報佛之弟子不生彼中二卵生下生依
止差別謂報之所依託故餘三可依化生
依何依業染生故然四生攝盡六趣而通
局有異化生通六趣胎生不通地獄諸天
濕卵唯局人畜又以六趣不攝中有化生
故寬陿有異餘如別章化生依何者論但云業生依於因故
染字即俱舍世間品意偈云倒心趣欲境濕化染香處濕生染香化生染處然四生
等者亦俱舍意彼偈云人傍生具四地獄及諸天中有唯化生鬼通胎化二今疏說
勢小別義理皆同人具四者卵生如毗舍佉夫人生三十二卵卵各出一兒般遮羅
王有妃生五百卵卵各一子胎生如今人是濕生如頂生王從頂皰而生故化生唯
劫初起傍生具四此類可知化生如龍迦樓羅等鬼通胎化二者如餓鬼白目連言
我夜生五百子隨生皆自食晝生五百亦然雖盡而無飽即胎生也鬼化可知無而

忽有故又以六趣等者即寛狹門故雜心論云為生攝趣為趣攝生論自釋云謂生攝趣非趣攝生何者中陰是其化生趣不攝故三三界所繫名淨不淨處差別欲界不淨上二界淨就果以明故名爲處就因以說故名爲繫四入於六趣是苦樂差別受種種身故亦名受生差別麤相而說三塗爲苦上天爲樂人及修羅兼於苦樂五一切生處是自業差別此以因釋果由業異故生處不同謂於一趣中有多不同如於人中有中有邊貴賤家異等故六名色所攝是自體差別有體唯名謂無色界彼處有色非業果故有體唯色謂無想天彼所有想不可知故有體具二謂除前二六名色所攝下名色之義六地當說

如是等類我皆教化令入佛法令永斷一切世間趣令安住一切智智道

二化所爲中初句結前生後令入已下別明所爲所爲有三一爲未信入者令信入佛法二已信入者令其離惡爲涅槃因世間趣者謂業惑苦三令修菩提道道通因果

廣大如法界究竟如虛空盡未來際一切劫數無有休息

又發大願

第六承事願願往諸佛土常見諸佛恒敬事聽受故瑜伽云願於一切世界中示現意明化生今經但云知見者知生佛住處故故瑜伽云下辨其異名今經已下會釋知生佛住處者知生佛住處往化知佛住處往供事故新經中承事之言其義甚顯偈云於一毛端微塵中出現三世莊嚴刹十方塵刹諸毛端我皆深入而嚴淨所有未來照世燈成道轉法悟羣有究竟佛事

示涅槃我皆往詣而親近釋曰前偈即一切相及真實義無量相後偈正明承事嚴刹亦兼化生

願一切世界廣大無量麤細亂住倒住正住若入若行若去如帝網差別十方無量種種不同

就行相中分二初明所知後辨能知前中初句爲總廣大下別別有三種相一一切相二眞實義相三無量相

今初界相不同故云一切於中又三初明分量謂小中大千如次爲廣大無量二麤細者明體質麤妙謂應報等殊論云細者隨何等世界意識身故麤者隨何等世界意識色身故者謂隨能依色心麤細世界麤細麤者云色三亂住下安立不同亂則不依行伍倒即覆刹正即仰刹若入若行若去論無此文文含二意一成前安立謂前三類世界道路往來二者順後入即攝他入己去即爲他所攝行即往來不住故如帝網正喻於此一切相者一切相是土相二眞實義相是土體及性相相融世界實爾云真實義然其分量約三千者且約權實同用耳應如世界成就品等故下第三辨無量相麤者云色義當無色界為細下二界為麤以釋廣等既約三千麤細亦且就三界耳餘義皆如初會二如帝網差別即眞實義相土土同體不守自性互相涉入如彼帝珠故名眞實論云如業幻作故者轉以喻顯如世幻者火處見水大處見小等業所作土亦同於幻故得涉入重重無盡

三十方下無量相謂前二相周徧十方又上說不盡故結云無量大菩薩藏經說虛空中世界重數多於大千所有微塵但由

業異不相障礙一處重重尚爾況復橫周智皆明了現前知見

第二智皆明了下辨其能知若眞實義相唯智能知餘一切相可現眼見

廣大如法界究竟如虛空盡未來際一切劫數無有休息

又發大願

第七淨土願願清淨自土安立正法及能修行衆生故 願清淨下疏文有三初總顯立意畧具三淨攝於淨上一清淨自土即是相淨如第三淨二安立正法即法門流布淨如第七淨三及修行衆生即住處衆生淨如第五淨顯斯三淨即淨土意自他受用及變化土皆悉具矣

願一切國土入一國土一國土入一切國土無量佛土普皆清淨光明衆具以爲莊嚴離一切煩惱成就清淨道無量智慧衆生充滿其中普入廣大諸佛境界隨衆生心而爲示現皆令歡喜

於行相中總有七淨一同體淨以同法性故令一多互相即入 一同體淨有二意初明報應淨土皆以法性土而為其體即事理無礙故令一多由相即性以性融相令報應等及染淨土互相即入 二無量佛土普皆清淨者即自在淨如摩尼珠美惡斯現淨穢圓通故云普皆清淨 二無量即自在淨然淨土畧有二種一者相淨即第三淨二自在淨即是令文如摩尼下喻自在相隨機現故如身子螺髻各見不同而言普皆清淨者就佛言之無不淨也故淨名云我此土淨而汝不見即以自在圓通而為淨也如第八地 三光明衆具以爲莊嚴者名莊嚴淨即相淨也

四離一切下明受用淨謂受用此土離過成德故初句成斷德後句成行德如受用香飯身諸惑滅入正位等 如受用香飯下引淨名證身諸惑滅證離過斷德入正位等證成行德等者等於淨名餘經前教體中已明至法界

品顯更五無量智慧下任處衆生淨謂具德
人居今略語智慧謂具德人居者亦名人寶莊嚴亦同淨名不諂
衆生來生其國等六普入下因淨淨因有二一者
生因謂施戒等如淨名說二者依因此復
有二一鏡智淨識爲土所依二後智通慧
爲依如下第十地入佛國土體性三昧現
淨土等此二皆是諸佛境界因淨如世界品七隨
衆生下果淨因既有二果亦二種一所生
果即前相淨二所示現果即臨機示現一所
生果者即生因招臨機示現即依因招即後智通慧故論結云顯智神力等故今
依此義上七淨中前四當相明土次一就
人顯勝後二舉因顯果就前四中初二土
體第三土相後一土用就土體中初彰體
同後明體淨故有七淨淨土義周
廣大如法界究竟如虛空盡未來際一切劫
數無有休息
又發大願
第八不離願願於一切生處恒不離佛菩
薩得同意行故亦名心行願願不離一乘
故故論云第八大願不念餘乘故
願與一切菩薩同一志行無有怨嫉集諸善
根一切菩薩平等一緣常共集會不相捨離
隨意能現種種佛身任其自心能知一切如
來境界威力智慧
行相中有十二句初總後結中十別明菩
薩行今初同志一乘同修萬行故次無有
怨嫉下別於中前五修行同後五德用同
前中初二自分二嚴一福善同集二智觀
齊均後常共下三句勝進於中初一攝法
方便謂聚集解說論佛法故後二依法起

行初一利他故隨意現身也後一自利謂忘緣照境不由他教云任自心智契法身名知佛境威力外用智慧内明則兼報化分齊境也一福善同集者善根是福無有怨嫉即心同相二智觀齊均亦如故同三諦故隨意現身者通他受用及變化也不由他下然經云任其自心能知一切如來境界即是證道威力智慧是菩薩教道此就能知若約所知威力是佛教道之用智慧是佛證道之德就菩薩中證知佛境境即真如是所知境威力智慧是佛所有為分齊境

得不退如意神通遊行一切世界現形一切衆會普入一切生處成就不思議大乘修菩薩行

後五德用中一明通體如意所成無能退屈餘四通業於中前三如意通業一本身往餘世界二現多異身於一切佛會三示同類生名一切生處後一法智通業三修

菩薩行一句總結上十

廣大如法界究竟如虛空盡未來際一切劫數無有休息

又發大願

第九利益願願於一切時恒作利益衆生事無有空過故亦名三業不空瑜伽云願所有一切無倒加行皆不唐捐

願乘不退輪行菩薩行身語意業悉不唐捐

行相中二先總明謂乘念不退圓滿教輪三業皆益又三業皆不唐捐即是不退摧障圓德所以名輪先總明下釋乘不退輪有其二義前義三業不空是輪之用後義三業不空是輪之體

若暫見者則必定佛法暫聞音聲則得實智慧纔生淨信則永斷煩惱

後若更下別顯有二不空一作業必定不

空三業能安樂故謂見身行行知佛法眞實故云必定聞口說法能生智慧念意實德諸惑不生此從增勝故說三業成益不同實則互有實則互有者謂見身亦得實智及斷惑聞聲必定斷惑信意決定得智

得如大藥王樹身得如如意寶身修行一切菩薩行

二得如大藥下利益不空二喻皆喻拔苦故一切衆生有二種苦一種種諸苦謂逼迫等藥樹王身以爲能治二貧窮苦如意實身以爲能拔種種義兼身心若麤若細貧窮通於世財法財論主對前安樂此爲利益故作此釋實則前喻喻三業捨惡離苦後喻喻三業進善得樂也一種種苦者藥王樹枝葉華果各除病故論主對前下即疏別意於中先出論意言對前安樂者即佛地論中利樂之文總有四對如光明覺品此中用斷惡爲利益進善爲安樂然前作業就行體立名三業所爲故取其成益乃是安樂今此即就行益立名實則下正顯疏意意云前之三業通有利益安樂故今二喻各喻一能藥能治病故喻捨惡等即利益也實滿人意故喻進善等即安樂也故上所喻三業之中影畧已顯利益安樂生信決定即是進善永離煩惱即是除惡釋云互通三皆兼二

廣大如法界究竟如虛空盡未來際一切劫數無有休息

又發大願

第十成正覺願願與一切衆生同時得無上菩提恒作佛事故文四同前而論總顯願相云第十大願起大乘行者是果乘故雖得佛道不捨菩薩利益名起大行故

願於一切世界成阿耨多羅三藐三菩提

就行相中分爲二別初成菩提體即自運已圓後不離下菩提作業即運他不息今

初菩提亦是總相一切世界即得菩提處謂徧於十方同類異類一切諸剎眞則稱性應則隨機故無不在今初菩提者此有三對前約自他對乘運故二者體用故云菩提體菩提作業三者總別別依於總總攝別故方順經宗眞則稱性者約體用二利此唯是自利之體但有此句謂若有妄念身智有分有在不在今妄盡故眞故無在無不在云於一切處而得菩提若依總別總既含別故有下句應則隨機感而即形故無不在廣如出現菩提章說

不離一毛端處於一切毛端處皆悉示現初生出家詣道場成正覺轉法輪入涅槃

後菩提作業中有七種業一從不離至入涅槃是示正覺業一切毛端是成佛處上來平漫徧於十方云一切世界今明徧法界中一一毛端極小量處皆於其中八相成道以彼皆有可化衆生故故離世間品云於一毛端量處有多衆生況於法界然復不離一毛端處而於一切毛端處示現則不動而徧一多自在示正覺業者揀上眞成而即體之應故一多自在此別示菩提而具八相二三四業皆轉法輪相而初一說實通於諸乘二唯說一實三一音隨類頓具諸法故論云種種

得佛境界大智慧力於念念中隨一切衆生心示現成佛令得寂滅

二得佛境界下說實諦業謂說四眞諦令悟實故初明能說謂智慧力力兼二義謂神通力論經具之此二力用唯是佛境後顯力用以神通力念念成佛以智慧力隨樂爲說令得寂滅是說之益謂能斷集修道則得若滅證於滅理論釋成佛云除諸難處彼彼勝處生者以佛生處必非五難處亦無佛前後難故云除諸難處說實諦業下四諦之義如其本品上來佛智亦說知斷證修故知爲通不可局小論經具之者彼經

云現諸佛境界大神通智力是也令經神通屬下故亦義兼以神通力念念成佛猶屬前業此為説法所依之身故衆之耳以佛生處者必非三塗北洲長壽故前後雖是約時亦約必無餘二容有非是處故言彼彼勝處者除難處境於三洲中唯取閻浮閻浮為勝堪受化故百億非一故云彼彼

以一三菩提知一切法界即涅槃相

三以一三菩提下證教化業以一極無二之菩提契差別之性淨涅槃則不復更滅説此證法令物生信名教化業以一極者三者正也一釋經一菩提云覺此是能證其一極無二釋經一字揀異二乘故名為一揀異菩薩故復云極出現品菩提章云菩薩應如是知成等正覺同於菩提一相無相復云菩提無相無非相無無一無種種所以疏云一極之菩提契差別等者性淨涅槃即是所證二無我理本寂滅故名為涅槃言差別者釋經一切法界謂即是差别而性淨故經云即涅槃相即相之性方為淨性契通能所能所契合其菩提故則不復更滅者暗引淨名彌勒章中證成上義故彼經云一切衆生即涅槃相不復更滅在義可知出現品中更當廣説上即是證説此證下躡上釋教化唯將佛證教化亦同法華佛自住大乘如其所得法定慧力莊嚴以此度衆生也即佛教證

以一音説法令一切衆生心皆歡喜

四以一音下種種説法業一音稱機故以一音下此業一音頓演故名種種一音之義前疏已明下復廣説言稱機故者釋經令歡喜言稱機故喜

示入大涅槃而不斷菩薩行

五示入下不斷佛種業涅槃常住動寂無二雙林應盡增物戀情故云示入既非永滅常作佛事故佛種不斷此亦得果不捨因也不斷佛種業者化化不絶故此業廣如出現涅槃章

示大智慧地安立一切法

六示大智下明法輪復住業大智慧地唯一事實即是佛智能生萬物終歸於此故名爲地示物同歸而智慧門隨機萬差名安立一切明法輪復住業者疏文有三初正釋經大智慧即唯一事實者

法華經云究竟至於一切智地又云唯此一事實餘二則非真即是佛智者出體總云佛說智慧故諸佛出於世能生下釋智地義地有二義一者能生於一佛乘分別說三義故二者終歸究竟至於一切智地故開示衆生如來知見故曰同歸即法華方便品初諸佛智慧甚深無量而智慧門下即是法華其智慧門難解難入又彼經云舍利弗諸佛隨宜說法意趣難解所以者何我以無數方便種種因緣譬喻言詞演說諸法即隨機無量也廣如法華開示悟入之文

前即涅槃能建大事此即於一佛乘分別說三前即涅槃下第二雙結五六意顯此經包含三對實施權故名復住對實下第三釋名以復住字難了故謂教法住持名之為住實則常住對實施權故有復言

以法智通神足通幻通自在變化充滿一切法界

七以法智下自在業於中初顯自在所依所謂三通法智通者觀一切法無性相故神足通者自身現生住滅修短隨心自在故幻通者轉變外事無不隨意此後二通但內外爲異由法智通見理捨相故不住世間由後二通有自在事用故不住涅槃成無住道又依智論說有四通前三同前四以聖自在種種變化通謂十八變三輪化等取此則自在下當第四通七以法智下疏文有三先顯自在所依者即是三通則知經云自在變化下正顯自在之用於中先顯三通以舍自在之意由法智通下方釋自在東其三通成無住道可知又依智論釋則以自在亦是一通但有通名已舍作用十八變義法界品辨

廣大如法界究竟如虛空盡未來際一切劫數無有休息

上來別顯十願竟

佛子菩薩住歡喜地發如是大誓願如是大勇猛如是大作用

第三佛子下總結十願不異前標

以此十願門為首滿足百萬阿僧祇大願

第四以此下明攝眷屬若觀經文似此十之類有於百萬等依論釋云此十大願一一願中有百千萬阿僧祇大願以爲眷屬則此十願攝無不盡如成正覺則攝藥師十二上願如淨土願則攝彌陀四十八願等故此經他經所有諸願不出此十非唯攝願亦攝一切菩提分法如第七地辨上明十願彰自勤行竟則攝藥師十二彌陀四十八願者並如彼經恐繁不引亦攝一切者彼因說七地一切菩提分法於念念中皆悉圓滿解脫月便問唯此地滿諸地亦滿金剛藏荅於十地中皆能滿足菩提分法七地最勝下說諸地滿相云菩薩於初地中緣一切佛法願求故滿足菩提分法即其文也彰自勤行者結也故論云一常勤修習無量行故常辨無間無量辨橫廣可知

佛子此大願以十盡句而得成就

第二佛子此大願下以十盡句與衆生共謂前十願皆爲衆生由十無盡成前大願皆無盡也文分爲二初總標舉後何等下徵以別顯今初晉經名爲不可盡法下釋亦云皆不可盡今言十盡句者窮彼無盡皆無有餘故名爲盡斯則盡無盡之衆生等也故下論云盡者示現不斷盡非念念盡由此故令前之十願得大願名故云此大誓願而得成就故下論云盡者示現不斷盡者不斷是無盡就攝無盡之法令無有餘名爲盡耳

何等爲十所謂衆生界盡世界盡虛空界盡法界盡涅槃界盡佛出現界盡如來智界盡心所緣界盡佛智所入境界界盡世間轉法轉智轉界盡

二徵顯中先顯上十盡後若衆生界下顯前大願成就今初先徵後顯顯中十句初句爲總十願皆是爲衆生故餘九句別別

皆集成度衆生義故初句為總者此段畧有三門一總別分別門二廣畧分別門畧以三轉攝前九故三五無量界分別門即為三段今總別畧有三義一者語總如十地十度等二者法總諸法因體互相集成即六相中總三者意總如此中說一衆生於何處住所謂世界意為衆生故故二世界依何謂盡虛空界故三說何法化謂法界故四隨所化生安置何處謂涅槃故五涅槃何用謂佛出現故六以何方便巧化如來智故七此智何知謂知心所緣故八此心所緣令隨何境謂佛智所入境故即是眞性後三轉盡略攝前九義含總別云何攝九謂世間轉攝前衆生界世界虛空界其法轉攝前法界涅槃界佛出現界其智轉者攝前如來智下三界而言、轉者世法及智展轉攝前無窮盡故轉亦是無盡義耳後三轉下即廣畧門以世界是衆生依報虛空是世界所依故合為世間法界是法可知涅槃即所證法佛出現即教化法如出現品以無量緣方出現故故三皆法其如來智是智亦可知心所緣者意通能所緣佛智所入成上能入之智故皆智轉而言轉者別釋轉字以畧攝廣名展轉者可知而言轉亦無盡者所攝之九復能攝故故轉生無盡又十中前四爲四種無量界後六皆調伏方便無量界十皆云盡者無斷盡故又十中前四下五無量界所攝門然依瑜伽五界者一衆生界二世界三法界四調伏界五調伏加行界無虛空界今者虛空合後二界是智論意若依瑜伽既除虛空即以心所緣界攝調伏界餘四調伏加行即方便也化生法者名調伏界度生法者名調伏方便界

若衆生界盡我願乃盡若世界乃至世間轉法轉智轉界盡我願乃盡而衆生界不可盡乃至世間轉法轉智轉界不可盡故我此大願善根無有窮盡

第二顯大願成就中先反顯後而衆生界下順明無盡所以十願同此十者前之十

願不出此十盡句增上力故諸佛以此力常為衆生作利益事我願同然上來願校量竟先反顯者假設界盡願盡故順明下正明界無盡故成願無盡於中二意先別出同之所以後諸佛以此下以論成前前中言前之十願不出此者且總相明一一願皆云廣大如法界究竟如虛空等若別說者衆生即第五所度世界即第六所知第七所淨二虛空即前第六中十方無量此四界皆第十願中三法界即知一切法界既為化生法亦即第二第三願四涅槃界即示入大涅槃而不斷菩薩行五佛出現界不離一毛端處示成正覺六如來智即約佛境界大智慧力是大智慧地等七心所緣界即第八願一平等一緣八佛智所入即以一三菩提知一切法界即涅槃相亦是第四二利六相為所入故此十句下全是論文由生界等無有盡故諸佛以願利益不休

佛子菩薩發如是大願已則得利益心柔軟心隨順心寂靜心調伏心寂滅心謙下心潤澤心不動心不濁心

第二佛子下修行勝即行校量有十種行

就文分三初明行所依心二成淨信下顯所成行相三佛子菩薩如是下結十名體今初由先大願熏心故則得利益等十心為起行依於後十行起作自在然有二意十心通為十行之依隨釋易了二以十心別一以對十行以治十障文皆次第唯信行最初而不濁居末者以與釋文相接故也十心為起行依者論經但有二心謂調順心柔軟心論云調順心者彼諸善根中得自在勝故謂欲起即起故名自在論云柔軟心者得勝樂行故謂內證適神心無剛強故今有十心故對下十行治瑜伽十障與論小異一利益心者利益拔苦即是悲心所依治損害障能成悲行二與樂柔軟即是慈心治瞋恚獷強障三隨順所求即是施心治於身命財生顧戀障四寂靜無求方能求而無厭故是無疲厭心治希求報恩貪著利養不寂靜

障五三學調伏是知經論心以經詮於定論詮於慧經兼於律復是調伏治無善巧求加行障有則調伏故六雖行世間妄惑不生故云寂滅是解世法心以治性不柔和不於他心隨順而轉不寂滅障七高崇賢善拒惡不增故名謙下是慚愧心治於放逸之高舉障八能修出離以法潤澤即堅固莊嚴治於種種猛利無間無斷生死大苦生怯弱障九能如說行故心不動即供養佛行治於大師所猶豫疑惑障十不濁心即第一信行信以心淨爲性離不信濁故此治全未發心全未受持菩薩學處障由治十障故經名淨治地法地法通於教證此所治障具如瑜伽四十九說

第二別顯所成行相略啓七門一釋名先列後釋列者一信行二悲三慈四施五無疲厭六知經論七了世法八慚愧莊嚴九堅固力十供養佛釋名隨文可見

二辯體多同十藏二辯體者十行望藏有多義同六即聞藏標章云聞說多知故五同於念九同於持十供養中財供同施法供同辯七了世法即多聞中義慈悲二行亦是聞中知緣起義既言多同有不同者不會無失亦餘處經已出體竟故取信等多同亦不取全同也三明得處信位即修故信進念等大同於此三賢漸熟故十藏品有信等藏初地證得以淨治地障故此偏明下論云此信等十行盡是障地淨法故前將一行以對一障下論云等者以論先釋十行後方始收束料揀故云下論言盡是障地淨法者下文當釋今且畧明謂盡能治地障故故以一行對治一障四約修分別十行分二前三是行意樂故名爲心後七加行造修故名爲行故論云此十種行顯二種勝

成就一深心成就謂信悲慈二修行成就

謂餘七故瑜伽地持皆同此說前三等者先釋義後引論證亦是下論然就通論十皆是心亦名皆行故此十種名行校量於中分別前三是行方便心論云深心故疏以意樂釋心言地持同此者彼云前三名為心淨後七名行方便淨

五約二利前七別顯二利信及無

疲是自利行餘五利他後三通約二利攝

護前七故於中前二護前七謂慚愧治障

護令離惡能令信等成無著行由堅固力

護令住善能令信等成不可動後一攝前

七一攝令成行二攝令得果思之可知五約二利者就行分別言信及無疲等者論至次第釋前七云於中依自利行謂信能信菩薩行及諸佛法求必能得故依利他行所謂慈悲能安隱他與樂心故捨者以財攝他行故不疲倦者自攝法行故知諸經論善解世法者攝他行故釋曰以論文雖顯次第相參故疏摘出二行以為自利餘為利他後三者問直爾信等自能離過何用慚愧護令離惡答若無慚愧終不起信斷於不信如是一切故說慚愧以為能護由離障故七皆不著後一攝前七者攝有二義如疏所辨言攝令成行者為行供養攝令起信等故論云三者供養彼垢清淨依止行供養諸佛攝信等善根故二由供養得二種身故令信等得二身果故論云是中有二種身供養故得二種身一者上妙身所可見者心生敬重利益不空故二者調柔心自性善根成就樂行法故釋曰乂修令熟故曰性成即論自性善

六明次第者先自證信因

果既自證信愍傷妄苦誓與真樂為救他

故捨而無恡求法無倦便能了知經論籌

量世法止惡慚愧進善堅固能真供佛

成淨信者有信功用

七釋文者十行分九慈悲合故今初信行

分二一攝德成人

能信如來本行所入

二能信下正顯信相有十一句文分三別

初句總信因果次九別明因果後一結略

顯廣今初如來是果本行是因所入通因

果因果皆有證入義故
信成就諸波羅蜜信入諸勝地信成就力信具足無所畏信生長不可壞不共佛法信不思議佛法信出生無中邊佛境界信隨入如來無量境界信成就果

二信成就下別明因果中前二句因初句行體後句行能餘七是果句雖有七攝爲五勝合初三故并結有六五皆佛德故名爲勝五中前四智德後一斷德智中一對治勝即寄對顯勝謂十力降魔無畏制外不共過小故云對治而經云不壞者爲對二乘非究竟故次三當相顯勝二即不思議神通力上勝所現絶圖度故三不雜染勝謂證真生智無中邊雜是佛之境故以即邊而中故無有邊二邊既無中云何有四一切種智勝證真了俗故云隨入無量差別是種智境五離勝一切煩惱習常遠離故經但云果而論判爲斷德以前四皆果今復云果明是果果故當涅槃并結有六者結

文是疏科經論主不科但云此菩提所攝本行入有六種勝是故信勝今依疏前科則釋中唯五故云并結有六所以論取結者結中有果同前五故若爾結中有因何不對之初立三因答以被中間五果隔越故然皆信為句首疏以易見故不牒經三不雜者論唯標名下便以經帖合謂證真下疏先通釋後以即邊下別釋無中邊言遠公釋有二義一約染淨事法辨二約有無法理辨今初然論經云無中邊此公云生死此邊涅槃彼邊聖道為中今觀生死本性不有即無此邊涅槃如故亦無彼邊兩邊既無聖道亦寂無有中間二約有無法理辨云有為此邊無為彼邊非有非無說以為中有即非有故無此邊無即非無故無彼邊兩邊盡泯中間亦亡故無中間然此二釋約法小異義旨皆同二邊中道三法皆立以為所遣以性空遣二邊相待遣中道今之所釋畧有二異一者中邊語通則有無染淨一異斷常生死涅槃若離若合皆是二邊中隨二邊亦有多義二者以中遣邊以邊遣中待絶雙亡故皆本無

前說餘如

舉要言之信一切菩薩行乃至如來智地說力故

三舉要下舉略顯廣故總信一切因果智地是證說即是教力通上二或謂威力亦是三輪化益亦是三輪化益者智地意業說即口業力即身業身威力故

大方廣佛華嚴經疏鈔會本第三十四之十二

音釋

皰普教切

螺髻螺落戈切髻吉詣切

大方廣佛華嚴經疏鈔會本第三十四之十三

唐于闐國三藏沙門實叉難陀　譯

唐清涼山大華嚴寺沙門澄觀撰述

佛子此菩薩復作是念

第二雙辨慈悲二行中二先明三觀爲方便後菩薩見諸衆生下明所起之行相前中三觀即爲三段第一遠離最上第一義樂觀第二而諸凡夫下具足諸苦觀三然諸衆生下彼二顛倒觀但失眞樂已爲可愍況加妄苦況復雙迷反本何日由初觀故起慈由次起悲由後雙起今初觀者性淨深寂名第一義不動爲樂隨妄則離文中先總標起念前中三觀下疏文有二先明三觀即是唯識眞樂本有失而不知妄苦本空得而不覺於三段中初即眞樂本有二即妄苦本空三即不覺不知然其初一即性淨涅槃下釋云三祇方得者方始契故故得宜言證涅槃之樂樂中精極故云最上殊勝無加故曰第一有大義利故名爲義今疏下文約所證理顯過言已爲可愍者則願後後則深於前前但失樂而可慈愍之方更具苦故須拯拔況復雙迷於彼二法迷謬顛倒苦處計樂樂處計苦故增妄苦難反眞樂云反本無期後由初觀故下別明所起可知先總標起念者菩薩柔前信解佛法故念法甚深以甚深故衆生失之以失深樂故可憐愍

諸佛正法如是甚深如是寂靜如是寂滅如是空如是無相如是無願如是無染如是無量如是廣大

後諸佛下顯所離樂於中九句初總餘別總云佛法者唯佛教證所能顯故具下諸義所以甚深別有九種甚深今經闕論第九難得一寂靜甚深謂法體離於妄計實有故名寂靜自是妄計於中正取非本不寂中論云虛誑妄取者是中何所取此一

約遮詮二寂滅甚深此約表詮論云法義定故謂一心體寂故云法定二門亦寂即是義定一寂靜甚深者然論一時列其九名後方重釋初云寂靜者離妄計實有故妄計正取故疏離二句釋之以初句為順釋寂靜從自是妄計下以下句反釋寂靜下引中論證上二義即第二卷第十三行品初山乘有問論主答云如佛經所說虛誑妄取相諸行妄取故是名為虛誑謂第一實者即是涅槃虛誑妄計即是虛妄之相何得言一切皆空故龍樹以此偈答上半正答既無所取即是空義下半為釋前偈佛說虛誑妄取正是說空若不空者不名妄取應名真實故今但用上半證今論中妄計正取此一遮詮顯二是表又第一離妄第二顯法體是故論云法義定故謂一心等者即起信意彼論立義分云摩訶衍者總說有二一者法二者義故今疏云法義定故彼論釋法云所言法者謂衆生心是心即攝一切世間出世間法依於此心顯示摩訶衍義何以故是心真如相即示摩訶衍體故是心生滅因緣相能示摩訶衍自體相用故釋曰今疏云一心即總攝二門言體寂者正取前是心真如相即是摩訶衍體順經寂滅故言二門亦寂者即二門即是解釋分中然此立義分中向所引法已有二門則真如門示一心體生滅門中總示三大然彼論中釋云所言義者即體大相大用大今欲明於立義分中已具二門故說二門已為義也是總心中之所以故故明三大但是生滅門義二門之義義則寬矣三大二門前來頻引

次三甚深對治三障而成三解脫門觀謂三治妄分別障四治有相障五治取真捨妄障三治妄分別障等者此三釋有多門如下六地遠公云分別即是妄想心體相即分別所起事相取捨即依分別取捨順境貪求故願取違境厭背故願捨亦可約三性說分別即遍計所執古譯為分別性故相即依他起取捨即取圓成之真今治三性之執成三無性故為三解脫門略無甚深之言三云空甚深四無相甚深五無願甚深六明離雜染觀謂真方便道此治證道障即得真證道六窮終妄想緣智名為離染真智殊彼故名為離以無所得而為方便名真方便亦兼顯方便道及後不住即為四道七不可算數思量生善根觀故即是助道八依自利利他增上智觀故云廣大即不住道即不住道者自利大心不住生死利他廣心不住涅槃論經但云如是無上而論釋義即是今疏九論云難得甚深三僧祇劫證智觀故即是

證道證性淨信故今廣大攝之大稱體故
與證義同前二直就法體後七約智顯深
故皆云觀

而諸凡夫心隨邪見

第二具足諸苦觀約十二緣明之然十二
緣具業惑苦但云苦觀者業惑苦因故又
二流動當相即苦動即有苦故文分爲二
先別明緣相後如是衆生下結成妄苦前
中分二初明前際三支後於三界田下顯
中後九支故論主分前三支一處解釋後
十及結一處解釋欲顯前三是因因是倒
惑邪見義同故識支約種是因義故亦顯
前二前三與次七次八許異世故約果結
苦苦義顯故然十二緣下問答顯意問意可知從業惑苦因下荅有二意此是以因從果名苦故六地中盡屬苦樹又二流動下業惑是行行是五陰體即

苦故動即有苦引起信證即三細之初云
一者無明業相以依不覺故心動說名爲
業覺則不動動則有苦果不離因故釋曰
今疏意云細中之細尚當相是苦何况麤
者遠公亦云苦過重故偏舉前中分二下
疏文有三初科爲二故論主下引證爲二
三欲顯前三下出爲二所以曲有二意一
依因果分前三爲因識有二義爲因屬前
爲果屬後故前三竟猶言後十者識爲果
故亦顯下二復是一意亦通妨故來謂有
問言前三是因因在一處後十之中愛取
有因那與果同故有此意爲揀唯識唯識
論云十因二果定不同世前七次三或同
或異若二三七各定同世二即生死三即
愛等七即前七今前二三屬於過去次七
及八屬於現在即前七支不定同世故云
許異世故若遠公通愛等爲因云以能增
長未來苦果故與果同若爾前三何不從
後說爲苦耶答云過去已起因果定故雖
有此通故今疏云非獨因果要分爲二欲
顯前七可分二故約果結苦者此釋論主
明其結過與後十支同處解釋通意可知

今初三支文有十句初總餘別總云邪見
者前明正法理本無偏今迷彼實義理外
謬取皆名邪見通於業惑非獨撥無因果
涅槃亦云一切煩惱邪見攝盡總云邪見下初正明

邪見文中有二一麤二細麤則撥無因果細則理外推求麤亦名別細亦名通則通諸煩惱今是通麤是細非別非麤涅槃因亦云下第二引證即三十五迦葉菩薩品因說隨自意等三種語故文云善男子如來或是爲一法故說無量法如經中說一切梵行因善知識則已攝盡如我所說一切惡行邪見爲因雖一切惡行因雖無量若說邪見則已攝盡釋曰惡行通於一切業惑故云一切煩惱邪見攝盡

本在其中云何言隨此有二義一約始起一分名之爲隨二約迷眞隨妄義說爲隨非有始也眞雖本有迷亦無初相依無性故名爲眞若定有眞眞還成妄若爾眞應同妄互相依故妄必可斷眞必可顯斯則不同不空之眞非由妄故但空妄執自見眞源

本在其中下二釋心憒言亦通妨難上即難詞煩惱無始何有初憒若有初憒則有末憒邪見之時此有二義下答有二義初易義了謂於一身身心澄靜念慮瞥生即名爲憒二約迷眞下正通無煩惱之難眞是所迷妄是能迷既有能迷義如憒耳故妄與眞皆無始也言相依無性者雙遣眞妄言相依者依眞起妄因妄說眞若無能迷所迷不立安得有眞依眞有妄故妄無性依妄說眞眞豈定有故云相依無性則能所俱空若定有眞下反成眞義離妄說眞定性有故事外眞故若爾已下躡迹起難難上相依無性之義同妄無性應可斷故妄必可斷下答上約不異難雖令可斷令約不一若眞臣斷如波與濕雖互相依波則可滅而其濕性不一不異眞妄俱成此是一意不空之眞下復是一意上依空眞則同於妄不空眞性非對妄論即此空有非一非異方爲微妙之眞恐難無窮故下結云但空妄執自見眞源分別不亡皆成妄惑謂如復禮法師有遣問云眞法性本淨妄念何由起許妄從眞生此妄安可止無初則無末有終應有始無始而有終長懷懵斯理頗爲開秘密析之出生死今疏末句正示秘密故應總酬其問云迷眞妄念生悟眞妄則止能迷非所迷安得全相似從來未曾悟故說妄無始知妄本自眞方是常恒理分別心未亡何由出生死然疏文中理已具矣但云無始而有終長懷懵斯理者則法相事而例難之今云有妄即眞則同無終始若分別說應有四句眞理則無終無始妄念則無始有終眞智則無終有始瞥起妄念有終有始若約圓融同無終始既無終始亦復無有無始無終唯亡言絕想可會斯玄

無明覆翳立憍慢高幢入渴愛網中行諂誑

稠林不能自出心與慳嫉相應不捨恒造諸趣受生因緣
後無明覆翳下別有九種邪見初五無明次三是行後一識支業及識種亦名邪見者義如前說又邪見俱故邪見引故所以無明具多句者一切煩惱謝往過故總名無明故今委說又顯一切煩惱皆能發潤而發業位無明力增故名無明今初五中有二初三根本迷法義過後二爲末追求時過今初前一迷法後二迷義故論總云此三依法義妄計如是次第斯則妄計之言通上法義亦可妄計別對第三愛念邪見故論總云下上取義總科此下第二引論爲證然論前別列九邪見竟重復牒釋云是中蔽意邪見憍慢邪見愛念邪見此三邪見依法義妄計如是次第是故疏言論總云也斯則下疏釋論乃有二義初義意云法上妄計故有蔽意義上妄計故有後二卽爲次第亦可下是第二意則以一法二義三妄計而爲次第下疏偏用初意消文故云次二迷義

初一句是蔽意邪見此依迷法謂無明住地迷覆法體所言法者謂衆生心名爲蔽意故此無明迷眞之初妄惑之本次二迷義者通四住惑由前礙故迷覆因緣無我之義妄立諸法所迷諸法有內有外謂第二憍慢邪見此依迷內妄立我法自高陵物故經云立憍慢高幢二入渴愛網中卽愛念邪見此依迷外妄謂我所及外境界而生貪愛如渴鹿馳焰魚爲網纏如今愛支初一句等者疏文有五一指經立名經云無明覆翳三此迷法者卽論總示其體三謂無明下疏雙釋經論之意四所言下引起信論釋蔽意言以論經云無明癡暗蔽其意識故五此無明下結成根本無明故諸經論皆言無明無因老死無果唯有無明橫從空起不可復源六地經云不了第一義諦故名無明若依起信卽是根本不覺亦是自性清淨心因無明風動有其染心也次二

迷義者一見一切處住地二欲愛住地三色愛住地四有愛住地上無明住地即當第五一五通三界二三四即如次欲色無色此上總是惑體由前癡下釋迷義因緣生法離我我所今由有我故立我我所我所即法即愛念邪見者未得悕欲說之爲念已得深著說之爲愛其渴鹿喻未得悕欲其網魚喻已得之愛而言如今之愛支者過去無明亦有愛取故如今之愛取故四行諂誑下二種邪見追求時過如今之取支故俱舍云偏馳求名取由上內計有我外見我所以我對所便生三過一初句於可得處起諂誑邪見諂誑屈曲虛而似實故喻稠林不能自出二於不可得處則生忌嫉三於已得處則生慳恡上二即第五慳嫉邪見經云心與慳嫉相應不捨由嫉他身故生卑賤中形貌鄙陋由慳財故資生不足故云恒造諸趣受生因緣由上內計下躡前生起論經無慳則唯二過今加一慳故第二中有二過合成三過一初句下釋第四邪見論謂爲罔冒於他矯設異儀險曲爲性能障不諂教誨爲業謂諂曲者爲罔冒他曲順時宜矯設方便爲取他意或藏已失不任師友正教誨故誑謂爲獲利譽矯現有德詭詐爲性能障不誑邪命爲業謂矯誑者心懷異謀多現不實邪命事故釋曰以上論文明知此二皆虛似實然此二惑俱以貪癡一分爲體由嫉他身下釋經恒造諸趣受生因緣然論經無慳而云常懷嫉妬而作後身生處因緣論釋云妬者於身起邪行故嫉者嫉於資財等是故生生之處墮卑則中形貌鄙陋資生不足釋曰今但以慳對嫉以嫉對妬配屬分明然嫉與妬有通有局若玉篇云忌賢曰嫉忌色爲妬忌色即是身過今嫉於財却參慳義故案經釋然論釋意此二招於別報故經云後身生處因緣今言諸趣受生因緣言合總報

貪恚愚癡積集諸業日夜增長以忿恨風吹心識火熾然不息凡所作業皆顛倒相應

次三明行中初貪恚下集業邪見由前追求增長煩惱起業行過次三明行疏文有十二此句總標初貪下別出三中初句經至積集諸業日夜增長由前下躡前追求總釋三句此句總明由惑造業故六地云不正思惟起

於妄行亦是行俱無明正發業故諸業非一是爲橫集日夜增長復顯竪集然集業因由於三毒故云貪恚愚癡三毒緣於三受故論云受諸受時愛憎彼二顛倒境界故謂樂受生愛苦受生瞋癡從中容故云彼二顛倒之言通於上三皆由無違順中妄謂有故此句下別舉初句故六地下引例釋由感起業然彼但躡無明今通貪等通別有異亦是行俱無明者再釋貪等前釋舉於發業無明有於行前今與正發業時所有諸感皆名無明覆蔽於業不知過故諸業非一下釋餘經文然集業下牒論解釋於中有三初躡經文生起論意謂經云三毒起業而論云受諸受時者因受生毒故次故論下正引論文後謂樂受下疏釋論意然愚癡無明行相何別愚即遲鈍多所封著癡者迷闇不別是非皆對現境不緣三世緣三世境而不了達乃名無明不見未來發現業故通義可知然愚癡下揀法同異次二別明行支中

初句明吹心識火熾然邪見即內心思業爲煩惱風動謂於怨恨時互相追念名爲忿恨此思之始欲起報惡業故云熾然不息此思之終思通諸惡而殺業在初故偏云忿恨下加害亦然次二別明即內心思業等者此略釋經然經云心通相而說亦是舉於所依心王今云思業別舉業體以論經云吹罪心火故舉思業謂於忿恨下論釋其中此思之始及此思之終是疏釋論餘皆論文八起業邪見即兼動身口故云凡所作業論云於作惡時迭相加害故由倒造業業不離倒故曰相應

欲流有流無明流見流相續起心意識種子三欲流下第九心意識邪見明所引識支以其識支通因果故經欲具明故具顯因果論欲分析故先明識種明所引識支等疏文有三初標名示體此依能所引生明之如十藏品及六地廣說以其識支下二出經論意通因

果義次下當明今取前三爲因故取識種心意識三名有通別己如前釋今此文中義含通別別謂心是識種意識通餘四種種子之言揀異現行謂五果種心意識三下三釋文於中有四一釋心意識名言如前釋者卽問明品言意識通餘四種者識卽前六識是六處種六識必含於觸受是觸受種除上四外皆名色種故云通四誰能起此謂善惡業無記非因故此不論善業云何復生苦種以與欲等四流相應今施戒等皆是有漏非無念智無有斷期若爾何不名爲起業種子理實俱通望苦樂報業爲正種望生心體識爲正種以就本性一切生死皆心起故如芽肥瘦由於水土而生芽者正在穀子故諸經論互說二種誰能起下二釋起字無記非因者但招別報不招總報故如九地說後理實下答因法有喻並如六地所明諸經論者總指唯識論具二以業種爲增上緣識種爲親因緣今此經中卽說識識受六道身爲種如中論云衆生癡所覆爲後造三行以有此行故識受六道身卽以業爲因耳上明前際三支竟

於三界田中復生苦芽所謂名色共生不離此名色增長生六處聚落於中相對生觸觸故生受因受生愛愛增長故生取取增長故生有

第二明中後九支第二明中後九支者亦可言十義如前說隱現行識卽言九耳下當廣明然論兼結文總分三段初明自相二有生故下同相三是中皆空下顛倒相然論兼結文者其結一文卽疏科經卽前具足諸苦觀初以約十二緣明若故總科云文分爲二先別明緣相後如是衆生下結成妄苦就前方開爲二初明前際三支後辨中後九支今論乃於中後九中籠取結文分爲三段若直就文此下兼第三彼二顛倒觀總應分四一示九支緣相二如是衆生下結成妄苦三是中皆空下明緣體空四取彼二顛倒經文結成迷惑其第四段是第三觀今爲順經就前三段開初一半爲二合後半及第二爲一以第三爲一故亦有三就疏之中分三段

初列三名言自相者現在名色等支體狀別故言同相者釋有二義一未來二支亦同現在有名色等故二約果相顯緣起過患通徧果位故名爲同猶如色等礙等爲自相苦等爲共相共即同也是則現在亦有同相未來非無自相但隱顯耳此釋順論論云二同相謂生老病死等過故三顚倒者緣體是空執有是倒釋有二義者初即遠公義二即今疏正意猶如下二引例釋尋常自相共相證成則自相全同同相寬狹不等此唯約因緣故狹彼通有爲故寬然緣起過患即同無常等是則現在下三結成隱顯未來隱自相顯同相者今猒當果絕現因故今初自相復有三種一者報相二不離二字是因相三此名色下彼果次第相言報相者即初受生異熟識體共名色生故論云報相者名色共阿賴耶識生此舍識支一半名色支全故攝論云本識有三相一自相謂本識自體二因相謂種子識三界相謂異熟識此意明爲因義邊名種子識即前約因識支爲果義邊名義熟識即此報相名色所依若不望因果直語自體名爲自相今論因相却是彼中果相立名雖殊並通因果言報相下別釋初相疏文分五一正釋報義異熟是三界報體故共名色生明是果報故論云下三引證異熟識是報相義攝論云下四引證三相於中有三初引論列名即第二論所知依品第二論曰如是已說阿賴耶識安立異門安立此相云何可見安立此相略有三種一者安立自相二者安立因相三者安立果相初謂依一切雜染法所有熏習爲彼生因由能攝持種子相應二謂即如是一切種子阿賴耶相與一切時與彼雜染品類諸法現前爲因三謂即彼雜染品法無始時來所有熏習阿賴耶識相續而生釋論中言分析此識自相應相以爲二種因果異故釋曰初謂依一切下論自釋相即今疏文此論意明下二釋彼論意撮略言耳若不望因果者識之自體雙含因果分出因果即是二相不分因果即是自相故上釋論云分析此識自相應相以爲二種因果

異故是則自相爲總因果爲別耳今論因相下第三會釋二論問因果相殊云何此因而是彼果答今以果識爲名色因非以種子爲現識因是故名殊而體一也故此中三相而初二皆是攝論果相此論果相自是名色之果相耳立名雖殊者明引彼三相非證此三但明此識通於果耳因如前段經云於三界田中者是所生處下六地中約因位說以業爲田以識爲種今約果位故以三界爲田生前識種後生苦芽者標所生報前三支因必依苦果而起今更生苦所以稱後此顯展轉無窮之義

所謂己下出苦芽體相論云名色共生者名色共彼生故謂名色共彼本識生也恐人謬取名與色共故有此言名謂非色四蘊色謂羯邏藍等此二與識相依而住如二束蘆更互爲緣恒時而轉不相捨離所謂名色下出苦芽體者文三一牒經總標經云所謂名色共生謂名色共彼下疏釋論

論中彼字卽賴耶故於中有三初總顯論意此二與識下顯共生義束蘆之義六地當釋卽前所引攝論次文云阿賴耶識與彼雜染諸法同時更互爲因云何可見譬如明燈焰炷生燒同時更互又如束蘆互相依持同時不倒釋曰燈炷生焰燈焰燒炷互爲因果正是果識爲名色因義二不離是因相者卽顯本識爲名色因謂是名色不離彼本識依彼本識故既依此釋定知此段具於二支謂識及名色二不離是因相者牒經標名卽顯本識爲名色因者疏釋因言謂是名色下論釋共相言名色不離彼本識者論主釋經不離之言非是不離名色有六處也顯上句中共生爲不離耳依彼本識故者論主自釋因相言也既依此釋下疏家案定明此自相因相中有識支及名色支不同古釋唯取同名色支識支在前耶見中故名色依起者依彼本識因生耳三彼果相者是彼報相名色之果由名色增長成餘八支非別有體初成六處者名增成意處色增成餘五次六處增長成觸言於中者於六處中有根境故餘因緣義廣如六地三彼果相

者即此名色增長下經前已科出故此略無牒經疏中但釋彼果𤍠非報相而爲果體今取六處等是報相名色果耳上言次第者名色生六處六處生觸等次第不亂故恐繁指後

有生故有生老死憂悲苦惱如是衆生生長苦聚

二同相中生及老死正顯同相二同相中論主易故下釋疏文亦顯然六地中名爲苦樹廣有其相如是已下總結成苦何處是苦此有三重一論將入同相中則以生老死憂悲苦惱明於苦聚文義顯故二近結於果名色共生此明苦生餘八苦長三遠結十二前二支半爲能生長後九支半爲所生長文義顯者文即此中有憂悲苦等唯識論云老死位中多無樂故此是他文言義顯者生死是苦憂悲之苦最明顯故故爲同相

是中皆空離我我所無知無覺無作無受如草木石壁亦如影像

三顯倒相中言是中者是前十二緣中皆空已下明倒所以由空謂有所以明倒此有四重一緣成無性所以言空二離我我所釋成空義離我人空離所法空三無知下釋無我所以四以外事釋無知覺三中四句通外及小

初約外道外道雖衆不出僧佉及與衛世僧佉說覺以爲神相衛世說知以爲神相今無知覺成上自體本無有我作受二句通於能所能作能受故是於我所作所受即是我所在因名作在果名受今但緣成故無作受僧佉說覺者即百論破神品第二中外曰實有神如僧佉經中說覺相是神次論復云優樓迦弟子誦衛世師經言知與神異此故神不憧無常中亦不無知何以故神知合故如有牛人注云譬如人與牛合人名有牛如是神知情塵意合故神有知生以神合故神名有知釋曰上即論立今但二無不說無之所以

所以廣如前後今當略說論破僧佉二內曰神覺爲一耶爲異耶外曰神覺一也內曰覺若神相神無常故釋論云譬如熱是火相熱無常故火亦無常今覺實無常相各異故爲因緣故本無今有故已有還無故外曰不生故常意明神不生故內曰若爾覺非神相意云覺無常神常無常不應與常爲相故彼䟽總釋云此二相違凡有三對一神常覺無常二神遍覺不遍三神一覺衆此初段中正就二對生過神一覺衆在第三重中方破就初對中有四種過一以神從覺神則無常二以覺從神覺應是常三若不相從體卽不一四必欲令覺是神神則二種常無常也亦言覺不覺也今結四過之中經文有一二是破覺不應有之三四略無餘如彼論二破衛世先破其喻云內曰牛相牛中住故非有牛中釋曰有牛是人人與牛合牛不是人神與知合知不是神何得爲相次破其法云汝言神情塵意合故知生是知知色等是故但知能知非神知譬如火能燒非有火人燒斯則知爲神相義不成矣今云無知若約小乘就五蘊說就受蘊名三蘊名知若約小乘等者受蘊名覺覺苦樂等三蘊名知想取於像行有欲勝解等皆是知義識義更明色非此二約六根說身識名覺餘五名知五陰造業故名作者當陰招報名爲受者今

並遣之約六根說者若約別明眼見二聞鼻舌身三名覺意根曰知令取觸塵對之爲覺餘五說知現有知覺云何言無隨俗故有約眞故無又心法有四一事二法三理四實謂隨境分別見聞覺知名之爲事論體唯是生滅法數故名爲法窮之空寂說以爲理論其本性唯是眞實如來藏法故名爲實此四重中說初即說知覺等名若就後三即無知等現有知覺下通外難先難隨俗故下答卽中論意又心法有四下亦答上難於中有二先舉法相此四卽同唯識第九四種勝義一世間勝義謂蘊界處等二道理勝義謂苦集等三證得勝義謂二空眞如四勝義勝義謂一眞法界廣如玄中今文先列名次謂隨境下釋相此四重中下二結酬其問汝現見有但是初門今約後三故言無也又以第二破其初一則事非事矣若以第三破其前二前二俱無若以第四拂其空相空亦不立方名爲實又三以空遣有四以實遣空空實無礙知卽無知然破我與法廣如於前諸會經文四如草下以彼外事喻釋無知覺等以諸衆生現

見有於動止語言云何説言無知覺等故以外物動不動事示無知覺草木則動石壁不動皆無知覺故内動止豈當有之淨名云是身無知如草木瓦礫言亦如影像者顯從緣有似而非眞即雙喻二諦若準論經無影像喻而有如響可喻言聲而無知覺可喻言聲者此喻亦是遮救無知謂無情之物動與不動故無知覺衆生是有安無知覺故引響喻因心發聲扣谷發響響無知覺情發亦然

然諸衆生不覺不知

第三然諸下彼二顛倒觀妄苦本空得而不覺眞樂本有失而不知而遠樂就苦名彼二顛倒彼二等者有三意一迷眞隨妄即是顛倒二由迷眞故於樂計苦由隨妄故於苦計樂三不識眞故遠之不知妄故隨之故論經云不覺不知而受苦惱雖有三重其旨一也故疏文中前後互出上來三觀爲方便竟

菩薩見諸衆生於如是苦聚不得出離是故即生大悲智慧復作是念此諸衆生我應救拔置於究竟安樂之處是故即生大慈光明智

第二菩薩見下正起慈悲初明興悲謂見苦應拔後復作下興慈謂無樂應與既言具苦必知無樂故既言具苦者此遮妨難恐有問言慈是與樂經中但言見生有苦何言與慈故通云爾然經慈悲二觀影略悲中觀境却無拔濟之言慈中闕於觀境却兼拔濟之語二觀同緣有苦故生慈下重舉前境以明拔濟成上之悲置安樂處生下之慈義皆足矣

佛子菩薩摩訶薩隨順如是大悲大慈以深重心住初地時於一切物無所悋惜求佛大智修行大捨

第四施行文三初總明施行二别顯施物三總結行成今初文有五句一明施所依

以見有苦無樂故二以深重下彰其施位此地檀度得圓滿故契理曰深不捨悲願爲重此心住地故能滿檀三於一切下明施體相四求佛大智願施所爲五修行大捨結施行名一明施所依者卽經隨順如是大悲大慈則能拔其苦能與其樂若別說者財施拔現貧苦與現富樂法施拔其當苦與出世樂無畏拔現恐怖與安隱樂文中就初多明於財而言大捨又云凡是所有則兼具矣

大方廣佛華嚴經疏鈔會本第三十四之十三

音釋

慳嫉慳苦閑切悋也嫉秦悉切垢也　忿恨忿扶粉切怒也恨胡良切怨也　惓逵眷切疲勞也　瞥匹蔑切過目也　懵莫亘切

大方廣佛華嚴經疏鈔會本第三十四之十四

唐于闐國三藏沙門實叉難陀　譯
唐清涼山大華嚴寺沙門澄觀撰述

凡是所有一切能施所謂財穀倉庫金銀摩尼真珠瑠璃珂貝璧玉珊瑚等物珍寶瓔珞嚴身之具象馬車乘奴婢人民城邑聚落園林臺觀妻妾男女內外眷屬及餘所有珍玩之具頭目手足血肉骨髓一切身分皆無所惜

二凡是所有下別明施物偏顯上文一切無悋於中初總後所謂下別別顯一切畧有二種一者外財二者內財謂頭目等文顯可知 二者內財者諸會已廣易故不釋論文甚廣今當具出論釋總句凡是所有一切能捨云一切物者畧有二種一外二內次釋所謂下別中先釋外後釋內外中更分總別釋總句云外者復有二種一所用二貯積如經所謂一切財穀庫藏等故如是次第釋曰此中財穀是所用庫藏是貯積經從金銀下別論釋云於中廣有八種從金銀乃至一切所愛之事一切所愛之事即今經及餘所有珍玩之具兼取後內以為第九釋云是外事捨中初捨為總餘九為別依此二種喜一藏攝喜二利益喜藏攝喜者謂金銀等利益喜者復有八種釋曰欲兼下內共成二喜故標云外事有九不釋別中第八即是於內然八中次第異今今依此經之次一嚴飾利益喜謂珍寶瓔珞二者代步利益喜謂象馬車乘三者代苦利益喜謂奴婢人民論當第四四者自在利益喜謂城邑聚落論當第五五者戲樂利益喜謂園林臺觀論當第三六者眷屬利益喜謂妻妾男子內外眷屬七者堅著利益喜謂及餘所有珍玩之具八者稱意利益喜謂頭目手足等後三同彼論次

爲求諸佛廣大智慧

三爲求下總結行成初結所爲

是名菩薩住於初地大捨成就

後是名下正結行成然初地中應具三施從增勝說但舉於財故般若論二三地中方行無畏四地已上乃行法施

佛子菩薩以此慈悲大施心爲欲救護一切衆生轉更推求世出世間諸利益事無疲厭故即得成就無疲厭心

第五無疲厭行中分三初牒前起後二轉更下正顯行相三即得下結其行成下五行中唯除第十顯相即是結名餘皆具三文處可見

得無疲厭心已於一切經論心無怯弱無怯弱故即得成就一切經論智

第六得無疲厭下成經論智

獲是智已善能籌量應作不應作於上中下一切衆生隨應隨力隨其所習如是而行是故菩薩得成世智

第七獲是智下成世智行言隨應者隨機所應宜以何法隨力者隨巳智力所能隨他智力所堪隨其所習者約機現作論釋隨宜言如論説者即瑜伽菩薩地菩提分品也隨機所應者經有三句此句是總下二句別云何所宜隨力宜隨現習宜現習宜者如浣衣之子應令修習不淨觀等

成世智已知時知量以慚愧莊嚴勤修自利利他之道是故成就慚愧莊嚴

第八成世智已下明慚愧行知時已下正顯行相時有三種一者念時如是時中宜修定等刹那不間故二日夜時晝則存心初中後夜皆勿廢故三所作得必不斷時此即智量謂量力所能亦愛亦策勿令過分後休廢故以此三時修前八科二利之行煩惱睡蛇晝夜不雜爲慚愧服而自莊嚴知時已下行相三句知時知量合爲一故開時有三第三時即知量義言如是時中宜修定等即涅槃經上已引竟晝則存心等者即遺教經經云汝等比丘晝則

勤心修習善法無令失時初夜後夜亦勿有廢中夜誦經以自消息無以睡眠因緣令一生空過無所得也當念無常之火燒諸世間早求自度勿睡眠也諸煩惱賊常伺殺人甚於怨家安可睡眠不自警悟煩惱毒蛇睡在汝心譬如黑蚖在汝室睡當以持戒之鉤早併除之睡蛇既出乃可安眠不出而眠是無慚人也慚恥之服於諸莊嚴最為第一慚如鐵鉤能制人非法是故比丘常當慚愧無得蹔替若離慚恥則失諸功德有愧之人則有善法若無愧者與諸禽獸無相異也釋曰但觀所引疏文易了謂量力所能者即涅槃經已如上引亦如教首樓那調琴之法言後便休廢者起信論修行信心分彼約為魔惑故或卒起精進後便休廢今使勿令過分則非卒起亦不休廢然疏三時當相以釋亦可此三為初中後初但明記次日夜勤修後方不斷

於此行中勤修出離不退不轉成堅固力

第九於此行中下成堅固力謂此即前慚愧二利行中欲早求度應當精勤不退自分不轉勝進謂此等者釋經於此行中以後三行攝護前慚愧中已收前七門二利之行今之二利即前七也而是慚愧所護行中修堅固也欲早求度下正顯行相之文此句總明堅固之體即前遺教之文不退自分下別釋堅固之相前經已引彌勤問經

得堅固力已勤供諸佛於佛教法能如說行

第十得堅固下明供養行利養正行具二供養利養正行下上願校量中有三供養一利養供養二恭敬供養三正行供養今以恭敬通上二故但分財法

佛子菩薩如是成就十種淨諸地法所謂信悲慈捨無有疲厭知諸經論善解世法慚愧堅固力供養諸佛依教修行

第三佛子下結十名體用先結體用所謂下結名言體用者此十即是淨諸地法以治十障故障如前說第三佛子下疏文有二先釋文然安住地分有三十句亦明信慈悲等與此何異論云前是清淨地法今盡是障地淨法者前句文畧若具應云前是清淨此地法

以局初地故今盡是障地淨法者謂不局初地故云盡是盡淨諸地障故故經云淨諸地法瑜伽亦云此十種法於一切地能淨修治故下諸地中皆云信等皆轉淨等

然安住下二揀法亦致復重之問文中有二先問前句文畧下是疏釋論中無問而但有揀具足論云前所說三十句從信增上等乃至常求上上勝道是清淨地法今此十句從信乃至供養諸佛盡是障地淨法是名修行校量勝而遠公云前是所淨此是能淨意云前地滿故能淨此法故為所淨此中十行若無此十地不窮滿故為能淨末為得意不順於論及瑜伽故

第三佛子菩薩住此歡喜下果利益校量勝有四種果一調柔果二發趣果三攝報果四願智果釋此四果畧啓四門

第二釋名通釋果者地中滿足故別言調柔者謂調鍊柔熟以供養攝化等爲能調鍊信等十行爲所調鍊由行供等令信等調柔隨意堪用故名調柔下鍊金喻其義甚顯二發謂發進趣謂趣向於地滿中更求明解爲能發趣發自此地趣向後後爲所發趣下商人喻義甚相似三王位之身酬因名報因成納果故名爲攝四内證願力敎智自在又以願力助智令業用無邊故稱願智

三明分齊初二是其行修方便後二是其報行純熟行修唯在地滿報行該於始終從初住地乃至地滿所受王身說爲攝報所有作用說爲願智又初二後一此地定有攝報一果有無不定容有不作故云多作而定能作故亦定有又初二果亦是地法初行次解是所修故後之二果唯果非法初體後用非所修故是以經於二果畧

之後便有結文云說初地法門不得此意則似論家謬取法門濫爲果稱三明分齊等者疏文有四初總標分齊即修非修分别以修以報各爲分齊行修唯在下二約當地初後相望論其分齊即上二義遍不遍故又初二下三約有無論分齊又初二果下四約法果論分齊此意正爲論主通妨謂安國法師以見二果之後有結文故便以前二果唯是地法後二方果法即出心故今爲通前二通法通果爲法易見後有結故爲果難見故論判屬果不得此意下結彈安國四辨通局發趣文局初地以最在初故義通十地通解十地故餘三義局初地報等殊故文通十地地地皆有故

佛子菩薩住此歡喜地已以大願力得見多佛所謂見多百佛多千佛多百千佛多億佛多百億佛多千億佛多百千億佛多億那由他佛多百億那由他佛多千億那由他佛多百千億那由他佛

第五釋文四果即爲四别今初調柔分三謂法喻合法中分四一見佛爲鍊行緣二悉以下所鍊行體三以前二下别地行相四是菩薩隨所下鍊行成熟前中先總明後所謂下别顯總中以大願力是見佛因力兼神力故瑜伽住品有二因見佛一願二力論經具二論云以勝通力見色身佛以正願力見法身佛瑜伽正願得生受用土中常得見佛今云法身即功德法身今云法身者佛地一切智名法身以約證如十德勝故見功德身又約未證如未窮極故真實法身非見相故别中云見多百佛等者論云方便善巧示現多佛故此善巧有二一不直云無量而巧歷百千等數爲方便顯多二言多百者是多箇百多千等亦然是爲一數之中已攝於多故名善巧理實入華藏

剎海見法界身雲也理實入下上約寄位此下顯實即願智果中意也

悉以大心深心恭敬尊重承事供養衣服飲食臥具醫藥一切資生悉以奉施亦以供養一切衆僧以此善根皆悉迴向無上菩提佛子此菩薩因供養諸佛故得成就衆生法

二所鍊行體中以行入行故名爲鍊如金入火然有三種入即分爲三一入功德即供佛行去薄福垢亦兼供僧二以此善下入無上果即回向行去下劣垢論當第三意明通迴二行三佛子此菩薩下入大悲心即利生行去懈怠垢亦兼供僧者已親證如真供養故又此鍊行真是修行法供養故故畧無耳其供佛中經文易故疏畧不釋論云供養者有其三種一恭敬供養謂讚歎等顯佛功德二尊重供養謂禮拜等三奉施供養謂華香等即衣服下文其大心深心即能供養心謂為求佛故云大心心殷重故名為深心疏以同上願校量中供養願故故皆畧無去下劣者論經是第二論釋即當第三

以前二攝攝取衆生謂布施愛語後二攝法但以信解力故行未善通達是菩薩十波羅蜜中檀波羅蜜增上餘波羅蜜非不修行但隨力隨分

三別地行相中先約四攝然四攝望前猶是利衆生法望後爲別地行相以因利生之便故於此明下二地中乃在鍊行成後四攝雖不足全別十地爲是化生之法故用之耳愛語是法施初地檀滿故說二增二約十度然證相難分寄十度等以顯差別各說一增若不爾者何不二地言二度增檀度初地先已增故乃至九地應言九增九地尚云餘非不修隨力隨分顯寄明

矣是以具論諸地所行畧有五義一爲別地各說一增如今文是二辨勝過前初地檀勝二地二度勝故二地文云遠離慳嫉破戒垢故乃至十地十度皆勝是則後後皆勝前前三論其實行地地具修四證理平等非多非一五約圓融一具一切是以具下總明義類以成前理具五約圓融一具一切更有三義一約相資檀義攝六等二約相應一念具修三約理融稱性一多互相攝故

是菩薩隨所勤修供養諸佛教化衆生皆以修行清淨地法所有善根悉以迴向一切智地轉轉明淨調柔成就隨意堪用

四所鍊行成中總收三入初牒供佛化生以爲能鍊信等淨法以爲所鍊後舉前回向能鍊令信等淨也言轉轉者此之信等於初地中有三節淨謂初住地時證前緣修令成真修已是一淨二行校量中對除障法後一度淨今此地後更歷三修故云轉轉總收等者此所鍊淨有始有終初但明鍊即是其始後舉迴向能鍊令淨即是其終故前論立以迴向居二行之後先明自利利他後迴向勝進故言信等淨法爲所鍊者即下論云信等善法猶如真金數數入火故

佛子譬如金師善巧鍊金數數入火轉轉明淨調柔成就隨意堪用

第二喻中金師喻菩薩金喻信等火喻供等三行三行非一名數數入調柔成就喻鍊行成金性本有從緣始顯信等修生云何同喻信等有二一未證真前但約緣修爲對治行妄識爲體二證真之後乃知信等非是今有即如來藏中恒沙佛法真心爲體真心爲體即是理性信等相殊說爲行性此二不二並可喻金雖假供等緣修

以成真德德由真起後成嚴具亦不異金既了於真真非妄外故全妄識即是真心寄相顯真故分能所

信等有二下解釋釋開二門地前之信則不喻金證如之信乃將喻金如來藏中為惑所覆如在鑛中地初一淨即已出鑛地中地滿皆是入火此二不二者謂真心為體與信等不殊更無有二以真心上離不信濁故名為信二三無有違害即是慈悲四無慳為施五無懈六無愚七無不重賢八無不怖罪惡九無有危脆十無違佛教故是十行但一真心而為二義故無二體並為本有故可喻金雖假緣修者然第一義自有兩義一一約所顯性德二約能顯緣修成德如以知法性無慳貪故隨順修行檀波羅蜜今成檀德尅實分別則初一義可以喻火對治行故所顯喻金成德如嚴具今且融後二以喻於金以德因真起故同所顯故云後成嚴具亦不異金於後地廣如前說金例皆金既了於真下喻復融初義亦不異金以初妄識為體今真妄交徹故妄由真生真該妄末真非妄外即妄徹真源若爾則無能練所練故云寄相顯真故分能所

菩薩亦復如是供養諸佛教化衆生皆爲修行清淨地法所有善根悉以迴向一切智地轉轉明淨調柔成就隨意堪用

第三法合準喻可知

佛子菩薩摩訶薩住於初地應從諸佛菩薩善知識所推求請問於此地中相及得果無有厭足爲欲成就此地法故亦應從諸佛菩薩善知識所推求請問第二地中相及得果無有厭足爲欲成就彼地法故亦應如是推求請問第三第四第五第六第七第八第九第十地中相及得果無有厭足爲欲成就彼地法故

第二發趣果中二初正明發趣果後佛子是名下總結地相前中有四一法二喻三合四結法中亦四一問二知三行四到知是名解正能發趣然由問故知所以先問知意在行行必能到今初問中具問諸地

初地已滿而更問者一問勝進非問自分二者一地之中具攝一切諸地功德故問所攝容許未知於中云相及得果者相即遍諸地中所有諸障及對治相故謂諸地能所觀相皆別十地故得者即正證出世間智故果者因證智力得世間出世間智故相即方便智得是根本果即後得後得緣俗故名世間無分別故復名出世又此三者即是三道初是無間與惑相翻二是解脫正證無爲三是勝進後智進修不說加行者地前加行非地攝故地上加行勝進收故言爲欲成就此地法者當地法也後云彼地法者後地法也若準論意成就地法即是信等一問勝進者勝進雖向二地修在初地亦得名為問初地也相及得果者是所得法相即方便智下疏出其體即同如來加請中三漸次也言能所觀相者有其二義一相差別故二能到地實故名為相即觀漸次觀即舉障顯治相則能所皆相二得即證漸次三果即修行漸次又此三下三再顯法體開根本智以成二道故不取加行地上加行者如欲入第二起十種心此即加行而是初地之勝進故意云勝進既是後得故非方便若準論意者今疏意明隨地智差別地法而論云成就諸地法者所謂信等故

是菩薩善知諸地障對治善知地成壞善知地相果善知地得修善知地法清淨善知地地轉行善知地地處非處善知地地殊勝智善知地地不退轉善知淨治一切菩薩地乃至轉入如來地

第二是菩薩善知下明知由問故知知不異問經展問中相及得果以爲十句論攝十句爲五方便言方便者行修善巧也第一觀方便觀謂觀解攝初二句一諸地障對治者以能治觀解治十種障立十

地別本文具之此約所斷明觀二地成壞者攬行成位集故名成諸行各住散故名壞此約所知明觀行修善巧者下論云成壞善巧增長善巧非諂能知為方便也此五方便地地皆具而其隨相分別初一在於解行位中得在初地增上在於二地已上不退在於八地已上盡至十地第二得方便得謂證入攝次三句曲有三種方便一相果者即欲入方便是方便智帶相觀終故名相果二得修者已入方便即根本智顯是證修非緣修故三勝進方便即後得智謂信等成地之法離障清淨故

第三增上方便進修後位故名增上亦攝三句一地地轉行者依前起後地背相捨故二二執名非處二空為住處亦是相應不相應也三以後勝前增長善巧名殊勝智第三增上方便亦成德殊勝故行修不頓初中後別故有三句餘句可知第

四不退轉方便唯第九句前三方便無退息故

第五盡至方便即第十句淨治菩薩地盡轉至佛智地故

若以相等攝五方便初一是相二具於三如次三句配相得果第三唯果第四總明三事不退五通明三因窮入果若攝十句初三為相第四是得次四是果後二具三

佛子菩薩如是善知地相始於初地起行不斷如是乃至入第十地無有斷絕由此諸地智光明故成於如來智慧光明

第三佛子下行第四由此下到並可知

佛子譬如商主善知方便欲將諸商人往詣大城未發之時先問道中功德過失及住止之處安危可不然後具道資糧作所應作佛

子彼大商主雖未發足能知道中所有一切安危之事善以智慧籌量觀察備其所須令無乏少將諸商衆乃至安隱到彼大城身及衆人悉免憂患

第二喻中初喻前問有二方便一不迷方便道中喻行因住止喻得地各有障治故曰安危二資具方便具資糧故不迷多約利他資具多明自利次佛子彼大下喻知三善以下喻行四乃至下喻到行中語畧故云乃至

佛子菩薩商主亦復如是住於初地善知諸地障對治乃至善知一切菩薩地清淨轉入如來地然後乃具福智資糧將一切衆生經生死曠野險難之處安隱得至薩婆若城身及衆生不經患難

第三合中初合知然後下合行安隱下合到喻中畧行此中畧問欲影顯耳

是故菩薩常應匪懈勤修諸地殊勝淨業乃至趣入如來智地

第四是故菩薩下結勸可知

佛子是名畧說菩薩摩訶薩入菩薩初地門廣說則有無量無邊百千阿僧祇差別事

第二佛子下總結地相行修已竟故於此結前說分齊深故說其一分此中廣故說所不盡

佛子菩薩摩訶薩住此初地多作閻浮提王豪貴自在常護正法

第三攝報果利益勝中分二先明在家果後是菩薩若欲下出家果前中復二初上勝身顯其報勝後能以大施下明上勝果

顯其行勝今初閻浮提王者即鐵輪王然瓔珞仁王地前四位已配四輪今在初地方作鐵輪正明皆寄不可定執常護正法應是行勝如何論主將屬身勝護法有二一護國正法則賞罰以宜二護佛正法教理等興建擯斥論依初義

能以大施攝取衆生善除衆生慳貪之垢常行大施無有窮盡布施愛語利行同事

二上勝果者依前王報起於勝行是身之果於中二初行後願前中亦二一大悲利他謂若施若攝初行後願者行亦自分願亦勝進謂若施者布施本通二利今從利他邊說問四攝之初已有布施何須別說答有四意故一布施本是自利今菩薩行今物做之以捨慳貪故是利他攝中布施一向利他二布施直論布施四攝中施乃是攝緣三布施通於三施四攝唯約財施法施乃屬愛語中故四此地正是布施位故所以別說經中先明遍施後常行下常施

如是一切諸所作業皆不離念佛不離念法不離念僧不離念同行菩薩不離念菩薩行不離念諸波羅蜜不離念諸地不離念力不離念無畏不離念不共佛法乃至不離念具足一切種一切智智

二如是一切下不失自利正作利他業時即不離念佛等故謂利他事中迴向菩提故成大恭敬事不生分別故除諸妄想順理合體故云不離謂利他下二引論釋論云言不離者示現不離自利益故如是諸念事中行已成大恭敬除諸妄想釋曰以論難了故以疏間釋成大恭敬即所念佛等除諸妄想正是念義是則前明自利之施今物除慳今明利他之行不失自利是為菩薩修行善巧所念有十一論分爲四一初三是上念三寶在已上故不離三輪故次一是同法念次三功德念一自身他身菩薩行二度行自體三諸地轉勝故後

四求義念佛以力等是真實究竟義故已所求故所念有十下第三釋文此之十念亦即六念初三念同四亦念僧菩薩僧故次三功德念即是施戒六念中畧但舉其二今文廣故備於諸度後四求義念即是念天第一義天故

後作是念我當於一切衆生中爲首爲勝爲殊勝爲妙爲微妙爲上爲無上爲導爲將爲帥乃至爲一切智智依止者

二後作下明願有十一句前七自德後四攝化前中此云殊勝論經名大餘名並同首唯是總謂大菩提位尊高故妙等唯别勝大亦總亦别故首有二種一勝首光明功德故二殊勝首獨無二故勝亦二種一妙智自在勝故二微妙離一切煩惱自在勝故殊勝亦二一上無與等故二無上無能過故後四中初一約敎謂導者於阿含中分别法義正說故餘三顯證將者令他得證義滅諸煩惱故此約斷德後二約智前因後果帥者教令入正道故後句以大菩提而教化故光明功德者行體清淨離垢障故分别法義者以詞及辯分别法義二無礙也

是菩薩若欲捨家於佛法中勤行精進便能捨家妻子五欲依如來教出家學道

第二出家果中二初捨俗出家

既出家已勤行精進於一念頃得百三昧得見百佛知百佛神力能動百佛世界能過百佛世界能照百佛世界能教化百世界衆生能住壽百劫能知前後際各百劫事能入百法門能示現百身於一一身能示百菩薩以爲眷屬

後既出家下修行剋證禪定勝業有二一

者三昧勝即勝定體二三昧所作勝謂因三昧得見佛等有十一句明其二利分爲三對初六句橫論二利初二自利一見百佛者十方各十他受用身瑜伽住品能於種種國見百如來寄位顯百理實如前見多佛也二知神力論意取神力所加說法菩薩於上二處修習智慧次四利他初一有信機者動刹現通次三有悟機者往刹光照正授以法次有二句竪論二利一自攝勝生瑜伽云若欲留命能住百劫二二明窮照示物善惡後三句一對明二利速疾一爲增長自智思惟種種法門二分身速疾作多利益故修行尅證者謂依四禪及四空定發百三昧故論云一念百三昧者得三昧自在力故論意等者論云以得三昧故於十方諸佛及佛所加諸菩薩所修習智慧故釋曰如金剛藏菩薩為諸菩薩說十地等次三有悟機者一往刹二光照三正授以法

若以菩薩殊勝願力自在示現過於是數百劫千劫百千劫乃至百千億那由他劫不能數知

第四願智果正願久積以智內證故其自在示現難可窮究則顯上來百數彰地階差非定爾也今行合法界是圓融實德故云過此是圓融實德者釋經復過是數是數即前出家果中百三昧等論經此中文廣經云菩薩願力示現過於諸數示種種神通或身或光明或神通或眼或境界或音聲或行或莊嚴或加或信或業見諸神通乃至無量百千萬億那由他劫不可數知論釋云於中身者是一切菩薩行根本所依故依彼身故有光明及神通依光明有天眼以有天眼見前境界一切眼有五種應知依神通有音聲及行莊嚴加等音聲者應彼言說故行是遍至十方故莊嚴者作種種應現故加者神力加被故信者依三昧門現神通力隨衆生信利益成就故業者依慧眼所攝陀羅尼門現說法論後結云畧說諸地各有因體果相故

者以此地中相及得果類後九地也因即
是相體即是得果名不殊應知此三通於
下九所以於此結者顯上廣說不出此故
畧說一切諸地各有因體果相應知釋曰後總結因體果相疏已具釋以前經論並皆易見例前百身百三昧等故疏不顯
爾時金剛藏菩薩欲重宣其義而說頌曰
若人集衆善具足白淨法供養天人尊隨順
慈悲道信解極廣大志樂亦清淨爲求佛智
慧發此無上心
第二應頌四十六偈半分爲二别初正頌
前後二結說前中分四初十一偈頌初住
分於中四初二頌依何身
淨一切智力及以無所畏成就諸佛法救攝
群生衆爲得大慈悲及轉勝法輪嚴淨佛國
土發此最勝心一念知三世而無有分别種
種時不同以示於世間畧說求諸佛一切勝
功德發生廣大心量等虛空界
次四頌爲何義
悲先慧爲主方便共相應信解清淨心如來
無量力無礙智現前自悟不由他具足同如
來發此最勝心
次二頌以何因
佛子始發生如是妙寶心則超凡夫位入佛
所行處生在如來家種族無瑕玷與佛共平
等決成無上覺纔生如是心即得入初地志
樂不可動譬如大山王
後三頌有何相
多喜多愛樂亦復多淨信極大勇猛心及以
慶躍心遠離於鬭諍惱害及瞋恚慚敬而質
直善守護諸根救世無等者所有衆智慧

第二五偈頌釋名分初二偈半頌喜相

此處我當得憶念生歡喜

餘頌喜因於中先半偈頌念當得

始得入初地即超五怖畏不活死惡名惡趣

衆威德以不貪著我及以於我所是諸佛子

等遠離諸怖畏

後二頌念現得

常行大慈愍恒有信恭敬慚愧功德備日夜

增善法樂法真實利不愛受諸欲

第三有六頌頌安住地分初一頌半頌信

心成就

思惟所聞法遠離取著行不貪於利養唯樂

佛菩提一心求佛智專精無異念

次一頌半修行成就

修行波羅蜜遠離諂虛誑如說而修行安住

實語中不汙諸佛家不捨菩薩戒不樂於世

事常利益世間修善無厭足轉求增勝道如

是好樂法功德義相應

後三頌迴向成就

恒起大願心願見於諸佛護持諸佛法攝取

大仙道常生如是願修行最勝行成熟諸群

生嚴淨佛國土一切諸佛刹佛子悉充滿平

等共一心所作皆不空一切毛端處一時成

正覺如是等大願無量無邊際虛空與衆生

法界及涅槃世間佛出興佛智心境界如來

智所入及以三轉盡彼諸若有盡我願方始

盡如彼無盡期我願亦復然

第四恒起下二十二偈半頌校量勝分於

中三初六頌半頌願校量

如是發大願心柔軟調順能信佛功德觀察

於衆生知從因緣起則興慈念心如是苦衆生我今應救脱爲是衆生故而行種種施王位及珍寶乃至象馬車頭目與手足乃至身血肉一切皆能捨心得無憂悔求種種經書其心無厭倦善解其義趣能隨世所行慚愧自莊嚴修行轉堅固供養無量佛恭敬而尊重

次六頌行校量

如是常修習日夜無懈倦善根轉明淨如火鍊真金菩薩住於此淨修於十地所作無障礙具足不斷絶

後十頌果校量於中初二調柔果

譬如大商主爲利諸商衆問知道險易安隱至大城菩薩住初地應知亦如是勇猛無障礙到於第十地

次二發趣果

住此初地中作大功德王以法化衆生慈心無損害統領閻浮地化行靡不及皆令住大捨成就佛智慧欲求最勝道捨已國王位能於佛教中勇猛勤修習則得百三昧及見百諸佛震動百世界光照行亦爾化百土衆生入於百法門能知百劫事示現於百身及現百菩薩以爲其眷屬

次五頌半攝報果

若自在願力過是數無量

後半偈頌願智果

我於地義中畧述其少分若欲廣分别億劫不能盡菩薩最勝道利益諸群生如是初地法我今已說竟

結說可知初地竟

大方廣佛華嚴經疏鈔會本第三十四之十四

音釋

珂貝 珂苦何切貝布盖切 珊瑚 珊蘇干切瑚音胡 珍玩 珍陟鄰切貴也玩五換切弄也 數數 並所角切頻也 糧 呂張切 匪懈 匪府尾切非也懈居隘切懶也

大方廣佛華嚴經疏鈔會本第三十五之一

唐于闐國三藏沙門實叉難陀　譯

唐清涼山大華嚴寺沙門澄觀　撰述

第二離垢地所以來者論云如是已證正位依出世間道因清淨戒說第二菩薩離垢地言正位者即初地見道是出世間依此修於三學戒最在初故先來也前地雖證真有戒未能無誤又以十度明義前施此戒故次明之下之八地依十度次以辨來意準此可知言正位下疏釋謂依上見道而有修道修道修行三學上正釋論前地下解妨妨云初地豈無戒耶答意可知言離垢者慈氏云由極遠離犯戒垢故謂性戒成就非如初地思擇護戒唯識亦云具淨尸羅遠離微細毀犯煩惱垢故十住毗婆沙雖云行十善道離諸垢故亦不異戒瑜伽亦名增上戒住故此地中斷邪行障證最勝真如皆約戒明謂性戒下是疏暗引世親攝論第七以釋瑜伽即揀劣顯勝釋成上極遠離之言不在作意而無慢故若具引瑜伽四十八云如是略說菩薩增上戒住謂意樂淨故性戒具足故離一種犯戒垢故一切業道一切因果了知通達故乃至云若廣說者如十地經離垢地說離垢地由遠離一切犯戒垢故彼離垢地增上戒住釋曰彼既指此故宜引彼唯識中言具淨尸羅乃二意一云具足別解脫及定共道共故雖第三地始發定增能離過時此地已滿故有定共二云或唯別解脫亦能全離加行根本後起罪故十住婆沙即第一論入初地品釋地名中言

邪行障者謂所知障中俱生一分及彼所起誤犯三業能障二地由斯二地說斷二愚及彼麤重一微細誤犯愚即上俱生一分此能起業二種種業趣愚即彼所起誤犯三業言邪行下第三斷障即唯識文先有身等邪行障意云身等三業有十惡行名邪行障謂所知下出體所知揀異煩惱俱生揀於分別分別初地已斷盡故一分唯屬此地斷者從能障二地下具足論云

能障二地極淨尸羅入二地時便能永斷釋曰以易不顯由此二下後斷愚也開上一障而爲二愚愚卽現行麤重是種子二種種業趣愚者毀責爲名不取惡果豈名種種業中不一卽爲種種種種非一卽是毀責論更釋云或唯起業不了業愚謂前一業是起業之愚後一卽是不了業愚非所發業此二非必能起於業則其二愚一向是愚若依釋後之一愚亦愚品類問所知障不能發潤如何此中能發三業答唯識第一云續生煩惱發犯戒業通所知障此約悞犯故不相違

言最勝者

謂此眞如具無邊德於一切法最爲勝故

此亦由翻破戒之失爲無邊德言最勝下第四證如戒爲最勝由具戒故證最勝如謂此如理最爲勝故如說離欲名爲最勝此亦由下是疏釋意彌顯戒勝故智度論第十五云大惡病中戒爲良藥大怖畏中戒爲守護死愚闇中戒爲明燈於惡道中戒爲猛將死海水中戒爲大船故云最勝餘如戒經

是以成於戒行得於最勝是以成下第五成行諸論皆同

無等菩提之果並寄於戒顯地相別雖經論文異大旨不殊無等菩提下六得果戒於世間得人天身故於出世得菩提果並寄下結示

諸菩薩聞此最勝微妙地其心盡清淨一切皆歡喜皆從於座起踊住虛空中普散上妙華同時共稱讚

次正釋文文分三分初讚請分二正說分三重頌分今初五頌分二初三慶聞初地後二請說二地今初前二經家敘其三業慶喜

善哉金剛藏大智無畏者善說於此地菩薩所行法

後一發言申讚然此慶聞亦屬前地以領前請後故皆判屬後

解脫月菩薩知衆心清淨樂聞第二地所有諸行相卽請金剛藏大慧願演說佛子皆樂聞所住第二地

後二中亦初序後請

爾時金剛藏菩薩告解脫月菩薩言佛子菩薩摩訶薩已修初地欲入第二地當起十種深心

第二正說分中先明地相後彰地果前中分二一發起淨即是入地心二佛子菩薩住離垢下自體淨即住地心三聚無誤地中正行名自體淨直心趣彼名發起淨三聚無悮下釋論科疏今初發起中三初結前標後次何等下徵列十名後菩薩以此下結行入位今初標云深心者深契理事故論經云直心而下列中總句同名直心明知深直義一名異而下列者謂今經標云深心下列中總句則名直心論經標云直心總句亦云直心則知義一而疏釋深心云深契事理者若以深心同論直心直心即是正念真如故深契理若順起信深心樂修一切善行即是契事顯義包含雙存事理論云十種直心者依清淨戒直心性戒成就隨所應作自然行故謂發起淨中順理事持是淨戒直心則令自體淨中性戒成就然性戒有二一久積成性二真如性中無破戒垢今稱如持使得性成故云成就論云十種者論釋總句言性戒成就者總該三聚別對律儀隨所應作下通於二聚自然而行兼顯直義謂發起下疏釋上論於中有三初正釋二然性戒下釋成上義第二真如性戒成前發起淨中順理持戒第一久積成性成前則令自體淨中性戒成就三今稱如下雙結上二義

何等爲十所謂正直心柔軟心堪能心調伏心寂靜心純善心不雜心無顧戀心廣心大心

二徵列中列有十句初總餘別總云直心者瑜伽云於一切師長尊重福田不行虛誑意樂此約隨相別釋今論主爲順一乘緣起義故分爲總別別皆成總則令總中

具於別義故不別釋總句別中初四律儀
次三攝善後二饒益
一者柔輭直心共喜樂意持戒故故瑜伽
云於同法菩薩忍辱柔和易可共住柔軟直心
者引瑜伽意於他柔軟直就論意是自柔
軟柔軟卽喜樂則持戒之人心無惱悔故
生喜樂
二堪能者有自在力性善持戒煩惱
魔事不能動轉難持能持故所以鵝珠草
繫盡命無違二堪能者依此性善持戒是
淨業也煩惱已下離業因既
因離果離故難持能持所以鵝珠下成上
能持難持鵝珠卽阿闍佛經大莊嚴論第
十廣有其緣今當略示謂有一比丘至金
師家其師正爲王家穿珠由比丘著亦色
衣映珠似肉有鵝呑之金師失珠傍更無
人決謂比丘盜其寶珠詢問言無遂加栲
楚比丘了知珠爲鵝呑爲惜鵝命甘苦而
默毆擊血流鵝來唼血杖誤殺鵝比丘見
已便言珠在金師問言何不早陳受斯楚
毒比丘答言我爲持戒惜鵝命故默受斯
苦鵝若不死設斷我命我亦不言金師白
王具陳上事王加敬重言草繫者亦此論
第三有諸比丘行於曠野爲賊剝掠衣服
罄盡羣賊共議恐報王知咸欲殺之中有
一賊語同伴言不須殺之比丘之法不傷
草木可以草繫必不馳告羣賊從之既無
衣服風吹日炙蚊虻寅蠅之所唼食夜聞
惡獸惡鳥之聲長老比丘勸諸少年而作
是言人命無常要必當死今莫毀戒說偈
勸之中有偈云伊羅鉢龍王以其毀禁戒
傷盜於樹葉命終墮龍中諸佛悉不記彼
得出能時能堅持禁戒斯事爲甚難時諸
比丘既聞偈已自相勸誡引昔作惡爲他
殺害喪身無數今護聖戒分捨微軀至於
明旦國王出獵初疑禽獸復謂尼乾及至
詢問具說護戒王心歡喜解縛稱讚海板
比丘同此卷說此上二句
卽是行體後二句卽行修
三守護根門不
誤犯戒如良慧馬性自調伏以於諸行深
見過故三守護根門
卽修方便四寂靜者論云調伏
柔輭不生高心故則似不恃前三所持是
事寂靜瑜伽云於大涅槃深見勝利者斯
卽稱理寂靜四寂靜者行成離過順於涅
槃守護根門前已廣引行成
離過不見能持所持戒
等了戒如空順涅槃矣五純善者謂純修
妙善菩提分法能忍諸惱如眞金故五純
善下
次三攝善中初一自分攝菩提分善二者
上攝佛善言如眞金者雖被鍛鍊精純無

滅故後句離過又初通攝善提分善次句別語戒善後句亦通離過六不雜
者論云所得功德不生厭足依清淨戒更
求勝戒樂寂靜故謂雖得前句妙善而不
厭則不雜懈怠樂於寂靜則不雜事亂身
心俱寂即是勝戒

七諸有勢力棄而不顧不似難陀爲欲持
戒七者諸有勢力棄而不顧正是論意不似難陀下略舉戒過於善倒知諸有勢力亦因施等之所致故八大悲爲物不斷有願爲廣
九大智隨有而無染故能作有情一切義
利八九二句明饒益中前句彰悲正明饒益後句智導方爲愛見

菩薩以此十心得入第二離垢地

第三結行入位由上十心成於上品極圓
滿故入斯戒住

第二自體淨中明三聚淨戒即分爲三初
律儀論云離淨謂淨離殺等故此約隨戒
亦名正受淨此約初受二攝善法戒三攝
衆生戒此三聚戒攝前三位初攝治地住
次攝饒益行思彼衆生墮惡等故後攝不
壞迴向謂有智願等於法寶等皆不壞故

律儀通於止作攝善唯約善行前二通於
自利後一唯約益物律者法也儀謂儀範離諸過惡不違法制故論名離淨論有二名初云一者離戒即後釋初門竟云亦名正受淨受即受戒法門離即隨戒行相不殺等十順益名善要期在己名之爲攝離諸過惡名攝善戒兼濟有情名饒益衆生益而離過名饒益戒律儀通於止作下第三料揀於中有二先通揀三聚前二自利後一利他前中律儀即是惡止攝善即是善行又初律
儀中雖有善行而施忍等不行非過故攝
善中無所不行若爾今經前二同離殺等
二相寧分古釋有二義一同體義分約離
過義邊說爲律儀順理能益判爲攝善二
者隱顯相成律儀中有止作因離果離是

其止行對治離者是其作行舉作助止說爲律儀攝善戒中亦有止作以止助作說爲攝善後又初律儀下唯揀初二初二濫故於中有二初正揀此已是難謂有問言律儀之中旣有止作止即惡止作即善行作同攝善何言律儀但明惡止故有此答皆百論意謂論初外道問云佛說何法答云惡止善行法釋曰殺等諸惡止息不作名爲惡止三業正行信受修習名爲善行外道便爲立後重過云外曰已說惡止不應復說善行內曰布施等是善行故謂布施是善非惡止故復次大菩薩惡已先止行四無量憐愍衆生復止何惡外曰布施是止慳法是故布施應是惡止內曰不然若布施便是惡止者諸不布施悉應有罪釋曰此是反難明施非惡止今翻順用明不施忍而無有罪又律儀中作謂持衣說淨等不作有罪非施忍等故不同也若爾下展轉通難釋成前義先難亦是百論中意外曰已說善行不應復說惡止內曰止相息行相作二相違故是故說善行不攝惡止外曰是事實爾我不言惡止善行是一相但應惡止則是善行故言善行不應復說惡止釋曰此正同今經殺即是惡離殺名善故律儀巾亦離殺等攝善戒中亦不殺等故二難分古釋有二下答先敘昔解其第二解亦是百論中意前所引布施是止慳法答中後決云復次諸漏盡人慳貪已盡布施之時復止何惡或有人雖行布施慳心不止縱復能止然以善行爲本是故布施是善行釋曰此論意明布施雖有止惡以善行爲宗律儀雖有作持以止惡爲宗斯就正助分成二聚今更一釋此中唯約自修正行下攝善中亦令他修則攝二利之善及悲智之善又此唯已分之善下攝善中上修佛善豈得同耶今更已下申今所釋非彈古義但助成別相耳大同後義在文易了

佛子菩薩住離垢地

今初律儀分三初標所依謂離垢地戒增上故二性自已下正顯戒相三佛子至如是下結成增上今初律儀下第四釋文

性自遠離一切殺生不畜刀杖不懷怨恨有慚有愧仁恕具足於一切衆生有命之者常生利益慈念之心是菩薩尚不惡心惱諸衆生何況於他起衆生想故以重意而行殺害

二中有十善業道即爲十段今初離殺分二初總明後不畜下別顯今初性自遠離文屬殺生義該下九謂自性成就十善業道即自性戒然離有三種一要期離謂諸凡夫二方便離所謂二乘三自體離謂諸菩薩契窮實性自體無染然諸菩薩同修自體而復有四一離現行所謂地前二除種子即是初地三除誤犯四顯性淨此二當於此地然性淨難彰寄除殺等以顯彼淨此通餘教若依此經地體懸絕寄顯地勝豈可地前位位皆深今居地上方行十善今若地上方行十善者然十善通佛此亦不微差別說之人天因耳故今深玄不合行此又此善中先離殺者然小乘四重婬戒最初初有三義一者此戒人之喜犯二者劫初起過此最爲先餘之三戒亦皆次第三者婬愛戲業招潤生死二乘獸離故制在先今十善十惡菩薩十重皆殺在初殺罪過重善惡皆初菩薩大慈居十重首又智度論十五中說殺有十惡一心常懷毒世世不絕二衆生憎惡眼不喜見三常懷惡念思惟惡事四衆生見者如見蛇虎五睡時心怖覺亦不安六常爲惡夢七命終之時狂怖惡死八種短命惡業因緣九身壞命終墮泥犁中十若得爲人常短壽命釋曰今但離殺十惡頓亡故大論云遠離一切殺生者示現遠離利益勝故

二別顯中有三種離一因離謂離殺因緣二於一切下對治離謂離殺法三是菩薩下果行離即離殺業今初因離復有二種一離受畜因謂不畜刀杖此雖是緣從通名因略舉此二餘呪藥等皆是此因二不懷下明離起因此正是因因即三毒不懷怨恨明離瞋因殺父害母亦不加報次有慚下明離貪因貪有二種一爲貪財利故造諸惡業乃至沒命心無恥悔今有慚愧故能離之二爲貪衆生捕養籠繫令生苦惱今有愍傷之仁恕己爲喻便能離之然

起殺之癡必是邪見邪見難遣非對治不離是故論主就對治中明離於癡此畧不說離起因者其受畜因畜則行殺爲受畜因有未必殺此則猶疎故名爲緣其貪等惑起殺則親故名爲因二貪衆生者前則貪財此則貪味今有慜傷之仁者俗典云慜傷不殺曰仁釋經仁字恕已爲喻此釋恕字卽涅槃經第十云一切畏刀杖無不愛壽命恕已可爲喻勿殺勿行杖二對治離中亦有二種一生利益心是與衆生世出世間二種樂因二生慈念心謂令衆生得人天涅槃之果既於如是因果不顛倒求則離愚癡心起於殺因殺生祭祠等此中慈益約能對治卽名爲離不同前後殺因殺果而爲所離若爾前有仁恕故離起貪因仁恕之心豈非能治前約本有仁等不起貪等非是發起仁恕之心今約於物發生慈益之心以爲能治故不同也殺生祭祀者亦百論文彼論因說捨罪福義以福捨罪以無相智捨福外便救云外曰常福無捨因緣故不應捨釋曰由前善薩說捨福因由福滅時苦是故應捨外便云我有常福則無滅因故不應捨何謂常福彼云如經說能作馬祀是人度衰老死福報常生處常是福不應捨釋曰今但要彼愚癡故舉其過揀言不同彼論廣破言其無有常福故是愚癡邪見耳此中慈益下二揀濫於中又二先正揀顯因果離是依主釋今是持業三果行離者攬因成殺名業爲果今不正殺故名果離於中亦二一微細謂心念害二麤重謂身行害今經以細況麤麤中成殺有五因緣一身謂於他故他是所殺之體故名爲身此揀自身二事謂衆生故此揀非情三想謂起衆生想揀作死木等想四行謂故以重意重意是思故名爲行此揀錯誤五體謂身行加害斷命落究竟正是殺業故名爲體則揀前四以爲方便然雜集瑜伽緣皆有五而合初二爲事復加煩惱今以

煩惱是前起因故不重明又境想輕重等非此全要故略不明四行等者思即意業是行體故言揀錯誤者兩境歷然謂之錯一境易奪謂之誤謂如二人並立本欲殺東人刃及西人即名爲錯本欲殺張人王人來替或居闇處或不審實作張人殺名之爲誤今所非情及欲殺畜錯誤害人亦不成業五體謂身行加害者然諸衆生攬五陰成假名衆生念念生滅前滅後續非斷非常假立命根令其色心而得相續亦剎那滅前念既滅後念當生斷令不續名爲殺生亦名斷命對前未斷名落究竟故次疏云即揀前四以爲方便餘二段可知

性不偷盜菩薩於自資財常知止足於他慈恕不欲侵損若物屬他起他物想終不於此而生盜心乃至草葉不與不取何況其餘資生之具

第二離盜亦初句總非理損財不與而取故名爲盜別中亦三一因離二於他下對治離三若物下果行離因中止謂少欲足謂知足自之所有尚生止足故無盜因然止足有二義一內心止足即離起因若廉貞之士渴死不飲盜泉二此地具無盡財故離受畜因然殺中殺具畜則爲因婬盜妻財以不足爲因一內心止者心足即是不貪故引廉貞之士書云廉士非不愛財致之以義意云此無非理之貪也文選云渴不飲盜泉水熱不息惡木陰惡木豈無陰志士多苦心二此地具無盡財者從初地來檀度滿故即具無盡財故此地亦具從然殺中下對前料揀二對治離中由發起慈心恕已爲喻則於自資財尚捨而安彼豈侵損他然他有二一他人二他世不盜則不損當來資生二對治離者慈即與樂故論云對治者謂布施故則於自資財尚捨者我被他盜憂慮百端則喻於他同我憂苦言他有二義者義必有二而論經但云不壞他財論云以不貪故不壞當來資財以他人易故論不釋三果行離中亦有麤細不取草葉爲細餘資生爲麤而文通爲五緣一者身謂若物

屬他此揀於自是他物體故名爲身二事經闕此句論經云他所用事三想謂起他物想四行謂翻終不盜心五體謂舉離本處乃至下是以細況麤而文通下次具緣成非餘處亦唯四緣令開是他總一緣成初二緣身揀自身取自身物不是盜故事揀無情要是他用雖非我物他不攝受亦非盜故如無主物想者知是他物行者即謂思心言翻終不盜心者應言盜心取也若無盜心雖知他物或蹔用取或同意取或擬令他知皆非盜也三體謂舉離本處者此是盜業究竟則顯前四方便亦是成業時分殺盜要斷命不續婬與境合盜要舉離如於牀上手執其物雖與境合未名爲盜要須舉離纔離於牀縱更不取亦已成盜殺婬於他正報成業故以身心而分麤細盜戒雖通依正但約損財故唯就外物以論麤細又殺有多類唯人成重故就麤中方說具緣盜易成犯故總明具緣若麤若細皆成盜體殺婬於他下三對顯差別一對殺婬以辨麤細二又殺有多下唯對於殺顯具緣處別則顯盜中通於麤細以辨具緣

性不邪婬菩薩於自妻知足不求他妻於他妻妾他所護女親族媒定及爲法所護尚不生於貪染之心何況從事況於非道

第三離邪婬乖禮曰邪深愛曰婬別中亦三一因離謂自妻知足此亦二意一內心知足離於起因二自足妻色離受畜因故晉譯論經皆云自足妻色足妻乃由寄報輪王相同世間故得示有知足約心亦不妨梵行一內心知足者起因即貪貪心難滿故行邪婬二自足妻色者不足於妻方有邪故自足故無則足守兩用一唯取知足屬心二連上自妻足故離受畜因晉譯論經下通會三經自足乃由等者成彼二經明登地已上無非梵行但由寄報示有而已無有從事則顯自妻知足之言似不愜當但揀婬泆過度故云知足不妨從事知足約心者顯今經意以有知足之言則有離起因義無貪心故但云自足唯離受畜因耳亦不如梵行者但明心中知足非於事上知足正同淨名示有事子

常修梵行則知足之言妙矣翻顯自足之言未有梵行之相二對治離謂不求他妻現在梵行淨故不求未來妻色他人之妻蓋不在言現在梵行淨故者經說求天五欲修梵行者名汙梵行故三於他妻下明果行離亦有麤細細約起心麤約從事而文分二初舉邪境後尚不下以細況麤初中邪境有三一不正二非時三非處非處一種在後況中初不正中他守護女此爲總句護有二種一不共護謂他妻妾唯夫護故二者共護謂親族媒定親謂父母族即宗族謂二親亡歿六親所護夫亡子等所護媒定謂已受禮聘二非時者即爲法所護然法有二一王法二佛法佛法謂修梵行時此復有二一分謂八戒二全謂具足等然此非時準智論十五及諸論中廣有其相今之所列意在不起染心故於自妻不委其事二以細況麤中有二重況一以染心況於正道從事二以染心及正道以況非道非道即前非處亦應以人況於餘類以後後麤鄙於前前故以其婬境無想疑故論主於此不約具緣經文不言作他女想約邪婬說亦有想疑爲顯此中自妻正境亦定無犯故不說也他守護女者上取於他妻妾下取親族媒定當中一句爲不正中總共護者多人護故然女有三從一在家由父二出嫁由夫三夫沒由子繼三盡無由爲宗族所護言子等者等取孫姪等媒定之言通於在室及以曾嫁上言六親者即父母夫妻兄弟之親二全謂具足等者等取半戒十戒及於五戒以終身故得名爲全以其婬境下顯無具緣所以言無想疑者謂無人非人想道非道想及與生疑但與境合皆名犯也約邪婬說者難言四重之婬境合便犯故無想疑邪婬之戒豈無想疑謂自妻他妻想他妻自妻想及二生疑豈無不犯故今通云據此即有今顯菩薩於其自妻決修梵行故不於邪婬而說具緣

性不妄語菩薩常作實語眞語時語乃至夢中亦不忍作覆藏之語無心欲作何況故犯第四離妄語違想背心名之爲妄違想背心者設違於境若順於心不名妄故別中分二初對治離後乃至下果行離今初對治即是因離不別明因何者有二義故一無外事故謂無刀杖妻財之外事故無受畜因二無異因故謂但用誑他思心即妄語因無別貪等以爲異因異因即起因故離彼誑心即成實語實語即是誑心對治故對治離即是因離不同身三故身三各具三離口四唯二意三唯一文中言實語者隨心想故謂縱實不見而心謂見而言見者亦名實語眞語者審善思量如事眞故謂由心思與事相似稱此而言若唯稱事而不稱心亦名妄語故加善思量言時語者論云知時語不起自身他身衰惱事故謂心事雖實而迴改見時或令自他而有衰惱今菩薩朝見言朝暮見言暮故曰知時晉經名隨亦順時義無別貪等以爲異因者貪瞋對殺等即爲異因今誑他思心即是貪等故無離思之外別有異因身三各具下通揀三業此皆論意然其貪等通與七支而爲其因身三之因亦用思心然起有難易故論爲此釋是知起因自有二種謂近與遠身業難起故明貪等以爲遠因隱其思心之近因也口業易發但彰思心以爲近因隱彼貪等之遠因故不明因離且如有人先貪財色後用思心而起妄語斯則貪等而爲起因則妄語多因於貪惡口離間多因瞋癡又如妻財以不足故而行婬盜是知亦有不足財故而行妄語故外典云貪不與無信期而無信自至斯則亦有受畜之因是知論主順經文畧且從難易及多分說身具三離口四唯二謂心事雖實下疏釋上論以其時語恐濫言不應時機亦名綺語故顯其相彼綺語中雖是善言不應時機亦名綺語今明廻互見時令他損惱故不同也二果行離中亦以細況麤夢中是細故犯是麤此言覆

藏之語者論經云不起覆見忍見婆沙云覆相妄語名爲覆見覆心妄語名爲忍見謂實見事心謂見言不見此謂覆已所見事相此翻眞語若實不見心生見想誑言不見於事雖實於見有違名爲忍見忍却已所見故此翻實語夢中眼見但是智見亦以細況麤者細屬於心聲聞不制令菩薩無心夢亦不妄此言覆藏之語者細尋可知

性不兩舌菩薩於諸衆生無離間心無惱害心不將此語爲破彼故而向彼說不將彼語爲破此故而向此說未破者不令破已破者不增長不喜離間不樂離間不作離間語不說離間語若實若不實

第五言不乖離名離兩舌兩舌事成能令離間別中亦二初對治離後未破下果行離對治離者即不破壞行此約心果行離者通心及事即是差別今初心者謂傳說者必於心中憶持惡言欲將破壞方成離間故文云無離間心論經云無破壞心及爲破彼故等而論云二種明心受憶持者謂詐現親朋如野干詐親師子等又抑容成踈曰離間親舊成寃曰惱害即不破壞行者謂若有離間之心發言則成離間今無此心故無離間之過無離間心即是離間對治而論摽云一對治離二果行離竟便云對治離者謂不破壞行一者心二者差別乍觀此文則似論主就對治離中分心及差別然論意以對治離難解故別釋云謂不破壞行一者心二者差別自是雙釋對治及果行章故下釋文牒內心釋對治明不破壞行牒差別方釋果故疏以心屬於對治以其差別屬果行也如野干等者即四分律有善膊虎與善牙師子爲友爲野干所破廣如彼說

二果行離差別有三謂身心業各有二義身壞二義者謂已破未破是離間體故名爲身二不喜

下明心壞二義一隨喜他二自心樂三不作下業壞二義謂若細若麤細則實有惡言麤則不實虛構正傳離間之言故名爲業今菩薩並離故皆云不（是離間體者身若是體與業何異身約正破業約所傳言業之麤細耳）

性不惡口所謂毒害語麤獷語苦他語令他瞋恨語現前語不現前語鄙惡語庸賤語不可樂聞語聞者不悅語瞋忿語如火燒心語怨結語熱惱語不可愛語不可樂語能壞自身他身語如是等語皆悉捨離常作潤澤語柔軟語悅意語可樂聞語聞者喜悅語善入人心語風雅典則語多人愛樂語多人悅樂語身心踊悅語

第六言不麤鄙名離惡口別中分二初果行離後常作下對治離前後諸業治望果行非全次第故先顯治後能離果今此歷別相對先舉果行一時彰離後說能治次第翻前文義便故先明果行

令果行中先列所離後明能離今初有十七語句各一義而其論意展轉相釋於中有二前四一重總顯惡言體用後十三語重顯前四今初四語次第相釋初一總明語體次云何獨害以麤惡獷戾故云何麤獷苦他故如何苦他令他瞋恨故此之四語義一名異（此之四語者義即體義體一名異耳）後重顯中初有四語總釋前四於中初二明其語時謂前四有對面不對面故後二明前語體不出二類一鄙惡謂不遜故二庸賤常無教訓故（後二明前語體者論經無庸賤語有不斷語而論總釋四語之後有對語不對語鄙惡常行釋曰即以常行釋於不斷文重釋云於中現前語者麤而不

斷不現前語者微而不斷意云對面爲麤不對爲微不斷通二令以經無不斷別有麤賤故更不舉論中再釋後九別釋上苦他令瞋爲損之相於中復二初二明說前麤鄙之言自違於戒何以違戒以能苦他令他瞋故云何苦他不喜聞故云何令瞋聞不悅故餘七語明自瞋忿心中發言令他違戒起瞋生苦初瞋忿語是自瞋語體下能令他瞋他瞋有二無饒益事一初五語翻喜生瞋謂聞時不愛如火燒心憶時不樂故生怨結熱惱者令心胷閉塞二末後句違樂致苦謂已有同意樂事自身失壞令他失壞失壞相知之樂故後如是下明能離可知自違於戒者既能苦他又令瞋恚惱彼深故違惡口戒亦違自讚毀他之戒令他違戒者令犯瞋戒以憶持不樂遂生怨結前人求悔善言懺謝猶瞋不解便犯重戒

第二對治中有十種語翻前諸語而小不

次謂潤澤翻苦他令瞋二語柔輭翻毒害麤獷其現前不現前無別體故不翻悅意語翻上瞋忿謂和悅意中而發言故樂聞喜悅翻不樂不悅上說麤鄙故不悅樂今說順人天故生悅樂又悅意下三語展轉相釋善入人心翻如火燒心熱惱怨結上以忿心發言故如火燒等今以言順涅槃故令善入人心風雅典則却翻上鄙惡庸賤前則街巷陋音今則言含經史故愛樂悅樂翻不可愛樂生三昧故身心踊悅翻壞自身他身生親善故謂潤澤者語必益他名爲潤澤故翻苦他令瞋二語謂柔軟者柔謂柔和軟謂善軟言爲戒攝故爲柔軟柔和卽無毒害善軟卽無麤獷獷謂獷戾易傷折故害謂損害如劒戟故今柔軟故無損無害論釋不獷云受行不斷遠公云常說非麤故云不獷故上釋獷云易傷折是故菩薩言必順道盡未來際常行善言斯亦天下之至柔馳騁天下之至堅也謂和悅意者易繁

大方廣佛華嚴經疏鈔會本第三十五之一

辭云安其身而後動易其心而後言注釋云易和易也翻上瞚忿理必然也今說順人天者世報遶情故云悅樂又悅意下三語展轉相釋者重釋此三上各別配故故令展轉謂云何悅意可樂聞故云何樂聞聞者喜悅故善入人心者此以一語翻於三語言令說順涅槃故令善入入人心等者等取餘二謂說涅槃則如甘露入於身心豈如火燒聞清涼樂豈當熱惱內外冥寂怨結豈生生三昧故者總出所以前則聞時不喜憶時不樂今聞順三昧法喜遶神憶其正受輕安怡暢而言多人愛樂者論云怨親中人無不愛樂以言順三昧何厚何薄論又云此語能作二種利益一他未生瞋恨令其不生故聞愛樂復生三昧卽是悅樂二者未生親友令生故卽下身心踊悅由自身心歡喜敬信亦令他聞歡喜敬信歡喜敬信卽是踊悅故疏云自身他身生親善故翻前失於相知之樂故古詩云悲莫悲兮生離別樂莫樂兮新相知世俗之樂尚爾況出世善友之樂哉

音釋

麤獷　麤倉胡切　獷居猛切

鄙惡　鄙方美切　惡烏各切　鄙惡謂鄙陋醜惡也

庸賤　庸餘封切　賤才線切　庸賤謂庸常廝賤也

潤澤　潤如順切　澤場伯切

唼　色甲切　食貌

罄　苦定切　盡也

蛭　職日切　水蟲也

愜　詰叶切　快也

鍛鍊　鍛都玩切　鍊郎甸切

泆　弋質切　淫放也

膊　伯各切

大方廣佛華嚴經疏鈔會本第三十五之三　遵六

唐于闐國三藏沙門實叉難陀　譯

唐清涼山大華嚴寺沙門澄觀撰述

性不綺語菩薩常樂思審語時語實語義語法語順道理語巧調伏語隨時籌量決定語是菩薩乃至戲笑尚恒思審何況故出散亂之言

第七言辭不正故云綺語其猶綺文總離可知別中亦二先對治後果行前中八語初一爲總故下結云戲笑尚恒思審是以菩薩常樂三思而後言則無散亂夹下七語別時之一字亦總亦別總者上言思審者謂思合其時語黙得中也云何爲時謂彼此無損自他成益時故論云善知言說時依彼此語故時語有幾略說有三一教化時語謂見非善衆生勸發生信令捨惡就善即時字別義次二教授時語令其憶念實語者不顛倒故謂學承有本轉相教誨後二釋上云何不倒以言含於義故稱行法故後三教誡時語令其修行地持教誡差別有五一制二聽三舉四折伏五令喜今三句攝之一謂有罪者制無罪者聽爲順道理二於制聽有缺如法舉之數數毀犯折伏與念云巧調伏三有實德者稱揚令喜故云決定又此一句總結上四謂若制若聽若舉若折皆須適時畧說有三者一教化生信二教授生解三教誡成行即時字別義者時即教化體也以言含於義者即經義語義即義理亦云義利一謂有罪者制如殺盜等無罪者聽如畜長等舉者律云不見不懺惡邪不捨舉棄衆外者爲除惡人令此舉者爲除其罪此是彰舉非擯舉也如法舉者具舉德故謂一慈心不以瞋恚二利益不以損減三柔和不以麤獷四

真實不以虛妄五知時不以非時具此五德名爲如法此云巧調伏論云毗尼釋以滅諍毗尼云滅亦調伏義又此一句下上釋文決定下釋隨時籌量一則籌量有罪無罪故律云知有罪無罪是名律師二則通皆籌量剎聽舉折等故疏總舉皆須籌量得所

二是菩薩下果行離中亦以輕況重

性不貪欲菩薩於他財物他所資用不生貪心不願不求

第八離貪此下意三但有對治者以貪等是業有之本更無所依故非果行以非果故不可對之更立異因故但有其一今初離貪謂離求欲心

以貪是業等者有即是業亦是三有故十二緣中過去名業現在名有而貪若未決但名煩惱決即名業故爲業本耳不似殺等依貪等心方顯身口行殺等事故云更無所依所依既非攬因所成殺等故無果行既無因果安有二離

別中有三一事二體三差別於他財物是事他所攝故此揀於已他攝有二一已現攝用二已雖不在作攝護想二他所資用是體謂所貪物體然用含二義一所用事謂金等二資用事謂飲食等三不生貪下明差別正顯能治一始欲名求即他物想二希得屬已爲願即是樂欲三終起奪想爲貪此即方便及究竟并前他物即是五緣

二他所資用者事但明他揀於自已體即金等是所貪物體揀非他用有雖非我貪不成業如山川等一所用事者然所貪物通於財色論畧舉財亦可於色決貪是邪婬境故此不論三終起奪想者論經有二貪心經云不生貪心不求不願不生貪心多是譯人見其言重畧去一貪復比論經倒爲其次疏依論次亦倒釋經前輕後重是則貪心含於總別總則三句皆不貪性

故意三中要具五緣若闕究竟但名煩惱今皆性離故以不不之

故意三中下揀業異或即瑜伽意本論亦云前二爲細後一爲麤麤即成業顯今菩薩細亦不起故並不之

性離瞋恚菩薩於一切衆生恒起慈心利益心哀愍心歡喜心和潤心攝受心永捨瞋恨

怨害熱惱常思順行仁慈祐益
第九離於忿怒舍毒故名離瞋別中有二
一別顯能治二永捨下總顯所治三常思
下類通治益令初為六種衆生起六種治
論攝為五一於寃生慈治於寃者欲加苦
故二於惡行者生利益心治當危苦故三
於貧及苦生哀愍歡喜二心以此二心有
通有別通則可知故論合此別則貧窮者
愍之憂苦者令其喜樂四於樂衆生生和
潤心論名利潤治彼染著無利潤故五於
發菩提心人起攝受心攝令成故治彼染著者以善法益令離故遞則名利潤五於發菩提心等者論云於發菩提心衆生恐於無量利益行中勤勞疲懈今攝令起造治彼疲懈令不退轉二總離障中
亦有六障通障前六非一一別對故云總
也於此六中攝為三對初二已對他用辨

寃親生怨故瞋敗親故恨怨則未生已生
令其生長親則未生已生令不生長次二
唯約唯已善不善法以明生長障善名怨
增惡名害皆有已生未生後二唯就於他
愛不愛事明其生長忌勝名熱謂見他愛
事苦他名惱謂見他不愛事皆有已生未
生等瑜伽云瞋恚方便究竟者謂於損害
事期心決定正能成業今並不行故上云
永離非一一別者論云此慈心等有六種障此非分別亦非一障對釋曰言非分別者亦非二障三障對前一治亦非一障對前多治等故云非分別今疏但云是總非別已含上二義增惡名害者易故不顯若依論中具委說者自身善法未生令不生已生令滅即障善法名怨自不善法未生者能生已生令增長即增惡名害後二於他亦然於他身中不愛事未生令生已生者令增長即苦他名惱他身愛事未生者令不生已生者令不隨順即是忌勝名熱三類通治益者謂
前所不說者亦常思慈祐前所不說者上來畧說六類之

人起慈等六心實則無生不化無益不起

又離邪見菩薩住於正道不行占卜不取惡戒心見正直無誑無諂於佛法僧起決定信

第十離於乖理推求不言性離者蓋文略耳別中治七種邪見一住正道者治異乘見小乘對大非正道故二不行占卜治虛妄分別見即是邪見夫吉凶悔吝由愛惡生故云虛妄三不取惡戒治於戒取四心見正直治於見取五無誑者治覆藏見六無諂治詐現不實見七於佛下治非清淨見不行占卜等者邪見有二此是淺近邪見非撥無因果深厚邪見夫吉凶悔悋者即周易意初會已引悔悋者言乎卜疵也惡凶愛吉而吉凶尤多此所治七見釋有二門一約行二約人約行中初一願邪願小乘故次三解邪顛倒見故然邪見惡戒唯是外邪見取一種通於內邪謂學大乘者執語成見故次二行邪藏非詐善故後一信邪信世間故又於三寶決不信故故瑜伽邪見方便究竟者誹謗決定故然邪見者邪見唯外戒取有二一者惡戒獨頭而起此正是邪故偏舉之二附正戒起今所不取見取亦二一執異見亦獨頭起二附內法起而戒取多獨頭起故偏語惡戒爲取見取少獨頭起多分附內以難見故疏家偏明不獨起故疏云通內則知有外後一明信邪者以信世間爲究竟故故爲邪耳二約人者初四是邪梵行求衆生於中初一同法小乘後三外道次二是欲求後一有求今性不求名離邪見次二是欲求者即前藏非詐善求五欲故

佛子菩薩摩訶薩如是護持十善業道常無間斷

第三佛子下結成增上者此有三義一徧護十善即不闕義二常無間即清淨義誤犯之垢不起間故三常無斷即常護義具

斯三義得增上戒名

復作是念一切衆生墮惡趣者莫不皆以十不善業

第二復作是念下攝善法戒謂非唯律儀不闕不斷常攝善法亦無斷闕文中分三初略觀不善起攝善行次佛子下廣觀障治起攝善行三如是方便下總結勸修今初分二先明觀智後是故下明起願行今初墮惡道者有三種義一者乘惡行往故此即集因經云皆以十不善業二者依止自身能生苦惱此即能墮一切衆生三常墮種種苦相處斯即所墮惡趣上二皆苦果業者因義道者通到義既要用不善方墮惡道則非無因所用唯是不善故非邪因今初墮惡道等者此即明觀此有三意一何故知知諸衆生不斷十惡墮惡道故二何因知由前律儀自斷惡故三何故知菩薩大悲本為物故有三種者依論分三一者乘惡行往故此即集因者論經云菩薩作如是思惟一切衆生墮惡道者皆以不離十不善道集因緣故今經闕集因緣之言即皆以字攝故論釋云集因者受行故謂十不善是所行法若有受行即墮惡道則非無因等者論云菩薩如是遠離無因倒因善解衆生自行惡行住非法處故非法處者即是苦果

是故我當自修正行亦勸於他令修正行何以故若自不能修行正行令他修者無有是處

後起願行者由念衆生惡因果故便起大悲要心二利於中先正修二利後何以下徵以反釋後起願下文有二意一明起願之由由念衆生惡因果故二便起願故論通云菩薩如是深寂思惟已欲救衆生知自堪能

佛子此菩薩摩訶薩復作是念十不善業道是地獄畜生餓鬼受生因

第二廣觀障治明攝善法中謂觀五重善

法於上上清淨佛善起增上心求學修行攝善法戒清淨行故若直就經文亦分二別先明觀智後是故下要心攝善今論將後段攝屬佛善故且分爲二先觀不善唯是所治後十善業下觀於善法通能所治今初具有苦集此中爲明攝善故略示其惡既果舉三塗則顯因亦三品如後攝衆生戒經文自具第二廣觀障治疏中有二先總明來意於中有二先明觀故論云復觀察障對治不善業道及果善業道及果及上上清淨起增上心下二標舉行心全是論文若直就下釋文先順經則先明觀要心攝善是行今論既通屬佛善即佛善通於觀行則前四善但明於觀以前三善菩薩不行其菩薩善先已行故且分爲二先觀不善等者此中總有四門一障治分別不善爲所治故二凡聖分別天人爲凡三乘爲聖三大小分別二乘爲小四因果分別菩薩爲因佛爲果故四重之中料揀五重十善不善唯屬所治是故別爲一段

十善業道是人天乃至有頂處受生因後攝觀十善具諸法門然通相而辨善皆能治以順理益物正反惡故以順理益物者明善是能治故纓絡云順理生心名善乖背爲惡又益物爲善損物爲惡故云正反惡故若隨相分人天之善猶爲所治是苦集故文分五重今初人天十善以人天是世間之善故不分之實則亦具三品謂人善爲下欲天爲中色無色界爲上言三品者或由三時之心或約境有勝劣或心有輕重或自作教他等細論其義多品不同略言三五耳爲不善者反此可知瑜伽六十廣顯差別或由三時等者畧舉四重一約時如欲行善時正行善時行善已時三時俱重爲上善隨一二輕爲中俱輕爲下二約境者如一不殺不殺蚊蚋爲上不殺畜生爲中不殺人爲下殺即反此三約心輕重者隨於一境如殺一畜猛利重心處中心不獲已而殺爲上中下三品之惡三種不殺即三品之善四約自作教他者具自他爲上唯自非他爲中自雖不作而教他作爲下細論其義者將上四事交絡相望

則成多品如約殺境境是一重更以重心
則爲二重復三時重即爲三重更教人殺
爲其四重餘可例思爲不善者此有二意
一者通相前但約不殺今約殺等二者如
一殺境前來不殺蚊蚋爲上善等今殺蚊
蚋爲下惡殺畜爲中惡殺人爲上惡等引
瑜伽六十釋爲
不善至下當明

又此上品十善業道以智慧修習心狹劣故
怖三界故闕大悲故從他聞聲而解了故成
聲聞乘

第二又此下辨聲聞善下三乘中各有三
段初標所修善同次顯所用功異後結成
自乘初標所修者下四十善唯佛一善獨云上上前三但云又上品十善故云
三乘善同者若准論經菩薩亦云上上然
云上者即前人天善中三品之上故五淨
居是色界善爲上而聖依此修故就上善
論其差別次顯所用者此語即借莊子第
一逍遥篇言也惠子謂莊子曰魏王貽我
大瓠之種我樹之成而實五碩以盛水漿
其堅不能自舉也剖之以爲瓢則瓠落無
所容非不呺然大也吾爲其無用而掊之
莊子曰夫子固拙於用大矣宋人有善爲
不龜手之藥者世世以洴澼絖爲事其藥令人
手不拘折故常漂絮於水中也客聞之請買其方百金聚
族而謀曰我世世洴澼絖不過數金今一
朝而鬻技百金請與之客得之以說吳王
越有難吳王使之將冬與越人水戰大敗
越人裂地而封之能不龜手一也或以封
或不免於洴澼絖則所用之異也今子有
五碩之瓠何不攄以爲大罇而浮乎江湖
而憂其瓠落無所容則夫子猶有蓬之心
也蓬非直達者也此章言物各有宜苟得其宜安往而不逍遙哉
言一種十善猶不龜手之藥也凡夫用之
處乎生死二乘用之纔能自免則猶漂絮
也菩薩用之無濟無外則裂地而封矣

今聲聞中以智慧下明所用異於中初句
對前彰勝以實相智修不同人天無智善
故通觀上來善惡因果皆是苦集所觀境
故於中初句者三乘皆有勝劣分別然前劣亦名所觀境界後勝即是能觀之行
以實相智修者以經云以智慧修習論經
云與智慧觀和合修行論云智慧觀者觀
實相觀故釋曰謂實相者即四諦理雙照
事理實也四諦之義下當結示即以智慧
心中修十善故次心愜劣下對後顯劣有五種相
一因集由集小因故心陿劣陿謂修行少
善劣謂但能自利二畏苦即怖三界故三

捨心即闕大悲捨衆生故一因集者昔集小因今成小行依之集道故名爲集二畏苦者猒當苦故三捨心者即唯求自度上三唯劣菩薩下二兼劣緣覺四依止即經從他謂必藉師教故五觀即聞聲解了謂聞人無我法聲心通達故下二兼劣緣覺者四不及自悟五不及觀緣彼經云聞聲論云觀者念音聲故何者音聲我人衆生等但有名故釋曰此中論意言聲聞者謂衆生我人但有名故名爲念聲義說聞聲非要耳聞應具二義故瑜伽論八十二云從他聽聞正法音聲又今他聞正法涅槃故曰聲聞即聲聞聲聞又瑜伽論八十四說四種聲聞今是趣寂四聲聞義玄中已明三成聲聞乘結成自乘三結成自乘者論云如是彼音聲解入故衆生無我非法無我意云唯生無故但成聲聞乘然能治十善及與智慧即是道諦惡因果滅善因果中使滅名爲滅諦成聲聞乘義含道滅然能治下結成四諦爲聲聞乘惡因惡果二體俱亡善體不亡故上爲道迷勝義愚等起於十善此使順滅滅此異於人天成聲聞乘者道即因乘滅即果乘

又此上品十善業道修治清淨不從他教自覺悟故大悲方便不具足故悟解甚深因緣法故成獨覺乘

第三緣覺善所用異中初句總明以能修習名修清淨未能圓修不名具足第三緣覺善者然緣覺聲聞各有二類總相而說聲聞觀諦緣覺觀緣聲聞依聲緣覺依現事而各成二者一聲聞聲聞謂本求聲聞亦觀四諦於最後身值佛成果二緣覺聲聞謂昔求緣覺觀十二緣於最後身值佛爲說十二因緣教依聲悟故名緣覺聲聞言緣覺二者一緣覺緣覺謂本求緣覺於最後身不值佛世自藉現事因緣得道二聲聞緣覺謂先求聲聞悟得初果未現涅槃人天七返七返滿已值無佛世藉現事緣而得道果今此就其緣覺以明善法此人勝故次不從下別顯有三種相一自覺謂異聲聞不從他聞顯依止勝二大悲下不能說法大悲不具無心起說方便不具力不堪說若有利物多但現通此劣菩薩方便不具者緣覺出世無九部經故此無所依故不能說

非是智慧劣於聲聞餘可準知三悟解已下即觀少境界少有二義一對前顯勝以是利根但觀苦集便悟甚深之觀勝於聲聞二對後彰劣但觀人無我法不同菩薩求佛大智等故上之二乘廣如瑜伽本地中說廣如瑜伽者有十七地聲聞地當第十三從二十一論至三十四即此卷中明緣覺地第十四終此卷建立緣覺有五種相一種性二道三習四住五行言種性者謂由三相應正了知一本性獨覺先未證得彼菩提時有薄塵性由此不樂憒鬧深樂寂靜二有薄悲性於利生事不樂三有中根性是慢行希願無師無敵而證二道亦有三一百劫親承佛修蘊善巧等二值佛世近善士聞法未得煖等一已得沙門果未究竟三習者依其三種習菩提分四住者初名麟角樂寂靜處後二名部行亦樂部眾等五行謂依村落等守根正念神通化物不言說法又云一切本來一向趣寂釋曰今經論中通三種性總句修習顯已有習亦有道初自覺者即是麟角二不能說即是彼行亦是前明薄悲種性三觀少境界有二意前意由有道故後意通相而明餘多大同又此上品十善業道修治清淨心廣無量故

具足悲愍故方便所攝故發生大願故不捨眾生故希求諸佛大智故淨治菩薩諸地故淨修一切諸度故成菩薩廣大行

第四菩薩十善所用異中有四種相一因集二用三彼力四地四中初一行因次二行相後一行位因集者宿習善根依之起行此又三義一依一切善根起行故即修治清淨具足具足即一切善義今經闕此二字則不能異上辟支此明自利二心廣者即利他心三無量者即大乘心是二利行體

二具足悲愍是菩薩用二是菩薩用者論云見諸眾生習行苦因及受苦時起悲愍心意云見行苦因愍其當苦見已受苦果悲欲攝之三方便所攝即以四攝攝生是彼悲力

四發生下皆顯地義地雖有十就三祇滿

處略舉三地以攝餘七一發生大願即淨深心初地二不捨衆生即不退轉地雖得寂滅不捨衆生即八地三希求佛智等即受大位地是第十地此有三句一觀求行證智度滿故二盡淨諸地障故三盡淨諸度蔽故一觀求行者論云三者受大位地是故求證佛廣大智二盡淨諸障斷二十二愚已斷二十唯如來地亦有二愚一於一切所知境界極微細著愚二極微細礙愚佛善方斷論云此中但說菩薩地廣成更足何故復說地淨波羅蜜淨釋曰此意云第十地但用初句即顯智地已滿何用後二論答意云以下二句顯成初句深廣之行謂一從初地來展轉淨障至此究竟故論云有上上清淨故二者一地一度淨故論云第一法清淨故第一法者即波羅蜜義三成菩薩廣大行結成自乘

又此上上十善業道一切種清淨故乃至證十力四無畏故一切佛法皆得成就是故我今等行十善應令一切具足清淨

第五佛善上上是總一切下別有四種義顯上上事前三屬佛後一菩薩思齊前三屬佛者是顯佛德唯明觀門後一思齊乃有二意一約所求德二地思齊即是行門二顯佛法殊勝亦是觀門四中一對凡彰淨二對小彰捨三通觀諸菩薩明方便四以自對佛明求一者滅謂不善業道共習氣滅故種智清淨一者滅者謂不善業道此是止惡止惡對習故有共言二者捨謂乃至證十力無畏不共之法捨二乘故二者捨者謂十力等自在成就十力降魔所作增上二乘所無故名爲捨三者方便謂於菩薩乘一切佛法皆善巧成就故三方便者通擧菩薩善巧修習令佛十善得圓滿故四菩薩求無厭足故云是故我今等行十善上雖列五重十善凡小但將化物非已所行菩薩十善先已安住故唯要心等行佛善佛善望已是餘殘未修一切智中自在純熟方爲具足亦滅習氣故云清淨四菩薩求無猒足文有四

意一舉經明求二上雖下揀所行善三佛善下舉論意帖論云餘殘無猒足故四一切智下釋經應令具足清淨之言

如是方便菩薩當學

結勸可知

佛子此菩薩摩訶薩又作是念十不善業道上者地獄因中者畜生因下者餓鬼因

第三佛子十不善業道下利益衆生戒文分爲二初廣明攝生後佛子菩薩如是護持於戒下結成益生之戒前中顯此戒增上有五種義一者智二者願三行四集五集果前中顯此者即論初生起云已上依大悲利益衆生戒增上上但自善令悲兼濟故云增上今初謂善知衆生苦因果故文分爲三初總明知因二於中下別顯知果三佛子下結成苦因今初總中果有三塗不同因有三時階降論名時差別三時復二一者約心謂如殺生欲殺正殺殺已三時俱重名爲上者隨一時輕爲中者三時俱輕爲下者二約時謂少時多時盡壽作等餘有三品如上十善中說復應於一一塗中各有三品等然依正法念經三塗各有邊正正者爲重邊者爲輕正鬼望邊畜則餓鬼罪重故雜集等鬼次於獄若正畜望邊鬼則畜生罪重故今云下者餓鬼因論名時差別者論就智中云有三種相一時差別二報差別三習氣差別今以後二知果知因是時差別盡壽作者盡壽爲上品多時爲中少時爲下而言等者此是瑜伽第五十三明於百行亦名百非十善用之名爲百行十惡用之即是百非等者等取少分殺多分殺全分殺自作教人以無量門稱揚讚述見殺生等深生慶悅生大歡喜歷於十惡即爲百非餘有三品等者上十善中釋三品竟反例云爲不善者反此可知瑜伽六十廣顯差別今指三品者彼略有四一約三時今已明竟二約境有勝劣三約心有輕重四約自作教他前十善中勝境不殺善則爲下不傷蚊蚋是上

品善今即反此如前已明三約心有輕重者初義約三時輕重今約一時即有輕重故經說言重心殺蟻過於輕心殺人等輕心中容重心以爲三品此心輕重亦約能起煩惱有上下故瑜伽第八云軟謂不善者爲軟品貪瞋癡所起等三品自作教他輕重如前善中瑜伽六十廣說者正說於惡論云殺生所引惡業有其四句一有作而非增長謂爲愚童及不思已悔等二不作而增長謂思欲殺等事三俱非可知餘業亦爾意三業中無第二句於初句中無不思而作他過令作釋曰即上四句第一爲中品第二爲下品俱爲上品俱非或誤殺等並非三品上皆瑜伽意若準如來祕密藏經大迦葉問佛十惡何者最重佛答言殺及邪見釋曰此即十惡互望次又云十惡等乃至小罪堅執名犯若不堅執乃至無間不名爲犯釋曰此即約心意明邪見執著爲重言不犯者意是輕微故下文中初云盜塔寺物不名爲犯後言此人因此墜憧因此解脫如人自天墜地亦因地起次經又云父得緣覺道子斷父命名殺中重奪三寶物名盜中重母若出家得阿羅漢共爲不淨是經中重若以不實語謗佛是妄語中重若兩舌語壞賢聖僧是兩舌中重若罵聖人是惡口中重言說壞亂求法之人是綺語中重若五逆初業是瞋恚中重欲劫奪持戒人是貪中重邪見中重謂之邊見結云此爲十惡中重釋曰此即約境勝劣但舉其重中下可知又云迦葉若有衆生具斯十惡解知如來說因緣法無我無人無法本性常淨不說此人趣向惡道何以故無積集故釋曰此即淨名理觀懺意亦是上來無執著心不名爲犯亦同如來爲闍王說無能殺等非今正要義便故來今人解滅

二別顯知果中十不善中各有二果差別一報果差別所謂三塗異熟二習氣果差別即人中殘報是正報之餘經中若生人中得二種是然雜集瑜伽等論開習氣果以之爲二一約內報名等流果即如經辨二約外報感增上果今經闕此下依彼顯異熟報果十惡依同今但解釋等流增上然二等流多是前重後輕輕即方便等流重即止惡等流

即人中殘報者大中亦有殘報人中重故多故所以偏說然雜集等者即雜集第七論云又十不善業道異熟果者於三惡道中隨下中上受傍生餓鬼捺落迦異熟等流果者各隨其相感得自身衆具衰損所謂壽命短促常貧窮等如其所應增上果者各隨其相感得所有外事衰損所謂外具乏少光澤是殺生增上果下

引經列釋而等流但舉其一多同此經正惡等流其增上果亦唯舉一唯邪婬果但言塵坌妄語則云多諸臭穢餘並大同然其十善亦有三果等流但云謂即於彼處各隨其相感得自身衆具興盛增上果者謂即於彼各隨其相感得外事興盛更不引說亦應例惡得長壽無病等以經及論不別顯故疏亦不明差別餘報瑜伽第九大同此說若準俱舍論云何緣此十各招三果落此令他受苦斷命壞滅故且初殺生令他受苦受異熟果斷他命故受等流果令他失滅受增上果餘惡例知顯宗四十四中義亦同此而以受苦爲其加行生於地獄根本斷命感於等流又一師云先受異熟後受近增上及遠增上與令大同則加行根本俱招三果多是前重後輕者以瞋恚等流前輕後重故云多也

於中殺生之罪能令衆生墮於地獄畜生餓鬼若生人中得二種果報一者短命二者多病

十惡即分爲十初殺生中殺令夭折不終天年故得短命即正惡等流二未死受苦故獲多病即方便等流怖無精光感外增上資具等物乏少光澤

偷盜之罪亦令衆生墮三惡道若生人中得二種果報一者貧窮二者共財不得自在

二盜損彼財故獲貧窮令其不得稱意受用故共財不得自在感外田苗霜雹損耗

邪婬之罪亦令衆生墮三惡道若生人中得二種果報一者妻不貞良二者不得隨意眷屬

三婬中令其妻不貞故方便誑誘故婬之穢汙感外臭惡塵坌

妄語之罪亦令衆生墮三惡道若生人中得三種果報一者多被誹謗二者爲他所誑

四妄語等流又誹謗約違境被誑約違心言無實故外感農作事業多不諧偶

兩舌之罪亦令衆生墮三惡道若生人中得

二種果報一者眷屬乖離二者親族弊惡
五兩舌中令他離間故親友成怨故由出
不平之言外多險阻
惡口之罪亦令衆生墮三惡道若生人中得
二種果報一者常聞惡聲二者言多諍訟
六惡口中語體惡故語用惡故言恒有諍
違惱他人外感荊棘砂鹵等事
綺語之罪亦令衆生墮三惡道若生人中得
二種果報一者言無人受二者語不明了
七綺語言無人受機不領故語不明了自
綺錯故以言綺故外感果物不應其時
貪欲之罪亦令衆生墮三惡道若生人中得
二種果報一者心不知足二者多欲無厭
八貪欲中已得不足故未得欲求故貪則
念念欲多感外增上日日減少

瞋恚之罪亦令衆生墮三惡道若生人中得
二種果報一者常被他人求其長短二者恒
被於他之所惱害
九瞋恚中二種等流似前輕後重見其不
可意故求彼長短二惱害彼故瞋不順物
之情外感增上其味辛苦又多惡獸毒蟲
邪見之罪亦令衆生墮三惡道若生人中得
二種果報一者生邪見家二者其心諂曲
十邪見還生邪見之家若水之流濕心見
不正故多諂曲總由不正故外感上妙華
果悉皆隱沒似淨不淨似安不安是以觀
果知因應當除斷若水之流濕者即周易乾卦云水流濕火就燥雲從龍風從虎則各從其類也
佛子十不善業道能生此等無量無邊衆大
苦聚

三結成苦因無邊苦聚由此生故

是故菩薩作如是念我當遠離十不善道以十善道爲法園苑愛樂安住

第二是故菩薩下明願依智起願願爲衆生自修善故但離惡因惡果自亡願修善因善果自至問惡名殺等離即不殺不殺即善離惡住善二相寧分答此有二意一離殺謂離作犯住善謂住止持體則不殊約持犯分二作持止犯反此可知二離惡但是惡止住善兼於善行具有止作二持止如前釋作義云何前三聚初已略指陳今當重釋謂非唯不殺護衆生命如護已命是第一善守他財物如自已有他妻亦然實語輭語和合饒益是語四善非直無貪更能惠施非唯不瞋慈悲和悅何但無於邪見乃成就正見智慧深廣斯即作也護衆生下亦即前對治離也

自住其中亦勸他人令住其中

第三自住下明行依願起行如誓修故於中初依前願以起自行後亦勸下依於自行正攝衆生

佛子此菩薩摩訶薩復於一切衆生生利益心安樂心慈心悲心怜愍心攝受心守護心自已心師心大師心

第四佛子下明集者依增上悲念衆生故生十種心此十亦可俱通一切依增上悲者正釋集宇依前攝善起悲攝生名戒增上令依上悲欲拔衆生悲心能起利衆生事故名爲集論就別相爲八種衆生一於惡行衆生令住善行故名利益二爲苦衆生令得安樂三於怨憎衆生慈不加報四於貧苦者

悲欲拔之五於樂衆生慾其放逸六於外道攝令正信七於同行者護令不退八於攝一切菩提願衆生取如自已以願同故

論就別相者此之十心與離瞋中六心有同有異故論解釋亦小不同前六者一慈心二利益心三哀愍心四歡喜心五利潤心六攝受心望此十心有四差別一離合不同前惡行衆生此分爲二所謂惡行及外道故前攝菩提願衆生此分爲二謂同行衆生二通別不同前於貧乏及苦衆生共起二心所謂憐愍及與樂心今此別與謂於苦衆生安樂心於貧生悲三起心不同前於貧所起憐愍憐貧苦故今於非貧所起於悲心欲拔苦故又復前者於樂衆生起利潤心令捨放逸住善法故今起憐愍心念其當受衆苦報故四前後不同前第二惡行衆生此爲第一彼第四苦惱衆生此爲第三彼前第三貧窮衆生此爲第四除此四異餘皆相似四於貧苦衆生者前但言苦即違緣逼廹今言貧苦者順緣不足慾其放逸者當受苦故故經云福德力故生多放逸生放逸故即無持戒以是因緣故墮地獄然十句爲八者後三通爲菩提有下中上下劣於已者攝如已心等於已者推如師心勝於已者同於佛也

後之二心亦約此類但後勝於前九觀彼衆生乘大乘道進趣之者敬之如師十觀集具足功德者敬如大師

第五作是念言下集果依前悲心起勝上欲欲拔濟故文中救攝十類衆生皆言又作文各有二先觀所化後我當下與濟拔心前即所治後即能治前集之中欲顯差別以其十心對八衆生今十類中一一生所容有如前十心救拔十中初一解邪故論云依增上顛倒爲首餘九行邪論開爲三初五化欲求衆生求外五欲故次二化有求衆生求三有中正報之果故後二化梵行求衆生求出道故通上爲四然此所化但攝集中前六而闕後二者以集者益物之心起心義寬乃至緣於具德生師仰故今此正論救拔故後二並非所救縱其

同行退轉須化亦無大乘之外別有安處可云拔出

大方廣佛華嚴經疏鈔會本第三十五之二

音釋

綺語 綺去倚切綺語謂綺麗之語也 籌量 籌直由切算計也 乖 古懷切戾也 瓠 胡故切匏也 呺 虛驕切虛大貌 掊 普后切判破也 洴澼絖 洴音瓶澼普的切漂絮聲絖苦謗切絮也 鬻 音育賣也

大方廣佛華嚴經疏鈔會本第三十五之三

唐于闐國三藏沙門實叉難陀　譯

唐清涼山大華嚴寺沙門澄觀撰述

作是念言衆生可愍墮於邪見惡慧惡欲惡道稠林

今第一化顛倒衆生中先所化中邪見爲總謂四顛倒理外推求故名邪見次惡慧惡欲此二是別常樂二倒名爲惡慧專心分別方得行故我淨二倒名爲惡欲不假專念即能行故以性成故由計我淨便欲名等如涅槃說後惡道稠林者結其邪見爲諸過因惡道者非正道故顯前顛倒爲現行煩惱行處稠林者亦爲隨眠之因次惡慧者論云惡意惡心梵云末那此翻爲意梵云末底此云慧也聲勢相近譯者之誤今經爲正我淨等者然其四倒因計五陰依法計我謂想行蘊依身計淨謂依色蘊取像思慮任運計我薄皮所覆任運計淨故不假專念若計心爲常多由思度計受爲樂要對境忘念則我淨如俱生常樂如分別故有難易遠公以我爲常本淨是樂原便以本末釋難易因說有九種本末一如起信眞如爲本無明爲末依於眞如有無明故二無明爲本三倒爲末三三倒之中見倒爲本想心爲末四三倒爲本四倒爲末五四倒之中我淨爲本常樂爲末六四倒爲本生惡道稠林爲末七即此爲本起現行惑爲末八諸惑爲本諸業爲末九諸業爲本苦果爲末今但舉第五耳此之九重於斯非要亦有少理故復錄之由計等者計我多欲名計淨多欲色如涅槃者發心品已引

我應令彼住於正見行眞實道

後結能治中住於正見通翻上邪行於實道翻惡道稠林行於實道者論釋正念正念即四念治四倒故

又作是念一切衆生分別彼我互相破壞鬬諍瞋恨熾然不息

第二化次求中五段分二初三化現得五欲受用生過後二化未得五欲追求時過

前中即分爲三一受不共財二受無厭足財三受貯積財今初已得之物不與他共於費用時生瞋過也先明所治互相破壞以爲總句破壞有二一鬭諍於言中二對怨於心中即分別彼我瞋恨已下結其增長由瞋恨故思念作報身心惡行熾然不息二對怨於心中者以文不次故舉帖之

我當令彼住於無上大慈之中

能治之中慈能治瞋如來之慈乃名無上

又作是念一切衆生貪取無厭唯求財利邪命自活

二化受無厭財衆生求時無厭以生貪過初所治中有二一貪取無厭明内心難滿二唯求財利者形於身口邪命自活結上三業三結上三業者邪語邪業皆屬邪命故

我當令彼住於清淨身語意業正命法中

後三業正命以爲能治

又作是念一切衆生常隨三毒種種煩惱因之熾然不解志求出要方便

三化受貯積財積而不散順生三毒增煩惱過初所治中染着生貪散用生瞋若積而能散何有貪瞋癡迷上二言種種煩惱因之熾然者直觀經意因上三毒更生煩惱若準論意因貯積財積財即是煩惱因體云何熾然謂寶翫受用數爲煩惱之所燒故然癡有二過一迷前二亦復不知何者是火云何爲失二無求出意故云不解出要謂既迷火宅之爲樂寧有出心謂寶翫受用者寶翫即貪受用即瞋煩惱所燒通三毒說然癡有二下別明癡相亦復不知下成上迷前貪瞋之二即法華意彼經云父雖憐愍善言誘喻而諸子等樂著嬉戲不

肯信受不驚不畏了無出心亦復不知何者是火何者爲舍云何爲失但東西走戲視父而已然彼經火通因通果故彼經云爲度衆生生老病死憂悲苦惱三毒之火今此正明三毒之火實訛受用亦即果火故彼經云亦以五欲財利故受種種苦失謂不知失於法身亦是不知苦集過失此中正明起惑故疏不引何者爲舍舍即五蘊次文用之二無求出意者即迷滅道即是不知何者爲舍是故疏云迷火宅之爲樂是不識滅不解修道以求出離爲無求出意

我當令彼除滅一切煩惱大火安置清涼涅槃之處

後能治中涅槃清涼煩惱火滅故上三即起煩惱衆生

又作是念一切衆生爲愚癡重闇妄見厚膜之所覆故入陰翳稠林失智慧光明行曠野險道起諸惡見

第二有二願化未得五欲追求時過即造業衆生分二初一明追求現報造諸惡行後一明追求後報造有漏善業今初先所治中有四種過一愚癡覆心過於中愚癡是癡體重闇是癡相亦是癡過餘皆癡過一重闇者迷現在苦不知是苦二妄見者於現下苦妄見樂故如見空華三厚膜者不見未來當受苦報如眼厚膜都無所見也一愚癡者然其四過皆是集惡行過癡是根本謂爲現小樂造於罪行招當大苦故爲愚癡重暗下六字別明三過二字爲一其之所覆障通上二義二入陰翳下增惡遠善過初句增惡由迷異熟愚順不善行增長結使名入陰翳稠林後失智慧光明者此明遠善也癡爲善行障故二入陰翳下開此過名以爲二義初增惡中陰翳是癡稠林喻使使即隨眠由愚癡心與使爲因以因依果爲陰翳林故疏云增長結使增長結使即是增惡此增惡事即業之過此明遠善者論云遠離無漏智慧無漏智慧即是善也亦由於癡爲此善障三行曠野險道明受苦報過生死長

廣迴無所依喻之曠野多難障礙復名險道流轉稱行三行曠野險道者疏取論意按經以釋然此二句論經不同故彼經云墮大黑暗處隨其所見到種種險道論釋云受至大對過患如經墮大黑暗處故是中對者黑暗示現如暗中行處處障礙如是相似法故受大對事成至諸惡趣是故名墮此釋上句多作罪因於臨終時見惡報相心生悔見過如經隨其所見到種種險道故見險道者悔見故見本罪相不能集彼對治正見隨其所見者於死時故釋曰二經文異皆上句明果下句明因而論經險道在因今經險道在果今經曠野即大黑暗處行即墮義今疏解釋亦不違論但略受生至大對之言爲受苦報過耳大即曠野對即障礙故疏云生死長廣即曠野名大多難障礙即是對字論語小僻故按經釋耳四起諸惡見者即無正對治過論云謂多作罪因於臨終時見惡報相心生悔見者或悔先所修或起惡見故名悔見而不能集正對治所以名過經云起諸惡見即論經隨其所見對種種險道惡見是能對故論釋下句但云多作罪因於臨終時見惡報相意明下句是因所到險道即上句之果故釋上句云受大對事成至諸惡趣是故名墮由此今經善得論意譯迴險道在於上句刊定不知此意便合此經二句釋論隨其所見到種種險道復將前遠善失智慧光明爲論初句受至大對或言今經闕論上句墮大黑暗處俱不曉也或悔先所修者謂解追悔不能修習觀行對治但生追悔以擾於心故淨名令慰喻有疾菩薩云說悔先罪而不說入於過去二或起惡見者謂或平生曾修少善造罪至多臨終惡報撥善無益名爲惡見

我當令彼得無障礙清淨智眼知一切法如實相不隨他教

後能治中先得淨慧眼是體此眼有二能一見如實相二由見實相即不隨他具斯二義名真慧眼以此二句總翻前過見前皆實故一見如實相者通於事理事實明信因果理實不取諸相故論經云得不隨他一切如實無障礙智故

又作是念一切衆生在於生死險道之中將墮地獄畜生餓鬼入惡見網中爲愚癡稠林所迷隨逐邪道行顛倒行譬如盲人無有導

師非出要道謂爲出要入魔境界惡賊所攝隨順魔心遠離佛意二化追求後報習善行者隨順險道過謂以迷出世勝義愚造福不動業求未來報則常在險道前所治中十句分三初句自體謂即生死故二將墜下障礙謂在之難出故三隨順下明失謂住之失於出離善故今初自體謂由世間少善爲根本故則人天報危故名險道初句自體者此句亦總亦別別即所隨生死自體總即能在謂修善人也總疏已明故但明自體二障礙者皆險道中事文有八句迷於苦集道滅如次各二一明有苦謂心雖求出而行順三塗如臨深淵故云將墜二入惡見網中此明迷苦於苦果中妄生樂想爲惡見網縈如世險道葛藟交加三爲愚下迷於集因謂爲愚癡所覆不知煩惱不覺業空若加深林不見危險四隨逐下明其造集世寡正道學即隨邪復起邪業爲行顛倒行如險路多岐動入豺狼之徑雖疲行不已欲進返迴五譬如盲人顯無道體無正慧眼但得果貪著愛欲所盲故法華云著樂癡所盲即斯義也如無目涉險茫無所之六無有導師者明闕道緣導師者謂佛菩薩既離明導有二種失一當生惡道二今世後世雖處人天放逸障見故佛雖出世有不見聞如盲無導師若不陷深坑則坐而不進七非出要道謂爲出要者正迷於滅希求涅槃而趣異處謂於梵天乃至自在依正之所以爲涅槃推斯邪解以爲正見如在險道以塞爲通八入魔等者顯有滅障

五種妙欲是魔境界貪著爲入六塵刼善謂之惡賊被牽爲攝佛雖出世者具七難故除佛前後乃至等者以論云謂梵天等梵世間等以爲出世正見故釋曰梵天是正梵世間是依三隨順下二句明失初句依止怨故失離惡法後句遠善友故失進善法人法俱失初句依止者以論經有三句論云離善導師依不善地如經遠善巧導師故二者依止怨地如經入魔意稠林故三者遠離作善知識地如經遠離佛意故今經以初似三故略無初句疏盡論意合初二句釋經一句依止怨故是第二句失離惡法卽第一句以依止怨必失遠於離惡之師此二相成故得合一也

我當拔出如是險難令住無畏一切智城

後能治中拔出險道總離前惡住無畏城是離之處若曠野遇城衆難何畏近對上文若無知動念則順魔心而遠佛意寂照雙運即出險難而入智城上來化欲求竟又作是念一切衆生爲大瀑水波浪所沒

第三有二段化有求衆生初一道差別謂五趣流轉後一界差別三界繫閉今初先過後治過中初句爲總入欲下別總即沒在大河過六道漂溺如彼大河求有沒中所以是過然總中含下別義亦是賴耶瀑流七識波浪初一道差別者然道約輪轉故喻河流界約難出故比牢獄皆增苦過下明外道小乘多乖道過求有沒中者造善等業求於有果名爲沒中然其總中者總以六道爲河今取賴耶恒轉七識波浪並如前說

入欲流有流無明流見流生死洄復愛河漂轉湍馳奔激不暇觀察爲欲覺恚覺害覺隨逐不捨

別中彼大瀑水波浪有三種相一自體漂流謂五趣因果二身見下爲因起難謂處之多害三安六處下便成大失失出離道今初自體有五種相一深二流三名四漂

五廣但有其一已爲難度況具斯五漂沒何疑

一深者即具足四流無量水故爲煩惱河

二生死洄澓者流也上總四流煩惱因深故此苦果常流無竭上二即漂溺處於此生死而漂溺故故此苦果者相續義故如河雖深若無流續則易枯洄於此生死者瑜伽八十六明由五種相當知順流而被漂溺一若於此漂溺二由此漂溺三依此漂溺四如此漂溺五漂溺時疏已具注於文之下兼觧釋本論以經別加四流異於愛故合四與五以爲一漂

三愛河漂轉者名也前明四流雖無惑不攝愛潤生死由此漂溺偏受河名如愚墮河愛即難出由此漂溺者即瑜伽第二由愛故漂如河有大名其必深廣如恒河等

四湍馳等者漂也此有二義一顯河急故云湍馳奔激謂雖寶愛身欲令長久而念念不住是漂溺時二由急故不能如實知其過失亦復不見涅槃彼岸故云不暇觀察是爲如此漂溺一顯河急者即瑜伽第五漂溺時也緩水易度生死若緩聖道可生壯色不停剎那遷變纔欲修道三昧已無此即約果

五爲欲覺等隨逐者廣也謂隨欲等覺徧覺五塵故名爲廣依此漂溺涅槃則以欲等以爲毒蟲隨欲等者五塵之境皆有順違故生三覺亦兼八覺如發心品此即約因故云依此漂溺若無惡覺即無漂故即瑜伽論五中第二涅槃則以欲等者即第二經純陀反教文殊令顯佛無爲喻云譬如貧女止他客舍寄生一子是客舍主驅逐令去携抱是兒欲至他國於其中路遇惡風雨寒苦並至爲諸蚊虻蜂螫毒蟲之所唼食僧宗曰爲其邪學之所抗折譬之風雨未免煩惱呑噬善根譬如毒蛇蟲今疏意云經以六道喻河流等即是果河應以欲等譬於毒蟲例如宗釋論無別釋故引異釋耳

身見羅剎於中執取將其永入愛欲稠林於所貪愛深生染著住我慢原阜

第二起難有四一者執執著我我所窟宅不能動發故云身見羅剎於中執取言於

中者於陰窟之中執取之言亦舍戒取第二起難有四者初一見次二愛後一慢由身見執者亦即俱舍由二不超欲由三復還下釋曰此即五順下分結由二不超欲者即欲貪及瞋由三復還下者即身見戒禁取疑經唯身見故前行疏云執取之言亦含戒取是司還欲界之惑略無疑耳故貪瞋二如守獄卒身見等三如防邏人二將其下轉還謂先捨欲已得生上界由身見執還生下界欲念之中若準涅槃愛見皆為羅剎論經云愛見水中羅剎者譯者廻文不盡若準涅槃下欲會論經先引涅槃愛見羅剎皆乞浮囊義如前引廻文不盡正會論文若盡應云水中愛見羅剎故於中執取正於水即果流故疏配蘊窟三於所貪下中著謂於受用時求欲等樂著故求欲等樂著者此是論文初求五欲得已樂著衆生處處著故有等言四住我慢原阜者增慢謂於受用事時中我慢大慢憍慢自高輕彼故慢令心高故喻原阜上不停法雨下不見性水廣平曰原原自是高原上加阜則慢上過慢對涅槃岸以水為患對佛性水則原阜為非慢謂受用事時中我慢大慢憍慢者多恃才能云受用事大慢等三地有文我慢於等自大云大慢於上不恭說為憍慢自高款物總顯慢義而云原阜者爾雅云高平曰陸大陸曰阜賢首云四中初一見次二愛後一慢愛中一種子不滅故還來二現行深著故泥溺如人在河四事難出一被執住二被廻流三為泥溺四滯枯洲不到彼岸合喻思之四滯枯洲者論經云我慢陸地之所燋枯論云一執二轉還三中著四著洲

安六處聚落無善救者無能度者

三明失中有三一善道無出意失安六處聚落故此無善因二惡道無救失此無救緣三無能度者異處去失謂離自善行生諸難處不值佛故此雙闕因緣通善惡道

我當於彼起大悲心以諸善根而為救濟令

無災患離染寂靜住於一切智慧寶洲後能治中初起化心後以諸下成化行化行有六一與善因謂六度萬行以爲船筏二作救緣三令無苦患四令離集染五證涅槃寂靜六令得菩提大智白翻上三段思之云何能得此益論云以如實法云何如實了生死實性本如即苦患而證涅槃見煩惱本源性離即集染而成大智如斯敎者眞與善因眞能救也皆翻上三段者謂一自體二起難三明失六中如一與善因即離自體既無自體即無難及失餘五亦然故云皆翻也

又作是念一切衆生處世牢獄多諸苦惱常懷愛憎自生憂怖貪欲重械之所繫縛無明稠林以爲覆障於三界内莫能自出

第二明界差別先過後治過中初句爲總三界繫縛猶如牢獄求有處之所以爲過次多諸下別別明世獄有五過隨逐一苦事二財盡三愛離四有縛五障礙三界之獄亦然此五示五種難差別一無病難無病是樂病則有苦與彼爲難下難義準之苦謂身諸病苦惱謂心病愁惱二常懷愛憎是資生難愛彼資生求而不得憎彼貧窮遠之強會三親難親愛別離故生憂怖四戒難雖生上界蹔離犯戒不免戒行相違還爲貪械所縛謂報盡起於欲惡明上二界非欲永滅故此貪欲通繫三界五見難雖得世間八禪定智亦爲無明所覆與正見相違一苦事等者一鞭杖楚撻故二費用資財三親屬分張四枷鎖著體五垣墻防邏法說五中前三苦者一病苦二求不得苦三愛別離苦四戒難者謂後二是業一犯戒業上二界離無慚愧故不起犯戒五見難常邪見業癡爲本故

我當令彼永離三有住無障礙大涅槃中

後能治中若如實了知三界之相無有生死非實非虛則自無障礙果證圓寂

又作是念一切衆生執著於我

第四有二段化梵行求衆生分二初段化邪梵行求令捨邪歸正後段化同法小乘令捨權歸實今初先明過中初句爲總謂執著於我過然諸外道執見雖多以我爲本斷常等見皆因此生次於諸蘊下別

於諸蘊窟宅不求出離依六處空聚起四顛倒行爲四大毒蛇之所侵惱五蘊冤賊之所殺害受無量苦

別有六句前三失道故遠第一義樂後三失滅故具足諸苦今初一於諸蘊窟宅不求出離者無始發方便謂彼外道衆生欲趣涅槃以有我故於五陰舍不能動發二所趣不眞内入無我故名空聚我想妄計徧於六根故名爲依三造行不正既求涅槃應行八正翻行邪道四顛倒行以彼計蘊身受心法爲淨等故後三中一四大乖違苦謂老病死苦人皆欲遠由計我故四毒常侵二五陰隨逐苦五蘊具諸結過常能害人善法故三怨賊六受無量苦者上不說者皆在其中亦總結前五也無始發方便者則顯二是中間所趣不眞三是終造即行不眞此三失道翻有妄集後三失滅翻有妄苦前二內苦一四大即老病苦行五蘊陰苦三總餘五苦人皆厭苦由著我故不能得出

我當令彼住於最勝無所著處所謂滅一切障礙無上涅槃

後能治中上由計我處處生著唯大涅槃

是無著處云何能得謂如實法如實法者略有三義一上怨賊等外道不知計我處之今菩薩教之觀過了無有人二假以世喻喻所不及則五陰等過於怨等三知其實性人法俱空皆是最勝無所著處餘如涅槃二十一說唯大涅槃者翻前失滅得如實法翻前失道三種如實前二事實後一理實餘如涅槃者卽南經也此經當二十三皆高貴德王品經中廣說三惡覺過令起六念善覺後有此喻經云善男子譬如有王以四毒蛇盛之一篋令人瞻養餧飼卧起摩洗其身若令一蛇生瞋恚者我當準法戮之都市爾時其人聞王切令心生惶怖捨篋逃走王時復遣五旃陀羅拔刀隨後其人迴顧見後五人遂疾捨去是時五人以惡方便藏所持刀密遣一人詐爲親善而語之言汝可還來其人不信投一聚落欲自隱匿既入聚中窺看諸舍都不見人執諸器悉空無物既不見人求物不得而便坐地聞空中聲咄哉男子此聚空曠無有居民今夜當有六大賊來汝設遇者命將不全汝當云何而得免之爾時其人恐怖遂增復捨而去路值一河其河漂急無有船筏以怖畏故卽取種種草木爲筏復更思惟我設住此當爲四大毒蛇五旃陀羅一詐親者及六大賊之所危害若渡此河筏不可依當投水死寧投水死終不爲彼蛇賊所害卽推草筏置之水中身倚其上手把脚蹋截流而去既達彼岸安隱無患心意泰然恐怖消除釋曰上具引經在文可知下合文廣令當攝略云菩薩受大涅槃經觀身如篋四大如蛇蛇有四毒見毒觸毒氣毒蠚毒常伺人便性各別異欲養無益四大亦爾又蛇以呪藥可治四大亦爾應遠離之趣八聖道五旃陀羅卽是五陰彼旃陀羅令人恩愛別離怨憎集會又嚴器仗則能害人常有害意徧害一切人無手足刀仗侍從則爲其害五陰亦爾令人遠善近惡煩惱自嚴器仗常害一切若無戒定慧刀善知識侍則爲其害陰又過彼彼害不能令墮地獄但害有罪亦不自害財貨可脫不必常害雖在一處殺已不墮五陰反此有智之人應當遠離依八正道六度萬行令心如虛空身如金剛一詐親善以喻於愛常同人便令人輪轉但見身口不見其心愛但虛妄無有眞實愛又過彼無始終故難知故難遠故若有智慧不爲其害空聚落者卽是六入無人人空器等空者以明法空凡夫遠望生不空想菩薩知空六大賊者卽是六塵劫人善法不擇好惡令貧孫露作一闡提無善防衛則爲其劫又遇大賊賊劫現在唯劫欲界塵劫三世亦劫三界唯善薩勇健有善僕從不爲其劫直去不迴河喻煩惱猶如駛流深難得底

墮未至底即便命終衆生亦爾未至空底即便輪廻二十五有河唯没身不没善法煩惱反此故應勤修六度萬行以為船筏至涅槃岸餘如彼經

又作是念一切衆生其心狹劣不行最上一切智道雖欲出離但樂聲聞辟支佛乘

第二化同法小乘初起過中有三初不求大因過利生懈怠爲陋佛法無量退沒不證爲劣二不行下不願大果過三雖欲下明修行過不定聚衆生實有大乘出離之法而修行小乘不定聚者然三聚皆有且約長時入正定聚動經多劫故唯不定則可廻也

我當令住廣大佛法廣大智慧

後能治中廣大佛法即諸度萬行登地已上名爲廣大皆佛因法廣大智慧通於因果翻前陋劣總名廣大廣大佛法者亦是教道智慧即是證道上來廣明攝衆生竟

佛子菩薩如是護持於戒善能增長慈悲之心

第二佛子下結成攝生之戒護持於戒即前律儀及攝善法故能增長慈悲之心即益生戒

佛子菩薩住此離垢地以願力故得見多佛所謂見多百佛多千佛多百千佛多億佛多百億佛多千億佛多百千億佛如是乃至見多百千億那由他佛

第二位果唯無發趣三果同前故論云有同者無者亦名果校量勝者三果皆勝初地故初調柔中三一調柔相二佛子此菩薩下別地行相三佛子是名下總結地名初中三謂法喻合法中三初見諸佛爲練行緣

於諸佛所以廣大心深心恭敬尊重承事供養衣服飲食卧具醫藥一切資生悉以奉施亦以供養一切衆僧以此善根迴向阿耨多羅三藐三菩提

二於諸佛下明能練行於中先供養

於諸佛所以尊重心復更受行十善道法隨其所受乃至菩提終不忘失

後於諸佛下受法更受十善即學佛善也

是戒地故

是菩薩於無量百千億那由他劫遠離慳嫉破戒垢故布施持戒清淨滿足

三是菩薩下所練淨中對前勝者以離慳嫉破戒二種垢故

譬如眞金置礬石中如法鍊已離一切垢轉復明淨

初地菩薩戒未淨故施亦未淨前就初地說檀度滿令更轉淨以離二垢說名離垢故故喻初地金但火鍊以除外垢今此置礬石中兼内淨體明云一切淨

菩薩住此離垢地亦復如是於無量百千億那由他劫遠離慳嫉破戒垢故布施持戒清淨滿足

法合可知

佛子此菩薩四攝法中愛語偏多十波羅蜜中持戒偏多餘非不行但隨力隨分

二别地行中以離語四過說愛語偏多

佛子是名略說菩薩摩訶薩第二離垢地

菩薩住此地多作轉輪聖王爲大法主具足七寶有自在力

二菩薩住此下攝報果先明在家後若欲

下出家在家中二先上勝身即金輪王
能除一切衆生慳貪破戒垢以善方便令其
安住十善道中爲大施主周給無盡布施愛
語利行同事如是一切諸所作業皆不離念
佛不離念法不離念僧乃至不離念具足一
切種一切智智又作是念我當於一切衆生
中爲首爲勝爲殊勝爲妙爲微妙爲上爲無
上乃至爲一切智智依止者

後能除下明上勝果

是菩薩若欲捨家於佛法中勤行精進便能
捨家妻子五欲既出家已勤行精進於一念
頃得千三昧得見千佛知千佛神力能動千
世界乃至能示現千身於一一身能示現千
菩薩以爲眷屬

二出家顯攝報果

若以菩薩殊勝願力自在示現過於是數百
劫千劫乃至百千億那由他劫不能數知

三若以菩薩下願智果並如初地

爾時金剛藏菩薩欲重宣其義而說頌曰

質直柔軟及堪能調伏寂靜與純善速出生
死廣大意以此十心入二地

第三重頌中有十五頌分三初十頌位行

於中有四初一頌頌十種直心

住此成就戒功德遠離殺生不惱害亦離偷
盜及邪婬妄惡乖離無義語
不貪財物常慈愍正道直心無諂僞離險捨
慢極調柔依教而行不放逸

二有二頌頌律儀戒

地獄畜生受衆苦餓鬼燒然出猛燄一切皆
由罪所致我當離彼住實法

人中隨意得受生乃至頂天禪定樂獨覺聲
聞佛乘道皆因十善而成就如是思惟不放
逸自持淨戒教他護
三二頌半頌攝善戒
復見羣生受衆苦轉更增益大悲心
凡愚邪智不正解常懷忿恨多諍訟貪求境
界無足期我應令彼除三毒
愚癡大闇所纏覆入大險道邪見網生死籠
檻怨所拘我應令彼摧魔賊
四流漂蕩心沒溺三界焚如苦無量計蘊爲
宅我在中爲欲度彼勤行道
設求出離心下劣捨於最上佛智慧我欲令
彼住大乘發勤精進無厭足
四有四頌半頌攝衆生戒
菩薩住此集功德見無量佛咸供養億劫修
治善更明如以好藥鍊眞金
佛子住此作輪王普化衆生行十善所有善
法皆修習爲成十力救於世
欲捨王位及財寶即棄居家依佛教勇猛精
勤一念中獲千三昧見千佛
所有種種神通力此地菩薩皆能現願力所
作復過此無量自在度羣生
二有四頌頌位果
一切世間利益者所修菩薩最勝行如是第
二地功德爲諸佛子巳開演
三有一頌結歎所說二地竟

大方廣佛華嚴經疏鈔會本第三十五之三

音釋

艫音盧　弊毗祭切弊惡也　厚膜膜慕各切髆也　洄澓洄音回澓音伏洄澓水旋流也　湍他端切急瀨也　激古歷切疾波也　械胡介切　礬音煩

藟音累蔂藤似葛瀑音暴疾風也又音甝飛泉懸水鐏祖昆切與樽同閙女教切不靜也敹閻承切侮也餧飼餧於偽切飼祥吏切駛踈士切疾也窺鈌規切小視也坯鋪回切燒瓦器也未踰徒盍切蹈也螌旋切蟲行隻毒也防邏邐郎果切廵也齧倪結切噬也噬音視齧也筏音伐海中大船曰筏撻音闥笞也篋音怯箱屬蹋音達踐蹋又音塌

大方廣佛華嚴經疏鈔會本第三十五之四

唐于闐國三藏沙門實叉難陀　譯

唐清涼山大華嚴寺沙門澄觀撰述

第三發光地所以來者前戒此定義次第故又前三地寄同世間施戒修法前二施戒竟今此顯修故深密云前位能持微細戒品未得圓滿世間等持等至及圓滿聞法總持爲令得此因說此地令勤修學此則具前二意所以來者來意中三初正明有二意一就三學二地是戒三地是定四地已上皆屬於慧故為次第則令初地亦屬戒收又前三下二約寄位謂初地為施二地為戒三地為修此三所以名世間者世間有情多分行故故俱舍云契經說有三福業事一施類福業事二戒類福業事三修類福業事此云何立福業事名頌云施戒修三類各隨其所應受福業事名差別如業道釋曰類謂性類此三各別一類性故定名修者頌云等引善名修極能熏心故謂離沉掉名之為等引生功德名之為引此定地善極能熏心令成德類故獨名修此則具前下三會釋也

謂一前位持戒未得等持即三學意二既言未得世間等持即寄位意在文可知言發光者智論四十九名爲光地本論及金光明十住婆沙等皆名明地光之與明眼目殊稱皆畧無發字仁王名明慧慧亦是明義旨皆同今統收下經及諸經論總有三義立發光名一以初住地十種淨心爲能發勝定聞持爲所發光以安住地竟方始聞法修得定故故瑜伽四十八云由聞行正法光明等持光明之所顯示故名發光地由內心淨能發光明是故說名增上心住既言由內心淨能發明知以十淨心爲能發也攝論金光明經意皆同此二以聞持爲能發勝定爲所發以聞法竟靜處修行方發定故瑜伽亦說等持爲光明故此約地中釋之三以勝定總持並爲能

發彼四地證光明相以爲所發故下論云彼無生慧此名光明依此光明故名明地此約地滿心釋唯識亦云成就勝定大法總持能發無邊妙慧光故謂由得勝定發修慧光由得總持教法發聞思光彼無邊慧即是三慧故上本分論云隨聞思修照法顯現謂就此慧中四地證法爲所照三慧光明爲能照三慧是彼證智光明之栢餘諸經論言雖少異並不出此故十淨心唯是能發證光明相唯是所發勝定一種通能所發是以此地偏得增上心名及金光者即第三經經云無量智慧光明三昧不可傾動無能摧伏聞持陀羅尼為作本故是故三地說名明地言十住論即十住毗婆沙當第一仁王下當釋之攝論下四引例釋成攝論即當第七論云由無退轉等持等至所依止故大法光明所依止故名發光地世親釋云由此地中與三摩地三摩鉢底常不相離無退轉故於大乘法能作光明名發光地無性釋曰由無退轉等持等至所依止者謂此地中證希有定能發智光明了諸法故名發光得已不失名無退轉諸靜慮定名為等持諸無色定名為等至等持者心一境性等至者正受現前大法光明所依止者謂此地中與定相應無退轉故於諸大乘契經等法得智光明此地是彼所依因故名為發光釋曰此二釋論皆當第七大同小異故疏畧指同於瑜伽次云金光明者如前已引三以勝定下第三會取第一二種所發以為能發餘諸經論下第三總結揀定上恐學人欲見異釋故委出之實無異轍餘論之言今當更出顯揚第三云三發光地謂諸菩薩住此地中善修治第二地故起過一切聲聞獨覺地證得極淨三摩地蘊大智光明所依止是故此地名為發光則亦不異前矣又上言仁王名明慧地者即下卷中明三賢十聖各修一觀門皆名法師故故經云大年尼言有修行十三觀門諸善男子為大法王從習恐至金剛頂皆為法師依持建立今言第三地者彼經云復次名明慧道人常以無相忍中行三明觀知三世法無來無去亦無住處心心寂滅盡滅三界癡煩惱故證得三明一切功德觀故釋曰立名小異義琩同經若所離障通約三慧故本分論云闇相於聞思修諸法忘障唯識名闇鈍障謂所知障中俱

生一分令聞思修法忘失彼障三地勝定總持及彼所發殊勝三慧入三地時便能永斷由斯三地說斷二愚及彼麤重一欲貪愚此障勝定及彼修慧二圓滿陀羅尼愚此障聞思慧及障彼圓滿陀羅尼故若所離下第三離障初舉本分其名委具唯識立名則總釋義委具於彼論中先釋障忘失三慧故名闇鈍三慧別障如下愚中今但總說由斯已下釋斷二愚一欲貪愚但畧舉愚應有問云上標所知今何得舉欲貪煩惱答彼次論云彼昔多與欲貪俱故名欲貪愚今得勝定及修所成彼既永斷欲貪隨伏此無始來依彼轉故釋曰以欲貪故多住散亂故障定修慧以此欲貪依障而轉障盡欲亡二圓滿下此持通四一法持二義持三咒持四能得忍持以聞思與彼聞持極相近故所以偏說非不障修若約所證唯就總持名證勝流真如唯識云謂此真如所流教法於餘教法極為勝故梁攝論云從真如流出正體智正體智流出後得智後得智流出大悲大悲流出

十二部經名為勝流法界故下經中能捨身命求此善說若約所證者四證如以明所流是教法故然所證如論目釋云此有二意一由得三慧照大乘法觀此教法根本真如如即勝流故論釋云此如流教最為勝故二若證此如說法勝故故疏結云能捨身命求此善說善說即勝然捨此身下即無性菩薩釋攝論言謂此所流教法最勝故捨身命求此善說不以為難其所成行亦唯禪及求法其所成行者即下献分及求法行即方便攝行莊嚴論云第三住能生欲界而不退禪其所得果亦法及禪梁攝論云通達勝流法界得無邊法音果金光明云三地發心得難動三昧果下文四無量五神通等皆定所攝其所得果者下引梁論證於得法引金光明證於得禪

佛子得聞此地行菩薩境界難思議靡不恭敬心歡喜散華空中為供養

次正釋文總分三分初讚請分二正說分三重頌分今初六偈分二前三慶前後三

請後前中初偈集經者序
讚言善哉大山王慈心愍念諸衆生善說智者律儀法第二地中之行相
是諸菩薩微妙行真實無異無差別爲欲利益諸群生如是演說最清淨
後二偈發言讚能所說於中善哉是總第八句是結別明能說有二前偈有慈後偈有悲故云利益所說亦二前偈教相故云律儀後偈證相故云微妙真實者契理故無異者千聖同轍故無差別者理貫事故
一切人天供養者願爲演說第三地與法相應諸智業如其境界希具闡
大仙所有施戒法忍辱精進禪智慧及以方便慈悲道佛清淨行願皆說
後三請後中二初二偈大衆請前偈總請三地之法謂如彼教法相應三智之業後偈別請十度行法以地地通有故慈悲是願道謂道力佛清淨行即無漏智
時解脫月復請言無畏大士金剛藏願說趣入第三地柔和心者諸功德
末後一偈上首請
爾時金剛藏菩薩告解脫月菩薩言佛子菩薩摩訶薩已淨第二地欲入第三地當起十種深心
第二正說分中先明地行後辨地果前中四分一起厭行分二厭行分三厭分四厭果分此地修禪厭伏煩惱亦厭於禪故名厭地設忻大法亦爲厭故正住地心住於八禪故但名厭初入地心觀修彼行名厭行分趣地方便起彼厭行地滿心中得無

量等是厭之果亦可初一是入心餘三是住心

今初分中有三初結前起後二何等下徵列十心三菩薩以是下結行入位初中標起云十種深心論經云深念心則異前二地單云深心謂更以十心念前十深心故瑜伽云若菩薩先於增上戒住已得十種清淨意樂復由餘十淨心意樂作意思惟成上品故入增上心住則異前二地下疏取彼經以揀今文言更以十心者能念即此地初十心於禪定中求欲深故所念即是二地初十心欲求禪却念淨戒戒清淨故乃得禪定次引瑜伽證成上義先明所念後復由餘十下即是能念起此十心在於地前修成下中未入此地故成上品方入三地三地即是增上心住

何等爲十所謂清淨心安住心厭捨心離貪心不退心堅固心明盛心勇猛心廣心大心

二徵列中十心義分四對初二一對根本建立次三一對方便發修次三一對修已成就後二一對德用自在此四對中皆前離過後明成善

初言淨心者離過也論云依彼淨深念心謂依二地淨心起此趣地淨心故瑜伽云一者作意思惟我於十種淨心意樂已得清淨故二安住心者依不捨自乘及前十故此二依前故云根本建立後入依前起後初言清淨心者然十皆清淨初句兼總偏得淨名依不捨自乘者謂所住大乘之法堅心不動此句是論總下及前十者即前地十不捨淨戒方得定故次第

二對方便發修者論云志求勝法起善方便三地勝定總持名爲勝法於中前二句離過一懸厭當欲二離於現貪後一造行進善若不勝進則名爲退故異第二若准

瑜伽所修對治不復退失故下頌云不害若失對治則有害故（若不勝進者此未得不退故論云五依不捨自勝進）第三對中初一離過謂自地煩惱不能壞故名堅固心自地即第二以初十心未增未入三地故後二成善初句體成依等至八禪出入自在故云明盛後句用成即依前句禪定自在力雖生下地而不退失故云勇猛故下經云於禪能出能入者即明盛也又云不隨禪解脫力生者是勇猛也地滿方成今此作是思惟即得入地故瑜伽十心皆有作意思惟之言（謂自地煩惱者釋云二地二地有何煩惱謂障三地者是二地惑今不現前故云不壞依等至者論云三摩提自在三摩提是古梵語即三摩鉢底此云等至）第四對中初句自行離過依欲界生煩惱不能染故論名快心晉經名勝心皆以有智故不染煩惱今言廣者兼不樂陿小故後句利他自在依利衆生不斷諸有故云大心此廣大二心與前後有異（皆以有智故者以有智故慶快殊勝處染不染此廣大者諸處有智上求為大有悲兼物為廣前地亦以不染為大利他名勝今以利他非小乘故亦得名大智不求狹亦得稱廣）

菩薩以是十心得入第三地

三結行入地謂於前十心作意思惟便入增上心住

佛子菩薩摩訶薩住第三地已觀一切有爲法如實相所謂無常苦不淨不安隱敗壞不久住刹那生滅非從前際生非向後際去非於現在住

第二佛子菩薩摩訶薩住第三下厭行分中有三一修行護煩惱行以觀有爲可厭患故二見如是下修行護小乘行求一切

智深念衆生捨陋劣心故三菩薩如是厭離下修行方便攝行欲攝衆生不離無障礙智究竟方便等故又此三段攝前三位初及第二一半攝修行住次護小乘陋心下攝無恚恨行以慈悲故後段攝等一切佛迴向思惟佛智度衆生故又此下攝位前二自分後一勝進自分護小乘之過勝進依前進修今初二十句分二初十觀無常即知有爲體性後十觀無救者即就人彰過今初分三初顯觀時謂住地已揀前趣入次觀一切下總辨所觀言如實相者此有二義一事實謂無常等二理實謂即不生等今文具二後所謂下別示其相文有十句初總餘別總云無常者論云是中命行不住故謂命行二字是所無常法不住二字是無常義相續名命遷流名行命舉於內行通內外故下別中分出依正謂命行者即經有爲字此同涅槃我觀諸行悉皆無常別中九句初五句云何此無常即前命行後四句何者是無常即前不住云何此無常行命行是論經即有爲此問無常所以亦無常法何者是無常者不住是論經即無常字此問無常體相故下經云刹那等初中有二義一隨事前三內報以顯無常後二外報以顯無常二據義五句以苦等四觀共顯無常初句即苦論云依身轉時力生三種苦故謂三苦依三受三受依觸生故依身轉方能生苦即是無常二即不淨依飲食力形色增損故三不安隱者依不護諸惡力橫夭壽等四敗壞者依世界成力成必滅故五不久住者此句依無我謂資生依主無有定力屬於五家非一處住不定我所反顯我無故論云依身者內報

遷移名身轉時從觸生受從受生苦已是無常況三苦更起故是無常由轉生苦故轉為力形色增損者食為便利資內汙穢垢汙不淨顯現於外故云不淨以增損故即是無常依不護者論經此句亦云無常遠公釋云此以無常顯於無常以天壽等麤相無常顯有為法性是無常無我理細不顯無常今經異論云不安隱故疏直釋不配無常及與無我而通兩意作無常釋不異遠公作無我者遇緣天逝不自在故下第五句正無我所故彼疏云不定我所反顯我無

後四何者是無常然無常有二種一者少時無常即刹那生滅二自性不成實無常謂三世緣生俱無自性故不成實體即下三句一非從前際生者過去已滅故二非向後際去者現在即滅無容從現轉至未來故三非於現在住者念念遷謝求其住相不可得故約三世遷滅求生等相皆不可得即入不生不滅是無常義此中三世約相續門如因前身有今身等若依生滅門則應從未來藏流入現在遷至過去二門不同也

然無常者遠公釋云應有三種一分段無常分段兩向用之向前為無常所以今此為無常體性故此分段不出此二少時亦名念念無常故次經云刹那生滅四相還故約三世下三結文意經從前際生即是生義今非從故名為不生向後際去即是滅義今非向故名為不滅亦應不住不住通於無生無滅為對生滅是無常義顯不生滅是無常義順淨名故此中三世下四揀不同謂諸經論中辨法有二一相續門者約就三時以辨一法當知是法從於過去來向於後世如人說言我從生來向於老去今是此門故云非從前際生等二以三持對別諸法名生滅門是則一法隨時為三三法相望過去已去當者方來現在今住故引有部從未來藏入現在等則謝往名過過往背今稱之為去在當名未當起之法趣現名來亦可來者是其現義當法未現名為未來今名現法住現相故名為現在依此門辨無生滅義今依前門故於未來義則可具言過去已滅未來未至現在無住故無生滅今依前門故於未來却名不去是故結云二門不同

又觀此法無救無依與憂與悲苦惱同住愛憎所繫愁慼轉多無有停積貪恚癡火熾然

不息衆患所纏日夜增長如幻不實第二又觀下明其無救初句總顯言此法者即前無常今又觀之不出生老病死如四方山來無逃避處無能救者第二又觀下無常理定非物能裁故云無救如四方山來即涅槃文如四諦品別有九句約生老病死初四約死以顯無救此相顯故所以先明一無依者於無常未至中無所依告救令不至二與憂者無常既至無能救者意地懼死所以懷憂三與悲者生陰轉壞死相現前於此中間彌增涕泗四苦惱同住者正捨壽時四大分散在於五根苦惱事中其力虛弱更以憂悲隨逐則憂苦轉增心生熱惱別中九句者即為四段初四約死次二約資生次一約老後二約病而生過不約人所愛故畧而無之就總相言約生老病死又生一種舍在資生等中以諸增長位總名生故又此四段亦攝八苦二即求不得苦死兼愛別離苦病中兼有怨憎會苦五盛陰苦通在於四今初死苦望之遠近故有四句未至者自少及長皆歸死門一息尚還猶言未至臨風微燭何所依憑故文殊云生死有畏菩薩當何所依淨名答云菩薩於生死畏中當依如來功德之力凡夫無此故無所依二死時將臨名為既至無常經云云何保形命不覺死來侵三死相現前者諸識昏昧六腑空虛餘息淹淹心魂悄悄或隨業報中陰現前內識外身皆有死相陰轉死相即曰中間難向死門故多涕泗四正捨命時風刀解體故曰分散氣絕神逝名捨命時無常經云命根氣欲盡支節悉分離衆苦與死俱此時徒歎恨兩目俱翻上死刀隨業下意想並憧惶無能相救濟五根已苦不能安排將前憂悲隨逐於苦增心熱惱言同住者即是相應義也明此死人但與憂悲苦惱同住故六地云死時別離愚迷貪戀心胷煩悶為愁涕泗咨嗟為歎在五根為苦在意地為憂憂苦轉多為惱若準涅槃直觀於死自有十義云夫死者於險難處無有資糧去處懸遠無有伴侶晝夜常行不知邊際深邃幽暗無有燈明入無門戶而有處所雖無痛處不可療治往無遮止到不得脫無所破壞見者愁毒雖非惡色而令人怖致在身邊不可覺知次二約資生事不知是苦妄生樂想對治不入故無救也謂五追求資生境

有順違故愛憎所繫六於受用時苦多樂少云愁慼轉多謂受而不散衆禍皆集用而毀損如損身命故曰苦多次二約資生者非唯不知追求受用皆悉是苦亦不知前皆悉是苦亦不知前皆歸於死而初追求愛順憎違求順不得即求不得苦憎違而至即怨憎會苦六苦多樂少者且順妄樂名為樂少積而禍集已是苦矣散而貧戀斯苦更多亦愛別離苦也七於身老時盛年壯色不可救令停積七於身老時者第三約老明無敘也壯色不停猶如奔馬西日顆顆熟能駐之後二約病初一病因謂八於少壯時具樂等三受故貪等常燒不容法水熾然難救九於年衰時衆患所纏如樹將朽日夜增長無能令免然病通始終老時多故論偏說老老即病緣後二約病者初一少時病後一老時病言病因者樂受生貪則房色竭其骨髓滋味煎其腸藏安得不病苦受生瞋則慎恚填於心胃不思危難安不病哉癡則愚暗不識是非動皆顛墜安不病哉九中然老亦病因而不云因者老亦即病謂年耆根熟形變色衰飲食不能氣力虛乏坐起苦極餘命無幾豈非病哉況加客病難復再康枯栁遭霜生茂無日隨風墜葉歸樹何期故論云後三句皆明身患事也何故不在初說示身數數患事可卒加故如幻不實總結前九故論云者問意云何謂前四後三是老病死同身患事何不一處併而說之而於中間以追求答云示身數數患事者為欲彰身患事非一遍於老少故分兩處言可卒加者病之與死皆可卒至故復應問言既云患事非一何不前明老病相耶則應答云死過重故故前䟽云此相顯故

見如是已於一切有為倍增厭離趣佛智慧見佛智慧不可思議無等無量難得無雜無惱無憂至無畏城不復退還能救無量苦難衆生

第二護小乘行有三十句前十句護小心後二十句護陋心今初先總後見佛下別總中初結前謂先觀無常已厭有為次觀

無救故倍增厭趣佛智慧明其生後正護小心求佛大智故別中十句分二前五攝功德大即求佛菩提後五清淨大即求涅槃果菩提是德修成名攝涅槃本有離障稱淨此二無礙菩提菩提斷俱名菩提智相智性皆名佛智菩提菩提斷者如前已引智相智性即法華意今初一神力攝功德大智用不測故二無比德學地無等故上二妙用自在三大義德利他無量故四無譏嫌德自行難得故五不同德外道無雜故顯上二利不同外道無利勤苦上三德行圓滿上二妙用自在者結上句當體顯用下句寄對顯勝然此五句皆有攝功德大疏文從畧下清淨亦然皆帶總句三大義下三句前二正明德行圓滿後一寄對顯勝不雜外道故言大義者義即義利利他德廣故名為大四無譏嫌者淨德殊勝故言無雜者論名不同攝功德大前云寄對名為無比顯勝踰越二乘今云不雜即勝過外道後五中義

攝有三謂離惑苦得涅槃故一無惱者即離惑習無明不雜故二無憂者離苦苦依根本亡故憂悲隨盡三得涅槃有二義一得體謂無憂畏城亦是無餘涅槃二得用謂能建大事亦無住涅槃即後二句不住生死故云不復退還不住涅槃故能救無量苦難由俱不住方是世間涅槃勝事以斯為業則翻有為之業矣一無惱者四住之結名之為惑四住種子名之為習及無明住地三類皆惑故並不雜雜即惱故苦依根本者身受名苦心受曰憂先由身苦後起心憂是故說苦以為根本憂為涅槃巨害故偏言之若據根本應言無苦一得體者無憂即無上苦無畏於惑惑苦楚亡名為無餘二得用者對上體言無住涅槃即體用雙具即具大智故不住生死具大悲故不住涅槃由俱不住下疏釋論也論云菩薩至涅槃城不復退還而能利益衆生得世間出世間勝事疏釋意云由不住涅槃能入世間不住生死能出世間此二無礙即是勝事勝事即無住涅槃故無住涅槃唯佛方得名為勝事以斯為業者以前菩提涅槃但

無惑苦不言無業者以為利樂之業不與惑苦共俱故翻有為之業耳上來亦即淨樂我常

菩薩如是見如來智慧無量利益見一切有爲無量過患則於一切衆生生十種哀愍心

第二菩薩如是見如來智下護陋心有二十句前十悲其淪溺後十決志慈濟前中二先牒前標後謂見佛智勝利傷物不得有爲過患愍物處之此是牒前則起悲心是爲生後謂見佛智者牒前護小有為下牒前護煩惱行所以不次者為順生後悲心便故

何等爲十所謂見諸衆生孤獨無依生哀愍心見諸衆生貧窮困乏生哀愍心見諸衆生三毒火然生哀愍心見諸衆生諸有牢獄之所禁閉生哀愍心見諸衆生煩惱稠林恒所覆障生哀愍心見諸衆生不善觀察生哀愍心見諸衆生無善法欲生哀愍心見諸衆生失諸佛法生哀愍心見諸衆生隨生死流生哀愍心見諸衆生失解脫方便生哀愍心是爲十

二何等下正顯悲行文有十句初總餘別總由孤獨無依故生哀愍少而無父曰孤老而無子曰獨今衆生上遠慈尊又無方便下不利物又闕善心故云孤獨既孤且獨何所依救今衆生下此有兩重父子一約人上遠慈尊是孤不化衆生是獨二約法又無方便為孤方便以爲父故又闕善心爲獨善心成實男故別有九種孤獨無依初二依欲求衆生一已得心無厭足故貧窮無依經云知足之人雖貧而富不知足者雖富而貧未必無財方曰貧也二未得他財求無休息故三毒火然此即多欲多欲之人多求利故煩惱

亦多初求生貪不遂生瞋非理爲癡次三依有求衆生一閉苦果獄二集因覆障三無觀察道由生八難不聞法故由上三故安能得滅次三依有求由迷四諦故前二有障後一無治故不證滅後四依梵行求衆生前三小乘一行小因不求大因勝善之法二保執小果不求菩提爲失佛法當知此輩皆是增上慢人三不得大般涅槃長隨變易生死後一外道雖求解脫以行邪故失於方便當知此輩者即是法華經文大意未得究竟謂為究竟故然此文多同二地彼以廣解又上總別十句亦可通爲五對一無親無財二有惑有苦三有障無治四闕因失緣五順流背滅又上總別下上依論文此直就經耳

菩薩如是見衆生界無量苦惱發大精進作是念言此等衆生我應救我應脫我應淨我應度應著善處應令安住應令歡喜應令知見應令調伏應令涅槃

第二菩薩如是下決志救度中初結前生後作是念下正顯救心文有十句初總餘別別分爲三初三何處救度謂三道中一脫業結二淨惑染三度苦果次五以何行度謂授三學初二正授一著戒善處二勸住定慧三昧地故定慧合說謂四地巳去方是慧地此地定增故慧是定中之慧耳後三明授法利益初二戒益一將受戒者令除疑生信衆生受佛戒便同大覺固應歡喜二巳受者令知持犯見其勝益安固不動後一定慧益滅除沈掉故云調伏後一度果云何救度成令得有餘無餘涅槃故上皆論意初三等者論為三段此是第一次五度行論云以何救度

後一度果論云云何救度成疏文皆具然初度處三道論主皆有妄想之言謂皆妄想因果可除斷故定慧合說者問此非慧地慧合定中亦非戒地戒何別說前戒已成不依定故此中之慧是定中慧故滅除沉掉者沉是昏沉是定順障是慧違障掉即掉舉是慧順障是定違障定多易沉慧多易掉故名順障沉不明了掉不安靜故名違障論云滅除沉掉隨煩惱使者沉掉即是隨惑使即隨眠種現俱亡故更有一理授行五句中初三是戒初著戒處次由持戒得心不悔故云安住後由不悔得心歡喜次一授慧故云知見後一授定故云調伏然三學對於三道有通有別別則戒無業結慧能斷惑定度苦果爲別對前次故先說慧然猶附論若直就經文對前十類生此十心一救孤獨故二脫貧窮故三淨三毒故四度有獄故五著無覆障處露地坐故六住善觀察故七得善法欲生歡喜故八知見性相同佛法故九調伏諸根不隨流故十應令涅槃得解脫方便故論非無理未若此順經文

菩薩如是厭離一切有爲如是愍念一切衆生知一切智智有勝利益

第三修行方便攝行謂修攝生方便之行故下經云以何方便而能拔濟即知不離佛智等故佛智等即是攝生之方便也第三修行方便攝行文中又二先釋行名文分爲四一發起攝行之因二作是思惟下思求方便攝行三便作是念下思得攝生方便四菩薩如是下依思修行後文分下科釋就方便攝行之相疏文已具今先畧示謂菩薩因前三種觀故知生死多過衆生未出佛智大利衆生未得便念衆生墮在衆苦何方拔之令得涅槃即知不離無障礙智乃至不離善巧多聞遂求正法得已思修入禪無色依定觀法得無生慧依無生慧生如實覺依如實覺得無礙智便能拔衆生出生死苦得涅槃樂攝相如是今初分二先牒前二行以

爲三因後欲依下依前三因以明發起令
初一如是厭離一切有爲是牒護煩惱行
爲離妄想因二如是愍念一切衆生是牒
護陋心爲不捨一切世間因三知一切智
智有勝利益是牒護小心爲發精進因謂
既知佛智勝益則修行彼道以趣入故然
三因之中初後是智中一是悲悲智爲因
能求方便先牒前者二行即護煩惱及護小乘護小行中有狹及小故有三因牒護煩惱行者謂三雜染皆爲妄想故疏前釋三種雜染皆名妄想二由念衆生常在世間不捨離故三知一切智智下名精進因者非男猛求不能證故問上文先求佛智後念衆生今何在後牒佛智耶答前由先念衆生處有爲過佛智勝利不能得之故起悲心悲其過後求佛智拯此沉溺
欲依如來智慧救度衆生
後發起者既思三因欲將有益之智救可
愍之衆生故說經者爲此發起故論云此

言示現發起方便攝行故
作是思惟此諸衆生墮在煩惱大苦之中以
何方便而能拔濟令住究竟涅槃之樂
第二思求方便者亦只思前衆生墮有爲
惑業苦中欲令永滅得大涅槃未知方便
故思求之今經闕一業字論經具有論經具有者彼云此諸衆生墮在大苦煩惱業中問前決志救中知授
三學滅業惑苦今何故言以何方便答今
但思其能授智慧耳若爾前護小中已知
如來智慧有大勢力及上因中云知一切
智有勝利益今何更思答前知智勝欲令
物得今亦思其令得方便下乃知之要自
得佛智方令他得
使作是念欲度衆生令住涅槃不離無障礙
解脫智無障礙解脫智不離一切法如實覺

一切法如實覺不離無行無生行慧光無行無生行慧光不離禪善巧決定觀察智禪善巧決定觀察智不離善巧多聞

第三思得方便中方便有五自古皆將配位論雖無文於理無失言有五者一佛無礙智二八地如實覺三四地無行慧四三地禪定五亦三地多聞然此五中從微至著則後後起於前前故今觀求逆尋其本展轉相因並云不離此五之中多聞唯能起佛智唯所起中間三種通能所起論依此義攝五爲三一佛智窮盡果海名證畢竟盡二以中三皆有下從他起上能起他漸增至佛故攝爲一名起上上證畢竟盡三以聞慧爲彼中間起行所依名彼起依止行以其聞慧未是證行不得名起而忘軀求聞亦得稱行已知大旨此五之中下舉論總釋於中有二一出經意成論為三之由論依此義下二正舉論而論總云是中方便攝行有三種問前來豈非方便攝行何以至此始云攝行答上之二段牒前起後方欲傍求未得名為方便攝行今此求得攝生方便方得其名證中最極名畢竟盡起中漸增名為上上第三可知

次畧釋文一佛智名無障礙解脫者無二障故是離障解脫具十智力權實無礙故是作用解脫此是究竟攝生方便

二此智要依如實覺者八地得無生忍覺一切法如實性故若覺實性方能盡惑於事理無礙故佛智由起論釋一切法云來所說一切法者因音聲忍方得無生尋於能詮悟所詮故釋如實覺云隨順如實覺者因於順忍得無生故釋如實覺者論總云彼盡以如來所說一切法隨順如實覺起故疏分論文兩段釋之先釋一切法而遠公云如來

所說一切法畧有二種一三地中從佛所聞之法二當地中諸佛七勸所說之法今於此二起如實覺如實覺者隨順相應故一順三地所聞法起得無生忍及深行等疏衣此義云因音聲忍得無生忍然無生忍從四地起亦證三地之中所聞法故成於順忍順忍之力得於無生故以順忍釋論隨順三地所聞即音聲忍二對七勸得如實覺即八地中得無量身及淨佛土十自在等得勸之後方成此故今約展轉故畧不明

三此覺不離無生慧者欲覺一切法一切法不出二種一者自相謂色心等殊是有爲法體故名爲行二者同相色心雖殊同皆生住異滅所遷舉初攝後故但名生今四地菩薩了自及同皆緣生無性成無分別慧故云無行無生下一行字是慧行相以無行無生爲慧行相若如是行則得八地覺法自性也三此覺下第三方便無自相行及共相生為慧行故疏文委具

四此慧不離禪等者謂此無生慧非定不發言禪善巧者得三地滿勝進分禪故出入自在亦不染禪故名善巧決定者於他四地決能發也觀察智者論云自智慧觀故謂即三地禪中之智非前所發四地無生之慧彼四地之慧此中名光明依此光明故名明地故四地證慧由三地禪中修慧而發得三地者淨禪有四一退分二住分三勝進分四決定分今即第三四即下於四地決定能發謂即三地者即修慧也是下經中觀於諸法不生不滅明是三地自智慧觀彼前四地下揀今修慧但是四地證前相故尋求趣本故名彼慧以為光明由此三地得名明地

五此禪不離善巧多聞者此中修慧由後聞慧故三節皆慧而慧不同言善巧多聞者不取聞相故然佛智之因乃通十地而偏舉三者此地聞修近所行故四地是慧增之首故八地無功用之初故此中修慧者論云此是彼起依止行聞慧方便是起所依是故修行名彼起依止行意云由聞解修故修求聞之行三節皆慧者一四地

證慧二三地修慧三求法聞慧瑜伽八十三云慧有多種言慧光者即聞思慧慧燿者即修所成慧然此第五即是聞慧

大方廣佛華嚴經疏鈔會本第三十五之四

音釋

邃雖遂切深遠也　嫌胡兼切不平於心也　黷乙減切深黑也

大方廣佛華嚴經疏鈔會本第三十五之五

唐于闐國三藏沙門實叉難陀　譯

唐清涼山大華嚴寺沙門澄觀撰述

菩薩如是觀察了知已倍於正法勤求修習

第四依思修行上既逆推本由多聞今則順行先求聞慧而起聞行文中二初結前標後初結前者標云正法通於教義五重方便本由求法故於正法倍復增求日夜唯願聞法喜法樂法依法隨法解法順法到法住法行法

後日夜下正起求行於中分二先明求法行後菩薩如是下明求行因

今初文有十句聞法者無慢心故二喜法者無妬心故三樂法者無折伏他心問義故此三約聽聞時文有十下分之為二先釋經十句即是三慧而有四節初三唯聞第四五六通聞思慧第七唯思後三唯修無慢心者有慢則不求二不妬他解故生喜悅樂法故問無折伏他心好心好法名之為喜終時愛味說以為樂四依大乘教自見正取不忘失故此揀求小不名善故自見正取者不由他悟故五隨自讀誦故六為他解說故七順所聞法靜處思義故此三約已得法自他利時八到法者依定修行到究竟故九住出世間智故十順佛解脫行故上之後三皆約修行然後二揀不同世間之行八到法下於後三中初一是定後二是慧若隨位分到法初地住法即四地已上行法即八地已上九住出世等者即釋經住法而論經云歸依法論釋云依出世間智故謂四地證智是所歸依若望後厭分正修此十皆是聞慧若望依思而行此十皆名為行於中初日夜常聞以顯勤行喜法等九顯正修行又此十句若約所受唯教與義聞約教成修依於義思通教義二能所求料揀以顯勤行者此即三地能求法行下九皆

是所求修行之法思通教義者始依教思終則依義

菩薩如是勤求佛法所有珍財皆無悋惜不見有物難得可重但於能説佛法之人生難遭想

第二求行因中二初常勤求因二菩薩如是下正修行因以前十句有此二故今初

論云彼常勤行以何爲因示現恭敬重法畢竟盡故於中分六一總明輕財重法

是故菩薩於内外財爲求佛法悉能捨施

二是故菩薩下雙捨内外

無有恭敬而不能行無有憍慢而不能捨無有承事而不能作無有勤苦而不能受

三無有恭敬下内財敬事謂心則恭敬捨慢身則承事忘苦

若聞一句未曾聞法生大歡喜勝得三千大千世界滿中珍寶

四若聞一句下況捨外財

若聞一偈未聞正法生大歡喜勝得轉輪聖王位若得一偈未曾聞法能淨菩薩行勝得帝釋梵王位住無量百千劫

五若聞一偈下輕位重法人天王位終是無常句偈教義法王爲果一句一偈約聞教法淨菩薩行約聞義法

若有人言我有一句佛所説法能淨菩薩行汝今若能入大火坑受極大苦當以相與菩薩爾時作如是念我以一句佛所説法淨菩薩行故假使三千大千世界大火滿中尚欲從於梵天之上投身而下親自受取況小火坑而不能入然我今者爲求佛法應受一切地獄衆苦何況人中諸小苦惱

六若有人言下甘苦重法以一句之法能盡苦源地獄多劫誠可甘也

菩薩如是發勤精進求於佛法如其所聞觀察修行

二正修行因中初結前後如其下正顯因相謂靜處思惟正觀爲修行之因也然論經但云正觀無修行字故是思慧爲修行因若順今經此一段文乃是後文標舉耳

此菩薩得聞法已攝心安住於空閑處作是思惟如說修行乃得佛法非但口言而可清淨

大文第三此菩薩得聞法下明厭分者前明聞思今顯修慧即五種方便中第四禪善巧決定觀察智也論云云何厭分是菩薩聞諸法已知如說行乃得佛法入禪無色無量神通彼非樂處於中不染必定應作故謂不樂不染即是厭義其無量神通是厭之果皆修行力乘便舉來〔其無量下通妨以是猒果非猒分故通意可知〕經文七相一依何修二云何修三何處修四何故修五何時修六何所修七何爲修束此七相大爲三段初四修行次二證入後一入意〔經文七相者約義不同次科束爲三者順文分段〕今初此菩薩得聞法已即依何修以依正法故即了相作意〔今初修行有三初正釋文即依何修總示義相以依正法故者即釋成上義即了相作意者以論義收下瑜伽中爲順世禪了欣猒相即猒下苦麤障欣上淨妙離今云正法其義通深若約寄位全同瑜伽若約勤求淨菩薩行則所聞法必當深妙如下夜神所得四禪〕次攝心安住即云何修攝散住法是修相故即攝樂作意〔二第二相言即攝樂作意者下瑜伽釋少分觸證是加行益相〕次於空閑處即何處修空閑通於事理則無

處非修即遠離作意三第三相言即遠離作意者下釋遠離云與斷道俱今空閑處何名斷道故疏云空閑通事理理之空閑即是道斷次作是思下即何故修要必修行方證得故即勝解作意然口言者通於說聽故瑜伽云非但聽聞文字音聲而得清淨也四第四相言即何故修者是修所以良以不修則不證故言勝解作意者下釋正是修行謂勝解於境印持爲性不可引轉爲業是行故修行非此不成瑜伽云從此後超過聞思惟用修行於所起緣相發起勝解修奢摩他毗鉢舍那修習已如所尋伺麤相淨相數起勝解如是名爲勝解作意瑜伽三十三明修行八定皆有七種作意一了相作意謂了欣厭相故二勝解作意謂正是修行三遠離作意謂與斷道俱四攝樂作意謂少分觸證喜樂五觀察作意謂重觀試練六加行究竟作意謂心得離繫七加行究竟果作意謂無間證入上修行中已攝其四前修行因中

有觀察作意後二作意在證入中七中前五通貫八定下八定中各有後二故此總修下亦總發六加行者論云從此倍更樂斷修習奢摩他毗鉢舍那鄭重觀察修習對治時時觀察先所已斷由是因緣從欲界繫一切煩惱心得離繫由此離時伏斷方便非是究竟永害種子當於爾時初禪靜慮地前加行道已得究竟一切煩惱對治作意已得生起是名加行究竟作意七加行等者論云從此無間由是因緣證入根本初靜慮定俱行作意名加行究竟果作意釋曰論就初禪畧釋其相後例所餘今疏總舉取大意畧釋而已下例可知下八定者故即離欲惡不善法等是加行究竟作意謂即初禪等加行究竟果作意也故此住者然有四句一總修總發謂總相修行不偏修一八定俱起名爲總發二別修別發謂偏修初禪發於初禪修二發二修空發空等三總修別發總相修行唯發一定等四別修總發謂唯修一定發得多定前二如修後二不如其故何耶宿世偏修今雖總修唯發一定如地有一種雨雖普潤唯一芽生四則昔修多門今雖修一諸定齊發如多種子共在一處少分沃潤諸芽齊生望定現前名之爲發望人修得稱之爲入然此即是天台之意今菩薩總修下皆總發若別修相具如瑜伽智論等說然皆即妄

即眞圓融自在又任運而發不同欣厭故下論云三昧地故得不退禪不退即無漏定也又釋内淨云修無漏不斷三昧故故知一一皆同鳥迹然皆下三以經意總相圓融所以融者以文歷別更引瑜伽欣猒等言恐謂全是故此據云以寄位故引法相宗證成經文據馬跡意理須融會

佛子是菩薩住此發光地時

第二佛子是菩薩下證入中分二初結前即何時修證謂在三昧時是修行時正修行竟是證入時論經云住此明地因如說行故今經闕如說行言若但云住地豈初安住即得此禪但前已有修行之言故今畧耳謂在三昧下疏意有四一正釋文二論經下對彼辨異三今經下引今經闕反成論有四但前下出經無異後即離下即何所修修何所證謂證八定八定之義廣如別章畧以四門分別一入意二釋名三體性四釋文即當辨相今初下經云但隨順法故行而無所染著論云以何義故入禪無色無量神通爲五種衆生故一爲禪樂憍慢衆生故入諸禪謂得世禪恃以生慢二爲無色解脫憍慢衆生故入無色定謂外道證此以爲涅槃恃以生慢菩薩示入八禪一一過彼故攝伏之三爲苦惱衆生入慈悲無量令安善處永與樂故入慈無量應解彼苦令不受故入悲無量四爲得解脫衆生故入喜捨無量謂喜其所得自離動亂故五爲邪歸依衆生故入勝神通力令正信故又示入禪定示定寂靜超欲等過令物倣故善自調練知純熟故寄位次第法應爾故尚不同二乘自爲豈與凡外同年

然無量神通即是厭果論主併舉者欲顯皆爲順法故云何順法爲順菩薩大悲化生法故廣如別章者大乘法師法苑法華疏等皆有其章今疏四門已畧其要論云以下二舉本論釋先問遠公云菩薩正應修習出世道禪等世法何要入耶荅爲五種衆生故有四類法四等開故故成五種五爲邪歸者邪歸之人智慧微薄取信耳目故爲現通方可信受二釋名者先通後別通中先釋四禪禪那西音此云靜慮靜謂寂靜慮謂審慮故瑜伽三十三云於一所緣繫念寂靜而審思慮故名靜慮是以靜能斷結慮能正觀諸無色定有靜無慮雖能斷結不能正觀欲界等持有慮無靜雖能正觀不能斷結故唯色界獨受斯稱次無色定者婆沙百四十一云此四地中超過一切有色法故違害一切有色法故色法於彼無容生故俱舍云無色謂無色若大衆部及化地部亦許有色細故名無俱舍論中廣破有色次別名者初四禪者一有尋有伺靜慮二無尋無伺靜慮三離喜靜慮四離樂靜慮俱舍定品云初具伺喜樂後漸離前支即斯義也無色別名至文當釋次無色下二釋無色其超過違害及無容生三相云何超過者地法增勝故言違害者害有色故言無容生者如火中華故無色謂無色者所引俱舍皆是定品二十八論下當具引俱舍論中廣破有色者論云皆無色故立無色名外難云此因不成許有色故若爾何故立無色名由彼色微故名無色如微黃物亦名無黃論主問云許彼界中色有何相若彼准有身語律儀身語既無律儀寧有又無大種何以造色若謂如有無漏律儀不爾無漏依有漏大種故又彼定中亦遮有故若許於彼有色根身如何可言彼色微少若謂於彼身量小故水中細蟲極微應名無色亦身量小不可見故若謂彼身極清妙故中有色界應名無色若謂彼身清妙中極應唯有頂得無色名如定生身有勝劣故更有廣破畧知其旨三體性者婆沙云四靜慮有二種一修得俱舍論云是善

性攝心一境性以善等持爲自性故若兼助伴五蘊爲性二生得隨地所繫五蘊爲性皆有色者定共戒故無色體性但除於色餘義同前故俱舍云無色亦如是四蘊離下地大乘宗中亦無異轍若會相歸性則八定支林一切皆空若事盡理現皆如來藏泯絕無寄則定亂兩亡若事理圓融一即一切

中一修得者頌云靜慮四各二於生已說定謂善一境並伴五蘊性釋中云靜慮有二一生靜慮二定靜慮定即修得言於中生已說者即世界品說十七天即生靜慮即以無覆無記五蘊爲性今疏具有言善性攝者此言猶漫兹實言之以善等持而爲其性心一境性者謂能令心專一所緣無色下出無色體二先正釋就小乘明俱舍云四蘊離下地者次後偈云並上二近分總名除色想無色謂無色後色起從心今此正引初之七字出無色體謂亦用善性攝心一境性以善等持爲其自性但並助伴唯除色蘊無色無有隨轉色故其離下地自屬別立四名不同在一句中因便引耳下方別釋大乘宗下二就諸教料揀無異轍者即通諸教

若會相下正明始教若事盡理現下辨終教從泯絕已下即是頓教若事理圓融下辨圓教

第四釋文初明四禪後說四空四禪之中雖支有多少論主並勒爲四一離障二對治三利益四彼二依止三昧四中後三是支初一非支雖後後所離是前前支望於當地並皆非支然四禪通說有十八支謂初三各五二四皆四爲欲惡難除第二禪喜深難拔故初三各五初三不然故二四唯四其間除重則唯有十謂一覺二觀此唯初禪三捨四念此通後二五喜局於前兩六樂該於前三七者一心徧於諸地八內淨唯二九正知唯三十捨受唯四若分二樂則有十一若內淨無別體則唯有九此等皆爲順益於禪故立支名故瑜伽十一云諸靜慮中雖有餘法然此勝故

於修定者爲恩重故偏立爲支雖後後下通妨從初一非支上生難難云即初離障皆非是支二禪離障云滅覺觀覺觀即是初禪二支何言非支今答意云雖是前支於我非支餘二亦然二歷禪有異先正明俱舍頌云初禪具五支尋伺喜樂定二禪具四支內淨喜樂定三禪具五支捨念慧樂定四禪具四支捨念中受定故今疏云初三各五二四皆四爲欲惡下二出彼立支多少所以病深藥多賊微兵少其間下二舉其實法此依大乘三事行捨與後捨受若分二樂者俱舍頌云此實事十一初二樂輕安內淨即信根喜即是喜受謂初二禪樂是輕安樂第三禪樂是樂受樂故成十一若內淨者謂俱舍內淨即是信心大乘雜集等但合第三禪捨念正知三支以爲內淨無別內淨故但有九四建立爲支所以以益於禪故支即分義及因義故瑜伽下引證

即離欲惡不善法有覺有觀離生喜樂住初禪

今初初禪一即離欲惡不善法者此明離障以一即離貫於下三然諸論說大同小異若毘曇離五欲故名爲離欲斷十惡故名爲離惡除五蓋故名離不善法若智論八十八云離欲者謂離五欲惡不善法謂離五蓋五蓋將人入惡道故名惡障善法故名不善法辨蓋欲之相廣如智論十九及瑜伽十一雜集第八斷欲恚害恚即是惡害即不善法瑜伽三十三亦合惡不善法彼論云離欲者欲有二種一煩惱欲二事欲離亦有二一相應離二境界離言離惡不善法者煩惱欲因所生種種惡不善法即身口惡行此意則總辨欲界諸惡不善已明離障一煩惱下煩惱約內事欲爲外內心不與欲貪相應名相應離不染外境名境界離二有覺有觀者此有二支是修行對治新譯名尋伺皆初麤後細俱舍云尋伺心麤細智論云譬如振鈴麤聲喻覺細聲喻觀瑜伽十一以尋求伺察不淨

慈悲治欲界欲恚害障又五蓋中有欲恚害不死親里國土等覺今對惡覺起善覺察又智論四十四云小乘以欲恚惱覺爲麤親里國土等覺爲細又唯善覺爲細於摩訶衍皆麤則覺空爲細尋伺心麤細者即是界品釋曰尋爲尋求伺爲伺察心之麤性名之爲尋心之細性名之爲伺國土等者等取族姓及輕侮覺即是八覺廣如發心功德品說三離生喜樂者是修行利益慶離欲惡等是故生喜身心猗息及得解脫之樂故名爲樂由此名利益支瑜伽三十三云離者已得加行究竟作意故所言生者由此爲因爲緣無間生故巳獲加行究竟果作意故喜樂者謂巳獲得所希義故得大輕安身心調暢有堪能故經離生喜樂者瑜伽十一明斷除五法謂欲所引喜樂及憂不善所引憂喜及捨彼五受故生喜樂言喜者深慶適悅樂者身心適悅得無損害及解脫樂慶離欲惡等者等取不善法言身心猗息者猗者美也此輕安樂異解脫樂得大輕安下釋輕安義唯識第六云輕安者謂遠離麤重調暢身心堪任爲性對治昏沉轉依爲業釋曰謂離煩惱麤重爲輕身心調暢爲安令所依身輕安適悅名有堪能疏順瑜伽畧不釋輕四住初禪者是彼二依止三昧謂於所緣審正觀察心一境性爲彼對治及利益支之所依止依止定力尋等轉故其所離障以無行體非是支故不爲彼依而言初者欲界上進此最初故而言住者即安住義瑜伽云安住者謂於後時由所修習多成辦故得隨所樂得無艱難乃至七日七夜能正安住四禪此句大旨不殊

滅覺觀內淨一心無覺無觀定生喜樂住第二禪

第二禪中一滅覺觀是所離障覺觀麤動發生三識亂於二禪如淨水波動則無所

見故初禪能治爲此所治則病盡藥亡覺觀麤動發生三識者謂眼耳身遠公云初禪之中覺觀有三一定心二出定時三識身力麤動覺觀此三並是動亂之心二禪勝靜皆盡遣之二內淨一心無覺無觀者是修行對治言內淨者小乘是信能淨心相離外散動定等內流大乘即攬三禪三支以成故顯揚十九瑜伽六十三皆云內淨以捨念正知爲體以此三法尚爲喜覆力用未勝但能離外尋伺故合名內淨言一心者釋於內義唯緣法塵不同初禪有三識故故身子阿毘曇云欲界地中心行六處初禪地中心行四處謂無鼻舌識二禪已上心行一處唯意識身緣法塵故無覺無觀釋於淨義不同初禪有覺觀故前滅覺觀顯於所治此復言無顯能治無故非重也本論釋一心云修無

漏不斷三昧行一境故欲異世間是如實修故不斷者相續一心行一境者對緣一心由此即名三昧無漏內淨之義前已總釋此具二宗顯揚雜集名內等淨顯揚第二云謂爲對治尋伺故攝念正知於自內體其心捨住遠離尋伺塵濁法故名內等淨雜集疏云所言等者謂內定體由離尋伺體得平等捨住又念慧非一故名平等若婆沙云謂信平等令內心淨前滅覺觀下通妨妨云謂上滅覺觀今復云無豈非重復答意中云前舉覺觀是此所滅云顯所治此言無者不同初禪用此覺觀以爲能治云顯能治無遠公云前滅覺觀如呼滅諦以爲無染此無覺觀如呼道諦以爲無染故本論下先引論後欲異世下疏釋論文上釋無漏此下釋一心然論經一心云心行一處今釋論文乃以二意釋行一處謂一以不斷三昧即約無漏相續無間即豎說一心二以行一境者約事對緣橫說一心由二禪已上唯以意識行法塵故由此即名下結成三昧無漏但緣一境即是三昧今復相續故是無漏無有漏法來相間故瑜伽論云世間靜慮但捨彼品麤重不捨種子無漏靜慮二種俱捨故無有間三定生喜樂此二支是修行利益初禪慶背欲惡故名離生今慶覺觀

心息故名定生如淨鑑止水故身心適悅若智論意即從初禪定生欲界無定故初但云離二禪雖離初禪煩惱初禪有定故又初禪離欲大障故如淨鑑止水者欲惡如泥初禪之定如淨動水今無欲惡後滅覺觀如淨止水是則初禪慶其所離此慶所得得亡照故若智論下敘異釋也前解定生定在二禪今云定生定在初禪背於初禪有覺觀定得二禪故欲界無定爲可背故初名離生二禪雖離下通難難云初禪離欲惡即名爲離生二禪離覺觀亦合名離生故爲此通通云初禪離欲惡無定名離生二禪離覺觀有定名定生然其設難唯難前解及通難云初禪有定二解俱成欲界無定爲所背故即成前解初禪有定爲所背故即通後解又初禪者初禪離欲大障初名離生二無大障二不名離

四住第二禪即彼二依止三昧

離喜住捨有念正知身受樂諸聖所說能捨有念受樂住第三禪

第三禪中一離喜者是所離障謂二禪利益支喜心分別想生動亂三禪轉寂故須除遣如貧人得寶生喜失則深憂莫若雙絕喜憂方爲快樂

二住捨有念正知三支是修行對治一住捨者即是捨數揀非捨受故諸經論皆名行捨行心調停捨彼喜過故顯揚云住捨者於已生喜不忍可故平等正直無動安住二有念者於喜不行中不忘明記故三正知者或時失念喜行於此分別正知而住謂住於捨瑜伽三十三大同於此上三即前內淨漸修轉勝至此別開深細寂靜故能治下地喜踊浮動數二住捨者即是捨數者謂是善十一中一心數法善十一者唯識頌云善謂信慚愧無貪等三根勤安不放逸行捨及不害今明行捨即是其一彼論釋云言行捨者即精進三根令心平等正直無功用住爲性對治掉舉不寂靜住爲業釋曰此即四法爲體故云精進三根三根即無貪無瞋無癡故次疏云揀非捨受捨受雖是無記非是善性故行捨善性故今揀之行心

調停者行捨通捨貪等三不善根令對二
禪之喜云捨喜過故顯揚下引論顯於捨
相唯識通說行捨顯揚正釋三禪中捨故
云住捨於已生喜不忍可者不忍可言即
是捨義言乎等正直無動安住者三品捨
相一同唯識平等爲初離沉掉故正直爲
次於染不怯故無動安住爲後即寂靜住
即上唯識云無功用住不忘明記爲念義
故遠公釋云念前喜過守心一境三正知
者正知即慧遠公云分別喜過而言正者
論名安慧遠公云慧靜名安安即正義靜
鑑雙流故名爲正正故得安上三下結成
勝義
二身受樂下是利益支於中初身受樂
正顯支體正對二禪喜心浮動是故但言
身受於樂設心受樂亦名身受故瑜伽云
由捨念正知數修習故令心踊躍俱行喜
受便得除滅離喜寂靜最極寂靜與喜相
違心受生起彼於爾時色身意身領納受
樂及輕安樂是故說言有身受樂又初禪
喜樂如土石山頂有水二禪喜樂如純土
山頂而有池水三禪之樂如純土山在大

池內樂徧身外身在樂中是故心樂亦名
身受次諸聖所說能捨有念受樂者釋成
勝義謂下諸地無如是樂及無間捨上地
有捨而復無樂故諸佛及佛弟子說第三
禪具有能捨及念正知而復受樂故諸樂
中三禪樂勝此瑜伽意不應別解文中畧
牒尚闕正知但有捨念已殊上下設心受樂者下
引瑜伽色身意身俱名身故故瑜伽下引
證於中有五初明能治二令心下顯其治
能即前離喜三離喜寂靜下生起下文身
受樂義明是離喜之樂故云與喜相違心
受生起心受生起即意身受樂四彼於下
正釋身受樂義五是故下結釋經文上約
根本說故遠公云身受者受有二種謂身
與心分別有二一約根本分別五識等受
依色根生故名身受意識中受從意根生
故名心受二約所益分別身心下品之受
適暢在心名爲心受上品之受適徧身心
就所徧處從末爲名故曰身受今從後義
樂實心法此處增上徧滿身心故說身受
顯樂增上樂是心受之義不待言說釋曰
遠公有二義意但取後今疏具用上引瑜
伽證成前二義意識名身故云心受亦名身

受如土石下引山水喻即順後義約所益說有品數故則土喻於心石喻於身水總喻樂初禪心樂故如水不入石中二禪已徧身心如水徧山無石礙故然爲喜覆如上覆水但是潛潤三禪身樂徧增如池水在外水徧山内皆然可知釋成勝義者上舉三山已知三禪樂勝故今方出勝義於中有六一上一句標二謂下正明勝義無如是樂者無有無喜勝樂及無間捨者明無能治行捨則下地有樂無捨上地有捨無樂今有捨有樂故樂最勝三故諸佛下引證消經明其有樂有捨四故諸樂下結成勝義五此喻伽下結彈異解謂遠公將能捨兩字屬於上句云諸聖所說能捨釋云唯聖弟子能說能過堪能捨離非凡所能彰此樂深今將訖捨兩宇屬下云能捨有念受樂故樂爲勝故諸聖者共說此樂最爲勝耳遠公但云樂勝不知何以得勝思之是故結云有文有理不應別解六文中下會經同論言但有捨念已殊上下者

有捨念故異下　有樂故異上

四住第三禪即彼二依止三昧

斷樂先除苦喜憂滅不苦不樂捨念清淨住第四禪

第四禪中一斷樂先除苦喜憂滅者即是離障三禪勝樂於此爲害如重病人觀妙音樂爲障四禪故須除遣故云斷樂得此定者即於爾時所有苦樂皆得超越故總集說先除苦等先之一字總貫下三二禪先除苦受三禪先滅喜受初禪先滅憂受并今斷樂則已滅四受依禪次第應先明憂爲對前樂先言除苦瑜伽十一云何故苦根初禪未斷答彼品麤重猶未斷故若爾何不現行答由其助伴相對憂根所攝諸苦彼已斷故若初靜慮已斷苦根是則行者入初靜慮及第二時受所作住差別應無由二俱有喜及樂故此意明不斷麤重故異二禪而無現行故立樂支若依小乘初二禪之樂但是輕安而非樂受三是樂受故不同也

初正明問答初禪有樂那未斷苦答意可知若依小

乘下約教揀異故俱舍云初二樂輕安則顯前論皆約樂受二不苦不樂者是利益支餘禪皆先明治今此先明益者乘前總無四受便舉不苦不樂明五受內唯有於捨是不動故若爾前來亦滅憂喜此何不言不憂不喜答五受明義無別不憂不喜三受明義苦樂攝於憂喜故但對之又此正斷於樂故宜對之又此正斷下明其所宜此亦遮難難言一種相攝何不舉不憂不喜攝苦樂耶答云一五受中無別名故二所對樂近憂苦遠故先已斷故三捨念清淨此二是對治支三禪捨念與樂受俱此斷樂受故云清淨然其能治大同三禪但所治喜樂故分二別喜心浮動常須正知樂受深細但須捨念若遠顯清淨者瑜伽云從初靜慮一切下地災患已斷謂尋伺喜樂入息出息是故此中捨念清淨鮮白由是此禪

心住無動此論畧舉六事應兼無苦及憂故俱舍等明此禪中離八災患然四禪雖曰不動而猶有捨受未名無受瑜伽十一云又無相者經中說爲無相心定於此定中捨根永滅若非無相乃至有頂皆有捨受若遠顯下重顯清淨初引論上但對三禪明四清淨今總對前三以明清淨二疏釋論文無苦及憂故云畧舉亦以遠故正明從初禪來下地災患已斷憂苦現行俱在欲界故畧不言故俱舍下論云第四名不動離八災患故八者謂尋伺苦樂憂喜出息入息四住第四禪即彼二依止三昧然入上色定其身相狀如處室中入下四空如處虛空

第二四空空處等名同心一境性有何差別俱舍定品顯此差別由離下地染故立四名謂離第四禪立空無邊處離空無邊處立識無邊處等差別既爾從何得名彼

次頌云空無邊等三名從加行立非想非非想昧劣故立名謂修定前起加行位厭壞色故作勝解想思無邊空加行成時名空無邊處厭空想識厭識想無所有準此可知其第四空由想昧劣謂無下地明慧勝想得非想名有昧劣想名非非想故前三無色加行受名第四無色當體受稱以前三近分加行位中唯緣空等入根本位亦緣餘蘊故從加行受名第四非想加行根本同一所緣故當體受稱瑜伽論中亦同於此加行等想空識等殊至文當辨然此四空亦各有四謂離障等而經文中但各三句義含於四謂初段離障具對治義問若有治等爲有支不答準雜集等論諸無色奢摩他一味相故無有支分建立若依瓔珞本業四無色定各有五支謂想護止觀一心經論相違云何會通論依相似不同四禪覺觀等異又慧用劣名無支分經就相似同皆有五如初空定猒下色相起於空想即今對治護彼色相令不現前若超色想即名爲止是今離障空無邊行照了分明即是觀義是今利益一心即是彼二所依故五支顯然豈得判無違經依論

第二四空下初彰差別即前所引四蘊離下地離下地言是顯差別以前三下四出異所以所以同四無色受名不同者前三根本不一所緣故五瑜伽論云下五引例爲證乃有二意此是一意論云此中依於近分乃至未入上根本定唯緣虛空等若已得入上根本定亦緣虛空亦緣自地諸蘊釋曰言近分唯緣空者約入解脫道中少分而說解脫亦緣自地蘊故九無間道此全不論根本亦緣自地蘊者初剎那心緣自地蘊後心而得緣上下蘊今揀後心故云亦也第二釋者前三加行亦緣自蘊取其解脫道中以少分緣義及無間道緣自蘊故前釋從其多分俱含唯取一

義

大方廣佛華嚴經疏鈔會本第三十五之五

音釋

伺（息利切）察也　沃（烏酷切）潤澤也　妬（都故切）嫉也　揀（古限切）分別選也

大方廣佛華嚴經疏鈔會本第三十五之六

唐于闐國三藏沙門實叉難陀　譯

唐清涼山大華嚴寺沙門澄觀　撰述

超一切色想滅有對想不念種種想入無邊虛空住虛空無邊處

今初空處謂觀虛空作無邊行相能滅色想心安空定名空無邊處初空處下文三初標而言處者順正理云四空名處者謂有情生長處故文中三句初句含二義一明離障二明對治初句者以經三句連爲義句故曲有三言離障者曲有三句謂離三有對等色論云超一切色想者過眼識相此明超可見有對二滅有對想者耳鼻舌身識和合想滅故此滅不可見有對三不念種種想者不念意識和合想故意識分別一切法故說名種種此滅不可見無對意識雖緣非色之境今但取緣色自有種種皆云想者小乘以在色欲修起此定未捨色形故不言滅色但言滅想想取色相故偏滅之大乘之中決唯滅想若超色相說無色者後滅空識應無識空問香味之想初禪已離色聲觸想二禪已除今云何言空定滅耶遠公答云香味二想雖盡初禪今云滅者治有四種一壞對治謂方便道觀下有漏無常等故二斷對治謂無礙道正斷下過三持對治謂解脫道爲首及後一切無間解脫持彼無爲不令失壞四遠分對治謂解脫爲首及後一切無礙解脫遠令前障畢竟不起今此空定據第四治色聲觸三云二禪雖滅者二禪已上乃至四禪當地雖無得借初禪三識之心見聞覺觸是

故乃至第四猶有此想空定滅之此上所
釋約次第修若於色界頓修空定則六識
行境並皆得滅故論上言意緣一切法亦
無揀故謂離三有對者俱舍界品中明十八界諸門分別總有二十二門今
此要二謂問云幾有見無見幾有對無對
偈云一有見謂色十有色有對釋曰十八
界中謂色界一此一有見謂爲眼根所觀
緣故名爲有見五根五境此之十界有色
有對謂此十界體是色故極微所成更相
障礙故名有對論云如手礙手如石礙石
或二相礙手石名二應知有對總有三種
一障礙有對卽十色爲體障礙卽有對持
業釋也二境界有對謂十二界卽六根六
識法界一分謂於法界中唯取心所此十
三法於色等境而能取故爲境所拘名爲
有對境界之有對依主釋三所緣有對其
體卽是七心界全謂六識及意并法界一
分亦心所也言所緣者色等六境言有對
者卽七心等爲六境界所拘礙故然對是
礙義礙有二種一障礙礙二拘礙礙三有
對中障礙有對卽障礙礙餘二有對是拘
礙礙論自問云境界所緣彼有何別論答
云若於彼法此有功能卽說彼爲此法境
界心心所法執彼而起彼於心等名爲所
緣釋曰彼卽六境此卽根識等意云若根
識等於色等境有能見等之功能故卽諮

色等爲我境界若心心所猶如羸人非杖
不起託境方生卽色境等名爲心等之所
緣也是則境界有對能緣力強所緣有對
所緣力強故所緣中但有七心境界之中
具有根識以根不託境而生故故能取境
邊名境界有對爲境引邊名所緣有對而
大雲釋云礙取境義邊名境界有對礙緣
境義邊名所緣有對似非本意以論引莛
設足論四句分別境界有對謂一於水有
礙非陸如魚等眼二於陸有礙非水如人
等眼三俱礙如捕魚人及蝦蟆等眼四俱
非礙謂除前根釋曰以此而明以見等爲
礙耳非礙見等也又論自釋礙義云何眼
等於自境界及自所緣轉時名爲有礙答
云越彼於此此不轉故釋曰謂眼緣色不
聽聲等故眼於色名爲有礙礙我餘緣故
則礙取境義斯亦有理而疏不言礙取餘
境但言礙境邊故非論意三有對義彼
論爲難今已略顯然第三有對體雖七心
要緣六境故亦有色又言等者等於下別
無對色故此無對色亦六境中法界攝耳
論云超一切下二別釋三句句皆有三如
初句中初標經二過眼識論釋三此明下
卽疏釋論下二句亦然其疏釋三句亦卽
俱舍界品明五蘊中色辨麤細門一可見
有對者謂色境也二不可見有對者謂眼
等五根聲香味觸也三無見無對者爲無
表色今初可見有對卽前界品中一可見
謂色瑜伽名爲超於顯色論云次於虛空
起勝解故所有青黃赤白相應顯色想由

不顯故及厭離故皆能超越滅有對想者標經而有對言因此句生耳鼻舌下論釋取四識和合但謂四塵卽聲香味觸識必依根卽兼前可見皆障礙有對故瑜伽云由不顯現超越彼想以爲因故所有種種衆多品類因諸顯色和合積集有障礙想皆得除遣不念下釋第三句先以論釋此滅下二疏釋先正釋後意識下通妨可知然此第三通於境界及所緣攝是法塵故意緣故已如上說瑜伽云由遠離彼想以

爲因故所有彼種種聚中差別想想轉謂飲食瓶衣車乘嚴具城舍軍林等想一切不作意轉皆云想者三別釋想字先依小乘俱舍云亦總名除色想然無色亦二一者生得生得卽果果滅色形二者修得修得在因身居欲色修空定時但滅於想應有問言何不滅餘故疏答云想取色相故偏說滅非不滅餘大乘下二約大乘謂縱生無色亦唯滅想若超色相下以例反成謂生識處不滅於空生無所有不滅於識何

生空處而滅色耶斯理善成初禪三識之心見聞覺觸是故乃至第四猶有此想空定滅之此上所識約次第修緣一切法者前明意識之中唯取緣色之想故今辨之知通一切論主但云滅意識和合想故意識分別一切法故說別異想曾不揀言唯取意中之色想耳故知通也

已明離障云何對治前三句中不念之言含於對治謂不分別色等境故何以不念見無我故約菩薩實治故云無我若依有漏但猒苦麤以爲加行順正理云謂若有法雖與色俱而其自體不依屬色諸有於色求出離者必應最初思惟彼法謂虛空體雖與色俱而待色無方得顯了外法所攝其相無邊思惟彼時而能離色此卽加行之相也

已明離障下二釋對治上二句結前生後後前三句下正釋然其不念之言對治義顯初超次滅亦是對治上引瑜伽三句之內皆具對治謂由遠離彼想爲因等下總釋云除遣如是有色有對種種想已餘無邊想虛空勝解是也何以不念下卽是論釋不念之言謂色無自實當體

卽空故云無我卽法無我約菩薩下卽疏釋論但厭苦麤者此卽有漏六行伏惑謂厭下苦麤障欣上淨妙離略言苦麤然此對治經雖無文論主義取不念釋耳順正便下引論釋成加行之相然云有法雖與色俱者有法卽空空徧一切色非色處今明色中之空故云雖與色俱而其自體者空是無礙色是變礙故下經云譬如虛空徧至一切色非色處非至非不至何以故虛空無身故此約事空若約理空義亦同

此故經頌云譬如法界徧一切不可見取爲一切是也上辨虛空之體諸有於色下辨觀行之相而待色無者然顯空相略有二義一滅色明空謂先有色今此已無故二對色明空此處是色無色處是空今待色無義含二意故婆沙論八十云但由加行名空無邊處謂初業者先應思惟牆上樹上岸上舍上等諸空之相取此相已假相勝解觀察照了無邊空相以先思惟無邊空相而修加行展轉引起初無色定故說此名虛空無邊處曾聞苾芻出此定已便舉兩手捫摸虛空有見問言汝何所覓苾芻答言我不見自身彼言汝身即在牀上如何餘處更覓自身故知入此定已亦不見身超定猶爾　今疏但明加行之相

二入無邊虛空者是修行利益謂三色想絕則入空理廓爾無邊故

三住虛空無邊處者是彼二依止三昧瑜伽云由已超過近分加行究竟作意入上根本加行究竟果作意定是故說言空無邊處具足安住準瑜伽意四義之中離障是超下地對治是加行究竟作意利益是勝解作意彼二依止是加行究竟果作意前三爲近分後一是根本後之三定一同於此又此四義初何所超次云何能超三超前何緣四超何所證是加行究竟下即是第六以彼釋云謂心得離繫故言利益是勝解作意者以彼雖彼當第二釋云正是修行以下彼二依止是加行究竟果作意彼釋云謂無間證入則知利益是正修行矣又此四義下第三結何所超者謂色云何超謂無分別何所緣者謂緣虛空無邊尤顯此句是修行相何所證者即是空處心一境性

超一切虛空無邊處入無邊識住識無邊處

二識無邊處心緣內識作無邊行相故以爲名初超虛空無邊處是明離障彼何所障外念爲麤故云何對治見彼外念麤分別過患故

二入無邊識是修行利益前明捨外今辨緣內正理云謂於純淨六識身能了知中

善取相已安住勝解由假想力思惟觀察無邊識想由此加行爲先得入根本正理論下引論證成加行之相言得入根本卽彼二依止三昧後依止可知

超一切識無邊處入無少所有住無所有處

三無所有處者卽內外皆無也初超無邊識是明離障何過須超章念麤故云何對治見麤念事分別過患

次入無少所有者修行利益前以捨外緣內故爲麤念既無所取能取亦無故內外俱無斯爲利益正理云見前無邊行相麤動起此加行是故此處名最勝捨以於此中不復樂作無邊行相心於所緣捨諸所有寂然而住瑜伽云從識處上進時離其識外更求餘境都無所得此意明識既爲麤識外復無故無所有

後住無所有處是彼二依止

超一切無所有處住非有想非無想處

四非想中無下七地明了之想有昧劣想故以爲名超一切無所有處是所離障云何對治無彼無所有以見麤念分別過患故爲能治既寂無所有云何名麤猶有無所有想故

經闕一句論經則具彼云知非有想非無想安隱卽修行利益

卽入非有想非無想處行是二依止瑜伽云先入無所有處定超過一切有所有想今復超過無所有想故言非想又言非無想者非如無想及滅盡定一切諸想皆悉滅盡唯有微細想緣無想境轉故卽於此處起勝解則超近分而入根本此中所以

不出三界者由縁無想境即是細想外道不了謂爲涅槃未能無縁豈離心境況計此爲我復生愛味故法華喻頭上火然若知此患更求上進求上進時求上所縁竟無所得無所得故滅而不轉則得滅受想定也若未得此定猒想爲先後想不行即入無想定然婆沙百四十一顯揚第三及諸論皆明而文言浩博上引二論文略義顯（然婆沙論下指廣在餘言諸論者雜集第九亦廣分別）今更約第一義修略示四空謂觀色即空心安於空是空處定次知空色不出於心是識處定次心境兩亡爲無所有次亦亡無所有想縁無想住名非想非非想若不縁此無想則諸漏永寂（今更約下約觀心釋亦通禪門）但隨順法故行而無所樂著

第三入意但順化衆生法不同凡小有愛味等如前已釋

佛子此菩薩心隨於慈廣大無量不二無怨無對無障無惱徧至一切處盡法界虛空界徧一切世間

大文第四佛子此菩薩心隨下明其猒果即前八定之所等引故名爲果文分爲三初四無量即行方便果次五神通即行功用果三此菩薩於諸禪下總結自在今初所以先明者凡夫味定三界輪迴二乘上升多皆趣滅菩薩因定發生慈悲廣利有情成菩薩性然入之所以前論已辨爲對生死涅槃分四爲二準瑜伽等四種無量爲四有情謂縁求樂衆生與慈有苦與悲有喜隨喜有感不染復應此四通縁一切

以智導之則無所著此四皆緣無量境故名四無量若總相說皆以定慧而爲其體若別明之慈即與樂無瞋爲體拔苦不害慶他不嫉自他捨惑即是善捨此四皆下四結總名

疏通始終之教準大集第九云知諸衆生心性本淨是名爲慈觀於一切等如虛空是名爲悲斷一切喜是名爲喜遠一切行是名爲捨此通終頓若圓教明如離世間品各有十義及圓融等若總相下五出體二先總皆以定慧者雜集十二云慈等三昧後得智中所建立故然論四無量總有五門一以靜慮爲所依二以有情爲所緣境界三與樂等相應爲行相四定慧爲自體一切功德皆奢摩他毗鉢舍那之所攝故五諸心心所以爲助伴疏皆含有若別明下二別出體兼含行相此有四句句皆有二慈即與樂此明行相無瞋爲體卽是出體拔苦悲相不害出體慶他喜相不嫉出體自他捨惑是捨行相卽是善捨是出捨體俱舍頌云無量有四種對治瞋等故慈悲無瞋性喜喜捨無貪此行相如次與樂及拔苦欣慰有情等緣欲界有情喜初二靜慮餘六或五十不能斷諸惑人起定成三釋曰初句標次句辨治治有四種一瞋二害三不欣慰四欲貪言瞋等者等取下三次二句出體慈悲以無瞋爲性喜卽喜受捨即無貪此即婆沙論意若俱舍論云悲以不害爲體故疏依之捨以無貪無瞋共爲其體今言行捨是雜集意次三句行相與樂是慈行相拔苦是悲行相欣慰是喜行相有情等是捨行相怨親平等故次句明所緣唯緣欲界上界無瞋等故次兩句明所依喜初二靜慮餘六者謂三無量依於六地謂四靜慮及未至中間或五者有餘師說唯依五地除未至定謂修無量者是定與德已離欲者乃能修故或十者欲令此四通依十地謂欲界定四靜慮根本及四近分并中間禪有三義故不能斷惑一有漏根本緣故二勝解作意相應故斷惑要須真實作意故三徧緣一切有情境界故斷惑要緣決作意故次句明處及成唯在人中成一卽成三種

文中二初別顯慈行後住悲下類顯餘三初中有十二句心隨於慈此句爲總隨有二義一心不趣寂動皆舍慈二以此慈心隨逐於物如犢逐母次十句別慈之種類總有其三初有七句八義衆生緣慈次一法緣後二無緣緣謂緣念初緣假者欲與其樂次緣人空但有蘊等善惡行法以用教化

後緣衆生體空欲令悟入初一通凡次一通小後一唯大慈之種類者疏依常義經論大同涅槃十五更有一義云衆生緣者緣於五蘊願與樂故法緣者緣諸衆生所須之物無緣緣者緣於如來是名無緣慈者多緣於貧窮衆生如來大師永離貧窮受第一樂若緣衆生則不緣佛法亦如是以是義故緣如來者名日無緣次更有義即是今疏所明今初八義曲復有四初四與樂正顯行相廣者與欲界樂欲境廣多故大者與同喜樂謂初二禪喜受俱故高出名大無量者與不同喜樂三禪已上離苦離喜故深故名無量不二者三樂平等與故上皆論意更有一理廣則無樂不與大謂菩提涅槃無量謂窮來際不二者無一不與故與欲界樂即五欲樂同喜之樂二禪之中一切因果三禪亦然非唯樂受三禪已上以喜爲患離故名樂不二者論云不二者亦是廣大無量即重牒前三以此三樂徧與衆生不揀彼此云平等與次二治障不愛之寃亦與其樂故無

怨障是愛之親亦與其樂非是偏情故無對礙中人無愛不愛故非障也次二治障者即經無怨無對慈行平等不等是障怨應與若今皆與樂故無慈障怨與其樂可名治障親與其樂何名治障不以親故偏與故疏云無偏情也與前不二有何別耶前唯就樂以明不二今就苦樂相對遣也次一清淨謂無身心不調五蓋等障是行清淨慈次一清淨即經無障然經云無障論爲清淨由前治障得此無障無障即淨又前是慈用用平等慈治於怨親此據慈體體是禪果所依依禪治下欲惡等染故名清淨身心不調造十惡業調故無之五蓋等者等上十惡及怨親也言行清淨慈者即淨名觀衆生品云行清淨慈諸法性淨故契深行淨障蓋不生後一攝果慈定起於色界正果慈之餘勢起欲界習果皆無苦惱之事後一攝果即經無惱先依論釋故論云欲色界中正受善果無苦惱事疏別配釋故修慈經說修慈有十五利謂卧安覺安天護人護眠無惡夢寤常歡喜水不能漂火不能燒刀不能傷毒不能害常生善處

鎮受快樂正報梵世殘報人王遠果作佛皆慈之果然此中有多種果初現報果常生下後報果正報梵世望上生報望下正報殘報人王即是習果又初七用果水不漂等是增上果常生下異熟果殘報等流果作佛是離繫果修一慈心三報不斷五果俱圓無費一毫而功報無極幸諸後學思而修之修一慈下結示勸修三報即現生後五果即異熟等次徧至一切處即法緣慈橫徧十方豎通三界彼中所有一切諸法皆能緣念然法有二種一緣聖凡五蘊之法二者衆生所有分別作業之法此即所化差別故涅槃云緣利衆生法名為法緣一緣聖凡五蘊之法者是所與樂人見無我故如諸論說二者衆生所有分別作業法者即涅槃意隨其所作化與樂故後二句無緣者無緣有二一自體無緣豎窮法空云盡法界二徧至無緣顯空無分齊橫盡虛空末句云徧一切世間者總結上慈成無量義也經徧至一切世間者正約有情世間義兼餘二正覺器界是所與故然約圓敎離世間品各有十義

住悲喜捨亦復如是

類三可知

佛子此菩薩得無量神通力能動大地以一身為多身多身為一身或隱或顯石壁山障所往無礙猶如虛空於虛空中跏趺而去同於飛鳥入地如水履水如地身出煙燄如大火聚復雨於水猶如大雲日月在空有大威力而能以手捫摸摩觸其身自在乃至梵世

第二佛子下得五神通明行功用果前內懷慈濟之心此外現救生之用從多分說但為邪歸妙用難測曰神自在無壅曰通

文中有五一神境二天耳三他心四宿住五天眼寄同世間故但得五外色內身皆神之境轉變多種偏受神名亦名神足依欲勤心觀之所成故亦名如意隨意成故餘名易了若語其體通是慧數別則前四是智後一是見見亦是智照了分明順眼義故偏立見名餘處天眼居神境次者顯自修者先成自根勝用次知他心後知往業故今約利他三業故天眼居末初一身業到化機所次二口業天耳聞佛說法聞衆方言以他心智隨種種言音皆盡知已將前所聞之法隨其方言之異復宜用何言之異而授與之後二意業宿住知其過去是何界種天眼見其未來遠近成益隨應化之餘如十通品辨順眼義者就眼辨智發體從眼故云約見天耳何不發智就根名聞聞不順智不如眼故餘處已下七辨次第亦是三業分別五通皆智智皆意業今從用相故分三業今初身通文二初總明後能動下別顯總中云得者總修總得若準瑜伽三十三得四靜慮竟各各別修皆有假想則別修別得既寄位次第別亦無違然通依四禪多依第四後別中得三種自在一世間自在動大地故二以一身下身自在三石壁下作業自在後別顯者經有十句論攝爲三初二各一後八爲一論亦分八然總十事亦十八變文有不足故論直分疏以經難留在下說今且依論作業自在中八者一傍行無礙如經石壁山障所往無礙猶如虛空故二者上行如經於虛空中跏趺而去同於飛鳥故三者下行如經入地如水故四者涉水不沒如經履水如地故五者其身熾然如經身出烟熖如大火聚故六者身能注水如經復雨於水猶如大雲故七者身能捫摸如經日月在空有大威力而能以手捫摸摩觸故八者自在乃至梵世間器世間隨意轉變得自在故如經其身自在乃至梵世故釋曰若會十八變者三中初一卽振動二中有

四一者一身爲多身是舒二者多身爲一身是卷三隱四顯三爲八中攝爲五種一傍行二上行皆是往來三四皆轉變五六皆熾然七卽衆象入身以高大故八卽所作自在上三段中初一次四後五但有其十餘八略無論見多無別爲科釋餘如善住知識處明

此菩薩天耳清淨過於人耳悉聞人天若近若遠所有音聲乃至蚊蚋虻蠅等聲亦悉能聞

第二天耳通初總標其體謂天耳清淨清淨有二義一離欲界法得靜慮引生清淨大種所造故二離於障礙審諦聞故由此故云過於人耳悉聞下顯用釋過人義遠細皆知故

此菩薩以他心智如實而知他衆生心所謂有貪心如實知有貪心離貪心如實知離貪心有瞋心離瞋心有癡心離癡心有煩惱心無煩惱心小心廣心大心無量心略心非略心散心非散心定心非定心解脫心非解脫心有上心無上心雜染心非雜染心廣心非廣心皆如實知菩薩如是以他心智知衆生心

第三他心通中三初總知他心者通於王所次所謂下別後菩薩如是下結別中二十六心行相各異然除小等四心餘皆障治間明善惡對顯總攝爲九一以初六心明隨煩惱謂隨緣現起煩惱相應故名爲隨非約小惑名隨言有貪者於可愛所緣貪纏所纏故離貪者遠離如是貪纏故下四例知卽三不善根及三善根以爲能治論今但以能治亦因煩惱而來故皆名隨煩惱下使亦然言有貪下次別釋初對貪是心所心王之體與貪相

應名貪纏所纏餘亦如是二有煩惱等二心明使即是
隨眠二心明使者論中名使隨眠性成猶如公使隨逐捉縛故三小等
四心名生約無記報心人心小欲天廣色
天大無色二解脫無量以作空識無邊行
相故上二不爾故非無量而論不明上二
空處意明無所有及眛劣故或是略非略
攝之或是略者以論經無略非略下釋即散不散中開出今以論中不說於上
二無色故以此當之無所有想即是略也非想非非想中此想亦劣故名非略四
有四心學三昧行略者謂由止行於内所
緣繫縛其心故非略者太沈眛故或不一
所緣故散者太舉於五妙欲境隨順流散
故非散者於妙所緣明了顯現故前二約
定後二約慧定等均者則名等持論經合
之爲二名攝不攝故論以散不散釋之四有
四心者與後得定以略釋止者故唯識釋睡眠云眛略爲性略揀寤時眛揀定中定

中是略而不眛故繫緣一境即是略義略非略中略心爲得非略爲失散非散中散
則爲失非散爲得前二約定者以論無略非略但名學三眛行今以三眛有止觀品
故別用之五有二心明得三眛定者正入根本
定故不定者未入及起時故
六有二心明得解脫有縛無縛故
七有二心餘凡夫增上慢即前類之餘以
得四禪謂爲四果即麤習行名上無此即
細習行名無上以得四禪者得初禪謂得初果餘三如次八有
二心妄行正行論經名求不求心希求名
聞即是雜染反此非染論經名求者仍在上無上前九
有二心大乘得失悲智兼濟爲廣隨闕非
廣論闕此二九有二心大乘得失者論經無此論亦無義今以義釋耳
上之九類不出三種初二煩惱次一是苦
餘皆是業業有善惡耳亦即四諦開解脫
爲滅善業爲道故皆如實知者審於事實

見理實故亦非心外見法亦非無境可知若自他相絕則與衆生心同一體故無心外也不壞能所故能知也又他心是總餘皆是別六相圓融一乘之實知也

上九類下通相料揀有三一三雜染料揀二亦即下四諦料揀三皆如實下總釋如實知義有五教意初通小乘初教理實通人法二空故二亦非心外下通始終二教唯識之義通二教故三若自他下通於終頓兩教但同一體即是頓教無取不壞能所知義即是終教又總取雙絕雙存亦圓教中同教義故四又他心下六相圓融唯屬圓教一乘之別教義

此菩薩念知無量宿命差別所謂念知一生念知二生三生四生乃至十生二十三十乃至百生無量百生無量千生無量百千生成劫壞劫成壞劫無量成壞劫我曾在某處如是名如是姓如是種族如是飲食如是壽命如是久住如是苦樂我於彼死生於某處從某處死生於此處如是形狀如是相貌如是言音如是過去無量差別皆能憶念

第四宿住智通初總標誰能念即宿住之智次所謂下別顯後如是過去下總結別中初念何等事謂一生乃至多劫中事此顯念時分次我曾下云何念即念相差別也念彼因中名字不同姓謂父母家姓如迦葉等種族即剎利等貴賤餘可知

此菩薩天眼清淨過於人眼見諸衆生生時死時好色惡色善趣惡趣隨業而去若彼衆生成就身惡行成就語惡行成就意惡行誹謗賢聖具足邪見及邪見業因緣身壞命終必墮惡趣生地獄中若彼衆生成就身善行成就語善行成就意善行不謗賢聖具足正見正見業因緣身壞命終必生善趣諸天之

中菩薩天眼皆如實知

第五天眼通論名生死智通約根約境異故初總顯能見誰能見天眼故清淨者審見故過人者遠見故次見諸下別顯所見初見生死本有之果隨業之因若彼衆生下云何見別見因果不同如二地攝善戒中辨菩薩下結

此菩薩於諸禪三昧三摩鉢底能入能出然不隨其力受生但隨能滿菩提分處以意願力而生其中

第三此菩薩下總結自在近結厭果遠結前厭於何自在即前禪等禪謂四禪三昧者四無量慈等三昧故三摩鉢底者論云五神通此應譯者之誤合云三摩呬多以此云等引五通即所引故三摩鉢底此云等至非神通故云何自在智能入出則散動不能縛即生心時隨心用現在前故大悲方便不隨受生則定不能縛若不隨禪生當何所生不揀淨穢但能滿菩提分處即生其中論主從勝及自利說謂諸佛菩薩共生一處是能滿處以願力者非業繫生故即生心時者此有三重自在上明散動不亂則入定自在此段欲入則入欲出便出則入出自在即是地初明感心也三大悲方便下受生自在則報果無縛也論云彼厚深念心此成就示現者謂地初十種深心中第八心也今經當勇猛心故上論釋云又不隨禪解脫力生疏釋云地滿方成正指此也論主從勝等者佛菩薩處勝諸穢處及自利者爲滿自利菩提分故近佛菩薩若約利他瑜伽地持皆云隨他見已生道法處故今疏云不揀淨穢能滿二利菩提分處即生其中

佛子是菩薩住此發光地以願力故得見多佛所謂見多百佛見多千佛見多百千佛乃至見多百千億那由他佛

第二位果三果即爲三別初調柔果中三初調柔行體二此菩薩於四攝下別地行相三佛子是名下結說地相前中有法喻合法中三初練行緣二悉以下明能練行三見縛下明所練淨

悉以廣大心深心恭敬尊重承事供養衣服飲食卧具湯藥一切資生悉以奉施亦以供養一切衆僧以此善根迴向阿耨多羅三藐三菩提於其佛所恭敬聽法聞已受持隨力修行此菩薩觀一切法不生不滅因緣而有

二中先福行次迴向行後修智行言觀一切法不生不滅者即法性觀於清淨法中不見增故不生煩惱妄想中不見減故不滅即法性觀者亦約真諦則顯因緣而有是因緣觀是俗諦觀不見增減者以法性中無淨穢故體無增減性無二故因緣而有此有二義一者成上由淨法從緣生故無可增妄法從緣滅故無可減二約不壞相故雖體不生滅不礙生滅依對治因緣離煩惱妄想故滅轉勝清淨般若現前故生以一切法不生般若生故知一切法不滅妄想滅故以此該後則見縛等滅是不滅之滅也一者成上即隨順觀世諦即入第一義也二約不壞相者約即真之俗也以一切法不生者即大般若文悟法無生名般若故知無可滅照見惑源故妄滅也又以此三地世間滿故於禪定中爲此實觀生起後地無生行慧亦即善巧決定觀察智也又以此下結說之由

見縛先滅一切欲縛色縛有縛無明縛皆轉微薄於無量百千億那由他劫不積集故邪貪邪瞋及以邪癡悉得除斷所有善根轉更明淨

三所練淨中先明斷惑後揀細異麤前中五縛即五住煩惱若合色有即是四縛縛衆生故亦名四流見縛先滅者初地見道已斷分別惑故一切欲等者論云一切修道中三縛及彼因同無明習氣皆悉微薄謂煩惱障三縛現行及種故云彼因與當地所知障種同滅故云同無明習氣習氣即種義瑜伽四十八云捨欲貪故無欲縛棄捨靜慮等持故斷有縛若合色有者有當無色今合爲一卽上二界總名有縛故爲四縛四流義如初二地說上辨開合二見縛先滅下釋經則五中初一見道所斷已屬二地故云先也論云下先舉論謂煩惱下釋論言與當地所知障種同滅者以地地各別斷所知障而種現雙斷故此地初云此地斷暗鈍障謂所知障中俱生一分開成二愚及彼麤重麤重卽是種子所知種現體卽無明故云無明習氣習氣卽是麤重其俱生煩惱若約現行亦地地別斷故與所知障種現俱滅煩惱種子直至金剛方永斷盡今約現行故得云滅若約種子但言微薄

以現斷故種隨微薄又斷現故亦得薄名後於無量下揀細異麤謂是斷細以多劫不積三不善根故細種漸斷善根轉淨言多劫者仁王經說初地經四阿僧祇劫二地五三地六細障難斷經劫轉多多劫不積故邪貪等斷然但斷細習非是斷麤麤障見道初地已斷麤障修者二地已斷故善根轉淨即前信等揀細異麤者望於二地故得名細非望後地而得細名麤障見道者卽分別起麤障修者二地已斷者然煩惱有三一正起初地斷二誤心起者二地已斷三不善根使任運性成三地已上漸次斷之又貪等惑略有二種一者不善凡夫所起二者是善愛佛名貪憎厭世間說之爲瞋分別有無說以爲癡上三處斷是不善煩惱善煩惱斷亦有三處一者正起地上漸斷八地時盡二者習起八地已上漸次除斷十地時盡三者使性至佛乃盡今此但斷不善之性不說現斷至七地中方說斷於求佛貪等

佛子譬如真金善巧鍊治秤兩不減轉更明

淨
喻言秤兩不減者厭離世間勝於前地信等入於厭火故自在不失滅也

菩薩亦復如是住此發光地不積集故邪貪邪瞋及以邪癡皆得除斷所有善根轉更明淨此菩薩忍辱心柔和心諧順心悅美心不瞋心不動心不濁心無高下心不望報心報恩心不諂心不誑心無險詖心皆轉清淨

三合中二先正合前行淨後此菩薩下別顯忍淨此地忍增故偏明之有十三心初二句爲總一他加惡辱能忍受故二善護他心謂他人陵我以剛强我則騁之以柔和故下諸句別釋此二（他人陵我者即借老子之言彼云柔弱勝剛强又云天下之至柔馳騁天下之至堅例而用之）初有二心分別善護他心一諧順心者以他於菩薩作惡疑菩薩瞋恨菩薩現同伴侶與之諧和二悅美者愛語誨誘

次以三心分別加惡忍受謂身加惡而不瞋口毀辱而不動心嫉害而憂惱不能濁以萬頃之陂方其量故（以萬頃之陂者蔡邕歎郭林宗云汪汪若萬頃之陂旣撓之不濁亦澄之不清言其量大也）次有三心出上二因無高下者過去久離憍慢故不自高舉輕下於彼由此能柔和護他後二即加惡不改之固一不望報恩故益他被辱而忍受二受恩常念小恩大報故衆生於我有恩法爾應忍（二受恩者即涅槃文十行已引衆生於我有恩者若無衆生不能成我普賢行故）後三心顯上二心離障雖柔順護他而非諂實爲利益故不誑心無隱覆諂佞故無險詖險詖者諂佞也餘皆可知（險詖者毛詩序云內有進賢之志而無險詖之心蒼頡篇云詖謂諂）

佉也

此菩薩於四攝中利行偏多一波羅蜜中忍波羅蜜偏多餘非不修但隨力隨分佛子是名菩薩第三發光地

菩薩住此地多作三十三天王

二菩薩住此下攝報果此下諸地攝報文皆分二初上勝身

能以方便令諸衆生捨離貪欲布施愛語利行同事如是一切諸所作業皆不離念佛不離念法不離念僧乃至不離念具足一切種一切智智

復能以下上勝果果中一自分行

後作是念我當於一切衆生中爲首爲勝爲殊勝爲妙爲微妙爲上爲無上乃至爲一切智智依止者若勤行精進於一念頃得百千三昧得見百千佛知百千佛神力能動百千佛世界乃至示現百千身一一身百千菩薩以爲眷屬

二復作是念下勝進行勝進果中經云得百千三昧者初地百二地千此爲十倍三地百千即已百倍四地億數然其百千已用中等數法百百變之方是一萬若百萬爲億四地望三亦是百倍五地千億已是千倍六地百千千億若云百億千億亦是百倍若總云百千億則數難分七地百千億那由他則已有那由他倍由有百千億箇那由他故準僧祇品云一百洛叉爲一俱胝俱胝此中等數洛叉爲億俱胝爲兆次云一俱胝俱胝爲一阿庾多阿庾多阿庾多爲一那由他自此已上皆用上等之數倍倍變之故百千億箇那由他已非心識思量之境況八地云百萬三千大千世界微塵數九地云百萬阿僧祇國土微塵數十地云不可說百千億那由他佛刹微塵數三昧等此上三地皆以刹塵當前一數故難思中難思也況一一地中皆悉結云若以殊勝願力復過於此百劫千劫百千億那由他劫不能數知此約行布況圓融耶以登地難量故略寄數以褫深淺空中鳥跡難可宣示瓔珞亦云初地一念無相法身成就百萬阿僧祇功德雙照二諦心心寂滅法流水中不可以

凡心識思量二種法身況二地三地乃至等覺地但就應化道中可以初地有百身千身萬身乃至無量身等釋曰據此等文寄其數量非盡理說

若以菩薩殊勝願力自在示現過於此數百劫千劫乃至百千億那由他劫不能數知

爾時金剛藏菩薩欲重宣其義而說頌曰

清淨安住明盛心厭離無貪無害心堅固勇猛廣大心智者以此入三地

第三重頌十八頌分五初一頌起厭行分

菩薩住此發光地觀諸行法苦無常不淨敗壞速歸滅無堅無住無來往

觀諸有爲如重病憂悲苦惱惑所纒三毒猛火恒熾然無始時來不休息

二有十二頌頌厭行分於中初二護煩惱行

厭離三有不貪著專求佛智無異念難測難思無等倫無量無邊無逼惱

見佛智已愍衆生孤獨無依無救護三毒熾然常困乏住諸有獄恒受苦

煩惱纒覆盲無目志樂下劣喪法寶隨順生死怖涅槃我應救彼勤精進

次三護小乘行

將求智慧益衆生思何方便令解脫不離如來無礙智彼復無生慧所起

心念此慧從聞得如是思惟自勤勵日夜聽習無間然唯以正法爲尊重

國城財貝諸珍寶妻子眷屬及王位菩薩爲法起敬心如是一切皆能捨

頭目耳鼻舌牙齒手足骨髓心血肉此等皆捨未爲難但以聞法爲最難

設有人來語菩薩孰能投身大火聚我當與

汝佛法寶聞已投之無怯懼
假使火滿三千界身從梵世而投入爲求法
故不爲難況復人間諸小苦
從初發意至得佛其間所有阿鼻苦爲聞法
故皆能受何況人中諸苦事
後七方便攝行
聞已如理正思惟獲得四禪無色定四等五
通次第起不隨其力而受生
三一頌厭分及果
菩薩住此見多佛供養聽聞心決定斷諸邪
惑轉清淨如鍊真金體無減
住此多作忉利王化導無量諸天衆令捨貪
心住善道一向專求佛功德
佛子住此勤精進百千三昧皆具足見百千
佛相嚴身若以願力復過是

四三頌頌位果
一切衆生普利益彼諸菩薩最上行如是所
有第三地我依其義已解釋
五一頌結說三地竟

大方廣佛華嚴經疏鈔會本第三十五之六

音釋

捫摸（捫音門摸音莫）蚊蚋（蚊音文蚋孺稅切）䖟（眉庚切蚊屬）險詖（詖彼義切險詖謂陰險不平之言也）勵（音例勉力也）愜（胡夾切嗑也）犢（杜谷切牛子也）分齊（分房問切齊才詣切分齊限量也）配（滂佩切匹也）蝦蟆（蝦何加切蟆謨加切）寤（五故切寐覺也）撓（女教切擾也）頡（奚結切）呬（音癡去聲又音戲）

大方廣佛華嚴經疏鈔會本第二十六之一

唐于闐國三藏沙門實叉難陀　譯
唐清涼山大華嚴寺沙門澄觀撰述

第四焰慧地所以來者瑜伽七十八引解深密明四種清淨能攝諸地前三即意樂戒定增上三清淨訖此下第四訖於佛地明慧增上故次來也又慧有多種四地正明覺分相應增上慧住故次來也又前地雖得世定總持而未能得菩提分法捨於定愛及與法愛今修證彼行故次來也若依本論前三寄世間今此出世次第故來若近望前地因前定聞法此證智故次來也故論云依彼淨三昧聞持如實智淨顯示故引解深密者意欲雙明具經論故經當第四波羅密品觀自在問言佛說十地佛地幾清淨攝幾分所攝佛言善男子當知諸地四種清淨十一分攝云何名爲四種清淨能攝諸地謂增上意樂清淨攝初地清淨增上戒清淨攝第二地增上心清淨攝第三地增上慧清淨攝於後後地轉勝妙故當知能攝從第四地乃至佛地釋曰上言十一分者即十地及佛地捨於定愛者前有八定故有定愛有聞持故有法愛言今修證彼者證彼菩提分法言焰慧者法喻雙舉亦有三義一約初入地釋初入證智能燒前地解法慢薪故本分云不心煩惱薪智火能燒故二約地中釋成唯識云安住最勝菩提分法燒煩惱薪慧焰增故由住第四地竟方修菩提分法明是地中若唯取此而爲慧者未修道品應非焰地以此地正明菩提分法中該初後諸論多依此釋攝論云由諸菩提分法焚燒一切障故障即二障莊嚴論云以菩提分慧爲焰自性以惑智二障爲薪自性此地菩薩能起焰慧燒二障薪名焰慧地瑜伽七十八引深

容經大同此說彼云所得菩提分法能燒煩惱智火如燄金光明經顯揚論不殊此意三約地滿從證智摩尼放阿含光故名爲焰下論具之二約地中下有四一引論正釋然唯識文即攝論意次下正引即攝論第七意世親釋云由此地中安住最勝菩提分法由住此故能燒一切根本煩惱及隨煩惱皆爲灰燼然以菩提分而爲慧者非皆是慧慧之燄故從喻爲名由住第四下二以文成上約地中義以此下四釋妨難難云若許此第一釋者何以諸論多依第二故爲此通攝論云下二出多釋文畧舉五釋一攝論即上第七論二莊嚴論當第十三三引瑜伽論亦第四文多同前四引金光明即第三經云能燒煩惱以智慧光增長光明故是修行道品依處是故四地名爲燄慧五引顯揚亦當第三論云燄慧地者謂諸菩薩住此地中先善修治第三地故超過一切聲聞緣覺地證得極清淨緣諸覺分別取法境微妙慧蘊能現前燒一切煩惱是故此地名爲燄慧然上五釋義皆相成故疏總云不殊此意三約地滿者前約證智爲燄此約教智爲燄然所燒煩惱即所離微細煩惱現行障謂所知障中俱生一分亦攝定愛法愛菩提分法特違於彼故能燒之由斯四地說斷二愚及彼麤重一等至愛愚味八定故二法愛愚即解法慢今得無漏定及無漏教故違於彼然所燒下三斷障四初舉唯識然唯識一分之下更有論云第六識俱身見等攝最下品故不作意緣遠隨現行故名微細釋曰第六識言揀第七識第七識俱以微細故此地未斷今言微細望前地說有三義故立微細名一第六識中分別身見名爲上品唯不善故獨頭貪等名爲中品通善不善此唯無記故名下品二不作意緣故即任連生義三遠隨行故從無始來隨逐於身故有上三義故名微細論云彼障四地菩提分法入四地時便能永斷釋曰以有身見不能觀身爲不淨等問上言所知障中俱生一分那名煩惱答此所知障昔時多分與煩惱障同一體起立煩惱名由菩提分正斷所知彼之身見亦不行故前之三地何不爾耶以相同世間今此出世方能離之亦攝定愛下二出本論名名離解法慢障畧云解法實亦有定本分中說亦唯識文論云身見等言亦攝無始所知障攝定愛法愛彼定法愛三地尚增入四地時方能永害由斯四地說斷二愚及彼麤重一等至愛愚即是此中定愛俱者二法愛愚即是此中法愛俱者所知障攝二愚斷

故煩惱二愛亦永不行今得無漏定者即彼疏釋愚即所知愛即煩惱故說俱斷由此證得無攝受真如謂此真如無所繫屬非我執等所依取故由此證得下四證論文世親釋云於此如巾無計我所如北洲人無繫屬故應說此如非我執我慢我愛無明邊見我所見等所依取故得此真如寧有定法之愛便能成菩提分行及不住道行精進不退得此真如下是今疏結成由達無攝受真如便得攝生之果由達無下六得果者不爲我攝方能攝生

佛子聞此廣大行可樂深妙殊勝法心皆勇悦大歡喜普散衆華供養佛

演說如是妙法時大地海水皆震動一切天女咸歡喜悉吐妙音同讚歎自在天王大欣慶雨摩尼寶供養佛

次正釋文文亦三分一讚請二正說三重頌今初六偈分二初二偈半集經者序述地海動者表無明厚地大愛海水可傾竭故

讚言佛爲我出興演說第一功德行如是智者諸地義於百千劫甚難得我今忽然而得聞菩薩勝行妙法音

願更演說聰慧者後地決定無餘道利益一切諸天人此諸佛子皆樂聞勇猛大心解脫月請金剛藏言佛子從此轉入第四地所有行相願宣說

後三偈半正明讚請於中初二偈半天王請後一衆首請

爾時金剛藏菩薩告解脫月菩薩言佛子菩薩摩訶薩第三地善清淨已欲入第四燄慧地當修行十法明門

第二正說分中二初明地相後明地果前

中論爲四分一清淨對治修行增長因分謂清淨等是次二分今趣地方便爲彼之因二佛子菩薩住此焰慧下清淨分是初入地出障行故三佛子菩薩住此第四下對治修行增長分即正住地行道品等行能有所除故云對治進習上上名修行增長四佛子至所有身見下彼果分此即地滿是中二分之果又此四分即加行無間解脫勝進四道又四中初一入心後三住心出心在調柔果住心中三分攝前三位初清淨分即攝生貴住次攝至一切處迴向後攝無盡行至文當知又此四分者第二四道科如雜集第九說俱舍賢聖品云應知一切道畧說唯有四謂加行無間解脫勝進道釋曰加行道者謂引無間道前之加行也無間道者謂斷惑道也解脫道者無間道後名解脫道謂已解脫所應斷障最初所生勝進道者除前三外所餘諸道漸勝進故即解脫道後所起諸道也是涅槃路故名爲道釋曰所起諸道者準雜集即爲斷餘品煩惱所有加行無間更有異釋大意皆同四中又下三依三心科具如初地今初因分文三初結前標後次何等下徵列別名三菩薩以此下結行入位今初十法明門者門即通入之義故論經名入明爲能入之門法爲所入之處故論云得證地智光明依彼智明入如來所說法中言證地智者即四第證智也光明者即三地慧光謂三地中得此四地證智前相故併舉二處之智以釋於明亦猶地前明得定也故前地論云彼慧此中名光明即其義也言所說法者前求多聞從佛聞說衆生法界等十種之法便以智光游入數數游入游入即是修行修行即下觀察觀察增上極圓滿故方得證入四地今初因分者第四文即第一清

淨對治修行增長因分以是次二分因故唯牒一因字耳論經名入者引證論經云當以十法明入四地故五便以下五通釋下句依彼智明入如來所說法中論經云思惟是今經觀察

何等爲十所謂觀察衆生界觀察法界觀察世界觀察虛空界觀察識界觀察欲界觀察色界觀察無色界觀察廣心信解界觀察大心信解界

二徵列中有十種差別觀察此十略以三重釋之一初句爲總本爲衆生故餘九爲別皆衆生事故二前八爲染後二爲淨三前五推能依至所依後五依所依立能依三前五下三能所依釋前中一觀衆生假名差別假有三種一因成假二相續假三相待假假爲空詮故先觀之因成有二一五蘊和合假名某甲則入衆生空二陰亦因緣而有則入法空二空所顯即是眞如不壞假名空有不二即是中道言相續者由前陰滅後陰續生念念相續假而非實亦入二空眞實言相待者待非衆生以說衆生入實亦然此一推假入實餘九例知故論但顯差別之相二法界者論當第三是依正之因即染法界此從別義若淨法界通爲十依則十與法界究竟無別三世界者彼假名衆生所住依報四依正所依虛空瑜伽名爲平等勝義即是理空皆無盡故因成有二者謂人法二空二空所顯下會其三觀言即是眞如自有二意一者順法相宗二空爲非眞如故二成三諦假名爲有諦二空爲無諦眞如爲中道第一義諦已有三諦三觀矣又空有不二總爲眞空不壞假名即是假觀合上空假以爲中道下觀二假例此成觀故相續後結云亦入二空眞實眞實即是眞如異名名相待假後結例可知五染淨所依是本識界後五依此所依立

後能依故此識界前後兩向向前爲依正依向後爲染淨依後五依此下文二先總明此識亦通二宗若生滅識生染淨依他亦依心有即法相宗若真妄和合識亦生染淨即法性宗並如前說初三句由煩惱使染成染分依他有三界差別著欲著受及著想故三界唯心故後二廣大信解成淨分依他論經前是勝心信解依煩惱不染與聲聞同後大心信解依不捨衆生不同聲聞若欲等者由著欲故有於欲界由著受故有於色界謂四禪天不出四受又著正受故由著想故有無色界空想識想無所有想非想非非想雖欲絕想亦不出想三界唯心總結上文如下六地今經即前云廣則明護愜兼濟之心後是大心即是護小求大菩提則二心俱異二乘前觀衆生同體大悲後觀衆生具佛知見皆令同得又皆言界者通事理也事即曲盡差別理則一一入實即淨法界故皆爲明門

菩薩以此十法明門得入第四燄慧地

三結行入位觀察圓滿與十理冥則入四地故瑜伽四十八云先於增上心住以求多聞增上力故已得十法明入由此十法明入成上品故極圓滿故入初增上慧住

佛子菩薩住此燄慧地則能以十種智成熟法故得彼內法生如來家

大文第二清淨分即攝生貴住故前文云於諸佛聖教中生云何清淨於如來家轉有勢力故文中三初總明次何等下徵釋三是爲十者總結初中文有三句末句生家是總相初句十智爲能生因次句內法爲所生家由以十智觀察下諸行等十法得成熟故成熟則除滅三地解法智障攝

四地出世勝智契於法體故云得彼内法内法者顯非外相此法即如來所說教化之法名如來家此地寄出世之首故名爲生初總明三初牒經釋初句十智爲能生者即下所列之十句也智因所觀而成十智内法者疏釋以證性故亦是如來教化之法故名爲内何時得耶論云此法明入同時得故應知若爾何異前分而云前分爲此因耶答因分觀十未得上品猶在三地得上品竟即入四地與此同時若遠公云十智十入名異體一故即同時而自問云兩法相似可得言同明智體一何得言同彼自釋云此雖體一隨門有別是故説同云何門別前就衆生世界等十以彰法明今此乃就三寶等以説法智故云别也復應難云所觀既異何名體一故應如前鈔家之釋復應問云前觀十明得入四地此前未觀十智云何言生故應答言有二義故一前以能化觀于所化今以所化成能化法爲分能所所觀少殊能所相成故得一時二者前十明門了相會性今此十智雖舉十相意在一性故云内法性相少異分之成二性相不離故得一時問何以將此教化之法爲如來家論云如來自身所有諸法以是法故顯示如來釋曰若無此法不名如來故此十法佛所安住名之爲家然如來家略有

三種一菩提心家初住即生二大教家四住即生三法界家初地證故生今此攝四住故以智契教法合於法界具下十義故名爲生然如來下二辨家不同準下林神八地亦生生無生忍家故如來亦名究竟生家故云畧耳若瑜伽但云長如來家論經亦但云於如來家轉有勢力意明初地已生家二三地起修方便早有勢力今依三地之聞成出世智故云轉有此中智契即無行無生行慧光若瑜伽下三會論釋二論意同此中智契下顯所證體成上内法即前地中五方便内第三方便也

何等爲十所謂深心不退故於三寶中生淨信畢竟不壞故觀諸行生滅故觀諸法自性無生故觀世間成壞故觀因業有生故觀生死涅槃故觀衆生國土業故觀前際後際故觀無所有盡故是爲十

二徵列中列有十句論攝爲四初句自住處畢竟智謂大乘是菩薩自所住處深心相應爲住畢竟即是不退謂大乘等者釋上名也然上論主一時列四名已屬經竟重復料揀解釋今初云自住處畢竟智即初列名謂大乘下是後重釋論具云菩薩自住處者謂大乘法中故二同敬三寶畢竟智謂證三寶同體成不壞信故上二約行德差別初自分後勝進故上二約行德者三寶是已之上故云勝進下有二智約智解差別初證後教謂三有二句明真如智謂見第一義證二無我故一但有蘊等諸行而生滅流轉故無人我二即此蘊等諸法本來不生故無法我

四餘六句明分別說智謂是教智故名爲說知世諦故名爲分別分別染淨故謂初二句是染後三句是淨第三句具染淨各有因果即是四諦故四餘六句下即論立名謂是教智下疏釋論分別染淨故是論總釋謂初二句下是疏釋論謂初二句名隨煩惱染即是苦諦依正二報隨煩惱集因所生故謂初句依報次句正報故云有生同因於業業與煩惱二俱集因故論與經影略而說故論與經者經云因業有生論云初二句隨煩惱染故第三句中初觀生死論經名世間即煩惱染上句以因顯果云因業有生此句以果顯因故云生死生死以煩惱爲體故即是集諦此順論意次觀涅槃是所有淨即是滅諦若直就經文亦可因業有生是集諦生死涅槃復雙觀苦滅耳此順論意者以論云煩惱今將經文生死就論故云論意後三句隨所淨即是道諦隨順前滅故三中初一利他行論云諸佛世界中教化衆生自業成熟故準此論意譯此

初句應言觀諸國土化衆生業則不濫前因業有生後二句自利行謂觀煩惱染及涅槃淨爲順滅之道初句約事觀煩惱無始故爲前際涅槃無終故爲後際後句順理觀煩惱本空無有損減故無可盡涅槃性淨非新增益自性盡故皆名無所有盡煩惱影取生死涅槃影取菩提菩提之智亦符理故然是世諦中觀故異前如智即不濫前因業有生者今云觀衆生國土業故濫前也菩提之智下三通影取菩提難恐有難云涅槃性盡云無所有盡菩提非性何言無所有盡故以符理全同涅槃然是世諦下四通約順理解以約理釋濫前如智故通云異異相云何猶相見道中亦觀非安立諦而是後得此亦如是雖觀於如而是教智又後二句即本有今無偈意亦是觀緣起法無明行爲前際生老死爲後際無明滅行滅自性滅故各無所有盡如六地中又後二句下五更顯別理自有兩意一即四出偈謂觀前際後際故即本有今無本無今有觀無所有盡故三世有法無有是處第五經疏已廣分別亦是下觀緣生觀然上十智正觀如來教化之智智之別相必由所觀不觀所觀安識佛智佛智證彼內法四地菩薩亦如是證思之

自下大文第三對治修行增長分中二初護煩惱行後菩薩修行如是下明護小乘行前是大智自利異凡後是大悲利他異小此二相導成不住道無所不至故攝至一切處迴向也令初即修菩提分法前是大智者二行總有四對一名自利利他對二大智大悲對三護凡護小對四不住生死涅槃對即非凡夫行非聖賢行是菩薩行後結成無住以攝前位論主別有道品論故此不釋今略爲四門一釋名菩提是覺分是因義此三十七爲諸乘覺因故亦云道品品即是類因爲果類故別名至文自顯論主別有道等者出不釋所以今之四門亦無所不具爲諸乘者通三乘菩提故俱舍賢聖品云覺謂盡無生順此故名分釋曰覺者無明睡眠皆永斷

故盡無生智爲此覺體三十七品順趣菩提名菩提分今順亦因義二顯同異瑜伽四十四大乘菩提分乃有多種三十七品乃是其中別義通於大小涅槃亦說三十七品爲涅槃因非大涅槃因無量阿僧祇道品爲大涅槃因故下五地中說無量道品及離世間品說道及助道皆名無量今約寄位故但三十七耳若準智論但三十七無所不攝即無量道品亦在其中如分別四諦有無量相但心行大小不同淨名云道品是道場是法身因大集名菩薩寶炬陀羅尼涅槃云若人能觀八正道即見佛性名得醍醐皆約大說如分別下二引證暗引涅槃第十三經南本十二迦葉菩薩白佛言世尊佛昔一時在恒河岸尸首林中爾時如來取少許樹葉告諸比丘我今手中葉多一切因地草木葉多諸比丘言世尊一切因地草木葉多不可稱計如來所捉少不足言諸比丘我所覺了一切

諸法如因大地生草木等爲諸衆生所宣說者如手中葉迦葉難言世尊爾時說如是言如來所了無量諸法若入四諦即爲已說若不入者應有五諦佛讚迦葉善哉善哉善男子汝今所問則能利益安隱快樂無量衆生善男子如是諸法悉已攝在四聖諦中下云智有二種一者中智二者上智善男子知諸陰苦是名中智分別諸陰有無量相悉皆是苦非是聲聞緣覺所知是名上智廣說云云又云善男子知愛因緣能生五陰是名中智一人起愛無邊無量聲聞緣覺所不能知是名上智又云善男子知滅煩惱是名中智分別煩惱不可稱計滅亦如是不可稱計非是聲聞緣覺所知是名上智又云善男子知是道相能離煩惱是名中智分別道相無量無邊所離煩惱亦無量無邊非諸聲聞緣覺所知是名上智釋曰皆明四諦有無量相而皆攝在四諦之中故知三十七品若分別之有無量相則三十七攝無量道品但心行者三揀下釋文中廣見其相淨名下第四廣證大義總引三經四文一引淨名二文一即光嚴童子經初已引今舉其中云三十七道品是道場捨有爲故下結云善男子菩薩若應諸波羅蜜教化衆生諸有所作舉足下足當知皆從道場來住於佛法矣釋曰意明得道之處即是道場萬行得道即爲道場即大菩提因也二即法身因亦淨名方便品由國王等皆來問疾因以身疾廣爲說法諸仁者是身無常無强無力

無堅廣訶身竟便云諸仁者此可患猒當樂佛身佛身者即法身也從無量功德智慧生從戒定慧解脫解脫知見生從慈悲喜捨生從布施持戒忍辱柔和勤行精進諸禪解脫三昧多聞智慧諸波羅蜜生從六通生從三明生從三十七道品生旣云能生法身明非小矣大集名寶炬者亦非小也寶具諸德故炬能破暗故攝一切法名陀羅尼豈是小耶涅槃云下四引涅槃第二十九經南本二十七佛言善男子衆生佛性不一不二諸佛平等猶如虛空一切衆生同共有之若有能修八聖道者當知是人即得明見善男子雪山有草名曰忍辱牛若食之則成醍醐衆生佛性亦復如是釋曰斯爲正義下師子吼牒難亦云如佛所說若有修習八聖道者則見佛性是義不然下難意云道是一餘人無分故佛舉平坦之路以況八正明知八正能見佛性即非小矣疏中義引

三明體性雖三十七品但以十法而爲根本謂信戒念精進定慧除喜捨思惟由信二戒三念開爲四精進定慧此三各八餘四各一故成三十七品復束此十以三蘊爲體謂戒是無表色喜支是受餘皆行蘊五類法中但二爲體謂色及心所若取助伴則通五蘊若取所緣通一切法廣顯差別如智論二十一二及五十三瑜伽二十八九及四十五雜集第十下所解釋依此諸論

三明體性下初標列俱舍賢聖品亦云此實事唯十謂慧勤定信念喜捨輕安及戒尋爲體釋曰尋即此中思惟輕安即除除是智論之名即經猗覺分猗者美也即輕安義由信二下二辨義言信二者即一信根二信力言戒三者即八正中正語正業正命言念開爲四者一念根二念力三七覺中念覺四八正中正念言精進爲八者即四正勤爲四五精進根六精進力七精進覺分八正精進言定育八者謂四神足爲四五定根六定力七定覺分八正定言慧有八者四念處爲四四念慧爲體鄰近名念故五慧根六慧力七擇法覺分擇法即慧故八正見見即慧故言餘四各一者即除喜捨思惟也由依漸開及不開旨爲二類故不依俱舍之次而先信次戒等若毗婆沙則實事有十二以戒中分出正語及與正業以身語業不相離故餘九同前今依瑜伽俱舍故但有十二五蘊出體曲有三義初剋實出體唯有三蘊二五類出體由攝受行以爲心所故於五類唯有二類則無心王及不相應并無爲故三相應出體所依心王必依於想取心等相故雜

集云助伴者謂彼相應心心法等二總指宗源不欲繁文令知本故四正釋文即是行相三十七品總有七類一對治顛倒道即四念處二斷諸懈怠道謂四正勤三引發神通道謂四神足四現觀方便道所謂五根五親近現觀道即是五力六現觀自體道謂七覺分七現觀後起道謂八正道總有七類者即雜集瑜伽之意其中義旨至文當釋此七次者若聞法已先當念持次即勤修勤故攝心調柔調柔故信等成根根增爲力次七覺分別八正正行有時八正在前則未辦名道已辦名覺然上猶寄位若約行者初心通修況入地菩薩此七下明次第初正明即雜集意故彼論釋七覺云七覺所緣即四聖諦如實性釋八正云八正所緣境者即此後時四聖諦如實性由見道後所緣境界即先所見如實性爲體釋曰此則八正是修道矣若準俱舍賢聖品中七覺即當修道故彼論問云當言何位何覺分增偈答云初業順決擇及修道見位念住等七品應知次第增釋曰初業者即修別相總相念住此初業謂能照身等四境慧用勝故說念住增言順決擇者即煖等四位也且煖法位中能證異品決擇分也殊勝功德勤用勝故說正勤增頂法位中能持善趣無退轉位定用勝故說神足增忍法位中必不退墮善根堅固得增上義說五根增世第一位中非世惑法所能屈伏得無屈義說五力增言及修見道位者修道位中近菩提位助覺勝故說七覺增見道位中速疾而轉通行勝故說八正增有餘師說於見道位建立覺支如實覺知四聖諦故於見修二位建立八聖道支以此二位俱通直往涅槃城故釋曰後解正順今經見道後說修道見是七覺前解雖七覺居前而名修八正爲見義當約位八正在前智論亦云修道用故名覺見道用故名道同俱舍初意亦是義當八正居前以見道後有修道故又俱舍云七覺八道支一句是無漏三四五根力皆通於二種則非見道之前別有修也今疏意符雜集及俱舍後師故以七覺爲現觀自體八正爲現觀後起有時下會異釋即上俱舍意然上猶寄位下第三圓融於中有三初句指前是約位說隨增勝義若約行者二諸教證明初心通修者大小乘說皆初通修況入地下三況出入證久已證如豈不齊具今初對治顛倒道名四念處四謂身受心法念謂念

慧身等爲其念慧所安住處故亦名念住瑜伽云若於此住即是身等若由此住即是念慧今初對治顛倒道文前有七一釋名若云念處處唯約所住若云念住住通能所體實是慧以慧觀守境由念得住與念相近隣近名念體實是慧下第二出體若準雜集具二爲體論云念住自體謂慧及念由佛經中有隨觀言及念住言故今疏隨增說慧爲體故俱舍云四念住正斷神足隨增上慧勤定爲體實法加行善言加行善者即相應五蘊即下明助伴正勤神足例此念處一時辨體而疏云由念得住者即婆沙意若俱舍云理實由慧令念住境如實見者能明記故所以但取以慧爲體今疏依婆沙者是其源故要須明記慧方住故故具以慧宜念而住雜集云一切菩提分法皆由五門而得建立一所緣二自體三助伴四修習五修果文或略無義必須具今初念處身等是所緣念慧爲自體循身觀等爲修習破四顛倒趣入四諦身等離繫以爲其果雜集云下三辨相差別亦當引證證上前

後出體等文即第十論今初念下二約當科釋一所緣如彰第四所由二自體如上出體三修習如下釋文故此三門列名而已破四顛倒下引論辨果趣入四諦者由身念處趣入苦諦所有色身皆行苦故麤重所顛故是故修觀行時能治於此輕安於身差別生故由受念住趣入集諦以樂等諸受是和合愛等所依處故由心念住起入滅諦觀離我識尚無所有濯我斷門生涅槃怖永遠離故由法念住趣入道諦爲斷所治法修能治法故身等離繫者是論云又此四種如其次第能證得身受心法離繫之果由此修習漸能遠離身等麤重故問上列有五何唯釋四答有二義故一經唯有四故上疏云文或畧無二前已總明出體中云別兼助伴五蘊爲性故若別說者雜集云謂彼相應心心法等彼者彼念慧二法釋曰論云等者等取心不相應行及同時四相亦是助伴類非一故此身等四前三即三蘊而合想行爲法念者爲明我所依事我受用事我自體事我染淨事故要此四者治四倒故謂觀身不淨治於淨倒觀受是苦觀心無常觀法無我治三可知四彰四所由二初對我對蘊開合爲破我故我有四類故合爲四即是釋前所緣之境故雜集云念住所

緣卽身受心法上已畧明又云復有四事謂我所依事等疏但列名論主釋云由顛倒覺愚癡凡夫多分計我依止有根身故卽我所依事受用苦樂卽我受用事所了境相卽我自體事由貪等染汙由信等清淨卽我染淨事是故最初爲正觀察眞實事相故建立此四種事爲所緣境二除障障有四故卽是重明第五修果爲治四倒合五爲四言治三可知者如初句若治樂倒無常治常無我治我故彼論云修不治觀故了知諸受皆是苦故通達諸識依緣差別念念變異故觀察染淨唯有諸法無作用者能如是知是名修果

此次第者從麤至細教對治故智論云此身既爾不淨衆生貪者以其情塵生諸受故計之爲樂誰受此樂故次觀心念念生滅後觀二蘊皆不自在破此四倒行四正行開實相門若爾說四倒中何以常樂我淨而爲其次此約先重後輕爲次第故

五彰其次第今從麤至細者身色最麤受領外境望身次麤心復爲次不約境故法最爲細攝涅槃故麤者易治故云從麤至細教對治故智度論下證次第對治之相破此四倒下結勸功能亦是修果對於常等以無常等而爲正行而非實相由此悟入故稱爲門二解妨妨以相違答以義別此約輕重前約麤細故謂常倒最重由計心王而爲常故生邪見等無因無果無善無惡故最爲重樂次輕前但計妄樂不必邪見執樂常等生過淺故次於想行計有主宰主宰不礙有修行故此復次輕計身爲淨但生妄貪無大過故故爲最輕

然此四處皆容各起四倒從多計說各語其一

六明倒通局容各起四卽是通義如一身上計其相續但住爲常有身爲樂身卽是我紅輝練色如蓮如玉故名爲淨餘三準思從多計下辨其局義身多計淨受多計樂等

然觀不淨等通於大小瑜伽四十五云菩薩於聲聞道品如實了知如聲聞地云何大乘如實了知謂勝義修及世俗修世俗修者卽觀不淨等然不計實勝義修者謂離相性

七明觀相同異引瑜伽釋小乘畧指大乘具二諦修其世俗修多同小乘但知緣假不計爲實則異小耳

大集般若等皆性相雙觀智論亦爾乃至不念身受心法無行經云觀身畢竟空觀受內外空觀心無所有觀法但有名

此約如實然有二意一則法性湛然常樂我淨即遣無常等倒二此入法空俱遣八倒

初正證修相先引二經一論明具二修後引無行有如實修而智一論云乃至不念身受心法者越於世諦故云乃至觀身空等亦不取空真如實也文中二意通前經論但以法性唯破四倒多約性相雙修而說後意法空寂寥唯約真實說故中論云諸佛或說我或說於非我諸法實相中無我無非我亦應云諸佛或說常或說於無常諸法實相中無常無無常樂淨亦爾

勝鬘亦說四念能除八倒

二廣引證成具上二意勝鬘云凡夫識者二見顛倒一切阿羅漢辟支佛智者則是清淨邊見者凡夫於五陰我見妄想計著生於二見是名邊見所謂常見斷見見諸行無常是斷見非正見見涅槃常是常見是非正見妄想見故作如是見於身諸根分別思惟現法見壞於有相續不見續故起於斷見妄想見故於心相續愚暗不解不知剎那間意識境界起於常見妄想見故故於彼義若過若不及作異想分別若斷若常顛倒衆生於五陰中無常常想苦生樂想無我我想不淨淨想一切羅漢及辟支佛清淨智者於一切智境界及如來法身本所不見或有衆生信佛語故起常想樂想我想淨想非顛倒見是名正見何以故如來法身是常波羅蜜於佛法身作是見者是名正見正見者是佛真子從佛口生從正法生從法化生得法勝財世尊淨智者一切阿羅漢辟支佛智波羅蜜此淨智者雖曰淨智於彼滅諦尚非境界況四德智釋曰此上經文乃有數重初見諸行無常涅槃是常名斷常見者自有二意一以取相心見不合法體故斯最深玄則常與無常二見雙泯方能見理不二者見生死實有可斷涅槃實有可證亦不合法體不知有諍說生死無諍說涅槃生死及涅槃二俱不可得故若如此知即非二見二從於身諸提下約生死諸蘊起斷常見從於彼義下雙結上二以第一義起見著故為若過第二義不知剎那壞為斷不知心相續為常為不及故上皆妄見三從或有衆生下明其正見謂破生死無常常想等為二乘淨智見如來法身常樂我淨為菩薩正見破常等倒廣病而畧藥不言修無常行以破常等故顯如來常但舉其藥而畧其病不言二乘謂法身等亦無常等故然皆約五蘊即是總明四念隨一一陰客起四倒之義若取言總意別則無常常想即屬心念苦有樂想即是受念無我我想即是法念不淨淨想即是身念既是三重破於八倒故云勝鬘亦說四念能除八倒

既除八倒則成八行涅槃雙樹四雙八隻四枯四榮正表於此

三結成正義例上勝鬘亦有三意若約初意取著生死無常涅槃常等即

是八倒無念而知生死無常涅槃常等卽是八行若依第二意計於生死若常無常等皆成顚倒故爲八倒則非常非無常等而爲八行若依第三意謂生死常等佛無常等卽成八倒若謂生死無常等佛法常等卽成八行依第三意卽雙照常無常故經引二鳥喩常與無常不相捨離依前二意雙遮常無常等故中論云諸佛或說我或說於非我諸法實相中無我無非我亦應云諸佛或說常或說於無常諸法實相中無常無非常等餘如下說言涅槃雙樹四雙八隻者引事證成如來涅槃之處四而各有一雙娑羅之樹名娑羅林娑羅此云堅固法瑶云風霜不能改四時眞能遷以況法身金剛之貿老死不能變念念不能易常樂之相也言四雙者第三十經云善男子東方雙者破於無常以成於常乃至北方雙者破於不淨以得於淨釋曰旣云乃至者應言南方雙者破苦得樂西方雙者破於無我以得於我又闍維經云東方一雙在於佛後西方一雙在於佛前南方一雙在於佛足北方一雙在於佛首入涅槃已東西二雙合爲一樹南北二雙亦合爲一二合皆悉垂覆如來其樹慘然皆悉變白第一經云爾時娑羅樹林忽然變白猶如白鵠釋曰爲對前後先舉東次西前爲破四倒右旋而轉又首北者增一阿舍云表於佛法久住北天長阿舍第四云佛告阿難安我頭南首面向北使佛法久住北天者此必譯人不善廻文豈有佛首南

而面北耶故北首爲正然彼經云表尚順劣機今以意求北方主滅表證寂滅故兼顯履道背苦觀寂然經文說樹無枯榮言表法之中則有常無常等案智者釋云有枯榮旣表常等或以義求或別有據案僧亮云樹高五丈許上合下離其華甚白其實如瓶香味具足今以二樹鮮榮二樹枯悴明法不偏釋曰然未知所據理甚昭彰故以一枯表世間無常一榮表涅槃常等人不究之但見於事不知如來示此禎祥以表八行遺此八倒

大品明以一切種修四念處

大品下三別示觀相然上引證兼此別示具五敎意初瑜伽中聲聞地說卽小乘敎次約大乘二諦別修卽初敎意二引大集般若雙明通於二意若性相抗行卽證成前義若性相交徹卽終敎意三引無行經卽頓敎意今引大品一切種修卽圓敎意疏丈有三初引經標示言一切種修者卽以一切種智同佛修故三智之義巳如前引然有三意一者對乘小乘一切智菩薩道種智如來一切種智今非此意二者別對二諦亦明三智今亦非此三者約敎圓故一諦三諦圓融修耳通因通果今當此意

云何一切種修應觀此身之色法性緣生故一色一切色緣生卽空故一切色一色法性中故非一非一切雙照一一切亦非

色非不色雙照色不色身念既爾餘三亦然

法性緣生者謂觀此身色非唯但是虛妄顚倒所生之色或謂不淨或謂爲空乃是迷於法性令於法性隨緣而生名爲性起以性融相故一多自在然即中論四諦品偈意因緣所生法我說即是空亦爲是假名亦是中道義此偈四句初句總顯所依下三句皆帶此句謂二因緣故空三因緣故有四因緣故中今法性緣生故一色一切色即因緣故有也若三乘緣生但各各緣生今是法性緣生法性融故令一色一切色大品云一切法趣色則一切皆色況十一色衆一全收次向云緣生即空故一切色一色者即論釋緣生故空則差別萬殊但一性空之色次法性中故非一非一切雙照一一切者即論因緣故中雙非即是雙遮辨中以一與一切互即奪故下雙照辨中性相歷然不可壞故亦非色等者二約性相以明三觀則一多相並上之數釋皆屬相攝非色爲性文但顯中畧無空假若具應言法性緣生故色緣生即空故非色法性即中故非色非不色等亦具遮照中道之義

云何枯榮表此念處謂法性之色實非是淨凡夫計淨是名顚倒實非不淨二乘計不淨是名顚倒今觀色種即空一切即空空中無淨

云何染著則凡淨倒破枯念處成色種不壞假名則一切皆假分別名相不可盡極假智常淨云何滯空而取灰斷言色不淨是名二乘不淨倒破榮念處成是以八倒俱破枯榮雙立觀色本際非空非假則一切非空非假非空故非不淨倒非假故非淨倒既非二邊乃名中道佛會此理故於中間而般涅槃餘三類此

假智常淨者由假觀中分別名相知凡之不淨妄計爲淨二乘謂實妄謂不淨今依佛慧如螺髻見故云常淨是以下後辨中道於中二意先結前生後即雙照辨中後觀色本際下雙遮辨中

是則對治法藥其數有四法性觀智名之爲念一諦三諦名之爲處一切即空諸倒枯榮無不空寂一切即假二邊雙樹無不成立一切即中無非法界

初正結四念如常所明身等但是所緣觀無常等但破常等今是法性之四一一皆破八倒故云法藥稱性觀智方稱爲

念四念之處皆具三諦一切圓融只一念心廣遠若此故深觀念處即坐道場更不須餘機宜不同故說餘品一科既爾深與餘六倣此可知下文之中但略釋相說者有力一一開示今經但云觀身不言淨不淨等從通相說顯包含故

大方廣佛華嚴經疏鈔會本第三十六之一

音釋

猗於宜切　煗乃管切與煖同　鬘莫班切　抗口浪切敵也

大方廣佛華嚴經疏鈔會本第三十六之三

唐于闐國三藏沙門實叉難陀　譯

唐清涼山大華嚴寺沙門澄觀撰述

佛子菩薩住此第四地觀內身循身觀勤勇念知除世間貪憂觀外身循身觀勤勇念知除世間貪憂觀內外身循身觀勤勇念知除世間貪憂

文中二初別觀身念後如是下類顯餘三

今初觀身自有內等三觀此三智論瑜伽廣顯其相今略舉一兩瑜伽云內自有情色爲內身外非情色爲外身他有情數爲內外身初即自身我愛愛故次即資具等我所愛故後即眷屬妻子彼我我愛我所愛故智論二十八亦廣明此五十三又云自身名內他身名外而不明內外取下釋意但合前二故所以有此三者破三種邪行故有人著內情多捨妻財以全身有著外情多貪財喪軀爲妻捨命有二俱著破此三邪成三正行此約三人對治各別若約一人起觀始終謂先觀自身求淨等不可得或當外有次便觀外復不可得便生疑云我觀內時於外或錯觀外之時於內或錯次內外俱觀亦不可得初二是別後一是總以斯二釋明知但合前二爲內外身（今初觀身者瑜伽明三各別有體身是聚義故外無情亦得名身智論二意前約三人修觀各別後約一人修觀淺深）

今初觀內身初標別所緣（今初觀內身者疏文有四一所緣念處所緣即身受心法今明內身即別舉身中少分以爲所緣）次循身觀者總顯修相智論云尋隨觀察知其不淨等然循有二義一尋義五種不淨徧尋求故二隨義謂雖寘

目了見身之影像隨順本質相似性故前標内身即是本質今云循身即是影像此雜集意次循身下二修習先總標舉以何尋求瑜伽云即聞思修慧此雜集意者論文語隱故取意釋論云云何修循身觀由隨觀分別影像身與本質身平等隨觀於身境隨觀身相似性故名於身循身觀由隨觀察分別影像身門審諦觀察本質身故次勤勇念知顯修之儀以貪等世事無始惡習離之甚難過於世間慈父離於孝子故須精進方能除遣次勤勇下二別顯修儀疏順經略若准雜集云又修習者謂欲勤策勵勇猛不息正念正知及不放逸修習差別故此有九修一論云欲修習為對治不作意隨煩惱二勤修習為對治懈怠隨煩惱三策修習為對治沈掉隨煩惱四勵修習為對治心下劣性隨煩惱心下劣性者謂於下勝品所證功德由自輕蔑心生怯弱性五勇猛修習為對治疎漏疲倦隨煩惱疎漏疲倦者謂能引蚑蝱等處所逼惱六不息修習為對治得少善法生知足喜隨煩惱由得少善生知足喜故止息所餘勝進善品七正念修習為對治忘失尊教隨煩惱八正知修習為對治毀犯追悔隨煩惱毀犯追悔者謂於往來等事不正而行先

越學處後生悔惱九不放逸修習為對治捨諸善軛隨煩惱捨善軛者由放逸過失故於所造修勝進善品捨勤方便不能究竟釋曰今經但有其四而疏文中以四收九而文有三初明勤意過於世間慈父等者智論云離別常人易離別知識難離別知識易離別親戚難離別親戚易離別自身難親戚即父母等故云過也故須勤勇勤即欲勤策勵勇謂勇猛不息念則明記不忘知則決斷無悔勤即欲勤下二正釋修相即以論四修釋一勤字四皆勤類故次以五六二修釋勇故云勇謂勇猛不息三念四知同論七八又心若馳散當念老病死苦三惡道苦身命無常佛法欲滅名為念知則能鞭心令復本觀便生勤勇具上諸義則不放逸又心若馳散下三重釋念知含其第九不放逸修言重釋者上釋明本念知今釋策其退敗準西域法維那秉衆於晨朝時常誦此言以策懈怠言則能鞭心令復本觀者即莊子意如人驅羊不及群者謂之為後鞭令及群故云鞭後修心如羊馳散如不及群令復本觀即及群也無常三途等即是鞭也次言除世間貪憂者即觀之果有所離故觀身不淨本為治

貪行者既離五欲世樂未得定樂或時生憂如魚樂水常求樂事還念本欲多生此二故偏遣之又貪爲五蓋之首貪除則五蓋盡去如破竹初節憂於五受之中偏能障定如滅惡賊先除巨害故偏說之

其不淨等廣如二論如實觀相已如上說次觀外身及内外身所觀小異觀相大同其不淨下謂助伴自性等

如是觀内受外受内外受循受觀觀内心外心内外心循心觀觀内法外法内外法循法觀勤勇念知除世間貪憂

後例餘三念處者準瑜伽意依前内等三身生受心法故受心法隨所依生亦有内等準瑜伽等者釋後三念處内等三觀引二論明初瑜伽意云如觀上内身以自身五根爲境對之成觸觸故生受領不淨等是名内受觀上外身及内外身生受例然如受既爾心法亦然智論之意大同於此論問云於四念中心唯是内受法唯外身通内外云何於四皆有内等答受有二種一身二心心受名内身受名外又意識相應受名内五識相應受名外等心雖是内緣外法故名外五識一向是外又定心爲内散心爲外法雖是外緣内法心數法名内緣外法心數法及無爲心不相應行是外智論云者釋有小異心唯是内者心是已之心王意根攝故言受法唯外者謂十二入中受唯在外法入攝故受必受於六塵境故法謂想行想取外相行即思惟等觸前境故故唯在外言身通内外者觀於自身爲内妻子等爲外答受有二下論答跡文有三初別明三念内外二義謂此三念前二各二義受中一約身心二受五根所受名身受六識所受名心受第二義就六識中自分内外次心雖下明心念二義後法雖是外下法唯一義謂唯心故初義大同瑜伽餘皆不同後三念處亦合前二以爲内外餘如二論其循歷觀相如

先總說

復次此菩薩未生諸惡不善法爲不生故欲生勤精進發心正斷已生諸惡不善法爲斷故欲生勤精進發心正斷未生諸善法爲生故欲生勤精進發心正行已生諸善法爲住不失故修令增廣故欲生勤精進發心正行

第二正勤者四念智火若得勤風則無所不燒故次辨之第二正勤下疏文有四一來意中謂躡前斷法諭雙辨瑜伽但云如是於四念住中慣習行故已能除遣麤重顛倒已能了達善不善法從此無間於未生善法爲令生故等精進爲其自體精進者第二出體即善十一中勤也唯識云勤謂精進於善惡品修斷事中勇捍爲性對治懈怠滿善爲業勇表勝進揀諸染法捍表精純揀淨無記即顯精進唯善性攝釋曰勇明念念高勝非如染法設雖增長望諸善品皆名爲退不得名進捍表精純不同無覆無記之淨也故總名勤揀非九十五種相違之勤故名爲正雖是一勤隨義分四前二勤斷二惡是止惡行後二勤修二善是作善行二善二惡皆所緣境前中未生之惡過令不生已生之惡斷令不續後二未生善令生已生令廣故總名勤下三釋名有三一正釋分二先仍前出體以釋總名前二勤斷下釋別名義當辨相於中有三初束四爲二不出惡止善行前中未生下三揀四別相未生之惡過令不生者過者止也經云爲不生故瑜伽云若未和合未現前名未生爲令不生發起希願我當令彼一切皆不復生言已生之惡斷令不續者經云爲斷故瑜伽云已和合已現前名已生先已和合爲斷故發起希願我當於彼一切皆不忍受斷滅除遣釋曰只令不續即斷滅除遣故遠公云已起謝往云何可除此乃斷於已生種類在未來者令不相續非謂斷於起已滅者後二未生者經云爲生故瑜伽云謂於未得未現前所有善法爲欲令得令現在前發心希願發起猛利希求獲得欲求現前言已生令廣者經云爲令增廣瑜伽云謂已獲得已現在前所有善法於此善法已得不失已得不退依是說言爲欲令住於此善法明了現前無暗鈍性依是說言令不忘失於此善法已得現前數數修習成滿究竟依是說言令修圓滿今經文略但云增廣亦攝瑜伽令住明了及圓滿言遠公亦云已

生謝往云何可崇曰此亦崇彼已生種類在未來者令其續起上云圓滿已是種類亦名四正斷後二是修而言斷者善是斷處正修斷者斷懈怠故故瑜伽云一律儀斷二者斷斷三修習斷四防護斷故瑜伽下五引論正證後二是斷以四皆名斷故一律儀斷者即已生惡法由於已生惡不善事應修律儀令其斷滅不應忍受二斷斷者即永生惡法爲欲令彼不現行斷爲欲令彼不現前斷爲斷故斷名爲斷斷釋曰此意明斷絕不生三脩習斷者即未生善法由於善法數數脩習先所未得能令現前能有所斷名脩習斷四防護斷即已生一切善法由於已得已現在前諸善法中遠離放逸脩不放逸能令善法住不忘失脩習圓滿防護已生所有善法能有所斷名防護斷釋曰上疏云善是斷處正脩斷者斷懈怠故即斯意也由脩習爲能斷故然瑜伽初釋先明未生惡與今經次同而說四斷即先明已生惡不正釋所以而下結云復云何知此中略義謂爲顯示於黑白品捨取事中增上意樂圓滿及加行圓滿是故宣說四種正斷釋曰意明是二惡二善各以前義為增上意樂後義為加行圓滿已生惡令斷是意樂未生不生即是圓滿故先辨已生此約脩行之時前據說時先明未生後辨已生謂為物說時應云若未生惡莫令生已生者即須斷若脩行時爾時有惡即須斷除莫令復生故遠公云時惡中先說未生者此約說時非行時也善中先明未生者善非本有習之方起是以先起未生故釋中又云亦可已生是其先成無明住地細故後除未生是其四住現惑麤故先斷然其善惡有通有別別正取前念處觀中懈怠五蓋等以爲不善其能對治爲所生善約大乘說勤觀法性除實相之外皆名爲惡然其善惡下三揀通局疏文有二先明局也此門兼揀權實疏唯顯實然瑜伽云云何名惡不善法謂欲塵染汙身語意惡行所攝及能起彼所有煩惱云何名爲一切善法謂若彼對治若善對治若結對治釋曰此即疏文中別者是也論下廣說惡不善相大意不出前也若約大乘下此言辨通此應有二一通一切事惡二約理說如今疏文唯實相為善餘皆為惡則取善相亦名為惡斯則實教脩正斷意亦應言若有可斷不名真斷無斷斷者則無所斷無勤之勤方名為勤故法句經云若起諸精進是妄非精進若能無有妄精進無有涯就一一勤中文皆有四今初一未生不善法此舉所緣二爲不生故明修觀意三欲生者起希

願心是修習依止即增上意樂圓滿四勤精進下正顯修習即加行圓滿勤精進者常自策勵發心正斷者謂策心持心餘三處文例此可知就一一者釋文中三初釋初勤疏節經文以為四節初一所緣後二脩習第三脩果前已出體助伴一種念處總明五門具矣雜集論云正斷脩習如經所說欲生策勵發起正勤策心持心此中諸句顯脩正勤及所依止所依止者謂欲樂為先發精進故故疏云發希願心希願卽欲勤精進下卽雜集云正勤者為策勵等於止舉捨相作意等中若由止等相作意不顧戀所緣境純脩對治爾時名策勵卽勤精進字發心正斷者謂若沉沒隨煩惱生時為欲損減彼故以淨妙等作意策練其心若掉舉隨煩惱生時卽以內證略攝門制持其心爾時名為發起正勤而疏增上意樂加行圓滿卽瑜伽文彼論結云當知此中由欲故增上意樂圓滿由自策勵發勤精進策心持心故加行圓滿瑜伽師云唯有如是正所應作事謂為斷滅所應斷事及為獲得所應得事先當起希願樂等細尋上二論疏文易了

若二惡不生棄捨二善得生增廣是正勤果若二惡下三顯果中已生未生之惡棄捨已生惡已生未生之善增廣已生善雜集論云正斷果者謂盡棄捨一切所治於能治中若得若增是名脩果

第三四神足者以勤過散亂智火微弱故須定制則所欲自在

神卽神通足卽是定瑜伽云如有足者能往能還騰躍勇健能得能證世間勝法世殊勝法說名為神彼能到此故名神足此舉喻也由出世法最勝自在是最勝神欲等四定能證此故名為神足亦名如意足所欲如心故神卽神通下二釋名也引論中二先喻後內出世下合

神足所緣卽種種變事

神足自體卽三摩地

欲勤心觀皆是助伴欲謂猛利樂欲勤謂精進無間心卽是定謂專心守境觀卽是慧由聞教法內自揀擇由欲增上力證心一境性名為欲定餘三亦然勤觀心性名

為上定皆從加行受名欲勤心下五明助伴即是辨相於中有二一標釋也標四助者謂由此四親能助故若通明助伴已見念處之初釋中言欲者瑜伽意云謂能生樂欲於諸不善自性因緣過患對治審正思察起心一境念於一諸善法自性因緣功能出離審正思察住一境念即由如是多脩習故觸一境性能害現行故名欲定勤謂精勤者謂自策自勵發勤精進以斷二惡脩二善故心即是定者謂專心守護即名為心此是加行得心一境性故名為定離集云心三摩地者謂由先脩定力觸心一境性所以者何由於前生數脩定力令彼種子功能增長由種子力令心任運於三摩地隨順轉變由此速證心一境性釋曰此明由昔種子其心任運趣定即是加行亦有經論名為念定繫意住故故能守境由欲增上力下結成定名皆從加行下受別名也即以因名果若四皆名定則因從果稱此四加行即前正勤中欲生勤精進發心正斷等以發心中持心能生心定持太舉故策心能生觀定策太沉故是以隨一念處有四正勤隨一正勤有四神足此四加行下二彰其所因因前正勤生故前云欲生此名欲定前云勤精進此為勤定前發心中開出策心持心故有心觀二定

復次此菩薩修行欲定斷行成就神足依止厭依止離依止滅迴向於捨

修行精進定心定觀定斷行成就神足依止厭依止離依止滅迴向於捨

文中先別明欲定後修行精進下通顯餘三今初言修行欲定者標舉所修助伴自體斷行二字總顯修相亦修之果標舉所脩者欲為助伴定為自體斷行等者對下依止猒等別明脩相故云總明對下成就神足正明於果故云亦脩之果云何修相此復二種一修習欲定能斷現行諸惑纏故二為欲求害所有隨眠修八斷行謂欲勤信安念正知思及捨云何亦果若將斷行屬下成就則斷行成就亦神足果次成就神足唯是彼果脩八斷行者疏文具足瑜伽二十九釋欲勤心觀竟云如是脩習時有八斷行為欲

永害諸隨眠故爲令三摩地得圓滿故差別而轉一欲二策勵三信四安五念六正知七思八捨瑜伽意云欲希望樂欲我於何時脩定圓滿惡隨眠二策勵不捨加行三於上所證深生信解四心生歡喜漸除麤重五安住其心於奢摩他六住毗鉢舍那慧品七心造所作能順止觀八三世之中心無染汙結云由二因緣於隨眠斷分別了知謂由境界不現見思及由境界現見捨故對文可知雜集同此更依彼釋論云如是八種略攝爲四一加行二攝受三繫屬四對治一加行者謂欲精進信欲爲精進依信爲欲因所以者何一由欲求故爲得此義故發勤精進如是欲求不離於信有體等故二攝受者謂要由此輕安攝益身心故三繫屬者謂正念正知由不妄所緣安心一境故若有放逸生如實了知故隨其次第四對治者謂思捨策心持心二加行力已生沉掉能遠離故又能引發雜隨煩惱止等相故與前九脩亦大同也

後依止厭下復顯修相兼辨所緣準雜集論五根已下方緣四諦爲境七覺已下方有依止厭等以爲修相今經神足即緣四諦而修謂緣苦修必依厭苦若緣集修必依離欲若緣滅修必求證滅若緣道修必趣滅苦之行能捨於苦緣此境時必求修習故云迴向復顯脩相者對上斷行兼顯脩故名爲復顯卽脩習門兼辨所緣者緣四諦故卽第一所緣也緣此境時者雜集之中名爲棄捨義一同此亦是加行等四道下文依止厭等並同此釋亦是加行等者卽遠公意此約分位而釋一加行道爲厭觀過厭背故二見道爲離除見惑故三脩道爲滅斷脩惑故四無學道爲捨同涅槃故亦卽雜集八斷之中攝爲四義猒卽加行離卽攝受得輕安故滅卽繫屬不忘所緣心一境故回向於捨卽是對治捨沉掉故何以念處正勤無此四耶得定成就方有此故

第四五根現觀方便道增上名根五根自體即信等五此五通於生起出世間法而爲增上前四復能起後得增上名而信爲上首能起餘四第四五根文前有四一總標舉旣屬忍位忍可諦理脩印順定故爲方便亦卽所緣故論云五根所緣境者謂四聖諦由諦現觀方便所攝作此行故此五通下四別釋五得根名此中有二先明五根通望出世以得根名前四復能下後明前四復望於後以得根名謂信起後四進起後三念起後二定起後一

其最後慧根唯望出世而有增上即瑜伽意

復次此菩薩修行信根依止厭依止離依止滅迴向於捨修行精進根念根定根慧根依止厭依止離依止滅迴向於捨

文中先別明信根後通顯餘四二段中各先標舉所修後依止等別顯修相下之三科例此可知

今此所修即於諦實深忍樂欲餘四即於前所信策勤而行明記不忘繫緣一境揀擇是非餘如前說今此所脩下二顯脩相若通顯脩相即依止猒等故下總例云餘如前說今但別示信等之相於中二先釋信後例釋餘四此文稍略雜集論中皆相躡云精進根者既於諸諦生忍可已爲覺悟故起精進行脩習念根於諸諦實發精進已起不忘失行脩習定根於諸諦實既繫念已起心一性行脩習慧根已於諸諦心既得定起揀擇行脩習斯慧疏文雖略義已備矣然始入佛法即有信心未有定慧不得名根今由前三科則信不可拔然始入下第三通妨難云佛法大海初信能入何以至此方立信耶通意可知今由前三科者即三四也故瑜伽云由如是增上心學增上慧學所有瑜伽故於大師弟子所證深生信解深生淨信此清淨信增上義故說名信根復應問言信由三科信不可拔餘四由何復不可拔答餘四前脩至此成根於理何失此中念即念處中念進即正勤定則神足慧即緣四諦慧前三至此總得名根此中念者四別示體性前雖總云即信等爲體未知信等從何而來故此示之念進定三即前三品爲順三品故先明念慧即緣四諦慧即依止猒等念已配於念處故云慧是緣四諦慧理實慧根通前三科四念慧爲體故正勤勤觀二善故神足有觀定故然其後二但是助伴故不說之四念雖即慧是其體現名念故所以但云觀四諦慧以爲慧也又前三科前二雖未建立依止猒等而義通四諦故云緣四諦慧若依位者在於見道之前則以速發現觀而爲其果今在四地即應以發後地爲果若依位下第五辯果於中有二先依論辯雜集云五根脩果謂能速發現觀由此增上力故不久便能生見道故又能脩治煗頂引發忍世第一法即於

現身已入順決擇分位故今在四地下二就經辨

復次此菩薩修行信力依止厭依止離依止滅迴向於捨修行精進力念力定力慧力依止厭依止離依止滅迴向於捨

第五五力即前五根增長魔梵惑等不能屈伏故名爲力又能損滅不信等障故復名力智論云能破煩惱得無生忍故名爲力

魔梵惑下一不爲他伏於中先引雜集及瑜伽二十九云若復了知前後所證而有差別隨此能於後後所證出世間法生深勝解難伏制故說名信力誰不能伏此清淨信若天若魔若諸沙門婆羅門若餘世間無有如法能引奪者諸煩惱纏亦不能伏故名難伏此爲上首此爲前行餘精進等亦名爲力又能損滅下二能伏於他引於二論以果釋力文中分二先暗引雜集論云所說果者謂能損滅不信等障故勝過於前雖與五根所緣境界自體相似然不可屈伏等義有差別故別立覺分今疏即此論文兼含瑜伽但明伏他論云由上諸力具大威勢摧伏一切魔軍勢力能證一切諸漏永盡是故名力智度論下二明引智度論以果釋力然依雜集即現

觀親近道義通大小今約菩薩故得無生法忍若初地見道稱無生者亦是現觀

第六七覺覺謂覺了若依位說即現觀自性如實覺慧覺法自性覺支自體即念等七

若依位下二別示覺體釋成覺義是釋通名故瑜伽云諸已證入正性離生補特伽羅如實覺慧用此爲支故名覺支即釋名意也亦即所緣故雜集云七覺所緣謂四聖諦如實性實性者即勝義清淨所緣故故疏云覺法自性法自性者即四諦如實性覺即上如實覺慧之用以所觀境釋成覺義亦以能覺顯所觀境二義相成覺支自體下第二出體然上約如實總體今辨隨相別體謂七各一法爲性念定擇法即別境五中念定慧三擇即慧故精進猗捨即善十一中三法所攝精進即勤猗即輕安捨即行捨喜即受蘊受即遍行五法中攝

復次此菩薩修行念覺分依止厭依止離依止滅迴向於捨修行擇法覺分精進覺分喜覺分猗覺分定覺分捨覺分依止厭依止離依止滅迴向於捨

文中亦二先別明念覺後通顯餘六然七

覺分七皆自體而差別者覺爲自體餘六皆覺之分謂念是所依支由繫念故令諸善法皆不忘失擇法是自體支覺自相故精進是出離支由此勢力能到所到故喜是利益支由心勇悅身調適故猗定捨三是不染汙支猗即輕安由此不染汙故謂由安故能除麤重定者依此不染汙故謂依止定得轉依故捨者體是不染汙故謂行捨平等永除貪憂不染汙位爲自性故然七覺分下第二辨相兼顯分義於中有三先總明謂七於心所各別有體以覺統餘故擇法一支以爲覺體餘六皆分順成覺義謂念是下二別示其相全是雜集論文總收七覺不出三品念通定慧次三是慧後三定攝雖是前三至此增故總收七覺下第三會通相攝即瑜伽意於中有二先正相攝念通定慧者偏行定慧故四念是慧須得念故神足是定心定須念方守境故雖是前三下二通妨謂有問言既是前三此何重說增故名覺依位所明能斷見惑以爲其果依位所明下第四辨果雜集論云覺支脩果者謂見道所斷煩惱永斷由七覺支是見道自體故瑜伽云最初獲得七覺支故名初有學見聖迹已則永斷滅見道所斷一切煩惱唯餘脩道所斷煩惱又雖一剎那七法俱起而隨行相各說功能念除妄念擇除不正知餘除懈怠惛沈麤重散亂掉舉上約通說又雖一剎那下第五分位謂雖見道迅速有十六心義則一剎那中七法俱起功能不同不可言一如七味香擣篩和合焚如麻子七香齊發念除妄念下別示異相大乘七覺不念諸法故決擇不可得故離進怠相故絕憂喜故除安心緣皆叵得故性定之中無定亂故亦不見於能所捨故大乘七覺下六明理觀即頓門禪意不念諸法即是念覺故昔人云眞如無念非念法能階實相無生豈生心能到無念念者則念眞如無生生者生乎實相故起信云若知離念無有能念所念是名隨順若離於念名爲得入淨名亦云常求無念實相智慧故般若云若念一切法則不念般若波羅蜜不念一切法則念般若波羅蜜等

餘可虛求

大方廣佛華嚴經疏鈔會本第三十六之三

音釋

循身觀（循音旬遍也觀音貫循身觀謂遍觀此身皆不淨也）猗覺（猗於宜切覺訖嶽切）蔑（莫結切輕易也）蚊蝱（蚊無分切蝱眉甍切）悍（侯旰切勇也）遏（阿葛切止也）軛（音厄）慣（古患切音關去聲息也）擣篩（擣音島篩中之切音師竹器）

大方廣佛華嚴經疏鈔會本第三十六之三

唐于闐國三藏沙門實叉難陀　譯

唐清涼山大華嚴寺沙門澄觀撰述

復次此菩薩修行正見依止厭依止離依止滅迴向於捨修行正思惟正語正業正命正精進正念正定依止厭依止離依止滅迴向於捨

第七八正若依位說即現觀後起道爲斷修道諸煩惱故第七八正疏文有七一約類辯意言約類者即七類中現觀後起道言辯意者爲斷修道諸惑故總含雜集五門之中所緣境也故彼論云八正所緣境者謂即後時四聖諦如實性由見道後所緣境界即先所見諸諦如實性爲體釋曰即疏文中現觀後起意也離八邪故名爲八正開通涅槃故名爲道亦云八聖道聖者道故離八邪下第二釋名瑜伽論云何因緣故名八支聖道諸聖有學已見跡者由八支攝行跡正道能無餘斷一切煩惱能於解脫究竟作證是故名爲八支聖道對

疏可知八正自體即正見等文中亦先別明正見後通顯餘七言正見者是分別支依前所證眞實揀擇故正思惟者是誨示他支如其所證方便安立思惟名義發語言故次三是令他信支謂正語者善依所證問答決擇令他信有見清淨故正業者身業進止正行具足令他信有戒清淨故正命者如法乞求依聖種住離五邪命令他信有命清淨故正精進者是淨煩惱障支由此永斷一切結故正念者是淨隨煩惱支由不忘失正止舉相永不容受沈掉等故正定者是能淨最勝功德障支由此引發神通等無量勝功德故文中已下第四釋文即當辨相全是雜集之文而合八爲六合戒三故瑜伽文廣意不殊此故釋正見云當知此中若覺支時所得眞覺若得彼已以慧安立如證而覺

總畧此二合名正見釋曰所得是一安立是二即二見道合名正見依前所證者即真見道依實揀擇即相見道正精進者瑜伽論云依正見及正思惟正語業命勤修行者所有一切欲勤精進出離勇猛勢力發起策勵其心相續無間今雜集意但顯功能不顯其相正念者瑜伽論云由四念住增上力故得無顛倒所攝正念及與正定

若能如上分別誨示等即是道支之果

若能如上下第五辨果言分別誨示等者上攝八爲六今等取後四故雜集云道支修果者謂分別誨示欲令他信煩惱障淨隨煩惱障淨最勝功德障淨故

然其八中語業命三是戒蘊攝念定是定餘三是慧定慧大同諸品但增勝耳戒則前來未有覺支雖有定共律儀無表相微此中正行故新建立此寄位說

然其八中下第六類攝即瑜伽意以戒定慧三流類攝之於中有二先正攝爲三學定慧大同下二對同揀異異唯在戒故瑜伽問云何故此名聖所愛戒以諸聖者賢善正了長時愛樂欣慕悅意我於何時當正獲得諸語惡行諸法惡行諸邪命等不作律儀由彼長時於此尸羅深心愛樂欣慕悅意故獲得此名聖所愛戒既獲得已終不正知而說妄語等釋曰即新建立意也

若依此經離世間品八正是菩薩道一者正見遠離邪見乃至第八正定善巧方便於一三昧出生菩薩不可思議法一切三昧則與前說旨趣懸殊

若依此下七顯權實由上所明皆約寄位故示本經真實之義今文畧舉具云隨順菩提修八聖道是菩薩道所謂正見道遠離一切諸邪見故起正思惟捨妄分別心常隨順一切智故常行正語離語四過順聖言故恒修正業教化衆生令調伏故安住正命頭陀知足威儀審正隨順菩提行四聖種一切過失皆永離故起正精進勤修一切菩薩苦行入佛十力無罣礙故心常正念悉能憶持一切言音除滅世間散動心故心常正定善入菩薩不思議解脫門於一三昧中出入一切諸三昧故釋曰據此文證豈不深玄

上之七類總以喻顯法性如大地念處如種子正勤爲種植神足如抽芽五根如生根五力如莖葉增長開七覺華結八正果

上之七類總以喻顯下即第五段然婆沙智論皆有此文並皆以樹況於道品故名道樹

菩薩修行如是功德爲不捨一切衆生故本願所持故大悲爲首故大慈成就故思念一切智智故成就莊嚴佛土故成就如來力無所畏不共佛法相好音聲悉具足故求於上上殊勝道故隨順所聞甚深佛解脫故思惟大智善巧方便故

第二護小乘行中十句初總餘別總中如是功德指前道品爲不捨衆生正明護義不同二乘之獨善故別中具有悲智已出於小況以此導前九句爲四一始二益三希四行前三護小心後一護小行一始者大願爲起行之本故二慈悲益物上二護陋心三思念種智爲希此護小也四行中有五句前四自利初二求果一修淨土行求佛依報二修起佛法行求佛十力等正報之法後二求因三求彼地方便無厭足行謂五六七地故云上上勝道四修入不退轉地行即八地已上覺法自性順佛解脫也彼一利他即教化衆生行必須善巧

佛子菩薩住此燄慧地所有身見爲首我人衆生壽命蘊界處所起執著出沒思惟觀察治故我所故財物故著處故於如是等一切皆離

大文第四彼果分中即攝無盡行離障成德窮盡生界爲利樂故果有二種一離障果從護煩惱生二成德果從護小乘生前中又二一煩惱染生遠離果此離惑障二業染生遠離果此離業障皆言生者煩惱染等猶如生食今是寄位出世之首能離彼生大文第四者前已指經故此不牒即從佛子菩薩住此燄慧地所有身見

下是然總唯二果前一開二後一開四便成六果然有二門一行斷分別故云二中一離障果二成德果二對前分別故云前從護煩惱生後從護小乘生隨文釋中具以六果別別對前今初一是護煩惱者以修道品對治行故遠離煩惱顯涅槃故業亦隨亡初爲二果今初離惑先舉所離後於如是下結成能離就所離中所起執著出沒是此總相餘皆是別總中執著是前地中解法慢也論云我知大知者我知謂執我能知大知謂執所知大法出沒者是前地中正受慢也出者三昧起義故謂修起彼定沒者三昧滅義故謂定所除今計我能修此定此定即我所修故論云我修我所修巳釋總句所起執著者此是斷惑正斷三地正受解法慢故別有五種一本二起三行四護五過本即所有身見至蘊界處於中身見爲總我等爲別別中我人等四爲人我慢蘊界處三是法我慢而云本者有二義故一以此我爲解法正受二慢之本二者身見復爲二我及六十二見之本有此差別此中身見若約實位準唯識論此地斷第六識中俱生身見及所起過由得出世道品治故以分別起者初地斷故是以瑜伽名爲微細薩迦耶見若約寄位準仁王經四地名須陀洹位以寄出世之首故則亦得斷分別身見本即所有等者疏文有三一釋經此中二我計執自高說爲我慢非定法慢此中身見下三出所斷體於中有二一約實位說具引唯識已見初地二約寄位既是初果初果初斷見故二思惟者明起謂不正思惟而起慢故

三觀察者明行謂心行緣中多觀所得若法若定求覓勝相令他知故

四治故下三句明護治者數數觀察修治

所見我所者起於我想取彼勝相屬我已故財物者如畜財者受用護持故以上三事防護自巳所得以上三事者三事即一治故二我所故三財物故自巳有所得即前執著出没法定兩慢此爲所護總用四句釋論護字五著處者明過謂心堅安處法定二事故五中前三起慢方便後二隨助慢心上總及顯相正是所起五中巳下總料揀也五即前一本二起三行四護五過後結離中由得道品正助方便無不離也由得道品者正謂正道助即助道方便即方便道並如前說此菩薩若見業是如來所訶煩惱所染皆悉捨離若見業是順菩薩道如來所讚皆悉修行

第二此菩薩下明離業染上修道品正離煩惱煩惱既去業亦隨亡亡不善業而修善業文中先亡惡後進善惡有二義故不應作一佛所不讚者尊敬佛故不爲二煩惱染者畏惡名故不作惡名則違利生道故進善有二義反此可知又不作煩惱所染異凡夫業作順菩薩道業則異二乘

佛子此菩薩隨所起方便慧修習於道及助道分

第二成德果中有四一於勝功德生增上心欲果二彼說法尊中起報恩心果三彼方便行中發勤精進果四彼增上欲本心界滿足果此之四果前三從前生後一復從此三果生前中初二護小心果後一護小行果前中初果者由本欲上求下救令更爲物轉轉上求故云增上第二成德果文中有二先開章名如下釋次此之四果下二辨所從初二護小者對下小行故云小心通上狭心皆小乘心今此二果俱從狭小二心所生言二果者一增上心欲果二報恩心果

上護狹心是利他心上護小心是自利心護二利行爲報佛心俱護小乘即是心欲今更增上即是其果修此二利爲報佛恩故是其果言後一護小者即發勤精進果前護行中修二利行謂成就莊嚴佛土等有五句經前四自利後一利他今皆勤行即是其果上言後一復從前三果生者即增上欲本心界滿足果謂於前三段增上心欲得滿足故報恩滿足故於勤精進得滿足故下疏文具前中初果下隨文釋也先釋第一果通約護小故云上求下救

文中二初牒前修因後如是而得下顯所得果今初即牒前護小乘中總句也隨所起方便慧者牒前不捨一切衆生故不捨衆生而修道品是有方便則道品慧解修習於道及助道者即前修習如是功德也道即四地證智助道即菩提分法

今初牒前者總句經云菩薩修行如是功德爲不捨一切衆生故疏文具引經文配釋

如是而得潤澤心柔軟心調順心利益安樂心無雜染心求上上勝法心求殊勝智慧心救一切世間心恭敬尊德無違教命心隨所聞法皆善修行心

二顯所得果有十句初總餘別總云潤澤者深欲愛敬故謂由修二道自有所潤深欲敬上由爲物修潤及含生深欲愛下別中九句釋彼潤澤有三種勝一柔輭心者明樂行勝謂證法適神故二調順者調和善順緣中無礙是三昧自在勝上二是行體三利益下七句明離過對治勝此是行用於中初句總利他無過故利益自利無過故安樂下六句隨過別顯若不寄對難顯性淨之德六句即離六過經中皆是能治一無雜染心治爲利於貪過及爲名姤心過二治少欲功德過三治不求勝智過上三皆自利四治懈怠不攝衆生過上

四皆離於行生過後二離於教生過謂五治自見取不遵勝教過六治捨爲首不隨説行過如説修行於聞思中最爲其首今捨彼首所以爲過又上救生即前悲果求殊勝智即上求果二治少欲者謂不欲布施頭陀等今求上上勝法治之三治不求者上不求功德此不求智慧此二治不攝善初一治不離惡則惡止善行總爲自利四即利他則離自利利他二行之過亦是自分後二亦勝進前解後行五治自見取者執取自見以爲勝故

此菩薩知恩知報恩心極和善同住安樂質直柔軟無稠林行無有我慢善受教誨得説者意

第二此菩薩下説法尊中起報恩心果謂前地中從佛聞法是説法尊今起傳法修行之心則爲以報諸佛恩也上希求種智由知佛有恩故今思報亦上求果起報恩心果疏

文有二先對三地明報恩義則通對狹小後上希求下即近對護小乘中護小心也文中先別明後總結今初十句初總餘別總云知恩者謂若隨順師教行報恩行方是知恩故先別明後總結亦可別明是報恩行總結三心是報恩德別中彼行有九種類攝爲七別中等者二三各二句故此是論攝亦可九句一知報恩者依尊起報恩心尊即是佛此爲恩主故偏名報恩初一報恩心中六報恩行後二解釋今初總欲起行順佛化意也二有二句依同法起報恩心此明順同行善友意二有二句者即心極和善同住安樂和善自行同住不擾於人故共爲同法起報恩此明隨順者以於同行起和順故同行即受善友之教故於善友成報恩行三質直柔軟二句依法起行謂隨順受教不違師命故云質直發修行事逢苦能忍故云柔軟依法起行者依師受法造緣修行名依法行順師受教知之言知不知言不知故名爲直以石投水水能受石心能受境如水柔軟四無稠林行者依受用

衣食於施主所自過不覆故無稱林下有一句云無謟曲心論釋云不妄説已德經以稱林舍於謟曲疏以不覆亦含自誇五雖實有德而不高慢六善受教誨得師言詮七於教不倒得師意旨

上七品中初二依人次三依行後二依教所依雖異皆同報恩初二依人下通相收束約經初有三句一句於師二句於友次三依行經有四句前二成德後二離過後二依教一領教二得旨

此菩薩如是忍成就如是調柔成就如是寂滅成就

二此菩薩如是下總結謂十句不出此三忍即心極和善同住安樂調柔即質直柔輭寂滅即通結餘句寂滅等者無覆無慢受教得旨皆寂滅義此依古釋直順經文若準論經三句小異忍名善心成就調柔云寂滅寂滅云善寂滅論云善心成就者是對治修行增長故者結前增上心欲果此果從前第三分護煩惱行及護小乘行二種對治生彼治此滿故名善心今云忍者即忍可也論云寂滅心成就者是前對治修行增長力故即結前二離障果由護煩惱對治家力得無二障故既無二障故曰調柔論云如是善寂滅心成就者彼果前二句顯釋曰善即初句寂滅即第二句總合上二爲善寂滅成彼報恩心果云彼果前二句顯由此一果通從前二種對治增上及二遠離生故釋曰總上三句結前四果

如是忍調柔寂滅成就淨治後地業作意修行時

第三如是忍調柔下發勤精進果謂行二利行勤無怠故於前不捨衆生護小行中修勤故名方便行中正是無盡行相謂行二利下釋此果名於前不捨下辨所生處正是無盡行相者以今經文釋成第四無盡行相

文中二先牒其得時先牒前者此果正從護小乘行生而是前果成時此果即成得不休息精進不雜染精進不退轉精進廣大精進無邊精進熾然精進無等等精進無

能壞精進成熟一切衆生精進善分别道非道精進

後得不休下正顯於中十句初總餘别别有九種不休息義一不雜染者彼精進行平等流注故雜染者共懈怠共染故染則著而太過懈則墮而不及若琴絃之急緩若不進不息爲平等流二不退自乘上二自利三起廣念利他之心四爲無邊衆生作利益願起攝取行上二利他上皆自分若琴絃者此是如來教守樓那彼是大富長者之子足不優地出家之後精勤修道足下血流佛問汝曾鼓琴耶答云曾鼓絃緩如何答云不鳴絃急如何答云即絶當如何可答云不緩不急佛誨之言修道亦爾下四勝進謂五熾然者常志順行猶如熾火上進叵滅論經名光明兼照他地六修習過餘七魔惑莫壞上三自利八攝取衆生即是利他上八皆行六修習者即經無等等精進前向行修之初此句行修之次依前起行行修勝出故名過餘後句行修之終故無能壞後一是解謂九自斷疑惑決是非故能伏他言如無畏故若能具此爲正修習九自斷疑者即善分别道非道言如無畏者謂如四無畏言是出苦道若有難言若言聖道能出苦者何故阿羅漢有瘡疾等佛於此難正見無由心無怯畏善爲決斷論云能斷疑惑等者降伏他言正修習故疏分二疑二疑皆斷爲正修習

是菩薩心界清淨深心不失悟解明利善根增長離世垢濁斷諸疑惑明斷具足喜樂充滿佛親護念無量志樂皆悉成就

第四是菩薩下彼增上欲本心界滿足果菩提分心是本心界正念真如修上道品故云滿足本心界者疏文三初釋名即是經中總句心界清淨即滿足界即性義心性差别故先釋心界菩提分者謂依菩提心樂欲心也即前增上心欲果釋滿足云正念真如修上道品者以稱如修是滿足故即前起報恩心果由

精進故瑜伽四十八躡前精進後即云由此因緣所有意樂增上意樂勝解界性皆得圓滿故知此果從前二果生謂意樂即第一果增上意樂即第二果勝解界性即此心界謂由第三精進令前二果增長故云滿足由精進者是滿足因文中十句初總餘別別有九種一深心不失者彼道品心修行增益故此一自分下皆勝進二於五地已上勝上證中明鑒決斷故三即彼上證因謂對治善根治行過前故云增長四除滅所治煩惱障垢五斷除此地中祕密疑事即是智障微細法慢為祕密疑事由無攝受則能除之上二除內障六觸境明斷七依勝樂行三昧適神八上依佛力化衆生故九論云依現無量三昧心智障清淨故此除定中智障若直就經文總顯本願皆得成就下皆勝進者勝進八句前六自利後二利他前中為四一第二句於他起解二第三句於他起行三有三句行成離障一除煩惱障二除所知障云祕密疑事微細法慢者是下品慢難知為微細微細故祕密八上依下二句利他此句由佛護故成利他行九即利他德先舉論後此除下疏揀異第五句智障含顯於化生中現多三昧定障解脫方能化生

佛子菩薩住此燄慧地以願力故得見多佛所謂見多百佛見多千佛見多百千佛乃至見多百千億那由他佛

第二位果中亦三初調柔中四一調柔行二如摩尼下明教智淨三此菩薩下別地行相四佛子下總結地相初中三一練行緣二皆恭敬下明能練行三又更下明所練淨

皆恭敬尊重承事供養衣服臥具飲食湯藥

一切資生悉以奉施亦以供養一切衆僧

二中一供佛福行

以此善根皆悉迴向阿耨多羅三藐三菩提

二以此下迴向大行

於彼佛所恭敬聽法聞已受持具足修行復於彼諸佛法中出家修道

三於彼下聽法慧行於中先在家後復於下出家然登地已上具十法界身若出若在何啻不可然隨義隱顯有無前却以前三地寄同世間還依世法初二人王故有三地天王故無四地已上寄出世之首故重明有表心出家故於調柔行中明之欲順天無出家不於攝報中辨六地已上表證法平等無出無在故皆無出家四地已上者既爲出世不依世間法也言已上者兼五地故上明有無表心出家前却何以前二在攝報中此在調柔之中故云表心出家於行中說

又更修治深心信解經無量百千億那由他劫令諸善根轉復明淨佛子譬如金師鍊治真金作莊嚴具餘所有金皆不能及菩薩摩訶薩亦復如是住於此地所有善根下地善根所不能及

三所練淨中有法喻合金莊嚴具者以三地阿含金現作此四地證智嚴具故餘所有金者即未作嚴具之金

如摩尼寶清淨光輪能放光明非諸餘寶之所能及風雨等緣悉不能壞菩薩摩訶薩亦復如是住於此地下地菩薩所不能及衆魔煩惱悉不能壞

二教智淨者以此地成就證淨從體起用故偏有此文前以教成證故喻金爲嚴具

今從證起教故喻摩尼放光摩尼寶珠即證智體無垢名淨寂照名光圓滿名輪具上三義故稱證智言能放光明者名即放阿含光也謂以此證智證入無量教法門義故故能照光明即是證智所照教法以爲智處證能普照示現於教得教光明依證起焰故地名燄慧即放阿含光者此地之中道品行德從教修起故名阿含又道品智能知教法亦名阿含又此道品差別行德可以言顯亦名阿含即證體上有阿含起名示現也非餘寶下對前顯勝風等不壞對他彰堅風等不壞者經云風雨等緣所不能壞不似火光風飄雨濕皆能滅無今風吹不斷雨洗還明而云等者餘光不奪不似星月日光映故合中下地不及即合上餘寶不及魔合上風煩惱合雨此菩薩於四攝中同事偏多十波羅蜜中精進偏多餘非不修但隨力隨分佛子是名畧說菩薩摩訶薩第四燄慧地

餘並如前別地行中不捨衆生修道品故同事偏多

菩薩住此地多作須夜摩天王以善方便能除衆生身見等惑令住正見布施愛語利行同事如是一切諸所作業皆不離念佛不離念法不離念僧乃至不離念具足一切種一切智智攝報果中破衆生身見者自破微細見故餘例前知復作是念我當於一切衆生中爲首爲勝爲殊勝爲妙爲微妙爲上爲無上乃至爲一切智智依止者

是菩薩若發勤精進於一念頃得入億數三昧得見億數佛得知億數佛神力能動億數世界乃至能示現億數身一一身億數菩薩以爲眷屬

若以菩薩殊勝願力自在示現過於此數百

劫千劫乃至百千億那由他劫不能數知
爾時金剛藏菩薩欲重宣其義而說頌言
菩薩已淨第三地次觀衆生世法界空界識
界及三界心解悉了能趣入
第三重頌有十七頌分三初十二頌頌位
行次四頌位果後一顯名結說前中四初
一頌增長四分
始登燄地增勢力生如來家永不退於佛法
僧信不壞觀法無常無有起
觀世成壞業有生生死涅槃剎等業觀前後
際亦觀盡如是修行生佛家
次二頌清淨分
得是法已增慈愍轉更勤修四念處身受心
法內外觀世間貪愛皆除遣
菩薩修治四勤行惡法除滅善增長神足根
力悉善修七覺八道亦如是
三有四頌頌修行增長分於中初二頌護
煩惱
爲度衆生修彼行本願所護慈悲首求一切
智及佛土亦念如來十種力
四無所畏不共法殊特相好深美音亦求妙
道解脫處及大方便修行彼
後二頌護小乘
身見爲首六十二我及我所無量種蘊界處
等諸取著此四地中一切離
如來所訶煩惱行以無義利皆除斷智者修
行清淨業爲度衆生無不作
菩薩勤修不懈怠即得十心皆具足專求佛
道無厭倦志期受職度衆生
恭敬尊德修行法知恩易誨無慍暴捨慢離

諂心調柔轉更精勤不退轉
菩薩住此燄慧地其心清淨永不失悟解決
定善增長疑網垢濁悉皆離
四有五頌頌修行增長果
此地菩薩人中勝供那由他無量佛聽聞正
法亦出家不可沮壞如真金
菩薩住此具功德以智方便修行道不爲衆
魔心退轉譬如妙寶無能壞
住此多作燄天王於法自在衆所尊普化群
生除惡見專求佛智修善業
菩薩勤加精進力獲三昧等皆億數若以願
智力所爲過於此數無能知
如是菩薩第四地所行清淨微妙道功德義
智共相應我爲佛子已宣說
餘並可知　第四地竟

大方廣佛華嚴經疏鈔會本第三十六之三

音釋

詃　古犬切音捲誘也詐也

大方廣佛華嚴經疏鈔會本第三十六之四

唐于闐國三藏沙門實叉難陀　譯

唐清涼山大華嚴寺沙門澄觀撰述

第五難勝地所以來者略有四義一約寄位四五六地寄出世間前寄初果此寄羅漢義次第故雖有四果舉於始終以攝中間此依本論約所觀行相以後六地既觀緣起寄同緣覺故但二地寄於聲聞仁王下卷瓔珞上卷約人配位以七地未離分段故四五六七寄同聲聞二前明覺分相應慧今辨諸諦相應慧故三前得出世未能順世今能五明攝化故次明之四前得三十七菩提分今辨方便所攝菩提故此後三意出於瑜伽仁王下二約他經於中有二初雙牒二經約人以配揀前地論約所觀行二以七地未斷分段故者是賢首畧釋七爲羅漢之由然瑜伽攝論唯識皆云初二三地相同世間四五六地寄同聲聞者正明配位即仁王文經云爾燄聖覺達地菩薩修行順法忍逆五見流集無量功德住須陀洹第五地云勝進達菩薩於順道忍以四無畏觀那由他諦內道論外道論藥方工術故我是一切智人滅三界疑等煩惱故集無量功德故即斯陀含第六地云常現真實住順忍中作中道觀盡三界集因集果一切煩惱盡故乃至證阿那含第七地云玄達菩薩十阿僧祇劫修無生法樂忍滅三界習因業果住後身中無量功德皆成就無生智盡智五分法身皆滿足第十地阿羅漢梵天位釋曰言第十者此經通約三賢十聖爲十三位修十三觀故云十等言難勝者解深密云即由於彼菩提分法方便修習最極艱難名極難勝此從初說故初分經云善修菩提分法故等攝大乘云由眞諦智與世間智更互相違合此難合令相應故唯識同此世親釋云由此地中知眞諦智是無分別知世間工巧等智是有分別此二相違應修令合能合難合令相應故名極難勝此

通初中後瑜伽云今此地中顯示菩薩於聖諦決定妙智極難可勝名難勝地唯約地中莊嚴論云於此五地有二種難一勸化無惱難二生不從心無惱難此地菩薩能退二難於難得勝此多約地滿顯揚論云證得極淨緣諦所知諸微妙慧成極難成不住流轉寂靜聖道名極難勝此大同本分上諸經論多舉難勝之法未知何等無能勝耶十住論云功德力成一切諸魔不能壞故此對人顯勝亦兼於惑煩惱魔故然諸經論言異意同皆辨真俗無礙若據實位約仁王經初地菩薩四天王即雙照二諦平等道今約寄位前寄出世此方却入故云無礙此從初說下二疏釋初分經下引證言初分者即勝慢對治而是治當地慢隨順如道經云佛子菩薩住此第五地已善修菩提分法故

善淨深心故復轉求上勝道故隨順真如故即其文也唯識同此者上引攝論即是本論唯識全取彼論世親釋下即釋攝論於中一先舉論能合難合下後釋勝相瑜伽云者即四十八論諸相應增上住文莊嚴論即第十三偈云難退有二種能退故難勝今疏所引即彼論釋顯揚論當第十三此但引於當地之文此前論云五難勝地謂諸菩薩住此地中先善修治第四地超一切聲聞獨覺證得已下疏文全同但有人云諸法微妙慧蘊今畧無二字義已足故其十住論亦十住婆沙第一然諸經論下四結前旨同若據實位下實寄對辨既初地中已能雙照豈至五地方有雙行故知約寄即彼經上卷菩薩行品故此地中斷於下乘般涅槃障者即前四地出世厭生死苦樂趣涅槃此障五地今入真俗無差別道便能斷之此斷欣厭即是二愚故此地中下三明斷障先標名即前四地下釋意則已盡唯識具云五於下乘般涅槃障謂所知障中俱生一分令厭生死樂趣涅槃同於二乘厭苦欣滅彼障五地無分別道入五地時便能永斷由斯五地說斷二愚及彼麤重一純作意背生死愚即是此中厭生死者二純作意向涅槃愚即是此中樂涅槃者釋曰此地真如名類無別故緣彼道名無差別本分名

身淨我慢障四地出世取身淨故由此欣滅如前已釋餘諸經論言異意同由此證得類無差別眞如亦約生死涅槃皆平等故由斯證得者四證如疏亦生死涅槃皆平等故成類無別唯識釋云謂此眞如類無差別非如眼等類有異故此由難見攝論名爲相續無差別法界世親釋云謂於此中體無有異非如眼等隨諸有情相續差別各各有異無性意同而梁論云由此法界能令三世諸佛相續身不異者衆生迷此萬類之異諸佛證此居然不變中邊論云由通達此得十意樂平等淨心者上約極果此正順今其所成行亦成二種謂諸諦增上慧行五明處教化行其所成行下五成行舉此二者以證淨智而達五明成於眞俗不相違故此二無礙故得無差別法身之果皆義旨相順此二無礙下第六得果無差別法身二諦均故故疏結云義旨相順

菩薩聞此勝地行於法解悟心歡喜空中雨華讚歎言善哉大士金剛藏

次正釋文文亦三分初讚請分中九頌半分二初八頌半供讚後一頌請說前中三

初一菩薩供讚

自在天王與天衆聞法踊躍住虛空普放種種妙光雲供養如來喜充徧

次一天王衆餘皆天女

天諸婇女奏天樂亦以言辭歌讚佛悉以菩薩威神故於彼聲中發是言

於中三初一偈標

佛願久遠今乃滿佛道久遠今乃得釋迦文佛至天宮利天人者久乃見

大海久遠今始動佛光久遠今乃放衆生久遠始安樂大悲音聲久乃聞

次四偈半讚於中初二偈美感應皆言久者佛應由機機難有故大海動者動佛智海竭苦海故

功德彼岸皆已到憍慢黑闇皆已滅最極清

淨如虛空不染世法猶蓮華
大牟尼尊現於世譬如須彌出巨海
供養能盡一切苦供養必得諸佛智此應供
處供無等是故歡心供養佛
後二偈半讚具德初偈具智斷次半具恩
後一具此三德是故應供
如是無量諸天女發此言辭稱讚已一切恭
敬喜充滿瞻仰如來默然住
是時大士解脫月復請無畏金剛藏第五地
中諸行相唯願佛子爲宣說
三一偈結讚及請說並可知
第二正說分中先明位行後辨位果前中
論分爲三初勝慢對治二佛子菩薩摩訶
薩如實知下不住道行勝三佛子菩薩摩
訶薩住此下明彼果勝初即加行道及初

住地無間道次即正住地解脫道後即地
滿勝進道初言勝慢者慢有二種一他地
慢謂四地中得出世智取其勝相名爲勝
慢今以十種淨心爲治二自地慢謂於此
十心希求勝相復以爲慢以隨順如道爲
治此二通名勝慢故此一分有其二道初即
加行下疏釋但屬四道不釋其名下疏自釋論云勝慢對治者
謂十平等深淨心者前段能治也又云同
念不退轉心者後段能治也言同念者即
後總句順如與如同一念故不退轉者即
後段末句略舉初後以該中間前地治解
法慢此治身淨分別慢所治有殊不濫前
地言身淨者得出世智不染身故論云勝慢下此
釋分名然論具云勝慢對治者謂十平等深淨心同念不退轉心故前已說解法慢
對治今此地中說身淨分別慢對治釋曰
上皆論文疏已分釋先正釋名具分二慢

即後等者總句經云隨順真如故可法同如即十平等然十平等已是隨如何故名同由取勝相則不順如今若順如則不取勝相故爲能治前地治下對前揀濫雖與前地同皆治慢前是世間所治則劣今治出世身淨之慢則勝於前故名勝慢安得濫哉言身淨者前創出世成念處觀不染於身即是身淨取此不染所以爲治淨無淨相慢何由生

爾時金剛藏菩薩告解脫月菩薩言佛子菩薩摩訶薩第四地所行道善圓滿已欲入第五難勝地當以十種平等清淨心趣入

文中二先治他地慢後佛子菩薩摩訶薩住此下治自地慢前中三初結前舉後二徵起正顯三結能入地今初平等有二義一是如理二是因果淨法千聖同規名深淨心是此地觀解故論云於平等中心得清淨故名深淨心者此句向上成二平等以約如法而論等故名之爲深以約淨法而論等故名之爲淨故云深淨心也二者向下則成此地觀解之心則五字分一平等二字是淨所依其深淨心是能依心故次引論云於平等中心得清淨言深淨心即是論經今經但云清淨心耳此復何異後地觀察十平等法此有三異一此地治前於淨起慢故偏明淨法平等後地對此依真入俗通觀染淨諸法皆悉平等二此約舉等理以顯心淨後地舉觀察以入等理三此通理事二等後地一向約理融二諦故此皆地地背相捨後漸勝故此有三下答一所治通局通染則勝二能所前後若舉所等以成能等此心猶淺若舉能觀以入所觀此觀則深三能治通局一向局理六地則深故疏結云此皆地地背相捨離以勝捨劣又上三義亦皆相成由初所治局故能治則通事理皆等何獨身淨由所治通能治則局一理平等無染淨故淨慢未除以等成觀此五地中已成等觀後六地中以觀入理則以初後成於中間

何等爲十所謂於過去佛法平等清淨心未來佛法平等清淨心現在佛法平等清淨心

戒平等清淨心心平等清淨心除見疑悔平等清淨心道非道智平等清淨心修行智見平等清淨心於一切菩提分法上上觀察平等清淨心教化一切衆生平等清淨心

二正顯中十心分二初三明諸佛法論云謂三世力等者即果位十力等也即果位者此一等字等餘果法謂四無所畏十八不共三身四智等非釋平等平等淨心前已總釋後七明隨順諸佛法二利因行順成果故於中前六自利後一利他前中合爲三學初戒次定餘四慧故離爲七淨一戒淨二定淨三見淨四度疑淨見疑相顯經合一句爲成十故五道非道淨此前五淨大小名同小乘六名行淨七行斷淨以彼宗中趣盡滅故今大乘六名行斷經云修行知見略無斷字七名思量菩提分法上上淨以依行斷起勝求故前中等者釋前六中二門分別一約行勝屬經文云何見疑二淨相顯此二同是根本六種煩惱之中二故戒取依於六上開出又執爲道相微難見別爲一句若約位者初二在見道前以創背凡過宜以戒防欲生眞慧理須習定然夫合理判屬世間次三在見道以見道中斷身見故斷疑故斷戒取故戒取是非道知無漏慧是正道入見道時十使俱斷偏言三者涅槃經說此三重故又十使中五見及疑但障見道餘四通於見修故略不言就其六中三本三隨偏語其本邊見隨身見邪見隨疑見取隨戒取故斷三結三隨亦斷但立三淨上五大小並同小乘行淨在修道起斷行故行斷在無學道依行證斷故大乘後二皆在修道斷障成德故有二也行實同時欲生眞慧者即出世見道慧也

次三在見道等者疏釋此三而文有三一正釋二入見道下徵問三涅槃下引答問中言十使俱斷者開之成八十八使答有二意一引涅槃已約重故涅槃三十三因釋觀方迦葉問云如來說須陀洹斷煩惱如四十里水云何言斷三結一我見二非因見因三疑網佛答云此三重故亦攝須陀洹人一切所斷結故譬如王出雖有四兵但言王出又云此三何緣獨得名重一切衆生常所起故微難識故難可斷故能爲一切煩惱因故是三對治之怨敵故謂戒定慧又衆生聞斷多則退轉故但說三又十使下二約見修所斷分別餘四等者謂貪瞋慢無明見道之中四障見道亦皆已斷有障修者不與斷名故畧不言三本三隨者隨者是末身見即我我於過去爲有爲無故名常見我於未來爲作無作則起斷見故說邊見隨於身見言邪見者撥無因果以於諦理猶豫不決遂撥爲無故說邪見隨於疑網既非因計因必取爲實故見取隨於戒取根本既斷枝條自亡又言隨者三本名轉如手轉輪三隨名隨如輪隨手上五大小並同者結前五淨生後二淨二淨大小開合不同在位亦別於中有二先約小乘後約大乘於大乘中先行後位約行同時義分斷障斷即行淨成德即菩提分法上上淨若約位分七地已還爲行斷修道斷結故八地已上入法流中順菩提故

名思量上上餘文易了若約位下二約位辨即增微分別七地已還雖亦進行斷障義增八地已上非不斷障進行多故是以二位各得一名

菩薩摩訶薩以此十種平等清淨心得入菩薩第五地

佛子菩薩摩訶薩住此第五地已

第二明如道行又順經意前明入心從此已下皆明住心又順經意下以不依論但順三心此之半分及後二分皆是住心攝於三位此隨如道攝第五住應分爲三此攝方便具足住修行十心是方便義不退轉者即是住義二不住道行勝攝離癡亂行智清淨等無癡亂故三彼果勝攝無盡功德藏回向攝德無盡故智清淨者即下經文十重觀察四諦法門名智清淨正是無癡知第一義如實而知即無亂義而言等者等取利益衆生勤方便勝皆無癡義與彼行中釋於無癡義甚相順攝德無盡者下有四果第一即名攝功德果下三皆是功德果故今且順論此明如道行於

中三初標分位爲顯隨如已入五地次以善下總顯後願力下別明以善修菩提分法故善淨深心故復轉求上勝道故隨順真如故

二總顯中四句皆是正修諸行故總名順如謂前二句爲所治即四地修菩提分以前十心能善清淨得入五地於此淨心希求勝相即復是慢慢在文外故以後二句而爲能治初句轉求不住道行勝爲能治謂不住淨心而起諸行即治住淨慢故後句雖起諸行不退失前平等深淨之心則能隨順真如平等即如故總中四句者問四中初一是四地行何言皆是正修行耶又後經云入五地已善修菩提分耶答有二意一能治之行必因所治展轉相由皆是修行二者四地道品取其淨相以十淨心而能治之即入五地入五地已善提分法不取淨相而非不行不取而行方能善修故後十淨雖是所治隨如道時亦不捨前十淨心也若遠公云皆正修行是論通難恐有難云若此如道取前淨心淨心復取四地覺分亦應覺分由三地生何不取耶故此答云此四即是四地已上皆正修行三地既是世間之法故不言耳亦是一理後句雖起者即經隨順真如論云隨順如道行者彼平等中深淨心不退轉現成就故隨彼平等清淨法住釋曰不退轉心即此隨如末句意云既以前句治於深心取淨相竟今以不取深淨之心隨至不退轉行常於平等中住爲順如道故䟽云雖起諸行不退失前平等深淨之心次論結云菩薩如是深心安住名爲隨順如道故䟽云則能隨順真如正是取此論文也言平等即如者會論就經經云隨如論取平等云何是同故云平等即如如前已釋問論云深心安住何異前隨彼平等清淨法住答前唯住平等故䟽云不失平等今言深心則行順如爲深心住

願力所持故於一切衆生慈愍不捨故積集福智助道故精勤修習不息故出生善巧方便故觀察照明上上地故受如來護念故念智力所持故得不退轉心

後別明中顯上隨如之行有其八種經有

九句前七各一後二爲一八中前二是起行心一自利願即修菩提心二利他慈即不疲倦心後六是行謂三得善根力四不捨衆行五善巧修行六無厭足故照明上上七得他勝力八自得勝力此有二句初句具三慧念是聞思智即修慧後句勝進究竟上六行中前三自分後三勝進各有初中後思之後別明者問八皆事行何名如行答有二意一此助顯真如觀故二如中起行俱無所著方顯隨如別行可知但第七句念智力所持故疏順經釋論經云得念意與智力故即以意爲思慧遠公云念是聞慧念持教故意是思慧同求思義故智是修慧以能離障上勝進故此之三句同名智力今經無意與言故以念當二慧智當於修

佛子此菩薩摩訶薩如實知此是苦聖諦此是苦集聖諦此是苦滅聖諦此是苦滅道聖諦

第二不住道行勝有二種觀一所知法中智清淨勝二佛子至得如是諸諦下利益衆生勤方便勝初即自利護煩惱行故不住世間後即利他護小乘行不住涅槃同時相導名不住道今初智勝分二先明四諦實法分別後善知俗下復就此四明十觀門化生差別此乃十種觀於四諦非謂觀十四諦也故瑜伽住品云此地於四聖諦由十行相如實了知今初言實法者有佛無佛苦集二諦體是妄想雜染因果滅道二諦體是出世清淨因果此約諦實義釋若約審諦釋者前二無佛不能知此是苦是集寧有後二滅道因果餘如本品一所知者諦是所知之法智於其中照見離垢故名清淨慈悲攝物名利益衆生無憚稱勤善巧爲方便故瑜伽者即四十八論云如是菩薩住此住中多分希求智殊勝性

於四聖諦由十行相如實了知言實法者然有二義一約真實名實已如疏文二約對下十門隨機異名故名實法後十觀中略啓四門一制立謂四諦義含法界菩薩窮照無遺隨智異說難窮略舉十明無盡然十皆菩薩自智智相難明故論約化生以明其異以此通名所知法中智清淨也

二明開合此十總唯是一化生分別若隨所化大小分二前九化小後一化大故若隨化所起則分爲三前五生解次四起行後一令證故約人不同離以爲七初爲根未熟乃至七爲大乘可化故至文當知二明開合者疏文有四初一是合後三是開一約所化法分別二約所益分別三約化類分別

三對實法以明通別此十望前四諦前五通觀四諦謂一世俗者觀四諦法相二觀其性空三通觀性相無礙四觀性相各異五觀此四緣起集成次四別觀四諦謂六七八九如次觀苦集滅道後一但觀滅道菩薩地因證佛智故遠公後五亦通觀四諦謂迷於四諦故爲苦集悟其四諦故成滅道後一窮四諦緣起實性清淨法界成大乘道亦有此理三對實法者六七八九此四唯別但各一故第十門望前五門則名爲別但觀滅道之二諦故望六至九唯觀一諦則亦名通遠公後五者何名通別所觀通四所成唯一亦得稱別

善知俗諦善知第一義諦善知相諦善知差別諦善知成立諦善知事諦善知生諦善知盡無生諦善知入道智諦善知一切菩薩地次第成就諦乃至善知如來智成就諦

四正釋文文分爲二初列十名

此菩薩隨衆生心樂令歡喜故知俗諦通達一實相故知第一義諦覺法自相共相故知

相諦了諸法分位差別故知差別諦善分別蘊界處故知成立諦覺身心苦惱故知事諦覺諸趣生相續故知生諦一切熱惱畢竟滅故知盡無生智諦出生無二故知入道智諦正覺一切行相故善知一切菩薩地次第相續成就乃至如來智成就諦以信解智力知非以究竟智力知

後此菩薩下次第解釋於中略爲二初一依瑜伽二依本論今初瑜伽十句不顯文詞而略所說義闕其第十知菩薩地而亦有十句文有三節初三名爲此說謂是所爲故一依曉悟他故知俗諦二依自內智知第一義三依俱處所故知相諦謂自相是俗共相是眞二體不分故名俱處次今經兩句彼應有三名由此說謂由三藏教之所說故故云依於契經調伏本母名由此說經中分位差別應是調伏知蘊界處義當本母此中第十義當契經三有四句名如此說謂如四諦相各別知故即依於現在衆苦自性故知事諦依於未來苦生因性依於因盡彼盡無生性依於修習彼斷方便性如次可知今初瑜伽者即上住品論云一切文詞如契經說但取經義其所立義似今論釋但有小異故別出之文有三節者彼先具列三節之名一爲此說二由此說三如此說下疏具辨如次可知者如苦集滅道四諦次第即是今經六七八九二依本論者攝十爲七初一爲根未熟衆生謂未堪入大爲說四諦十六行等名知世諦即四重二諦中第三重內俗也不同瑜伽通於大小及根生熟爲說四諦等者謂苦下有四即苦空無常無我集下有四集因生緣滅下有四滅盡妙離道亦有四道如行出故是俗諦即四重者一假實二諦二事理二諦三四諦勝義二

諦四安立非安立二諦廣如立中今是第三重中俗者以四諦爲俗故遠公亦說三種二諦一就相分別情想之有名爲世諦無相之空名第一義二相實相對妄想之法情有理無名爲世諦即此經中空如來藏眞實之法相寂體有名第一義即不空如來藏也三就實分別不空藏中體名眞諦用名世諦今諸諦第一就第二門似非得意不同等者瑜伽但云依曉悟他是以通也二爲根熟堪入大故爲說法空第一義諦爲說法空等者即四重中第三重內勝義與前第一四諦之俗共爲第三重二諦也三爲疑惑衆生故知相諦謂有聞第一義諦猶豫不決若是空耶則無因果若是有耶云何言空今明即俗自相是空共相俱處無違故名相諦四爲謬解迷惑深法衆生故知差別謂前緣二境故名爲疑今聞俱處便謂是一名爲謬解今明體雖不異性相分位歷然差別三之與四明上二諦非一異義三即非異四即非一又三即二而不二經云覺自共相論云俱處四即不二而二論疑是一由不二故經了差別由而二故又四即於諦常自二三即於解常自一五爲離正念衆生故知成立諦謂旣聞差別謂皆有體名離正念今明差別但是緣成無有自性故云成立隨言顯示故論經名說成諦五即總了二諦緣起相性即亡王云通達此無二眞入第一義六爲正見衆生知事等四諦由無前疑執故名正見可令知苦斷集證滅修道事即苦諦生即集因無生是滅因亡曰盡即盡智也後果不起名爲無生即無生智也若小乘說現在惑亡說名爲盡利根之人保彼煩惱當更不起名曰無生此盡無生是其滅體無學之智如是而知意在取滅故爲滅諦道言無二者論下重釋云一行故謂稱滅而知故云一行前列實法四諦明其所觀此中四諦明當如是觀六爲正見者前中三疑四謬五離正念並非正見今無此非方爲正見故

可明示四諦差別則不隨事執不謂空無可令知苦斷集證滅修道矣事謂苦事所有受皆苦故集能生苦無學之智者是釋經智字爲答外問滅是滅理何得言智故此釋云意在取滅道言無二者畧牒經文具云出生無二故論經云起不二行故既稱滅知故不生二行前列實法下應有問言此之四諦與前實法俱列四諦有何別耶答意可知若準遠公上釋則前實法四門各別今則一一皆迷前四故有不同亦是理

一七爲大乘可化衆生故知菩薩地乃至如來智諦謂先住大乘化令進故言正覺一切相者大乘要須於五明處善巧知故菩薩地是因言次第相續者如從初地入二地乃至十地入佛地大果也以信解等者爲釋外疑六地已上乃至佛智未曾證入彼云何知故此釋云信解鏡像觀智力知非成就智鏡像即影像觀未得本質故未得本質者本質有二一約未證佛智則佛智爲本質二既未證於如來之智於一切智所知之法即是本質亦影像知一切所證未親證故

佛子此菩薩摩訶薩得如是諸諦智已

第二利益衆生勤方便中二先總起悲觀二佛子下別起悲觀總中三初結前次如實下觀過後菩薩下起悲第二利益者既爲利益觀有爲等何偏明悲對上觀諦智清淨故其中雖有諸行悲爲主故

如實知一切有爲法虛妄詐僞誑惑愚夫

觀過中先明非眞後誑惑下對人彰過今初虛妄二字觀內五蘊謂妄想常等不相似無故虛此明所取非眞理無不同情有故云不相似無也常作我想慢事故妄此辯能取不實非有計有常樂我淨皆名我想非唯我見我爲本故獨云我想也虛妄二字者是疏標舉謂妄想下論釋從此明下疏釋論常作我想慢事故妄者論釋從此辯下疏釋詐僞二字觀外六塵世法牽取愚夫故詐此顯能取迷眞謂由妄取令彼世法

隱虛詐實使其貪取也世法盡壞故僞此明所取不實世法相似相續似有義利而實速滅無利故僞詐僞二字者是疏標舉世法牽取愚夫故詐是論此顯下疏釋論其世法盡壞故僞是論此明下疏釋論後對人彰過者上虛僞二境引心總名爲誑妄詐二心迷境皆名爲惑上虛僞二境者虛是內境僞是外境皆能引心合皆名誑妄是內心詐是外心皆能迷境故合名惑論云常等相無非有似有故虛事中意正取者此解虛是誑義謂令意正取故是誑也又云我想慢事正取故妄事是患此解妄是惑義世法利盡故誑事牽心此解僞是誑義世法愚癡凡夫牽取故詐事相現此解詐是惑義論云常等下向來疏文合於二境二心以配誑惑論中內外能所別明先明於內先所取後能取後世法盡利下明外能所亦先明所取後明能取細尋易了愚夫即是依彼正取我慢之人愚夫等者上釋誑惑下釋愚夫前有兩對今雖就前五蘊能所以明愚夫五陰是人也

菩薩爾時於諸衆生轉增大悲生大慈光明三起慈悲者憐愍故悲勝利益故慈不住道行勝故云轉增皆言大者勝前地故云光明者救生方便智成故轉增光明俱通慈悲文有影略轉前慈愍分同諸佛故名爲生

佛子此菩薩摩訶薩得如是智力不捨一切衆生常求佛智

第二別起悲觀中二先明化生願二如實觀下明化他心今初先牒前得是智力近牒觀有爲遠牒觀諸諦不捨衆生牒前慈悲後常求佛智正明起願願救衆生義故第二別起悲觀正明起願者經云求佛智而云救生正同三地欲救衆生不離佛智

如實觀一切有爲行前際後際

二化心中二先明大悲觀後佛子菩薩摩訶薩復作是念此諸衆生下明大慈觀前中悲有二相一如實觀苦因緣集故即知苦體性二佛子至復作是念此諸凡夫下觀深重苦久而多故即就人彰過前中四初總標二際二知從下順觀二際三虛妄下逆觀二際四若有下結如實知今初前即過去後即未來顯無始終流轉相故

知從前際無明有愛故生生死流轉於諸蘊宅不能動出增長苦聚

二順觀中二先明前際後如前下類顯後際前中復二先顯緣集苦聚後無我下顯二空無我今初無明有愛顯流轉因能發能潤此以爲本故生即是果故涅槃云生死本際凡有二種一者無明二者有愛是二中間有生老死今菩薩觀此而起大悲亦同淨名從癡有愛即我病生矣然生果有三一欲求衆生故流轉生死欲貪即是受身本故二妄梵行求衆生故於蘊宅不能動出外道計我常住其中故三有求衆生故增長苦聚三有皆苦故今初文者義至於此從故生下皆屬果攝苦取經句應至故生以爲句終

無我無壽者無養育者無更數取後趣身者離我我所如前際後際亦如是皆無所有

後顯空無我及類顯後際並顯可知

虛妄貪著斷盡出離

三逆觀中順即苦集逆即道滅虛妄斷盡即是滅也出離是道

若有若無皆如實知

四結如實知即雙結二際逆順有無三義

一約凡夫但有苦集而無滅道二約菩薩順有逆無三雙約凡聖眞滅本有道亦符之妄苦本空集亦同爾凡夫迷故不覺不知菩薩正了名知如實

佛子此菩薩摩訶薩復作是念此諸凡夫愚癡無智甚爲可愍有無數身已滅今滅當滅

第二觀深重苦者無始隨逐故深種種苦事故重文中二初總標可愍不知本空故名愚癡不知厭離故云無智亦可俱通故爲可愍二有無數下釋可愍所由由迷二苦故初明深苦不知故爲可愍

如是盡滅不能於身而生厭想

後如是盡下明重苦不知故爲可愍於中二初牒前訶後（初牒前訶後者牒前深苦訶後重苦）

轉更增長機關苦事隨生死流不能還返於諸蘊宅不求出離

二轉更下正明重苦於中三初觀生苦機關苦事即是生苦言機關者顯無我故抽之即動息手便無若造業因生生不息隨生死下明有集愛於諸蘊下明離滅道（機關苦事者遠公釋云容物動處名之爲機於中轉者說以爲關因名爲機苦果隨轉說之爲關今疏意亦爾不別配二字）

大方廣佛華嚴經疏鈔會本第三十六之四

音釋

濫（盧瞰切藍去聲汎濫也）　伺（息恣切音四）

大方廣佛華嚴經疏鈔會本第三十六之五

唐于闐國三藏沙門實叉難陀　譯

唐清涼山大華嚴寺沙門澄觀撰述

不知憂畏四大毒蛇不能拔出諸慢見箭不能息滅貪恚癡火不能破壞無明黑暗不能乾竭愛欲大海不求十力大聖導師入魔意稠林

二不知下觀老病死四大毒蛇是不知病苦不能拔下明具彼集文有四句一妄梵行求衆生不能拔出諸慢見箭外道多起故二欲求衆生受欲者不能息三毒火三欲求衆生行惡行者不破無明以見少利行大惡行後受大苦故云黑闇四有求衆生不竭愛欲大海三有之愛廣無邊故觀如實中説彼三求以爲苦果今爲集者三求皆能爲集因而受果故二文互舉次不求十力大聖導師明遠彼滅不向滅者故入魔意下明遠彼道順怨道故二欲求者欲求開二一縱情五欲不懼當報是造惡行者二但耽五欲未必造惡今是此人順境生貪違則生瞋癡迷上二不言習善行者善行多在有求之中亦以過輕故畧不説亦得合在受欲之中觀如實下對前料揀明遠彼滅者故論云趣無畏處不求十力大聖導師意云欲趣無畏之滅不求證滅之者耳順怨道者煩惱結使名爲稠林是魔所行故名怨道既趣怨道即遠眞道

於生死海中爲覺觀波濤之所漂溺

三於生死下總結過患舉生死海總顯於苦覺觀波濤總明有集此中兼顯死苦之義略不明老畧不明老者上依論觀生老病死生苦在初病可辛加通於老少故經明之今生死言即兼死苦老言不顯故云畧無亦合有也

佛子此菩薩摩訶薩復作是念此諸衆生受如是苦孤窮困迫無救無依無洲無舍無導

無目無明覆翳黑暗纏裹

二大慈觀中二初覩境興慈後佛子下廣顯饒益前中二先覩境後我今下興慈今初即覩前衆生受深重苦以爲慈境文中先總無救下別總中無父曰孤明前無所恃塗盡曰窮明後無所依任重無替曰困常受生死故强力所逼曰迫業惑所陵故總中無父者下別之中經有八事具釋四字前之四事明其有苦後之四事明其有惡各用二事釋前之一後別中無救無依釋上孤義論云謂現報已受不可救脫當報因招無善爲依次無洲無舍釋上窮義溺於覺觀波濤不聞正法智洲爲對治故在於生死曠野不爲善友慈舍庇故次無導無目釋上困義離於寂靜正念思惟究竟前導故離於正見之明目故既無導無目非困如何次無明下釋上迫義無明者無明住地舊煩惱故黑闇者四住客塵故常起邪念故爲其覆翳不聞正法故爲彼纏裹常起邪念者依無明住地起妄想心名爲邪念流注相續故曰常起不同四住善惡間生不聞正法者四住之惑容有善間間則不纏不聞善間故爲纏裹

我今爲彼一切衆生修行福智助道之法獨一發心不求伴侶以是功德令諸衆生畢竟清淨乃至獲得如來十力無礙智慧

二興慈中獨拔修善令物得菩提涅槃之樂二興慈中經有三節一爲物修因二獨一下孤標大志三以是下以善益物初令淨障爲涅槃因及畢竟清淨亦涅槃果後乃至下疏總釋義亦已周圓

佛子此菩薩摩訶薩以如是智慧觀察所修善根皆爲救護一切衆生利益一切衆生安樂一切衆生哀愍一切衆生成就一切衆生解脫一切衆生攝受一切衆生令一切衆生

離諸苦惱令一切衆生普得清淨令一切衆生悉皆調伏令一切衆生入般涅槃

第二廣願饒益亦彰慈所爲文中二先牒前總明上來修善皆爲救護即是慈相先牒前者畧舉修善實則兼前智慧觀察見生有苦有惡無治無救故修善根而爲饒益皆慈相也以善智慧能饒益故後利益下别顯救護有十種相前二爲救未來後八通於現未一住不善衆生令住善法利益二住善法衆生令得安樂果謂成彼善故三愍貧乏者與資生具四修行多障者令其成就上二救順緣不足苦五世間繫閉者令得解脫下有五種令諸外道信解正法謂六未信攝令正信七令離無利勤苦八疑惑衆生疑除解淨九已住決定勤修三學以調三業十已住三學令得涅槃上三即解行證論意皆爲外道理實後三兼通餘類上來不住道行勝竟前二爲救者令住善因得於樂果屬未來故即利樂義類見上文上句未住令住下句先住微善後令增長故得樂果亦是上令捨惡後令增善下有五種者前五世樂下五出世一起信二去耶三正解四起行五得果

佛子菩薩摩訶薩住此第五難勝地名爲念者不忘諸法故名爲智者能善決了故名爲有趣者知經意趣次第連合故

自下大文第三明彼果勝即不住道行勝之果有四勝果一攝功德勝二名爲無厭足下修行勝三佛子菩薩摩訶薩如是勤修下教化衆生勝四佛子菩薩摩訶薩爲利益下起隨順世間智勝四中初二自利即所知法中智清淨果初自分後勝進後二即利他勤方便果前化他行後化他智有四聖果下文二先指文列名後四中下釋其差别前列名中一攝功德勝者聞等

功德修成名攝二修行勝者勝進所行善修習故三四利他三利他行四利他智

令初攝功德中十句初三攝聞勝然有二義一即三慧如次配聞思修二顯二持念即聞持智及有趣即是義持義有多種略說二種善巧謂智即法智勝有趣即義智勝然二釋皆聞在初故論名攝聞勝

名爲慙愧者自護護他故名爲堅固者不捨戒行故

次二攝戒勝一忍辱柔和勝即戒因成也謂内懷慙愧不詐幽明自護七支不招譏毁故能持戒二戒無缺勝即戒體成也乃至命難不捨戒故一忍辱者能忍他惱名爲忍辱能將護他說爲柔和以柔忍故緣不能動二皆拒惡故名爲愧唯崇戒善故稱爲慚謂内懷下釋慚愧相慚者羞天故不詐幽愧者羞人故不詐明不招譏毁即是護他乃至命難者釋堅固言鵞珠草繫即命難也

名爲覺者能觀是處非處故名爲隨智者不隨於他故名爲隨慧者善知義非義句差別故名爲神通者善修禪定故名爲方便善巧者能隨世行故

後五攝智勝一者因緣集智此知法相智無因倒因名爲非處正因緣集名之爲處知處治於非處故名覺者二者證智知魔事對治隨識分別皆魔事故三知妄說智異說對治即知教智正說爲義句邪說爲非義句邪正交雜揀邪得正名善分別四神力起用智依定起通治邪依故五化衆生智折伏攝受隨世宜故上五中前三自利後二利他

名爲無厭足者善集福德故名爲不休息者常求智慧故名爲不疲倦者集大慈悲故名

爲爲他勤修者欲令一切衆生入涅槃故第二修行勝有十一句前四自分一增長因行集五度福故二依止因行慧爲所依故此自利福智對三化生不疲行四令物證滅行此二利他因果對一增長者福能生智故名爲因二依止因行依慧生福名依止因

名爲勤求不懈者求如來力無畏不共法故名爲發意能行者成就莊嚴佛土故名爲勤修種種善業者能具足相好故名爲常勤修習者求莊嚴佛身語意故名爲大尊重恭敬法者於一切菩薩法師處如教而行故名爲心無障礙者以大方便常行世間故名爲日夜遠離餘心者常樂教化一切衆生故

後七勝進五起佛法行六起淨土行此依正一對七依佛法身起行相好法身故八依佛所作起行顯三密用故此二外相内密對上四皆起菩提九敬重法行進依勝已故上五自利後二利他十願取有行十一離小乘行即顯是揀非對六起淨土行者論重釋云云何莊嚴無煩惱染得堅固智慧衆生住在其中及佛法莊嚴故者意云淨土有三種淨一相淨七珍嚴等易故不明二住處衆生淨三法門流布淨後二難故論重出之既發意能成即具三淨之因廣如初地淨土願中七依佛法身者依彼相好起行求故下依義皆然九敬重法行者上來行德依法成故

佛子菩薩摩訶薩如是勤修行時以布施教化衆生以愛語利行同事教化衆生

第三教化衆生勝中二初正明化生後佛子下結行成益今初分二初總以四攝攝生

示現色身教化衆生演說諸法教化衆生開示菩薩行教化衆生顯示如來大威力教化

衆生示生死過患教化衆生稱讚如來智慧利益教化衆生現大神通力教化衆生以種種方便行教化衆生

後示現色身下别明四攝文有八句一示色身是同事攝隨順衆生應化自衆故應化自衆者隨彼衆類以身同故即八地中身同事也二演說法即愛語攝諦語法語爲愛語性一切種愛語中多約開演論云爲疑惑衆生即一切門中之語也一切種者一切愛語皆有三種一慰喻愛語二慶悅愛語三勝益愛語三開示下皆利行攝此句爲於菩提無方便衆生示菩薩行即利行自性四於大乘疲倦衆生示佛威力即一切利行未成令成故五爲樂世間衆生著財位故示其過患明位大憂大財多禍多六爲不信大乘先未行勝善讚如來智七爲無智外道示以神通上三即難行利行八總顯一切門一切種利行故云種種方便三皆開示因果之益即利行自性者即九門之一唯有一也即一切利行者一切亦三此是其一言有三者一現法利行二後法利行三現法後法利行以勸離欲令成就故上三即難行者難行唯三八總顯一切門者一切門有四一不信令信二犯戒令戒滿三惡慧令慧滿四慳悋令捨滿言一切種者或六或七如淨行品然利行者示其所學約令行邊即是利行約其示邊即是愛語如瑜伽者即指其源瑜伽九門淨行品已引然利行愛語亦可參用由彼愛語示其所學即爲利行故次下廣明布施故别中略無四攝廣義如瑜伽四十三辨

佛子此菩薩摩訶薩能如是勤方便教化衆生心恒相續趣佛智慧所作善根無有退轉常勤修學殊勝行法

第二結行成益中初結前心恒下成益趣佛智者爲化衆生更求勝力餘文已作不

退未作增修第二結行成益者亦名勝進行也

佛子此菩薩摩訶薩爲利益衆生故世間技藝靡不該習

第四隨順世智勝者明染障對治染即煩惱障即所知第四隨順世智勝者明染即煩惱是第五內明爲治障即所知是前四明爲治文分爲三初總標多門二所謂下別示其相三及餘下總結成益

所謂文字筭數

二中顯五明相故大般若云五地菩薩學五明故即分爲五一文字筭數是其聲明通治懦智障言文字者名句文身即聲論中法施設建立故筭數即數建立故又治取與生疑障然瑜伽十三中列五次第云一內明二醫方明三因明四聲明五工巧明今染在前正順彼論筭數建立者第十五中說聲明論云云何聲明當知此處畧有六相一法施設建立相二義施設建立相三補特伽羅施設建立相四時施設建立相五數施設建立相六處所根栽施設建立相一法施設建立相者謂名句文身及五德相應聲一不鄙陋二不輕易三雄朗四相應五義善第二義施設建立畧有十種一根建立謂見聞等二大種建立謂依持洗潤等三業建立謂往來宣説思念等四尋求建立謂追訪等五非法建立謂殺盜等六法建立謂施戒等七興盛建立謂證得喜悦等八衰損建立謂破壞怖畏等九受用建立謂飲食覆障等十守護建立謂育養盛滿等三補特伽羅施設建立謂男女女聲相差別四時施設建立者謂過現未來三時聲相差別等五數施設建立謂三數聲相差別一者一數二者二數三者多數六處所根栽施設建立者畧有五相一相續二名號三總畧四彼益五宣說若頌等名爲根栽如是二種總名處所根栽建立釋曰今當第五又數以記數筭以記位謂一縱十横等瑜伽中意畧已具矣

圖書印璽地水火風種種諸論咸所通達

二圖書至咸通達即當因明咸通達者正是明義種種論者言論尚論諍論毀謗論順正論教道論等類非一故地水火風即是諍論中攝謂諸邪見計不同故順世外

道唯地爲因一切皆以微塵成故水風二仙外道以風水爲因世界水成故風輪持故事火外道以火爲因火成熟故咸通達者釋總名也種種諸論者即七例中論體也七例如初地疏鈔具引即六論爲體等即等上亦等其類六中隨一容有多故地水火下畧示六論之二於一諍論自有其四圖書印璽即尚論隨世所聞故又此圖書亦正教量即治所用事中忘障論云取與寄付即事中障聞法思義解中障作不作已作未作作應作不應作皆業中障印璽亦是現量又治所取物不守護障璽即王印圖書印下即六中之第二論也隨世所聞即釋上義出所宗尚故又此圖書下重釋即因明中論所據也所據有十謂所成立有二即自性差別能成立有八謂宗因喻同異類現此教量下兼現量即治所用事者即是本論論中但有書字爲所用事中忘障取與下即論釋此障論但通云取與寄付聞法思義作不作事已作未作事應作不應作事此對治故書釋曰今但以義節畧論文於此一障自爲三節一事中障二解中障三業中障便以疏解意言作不作者但作者書之言作不作者書之言不作未必惡不作而善作也下二準之印璽等者論中有印而無於璽今以加璽故云亦是現量顯現可見故又治所取物不守護障印是論釋印字如鹽米等以印印之則無强取

又善方藥療治諸病顛狂乾消鬼魅蠱毒悉能除斷

三又善下即醫方明即四大不調衆生毒相病障對治故三又善下然瑜伽醫方明有四一病相善巧二病因善巧三於已生病永滅善巧四已斷病不復更生善巧今文具之即四大不調下即本論文善療能斷皆除斷方便斷已不生故名爲善從善療下疏以瑜伽四義解釋一即第三除斷方便二即第四斷已不生故涅槃云世醫所療治雖差還復生如來所治者畢竟不復發其療治除斷即是第三其一善字即當第四癲至蠱毒病相病因於中顛等內四大鬼等外衆生蠱毒通二有草毒蛇等毒故論經說呪藥等即病因死因

對治即善方藥攝從顛至蠱下辨初二義先總指經後於中下別屬顛等內四大下皆本論釋然顛狂乾消正明病相四大不調故沉重地病相冷水病相黃熱火病相風相多端其顛狂二事亦是病因由顛狂故應食不食食不應食應作不應作等故生諸病鬼魅蠱毒正是病因因鬼魅等而生病故亦是病相鬼等病故從論經下疏會論經今經無呪故論以藥呪爲能治即是今經善方藥攝病因死因即是所治以呪藥力應死不死

文筆讚詠歌舞妓樂戲笑談說悉善其事國城村邑宮宅園苑泉流陂池草樹花藥凡所布列咸得其宜金銀摩尼真珠瑠璃螺貝璧玉珊瑚等藏悉知其處出以示人日月星宿鳥鳴地震夜夢吉凶身相休咎咸善觀察一無錯謬

四文筆下工巧明文筆讚詠即書筭計度數印工業中書所攝故韻屬曰文對詞曰筆顯德爲讚寄情曰詠四文筆下瑜伽工巧有十二種今畧有六一書筭計度數印工業而文筆讚詠但屬書攝其筭數計度通其二明前疏之中已配聲明故此不攝次歌至談說即音樂工業悉善其事通上二文皆憂惱障對治二音樂工業皆憂惱者即是本論凡言對治皆是本論絃竹娛耳故除憂惱國城至其宜即營造工業三營造工業草樹華果亦兼營農工業此即不喜樂障對治四營農工業而言亦者草樹華果有兩向故布列宮苑即是營造樹之園圃即是營農此即等者峻宇彫墻朱軒玉砌居然悅情況池塘生春草園柳變鳴禽洪波躍淵漁清風吹落華縱意林流間歡愛彌日月豈能憂哉金至示人即生成工業繫閑障對治五生成工業能作能成故繫閑等者家有千金不死於市何能閑哉日月至無錯謬即占相工業是所得報分過惡因障對治謂皆由前世惡因感此凶吉等故日月五星以爲七曜及二十八宿並上知天文地震即下知地理夜夢至休咎即中知人情鳥鳴即察鳥情亦是人情

所感咸善無謬總究上三才即占相者先舉論謂皆由下是疏釋論不知過去所作業因便取外相為吉凶源乃造惡業排凶招吉安得可耶今示因招使修德業排凶招吉即為能治日月五星者東方歲星主春主木西方太白主金主秋南方熒惑主火主夏北方辰星主水主冬中方鎮星以主於土通主四季星者散也列位布散漢書云星者金之散氣與人相應凡物之精上為列星也

言二十八宿者謂角亢氐房心尾箕斗牛女虛危室壁奎婁胃昴畢觜參井鬼柳星張翼軫廣如大集四十中經云娑婆世界主大梵天王釋提桓因四天王等而白佛言過去天仙分布安置諸宿辰曜攝變國土養育衆生於四方中各有所主東方七宿一者角宿主於衆鳥二者亢宿主於出家求聖道者三者氐宿主水出衆生四者房宿主行車求利五者心宿主洲渚衆生六者尾宿七者箕宿主於國師南方七宿

一者井宿主於金師二者鬼宿主於一切國王大臣三者柳宿主雪山龍四者星宿主巨富者五者張宿主於盜賊六者翼宿主於貴人七者軫宿主須羅吒國西方七宿一者奎宿主行船人二者婁宿主於商人三者胃宿主婆樓迦國四者昴宿主於水牛五者畢宿主於一切衆生六者觜宿主鞞提訶國七者參宿主於剎利北方七宿一者斗宿主堯部沙國二者牛宿主剎利及安鉢竭國三者女宿主殃伽摩陀國

四者虛宿主般遮羅國五者危宿主著華冠者六者室宿主乾陀羅國輸虛那國及諸龍蛇蝮行之類七者壁宿主乾闥婆善音樂者大德婆伽婆過去天仙如是布置四方諸宿攝變國土養育衆生釋曰此皆西域之事此方所主分野等又有差殊經文有之略知去就未窮玄象非我之懸難勝聖人不習而利然天垂象聖人則之故繫辭云辭也者各指其所之易與天地準故能彌綸天地之道仰以觀於天文俯以察於地理是故知幽明之故原始反終故知死生之說釋曰其知幽明即中知人情瑜伽之中餘六工業者一和合二呪術三商賈四成就五防邪六事王廣如彼釋

持戒入禪神通無量四無色等

五持戒下內明治五種染一持戒治破戒染二入禪治貪欲染三神通治邪歸依染四無量治妄行功德染謂治殺生祀祠求梵福故五四無色定治妄修解脫染謂治殺生者即智論百論皆說外道殺馬祀梵天祈生梵世今以慈悲喜捨四無量心能生梵天治其邪見五四無色定者外道以彼為涅槃故今能入之示其謬計此經論中唯說世間為內明者經明隨順世間智故

上來所釋多依本論

及瑜伽十三四五其中更有別理恐厭繁文上來等者本論亦不全屬五明但有治障治染之別瑜伽之中廣顯五明與此相應故雙用之又論與經有不次者但可以論就經不可迴經從論又論與經下意揀古人今疏以論就經之次古人依論次第異經刊定記中全寫探玄亦不對會二經之殊況辨論釋與經之異恐尋論者及見古疏恠其不同故結示耳

及餘一切世間之事但於衆生不爲損惱爲利益故咸悉開示漸令安住無上佛法

第三總結成益者此起世智具四種相一異障中無障故云但於衆生不爲損惱事中不知名之爲障損惱生事復是事中異障令無此捕獵等之異障二與無過樂即爲利益故謂雖不惱令其染著亦不爲之三發起清淨即咸悉開示謂能起助道之事四所用清淨即漸令安住無上佛法謂用此得淨故但於衆生者賢首品云若見世界始成立衆生未有資身具是時菩薩爲工匠爲之示現種種業不作逼惱衆生物但作利益世間事即其義也而論但云異障中無障故餘皆如疏釋三發起清淨論經云憐愍衆生故出者出即令經咸悉開示

佛子菩薩住是難勝地以願力故得見多佛所謂見多百佛見多千佛見多百千佛乃至見多百千億那由他佛悉恭敬尊重承事供養衣服飲食卧具湯藥一切資生悉以奉施亦以供養一切衆僧以此善根迴向阿耨多羅三藐三菩提於諸佛所恭敬聽法聞已受持隨力修行復於彼諸佛法中而得出家既出家已又更聞法得陀羅尼爲聞持法師住此地中經於百劫經於千劫乃至無量百千億那由他劫所有善根轉更明淨

第二位果亦有三果初調柔果亦四一調

柔行二教智淨三别地行相四結説地相前中有法喻合法中正起行内又更聞法得陀羅尼者論云非得義持者對勝顯劣般若未現前故所以得聞持者得二難故一地初十平等心難得能得故二地中樂出世間智現世間智此不住道難得能得故此之二難對劣顯勝故得聞持不同三地唯世間聞持

佛子譬如真金以硨磲磨瑩轉更明淨

喻中真金硨磲磨瑩者證智契如事爲真金教智光明能示現如事猶彼硨磲證智契如者論云此地智光明真如事示現如經諸佛子譬如真金等釋曰證智爲真金如如爲所契之理智爲能契之事事合於如故云如事教習能顯上之如事故如硨磲

此地菩薩所有善根亦復如是以方便慧思惟觀察轉更明淨

佛子菩薩住此難勝地以方便智成就功德下地善根所不能及佛子如日月星宿宮殿光明風力所持不可沮壞亦非餘風所能傾動此地菩薩所有善根亦復如是以方便智隨逐觀察不可沮壞亦非一切聲聞獨覺世間善根所能傾動

二佛子菩薩住此難勝下教智淨中日月等者論云依阿含增長智慧光明勝前地智故謂勝前地珠光餘文如前日月等光者遠公云梵本唯以星光喻於此地意云六地方用月光喻故理應合然餘如前釋

此菩薩十波羅蜜中禪波羅蜜偏多餘非不修但隨力隨分佛子是名略說菩薩摩訶薩第五難勝地

菩薩住此地多作兜率陀天王於諸衆生所作自在摧伏一切外道邪見能令衆生住實

諦中布施愛語利行同事如是一切諸所作業皆不離念佛不離念法不離念僧乃至不離念具足一切種一切智智復作是念我當於衆生中爲首爲勝爲殊勝爲妙爲微妙爲上爲無上乃至爲一切智智依止者此菩薩若發勤精進於一念頃得千億三昧見千億佛知千億佛神力能動千億佛世界乃至示現千億身一一身示千億菩薩以爲眷屬若以菩薩殊勝願力自在示現過於此數百劫千劫乃至百千億那由他劫不能數知

爾時金剛藏菩薩欲重宣其義而說頌曰

菩薩四地已清淨思惟三世佛平等戒心除疑道非道如是觀察入五地

念處爲弓根利箭正勤爲馬神足車五力堅鎧破怨敵勇健不退入五地

慚愧爲衣覺分鬘淨戒爲香禪塗香智慧方便妙莊嚴入總持林三昧苑

如意爲足正念頸慈悲爲眼智慧牙人中師子無我吼破煩惱怨入五地

第三重頌二十二頌分三初十七偈頌地行次四頌地果後一結說初中又三初五偈三句頌勝慢對治於中初四偈頌十平等

菩薩住此第五地轉修勝上清淨道志求佛法不退轉思念慈悲無厭倦

餘二頌

積集福智勝功德精勤方便觀上地佛力所加具念慧

須如道行

了知四諦皆如實善知世諦勝義諦相諦差

別成立諦事諦生盡及道諦
乃至如來無礙諦如是觀諦雖微妙未得無
礙勝解脫以此得生大功德是故超過世智
慧

第二了知下六偈三句頌不住道於中初
兩偈一句頌所知法中智清淨

既觀諦已知有爲體性虛僞無堅實得佛慈
愍光明分爲利衆生求佛智
觀諸有爲先後際無明黑闇愛纏縛流轉進
迴苦聚中無我無人無壽命
愛取爲因受來苦欲求邊際不可得迷妄漂
流無返期此等可愍我應度
蘊宅界蛇諸見箭心火猛熾癡闇重愛河漂
轉不暇觀苦海淪胥闕明導
如是知已勤精進所作皆爲度衆生

後既觀諦下四偈半頌教化衆生勤方便
於中初一偈頌總觀有爲虛僞起慈悲二
心次一偈半頌悲觀中觀緣集苦次一頌
半頌觀深重苦後半頌大慈觀

名爲有念有慧者乃至覺解方便者
習行福智無厭足恭敬多聞不疲倦國土相
好皆莊嚴如是一切爲衆生
爲欲教化諸世間善知書數印等法亦復善
解諸方藥療治衆病悉令愈
文辭歌舞皆巧妙宮宅園池悉安隱寶藏非
一咸示人利益無量衆生故
日月星宿地震動乃至身相亦觀察四禪無
色及神通爲益世間皆顯示

第三名爲下四偈半頌彼果勝中初半偈
頌攝功德勝次一頌修行勝於中如是一

切爲衆生句兼頌教化衆生勝

智者住此難勝地供那由佛亦聽法如以妙寶磨真金所有善根轉明淨

譬如星宿在虛空風力所持無損動亦如蓮華不著水如是大士行於世

住此多作兜率王能摧異道諸邪見所修諸善爲佛智願得十力救衆生

後三頌起世智勝

彼後修行大精進即時供養千億佛得定動刹亦復然願力所作過於是

如是第五難勝地人中最上真實道我以種種方便力爲諸佛子宣說竟

頌位果三果可知五地竟

大方廣佛華嚴經疏鈔會本第三十六之五

音釋

吒 陟駕切 纏裹 纏直連切繞也 裹古火切包也 該 古哀切備也 璽 想氏切印也 瘵 力照切治也 癲 音顛狂病也 魅 明秘切魑魅也 蠱 音古蠱毒也 陂 彼爲切澤也 硨磲 硨音車磲音渠 瑩 烏定切潔也 緩 胡管切舒遲也 啻 施智切止也 創 楚亮切懲也 翳 壹計切蔽也 懦 奴臥切弱也 淪胥 淪力迍切胥相居切淪胥謂相牽引也 鞞 駢迷切 昴觜 昴莫飽切觜即移切昴觜並宿名

大方廣佛華嚴經疏鈔會本第三十七之一

唐于闐國三藏沙門實叉難陀　譯
唐清涼山大華嚴寺沙門澄觀撰述

第六現前地所以來者已說諸諦相應慧次說緣起流轉止息相應慧寄緣覺地故次來也又四地出世未能隨世五地能隨而不能破染淨之見此地觀察無染淨法界破彼見故故瑜伽云前地雖能於生死涅槃棄捨一向背趣作意而未能於生死流轉如實觀察又由於彼多生厭故未能多住無相作意為令此分得圓滿故精勤修習令得圓滿故次來也所以來者來意有二前約寄位及三學說謂五寄聲聞六寄緣覺從四地去皆屬慧學今亦對五以辯來意慧與寄位名義相似故合為一又四地下第二意約斷障證如以辯來意四五六地同是順忍染淨相帶故舉四地四地出世唯淨五地見染可隨此地能亡染淨而言觀察約加行說故瑜伽下引諸論文有三一明五地之德證上能隨勝於四地二而未能下明無六地之德證上不能破染淨之慢見然有二意一不如實觀無染淨故二又由下多生猒故三為令下正對五地不能故此能來

名現前者莊嚴論云不住生死涅槃觀慧現前故此約初住地以前五地雙觀故今得現前十住論云降魔事已菩薩道法皆現在前亦約初說瑜伽引深密經云現前觀察諸行流轉又於無相多修作意方得現前者多修無相此約地初觀十平等故觀察流轉此約地中已入地竟方觀緣起故攝論云由緣起智能令般若波羅蜜多現在前故此釋正順今經約地中說無性釋云謂此地中住緣起智由此智力令無分別智而得現前悟一切法無染無淨唯識同於攝論上本分云有間般若現前者揀後地故故所

斷障亦斷染淨唯識名爲麤相現行障謂所知障中俱生一分執有染淨麤相現行彼障六地無染淨道入六地時便能永斷以觀十平等故十住論云者生死涅槃即菩薩魔事生死是凡夫行涅槃是二乘行故生公云三界塗阻二乘路險五百由旬是菩薩惡道甚難過矣今超聖意亦越凡情故能降之又智論云除諸法實相皆菩薩魔事今證般若能契實相故過魔事　由斯六地說斷二愚及彼麤重一現觀察行流轉愚即是此中執有染者諸行流轉染分攝故二相多現行愚即是此中執有淨相故相觀多行未能多時住無相觀初愚即執苦集後愚即執滅道本分名微細煩惱習者執細染淨即是煩惱形於前地故說爲微唯識形後名爲麤相由斷此愚便證無染淨眞如謂此眞如本性無染亦不可說後方淨故

攝論名爲無染淨法界後成般若行亦得自他相續無染淨果其揆一也

菩薩既聞諸勝行其心歡善雨妙華放淨光明散寶珠供養如來稱善說

後正釋文亦有三分初讚請分九頌分二前八頌半讚後半頌請讚中分二初一菩薩讚餘諸天讚供於中三

百千天衆皆欣慶共在空中散衆寶華鬘瓔珞及幢旛寶蓋塗香咸供佛

初一天衆

自在天王并眷屬心生歡喜住空中散寶成雲持供養讚言佛子快宣說

次一天王

無量天女空中住共以樂音歌讚佛音中悉作如是言佛語能除煩惱病

法性本寂無諸相猶如虛空不分別超諸取
著絶言道眞實平等常清淨
若能通達諸法性於有於無心不動爲欲救
世勤修行此佛口生眞佛子
不取衆相而行施本絶諸惡堅持戒解法無
害常堪忍知法性離具精進
已盡煩惱入諸禪善達性空分別法具足智
力能博濟滅除衆惡稱大士
後五頌半天女於中初三句集經者叙述
標讚佛果佛語下正讚此句讚教次一偈
讚理次三偈讚行於中初偈悲智無礙行
後二十度圓修行本絶諸惡者見惡可除
非眞持戒善達性空即般若度分別法即
方便度智力即二度博濟兼願
如是妙音千萬種讚已默然瞻仰佛解脫月

語金剛藏以何行相入後地
後半結默半結請
第二正說亦分爲二初地行後地果前中
同於前地亦有三分一勝慢對治二佛子
至如是觀已下明不住道行勝三佛子至
以如是十種下明彼果勝亦初分即入心
後二即住心住中前即攝正心住後即攝
善現行及隨順善根迴向至文當知今且
依論然三分雖同而漸超勝勝相云何謂
第四地說衆生我慢解法慢治第五地中
說身淨慢治今第六地說取染淨相慢治
所治漸細故曰勝也所治既細後二亦過
謂第四下釋顯勝相以四五六地皆治慢
故是以對之遠公云四五六地同是順忍
行相廣同所以對之亦有理在若爾前之
三地同是信忍何不通對七八九地是無
生忍爲難亦然故依治慢通對諸地下言
漸細則顯前麤故此三地後後細於前前

論文具示三慢而麤細相隱今當示之四治三地衆生我等依世間起此慢最麤五治四地身淨慢依出世起故知漸細六治五慢雙就世間及出世起故更細也言衆生我慢等者準四地果中治有四慢一離衆生我著謂離我人衆生壽命二離法我著謂蘊界處三離解法慢經云執著論云我知四離正受慢治經云出沒論云離我修我所修等今此但云衆生我慢解法慢者以此四中初二是本後二是所起本及所起各舉初一以攝一故畧無法慢及正受慢餘如四地說身淨慢者四地之中得出世智修四念處名爲身淨所治既細下出初分爲勝今以上例後則不住道行及彼果分二皆勝也

染淨慢者前觀四諦苦集名染滅道爲淨又十平等隨順如道但約淨說染相未亡對染有淨亦名取淨

染淨慢者下二釋分名即當地能所治於中有三初舉所治先正舉染淨又十平等下解妨先問有二句展轉而起下答當知但約淨下答此上一句雙答前二一者上問云十平等法何有染淨故今答云前十平等但約淨法謂三世佛法及七淨故二者上問云前五地初取十勝相以隨如道而爲能治如豈染淨故今答云亦約淨如以破前十淨同一如故染相未亡者此通伏難難云前地觀於淨如染慢許生何有淨慢故今答云前所觀如入觀則能出觀隨有猶見染相染相既存對染苦集還生淨相滅道之見故有斯慢雖有三重救難染淨之相皆存

今以十種染淨平等法而爲能治下觀緣起雖有染淨悟空深故不名取慢

今以十染淨下第二能治此之一治諸難都寂謂既染淨平等則異前地十淨平等二者染淨既等不唯但能觀於淨如則雙遣二三之兩救也又多修無相出觀少故便爲能治下觀緣起下解妨上引前難後今引後難前緣起逆順同前四諦染淨相故答云五地初能入俗悟空未深無相般若悟空方深

爾時金剛藏菩薩告解脫月菩薩言佛子菩薩摩訶薩已具足第五地欲入第六現前地當觀察十平等法

今初勝慢治中分四一牒前標後二何等下徵列十心三菩薩如是下結其行能四得明利下辨行分齊

何等爲十所謂一切法無相故平等無體故平等無生故平等無滅故平等本來清淨故

平等無戲論故平等無取捨故平等寂靜故平等如幻如夢如影如響如水中月如鏡中像如燄如化故平等有無不二故平等

列中十句初總餘別總云一切法者論云是十二入以三科中蘊不攝無爲處界攝盡而處次於蘊又名生門順無生義故偏舉之言無相者論云自性無相故謂十二入緣成之相有來即無非推之使無故云自性無也故瑜伽云由有勝義自性無相平等性故亦同淨名不念內外行於平等等總云一切法者經中有三初一切法是平等法體二無相是平等因三平等是所成義別中九句明九種相皆自性無故論云相分別對治有九種謂體生等九是其所治無之一字是自性無以爲能治論以初自性無貫下九句故但顯所治相之差別一無體故平等者論經云無想論云十二入自相想謂內六根取外六塵之相總名爲想即十二入之體故今經云體想取像爲體故亦自性無故經云無體故平等下皆準此上遣分別心二生者念展轉行相謂諸入苦果虛妄分別爲本故三成者生展轉行相謂生即苦果從果起因故云展轉上二遣染分依他但舉緣成已顯無生無成義矣四即遣淨相謂本來自淨非滅惑方淨故云平等五遣分別相謂道能分別揀擇滅惑若有分別則有戲論今本無戲論故無分別上二遣淨分依他六遣出沒謂眞如之性在妄爲沒離垢爲出今妄體即眞故無可捨眞體即空故無可取七遣染相即由上義染本寂靜即是眞如

無別眞矣上一遣圓成即十二入之眞性八遣我非有相此有二意一類前釋謂有執言但我非有不無於事故云如幻等事有亦不實二者此句遣無由上以無遣有恐便執無故遣云如幻夢等但無其實非是全無故不應執我非有相諸喻雖異大旨無殊亦可八喻別對前來總別八句謂如幻無相故如夢想現故果生如影故因成如響故本淨如水月不可取故正智但是鏡智現故焰不可攬亦巨捨故化無心現常寂然故九遣成壞相成即是有壞即是無緣起爲成無性爲壞緣成即無性故有無不二別中前七以無遣有然其疏中解前七句自有五意一依論總句是十二入則別別句皆十二入謂十二入體十十二入生等二者通遣十二入上三性之義初句遣遍計故云此遣分別分別古譯遍計之名次四染分淨分俱遣依他六七皆遣圓成疏文自具三者爲破前地之慢慢依四諦而起初二遣苦故初云想二云生者諸入苦果次一遣集以成是苦之因故第四句遣滅故云非滅感方淨第五句遣道故云謂道分別六七亦遣滅然四是滅惑名滅六七即顯滅理之滅故皆云眞如四約進觀後位有十二緣觀前三遣染緣起體生即識等七苦成即三煩惱二業故次三遣淨緣起謂四遣無明滅行滅等五遣能逆觀之智六即所顯眞體七雙遣染淨染淨平等故五約五決初一遣名及與妄想言分別故次三遣相染淨皆相故五遣正智無分別故六七遣如如以離取捨本來寂靜故然遠公更有一意謂約三空初之一句遣分別想即是空門中間五句遣其名相是無相門末後一句遣取捨願顯無願門此與初地義同初地以空門治分別無相治相無願治取捨故此非無理疏以十句皆通三空故不顯之但有五意耳上之九句初七以無遣有次一以喻遣無後一不二遣俱則雙非入中矣上之九句下第二總相料揀疏文有二一明遣三會一謂遣有遣無及俱有無會非有無之中道也又此不二則不壞有無謂說空遣於有執說有爲遣空迷有是不異空之有空是不異有之空無別空

有而爲二也是遣俱句又此不二下第二重明第九成不壞義能遣俱句及俱非句即分爲二初以不壞壞有無成俱非義以遣俱句先標不二意云若無有無將何不二故涅槃云若無一二云何說言非一非二故不二義成於不壞謂詳空下辯相於中先明不壞以成俱非此句明不壞空而非亣相空故空非空也言說有爲遣空迷者此句明不壞有而非無於有故有非有也故戒俱非次云有是不異空之有空是不異有之空者此二句顯經不二成不壞義次云無別空有而爲二者正遣俱也

又既不二亦不壞有無則不異無之有是不有之有不異有之無是不無之無則亦遣俱非又既不二亦下二明不壞有無以成俱句還俱非也上二句標則不異無下二顯相此句將不二立有次云不異有之無等者將不異立無也是爲不二故不壞不褒則空有雙存結云則遣俱非

斯乃四句百非諸見皆絕方爲般若現前之因斯乃四句下三結歎謂上遣四句又借俱非以遣俱句非立俱非今將俱句以遣俱非非立俱也雖遣四句不壞四句存泯無礙故結云百非四句諸見皆絕然遠公但有初段遣三會一彼云此與涅槃十一空大同彼亦用前八以空遣有第九一空以有遣無第十空空有無俱遣彼處大空就空實以論亦是一理十一空義至下當明

菩薩如是觀一切法自性清淨隨順無違得入第六現前地

第三結得入地文有五句一牒前所觀十平等法二自性清淨者遠離前地染淨慢垢三隨順眞如十平等法四以無分別心無違所觀五由前四能得入六地

得明利隨順忍未得無生法忍

第四辨行分齊中二句得明利忍對前顯勝未得無生對後彰劣

仁王經中說有五忍謂伏信順無生寂滅前四各有下中上地前得伏忍三品九地如次配次三忍十地及佛得寂滅忍若瓔珞中開出等覺則亦有三品仁王下二彰忍數仁王五忍歷位但成十四瓔珞加一五忍之相辯差別中當影出之

今四五六

皆得順忍此當上品治於細慢故云明利言隨順者順後無生忍故今四五六下三會釋經文由慢有麤細故忍分三品四地治衆生我慢解法慢麤得下品忍五地治身淨慢次細得中品忍此地治淨慢細得上品忍故云治於細慢故云明利明者無不鑒利無不破然治由習增故從下至上障由漸斷故從麤至細言順於後地者順忍有二義一者順法故十忍品云法有亦順知法無亦順知二者順忍未證無生隨順彼忍故今約位說前為後因正宜此釋由此地破相趣入真境故順上地無生忍也然約實位初地即得無生今約寄位當七八九寄位何以有此不同謂若約空無我理爲無生者即初地證如所以名得謂若約下三辯差別相於中有二先明通相通則初地明得謂初地得無我亦得名空平等亦可名為無生無我即是空無生故六地名空平等理亦可得名無生無我空平等理即是無生空無我故七地已上得無生忍亦可得名無我及空平等以無生理即是無我空平等故名為通今不得者有四義故今不得下二釋別相非唯初地未得此忍而此六地亦未得之以約分別無我與空及無生理三相異故一約空理淺深初地觀法虛假破性顯空但名無我今此地中破相趣寂但名平等若約證實反望由來常寂無相可生斯理轉深故七地方得若約契本常寂斯理最妙故十地後得一約空下釋有四門即分四別第一門中正開前約理通義初顯無我言破性顯空者若人若法皆無性故無性故空此則義當信忍舉初攝後故云初地今此地豈唯無性相亦不存故經文云無相無體故平等非唯有相空相亦遣方為真空平等理也義當順忍舉後攝前義該四五若約證實下當無生忍舉初攝後義該八九而言證實反望者上之二義但破空性相故今此已證反望性相本來常寂何俟破竟方說無我及空平等斯理轉深者則上空平等中亦合言斯義漸深文畧無耳若約契本下即寂滅忍舉初該後云十地後得而言契本常寂者前無生忍證實望相則前所破與所證未同今寂滅忍契所破常寂即所證故故云最妙二就行分別六地已前漸起諸行謂初願次戒等故名爲生七地已上念念頓起一切諸行故云無生二就行者此約生起名生七地頓起何名

無生以起行皆遍無可新起故云無生三約空有二法六地已前空有間起名之爲生七地已上寂用雙行故名無生三約空有者亦是生起之生不同前行隨一行中有空有故入觀起空出觀起有故間起名生七地常在觀而涉有不迷於空觀空不礙於有故稱方便更無出入之殊故云無生四約修分別行修未熟名之爲生行修純熟名曰無生此則七地已還未得無生故經就八地方顯無生四約修分別者此約生熟之生生澀名生純熟名不生七地猶有功用故名生澀八地無功任運而進故云純熟

佛子此菩薩摩訶薩如是觀已復以大悲爲首大悲增上大悲滿足觀世間生滅

第二不住道行勝中分三初總顯心境二作是念下別明觀相三佛子菩薩至如是十種下結成觀名今初有二先如是觀已結前所以結者由前觀察隨順得至不住道故第二不住等者然總觀心境遠公約入心明不住道從作是念下就正住地明不住道今但爲標不取古釋由前觀察者故論經云是菩薩如是觀一切法隨順得至論釋云得至不住道行勝故今經畧無隨順得至之言而言如是觀已意則合有故疏取論雖前釋之後復以下正顯文有四句前三辨能觀心後一標所觀境前三皆悲後一是智由此相導故名不住故論結云不住生死涅槃故

今初三中爲物觀緣總稱大悲隨觀不同故分三別一首者初義先起大悲而觀緣故故論云不捨過去現在未來大悲攝勝故以雖同一切智觀觀三世流轉厭離有爲而以大悲爲先故勝二乘以雖同下釋論正釋勝字若無大悲即同二乘今有故勝然一切種智觀者即大品經以聲聞名一切智菩薩名道種智如來爲一切種智此則橫對大小因果分此三別不同謂佛爲一切種智觀三世流轉者將下經意釋論不捨過去現在未來之言其厭離有爲即下論觀名

依大悲為首立此觀故而以大悲下正釋勝義二增上者論云一切法中智清淨故謂以道相智觀不唯但觀三世而徧了諸法故云一切法中以此導前令悲增上故下經云大悲轉增謂以道相下釋論即菩薩自智也不唯但觀三世對上顯勝次遍了諸法下當相辯勝言了諸法者若內若外有為無為無不知故以此導下明由智勝故悲成增上三滿足者論云一切種微細因緣集觀故謂以一切種智委照無遺故名微細謂以一切下釋論即如來智也三悲爲次後後轉深智轉勝故據論現文初則雙明悲智俱護煩惱小乘後但唯語於智義當但護煩惱既三俱稱悲即下三觀則皆雙護凡小俱通二利皆雙不住也據論現文下三義門料揀於中有三初明二護自有二義一按論文由上大悲為首者不捨過去現在未來即是智義大悲攝故即是悲義悲護小乘智護煩惱後二但言一切法中智清淨故一切種微細因緣集明唯約智既三俱下第二通例悲即護凡小二護即具二利有智故不住生死有悲故不住涅槃故三義具矣

後句標所觀者前滅後生染生淨滅故前滅後生者無明緣行前緣已滅引起後故若前不滅則墮常故若後不生即是斷故無明緣行者由前滅故後方得生十二皆然自是一義言染生淨滅者無明緣行行緣識等即是染生無明滅故行滅者斯為淨滅下引雜集名染淨觀又次經云由著我故世間生為生不著我者則無生處名滅第二別明觀相即緣起觀然緣起深義佛教所宗乘智階差淺深多種然緣起等者自古諸德多云三教之宗儒宗五常道宗自然佛宗因緣然老子云道生一一生二二生三三生萬物似有因緣而非正因緣言道生一者道即虛無自然故彼又云人法地地法天天法道道法自然謂虛通曰道即自然而然是則雖有因緣亦成自然之義耳佛法雖有無師智自然智而是常住真理要假緣顯則亦因緣矣故教說三世修因契果非彼無因惡因故楞伽經大慧白佛言世尊說常不思議彼諸外道亦說常不思議何以異耶佛言彼諸外道無有常不思議以無因故我說常不思議有因因於內證豈得同耶是則真常亦因緣顯淨名云說法不有亦不無以因緣故諸法生法華亦云諸佛兩足尊知法常無性佛種從緣起

是故說一乘下經又云一切諸法因緣為本中論云未曾有一法不從因緣生是故一切法無不是空者則真空中道亦因緣矣若爾涅槃十六云我觀諸行悉皆無常云何知耶以因緣故若一切法從緣生者則知無常是諸外道無有一法不從緣生是故無常則外道有因緣矣釋曰此明外道在因緣內執於緣相以為常住是故破之言無常耳今明教詮因緣妙理具常無常豈得同耶況復宗者從多分說所以因緣是所宗尚不應致疑乘智階差者乘謂三乘五乘三乘觀緣已如上說五乘人天亦以戒善為因緣矣智謂智慧如下所引下智觀者得聲聞菩提等以大乘中既分因果故智異小乘言階差者復有二意一則上結隨乘智異二如一菩提隨觀深淺亦多階級故云多種

龍樹云因緣有二一內二外外即水土穀芽等內即十二因緣今正辨內

龍樹等者二引論畧開即十二門論文云謂水土人工時節穀子為因緣而芽得生乳及酵煖人工為緣而酪得生泥團輪繩及陶師等緣而器得成皆外因緣也

然外由內變本末相收即總含法界一大緣起染淨交徹義門非一下當略示

然外由內變下三融通無礙外諸器界內識頓變增上之果亦因自業故云內變言本末相收者內即是本外即是末以唯心義則內收外託境生心則末亦收內若以法性為本法性融通緣起相由則塵包大身毛容剎土是故合為一大緣起染淨交徹者然瑜伽云緣起門云何謂依八門緣起流轉一內識生門二外緣成熟門三有情世間生死門四器世間成壞門五食任持門六自所作業增上勢力受用隨業所得愛非愛果門七威勢門八清淨門釋曰然論不釋義畧可知八清淨即無明滅行滅等七威勢即勢用緣生無明緣行等六自所作業即正是有支習氣五食任持即四食不同隨界通局四器界可知三有情捒外無情二及外緣門如論說一內識生即名言習氣言下當畧示者非但門內有其八義亦無量散在經疏隨文釋中及下解釋緣起竟處總結十門之意收十為五乃至顯四佛性融為大緣起等義門既散今且就內畧示染淨一染緣起二淨緣起三染淨雙融緣起此三緣起各有四門染中四者一緣集一心門二攝本從末門三攝未歸本門四本末依持門第二淨緣起亦四門者一本有門二修生門三本有修生門四修生本有門第三染淨雙融亦四門者一翻染顯淨門二以淨應染門三會染即淨門四染盡淨泯門以此諸門及該內外無盡事理並合為一無障無礙法界大緣起也

今經文內略顯十重窮究性相以顯無盡非唯寄位同於二乘

言十重者一有支相續二攝歸一心三自業助成四不相捨離五三道不斷六三際輪迴七三苦集成八因緣生滅九生滅繫縛十隨順無所有盡各有逆順即成二十故下經云如是逆順觀察逆即緣滅順即緣生此約逆順生死流注以爲逆順若準對法第四此中逆順彼名染淨染淨之中各有逆順則成四十至下當說今以易故經中略無但二十重論主復以上三悲觀門解此十重則成六十古人兼取彼果分中三空觀之則有一百八十重觀於緣起今經文下二舉經顯深於中有二先總科經文有十重以顯無盡古人兼取者疏意不美此釋亦不言非故舉古人不言去取若依染淨逆順成四十重三觀歷之成百二十斯理然也論三觀者一相諦差別觀二大悲隨順觀三一切相智觀初但觀二諦有爲

無有我故即大悲爲首觀也二悲隨物增即大悲增上觀三即委悉窮究因緣性相諸門觀故即大悲滿足觀初一下同二乘一切智也次一自顯菩薩道相智後即上同諸佛一切種智故涅槃云十二因緣下智觀故得聲聞菩提中智觀故得緣覺菩提上智觀故得菩薩菩提上上智觀故得佛菩提初二菩提即初觀意餘二各一可知前約爲物三皆稱悲今約觀心三皆智觀是知三句各有悲智相導融此三觀唯在一心甚深般若於是而現初但觀下二釋相皆以前經三悲會之初一下者三會同大品三智故涅槃下四以涅槃證成涅槃開於二乘敎行不同故二乘異大品合其理果是一故合二乘義皆符此故得並引前約爲物下五釋通妨難爲有問言經是三悲論爲三觀豈得引前以成今說故爲此通融此三觀下六融通顯勝言三觀一心者即同空假中也一人頓修非約乘分言甚深般

若者般若有二一者是共如云欲得聲聞乘當學般若等法華亦云一切諸法皆悉空寂無生無滅無大無小無漏無為如是思惟不生喜樂即共般若此名為淺今悲智雙運理事齊觀故其所發即是不共為甚深般若然論三觀雖徧釋經而與十門開合不等然論三觀下二以論會經於中有三初標舉言與十門下如初觀總束十門為三則經開論合而分第二一心所攝前半為第一義即經合論開其第三觀開初門前半為染淨分別觀後半屬依止觀即經合論開以八九二門為無始觀即經開論合初相諦差別初一切智觀攝經十門總爲三段一成答相差別此攝十中初門二第一義差別攝經第二門中之半三名世諦差別攝餘八門半所以分三者初一顯妄我非有後二顯眞俗非無眞辨緣性俗明緣相義理周備故第二別釋三觀開合初中有二先正明言十中初問者即有支相續門二攝第二門中之半者即攝歸一心前半經云佛子此菩薩摩訶薩復作是念三界所有唯是一心是也攝餘八門半者半即第二一心門中從如來於此分別演說下及盡第十門第二大悲隨順觀分十爲四一觀衆生愚癡顚倒攝十門中第一門二餘處求解脫攝第二門三異道求解脫攝次四門四求異解脫攝後四門此之四觀初一就情彰過後三就法辨非於中二是所依理非對彼正理名所取我以爲餘處三是所依行法非舉其法非明其行失後一明所求果非以苦欲捨苦故第二大悲隨順觀中亦二先正明一觀衆生愚癡顚倒者謂癡迷性相倒執我所故二餘處求解脫者謂凡夫愚癡顚倒應於阿賴耶識及阿陀那識中求解脫乃於餘處我我所中求解脫故第二一心門明唯一心可於中求心外無法故三異道者論云顚倒因此有四種一冥性因二自在因三苦行因四無因如次四門破之一自業助成門明有支各有二種由業能生非由冥性二不相捨離門明以無明等為行等因非由自在三三道不斷門明業惑而為苦因欲求脫苦當斷業惑反修苦行是起妄計苦行四心即是煩惱如是妄想寧是解脫因耶四三際輪迴門謂既以前際二支是中際五支因中際三支是後際二支因何得言無因

耶四求異解脫者謂不識真解脫求三界苦等為解脫故真解脫者有四種相一離一切苦相二無為相三遠離染相四出世間相此四即涅槃樂常淨我故下四毀破之一即第七三苦集成但有妄苦而無真樂二即第八因緣生滅無有常德三即第九生滅繫縛但是染縛無有淨德四即第十隨順無所有盡以順有故非是出世故無我德也此之四觀下二出四所以亦揀四門之別相也

第三一切相智觀攝十為九一染淨分別觀攝初半門二依止觀攝初門後半及第二門三方便觀四因緣相觀五入諦觀六力無力信入依觀七增上慢非增上慢信入觀上五門如次各攝一門八無始觀攝八九二門九種種觀攝第十門釋相差別至文當知

第三等者一計我緣生為染無我緣滅為淨二依止觀一攝初門次半及第二門者謂初門有二佛子從後佛子明迷真起妄緣相次第半門明依第一義以不知故即起諸緣是為染依第二門明見第一義諸緣轉滅便為淨依三方便觀即第三自業助成門謂因緣有支各有二業為起後方便若滅前前則後後不生是解脫方便四因緣相觀即第四不相捨離門謂有支無作故既由前前令後後不斷助成後後則後後無性何有前前能作後後即以無作為緣之相五入諦觀即第五三道不斷門三道苦集諦故逆觀即滅道故六力無力信入依觀即第六三際輪迴門謂此三際為因義邊名為有力為果義邊名為無力若約二際前際於現五有力於當二無力中際愛等於當有力於現無力以斯三際化彼凡夫令信入依行七增上慢信入觀即第七三若集成門不如實知微若我慢即增上慢若知微若非增上慢不知令知名為信入八無始觀此有二意一約俗說因緣為生滅之本生死無際故因緣無始二約真說見法緣集無有本性可為依止故名無始攝八九二門者第八門因緣生滅但一念緣生即是不生故云無始第九門隨順轉故而生非有本也九種種下即隨順無所有盡門由隨順有故有欲色愛等之殊故云種種

然其三觀俱通二利若隨相分別相諦觀即自利次大悲觀明其利他一切相智通於二利於中分別復各不同前五自利次二利他後二二利成熟

於中已下別明言次二利他者即六力無力及七增上慢皆令他信入故

前五中初二通染淨一示染淨相二示

染淨依後三惟觀染於中初二建立染法一染法之因二染法之緣後一就染觀過初二通染淨初門名染淨分別故次門迷爲染依悟爲淨依故疏列云一示染淨相二示染淨依後三唯觀染以第三方便觀一染法之因自業助成故上文云亦解脫方便者約逆觀說本明染法言二染法之緣者即第四因緣相觀前約一業觀能生後故說爲因今約助成不相捨離故說爲緣後一就染觀過者以入諦觀正約順觀但苦集故次二利他中初一化凡後一化小次二利他者有力無力令凡信入能所生義即增上慢非增上慢令小言入以微細行苦二乘不知故後二二利成熟中初眞諦觀見法緣集無本性故名爲無始後俗諦觀但順緣轉故云種種初眞諦觀者上釋無始雖通二義約真爲正故後俗諦觀者有種種故已知大意次正釋文依經十段而亞以論三觀次第釋之更無別理已知大意下次正釋文於中有三一總示釋疑言而並以三觀等者由古德解釋總有四重一直釋經文後三方依論三觀重釋其義不知直釋名爲何觀既別無觀如何異論故有別觀又不出名亦令論主釋未盡經之理故云但以三觀釋之更無別理十段前五佛子次三復次後二又字以爲揀別唯初門中中間有一佛子

今初有支相續門先依相諦差別觀三段之中當成答相三字即分爲三初至則無生處辨定無我即論明成謂雙舉解惑釋成無我故則知緣集但是妄我二復作是念下倒惑起緣即論明答謂對難釋通無我義故三後佛子迷眞起妄緣相次第即論明相今初有支下三依論科釋於中亦三初依論正科此三若望十門皆顯妄我非有三自相望合之爲二前二顯起因緣明緣無我後一起緣次第明緣有相經依此義中間加一佛子皆有染淨

今初成者將觀緣起先釋成無我辨定所

宗一以貫諸則顯十門皆成無我此是正破我執習氣今初成者下正釋經文此是正破者二辯定所破即唯識第八釋外難頌難云若無外緣云何有情生死相續故有頌曰由諸業習氣二取習氣俱前異熟既盡復生餘異熟釋曰下取意釋熏習氣分名爲習氣即是種子諸業習氣即罪等三業二取習氣總有四種一相見二名色三心心所四本末第八異熟名之為本六識異熟名之爲末業是增上緣二取因緣互相助成故生死流轉此第一師義第二師云生死相續由諸習氣然諸習氣總有三種下亦義引一名言習氣二我執習氣三有支習氣謂招三界異熟業種廣如下明名言習氣前巳頻引即下經云於三界田中植心種子言我執習氣者下具引論文謂虛妄執我我所種子我執有二一俱生我執即修所斷我我所執二分別我執即見所斷我我所執隨二我執所熏成種令有情等自他差別解云然俱生我執通六七識分別我執唯第六識因我執故相分之中亦熏五蘊種子即名言熏習我執種子令自他差別故別立之有支我執皆增上緣頌明二取習氣即我執名言取我我所及取名言故皆名二取釋曰今經破此我執亦即俱舍頌說前後中際為還他愚惑以三際愚俱愚我故如下三際輪迴中釋瑜伽論中亦遣三際愚惑於我與俱舍同又云遣三際愚遣內無知若遣非情無知即遣我所故今破二我以顯二空

大方廣佛華嚴經疏鈔會本第三十七之一

音釋

躪 眖輙切蹈也　酵 古孝切

大方廣佛華嚴經疏鈔會本第三十七之二

唐于闐國三藏沙門實叉難陀　譯

唐清涼山大華嚴寺沙門澄觀撰述

作是念世間受生皆由著我若離此著則無生處

文中二句初言世間受生皆由著我者即反舉惑情明我非理但是苦集故若離此著則無生處者即順舉解心明理非我是滅道故此直順經文已無我義成矣但是苦集者世間受生即是妄苦着我之心即是集因是滅道者若離此著即是道諦則無生處即是滅諦

論經言受身處生者以我執習氣但令自他差別故論云五道中所有生死差別若五道差別自由業招耳論經言下二舉論經會釋於中四意一舉論經二以我執下以唯識意釋成論經唯識論云隨二我執所熏成種令有情等自他差別故論云下舉本論自釋既言五道之中所有生死明是一一道中自他之身差別義耳若五道下以業習氣成上我執但令自他差別之義謂業能令自他共有若人天苦樂六道即有支習氣若我執習氣亦二取攝已如上辯　又論主反徵惑情顯成無我初徵著我明凡應同聖過云若第一義中實有我相者此按定所執著我之心即是第一義智此反以縱立謂稱實我知故次云不應世間受身處生者以理正徵謂若我是滅理著心是道則凡應同聖得於涅槃何以著我世間受生耶此中應爲立過云若第一義中實有我者凡應同聖爲立宗以有能證第一義中實我智故爲出因如諸生盡聖人爲同喻此則凡應同聖凡既同聖即無凡夫復成一過初徵著我下先依百論縱奪以破於中二意先標舉若第一義

下二舉論牒釋然論但云若第一義中實有我相者著我之心即是第一義智次云不應世間受身處生今疏節論以為三段蕉疏有四初句按定次句縱立三以後句正徵四何以著我下即疏舉經反質結破但觀向引論文自分主客云何結破然有二意一結成縱破縱其有我已成過故舉經反成二著我既世間生明知著我之心非第一義智所著之我非第一義明理無我矣即奪破其我此中應為下二依因明立量破疏文已具然總意云謂第一義我是有法凡應同聖是宗法以我是持自性法有彼凡應同聖宗中法法與有法和合為宗因云以有第一義中實我智故同喻如生盡聖人上三支已具凡應同聖此句合結應云生盡聖人有實智生盡聖人是聖人凡夫既有實我智同彼聖人是聖人而言生盡者遮不定過若但云聖人恐有難云為如須陀洹七反受生之聖人耶為如羅漢我生已盡之聖人耶故定取後句大乘頓悟八地已上即同羅漢漸悟初地許其生盡從凡既同聖下例成一過凡應同聖是雜亂過今無聖人是斷滅過

次反徵後句明聖應同凡過云又復若第一義中實有我相者若離著我應常生世間以不稱實同於妄執非第一義智故此中應為立過云以理實有我聖應同凡為宗次聖證無我違理倒惑非聖智故為出因如諸凡夫為同喻此則結成聖應同凡過聖既同凡則無聖人復是一過

又復下牒論解釋然論但云若第一義中實有我相者若離著我則應常生世間今疏亦有兩重解釋文小異前而分為三初以百論縱奪勢釋然準前論亦應有三而文稍略蕉疏為三初按定所執二若離下即以理正徵三以不稱實下疏釋論意即同前第二反以縱立而論含在前若離此著句中謂第一義中實有於我以為具理今離著我則不稱理同於凡夫違理妄執一斯則縱成此中應為下二立量破應云第一義中實我是有法聖應同凡是宗法因云以有無我迷理倒惑故同喻云如諸凡夫則三支已具疏云凡此則結成聖應同凡者即合結也應云凡夫有倒惑凡夫是凡夫聖人有倒惑同彼凡夫是凡夫成雜亂過次云聖既同凡下例結一過成斷滅過

是以經云若離此著則無生處則反顯妄情定是過也

是以經云下三舉經雙結反質以破言雙結者雙結百論因明結百論者謂縱其有我聖應同凡為縱破今離我不生明定無我即是奪破結因明立量但是縱成其過是他比量今舉經無我則彼量不成

謂離我既不受生則知第一義中定無有我安有智故故疏結云反顯妄情定是過也二過既成則無我理昭然可見

第二倒惑起緣即論明答答外伏難故兩難二答一執情徵理難情乖正理答二常求下執相徵實難相不依我答今初難云若實無我云何著我如空中無人豈計有人既著於我不著無我明知有我答云由無智故於無我處執著於我非由有我如翳見空華豈空中有華第二難云若實無我何以貪著於我世間受生爲緣次第明知有我方得爲緣次第生起答云正由無我計我癡愛爲本倒惑造業乃至老死何要我耶答意正爾

疏文分三初明倒惑順起染緣二此因緣故下正智逆觀結酬無我三菩薩如是下

疏人結觀

今初然十二支即爲十二別亦無間然而諸論中多攝爲四一能引支謂無明行能引識等五果種故二所引支謂識等五是前二支所引發故三能生支謂愛取有近生當來生老死故四所生支即生老死是愛取有近所生故此約二世一重因果明生引別若依三世兩重因果則生引互通今經並具今初下以義收束瑜伽對法皆同爲四今依唯識第八論文未盡下疏具之然能所引皆在因中能生所生因果對說故唯識第八明十五依處建立十因中三習氣依處謂內外種未成熟位即依此處立牽引因謂能牽引遠自果故今取起種但名能引其能所生即彼論云四有潤種子依處謂內外種已成熟位即依此處立生起因謂能生起近自果故正當今文愛取有三是已潤故此約二世下會通經論若準唯識三世小乘今按下經具明二義言生引互通者無明行中有愛取有愛取有中有無明行識等五果即生老死俱是果位並如下說

復作是念凡夫無智執著於我常求有無

且依十二支分爲五初至有無辨無明支且依十二者以此經中次第行列故又欲總收二世三世故然就經文且合分五

無智是癡常求有無即是有愛無智是癡下略釋故論云此示無明有愛是二有支為根本故有愛即三有之愛也亦同涅槃生死本際凡有二種一者無明二者有愛是二中間即有生老病死然依三世諸

惑謝往總名無明略舉發潤有支本故若

約二世雖諸煩惱皆能發潤而發業位無

明力增故名無明然依三世下通難釋成應有難云既舉二支為有支本那得上判唯屬無明故為此通初依三世即俱舍云宿惑謂無明則過去若無明若愛皆名無明二依二世即唯識文諸惑皆能發業豈無愛耶唯取能

發正感後世善惡業者以爲其體唯取能發下正出其體即唯識初能引後彼論具云此中無明唯取能發正感後世善惡業者即彼所發乃名為行由此一切順現受業別助當業皆非行支釋曰即彼已下出行支體下文方用故引此無明體是見道全脩道一分希常爲有於有樂

事欲常住故求斷爲無於有苦事願斷滅

故希常為有下以論釋經論云是中無智至有無者希求常斷餘文疏釋

不正思惟起於妄行行於邪道罪行福行不

動行積集增長

次不正思惟至增長明行支文有七句初

三行過次三行體後一結成

初云不正思惟者是行俱無明涅槃說此

爲無明因亦無明攝躡前起後故因果互

舉次句就人彰過謂起妄行者必是凡夫

無明爲因求有造業故故初地云凡所作

業皆顛倒相應反示菩薩勝義謂菩薩雖

行於有起於善行以明爲因不求有造不

名妄行下句就法彰過論云示於解脫處

不正行故若行涅槃路方爲正道初云不正者此有二意一者為無明支通諸煩惱已如前明今取正起行時迷於行過即行俱無明

非前發業無明支攝涅槃說者取第二意爲無明支要與行俱獨頭起者非無明支則此一句猶是無明故下疏云躡前起後論經但云恒隨邪念妄行邪道邪念即是無明異名是故論云恒隨邪念示無明因遠公釋云明行用無明為因言涅槃說明者即三十七經南經三十三迦葉菩薩品因說無明是一切諸漏根本迦葉菩薩言世尊如來昔於十二部經說言不善思惟因緣生於貪欲瞋癡今何因緣乃說無明佛言善男子如是二法互為因果互相增長不善思惟生於無明無明因緣生不善思惟善男子其能生長諸煩惱者皆悉名為煩惱因緣親近如是煩惱因緣名為無明不善思惟釋曰既互相生故即無明瑜伽問云若說無明以不如理作意爲因何因緣故於緣起教中不先說耶答彼唯是不斷因非雜染因故所以者何非不愚者起此作意依雜染因說緣起教無明自性是染汙法不如理作意自性非染汙故彼不能染汙無明然由無明力所染汙又生雜染業煩惱力之所熏發業之初因謂初緣起是故不說不如理作意釋曰若瑜伽意則前凡夫無智是起業無明不善思惟非無明體不立為支今明能生無明亦無明攝瑜伽剋體此經從通言躡前起後因果互舉者此中正明行支即無明緣行故云躡前起後即舉其因前正說起業無明即舉其果故云互舉若準涅槃無明能生不善思惟則知無明亦有因義正為支體不

可說因耳次句就人彰過疏文有四一釋經二故初地下引證既言顛倒相應即是求有迷三界苦謂為樂故三反示下即是論釋四謂菩薩下是疏釋論即唯識諸門分別中第六有漏無漏門謂有支皆是有漏無漏非有支故菩薩勝義即是無漏亦是第十一學無學分別門故彼論云一切皆唯非學無學聖人者所起有漏善業明爲緣故違有支故非有支攝由此應知聖必不造感後有業於後若果不迷求故故今疏文用於彼意體虛不眞故名妄行善薩善知故不名妄若行涅槃下是疏釋論

次三句辨行體相以三業相應思造三行故謂由迷異熟愚違正信解起感三途惡業及人天別報苦業皆名罪行然別必兼總唯感別報非行支故由迷真實義愚不知三界皆苦妄謂爲樂起欲界善業名福行八禪淨業名不動行以三業相應者總出業體亦即唯識第八三性分別門大乘三業皆思為體動身之思名為身業發語之思名為語業思之當體即是意業三行即是經中三句皆通三業則通色非色位謂由下顯三業相然愚略有二一迷異熟義愚一迷真實義愚初愚謂迷當報不知善惡感當苦樂故

於現在忿情造惡謂殺生等有三品故成三塗因如二地說及人天者五戒及下品十善是人總報之業前曾損他感諸根缺等卽是別報曾決罰他亦招此報故爲苦業然別下釋感別報非屬行支義唯識亦云由此一切順現受業別助當業皆非行支以無明支於發業中有能通發總別報者有能但發總報之者亦有但發別報之者唯取初二爲無明支之所發起行支所攝第三非是行支所攝故疏揀云唯感別報非行支故有迷眞實者卽第二愚三界若果業惑是集卽道理勝義故名眞實今謂苦爲樂迷業是集故起福行八禪淨業亦是此愚後句結成行支謂作已無悔積集增長有還流故

於諸行中植心種子有漏有取

次於諸行下明識支謂旣發行已由行熏心令此本識能招當來生老死故名之爲種若無行熏終不成種故云於諸行中植心種子卽是所引識等五種於一剎那爲行所集無有前後約爲異熟六根之種名六處支爲異熟觸受種名觸受支除本識種爲識支體及此三種諸餘異熟蘊種皆名色支故無前後因位難知但依當起分位說五有殊五不離心但名心種又隱餘四就現說故卽是所引下一總明五種是所引支約爲異熟下二別示五相旣云此五起無前後故不依次而論具云此中識種謂本識因除後三因餘因皆是名色種攝後之三因如名次第卽後三種釋曰三因卽六處觸受疏已別配識支卽是第八識種望當異熟親因緣故因位難知下三釋通妨難謂有難言旣無前後何以先識後觸受耶故爲此通五不離心下會釋經文旣有五種何以但名植心種子故爲此釋而有二意一約總別云不離心二約隱顯兼會今疏但名此段爲識支故識等五支皆通因果識則顯因隱果四則顯果隱因後果但說生名色芽不說識故然唯識論中但識等種以爲所引而集論中說此識支通於能引正取業種爲識支故識種乃是名色支攝緣起經說通能所引業種識種俱名識故識種但是名色所依非

名色故不同集論然唯識下第二會通集論欲顯不同故舉集論識為能引是彼所立正取業種是出所以以行熏心招當果識故為識支若爾識種何收故云名色名色寬故業種識種下二正辯所立由業熏識招於當識故以二種名為識支業種能引識種所引共為識支識種但是下三出彼難意結彈集論言但是所依非名色體依根本識方說餘識有羯刺藍故為果既爾為因亦然今經
意同緣起經說通取二故雙舉行識今經意下第二會今經故雙舉行識出同之文既言於諸行中植心種子義當識支明通取二
論云此中起心種子者示生老死體性者
謂未來二果以此識種為親因故論云此中下三申令論釋顯心偏得種名亦顯此是因緣之義次有漏有取成上
種義謂行及識等名言種子皆通無漏今
與三漏相應故名有支如初地中以欲等
四流起心種故有漏是愛有取是取愛取
潤故能招後有次有漏下疏文有三初總顯文意二如初地下引證彼經云欲流有流無明流見流起心意識種子三有漏下別釋經文既舉愛取種未潤時但名所引愛取潤竟故名能生
復起後有生及老死所謂業為田識為種無
明闇覆愛水為潤我慢溉灌見網增長生名
色芽
次復起下辨名色支初之二句文含二意
一者成上種義由起生死心得種名二者
總標後義現行名等百生老死故即同初
地於三界田中復生苦芽
所謂下別亦有二意一通約十二自至生
名色芽是識生名色後所謂下二釋別句總中言現行名等皆生老死者等取五果謂識名色六入觸受此五從初結生直至於受諸增長位總名為生諸衰變位名之為老蘊壞為死不離此五依三世說現在五果即是過去生老死也二為顯前來已具十因則辨有支生於
生死名色居初次第辨耳謂由前心等五
種有漏有取愛取潤故復起後有是標有

支生於二果今別顯有支之相二爲顯下此明二世一時而辯能生所生支於中有六一略標舉於中有三初標十因生於二果二名色下通妨謂有問言若生二果應云生生老死何言生名色芽答云爲欲顯於當來二果差別之相次第說五故識在於種名色居初耳三謂由下就經略辯下別當具

故唯識云愛取合潤能引業種及所引因轉名爲有俱能近有後果故故唯識下二引論證成論文具云三能生支謂愛取有近生當來生老死故謂緣迷內異熟果愚發生能招後有諸業爲緣引發親生當來生老死位五果種已即指前也復迷於外增上果愚覆業無明也緣境界受發起貪愛即是愛支緣愛復生欲等四取即取支也取合潤能引業種及所引因即五果種轉名爲有俱能近有後有果故今疏略引但取合潤成有義耳

瑜伽第十唯說業種名爲有者此能正感異熟果故如後段說三十八中復說唯識等五名爲有者親生當來識等五故瑜伽第十下三會通異解總有二文皆唯識論暗通瑜伽今顯引論名及次耳初唯說業種意云因是善惡果是無記名異熟果識等五種雖正爲因能生無力正生果故不得名有瑜伽問云何故不說自體爲自體緣耶答由彼自體若不得餘緣於自體雜染不能增長亦不損減是故不說即斯意也如後段者後段經云取所起有漏業爲有是也三十八下即第二意唯取五種意取因緣揀去業種增上緣故

實則總有八支共立有名唯除無明通有成九今經復加無明則通前十因共招二果實則總有八支下四結成正義業種爲一識等爲五則所潤有六是有支體愛取令潤如水入芽能所合論故言有八合八爲有有無別體故云假有即唯識論諸門分別中假實分別論云十二有支九實三假一已潤六支合名有故二即生死三相位別立生死故今當其一

若以十二是前世二果則一世中具十二矣若以十二下五傍攝異門謂今世十因所依即前世之二果故成十二然生老死離識等五雖無別體增長衰變相有異故是假有故故成十二今文中無故云傍攝

且約有支文有六緣且約有支下第六依文正解上二句標由上開二義今癡識生名色但取有生於生故云且約有支一業爲田即是行種望所生果但爲增上緣故一業爲田下別釋即是行種者現行之業當念即謝熏識爲種是所潤故望所生果者如田無

種不能生故二識爲種即是識等五種爲後生死作親因故如世種植依田肥瘦然其菽麥隨自種生論總釋云隨順攝取罪福等行業爲地故此正明隨順於愛攝前行識之種而成有支也二識爲種者此識爲種以識等五未至現行即名言種望於後世生死之果是因緣故故云親因此即自體緣起也次如世下雙喻上二若無業因識不成種故感苦樂唯善惡業是故識種三習氣中唯是名言非有支故三無明闇覆論主取前經無明故云前說無智闇障無明覆蔽此則依於等能發起遠爲助故亦是舉於前世例今世故準唯識意非前發業無明即是覆業無明亦是愛攝即迷外增上果愚又諸煩惱皆能潤故以約十因同一世故三無明者釋此一句就文分四一舉論釋二此則下釋論意言等能發起者即俱舍論等起之義論云等起有二種日及緣剎那如次第應知名轉名隨轉釋曰初句標表無表色等起有二種次句分別一因等起二緣等起發業前心名因等起在先爲因故與業俱心名緣剎那等起同剎那時故下句立名因等起心名轉轉名爲起將作業時能引發故剎那等起名爲隨轉謂隨業轉正作業時不相離故解曰今取業前無明即因等起也故遠爲助三引例釋即依三世爲例前世無明既具一切煩惱今現愛取之中亦具諸惑故四引他論此之無明亦是能潤愛取所攝前是發業無明此是覆業無明故不同即迷外增上果愚者出愛支中無明之相亦唯識文如前已引次又諸煩惱下亦唯識文爲成前義又亦不局迷外增上故唯識云一切煩惱皆能潤業而潤業位愛取力勝耳次以約十因者十因同世必是生報之業能發能潤一處俱故若遠公意無明有四一迷理無明義通終始二發業無明在於行前三覆業無明此在行後識前四受生無明與識同時或在識後望過去種子心識在於識後望能生識與識同時今是第四受生無明四愛水爲潤論主指前常求有無之愛即是舉例亦即是前標中有漏以前有愛無明攝故論主指前者故論云常求有無愛水潤故明是指前今云即是舉例者此中之愛不異無明支中愛故亦即是前者前云有漏是愛有取是取故是此中愛支以前有愛者彼是無明中愛即發業愛耳今是潤業之愛故不

同也
五我慢溉灌者即是取支要數溉灌方
生有芽我語等取爲我慢故若悟無我容
不生故要數溉灌者故唯識云於潤業位愛力偏增說愛如水能沃潤故要
數溉灌方生有芽且依初後分愛取二謂
愛初名愛愛後名取我語等者卽上論云
緣愛復生欲等四取釋曰一欲取二見取
三戒取四我語取今順經中我慢之言先
舉我語以等餘二言欲取者謂取五妙欲
境故瑜伽云欲取云何謂於諸欲所生貪
欲見取云何謂除薩迦耶見於所餘見所
有貪欲戒禁取云何謂於邪願所有貪欲
我語取云何謂於薩迦耶見所有貪欲有
人釋云戒謂惡戒禁謂狗牛等戒我語謂
內識依之說我故有餘師說我見我慢名
爲我語云何此二獨名我語由此二種說
有我故我非有故說名我語如契經說苾
蒭當知愚昧無聞異生之類隨假言說起
於我執於中無我及與我所云瑜伽亦云
欲取唯生欲界若果餘三通生三界苦果
六見網增長亦是取支見取攝故我見爲
本諸見生故令無漏法不能壞故名之爲
網令無漏下出見網名意網卽是喻已下種子復加土覆恐有蟲鳥羅之以網則
禽獸不能侵令此已下生死之種更罹
見網則無漏鳥獸不能侵損決定受生論

總釋云如是住如是生心者總顯生名色
芽由無明愛令上識種安住業地名色心
生故論總釋者以論總釋無明覆蔽故常求有無愛水潤故竟便云如是住如
是生心故疏以此二句總顯生名色芽謂
識為能住種業為所住地愛取無明是住
因緣故云由無明愛令上識種安住業地
此釋如是住下云名色心生者釋如是生
心名色為能生心上皆為所生次却釋我慢彼經云我心
溉灌論云我是我所我我想是慢者謂我
是我所釋我字以非但執我亦執行業是
我所修故次我我想是慢者釋彼心字心
卽想義依我起於我想以陵他故名之爲
慢正同今經次却釋我慢者言却釋者經有六句方釋於四慢見未釋
便卽總釋已竟更釋慢見故云却釋謂我是下疏釋論文次釋見網云
我生不生生卽是常不生是斷斷常爲本
具足六十二見故末句云如是種種諸見
也次釋見網者此中論文具云我生不生如是等種種見網餘是疏釋如初

地中始於無明終至識支皆名邪見然遠公諸德皆云我我所者受生之時自見巳身名之爲我見父母精血名爲我所又謂父母是我夫妻當受生時與父母競色謂巳諍得便起勝想故名爲慢我生者我唯此處生不於餘處生此並通取中有求生之愛於理無失如初地下引證意云初地從無明下有九句經皆名邪見今上六句經文無明業識皆名見網然上諸句皆明能生生名色芽即是所生當報五果初結生蘊即是識支即是所生下二立理合云生識故引俱舍意識正結生蘊故

今以前辨識種隱於餘四今辨現行略其總報所依欲顯識與名色次第相生義故復欲顯其通種現故故有隱顯今以前下初明隱顯五種但顯心種五現但顯後四五種得名望於五果豈得五果而無識耶故云略其總報總報即第八識大乘第八是識支體餘之七識名色支攝故依於第八故云所依欲顯識生下二出隱顯所以所以有二一欲顯識緣名色故若種現皆五則識緣名色不成復欲顯下顯通種現通種異卜通現異於唯識之義然名色等必有所依本識故初地云於三界田復生苦芽所謂名色共生論云共阿賴耶識生故即此後文云與識共生然名色下後明名色與識不相離故如二束蘆先正明故初地下引證總引三文一引前經但云若芽不局名色二引論釋既名色共阿賴耶生則知名色依現行識三即此下引文證次下當釋以此三文即知此中具於二支隱於識支顯名色耳

名色增長生五根諸根相對生觸觸對生受受後希求生愛愛增長生取取增長生有有生巳於諸趣中起五蘊身名生生巳衰變爲老終歿爲死於老死時生諸熱惱因熱惱故憂慼悲歎衆苦皆集

五名色增長下辨六入等八支當起如後段明然此一段意欲答於受生所以故具

出諸惑隱顯等殊不在顯相顯相在於後段然此一段下出指所以以此段中未欲顯相故

此因緣故集無有集者任運而滅亦無滅者

二約逆觀結酬無我初二句約生明無我但曰無明等集非由我集又上句揀無因下句揀邪因後二句約滅明無我刹那性滅無使之然下句揀邪因者以我為因是邪因故此衛世意彼以神我為作者故若僧佉師則以冥性而為作者我是知者而非作者

菩薩如是隨順觀察緣起之相

三就人結觀如是觀者即隨順緣起之理

第三迷真起妄緣相次第者即論相差別也論云若因緣無我以何相住因緣集行謂當相名住生後爲行故經意云迷諸諦理起相集耳論云下論主假設外徵謂當相下是疏釋論然成答相三通是有支相續而兩重緣相差別

云何略有五異一前約妄我起緣即迷我執此約迷諦起緣即迷真實義略有五異下答顯包含於中有二先別明一約所迷有異前迷無我即迷真空此迷真實義即是妙有以文云不了第一義故二前約緣起此約緣次故前通取十因一處共起名色此中一向單說次第二約起次不同可知三前通三世二世以許十因同一世故義取亦通五世此唯三世以名色等唯約現故義取亦通一世三約世有通局言義取亦通五世者後段當明言此唯三世者此句標也以名色等唯約現故者出所以也前段名色等五就種爲義則是二世後列五果皆約現行即果酬昔因依於果上復起愛取招後生死則有三世今此段中既唯約現故但有三義取亦通一世者至下當知四前文欲明三世並備於無明中說有愛故於現在中說無明故此中三世互有隱顯不許相通四前文者四約緣有隱顯言於無明中下出備相也無明在於過去說有愛取則備三惑矣行即是有未潤名行潤即有故有二業

美必依七苦別說為五總說為二故此明過去備十二美但舉經文無明之中說有愛取例餘必有言於現在中說無明故者明現在中具十二也現在愛取之內既有無明則三惑具美則所潤有行已同過去有於二支無明行也現在八支居然可知增長衰變亦具生老死美五前爲答難此爲辨相如論意故五前爲答難者約答相差別及取下結並可知之有斯五異

兩處辨緣共明相續總破癡倒故但束為十門之一

佛子此菩薩摩訶薩復作是念於第一義諦不了故名無明

文中亦二初順後逆文中亦二下釋文然下釋名多依俱舍俱舍與涅槃二十七義則全同小有別處至文當知順中初無明支言於第一義不了者然十二支皆依真起無有自性故下偈云觀諸因緣實義空也而無明最初親迷諦理而起於行既橫從空起不可復原故今無明特受迷稱初無明支

疏文有三初辯得名意明次第辯下通難何於無明偏受迷稱後而無明下答可知言顯次者瑜伽問云何因緣故無明等支作如是次第答諸愚癡者要先愚於所應知事次即於彼發起邪行等此無明約人迷理橫從空起論經云諸諦第一義者即四諦也故對法云真實義愚者謂迷四聖諦所迷即是實義能迷即愚論經云下二會論經以上云實義空則以真空為第一義準論經意乃是四諦為第一義即四重勝義中道理勝義故次引對法證成論經亦順涅槃我昔與汝等不識四真諦是故久流轉生死大苦海故瑜伽中廣說無明歷一切法謂若內若外若業若果佛法僧等皆是無明今略舉四諦則無所不攝別有闇法名爲無明非但遮詮明無而已別有暗法下三出無明體性於中有二先正出體別有一法是明所治後非但下揀濫此揀二義即二師解謂一師云無明者謂體非明此即遮詮如非有非無法體非是有無故第二師云應謂明無此但無彼明處即名無明故今揀之非明無而已理則盡矣猶恐難見具引論釋俱舍第十論云無明何義問也謂體非明即第一師非前智明若爾無明應是眼等釋曰難也眼等五根亦非智明故論云既爾此義應是無智明也釋曰此第二釋謂明無之處

即名無明論云若爾無明體應非有釋曰難也若是明無之處名無明者無是無他體應非有論云為明有體揀第二義義不濫餘揀第一義頌曰明所治無明如非親實等釋曰上句明有實體謂此無明不了四諦明所對治名曰無明與明相違方名無明非是離明之外皆是無明故不同第一亦非明無之處名為無明不同第二下句舉喻釋成論云如諸親友所治怨敵親友相違名非親友非異親友非親友無釋曰此以怨喻無明親友喻明非親友者即是怨家怨有體矣言非異親友者非異親友之外餘人皆名非親友也此喻無明不濫眼等言非親友無者非無父母朋友即名非親友也此喻無明非無體也言實等者以上非字貫下實等亦如非實者諦語名實此所對治虛誑言論名為非實非異於實皆名非實如綴生等亦非實無名為非實此明非實有體等取非法非義非事如不善法名為非法不善義名為非義不善事名為非事此與善法等相違名非法等皆明有體非無故論結云如是無明別有實體是明所治非異非無釋曰非異揀初義非無揀第二無明若無有體何能與行為緣經說無明能染於慧令不清淨明有體也餘如彼說

所作業果是行

二所作業果名行者行支也業即罪等三業是彼無明所起果故故偈云所作思業愚癡果而論云是中無明所作業果者所謂名色者此出果體體謂行體即名色故遠公釋論云行有三業意業爲名身口爲色故婆沙云名色有二一方便名色二報名色若云名色緣識即方便名色若云識緣名色即報名色今以行爲方便名色此出果下三疏釋論以名色通為生死之體以無明等是行蘊等各別法故各自有體今行該通故取通體以為其體遠公釋下四舉古釋義無所違但引婆沙名色緣識此名色在因中識緣名色是六處別名則似名色與識有前後義大乘亦有互相緣義義則不然因果之中皆二互相緣此是因中互為緣義如下當說

大方廣佛華嚴經疏鈔會本第三十七之二

音釋

漑灌　漑古代切澆也灌古玩切沃也　羯剌藍　梵語也亦云歌羅邏此云凝滑羯古屑切剌郎達切　歿　莫勃切終也

大方廣佛華嚴經䟽鈔會本第三十七之三

唐于闐國三藏沙門實叉難陀譯
唐清涼山大華嚴寺沙門澄觀撰述

行依止初心是識

三行依止下識支論云於中識者彼依止故彼卽是行此中語倒應言依彼故論經云依行有初心識謂由行熏心有當果種乃至現行故瑜伽云因識爲緣相續果識前後次第

彼卽是行下二釋論言由行熏心等者行謂罪等業唯識云此雖纔起無間卽滅無義能招當異熟果而熏本識起自功能卽此功能說爲習氣是業氣分熏習所成揀當現業故云習氣如是熏習展轉相續至成熟時招異熟果此顯當果勝增上緣釋曰但觀所引及下瑜伽疏文可知

與識共生四取蘊爲名色

四與識下名色支初一識字卽是現行識支識爲種邊唯是賴耶在現行位通於六識今揀現非種故云共生四蘊識蘊已屬所依識故

四與識下名色支䟽文有三初正釋經言四蘊者謂色受想行則色蘊爲色三蘊爲名何以無識故次釋云識蘊已屬所依識支故上且順經

若言四蘊曰名羯剌藍等爲色則所依現行之識亦唯賴耶

若言四蘊下二引異釋先引唯識卽第三論引經證有第八識下文當具引論文言所依現行之識亦唯賴耶者以非色四蘊爲名則名支之中已有識竟故唯識云眼等轉識攝在名中此識若無說誰爲識釋曰故以第八爲識支也恐有救云名中識蘊是眼等五識支卽是第六識故故次論云亦不可說名中識蘊謂五識身識謂第六羯邏藍時無五識故釋曰大小共許初七日內無五識故大乘以第七識爲名中識俱舍亦云名謂非色卽是四蘊然其識蘊意在第六又俱舍說唯約位說在於識後不說與識同時互依上云羯邏藍等者此云雜穢父母不淨爲雜深可猒患爲穢而言等者此上初位等餘四位故俱舍總云最初羯邏藍此云薄酪一也二云次生頞部曇此云胞也三從此生閇尸此云軟肉四閇尸生健南此云堅肉五次鉢羅奢佉此云支節此之五位皆名色支此第五位亦六處攝下有三句皆六處支偈云後髮毛爪等及色根諸相漸次而轉增皆第五位攝

若取一生皆名色攝卽六處觸受皆屬名色故云等也瑜伽云俱有依根曰色等無間依根曰名則通五蘊爲體卽四七日來根未滿位瑜伽論下後引瑜伽俱有依根已見問明品卽眼等色根與識同時名爲俱有意取色根等無間依者要前念滅引生後念故此卽瑜伽約三際出因緣體文然此段論文數處引用今當具引故彼論云云何緣起體此問答畧說由三種相建立緣起謂從前際中際生從中際後際生中際生已若趣流轉若趣清淨究竟云何從前際中際生中際生已後趣流轉謂如有一不了前際無明所攝無明爲緣於福非福及與不動身語意業若作若增長由此隨業識乃至命終流轉不絕能爲後有相續識因此識乃至將生果時由外貪愛正現在前以爲助伴從彼前際既捨命已於現在世自體得生在母胎中以因識爲緣相續果識前後次第而生乃至羯邏藍等位差別而轉在母胎中相續果識與名色俱乃至衰老漸漸增長爾時感生受業名色與異熟果又異熟識卽依名色而轉由必依託六處故是故經言名色緣識俱有依根曰色等無間依根曰名隨其所應爲六識所依依止彼故故乃至命終諸識流轉又五色根若根所依大種若根處所若彼能生大種曰色所餘曰名由識執受諸根相續方得流轉故此二種依止於識相續不斷由此道理於現在識緣名色名色緣識猶如束蘆乃至命終相依而轉如是名爲從前際中際諸行緣起生中際生已流轉不絕當知此中依胎生者云云何從中際後際諸行緣起生謂中際已生補特伽羅受二種先業果謂受內異熟果及境界所生外增上果此補特伽羅或闇非正法故或先慣習故於二果愚由愚內異熟果故於後有生苦不如實知由迷後有後際無明增上力故如前諸行若作若增長由此新作所作業故說此識名隨業識卽於現法中說無明爲緣故行生行爲緣故識生此識於現法中名曰因識能攝受後生果識故釋曰此上一段論文三節疏要一出名色支體二亦證名色與識互依三證二世立三際義下文畧指應尋此文卽四七日來者示其分齊論云名色與識共生故者此言揀濫恐人誤謂名共色生故又云識名色遞相依故者釋前共義謂識由名色得起名色依識得存如水與塵互相依持以爲泥團亦如束蘆乃至命終相依而轉故上答文總名苦果爲名色芽論云名色下三舉論釋共生之義然不示名色之相直說共生之義然論兩句相續云名色與識共生故識名

色遍相依故今疏離而釋之則前句正釋共義初地經云名色共阿賴耶識生故又云識下出共所以云釋前共義者即上所引瑜伽之意亦同唯識第三證有第八之文論云又契經說識緣名色名色緣識如是二法展轉相依譬如束蘆俱時而轉若無此識名色自體不應有故謂彼經中自作是釋名謂非色四蘊色謂羯邏藍等此二與識相依而住如二束蘆更互爲緣恒俱時轉不相捨離眼等五識攝在名中此識若無説誰爲識等釋曰上引論文具有三節初正證相依義二謂彼下前證四名故上云下當引論三眼等下前已引竟一段義周故復重引言如束蘆者如立二束之蘆二頭相依方得安立去東西倒去西東倒名色與識互依其義亦然下第五門亦有此喻故上答文下引上爲證若果總爲名色明知名色必共識俱也然上諸文已顯體相未知何獨此二相依瑜伽問云已説一切支非更互爲緣何故建立名色與識互爲緣耶答識於現法中用名色爲緣故名色復於後法中用識爲緣故所以者何以於母腹中有相續時説互爲緣故由識爲緣於母腹中諸精血等名色所攝受和合共成羯邏藍性即此名色爲緣復令彼識於此得住釋曰二義之中前標即通現果名色與因識爲緣令識得住即名色緣識義故上行支亦以名色爲體名色總故後義正辯入胎互爲緣義即今文所用已知互爲緣相四蘊何獨皆稱爲名第

一師釋云在胎蒙昧未辯苦樂微有名而已此依分位六處之前識支之後可爾既二相依從生至死皆名色攝何得稱名俱舍論云名唯行攝何四皆名總有四釋四蘊稱名之義一師云隨所立名根境勢力於義轉變故説爲名問云何隨名勢力轉變答謂隨種種勢共立名於彼彼義轉變詮表即如牛馬色味等名問此復何緣標以名稱答於彼彼境轉變而緣解云已上論文此師意者如今時名隨於古昔名之勢力得於義轉變詮表或詮此境或詮彼境名爲轉變名既如此四蘊亦然謂受等四蘊隨根境勢力於境轉變而緣轉變如名故標名稱言轉變緣者謂緣此緣彼名轉變緣也第二師云又隨類名此解意者謂一切法不通二類一者色類二者非色類四蘊與名同非色類以似名故四蘊爲名第三師云隨名顯故此解意者謂色法麤著不須名顯如眼見也四蘊微細要須名顯必藉名故故標名稱也第四師云有餘師説四無色蘊捨此身已轉趣餘生轉變如名故標名稱解云此師約捨身名轉變初師據緣境名轉變轉變雖同二釋別也釋曰上皆俱舍論疏不斷得失若取易知第二三師理易分明任情去取

名色增長爲六處

五六處支謂四七日後諸根滿位六處明

盛名增成意處色增成餘五俱舍云從生
眼等根三和前六處五六處支於中有三初正釋名增成意處
者四蘊爲名之時未分識相今意識明了
故名爲增故上唯識云在名中時但有第
七今發第六故名意處此增增明色增增
多云成餘五爲堅肉時未分五根但名一
色今色根漸具故開爲五俱舍
下引證生眼等後三和前也
前段爲明意根本有云成五根耳前段爲明下二解妨謂有問言前段
經云名色增長則生五根今何得言名色
增長爲六處耶故爲此通意根本有卽是
七識故云生五根今但意增
云成六處明意非新生故
俱舍十一五果之中前三胎內餘二胎外俱舍十一下三總結分位
通結前三小乘識支初託胎時識明顯故
羯邏藍等五位皆名名色支卽從第五位至
未出胎皆六處攝以第五
位經時長故餘如前辯
根境識三事和合是觸
六觸謂觸對雖有三和於三受因尚未了
知但能觸對六觸者卽根境識三和所生能有觸對故名爲觸俱舍頌
云觸六三和生觸雖是一據識分六小乘
難云五識根境許同時起可得三和意根

過去識居現在法或未來何得三和彼有
二釋一云意法爲因發識爲果卽三和義
二云意法識三同一觸果卽三和義上之
二釋不約同世而說三和若大乘宗七爲
意根俱得同世然薩婆多離三三和外別有
觸法是心所法若經部宗三和卽觸正順
今文然此六觸攝之爲二前五名爲對觸
意觸名增語觸雖無對所依眼等是有
對故依主受名增語是名名能詮表增勝
於語眼等五識唯緣青等不緣青名意識
能緣青等亦緣於名從境立名名增語觸
雖有三和下卽俱舍意頌云於三受因異
未了知名觸三受因者謂三受境境能生
受故名爲因卽出胎後三兩歲來卽未了
三故不
名受
觸共生有受
七受支分別三受領納於觸名觸共生此
前四支唯約現行七受支俱舍云在婬愛前受謂五六歲去至十
四五來已了三受因差別相未起婬愛但
名爲受涅槃經云染著一愛名之爲受謂
衣食愛俱舍頌云從此生六受五觸身餘
心謂於六觸生於六受謂眼觸爲緣所生
諸受等六中前五名爲身受依色根故色
根聚集卽名爲身身之受故意觸所生名
爲心受心之受故領納於觸已如前釋此
前四支下總結行相若小乘說約位明支

五皆現行令就大乘識支通種故四現行

於受染著是愛

八愛支以三受中樂受纏綿希求故云染著即是中下品貪此雖通緣內外二果諸論多取緣外境愛增上果生

八愛支俱舍云貪資具婬愛謂十五六後貪妙資具婬愛現行未廣追求但名為愛然疏中云樂等纏綿希求等者等餘二受纏綿約樂受等求通二故俱舍云從此三受引生三愛謂由苦逼有於樂受發生欲愛或有於樂非苦非樂受發生色愛或有唯於非苦非樂受生無色愛即是中下皆唯識文

愛增長是取

九取支雖攝餘惑而愛潤勝故說是愛增然上二支通現及種

九取支俱舍云遍馳求名取取謂貪也年既長大貪五欲境四方馳求不憚勞倦愛取別者初起名愛相續轉盛別立取名雖攝餘惑下即唯識論正是彼論會此經文然上二支者愛支初起即是現行當念即能熏識成種依此愛種而生於取取即現行是故經云愛增為取下會四緣中愛望於取有因緣者以愛種子增成於取取即愛種之現行故故同一貪初心為愛轉盛名取即此愛種便是取種是故二支皆通種現

取所起有漏業為有

十有支由四取心中所起諸業故名有漏此業親能招當果故名之為有此約三世不同前段愛取合潤業等名有此前之業已隔現行名色等故

十有支者俱舍論云有謂正能造牽當有果業由馳求故積集能牽當有果業業名為有若言有當果故此則有者但是有無之義若言當有之果則有是三有故唯識云俱能近有後有果故則有有有二義一者能有彼果二者當有今能有彼因從果稱故業名有然唯識論雖約二世有義不殊此約三世者對前揀濫在文可知

從業起蘊為生

十一生支約增上緣云從業起始從中有未衰變來皆名為生

十一生支言約增上緣者以經云從業起蘊名生故業是善惡生是無記異熟果故若約因緣從二取種親生於生義如前說

始從中有下彰其分齊亦唯識文言從中有者中有滄滅後有陰生故未衰變者四十已來若俱舍云結當有名生從此捨命正結當有此位五蘊總名爲生當來生支卽如今識當來生顯立以生名此與涅槃一無有二故云現在識名生現在名色六處觸受名爲老死據此經論生支位局唯初託胎名色位後皆屬老死不同唯識

蘊熟爲老蘊壞爲死

十二老死卽諸衰變位名爲蘊熟十二老死支疏文有三初正釋文諸衰變位者亦唯識文四十已後容顏漸衰卽屬於老若俱舍云至當受老死義如生支說**故上二支體通五蘊唯是現行**故上二支者第一二示體然上引俱舍彼約分位緣起一一支下皆有彼位五蘊及無明顯故立無明名等言則十二支皆具五蘊今從增勝有具不具故結此二具五蘊也餘不結者隨本支體而爲蘊攝種現亦然雖是於苦不同上識通於種現**欲令生厭合五成二以顯三苦老非定有附死立支別離等五餘時雖有死時多故偏就死說**欲令生厭下第三通妨畧有三妨一云未來生死卽現識等何以現在立五未來立二俱舍通此但云畧果及畧因由中可比二現在五果未來說二故云畧果現在二惑過去說一無明故云畧因由中已廣故初後畧比二可知過此更說便爲無用上卽論意若爾何不初後目所不覩廣說因果可比於中是故應言示迷本際因合一惑現所起惑明示始終令其不行當相辯差別示五位當果今厭合爲老死然唯識論雖約二世亦有此問論云何緣所生但立生老死所引別立識等五支答云因位難知差別相故依當果位別立五支果位易了差別相故總立二支以顯三苦則今疏文含於二意欲令生厭合立二支卽是前意合立二支以顯三苦卽唯識意謂生顯行苦老顯壞苦死顯苦苦唯識雖約種現不同三苦生厭三世宜用老非定有者亦唯識文應有問言老位極長何不別立答意云謂有夭逝不至老故死時等下三有妨云別離憂悲等自小及長皆悉有之何爲附在老死支中通云多故復應問言老旣不定附死立支病亦不定何不附立答云病又不遍兼不定故者遍三界故附立支諸趣界中除中天者皆有衰相故復應問言名色不遍何故立支謂色界全欲界化生六處頓起何有名色唯識答云定故立支胎卵濕生六處未滿定有名色又名色支亦是遍有有色化生初受生位雖具五根而未有用爾時未名六處支故初生無色雖定有意根而不明了未名意處故有名色由斯論說十二有支一切分上二界有卽是唯識引於瑜伽第十文也餘如前說**然此**

一段有支亦通一生前後建立餘支可知

唯生一種通取於前耳思之然此一段下二以義重釋謂即於今生初迷諦理二即作業三業依初心爲識如下一念緣生但通取一生長時故云前後建立言唯生一種通取前者謂有問言既云一生生在初託胎時今居有後那言一生故今答云通取前來諸增長位皆從有起此有雖是過去之有但取所生以成十二亦可有支之後所起五蘊即名爲生既云義取不可剋定

死時離別愚迷貪戀心胸煩悶爲愁涕泗咨嗟爲歎在五根爲苦在意地爲憂憂苦轉多爲惱如是但有苦樹增長

後逆觀中一結是苦樹謂無明行引識至受爲苦芽愛緣引受至有是守養生老死爲苦樹從芽守養是增長義又於現法中無明造業爲小苦樹若愛取潤則得增長不潤尚滅況更增耶又初二爲根次二爲身次三爲枝次三爲華後二爲果後逆觀中初結成苦相有三節一二世因果相望唯取七苦爲苦樹惑業五因爲苦緣五種爲苦芽二果爲苦樹此瑜伽第十二又於下以因爲果云於現法中現法之時亦是二世之義若愛取潤則增長者亦潤行種及識種耳三又初下通取十二緣若因若果爲一苦樹無明發業故爲苦樹根若不發業不受後有果故識與名色爲苦樹身以識與名色從因至果互相依持爲生死體故次六入觸受依名色上開顯增長對境領受如枝依身而開別故約二世說但是因中約果說耳次愛取合潤成有決定當生故喻如華上十爲因故後二是苦果上三皆依二世後之一釋可通三世依過二因招識名色之體而爲樹身六入觸受現行開顯等爲枝已是苦樹竟依上復起當因故三爲華感當二果爲苦樹果則雖是一樹義有兩重

無我無我所

無我我所結成無我

無作無受者

無作無受結成於空無作無受下三結成於空者經有者字則似人空人空即上無我今無作受之體在因爲作在果爲受能作能受即是於我所作所受同號我所然我爲能作唯勝論義若數論師我非能作冥性能作旣能作望

我有同不同所作受等非局我所則自在等亦名作者故該一切因果之法名爲顯空是則無明亦爲能作行爲所作又行爲能受識等爲所受則亦無性皆悉空寂

復作是念若有作者則有作事若無作者亦無作事第一義中俱不可得

復作是念下以我況法結成勝義故復作下四結成勝義者上顯無病所病有異今明空理一理無差故異上空故瑜伽說由十種相緣起甚深六義依無常一義依苦一義依空二義依無我故瑜伽說下二總顯甚深於中有三初總標初言甚深者瑜伽第十問云如世尊說緣起甚深此甚深義云何應知答由十種相應知緣起甚深之義謂依無常義苦義空義無我義釋曰下具釋十義但云依無常義者便列十義今疏取下釋意便總配云六義依無常一義依苦等今初一從自種子亦待他緣二從他亦待自三俱從無作用四此二因性非不是有此四義卽前段中但因緣故集無有集者五雖無始其相成就而刹那滅六雖刹那滅而似停住此二卽前任運而滅亦無滅者一義依苦者一味苦相而似三相故結云苦樹一義依空者謂離有情作者受者然似不離顯現卽今無作無受二義依無我者一雖實無我似我相現卽今無我我所二依勝義諦雖不可說而言諸法自性可說卽今復作是念已下經文十義備矣今初一從下二別釋初釋無常六義然此文難解如從自種子亦待他緣與第二句從他亦待自二句何別故每句中皆有兩義從他自種是自生義亦待他緣不自生義下三倒之故雜集第四云又諸法不從自生亦不從他生不共不無因生非不自作他作因緣生是故甚深故不自生亦從自生不他生亦從他生不共生亦從共因緣生上三句中皆有二義若唯自種生非曰甚深若唯不自生亦非甚深故一句兼二方曰甚深正同中論因緣所生法卽空卽假卽中之義雜集釋不自生等自有二義至第八門當知下總結云若緣起理非自非他遣雙句者猶爲甚深況總亡四句非是故緣起最極甚深釋曰不見此論瑜伽難了故從自種子是自釋自生義亦待他

緣即以他遣自義二從他者是他生義亦待自者以自遣他義三俱從者共生義無作用者以無性遣共義四此二因性非不是有者以共功能遣無因義前之三句有無性緣生二義故皆有存亡第四句不立無因故雖有以共遣無因義耳五相雖成就而不礙滅六滅而似停初之四句就緣所生法以論甚深五六二句以所生法對有爲之相以論甚深前四以是緣生之法是故無常後之二句剎那滅故是故無常餘文可知由前緣相皆是似義故逆觀中直顯眞實性相無礙故爲甚深緣起之觀正在於此由前緣下初約眞實智故瑜伽云應以幾智知緣起耶答以二智謂法住智及眞實智云何眞實智謂如觀甚深義然瑜伽甚深之義皆性相對說如云從自種子是相亦待他緣是性謂以他破自顯不自生餘如上說今經逆觀唯顯不自生義不顯從自種子義以從自種子即是識爲種復起後有生及老死故此不說十義皆然故云由前緣相皆是似義十箇似義皆在相中故特由性相無礙故曰甚深云正在於此又無作作者卽顯緣生非天人作若佛出世若不出世安住法性法住法界故於此一觀已爲甚深況加後二又無作作者下二約法住智結成甚深故瑜伽云云何法住智謂如佛施設開示無倒而知次重徵釋云如世尊言是諸緣起非我所作亦非餘作所以者何若佛出世若不出世安住法性法住法界云何法性等答是諸緣起無始時來理成就性是名法性如成就性以無顛倒文句安立是名法住由此法住以彼法性爲因是故說彼名爲法界釋曰但觀論文疏自明了二約大悲隨順觀者四觀之中此第一門卽當第一愚癡顚倒觀論總釋云隨所著處愚癡及顚倒此事觀故謂十二因緣是所著處癡迷性相倒執我所下別釋意明癡隨所迷立二顚倒一從初至則無生處明迷緣性之無我執我成倒以著我故則世間生明是顚倒若離此著則無生處反顯此著必是顚倒二復作下竟初一門明愚緣相之緣生疑惑顚倒謂無智故常求有無滯斷常之二塗故云疑惑致緣相之相續明是顚倒令菩薩順彼衆生

愚倒之事起悲觀察名爲事觀論總釋下初總釋也先舉論謂十二下疏釋論遠公亦云不緣無我故曰愚癡謬執有我稱曰顛倒此言小局下別釋下二別開二倒前意由迷緣性故是愚癡無我執我故是顛倒以著我下論舉經意明倒所以第二意明迷於緣起不知從緣無眞實故卽是愚癡疑惑不決卽是顛倒謂無智下以經釋成無智求有釋成愚癡滯斷常下釋成疑惑致緣相之相續釋疑是倒義今此菩薩下三知釋總中事觀二倒相顯事義方明故在後釋

三約一切相智觀九觀之中此門攝第一觀全及第二之半謂初成答二文名染淨分別觀此有二意一著我爲染離我爲淨二著我故緣相生爲染離我故緣相滅爲淨後相經文卽屬第二依止觀謂雖依第一義以不知故卽起諸緣是爲染依見第一義諸緣則滅便爲淨依相諦觀中不知故成緣相大悲觀中不知便爲顛倒三約一切相智觀文中有四一彰門所攝言及第二觀之一半者第二卽依止觀依止有二一依第一義卽是相續二依一心卽第二一心所攝門第一義一心故但半耳二謂初成答下二別顯二觀初染淨有二前意約因後意約果卽雜集等染淨義相諦觀下三舉其二觀顯此爲勝以前二觀但有不知令具知不知爲染淨故深細也

然上相續一門經文無二隨義分三初明倒惑起緣實無有我成一切智觀次順癡倒事成道相智觀後委究解惑染淨性相成種智觀又初順根本次順後得後卽無礙雖無我所不壞相故而起大悲能所本空悲而無著雙窮性相不滯自他三觀一心成無礙智甚深般若寧不現前一門尚然況加餘九然上相續下四總結一門深廣之相於中有三初成橫一對三乘三智三智之義已如前配又初順下二局大乘三智然通因果雖無我所下三融其三智而成一心初空卽假故不礙起悲二能所下假不礙空悲而無著三雙窮下中卽空卽假不滯自他自卽根本他卽後得四三觀下總結無礙成般若因五一門下結歎深廣

佛子此菩薩摩訶薩復作是念三界所有唯是一心

第二一心所攝門中然此一門乃含多意且分二別一攝末歸本門二如來於此下本末依持門今初依論三觀初約相諦卽當第二第一義諦觀論生起云云何第一義差別如是證第一義則得解脫彼觀故此明修觀所以以第一義是緣生之性若見緣性則脫緣縛故修彼觀而論經雖云皆一心作意取能作一心故云第一義觀而論經雖云下後釋立觀所以以若取三界虛妄卽是所作便屬世諦今取能作爲第一義論云但是一心者一切三界唯心轉故此言則總轉者起作義亦轉變義論云下二論釋經從此言則總下疏釋論上取觀名唯是能作今云三界唯心轉故則通能所然能所有二若法性宗以第一義隨緣成有卽爲能作所有心境皆通所作以不思議熏不思議變是現識因故若法相宗第一義心但是所迷非是能作有三能變謂第八等故一卷唯識論云又復有義大乘經說三界唯心唯是心者但有內心無色香等外諸境界此云何知如十地經說三界虛妄但是一心作故心意與識及了別等如是四法義一名異此依相應心說非不相應心說心有二種一相應心所謂一切煩惱結使受想行等皆心相應以是故言心意與識及了別義一名異故二不相應心所謂第一義諦常住不變自性清淨心故言三界虛妄但一心作是相應心今依法性故云第一義心以爲能作言轉者起作義亦轉變義者卽唯識意彼論第三總釋三能變云能變有二一因能變二果能變謂第八識中等流異熟二因習氣等流習氣由七識中善惡無記熏令生長異熟習氣由六識中有漏善惡熏令生長釋曰種子生現行名因習氣於中有二先標後釋等流卽七識中三性種子各生自現唯除第八不能熏故異熟習氣唯除第七七是無記非異熟因前是因緣此增上緣論云二果能變謂前二種習氣力故有八識生現種種相釋曰卽前二因所生現果謂有緣法能變現者名果能變種種相者卽第八識相應心所相見分等論別釋云等流習氣爲因緣故八識體相差別而生名等流果果似因故釋曰卽以現識三性種子各自生現論云異熟增上緣感第八

識酬引業力恒相續故立異熟名感前六識酬滿業者從異熟起名異熟生不名異熟有間斷故卽前異熟及異熟生名異熟果果異因故釋曰八識是總果故是異熟生主引生餘感六識業名之爲滿業等以上論文皆以生起而釋變義故疏云轉卽轉生亦轉變義又下論中釋第二能變依彼轉緣彼云轉謂流轉顯示此識恒依彼識取所緣故彼疏釋云流是相續義轉是生起義謂依第八或種或現相續起義又彼論第一釋由假說我法有種種相轉云轉謂隨緣施設有異又云彼相皆依識所轉變而假施設又云變謂識體轉似二分釋曰言彼相者卽上我法識體卽是自證分此相見俱依自證起故上來正意爲證以起以變釋論轉字然已具於能變之相前後經疏皆要此文然此一文諸教同引證成唯心然此一文下二廣開章門於中有三初總標舉唯識攝論等皆指華嚴一心作義云何一心而作三界略有三義一二乘之人謂有前境不了唯心縱聞一心但謂眞諦之一或謂由心轉變非皆是心二異熟賴耶名爲一心揀無外境故說一心三如來藏性清淨一心理無二體故說一心此

初一心菩薩不爲此觀後二一心經意正明通於三觀約清淨一心爲第一觀通此二心爲後二觀後二一心略如問明廣開有十初之一門假說一心謂實有外法但由心變動故下之九門實唯一心廣開有十下三開三爲十上三義中初一不開開第二爲次三開第三爲後六然皆從寛至狹二相見俱存故說一心此通八識及諸心所并所變相分本影具足由有支等熏習力故變現三界依正等報如攝大乘及唯識等諸論廣說二相見俱存者唯識正義四師各立已見問明今此從多故云相見八識心王及諸心所皆有二分當體卽見分從并所變下卽是相分相有二義一識所頓變卽是本質識等緣境唯變影緣不得本質由有支等者影變因果已如上說三攝相歸見故說一心亦通王數但所變相分無別種生能見識生帶彼影起如解深密經二十唯識觀所緣緣論

具說斯義三攝相下然初及四五皆唯識所破彼論初云又爲開示謬執我法迷唯識者令達二空於唯識理如實知故此破凡外今文所無次論復云有迷謬唯識理者釋曰下皆護法廣破四師此標也次論復云或執外境如識非無釋曰此卽有宗依十二處教執心境俱有是第一義論云或執內識如境非有釋曰此破清辯依密意空教撥識亦無論云或執諸識用別體同釋曰卽大乘一類菩薩言八識體唯是一也如一水鏡多波像生卽當此中第五義也論云或執離心無別心所釋曰此卽經部覺天所計以有經言士夫六界染淨由心無心所相雖於蘊中亦有心所但於識上分位假立無別實有然清辯計雖撥皆空强遣中道而立唯境順世亦立唯四大種成有情故若依此義應有四句清辯順世有境無心中道大乘有心無境一切有部有心有境邪見撥無都無心境然其有王無所卽此第四而今指經論與彼不同然第三義言如解深密者卽第一經心意識相品第三廣慧菩薩問佛菩薩於心意識祕密善巧佛答云廣慧當知於六趣生死彼有情及四生身外生起於中最初一切種子心識成熟展轉和合增長廣大依二執受一者有色諸根及所依執受二者相名分別言說戲論習氣執受有色界中具二執受無色界中不具二種釋曰無色不具卽無色根則唯有相名分別習氣明是唯見次下經云廣慧阿陁那識爲依止爲建立故六識身轉謂眼耳鼻舌身意識此中有識眼及色爲緣生眼識與眼識俱隨行同時同境有分別意識轉等則知皆是唯立見分此見亦卽安慧所立一自證分謂多立有相見二分去相取見爲自證耳言二十唯識者亦名唯識二十論有二十偈故世親菩薩造唐三藏譯最初卽云安立大乘三界唯心以契經說三界唯心心意識了別名之差別此中說心意兼心所唯遮外境不遣相應內識生時似外境現如眼有翳見髮蠅等於中都無少分實義釋曰此亦明唯心義復有一卷唯識論天親菩薩造後魏瞿曇般若流支譯細尋乃是二十唯識同本異譯而文稍顯著先列二十偈初偈云唯識無境界以無塵瑩見如人目有翳見毛月等事偈覓問云初偈明何義答曰凡作論有三義一者立義卽是初句二者引證卽第二句三者譬喻卽下二句下文廣釋亦明外相無實唯心現故名攝相歸見言觀所緣緣論者但有兩紙陳那菩薩造論云諸有欲令眼等五識以外色作所緣緣者或執極微許有實體能生識故或執和合以識生時帶彼相故二俱非理所以者何極微於五識設緣非所緣彼相識無故猶如眼根等釋曰此破前極微生識長行破意云眼等能發識上無眼相極微能發於五識豈有微相故無所緣又偈云和合於五識設緣非所緣體實無故猶如第二月釋曰觀長行意此破上和合以生識謂彼執

言堅等多相和合一處有是現量境能發見於識破意云和合法一無實故如眼錯亂見第二月釋曰以無上二相唯有於識故名攝相歸見然陳那立於三分今言無相者相實無故下正義云彼所緣緣非全不有內識如外現爲識所緣許彼相在識及所能生識故釋曰長行內識似外境現爲結緣緣許眼等識帶彼相起及彼生識故云諸唯識內境相爲所緣緣理極成也則非全無相相全屬識故云歸見然上疏引皆賢首意欲成十義故復引之法相立識如前所引唯識論辯

四攝數歸王故說一心唯通八識以彼心所依王無體亦心變故如莊嚴論說

四攝數歸王下具名大乘莊嚴經論無著菩薩造有十三卷第四卷述求品第十二中有此意也論云自界及二光癡共諸惑起如是諸分別二實應遠離釋曰自界謂自阿賴耶識種子二光謂能取光所取光此等分別由共無明及諸餘惑故得生起如是諸分別二實應遠離二實謂所取實及能取實如是二實染淨應求遠離釋曰此說求染淨亦攝末歸本義第五卷初同此品說求唯識人云能取及所取此二唯心光貪光及信光二光無二法釋曰求唯識人應知能取所取此之二種唯是心光即釋上半如是貪等煩惱光及信等善法如是二光亦無染淨二法何以故不離心光別有貪等信等染淨法故二光亦無二相偈云種種心光起如是種種相光體非體故不得彼法實釋曰種種心光即是種種事相或異時起或同時起異時起者謂貪光瞋光等同時起者謂信光進光等光體非體者如是染位心數淨位心數唯有光相而無光體是故世尊不說彼爲眞實之法釋曰上二偈即是正意也其釋曰字皆是論文

五以末歸本故說一心謂七轉識皆是本識差別功能無別體故楞伽云藏識海常住境界風所動種種諸識浪騰躍而轉生又云譬如巨海浪無有若干相諸識心如是異亦不可得既云離水無別有浪明離本識無別前七

五以末歸本下其五六七三門全同問明但爲明其自淺之深故復重說耳後之三心即玄中具謂唯心所現故法性融通故等說

六攝相歸性故說一心謂此八識皆無自體唯如來藏平等顯現餘相皆盡經云一切衆生即涅槃相等楞伽云不壞相有八無相亦無相如是等文誠證非一

七性相俱融故說一心謂如來藏舉體隨緣成辦諸事而其自性本不生滅卽此理事渾融無礙是故一心二諦皆無障礙起信云依一心法有二種門乃至不相離故又密嚴云佛說如來藏以爲阿賴耶及如金與指環喻等又勝鬘云自性清淨心不染而染難可了知染而不染亦難可了知皆明性淨隨染舉體成俗卽生滅門染性常淨本來眞淨卽眞如門斯則卽淨之染不礙眞而恒俗卽染之淨不破俗而恒眞是故不礙一心雙存二諦深思有味

八融事相入故說一心謂由心性圓融無礙以性成事事亦鎔融不相障礙一入一切一中解無量等一一塵內各見法界天人修羅不離一塵其文非一

九令事相卽故說一心謂依性之事事無別事心性既無彼此之異事亦一切卽一上文云一卽是多多卽一等

十帝網無礙故說一心謂一中有一切彼一切中復有一切重重無盡皆以心識如來藏性圓融無盡故

上之十門初一小教次三涉權次三就實後三約圓中不共若下同諸乘通十無礙一部大宗非獨此品隨一一門成觀各異可以虛求上之十門下二約教分別卽具五教涉權是始教就實通二一卽終教終教亦名實教故其攝相歸性亦通頓教以後三教皆同一乘並揀於權故頓亦名實後三圓融卽是圓教而言不共者圓教有二一同教二別教別卽不共共實頓故二同教者同頓同實故今顯是別故云不共若下同諸乘下約融通說若下同同教一乘卽收次三就實若同於三乘亦收前四以其圓教如海包含無不具故

第二本末依持門此下終於十門皆是

世諦差別緣相本寂但應觀眞何以復觀世諦差別論云隨順觀世諦卽入第一義故俗爲眞詮了俗無性方見眞耳中論云若不知世諦不得第一義故此觀有六一何者是染染依止觀卽雙辨能依所依攝此半門二因觀觀染因故攝次二門三攝過觀唯苦集故四護過觀護凡邪見故五不厭厭觀防小慢故上三次第各攝一門六深觀顯因緣之理妙過情取故此攝後三門六中初二建立染相次一就染觀過次二正觀防非後一觀行深極第二本末依持門疏文有六一標門分齊卽八門半論云隨順下三引論正答同涅槃第十二卷佛答文殊義已見玄文中論云下五引他論證卽四諦品亦見上文此觀有六下六依總開別謂於世諦八門半中爲六觀故於中三初列釋一一觀中文皆有二觀字已上依論標名觀字向下是疏辨意因有自他故須二門卽染依止名爲他因第二因觀名爲自因染有四句故攝三門他因卽第三自業助成自因卽第四不相捨離故皆染因攝過卽第五三道不斷門謂惑業苦惑業集故護過卽第六三際輪迴門說此能除外道三過三過如下不厭厭觀卽第七三苦集成門凡小不厭菩薩厭故深觀卽後三門四句求生不可得故無而生故曰深觀豈同情取六中初二下二料揀攝六爲四初二染相者一卽能依所依二卽自因他因皆述染相下三可知

今此半門卽染依止觀因緣有分爲染而此染相依止一心故論云此是二諦差別以純眞不生單妄不成一心之眞雜染之俗此二和合有因緣集今此半門下三別釋初門於中有二初出論意觀因緣有分爲染者此論自釋何者是染分分卽支義而此染下釋染依止此卽論主生起之文而論但云因緣有分依止一心疏開釋之故本論云下二論解經具云此是二諦差別一心雜染和合因緣集觀疏文畧耳以純眞不生下三疏釋

如來於此分別演說十二有支皆依一心如是而立

經中三初總謂依一心分別十二則十二

爲一心所持而特言如來說者一心頓具非佛不知故謂顯如來過去覺緣性巳等相續起展轉傳說故

大方廣佛華嚴經疏鈔會本第三十七之八

音釋

涕（他計切）泗（息利切）頞（阿葛切）佉（丘加切）纏（澄延切）分（符問切）齊（才詣切）狹（胡夾切隘也）翳（於計切障也）蠅（餘輕切）

大方廣佛華嚴經疏鈔會本第三十七之四

唐于闐國三藏沙門實叉難陀　譯

唐清涼山大華嚴寺沙門澄觀撰述

何以故隨事貪欲與心共生心是識事是行於行迷惑是無明與無明及心共生是名色名色增長是六處六處三分合爲觸觸共生是受受無厭足是愛愛攝不捨是取彼諸有支生是有有所起名生生熟爲老老壞爲死

次徵意云十二有支三世行列前後引生何以今說皆依一心後釋中論無別解古來諸德但云離本識心一切不成而其釋相經生越世此雖不失依持之義未爲得旨

今謂說主巧示非唯三世不離眞心今一念心頓具十二彌顯前後不離一心此同俱舍第九明剎那十二因緣也

是以此一門中含多緣起一含攝論二種緣起彼第二云若略說緣起有二一分別自性緣起謂依阿賴耶識諸法生起即今一心依持二分別愛非愛緣起謂十二緣起於善惡趣能分別愛非愛種種自體爲緣性故即通今釋文及前後九段一分別自性者即二取習氣二愛非愛緣起即諸業習氣全同唯識由諸業習氣二取習氣俱前異熟既盡後生餘異熟也二含俱舍第九四種緣起一者剎那二者連縛三者分位四者遠續後三通餘九門此中正當第一彼云云何剎那謂剎那頃由貪行殺等具有十二彼廣說相與此大同二含俱舍下即第二約義攝五於中有三初標列標列唯四何言攝五下有例釋同時同體義此中下別釋剎那即消經文故今不必依次意顯一心頓具隨事貪欲與心

共生者此則總指所行之事貪事非一隨取一事於一念中則具十二故今不必依次者初即識支一是行支三方無明故不依次而俱舍具有十二下云癡是無明思即是行猶依次第況不依次非一剎那謂行此貪事必依心起復了別前境故心即識支謂行此貪下識支然有二義一依心起是大乘義即八識心復了別下即俱舍意於諸境界了別名識事是行者貪事即是意業之行若形身口亦是二行不知貪過能招於苦名於行迷惑與無明及心共生是名色者名色是總為二所依名與共生故晉經云識所依處為名色故俱舍云識俱三蘊總稱名色意明以受蘊自是受支故名色增長是六處者不生五識唯名十界五識依生乃名十處識依相顯即是增長增長之言宜譯為開顯俱舍云住名色根說為六處謂六根是別以別依總開成於六稱住名色不生五識者十界即五根五境以十八界根識別故若明十二處攝識在根故云五識依生乃名十處五根加意故云六處大乘意根與識支故俱舍小乘即第六識是識支體故云住名色根為六處彼疏釋云眼等五識住名色根故說五根以名六處雖勝是五六處攝故貪必對境為觸受必領觸貪必對境者釋觸也論云六處對餘和合是觸釋云餘謂識境貪即是愛名受無厭愛攝不捨即是欲取釋取順經云是欲取若俱舍云與此相應諸纏名取彼疏釋云即無慚無愧惛沉掉舉等與貪相應也愛取潤前六支成有故但前諸有支生即是有義釋有順經云諸支生若俱舍云起身語一業名有有所起者即前諸法起便是生義生熟為老者物生即異故老壞為死者剎那滅故又依大乘當相壞故故經云初生即有滅不為愚者說故老壞為死全同論文剎那滅故是彼疏釋此若不斷則名連縛十二支位五蘊皆名分位即此順後無始來有名為遠

續此若不斷下二畧釋餘三緣起論云連縛者如品類足論謂遍有爲十二支位所有五蘊皆分位攝即此懸遠相續無始位說爲遠續上皆論文釋曰連縛要因果無間相連起也若情非情皆有生滅念念相續故剎那連縛遍一切有爲分位緣起要約順生受業及不定業三世十二支五蘊分位若遠續者即前分位遠相續耳順正理論云遠續緣起謂前後際有順後受業及不定業無始流轉如說無明有愛本際不可知等連縛緣起取相鄰接相繫不斷彼疏釋云遠續唯隔越連縛唯無間遠續唯異熟因若兼無情亦同類因連縛定非異熟異熟因非連縛故通同類遍行能作除相應俱有二非前後故

此大小理通或六八識異耳非聖教量孰信斯旨論主不解殆似踈遺大小理通者二總結亦是釋妨謂有問言今釋一乘唯一心法何以却引俱舍爲證故爲此答一心之義小乘立六大有八等則不同也若一剎那具十二支則大小皆具非聖教量者結示令信也自古不爲此釋今總約一念十二故以聖教量證非臆說矣言論主不釋殆似踈遺者論主造俱舍論非是不知將爲易解故不解釋由論不釋令後誤解即似踈遺殆者近也近似之言顯非失矣

此文正辨同時異體十二有支若同時同體亦具十二

謂迷第一義即是無明有漏有取便名爲行體即是識亦即名色即是意處對境名觸領境名受染境名愛著境名取招報爲有體現名生即異滅爲老死

以此十二有支約時通說總有六種一依五世說十二支謂過去無明行復從過去過去煩惱生此則煩惱生惑業過去二因生現五果則惑業生苦若現生未來未來更生未來則苦復生苦此依三世推因徵果假說有五非約展轉不墮無窮以此十二下初正明也即涅槃三十七意南經三十四迦葉問觀業苦如來釋之經云智者復觀煩惱因緣生於煩惱業因緣故亦生煩惱煩惱因緣復生於業業因緣故生苦苦因緣故生於煩惱煩惱因緣生於有支有因緣故生苦有因緣故生有有因緣故生業業因緣故生煩惱煩惱因緣故生苦苦因緣故生苦善男子智者若能作如是觀當知是人能觀業苦遠公釋云此就五世以明因緣謂過去過去有二支煩惱因緣生煩

惱者從彼過去過去煩惱生於過去無明也業因緣故亦生煩惱者從彼過去過去業行生於其次過去無明其次過去亦立二支煩惱因緣後生業者過去無明生於行支業生苦者謂從前行生現識支現在世中立其四支苦因緣故生煩惱者謂於現在五果起於愛取煩惱因緣生於有者從現愛取起現有支有因緣故生苦者從現有支生未來生死支有因緣故生有者從現有支生未來有現在世中善惡二業爲同類因生未來善惡業故其次未來出於三支有因緣生業者從未來業行前後相生業因緣故生煩惱者從未來世所造業起未來世潤生煩惱煩惱因緣生苦者從未來世潤生煩惱於未來未來生支未來未來世唯立一支苦因緣生苦者從彼未來未來生支生彼世老死也釋曰以上疏文對此經釋於義可了但疏文稍畧此明依三世下二釋妨謂有問言若過去無明更依過去則前無始未來老死更生未來老死之果則未來無窮則無明非無因老死非無果有無窮過故今答云今依推過去無明非墮自然後因宿習未來不得對治則苦果無窮因果相闕故有五世五世之外更不闕涉故非無窮　二依三世三依若約三世輪環無無窮過

二世四依一世前後建立並如初門中辨

五同時異體六同時同體即如此文

二約大悲隨順觀中即當第二餘處求解脫（二約大悲下此文有六一標觀名故論徵云云何餘處求解脫耶）謂是凡夫愚癡顛倒常應於阿賴耶識及阿陀那識中求解脫反於餘處我我所中求解脫故

經明唯是一心則心外無我法當於一心中求（經明唯是下三以論意引經而爲對治於我等中求爲非於心中求爲是）

亦同淨名諸佛解脫當於衆生心行中求（亦同淨名下四引例爲釋即問疾品因問空室之由尋末歸本有三重問答一問空當於何求答曰當於六十二見中求又問六十二見當於何求答曰當於諸佛解脫中求又問諸佛解脫當於何求答曰當於一切衆生心行中求然尋古釋畧有三意第一意云執見乘空則顯空非是見佛解脫中無見則知見非解脫衆生心中無佛解脫當知諸佛解脫中則非衆生生親契空矣即生公意二云空智因於見生則空智無性無性故智空諸佛解脫而有邪因正生邪亦空矣諸佛解脫因悟衆生心行則解脫空矣三者約其空體無二所以互求理無不遍此意近於今經今經正明於眞

妄心求見妄性空悟本真體如下當釋言阿賴耶此云藏識能藏一切雜染品法令不失故我見愛等執藏以爲自內我故此名唯在異生有學阿陀那者此云執持執持種子及色根故此名通一切位此二即心之別名論主意明心含染淨故雙舉二名釋一心義言阿賴耶者五會釋論文然唯識第三明第八識總有七名故彼論云然第八識雖諸有情皆悉成就而隨義別立種種名謂或名心由種種法熏習種子所積集故或名阿陀那執持種子及諸色根令不壞故或名所知依能與染淨所知諸法爲依止故或名種子識能遍任持世出世間諸種子故此等諸名通一切位釋曰前名心者望種積集此種子識唯望能生故不立也次論云或名阿賴耶攝藏一切雜染品法令不失故我見愛等執藏以爲自內我故此名唯在異生有學非無學位不退菩薩有雜染法執藏義故釋曰然準賴耶有三藏義故上論云此識具有能藏所藏執藏義故謂與雜染互爲緣故有情執爲自內我故釋曰言互爲緣即具能所二藏一能持染種種名所藏識是能藏謂現行異熟能持種子二是雜染法所熏所依則染法名能藏此識爲所藏起信疏云又藏自體於諸法中大乘法師云謂由七轉識熏成種子識體與種子無異性故亦隨所藏種不離轉識藏在轉識中又爲第七之所執藏但出二義謂所藏者約通無漏不說所藏次論云或名異熟識能引生死善不善業異熟果故此名唯在異生二乘諸菩薩位非如來地猶有異熟無記法故釋曰此通二乘無學十地菩薩以如來雖善無無記故次論云或名無垢識最極清淨諸無漏法所依止故此名唯在如來地有菩薩二乘及異生位持有漏種可受熏習未得善淨第八識故釋曰非煩惱依故名無垢今論唯舉二名者賴耶意在唯染阿陀那意在通淨畧舉一對通爲所求之處其理已同故疏云論主意明心含染淨求義

云何若有我執成阿賴耶若我執亡則捨賴耶名唯阿陀那持無漏種則妄心斯滅真心顯現故下偈云心若滅者生死盡即妄滅也非心體滅求義云何下六別釋求相即示二無我觀先舉迷若我執亡下後明悟即捨賴耶名者唯識云阿羅漢位捨以三藏中無我愛執藏故羅漢捨若約菩薩義當八地已出三界言妄心斯滅真心顯現者即起信意前疏已引故下偈下引證先引當經具云了達三界依心有十二因緣亦復然生死皆由

心所作心若滅者生死盡次云即妄滅也非心體滅者即暗引起信成經滅義故彼文云但心相滅非心體滅楞伽亦云若阿賴耶滅不異外道斷見戲論前疏已用

三約一切相智觀即當第二依止觀明此緣集依於二種一依第一義已如前說二依心識即是今文前唯約淨此通染淨依義如前又前即依眞起妄此則顯妄依眞

即當第二者疏有二解唯依第一義故唯約淨此明有支依持故通染淨第二解中依眞起妄者不了第一義諦名無明等故顯妄依眞者十二因緣皆依一心如是而立故

佛子此中無明有二種業一令衆生迷於所緣二與行作生起因行亦有二種業一能生未來報二與識作生起因識亦有二種業一令諸有相續二與名色作生起因名色亦有二種業一互相助成二與六處作生起因六處亦有二種業一各取自境界二與觸作生起因觸亦有二種業一能觸所緣二與受作生起因受亦有二種業一能領受愛憎等事二與愛作生起因愛亦有二種業一染著可愛事二與取作生起因取亦有二種業一令諸煩惱相續二與有作生起因有亦有二種業一能令於餘趣中生二與生作生起因生亦有二種業一能起諸蘊二與老作生起因老亦有二種業一令諸根變異二與死作生起因死亦有二種業一能壞諸行二不覺知故相續不絕

第三自業助成中亦三初約相諦觀者此下二門即當因觀因觀有二一他因觀二自因觀第三自業助成者然雜集論名建立支業各具二業故全同今經遠公云行望無明異故名爲他因從前無明生後無明名爲自因

他因小通自因有妨以論云自因觀者離前支無後支經言無明因緣能生諸行故他因小通下三辨違以知無明異行故許其通而又不知無明望行具自他義但爲他因故云小通耳言自因有妨者以違論故論主既引無明因緣生行證離前支則無後支明以無明爲前行爲後矣况自因緣內無有無明生無明支今謂他因者全賴前支生後支故此揀自性故大悲觀中揀於眞性一切相觀名爲方便唯從無明生於行故名爲自因此揀餘因能生於行亦猶於酪定從乳生不從石出故大悲觀破於自在等因一切相智顯因緣相故三觀取意小異文旨大同諸德不尋論文妄爲異釋故入悲下二引二觀爲證大悲觀中眞性即外道之自生與自性義同故以他因破其自生自生即外道從他生義故以自因破其他生一切相智中他因乃前爲後之方便自因即爲因緣之相此義極顯故舉酪喻正喻自因亦喻他因駱不從自生必假乳爲因故此則乳爲酪家他因以乳非酪必要從

乳生不從蒲石等生故乳爲酪家自因以若不要從乳生者因同非因故若無他義乳即是酪俱失因果三觀取意下第二總結由大同故得引爲證諸德下結彈然自因他因即俱舍等此有彼有此生彼生俱舍第九云云何世尊說前二句此也問論答云謂依此有彼有此生彼生於緣起決定故如餘處說依無明有諸行得有非離無明可有諸行又爲顯示諸支轉生謂依此支有彼支得有由彼支生故餘支得生又爲顯示三際轉生謂前際有中際得有由中際生後際得生又爲顯示親轉二緣謂有無明無間生行或展轉力諸行万生有餘師說如是二句爲破無因常因二論謂非無因諸行可有亦非由常自性我等無生因故諸行得生若爾便成前句無用但由後句此生彼生能具破於無因常因等故軌範師釋此二句爲顯因果因果不斷及生云云有釋爲顯因果住生等云云釋曰上皆論文今當會釋此即雜集等及上經中是事有故是事有是事起故是事起起即生義已如前釋今且會二因前支有故後支得有即自因義以要不離前方有後故此生彼生即他因義此支生時彼支別故故前第四釋此有彼有爲親因此生彼生爲展轉因展轉者即是他義要從前支即是自義若望大悲隨順觀則前第五爲破二因義甚相順以自因破無因酪要因乳故以他因破於常因必假他因非自性等故是則先破二因未爲失意既今經意順上

論意自他昭然則諸古德非獨謁尋本論亦不見於他論意旨今此一門
即他因觀經明各有二業則一是自業二
是助成而並云他者特由無明迷於所緣
方爲行因若了所緣寧起妄行又初明自
業顯是他義二明生後顯是因義餘十一
支倣此思準今此一門下二別釋此段於中有二先以二業釋他因義
此有二釋前合釋以自業之他助成後支之因二別配二字可知然生起
之因即增上緣以緣名因從通義說然生起下
二別釋經文先釋助成經中助成唯增上緣而云作生起因者從通相說別則因親
緣疏通則因即是緣故俱舍中四緣攝於六因論云說有四種緣因緣五因性等無
間非後心心所以生所緣一切法增上即能作若唯識論亦攝十因以爲四緣六因
十因前疏已說今意但顯通耳於四緣中諸支相望增上
定有故緣起經及此文中唯明有一餘之
三緣有無不定故略不明於四緣下二廣顯差別即唯識
緣生中諸門分別內四緣分別門疏多依彼就文分四今初總顯具闕彼論具云諸

支相望增上定有餘之三緣有無不定契經依定唯說有一釋曰對疏可知然增上
體寬故皆定有餘緣局故有無不定三謂愛望於取有望於
生有因緣義以愛增爲取識增爲有故若
說識支是業種者行望於識亦作因緣餘
支相望無因緣義而集論說無明望行有
因緣者依無明時業習氣說無明俱故假
說無明實是行種瑜伽論說諸支相望無
因緣者依現愛取唯業有說上四位相望
明有因緣初二定實次一不定後一假說
謂愛望下初愛是取家因緣者夫言因緣要辦體親生既愛增爲取則愛是取種能
生現取故爲因緣識增爲有者有無別體由愛取潤五種成有有即是識種生支即識
現行識種有生現故有有得是生家因緣若說識支下二依不定此是唯識會對法意
若以識種爲識支行非識親因今以業種爲識支故行得爲識之因緣此則現行爲
種因緣識是業種如初章辨而集論下四會通他論先會集論即第四卷先標彼有
後依無明下顯其有義明是假說謂依無明俱時之思業之習氣與無明俱假說業

種以爲無明實是行種生行現行耳然集論中名建立支緣論云建立支緣者謂習氣故引發故思惟故俱有故建立支緣隨其所應依四緣相建立支緣且如無明望行前生習氣故得爲緣由彼熏習相續所生諸業能造後有故爲一當於爾時現行無明能引發故爲等無間緣二由彼發差別諸行流轉相續生故思惟彼故爲所緣緣三以計最勝等不如理思惟緣愚癡位爲境界故彼俱有故爲增上緣由彼增上緣力令相應思顛倒緣境而造作故四如是一切隨其所應令盡釋曰上於無明望行具作四緣既例一切令盡當知則十二支皆具四緣大乘法師釋曰此唯識論依於別體故互有無彼依分位故得皆具彼以無明爲法之式例於餘支今唯識論且偏會之釋曰此大乘法師意以明唯識不曉彼意不合唯會無明與行故下疏云既約因言己合餘三則皆具四瑜伽論下二會大論第十說有三緣無有因緣上牒大論從依現愛取下會上有義大論言無上具說有上有四位不定假說此不須會但會二位實有因緣也依現愛取者會前愛望於取有因緣義彼以愛增爲取種生現故得爲因緣今以現行之愛望現行取非從自種安得因緣言唯業有說者會前有望於生得爲因緣前以識種起生現行得爲因緣今以業種爲有而起於生業非識體但爲增上安爲因緣故瑜伽云何故相望皆無因緣答因緣者自體種子因所顯故今現行愛取非是種子以業望生非自體故大乘法師云若無此論難解瑜伽上四位下第二料揀非唯識論是疏意耳尋上可知

無明望行愛望於取生望老死有餘二緣並以現行相望無間引生故行等思心可反緣故有望於生受望於愛無等無間有所緣緣以種望現故所生現行却緣種故餘支相望二俱非有

無明望行者二辨餘二緣自有三義初三位具二先舉論文從並以下疏釋並以現行相望總出有二緣所以言無間引生者明有等無間緣謂等無間緣要是現行心心所法前念謝滅引生後念故無明心心所滅引行思心愛心所滅引起取心此中愛支亦約現行生及老死但是識與名色增長衰變增長心滅引生衰變故此三位有等無間言行等思心可反緣故者明有所緣緣等者等於取及老死謂行之思可得及緣前無明支故無明支即是行家所緣緣也二取亦心所故得緣愛愛是取家所緣緣也老死心所可緣於生生即老死所緣緣也皆言反緣者後支緣前故有望於生者此即第二二位相望但具一緣此上論文以種望現下釋上等無間義以等無間要是現行心心所法相引生故今有是種子生是現行安得有之受亦種

子愛是現行故非無間所生現行者釋有所緣緣義生是現行能緣有種愛是現行能緣愛種故有及愛爲所緣緣餘支相望者三明全無二也餘支者即更有六位相望總無二緣謂行望識識望名色名色望六入六入望觸觸望受支取望有支所以無等無間者其果皆非現心心所相引生故謂識等至受皆是種子有亦種子行爲識因取爲有因雖是現行所生識有即是種故非等無間所以非所緣緣者既非現行心心所法何有緣慮**此中且依隣近順次不相雜亂實緣起說異此相望爲緣不定以其逆順各有次第及超間故**此中且依下三結例無方亦唯識論意於中有二先舉論文然其論中乃有四重一依鄰近則異隔越或唯越一越二越多二依順次則異逆次唯將無明作行之緣不以行爲無明緣等三依不相雜亂異於雜亂若集論說以無明望行乃取無明其中行種而爲無明故是雜亂四依實緣起說者異於假說如向無明俱時業之習氣實是行種假說無明後之二義大同小異異此相望者即異上四義是向鈔中所異是也既異隔越等故疏云以其逆順各有次第及超間故且約第一隔越者如無明與識等五及有但一增上唯能生起彼種子故無明與愛取老死爲二緣謂所緣緣增上緣餘一切緣準此可知二約逆次

者亦有鄰次隔越今合說之老死與生愛取行無明爲二緣謂所緣增上餘但增上三若相雜亂有二一順二逆順中有鄰次隔越如對法前無明望行是隔越與前實緣不殊亦約識等五種而說若約當生隨其所應逆次之中有鄰有間此應思準上約緣起說此約增上說然有遠近乃至諸支一一應作然此中識等五依當起位諸支隔越逆次超間相雜爲緣一一思準**爲緣既多義不同經約揀要從定有說又約因言已含餘三**爲緣既多義下四會通經意於中有二先明經中但有增上總言爲生起因故若雜集六因名成起相非謂鄰近緣如無明望行由此無間生當有故又約因言者二總明具四如雜集說兼約位故但言生起因不定增上故若瑜伽意生起即是增上緣耳故論問云若諸支相望無因緣者何故說言依因果體性建立緣起耶答依增上緣所攝引發因牽引因生起因故說名爲因故大乘法師釋云即以此文證生起因唯說增上緣然生起因若別說者十因之一言十因者瑜伽三十八菩提分品云一隨說因二觀待因三牽引因四攝受因五生起因六引發因七定別因八同事因九相違因十不相違因謂一切法名爲先故想想爲先故說是名彼諸法隨說因觀待此故此爲因故於彼彼事若求若取此名彼觀待因如觀待手故手爲因故有執持業觀

待足故足爲因有往來業觀待節爲因故有屈申業觀待飢渴爲因故於諸飲食若求若取隨知如是等無量道理應當了知觀待因相一切種子望後自果名牽引因除種子外所餘諸緣名攝受因即諸種子望初自果所名生起因即初種子所生起果望後種子所牽引果名引發因種種異類各別因緣名定別因若觀待因若牽引因若攝受因若生起因若引發因若定別因如是諸因總攝爲一名同事因於所生法能障礙因名相違因此障礙因若闕若離名不相違因餘如彼釋下次復云此一切因二因所攝一能生因二方便因當知此中牽引種子生起種子名能生因所餘諸因名方便因釋曰意明三五是能生因次即云因復有四種一因緣二等無間緣三所緣緣四增上緣當知此中若能生因名爲因緣若方便因是增上緣等無間緣及所緣緣唯望一切心心所法前生開導所攝受故所緣境界所攝受故方生方轉是故當知等無間緣及所緣緣攝受因攝餘如彼論廣明釋曰彼論中十因別義今云生起因即十因中第五因也即增上緣今疏依通更以別理前能生後或親因生或是增上或等無間或爲所緣通云生起如分位緣生位位五蘊故容具四緣如上集論說耳十因之義唯識廣明四緣之義廣其如二論今但畧知名目大意以消經耳

十二支各初自業不異前之二門論主唯解老死二業者以此難故舉一例諸然無明無因老死無果故前十一各與後支爲生起因老死無果與誰爲因經文意顯與無明爲因則無明非無因老死非無果故云不覺知故相續不絕不覺知者即無明也是以十二因緣猶如循環如汲井輪無有斷絕反顯若能覺知則無復生死論主總以二業爲後生因故云壞五陰身能作後生因以不見知故能作後生因意明前陰但滅則後陰生故初爲因後意不知即是無明無明爲因則十二支相續不絕不見此意徒自云云其十二支下二釋自業於中先指前不欲繁詞故五不見下五結彈古釋遠公云不知雖是無明死支爲主攝屬死支如似生時亦有結業名爲生支即是云云不見論意若以一支兼餘支者則須無明遍於十二何獨死中偏說無明今明老死能生無明故爲此釋諸德既昧故曰云云二約

大悲隨順觀四觀之中此下四段明第三異道求解脫

論云顛倒因有三種性因自在因苦行因及無因此有四因如次四門破之前三是邪因故併云顛倒

此有四下先總釋也為揀濫故昔人見論云顛倒因有三種後列乃四或欲合前二以應前三不知上三是邪因故併云顛倒後一自是無因邪因無因合成四過耳

一性即冥性謂僧佉計此為所知因謂知此冥性即得解脫故前云異處求解脫顯其理非此中雖云所知意取行非

一性即冥性下二別釋四因初性因中先正釋後前云下對一心門揀濫所以揀者由此冥性是其外理今云行非者取其能知得解脫故名為行僧佉之計廣如玄中

二即迦羅鳩駄計自在天為所求因謂自在天瞋眾生受苦自在天喜眾生受樂求其喜故

二即迦羅等者此即名也姓迦旃延言計自在天者涅槃第十七吉德大臣之所師事謂闍王言如王所言世無良醫治惡業者日今有大師名迦羅鳩駄迦旃延一切知見乃至云為諸弟子說如是法若人殺害一切眾生心無慙愧終不墮惡猶如虛空不受塵水有慙愧者即入地獄猶如大水潤濕於地一切眾生悉是自在天之所作自在天喜眾生安樂自在天瞋眾生苦惱一切眾生若罪若福乃是自在之所為作云何當言人有罪福譬如工匠作機關木人行住坐臥唯不能言眾生亦爾自在天者譬如工匠其木人者譬眾生身如是造作誰當有罪如是大師今者近在王舍城住唯速往詣若得見者眾罪消滅王即答言審有是人能滅我罪我當歸依

三刪闍夜計苦行為所修因但修苦行以酬往業則得解脫故

三刪闍夜者即名也是毗羅胝之子涅槃中云實德大臣為闍王說云刪闍夜為諸弟子說如是法一切眾生若為王者自在隨意造作善惡悉無有罪如火燒物無淨不淨下取意引如地普載如如水俱洗如風能吹乃至云如秋髡樹春則還生雖復髡研實無有罪一切眾生亦復如是此間命終還生此間以還生故當有何罪一切眾生苦樂果報悉皆不由現在業因在過去現在受果現在無因未來無果以現果故眾生持戒勤修精進遮現果惡以持戒故則得無漏盡有漏業以盡業故眾苦得盡眾苦盡故便得解脫唯願大王速往其所

四無因即者多計眾生

不由因得萬法自然若知此者便得解脫四無因者阿耆多名也翅舍欽婆羅弊衣也亦有云阿耆多翅舍皆名也即悉知義大臣所師經云阿耆多一切知見云云告諸弟子作如是言若自作若教他作若自斫若教斫若教他斫若自炙若教他炙若自害若教他他害若自偷若教他偷若自婬若教他婬若自妄語若教他妄語若自飲酒若教他飲酒若殺一村一城一國若以刀輪殺一切衆生若恒河已南布施衆生恒河已北殺害衆生悉無罪福無戒施定等上已釋竟疏因此便引涅槃之三師第四無所畏大臣師尼健陀若提子告諸弟子言無善無施無師無父無母無今世後世無阿羅漢無修無道一切衆生經八萬劫於生死輪自然解脫有罪無罪悉亦如是如四大河所謂辛頭河恒河博叉私陀悉入大海無有差別一切衆生亦復如是得解脫時悉無差別五藏德大臣所宗即末伽梨俱賒離子爲諸弟子說如是法一切衆生身有七分何等爲七地水火風苦樂壽命如是七法非化非作不可毀害如伊師迦草安住不動如須彌山不捨不作猶如乳酪各不諍訟若苦若樂若善不善投之利力無所傷害何以故七分空中無妨礙故命亦無害何以故無有害者及死者故無作無受無說無聽無有念者及以教者常說是法六即日月稱大臣所宗富蘭那說如是法無黑業無黑報無白業無白報無黑白業無黑白業報無有上業及以下業已上畧明六師之計廣如諸論衆生於上邪因無因異道中求經欲以正折邪故舉四門令於中求不應於上邪見中求此門即破冥性謂因緣有支各二種業而能生彼因緣事不由冥性故斷前支緣則後支不續一生之中便得解脫汝之冥性縱八萬劫知亦無脫期

三約一切相智觀即當第三方便觀謂因緣有支各有二業爲起後方便若滅前前即不生後後是解脫方便三約一切相智觀然論但云因緣有支二種業能起因緣事故今疏乃義加解脫方便又二業中經文後一爲起後因疏意云若無自業何能起後故云二業爲起後方便第四不相捨離中三門同前初約相諦即當自因觀自因之義已見上文第四不相捨離門自因之義下相先指前章疏云唯從無明生行等名自因是也又論云自因觀者無明

等自生因觀緣事故謂離前支無後支故如不離無明有行等則無明唯是行自因也以是自故令行不斷以是因故但云助成又論云下二引論廣釋於中亦二先標助論主生起之文引論不盡此下更云何者是無明等因緣行不斷助成故釋曰此是論宗先舉經釋成自因以易故不引又與下廣釋義同故畧不引然無明等自生因觀是自義緣事二字是其因義謂離前支下第二廣釋即下釋經論文釋自因義然具足論云自因觀者不相捨離觀故離前支無後支觀故不離無明則成行觀若不離無明有行者不應言無明緣行若離無明有行成有異則不成故偈言衆因緣生法是則不即因亦復不異因不斷亦不常釋曰今疏以言間論釋之對文可見今更委釋此中疏取論意但以不即不離成自因義不即故因一義成不離故自義成於中疏文有其三段一順釋明要具不即離義自因方成然文但有不離之言意則已有不即之義於中離前支無後支者以義標次如不離無明有行等則指經釋成並同論文但初門不相捨離之言中間加一如字即出彼論從則無明唯是行因是疏釋論意成其自義以是自故下結成二義謂自及因義即是論經然今經文一時並舉不斷助成若論經文亦各別歷十

二因緣云是中無明緣行者無明因緣令行不斷助成故行緣識者行因緣故令識不斷助成故等令初論意云以無明令行不斷爲自義助成是因義助成是不即令不斷是不離故上標云自生因觀是自義緣事是因也自生因觀即令行不斷緣事即是助成若唯不離無明有行則成太即不應言無明緣行若全離無明有行則成太離無明則非行因故論云異則不成若唯不離下第二反釋太即則無明即行不得言無明與行爲緣太離則無明不干於行何殊色於行耶不即不離則名自因亦二義成矣故論主引中論偈云衆因緣生法是則不即因亦復不異因非斷亦非常初句汎舉也次句以是所生非能生故亦復不異因者從於能生生所生故非斷亦非常者不即故不常不異故不斷又不即因故果不斷因不常不異因故果不常因不斷又以不即故因果俱不斷不異故因果俱不常非無

因常故又亦反此非相續常故又以不離

是不即故即不常爲不斷思之不即不離下結示正義於中有二先標言二義成矣者即不斷助成之二義初句泛舉下䟽釋切句泛舉一切因緣生法非局此十二因緣二三兩句明不即離第四一句結歸中道非斷常義初一是總正是因滅不常果續不斷之義故云不即故不富即乃因至於果便墮於常言不異故不斷者從因生果是果續義故是不斷異則果不續因便墮於斷次下三義於此開出而取意別又不即下第二意於不即不離二義之上各成不斷不常初言不即因故果不斷因不常者不即則有果故果不斷因不與果俱故因不常次云不異因故果不常因不斷者果從因生故果非常不異則因能生果故因不斷此上因果交絡明不斷常又以不即下第三又以不即故因果俱不斷等者當一句上即具不斷不常不即有因有果故俱不斷不異故因果俱不常者此義難見故釋云非無因常不異則果從因生故非無因常不却則因由果顯亦非無因常然無因常乃有二義一如涅槃云是諸外道無有一法不從緣生是故無常如來佛性虛空不從緣生是故爲常則是真常非此所明二者外道所計微塵世性前無有因故說爲常此是邪常是今所揀又亦反下第四又亦反此應云不即故因果俱不常不異故因果俱不斷不斷義易故史不釋謂不異則從因有果俱不斷滅不斷不常不常難見故今釋云非相續常者若即因者因則至果如泥至瓶此因則當果即是因果亦相續常也此常則是邪見故今揀之前不斷相續則是正義以果續不斷故又以不離不第五合不即不離及不斷不常以爲一致上五釋中初一望次三即從總開別此一望前四即合於前開故今思之以成深觀

佛子此中無明緣行乃至生緣老死者由無明乃至生爲緣令行乃至老死不斷助成故

文中先順後逆順中而論云無明有二種一子時二果時是中子時者令行不斷有二種義故緣事示現者子是種子果是現行現行之果雖前已謝故不取之種子續故令行不斷能助成行故取子時亦可初起無明名之爲子遷至行時名之爲果由前等引之力令行不斷助成行故偏取子時餘十一支皆有二時例此可了一子時下即釋

自因自因之義前已廣引今但釋論子果之言疏中二釋正順論意亦順涅槃第二十九師子吼問陰無繫者云何繫縛佛答以煩惱鎖繫縛五陰因此便說名色繫縛衆生繫縛名色等師子吼難云若名色繫縛者阿羅漢未離名色亦應繫縛佛答云善男子解脫有二種一子斷二果斷言子斷者名煩惱斷未斷果故名果繫縛又引油燈以喻煩惱衆生釋曰此明爲因義邊名子羅漢斷煩惱因未脫果縛故似後義以論言無明有二是則爲因之時即是前支能起於後若前支至後但有種子非是正發後支之因故取子時子即因耳故論云是中子時者令行不斷有二義故以自體助成二義皆屬前支故而名因爲子者如穀子生芽故果即是行行時有行俱無明非發業者故不取之餘支例然皆以前支爲後支緣令後不斷助成後支故疏正意在其後解

無明滅則行滅乃至生滅則老死滅者由無明乃至生不爲緣令諸行乃至老死斷滅不助成故

後逆觀論云先際後際滅中際亦無後逆觀論云下有二先引論然經文中亦歷十二云無明滅故則行滅無明因緣無行滅不助成故行滅故則識滅行因緣無識滅不助成故等而論云先際後際滅中際亦無者意云若前際無明行無中際五果則無後際愛取有無中際苦果後更不生總顯無因則無果義而謂愛取有爲後際者即次第六段三際輪迴門中將愛取有以因從果名後際

是故不說者十二因緣不出三際過未既無中豈得有是故不說有不斷助成義又不說者滅則滅前諸義故不假說子果等殊是故不說下此釋上論是故不說之言而有二釋前約經明故云不斷助成後約論意故云不說子果

二約大悲隨順觀破顛倒因中以自在天爲衆生因今以無明等爲行等因尚不從於餘支豈得從乎自在

三約一切相智觀即當第四因緣相觀有支無作故者既由前前令後後不斷助成後後則後後無性何有前前能作後後即以無作爲緣之相是種智境三約一切下三種緣生中無作緣生也三種緣生者如十藏中謂是事有故是事有是無作緣生是事起故是

事起是無常緣生無明緣行是勢用緣生今前二觀是無常義今是無作又無常義初門已明勢用一門遍於前後亦廣在初門

大方廣佛華嚴經疏鈔會本第三十七之四

音釋

佉兵加切音去神名　馱音駝

大方廣佛華嚴經疏鈔會本第三十七之五

唐于闐國三藏沙門實叉難陀　譯

唐清涼山大華嚴寺沙門澄觀撰述

佛子此中無明愛取不斷是煩惱道行有不斷是業道餘分不斷是苦道

第五三道不斷一依論相諦中六觀之內名攝過觀謂以三道攝十二支則顯有支但攝於苦因果過患業惑是因苦即是果亦有順逆名攝過觀者即唯識論惑苦相攝門初順觀中文含二義一約三世則過去無明現在愛取名爲煩惱雖同煩惱過去迷於本際與無明名現在牽生後果由於愛取過去下約強弱分別過迷本際建立生死強愛取引果強從其本末隱顯互彰行有是業者宿業名行現業名有雖同是業過去已定當相名行未來未有業能有之功能立稱現在五果未來二果同皆是苦現報已定當相受名未來未起從過患立若約二世前十同世則煩惱有二能發能潤雖諸煩惱皆能發潤於發業位無明力增潤業受生愛取力勝各偏受名以無熏發唯一無明數數溉灌故分愛取從其本末下二本末分別無明是本過去說之愛取是末現在說之前則約用此則約體此亦俱舍以略攝廣中云三煩惱二業七事亦名苦略果及略因由中可比二釋曰上二句正以惑業苦攝十二下二句解妨謂有問云一種是惑何以前際唯一無明中際分成愛取一種是苦何以後際唯二中具五耶故爲此通後際二是略果前際一是略因由中之五比知後二由中之二比前之一若更廣說便爲無用但出略不出略之所以唯識則有若約二世下是唯識論即釋能生後問答分別故彼論中前有問言何緣發業總立無明潤業位中別立愛取答曰雖諸煩惱皆能發潤而發業位無明力增以具十一殊勝事故謂所緣等廣如經說於潤業位愛取偏增說愛如水能沃潤故要數溉灌方生有芽且依初後分二愛取無熏發義立一無明釋曰上皆論文

以論對疏廣略可知然彼論問乃有二意一問立名不同一種是惑前立無明後立愛取等二問廣略有異故問總立無明別立愛取故下答中具有二問先答立名不同約勝劣門後要數溉灌下答中二問發業潤業熏不熏故斯則出於廣略所以言十一殊勝事者緣起經說一所緣殊勝適緣染淨故二行相殊勝隱真顯妄故三因緣殊勝惑業生本故四等起殊勝等能發起能引所引能生所生緣起法故五轉異殊勝隨眠纏縛相應不共四轉異故六邪行殊勝依諦起增益損減行故七相狀殊勝微細自相遍愛非愛共相轉故八作業殊勝作流轉所依事作寂止能障事故九障礙殊勝障礙殊勝法故十隨轉殊勝乃乇有頂猶有轉故十一對治殊勝二種妙智所對治故故不說餘亦名發業支言且依初後者謂愛取初後分愛取二以愛爲初取爲後故其實有多現行潤也業亦有二未潤已潤未潤名行初造作故已潤名有近生當有故若總取識等種爲所潤則亦苦攝故唯識云有支一分是業所攝就苦七中五約種說二約現行種位難知依當果位別顯爲五果位易了故唯立二並如前說業亦有二者亦唯識論初章說如三道皆言不斷者謂從三煩惱生於二業從彼二業復生七苦七復生三故如輪轉如淨意菩薩十二因緣論廣明

三道皆言下亦是釋於始終之難顯無始終先正釋後引證前中從三煩惱生於二業者從一無明生一行業從愛取二生一有業二業生七苦者從一行業生識等五從一有業生生老死故七復生三者識等五苦生愛取二生死二苦生無明故上云不了知故生死流轉如淨意菩薩者彼論偈與此相應偈云煩惱初八九業二及與十餘七說爲苦三攝十二法從三故生二從二故生七從七復生三是故如輪轉一切世間法唯因果無人但從諸法空還生於空法若準俱舍亦爲通難故論問云若緣起支唯十二者不說老死果生死應有終不說無明因生死應有始或應更立餘緣起支餘復有餘成無窮矣答云不應更立然無前過此中世尊由義已顯云何已顯頌曰從惑生惑業從業生於事從事事惑生有支理唯此釋曰初句有二一從惑生惑者謂從愛生取二從惑生業者謂取生有無明生行次句有一義謂從行生識及從有生生皆從業生事第三句有二義一從事生事謂識生名色乃至觸生受及生生老死二從事生惑謂受生愛義亦應有老死生無明上一事字卽是能生下事

（惑字卽二所生從生二字兩遍用之第四句結釋酬難謂諸有支唯此十二道理足矣上所引論文則小異義意大同）

前後際分別滅三道斷如是三道離我我所但有生滅猶如束蘆

後前後際下逆觀分二初明對治斷謂斷前際無明行及後際愛取有則七苦不生

後如是三道下明自性斷故淨意云一切世間法唯因果無人但從諸法空還生於空法是則生滅因果如二束蘆互相依立不能獨成則知無性二我俱空（如二束蘆者謂因果互依初門已有但約識與名色互依今通十二因緣然要云束蘆者又取中空十二因緣相有名生虛無名滅生滅假集亦如束蘆）二約大悲觀中即當破異道求中苦行因計謂以業惑而為苦因欲求脫苦當斷業惑反修苦行是起妄業計苦行心即是煩惱如是妄想寧是解脫樂因（計苦行心者正是邪見亦見取亦是愚癡上業此惑皆集諦故是苦因非解脫因此亦卽是宿作因外道並如前說）三一切相智觀中即第五入諦觀三道苦集諦故謂業惑皆集故瑜伽云生老死現法為苦識等五當來為苦者五約種說故唯識云十二皆苦諦攝取蘊性故五亦集諦業煩惱性故此則業惑通於二諦約其逆觀即滅道諦滅分別心亦即道故（三一切相智觀卽第五入諦觀者疏有二釋前正論意）又體三道即性淨三德涅槃佛性一實諦故（又體三道下二卽天台意下都結中當更分別）

復次無明緣行者是觀過去識乃至受是觀現在愛乃至有是觀未來於是以後展轉相續

第六三際輪迴初約相諦名護過觀謂說三際護三過故三際不同諸教三說一依

唯識合能所引開能所生故前十現在後二未來十因二果定不同世因中前七與愛等三或同或異謂生報定同後報便異若二三七各定同世如是一重因果足顯輪轉及離斷常此則但以二世具十二支不許三世兩重因果若爾云何三際今之二果乃是前際十因之果三際不同下二釋三際唯識分四一敘意合能所引者初二能引次五所引要一世故十因下正立直至斷常皆是論文其生報定同後報便異是義釋耳此則下結成論意故彼論次云施設兩重實爲無用或應過此便致無窮釋曰言無窮者若愚前際說過二因更有愚於前前際者二因猶少應更多說若謂愚於後際說二果者亦有愚於後後際者二果猶少應重說多若爾下會通彼論成三際義二依智論俱舍生引俱開初二過去次八現在後二未來故成三世現八之中前五是果酬於過去後三是因復招未來則二重因果各具三道可得抗行二依智論下即第二釋言生引俱開者然俱舍中不說生引今約大乘又對唯識合能所引故云俱開是故結云三道抗行謂無明行即是能生非要愛等潤竟方能三依此經意明三世故開能所引爲前中際爲遮前七定同世故復示無明迷本際故二屬過去合能所生總爲後際爲遮愛等但是潤故示因招果令厭因故以因從果五屬未來則能所引生及所發潤皆容互有經無生死者同許爲果略不明之論經具也明文昭然何爲唯取二世不受三耶三依此經者即第三釋即是大乘有三世義唯識判三爲小乘者特違至教言爲遮前七定同世者即上唯識言爲遮愛等但是潤故者所遮亦是唯識論意今明愛等同無明行具發潤等示因招果者正說以因從果所以示果過患由愛等因應厭因故亦通妨難謂有問言前之二世當世以明何得未來以因從果答意可知則能所下結示本義謂能引之二許有能生能生之三必有能引所引之五通其所生而言容有者以大乘中雖說三世而於五果通種及現約爲種邊但爲所

引約現行邊卽是所生未潤之二但名能引已潤之二卽名能生發業愛等但名能引已潤愛等卽名能生故皆容互有明文昭然者結彈唯識非不許其立二世義取二非三故爲非耳

已知大意次正釋文文有順逆順中有二先明一往三世後於是下明流轉三世今初云無明緣行是觀過去者觀有二義一觀現在生是過去二因所作二則知識等是彼過去當來之果因果相屬反覆相成如是方名見過去因義能防三過言識乃至受是觀現在者亦有二義一觀現在識等由過業得二復知識等能得未來果報以不得對治依起愛等故現在目覩故分兩向明其二義言愛乃至有是觀未來者此未來因決得來果一往定故

如是方名等者亦是遮難恐有難言經但說二支在於過去論主何爲反覆相屬故今答云要知過去因能招現果現果必從過去二因生方能護於先業等過如下當釋現在等者此亦通難謂有問言前說無明行之二因唯對現在反覆相成今明現有五法亦應反覆何因兩向故今答云前現來二因因謝過去故須對現以說彼因非現果已成方知彼因招果不失今之現在非獨酬於過去之因復依現招未來果故兩向明之若更相成不異前二復應難言前說無明已說現果酬於過因今何重說是過去果此應答云前酬過去爲成過去今說過招爲成現在故非重也所以二法兩向明之此未來因者上句釋成亦是通難謂有難言現在愛等從果名未過去無明等何不從果而名現耶故今答云來果未至從果名未知其決得令其生厭過因已謝何得名現復應問言現在愛等從果名未現在識等應從因名過亦如向答未因決得故從果名未現在已得何要名過復應問言釋前果過現反覆兩向今辨未來何以但將因對果耶答前二經文直說過現不說相成故論相成今此經文經自將現對於未來故論不釋一往定者結成上義謂說一分三世名爲一往理數如是稱之爲定對下展轉故云一往是一向理故

二流轉三世者謂不得對治復有後世於後世上轉生後世後後無窮

已知三際云何護過謂外與內因緣之法

立三種過一者一切身一時生過何以故無異因故此過從前自因而生謂既無自在等而爲異因唯無明行爲識等因行有多種何以不得六道齊生二者自業無受報過何以故無作者故此過從於無作緣生作者即我三者失業過何以故未受果報業已謝故此過從於無常緣生已知二際下第二護過於中有二先過一一過內文皆有三初標名二徵釋三辨所從所從是疏標釋皆論前之二過以前望後後之一過以後望前由無明行在報前故未受果報業已謝失果在於後望前之業以成過故此上辨過云何護耶若見三際則能護之然過去業有三種義故不得報一未作二作已未潤三得對治令無明緣行則顯已作現識等五則顯已潤已受愛取有三則知未得對治於已作業既有潤未潤殊斯爲異因已潤則受生報未潤則受後報潤未潤殊豈得六道一時齊受此爲異因何用自在既自造異因自招二報非他身受何言自業無受報耶假者自造何用我耶若已作業不得對治潤則便生知業不失因雖先滅勢力續故現見得報不可言失三過度矣然過去下初泛明不受報業今言一未作者此言難解謂若未作則未名業故今依瑜伽其未作業名爲不作論第九云不作業者謂若不思業若不思已不起身業語業釋曰據此不作即若任運所起非故意思設爾有思又無思已不起身口故不受報故九地釋表無表業云作無作作即身口無作即意如殺盜等心雖欲作不形身口故不受報若全不作名不受報何要待言又何得論云業有三種不受報耶不作即無業故二未潤可知而論但云作已未得報其未潤言是疏義加三得對治者即瑜伽中名不增長業不增長業總有十種一夢所作業二無知所作業三無故思所作業四不利不數所作業五狂亂所作業六失念所作業七非樂欲所作業八自性無記業九悔所損業十對治所損業除此十種所餘諸業名爲增長今無明下二舉今經明得報義於中有

二先正明對前三不得報今無明緣行則顯已作者此揀第一未作業也既爲無明所發之行此行要是能感當報故非向來不思之業現識等者則前無明行等已得潤竟故今受果此則過去二因已含發潤愛取有者謂若得對治過不應依現更起愛等此後更有論反釋云若斷愛取雖有作業則無明行不能生有釋曰則顯現在亦有無明與行是所潤等觀此論意則過二因具於發潤但舉發業之名現在愛等亦有發潤但顯潤名故上疏云皆容互有思之亦可現在愛取不潤過去後報之業故不能生有於已作下第二結酬外難上立三過語雖影略總相皆由無異因故異因即我今明不要我爲異因即已造已潤不得對治而爲異因此語是前說過後論論異出二過竟云此三種過以見過去世等異因故受生報等差別故釋曰上論總出其過總明答之今出過所以竟方用結酬已潤則受下四正明護過三過即爲三別今初雖一身中具六道業潤者先受那得一時此即已潤異因既自下護第二過二報即是生報後報此即已造爲異因若已下護第三過即不得對治爲異因言勢力續故者小乘則是後後連持大乘則是已熏成種後能得果故云勢力三過度矣者結也

無明滅行滅者是觀待斷

後無明滅下逆觀即得對治義此滅則彼滅是觀待斷又因觀能滅揀自性滅故云觀待

然十二緣三世並備但隨化迹隱顯分三令知過去因招今苦器今斷愛等當果不生則愚癡絕命於慧刃愛水焦乾於智火高羅四開於六趣無生超逸於八極矣

然十二緣下第二結示謂過去二因即含有愛等能潤業等必依過去識等上起始生終死等過具十二矣現七果上起發潤等現亦具矣然七事中五即生死而總別分故說具七當雖說二同現亦具二必有五及起因故是以上言皆容互有並如前說故言但隨化跡隱顯分三從令知下出隱顯意義如前說則愚癡下是逆觀意以智慧劒破發業惑以智慧火乾於現在潤業愛取則七苦不生能所引生即四面網此即史記書湯出過畋捕者祝云自天而下從地而出四方來者皆入吾網中湯見之歎三面網祝云可上者上可下者下可東者東可西者西可南者南可北者北負吾命者入吾網中顯法令寬也今亦不留一面故曰四開皆證無生若鳥出網以適八方

二約大悲隨順觀治異道求中無因之見示三際因果既先際二是中際五因中際之三是後際二因若無如是等事衆生亦無斯因有矣何得言無

三約一切相智中當力無力信入依觀論云先中後際化勝故謂此三際爲因義邊皆名有力爲果義邊名爲無力若約三世前際於現五有力於當二無力中際愛等於當有力於現無力以斯三際化彼凡夫令信入依行化中之勝如是窮究爲種智境謂此三際下次於中有三一釋力無力二以斯下釋信入依義三化中下釋化勝籠取三際方顯化勝亦是瑜伽緣起差別故瑜伽云緣起差別云何謂於前際無知等如經廣說於前際無知云何謂於過去諸行等起不如理分別謂我於過去爲曾有耶爲曾無耶曾何體性曾何種類所有無知等亦即俱舍云說前後中際爲遣他愚惑故彼論云契經何故唯說有情故有上偈釋云世尊爲遣三際愚惑故說緣起唯約有情問如何有情前際愚惑謂於前際生如是疑我於過去世爲曾有非有何等我曾有云何我曾有釋曰此有三疑初疑我有無二疑我體性爲即蘊我雜蘊我耶三疑我差別爲當常我無常我耶問如何有情後際愚惑答謂於後際生如是疑我於未來世爲當有非有何等我當有云何我當有釋曰三疑如前但曾當有異耳問如何有情中際愚惑答謂於中際生如是疑何等是我此我云何我誰所有我當有誰釋曰此有四疑何等是我者疑我自性也此我云何者疑我差別也我誰所有者疑我因也謂此現在我過去誰因所有也我當有誰者疑我果也謂我當有誰果也爲除如是三際愚惑故經唯說有情緣起以契經說苾芻諦聽若有苾芻於諸緣起已生諸法能以如實正慧觀見彼必不於三際愚惑謂我過去爲曾有非有等釋曰大小論殊其旨皆一今三際無我斯惑自亡故以三際化彼凡夫除其我愚信入無我修無我行爲化之勝

第七三苦聚集初約相諦即當六觀之中第五不厭厭觀論云厭種種微苦分別所有受皆是苦故此約微細行苦又云及厭種種麤苦故此約壞及苦苦皆凡夫不厭菩薩厭故又初微苦二乘

不厭菩薩亦厭二乘雖知捨受行苦不窮委細有無量相及變易苦故云不知二乘下通妨恐有問言四禪已上皆唯行苦二乘已超何言不厭故有此通此有二意一約界内無卽涅槃十二云苦有無量相非諸聲聞緣覺所知二及變易苦謂出三界究竟無餘故

復次十二有支名爲三苦此中無明行乃至六處是行苦觸受是苦苦餘是壞苦

文中亦有順逆順中從相增說以配三苦前五遷流相顯名爲行苦觸受二支觸對生苦故云苦苦餘但壞樂故名壞苦老死壞生亦名壞苦順中自有三門一隨相增滅門二實理遍通門三三受分別門上二卽唯識三苦分別門第三卽三受分別門引論廣釋今初卽隨相增滅門觸對生苦者因於苦緣生於苦心故云苦苦然其觸受既通三受偏言苦苦者就增說故亦訶責故老死壞生者此遮外難恐有難言老死無樂何名壞苦故爲此釋則壞苦有二一者壞樂二是壞業正能壞生卽是壞業得名壞苦若準瑜伽唯識十二支全分皆行苦攝有漏法故十二支少分苦苦攝十二支中各容有苦故十一少分壞苦所攝以老死位中多無樂受依樂立壞所以言無若約壞生如今經說若依捨受以立行苦則除老死老死位中無容捨故以此三苦從三受生謂苦受生苦苦樂受生壞苦捨受生行苦故二苦皆言少分者十二支中具三苦性若是二苦必是行苦故言全分有是行苦而非二苦又是二苦各不攝二故云少分若準瑜伽下二引論廣釋於中有二先舉論卽理實遍通門正唯識文瑜伽同此若依捨受下二釋上壞苦十一之言除老死故以此三苦下三釋成老死無捨受言卽三受分別門也二苦皆言下四釋少分全分若是下諸有漏法剎那性故有是下釋二少分而有二義一二苦不遍捨受故名少分又是下壞及苦苦各不相攝兼無捨受故各不攝二以壞苦中無有苦受苦苦之中無樂受故

無明滅行滅者是三苦斷

逆觀可知

二約大悲隨順觀此下四段當第四求異解脫謂不識眞解脫求三界苦等爲解脫故名之求異眞解脫者有四種相一離一切苦相二無爲相三遠離染相四出世間相此四即涅槃樂常淨我故涅槃云於世間法自在遠離名爲我故下四段經明其但有四妄而無四德今此明其有苦無樂故論云彼行苦事隨逐乃至無色有縛彼計無色爲涅槃者豈非妄苦耶此四即涅槃下䟽釋上論如次配其四德等故涅槃下唯證第四我相隱故三約一切相智此當第七增上慢非增上慢信入觀不如實知微苦我慢即增上慢若知微苦非增上慢不知令知名爲信入不如實知者此即論文從此即下䟽釋上論然論標名有增上慢釋中即無故䟽指論我慢即增上慢從本説故若知下釋非增上慢言又不如實知者涅槃云聲聞有苦有諦而無眞實故

第八因緣生滅亦名從緣無性初約一切智觀此下三門皆明深觀謂四句求緣皆無有生無生而生故曰深觀第八因緣生滅門初觀有三一釋觀名二義名深一無生故二生與無生無障礙故此門明不自生不他生第九門明不共生第十門明不無因生釋此四句略有二意一破邪二顯理理外妄計曰邪邪亡則理顯理顯則惑亡反覆相順然自他等四是計是依不之一字是藥是理窮生之理不出自等自等若無生將安寄故以不不之則惑亡理顯言是計是依者計是破邪之所依是顯理之所是藥者是破邪之能是理者是顯理之能若望顯理理爲所顯今用不爲理令於自等而見於理見理因不故以不爲能顯後窮生下彰破顯之功然其所計略有三類一者外

道謂冥性爲自梵天爲他微塵和合爲共自然爲無因又此四計亦是僧佉衛世若提子勒沙婆也然其所計下別釋二章先破邪中分之爲二先出計中乃有三類凡小如前夜摩偈說二小乘同類因爲自異熟因爲他俱有因爲共計無明支託虛而起亦曰無因上計亦通大乘執相之者二小乘下同類因者因果相似如善五蘊與善五蘊展轉相望爲同類因異熟因者唯諸不善及有漏善相望故也俱有因者如四大種更互相望爲俱有因三約大乘果法爲自衆緣爲他合此爲共離此爲無因又賴耶自種爲自衆緣爲他合此爲共離此爲無因又法從眞起爲自從妄起爲他合此爲共離此爲無因三約大乘下自有三義前二通法相及無相宗後一是法性宗皆執法成病故俱爲所破至顯理中當知其相所計雖衆但顯正理諸計自亡所計雖衆下第二明破但指顯理而爲能破同一不故顯理復二一約無生以

顯深觀二約生無生無礙以顯深觀先中略爲二觧一約展轉釋法從緣故不自生既無有自對誰說他又一切法總爲自故又他望於他亦是自故既無有他故不他生自他不立合誰爲共有因尚不生無因何得生法從緣者即對前果法爲自衆緣爲他義說通於二論一通中論青目釋不自生云萬物無有從自體生必待衆因緣復次若從自體生則一法有二體一謂生二謂生者若離餘因從自體生者則無因無緣又生生更有生生則無窮釋曰據此即以果體爲自也二通對法先明三句無生後辨不礙三作初云不從自生者謂一切法非自所作彼未生時無自性故釋曰此之釋自同青自意論云不他生者謂彼諸緣非作者故不共生者即由於此二種因故釋曰二種因者即指上二句自他二句各既不生合亦不生後辨三作云然非不自作他作因生故甚深此意以三作釋不無因故云緣望於果有功能故因望於果亦然合上爲三作故既從三作故非無因然觀三作則自亦是因今疏中釋不自他等即中論偈意偈釋自生即是下文因緣形奪中用故云如諸法自性不在於緣中此以他破自次云以無自性故他

性亦復無此即以自破他憑公云以自破他凡有三種一總二即三相待今疏即全有此三初云既無有自對誰爲他即第三相待破無自可待對故如無長故無短次云又一切法總爲自故即第一總義萬法皆自如百人一處皆用已爲自則他亦是自今破一自則他亦破矣次云又他望於他亦是自故者即第二即義謂如兩人二互相望此言自指彼爲他他亦自言我即是自指此爲他故其兩人皆有於自破此人自他人之自亦已亡故從自他不立下即雙用自他破共生義如二盲人離不見色合豈見耶從有因尚不生者即以三作破無因耳此中非謂非是無因而立有因衆況以釋因緣和合合是生義尚不得生豈用無因而立生義故四句求生生不可得無生之理顯然可觀正理既顯計何由生

二約因緣形奪釋故對法云自種有故不從他待衆緣故非自作無作用故不共生有功能故非無因論解同此二約因緣者即就前計以因爲自以緣爲他而顯理也然對法初散釋亦以破自爲先故云又有差別謂待衆緣故非自作雖有衆緣無種子不生故非他作彼俱無作用故非共作種子及衆緣皆有功能故非無因生是故如是說自種有故不從他等一如今疏釋曰初句以自破他如於外法以穀子爲自水等爲他內法識種爲自業種增上緣爲他若無種子決不生果故不他生次句以他破自故云待衆故非自作次無作用故不共生即以和合無性破共次有功能故非無因者以共破無因言論解同此者今取論解同對法也如下釋文中辨彼論結云若緣起理非自非他遣雙句者猶爲甚深況總亡四句是故緣起最極甚深

若爾自種有故則是自生豈曰無生此乃假自破他非立於自次句假他遣自故中論云如諸法自性不在於緣中也下二句例然惟審詳之若爾下釋妨揀濫古人多以非無因是從因生故爲此問答引中論證唯證假他破自以自破他等已如前說故此論難見意云汝立自性而能生者不合更假其餘因緣若有自性而復假緣則此自性應在緣中今水土緣中無穀自性明不自生下二句者即以無作用破共非立無作用生以共破無因非因立也此別顯無生義故令審詳使物莫濫若顯甚深次下當說

二約無礙者但因緣生果各有二義謂全有力全無力緣望於果若全有力則因全無力故云因不生緣生故云不自生二因望果全有力

亦然故云緣不生自因生故故不他生三二力不俱故不共生四二無力不俱故不無因二約無礙下此門更分二先明事理無礙無力故無生有力故不礙生則生不礙無生無生不礙生亦取前對法偈明之而用意有別亦同初門不自生非不自作等則上二句顯不生第四句不礙三作此復二義一約用則力用交徹有相入義謂有力攝無力故故十忍品云菩薩善知緣起法於一法中解衆多衆多法中解了一等二據體有空不空有相即義謂非但因力歸緣亦乃因體由緣而顯全攝同緣因如虛空故上文云一即是多多即一等力無力必俱故常相即入是爲無盡大緣起甚深之觀此復二義下依此力無力成於事事無礙法門謂成相入及相即義如前玄中

大方廣佛華嚴經疏鈔會本第三十七之五

音釋

苾芻苾蒲密切芻楚俱切草名具含五義以比丘之德似之

大方廣佛華嚴經疏鈔會本第三十七之六

唐于闐國三藏沙門實叉難陀　譯

唐清涼山大華嚴寺沙門澄觀撰述

復次無明緣行者無明因緣能生諸行無明滅行滅者以無無明諸行亦無餘亦如是

文中亦有順逆初順觀中經云無明緣行者牒也無明因緣能生諸行者釋也論云有分非他作自因生故此以不他生釋經因字謂如行支唯從無明故云自因即上自因觀也二者非自作緣生故此以不自生釋經緣字謂行支但假無明爲緣非有行自體在無明中從自而生即他因觀但取揀餘不親生故名因顯前非後疎故名緣非謂四緣之因緣也餘並可知（中論言有分者分即支義此以不他生下是疏釋論二非自作者亦是論文餘皆疏釋言非謂下此句揀濫以古德釋云無明望行無因緣義言因緣者有其二義一自種爲因無明爲緣此二合說故云因緣一然隱此親種顯彼勝緣故云無明因緣也二但彼增上緣望自增上果還是親因故說無明爲行因緣此解失意故今揀之若取有力增上揀無力增上爲親因者於理則可然亦非因緣故爲失意後例餘者謂其餘支及與逆觀謂順觀尚即自他不生逆觀豈有自他可滅）　二約大悲觀即異求中計非想等以爲涅槃又計妙行爲解脫者非是常德但是生滅故可悲之（又計妙行者以六行伏惑爲解脫者解脫因故既有欣厭心亦生滅耳）　三約一切相智觀此及後門名無始觀此有二意一若約俗說因緣爲生滅之本生死無際故因緣無始二約眞說見法緣集無有本性可依故名無始即淨名云從無住本立一切法故染淨眞性皆無始終顯染可除但云無始餘如別說論云中際因緣生故後際生即畢此第八門隨順縛故即第九門

謂但一念從緣生即是不生故無始也不言初際生者意顯無初故今不起妄即不生故

此有二意者約俗是賢首意約真是遠公意前中言生死無際者即中論本際品云大聖之所說本際不可得生死無有始亦復無有終若無有始終中當云何有是故於此中先後共亦無釋曰據此則上二偈前是俗諦無始後偈便入真諦而俗諦無終者約多人說故今直就事明但有無始二約真說俱無始終何以但言無始今謂無始二明從空而起故但云無始即淨名下雙遮二義無住之本即是真諦立一切法即是俗諦俗依真立真既無始俗亦無始而論但名爲無始致令二德各見不同今疏以理而通二德並皆全取故染淨者結示通妨染之與淨即上俗諦皆依無住故無始終言依無住者非依無住展轉生來無住即是實相異名故無一法不同實相真性即上約真諦說理無始終顯染可除下通妨妨云何以但言無始故爲此通餘如別說者然初地中已畧顯示令更畧明謂或說真性無始無終性無生滅故恒沙性德依體說相亦無始終證淨善提有始無終創修成故說之有始寘同真性故無有終生死妄法無始有終未曾離念故無有始妄可斷故本有今無故說有終若約以因招果說者無明爲始老死爲終有始有終約智符理理無始終智亦無始不爾真智不同真故妄法有二亦無始終一則從緣舉體空故無可始終二即妄同真故無始終如波即濕同性無終隨順觀俗即真諦故若有始終不即真故跡結云則染淨真理皆無始終論云下引論牒釋即合二門爲一無始故雙牒釋不言初際下通上中際因緣生故意顯無初故者約俗諦門無明無始故今不起妄下反釋論意故云不生今即中際不起愛取何有後際生老死耶

又無明緣行者是生繫縛無明滅行滅者是滅繫縛餘亦如是

第九生滅繫縛者亦名似有若無初一切智觀中明不共生文中三初順觀經中但明無明爲緣縛行令行繫屬無明斯則緣生而爲不共者論云非二作但隨順生故無知者故作時不住故意謂但行順無明緣不得不生互無知者故非二作若爾但隨順生即是共生何要知者故末句云既從緣生則念念不住誰爲共耶此同對法

無作用故又中論云和合即無性云何和合生亦名等者生滅繫縛但順經文似有若無即是經意故論云不共生也文中順觀之內有三初牒經文徵起共義論云下二舉論解釋非二作是摽但隨順下論有三釋明不共義意謂下三疏釋論文即就論三義展轉相承疏有二節先合釋前二但行順無明不得不生是第一意既言隨順故明緣會不得不生即無生矣二云何以隨順即得無生行與無明二互相依無知者故由上二義故非自作若爾下二別釋第三義以不住釋上無知如河中水湍流奔逝故無相知此同對法下以論澄成對法即如前文又中論云即是過意據文即因果品云若因衆因緣而有和合法和合自不生云何能生果如來品云陰合爲如來則無有自性等皆其義也次

無明滅下逆觀謂滅但滅於繫縛旣無共生安有共滅言有生滅皆是繫縛次無明滅下逆觀下釋逆觀但釋不共滅義生滅之相類前可知三類餘可知

二約大悲觀謂彼外道異求非想天等爲解脫者菩薩觀之但是染縛非是涅槃眞淨之德

三約一切相智觀明無始觀中隨順縛故而生非有本也

又無明緣行者是隨順無所有觀無明滅行滅者是隨順盡滅觀餘亦如是

第十無所有盡觀亦名泯同平等三觀之中初一切智觀即深觀中顯非無因經亦三節初順觀中由行從無明緣生緣生即性故云隨順無所有

次逆觀中滅亦緣滅緣滅無滅方順盡滅之理

然論經順觀云是隨順有者顯無性緣生故不能不有二經雖殊同明緣生故非無因無因何失若無因生生應常生非不生也何以故無定因故此即縱破亦可恒不生何以故無因生故此即奪其生義故無

因生非佛法所樂以無因能生大邪見故然論經下二會二經今經兩段皆隨順無所有若論經順觀中經論皆隨順有逆觀方云隨順無所有盡疏家但含順觀之中順有順無逆觀義同所以不會今經取緣生無性論經即無性緣生二義相成故同遣無因無因何失下是論結無因之過無定因者若有定因因會則生不會不生今無定因故應常生故無因下結無因過中論云無因乃成大過謂布施持戒應墮地獄殺生偷盜則應生天諸修妙行無涅槃等

二約大悲隨順觀即求異解脫中外道計非想無所有處等爲涅槃以順有故非是出世故無我德而妄計解脫故可悲之

三約一切相智觀當第九種種觀此即世諦觀由隨順有故有欲色無色愛等之殊故云種種即眞順有未失順無上來別釋十門竟此即世諦觀者以論經云隨順有故從即眞順有下會論經同今經謂雖順有虛相都盡唯第一義諦故云未失順無

佛子菩薩摩訶薩如是十種逆順觀諸緣起所謂有支相續故一心所攝故自業差別故不相捨離故三道不斷故觀過去現在未來故三苦聚集故因緣生滅故生滅繫縛故無所有盡觀故

自下第三總結十名既云逆順觀察則前二門闕逆觀者乃文略耳則前二門者即業助成門也所以無者但是略故若出所以者其一心中本末依持即是順觀初第一義心是攝末歸本義當逆觀故略無耳其自業助成順觀之中二業相顯逆觀應言無明若不迷於所緣則不與行作生起因則似無明無用有體故略無耳若欲着者應言若無無明迷於所緣則不與行作生起因亦可着在故云略無一心中應云若不迷一心則不起因緣亦是逆義故下偈云心若滅者生死盡以此疏文但云略無

然此逆順若對法第四名爲染淨染淨中各有逆順論云雜染逆順故清淨逆順故染中順者無明緣行等故逆者謂誰老死集乃至無明故緣起經云由誰有故而

有老死如是老死復由何緣初句推因後句審因清淨逆順者無明滅則行滅順也由誰滅無故老死滅無逆也今文畧無但約染淨爲逆順耳然此逆順下後引文會釋先引論有二逆順今經但一緣起經中釋於對法誰老死言此有七十七智謂十二緣除無明支餘十一支各有七故由誰有故即是推因推此老死從何因生知從於生即是推因如是老死復由何緣即是審因謂審此老死定由何緣定知因生三世各二故有其六七即法住智謂觀前所不攝諸有漏慧遍知義故謂遍知三世緣起教法名前不攝以爲第七前六真實智此一法住智合成七智一切異生及諸聖者俱有此智入見道位方有四十四智近四諦故住教等法是聞慧故名法住智如實而知是思修慧名真實智此約染明逆若清淨逆但改有爲爲誰滅耳然此逆順約支體說經以染淨爲逆順者約順生死逆生死說然上鈔云四十四智謂逆觀老死以至於行各作四諦觀說耳言諸緣起者十二非一曰諸前前爲緣令後後起又由煩惱繫縛往諸趣中數數生起故名緣起亦云緣生生即起義亦

約果說言諸緣起下二釋總名或名緣起自有二義一通約十二緣二以因對果說次亦云緣生亦有二說一生即是起一約果說者即生起義殊是俱舍意論云如世尊說吾今爲汝說緣起法緣已生法此二何異問也答有二義一云法且本論文此二無別釋曰即前疏文生即起義後義即是論主正釋此偈云此中意正說起因果已生釋曰世親明此契經中意十二因有支爲因義邉即名緣起因起果故爲果義邉皆名緣生從緣生故故其十二所望不同二義皆成餘如瑜伽第九第十三十一九十三唯識第八上來多依此諸論解十名可知餘如瑜伽者二引文會釋結示根本瑜伽總上四卷皆明緣起釋名正當第十總有五釋論云問何故說爲緣起答云由煩惱繫縛往諸趣中數數生起故名緣起此依字釋名謂依緣字起字二字別故而緣非起即是今疏第二釋也二云復次依託衆緣速謝滅已續和合起故名緣起此依剎那義釋二云復次衆緣過去而不捨離依自相續而得生起故名緣起如說此有故彼有此生故彼生非餘依此義故釋名應知四云復次數數謝滅復相續起故名緣起此依數數壞數數起義釋曰此上三釋皆是今疏第一義前前諸緣令後後起前前爲緣故不捨離即第三義前若不滅復何由起即含第四前後不同必有剎那即

第二義故具三意大同小異疏合爲一五云復次於過去世覺緣性已等相續起故名緣起如世尊言我已覺悟正起宣說即由此名展轉傳說故名緣起釋曰瑜伽五義初一緣非是起以因是起以因爲起二緣即是起剎那剎那從緣而起此揀大衆部十二因緣是無爲法亦揀正量部三即無間因果前因爲緣而後緣起四無始因果前已謝滅後更起因招果不斷然通因果即緣即起五緣是所覺起是教法依悟說教故名緣起此是自釋五相不同非餘師義對會疏文已如向說然五義並依起即生義唯俱舍意分二不同又指唯識第八彼中廣釋如上具引下以諸門分別有十七門義亦略具言十七門者第一假實分別門謂十二支九實三假一已潤六支合爲有故二生三老死三相位別故第二一非一事門五是一事謂無明識觸受與愛餘非一事上之二門攝在第一有支相續門第三染與不染門無明愛取三唯是染煩惱性故七苦不染異熟果故七分位中容起善染故瑜伽第十假通二業有通二有兼無記此即第五三道不斷門第四獨雜分別門無明愛取說名獨相不共餘支相交雜故餘是雜相五色非色門六唯無色謂無明識觸受愛取餘通二種六有漏無漏門皆是有漏唯有爲攝無漏無爲非有支故上三亦如初門七有爲無爲門有漏無漏門中已具八因緣生滅及第九生滅門中已具第八三性門無明愛取唯

通不善有覆無記行唯善惡有通善惡無覆無記餘七唯是無覆無記七分位中亦起善染故瑜伽第十說七通二性此一亦如初門九三界分別門雖皆通三界而有分有全欲界則全二界無染六處不具無色唯名故此門畧無十能治所治門上地行支能伏下地即麤苦等六種行相有求上生而起彼故此門畧無十一學等分別門一切皆唯非學無學聖者所起有漏善業明爲緣故違有支故非有支攝由此應知聖必不造感後有業於後苦果不迷求故有問言若爾雜修五淨居業應非行支若是行支聖便造業若非行支如何生彼感總報耶故論答云雜修淨慮資下故業生淨居等於理無違意云不還果等以有漏無漏前後雜修第四淨慮資無雲等三天故業生淨居等於理無違此總報業及名言種凡時已造生第四禪下三天業一地繫故後由無漏資生故業生淨居天非是聖者新造業也十二二斷分別門有義無明唯見所斷要迷諦理能發行故聖必不造後有業故故非修斷愛取二支唯修所斷貪求當有而潤生九種命終心俱生愛俱故餘九皆通見修二斷有義一切皆通見修二斷大論第十說預流果已斷一切一分有支無全斷者故若無明支唯見所斷寧說預流無全斷者若愛取有唯修所斷寧說彼已斷一切支一分釋曰皆斷一分者則無明支非唯見斷由有一分無明在故愛取二支非唯修斷入見道時斷

一分故此門經疏畧無含在初門逆觀之內十三三受門十樂捨俱受不與受共相應故老死位中多分無樂及容捨故十一若俱唯除於受非受俱故此門含在第七三苦集成門十四三苦門全同第七十五四諦門即當第五三道不斷門中故有入諦之觀十六四緣門全同第三自業助成門十七惑苦相攝門亦如三道不斷門攝釋曰上十七門全分同者已如上指故散在諸門從多分指恐厭繁博故疏略耳十名可知者前已廣釋疏順聲律小有加減及與迴互大旨無違

然各攝三觀體勢星羅今重以十門本意收攝初門明染淨因起二明緣起本源三因果有空四相成無作五陳其諦理六力用交叅七窮苦慢除八形奪無始九有無無本十眞俗無違

然各攝下第三以義總收恐難領會十門義故於中有四一總出十門之意於上三觀相叅而用謂一三觀小異論取不同就其經文故可為一染淨因起者相諦觀中明成答相答於外難成無我義無我即淨故大悲觀名愚癡顛倒以着我故則生為染無我則得無生為淨一切相智名染淨分別染淨正是第三觀名今此中義通於理三觀因起之字定通三處二緣起本源者直就經說故初觀名第一義諦是一心本世諦一心依本起末第二觀中阿陁那識迷執為我即染淨本悟即是解脫根本故一切相智名依止觀故為本源三因果有空者相諦觀中名他因觀由無明故方得有行斯則有矣既從緣有斯則空矣大悲觀中破於寘性斯有因緣一切相智觀名方便觀以各二業為後方便亦即有即空義耳四相成無作者即不相捨離相諦觀中名自因觀謂離前支無後支故云相成相成故無作大悲觀中破於自在故須因緣相成無別作者一切相智觀名因緣有支無作故五陳其諦理者即三道不斷相諦名攝過觀但攝苦集故大悲名破若行因亦由唯苦集故一切相智名為入諦兼取逆觀即滅道故六力用交叅者即三際輪迴初名護過觀三際因果為因有力為果無力能護失業等三過故大悲觀中治異道求中無因之見因有力故一切相智觀力無力信入並是力用交叅七窮苦慢除即三苦聚集初名不厭厭觀令厭微苦即窮苦義大悲觀中名破求異中謂三界有涅槃但是苦故今能窮之一切相智中名增上慢信入亦窮微苦非增慢矣八形奪無始者即因緣生滅初即深觀名不自不他以他奪自以自奪他大悲觀中名無常德以形奪故一切相智觀名無始觀因緣無初故九有無無本者即生滅繫縛初即深觀中明不共生明非二作互無知者故有無本無作用故不能生則無亦無本大悲觀既無有淨德

安有本耶一切相智觀既明無始始即是本二諦無始故有無無本十真俗無違者即無所有盡初深觀中顯非無因真不違俗無所有盡俗不違真大悲觀中以順有故無有我德一切相智種種觀故亦不違俗故其三觀取文小異大旨多同故以本意收為一致 復收十門不出五意初門迷理成事次門理事依持次六成事義門第九事理雙泯後一事理無礙故唯四門不出事理故唯四門下三收五為二言四門者謂上雖五意但有四門一事二理三事理雙泯四事理無礙故前三意但是事理三四二門不出事理故為二也 若從事理無礙交徹則涉入重重若依事理逆順雙融則真門寂寂故法性緣起甚深甚深即此因緣名因佛性觀緣之智即因因性因因至果成菩提性因性至果成涅槃性因果無礙是緣起性惟虛巳而思之若從事理下四總相融通即成事事無礙及泯絕無寄 自下大文第三佛子菩薩至以如是下明彼果勝亦前攝

正心住故知緣生此下攝善現行故三空等現前依論云果者有五種相一得對治行勝及離障勝二得修行勝三得三昧勝四得不壞心勝五得自在力勝各有佛子以為揀別唯第二段有二佛子

佛子菩薩摩訶薩以如是十種相觀諸緣起

初中二先明對治勝後菩薩如是下明離障勝今初即三解脫門亦名三三昧三昧即當體受名解脫依他受稱此三能通涅槃解脫故名為門文中二初牒前後正顯今初意通五果由前十觀得此三空等果故謂以三空觀緣得第一第三果三悲觀緣得第二第四果三望於初初是能治三是所成四望於二二是能修四是堅固第五通從二觀而生今初意通五果者正舉經中牒前之意意明十

門通成五果故遮於古人勝別配屬故謂遠
公云一對治及離障勝是勝慢對治果前
修十種法平等觀而爲對治此地滿中更
以甚深三脫爲治名對治勝前治五地染
淨慢障今此文更除微細我心及有無等
名滅障勝二修行勝是前不住道行勝果
依前不住更起勝修名修行勝三得三昧
勝望前治勝以說果也前修三脫而爲對
治彼治轉增名三昧勝四得不壞心勝者
望前滅障以說其果由滅障故三昧之心
不可壞名不壞心五自在力勝望前修行
以說果也依前修行上進無礙名自在力
釋曰此上意明前之二果從前文生後三
果從前二果生今疏乃有二意一總釋但
明總是不住道行勝果不住道行勝初總
摽心境有三悲三智經云復以大悲爲首
大悲增上大悲滿足觀世間生滅釋曰觀
世間生滅即智對上三悲以成三智斯則
五果不出於二於中三節初二悲智修治
次二悲智所成堅固後一雙明二果自在
此即隔句相對亦可展轉而生由有治故離障離
障故行勝有治故三昧勝三昧勝故心不
壞心不壞故得自在也

知無我無人無壽命自性空無作者無受者
即得空解脫門現在前

二知無我下正顯三空三空各有別顯總
結初空門中別顯有三初三句明衆生空
次自性空明法空此上二句明二我體空
三無作受顯二我作用空由體空故並不
能作因受果結云現前者智與境冥故顯二我下意明人法俱有能作之義故皆明作者非約人我獨爲其空

觀諸有支皆自性滅畢竟解脫無有少法相
生即時得無相解脫門現在前

二無相門中亦三一者滅障即觀諸支皆
自性滅謂若入空門不得空亦不取空相
則事已辦若見法先有後說爲空及取空
相非眞知空故名爲障故修無相了自性
滅則不取空障謂若入空門下二舉正顯非智論云是三解脫摩訶衍中但是一法以行因緣故說有三種觀諸法空是名空門空中不可取相是時空門轉名無相無相中不應有所作爲三界生是時無相轉名無作如城三門一人之

身不得一時從三門入諸法實相是涅槃城城有三門若入空門不得空亦不取相是人直入事已辦故不須二門若見法下三舉非顯修智論云若取諸法空相生憍慢言我知實相應學無相門以滅空相故修無相下結成修意爲滅障故二所以不取者得對治故謂知空亦復空名畢竟解脫三既有能治治於所治則念想不行故云無有少法相生能所斯寂則無相現前遠公云三中一滅障即取性心亡二得對治即得理爲治三念想不行即取相心滅亦初一異凡夫後二異二乘

如是入空無相已無有願求唯除大悲爲首教化衆生即時得無願解脫門現在前

三無願門亦有三種相一依止謂依前入空無相方得無願故二體即無有願求不求三界等故三勝即大悲化生勝二乘故一依止者智論云若於無相中生戲論分別有所作應修無作門令無戲論分別即能修無願故爲依止又上三空通緣諸法實相觀於世間即涅槃相故亦不同二乘餘如智論二十二說又上三空下揀教智論云阿毗曇空門緣苦諦攝五蘊無相門緣數緣盡無作緣三諦攝五蘊摩訶衍三門通緣一切法實相以是三解脫門觀世間即是涅槃釋曰對文可知餘如智論者論云經說涅槃一門今言三者法雖是一而義有三復次應度三種障謂愛多見多愛見等者見多者說空門愛多者說無作門愛見等者說無相門謂無男女等相故斷愛無一異等相斷見皆是彼中餘義

菩薩如是修三解脫門離彼我想離作者受者想離有無想

第二明離障勝中先牒前修由修得離故

初離三想是空門所離次離有無想是無相門所離亦無願門所離不見有可求故初離三想者離彼我想爲一離作者想爲二離受者想爲三離有無想雖通二門無願一門多約離有已知離障云何爲勝經中三句次第勝五四地及此地方便故謂於五地中以十平等深淨心遠離四地身淨我慢

此用深空滅離二我故此勝也此用深空者即離彼我想通於人法二我無也云何爲深五地唯約淨法說十平等今直說深空又前是加行觀察今已住空般若現前故二四地中以道品治三地中正受出沒等慢此用空觀以離作受故勝二四地道品有身受等故三此地方便但用十平等破顯有無今此地滿用深無相破遣有無一切蕩盡故此勝也三此地初用十平等十相未泯故

佛子此菩薩摩訶薩大悲轉增精勤修習爲未滿菩提分法令圓滿故

第二大悲轉增下修行勝中二先總明修心悲增心中修故是利他心爲未滿菩提下兼於自利亦修所爲言悲增者前觀十平等已起三悲今十門觀緣彌悲衆生纏於妄法

作是念一切有爲有和合則轉無和合則不轉緣集則轉緣不集則不轉我如是知有爲法多諸過患當斷此和合因緣然爲成就衆生故亦不畢竟滅於諸行

後作是念下別顯於中二先明修行後而恒下明修勝今初又二先發勇猛修行謂勵志始修故後佛子下明丈夫志修行果決終成故又初則悲智勇修後則窮證性相今初先智後悲智中先知後厭初中上二句明緣有合離謂業惑相資有爲方生如無明緣行等後二句明緣有具闕集即是具謂業惑隨闕必不轉生如雖有行無愛潤等後我如是下厭既知有爲苦過必斷和合集因然爲下修悲益物不盡有爲

佛子菩薩如是觀察有爲多諸過惡無有自性不生不滅

二丈夫志修中初厭相見彼有爲多過是對礙法故厭之後無有下證性由了有爲自性同相本無生滅便能滅於對礙而與理冥初厭相者前勇修中先知後厭今丈夫志修先厭後證明漸勝也而恒起大悲不捨衆生即得般若波羅蜜現前名無障礙智光明成就如是智光明已雖修習菩提分因緣而不住有爲中雖觀有爲法自性寂滅亦不住寂滅中以菩提分法未圓滿故

第二修勝者謂不住勝相現前故有三種勝一初二句明般若因勝以是不住所以躡前大智而起悲故二即得下般若體現勝般若是通名無障礙智是别稱無礙佛智雖未成就今般若能照此智此智前相名曰光明光明即門也三成就如是下明般若用勝亦是不住之相謂上二句涉事不失理故不住有爲後二句見理不壞事故不住無爲即有爲涅槃平等證故以菩提下不住所爲智慧助道未滿足故不住有爲功德助道未滿足故不住無爲又俱未滿故俱不住廣如淨名下卷大品中亦云菩薩念言今是行時非證時故即此所爲亦是所以又俱未滿者即淨名第三菩薩行品衆香菩薩欲歸本國白佛求法云唯然世尊願賜少法還於彼土當念如來佛告諸菩薩有盡無盡解脫法門汝等當學何謂爲盡謂有爲法何謂無盡謂無爲法如菩薩者不盡有爲不住無爲何謂不盡有爲謂不離大慈不捨大悲發一切智心而不忽忘乃至云以大乘教成菩薩僧心無放逸不失衆善行如此法是名菩薩不盡有爲何謂不住無爲謂修學空不以空爲證修學無相無作不以無相無作爲證乃至云觀諸法虛妄無我無人無主無相本願未滿而不虛福德禪定智慧修如此法是名菩薩不住無爲又具福德故不住無爲具智慧故不盡有爲大慈悲故不住無爲滿本願故不盡有爲

集法藥故不住無爲隨授藥故不盡有爲知衆生病故不住無爲滅衆生病故不盡有有爲釋曰然淨名意但揀二乘謂二乘有住無有爲三相故名爲盡無爲無相故名爲住若盡若住即是有礙不盡不住爲無礙法然是一法就事相分故爲二別盡有即無起行修德之地住無即絕慈悲化道之能是故大士並不爲也而彼經文先正釋不住不盡後又具福德下釋不住不盡所以謂夫德之積也必涉有津若住無爲則功德不具具智慧故不盡有爲者智之明也必由廣博若廢捨有爲則智慧不具故大悲不盡然彼文廣故指其文若望此經但是不住無爲之義耳闕於不住有爲之義今疏向云功德助道未滿足故不住無爲即全同淨名文意言智慧助道未滿足故不住有爲者則側用淨名彼具智慧不盡有爲以盡有爲不成廣智故不盡矣今以住有爲不成深智故不住矣則是具智慧故不住生死具大悲故不住涅槃義耳言又俱未滿故俱不住者謂應反上智慧助道未滿足故不住無爲功德助道未滿足故不住有爲謂若住無爲不成種智是爲不入生死大海則不能生一切智寶若住有爲自論生死安能成就諸佛功德亦是具大智故不住涅槃具大悲故不住生死謂若住涅槃非是亡緣之智若住生死非無愛見之悲餘義至下當釋大品中下亦成上義若是證時住無爲也故七地云雖行實際而不作證即此所爲者所爲成智慧不住有爲等所以者何以有智慧故不住有爲也餘可例知

佛子菩薩住此現前地得入空三昧自性空三昧第一義空三昧第一空三昧大空三昧合空三昧起空三昧如實不分別空三昧不捨離空三昧離不離空三昧

第三明三昧勝中二先明空定後如是十無相下例顯餘二前中復二先舉十上首後此菩薩下總結多門今初十中論分爲四一除第四前五名觀二以第四名不放逸三以第七名得增上四以餘三名爲因事今初觀是觀解前三就相觀空一入空者是人空亦是總句二即法空三即取前二空爲第一義觀之亦空後二就實觀空謂四觀本識空如來藏包含無外故云大空五觀七轉識不離如來藏和合而起皆

無自體故云合空楞伽云七識亦如是心俱和合生又云不壞相有八無相亦無相也如來藏者遠公云大者寬廣廣謂真識體中統含法界恒沙佛法同體平等相叅而起無有一法別守自性是故名空隨順法界無門不在故名大空五觀等者即真識之用用而常寂故說為空故疏云皆無自體即是空義楞伽云下間明已引十忍更明二不放逸者依解起行行修究竟故名第一論云分別善修行故自分第一也修行無厭足故勝進第一也依解起行者此有二意一釋論中不放逸言所作究竟離放逸過故二即復由此修究竟故經稱第一下引論釋三得增上者因修成德功德起故四因事者依德起用故有三種用初一自利名智障淨因事謂分別是智障令得如實空能淨分別後二利他一教化衆生因事依空起悲故不捨離二願取有因事由得空故故離染隨順有故不離諸有上依

論解已為深妙四因事者依德起用是釋因義德是用因分別為智障者即分別因緣相也又此十空與涅槃十一空多同少異更依釋之前八證實空後二起用空故入空即彼內空外空內外十一入故自性即性空非今始無故第一義空名義全同第一空者彼名空空謂前空但空第一義今明若有若無本來自空故彼經云是有是無是名空空是是非是是是名空空謂是非亦當體空故如是空空乃是二乘所迷沒處十地菩薩通達少分故名第一今亦約少分也大空名同彼名般若波羅蜜合即內外空也合無合故起即有為空入即無為空如實即無為故不捨等二名義俱別若欲會者九即無始空無始不離生死而即空故十即無所有空謂離與

不離皆無所有故 又此十者經當第十六南經十五疏當第六爲答修捨果故迦葉菩薩白佛言世尊云何名空佛言善男子空者所謂內空外空內外空有爲空無爲空無始空性空無所有空第一義空空空大空彼疏釋云前十相空後一真空就彼妄情所取法中以明空義名爲相空就真實中以辨空義名曰真空亦得說言前十境空後一智空真智空矣於妄分齊情外有法破之顯寂故於十種就境明空據實以求心外無法一切諸法皆即真心真心體寂故後一種就智說空故地論云一切法如說自體空名智自空就前十中初八以無破有爲空第九以有遣無爲空第十以其非有非無雙持有無名之爲空與地經十平等同就前八中前七名其衆生及法無性故空後一明其衆生及法無相故空因緣假中而明無性名無性空畢竟空中無因緣相名無相空就前七中初六明其衆生無性即是生空後一明其諸法無性即是法空復前六中初五就其現在觀空後一就其過去觀空現中初三就內外事以觀空理後二就其有爲無爲法相觀空就前三中衆生名內非情爲外就內法中觀無神主衆生壽命名爲內空外空法體觀彼外法非我我所故名外空等云其無始空經云菩薩見生死無始皆悉空寂所謂空者常樂我淨皆悉空寂無有變易衆生壽命三寶佛性及無爲法是名菩薩觀無始空第一空者此

當第十遠公云是有是無乃就詮辨理是有牒前第一義空以有破無故言是有是無牒前八空以前八空中以無破有故曰是無就此有無以說空義故曰空空是是非是是是名空空者破詮顯理前句雖復就詮辨理非留彼詮故復破云是向有是向無是兩俱非是方名空空非留有無說爲空空是義云何已如上辨因緣諸法有無同體故說無爲有說有爲無無爲有故有即非有有即無故無即非無非有非無故曰空空十地菩薩下就人顯勝如是下寄對顯異毗曇論中說聲聞人先觀五陰非我我所直名爲空後觀前智亦復非是我及我所故曰空空成實論中先觀生法空無自性空無自性直名爲空後觀前智亦空無性故曰空空令此所論離有無相故曰不同上來十空與地論十法互出其義相似彼中初一總相明空餘九是別別中初七以無破有同此初八彼中第八以有破無同此第九彼中後一以雙非破有無同此空空也釋曰上皆遠公之意以十一空會十平等令將十一空以會十空義則全別然此十空由前平等加行而成故二處多同互證皆得然遠公釋義於理無乖消於經文乃成曲巧又有爲無爲唯屬生空義成太局又總取前有無釋於空空亦經無我攝令疏釋空空而文中五初牒名對經二謂前空下畧釋三故彼下引經四謂是下釋經亦當體空者釋經是是非是是是名空空義謂非但有無是非亦爾

謂空有兩亡爲是計是即是故名是是即上空字而不礙雙存故此是是即非是是即下空字故言空空斯則是即非故非是非即是故非非故疏云是非亦當體空耳五如是下歎勝然經有二句今疏經前畧釋是經上句意經云是有是無是名空空若意云即空是有即有是無故云是有是空無無既是有則無非無矣故云空空既即有是空則空亦非空故云空正同十平等中有無不二故平等也由不二故雙存由非不二故雙奪故今疏云若有若無本來自空以有即無故有空矣空即有故是空空矣是以遣空總有二義一以重空遣空如淨名云唯有空病空病亦空中論云諸佛說空法爲離於有見若復見有空諸佛所不化二以有遣空謂空即是有故非空也故經云色即是空非色滅空空非空也是則不異有之空則空非空不異空之有則有非有今正取空非空義由空非空即是有非有義又空故非有重言空故非空又空故不礙空重言空故不礙有非空非有能空能有雙融互泯自在無礙是故十地通達少分豈是二乘之所能知故言第十一今此地中亦約少分者通妨妨云既言十地通其少分今此六地云何證得今此地中亦約少分耳餘文可思

此菩薩得如是十空三昧門爲首百千空三昧皆悉現前如是十無相十無願三昧門爲首百千無相無願三昧門皆悉現前

餘結等可知

大方廣佛華嚴經疏鈔會本第三十七之六

音釋

數數　生角切音朔頻數也

大方廣佛華嚴經疏鈔會本第三十七之七

唐于闐國三藏沙門實叉難陀 譯

唐清涼山大華嚴寺沙門澄觀撰述

佛子菩薩住此現前地復更修習滿足不可壞心決定心純善心甚深心不退轉心不休息心廣大心無邊心求智心方便慧相應心皆悉圓滿

第四不壞心果此下二段亦即攝隨順堅固一切善根迴向此爲進善後起大行今初不壞心者由障滅行成若智若悲皆不退壞今初不壞心者言由障滅即第一果行成是第二果若智第三第一若悲即第二也文有十句初總餘別別有九種不壞一信理決定二行堪調柔三不怖甚深四自乘不退五勝進無息六泯絕自他七利生無邊八上來地智九巧化衆生亦可對前十三昧心以明不壞恐厭繁文九並堅固皆云不壞十皆具足名悉圓滿亦可對前者遠公云此九別句即十空三昧以法空第一義空合故故九攝十九中亦四初四就前觀以說不壞次一就前不放逸以說不壞次一就前得增上以說不壞後三就前因事以說不壞今初踈云一信理決是者論云一信觀不壞即就前入空三昧以明不壞以論經前云信空三昧故二踈云行堪調柔者即論堪受不壞此就前法空及第一義空三昧以說不壞取有心息能入法空第一義空故論云堪受於空不着經云純善不着於空即第一義空踈加行字即前觀二空之行三即論云於密處不驚不怖不壞就前大空以說不壞阿賴耶識微密難測名為密處經云甚深於密能入故稱不怖四即論自乘不動不壞就前合空以明不壞行合如來藏故自乘不退五即論發精進不壞就前不放逸第一義空三昧以明不壞能起行脩故云精進故踈云勝進無息六即論離慳嫉破戒垢不壞就前得增上起空三昧以明不壞前就行德今就斷德前約利他今約自利然論經云淨心故約斷釋今經云廣大心廣即悲心大即智心是二利心二心相導故泯絕自他下三不壞就前三種因事以明不壞但七八前却以第六總明悲智今七八別明悲智前後俱通故七即論廣利益衆生不

壞於前教化衆生因事不捨離空三昧明不壞八即論上求勝解脫不壞就前智障淨因事如實不分別空三昧明不壞義如前說九即論化衆生行不壞就前願取有因事離不離空三昧明不壞帶空涉有故云方便相應然疏雖恐繁文不具配屬釋文之中皆已含具

佛子菩薩以此十心順佛菩提不懼異論入諸智地離二乘道趣於佛智諸煩惱魔無能沮壞任於菩薩智慧光明於空無相無願法中皆善修習方便智慧恒共相應菩提分法常行不捨

第五自在力勝中二初顯其相後佛子下結其分齊前中十句初總不懼下別總云此心者此前十心順佛菩提者能深入趣向故論云得般若波羅蜜行力勝能深入故則知此前十心皆是般若現前心也順佛菩提者以論經云隨順成就起向阿耨多羅三藐三菩提不退轉故為此釋此隨順言亦是順忍順向無生忍故以經約究竟故直順菩提別中九句依上十不壞心而得自在趣向一不懼異論即能伏他力二上入智地名斷疑力得法空故三自乘不動力以離小故四容處決信力趣鏡智故此與前二前却者此二相成故五諸魔不壞力精進故六治惑堅固力任智明故七徧治力具三空故處有不染故八化生力即前第九方便相應九智障淨力即前上求智地前智居中導二悲故此智居後顯悲智相異故即能伏者是論釋義對前總句不可壞心及決定心下諸力名皆是論文二云得法空故者對純善心以前純善對法空三昧故然初句全牒經第二句義牒經下七句不牒經直舉論文三對前第四不退轉心四對前第三甚深心故此與前二前却以不動故入甚深入甚深故不動故云相成五對不休息六對廣大七對無邊八對第九九對第八會其前後如疏具之

佛子菩薩住此現前地中得般若波羅蜜行增上得第三明利順忍以於諸法如實相隨順無違故

第二結中由般若現前故順忍明利言第三者三品忍中爲最上故

佛子菩薩住此現前地已以願力故得見多佛所謂見多百佛乃至見多百千億那由他佛

第二位果中三果同前就調柔中分四初調柔行二教智淨三別地行相四結説地名前中有法喻合法中三初鍊行緣

悉以廣大心深心供養恭敬尊重讚歎衣服飲食卧具湯藥一切資生悉以奉施亦以供養一切衆僧以此善根迴向阿耨多羅三藐三菩提於諸佛所恭敬聽法聞已受持得如實三昧智慧光明隨順修行憶持不捨又得諸佛甚深法藏

次悉以下能鍊行於中聞已受持下是得義持三昧慧光是所持義隨順修行此句示現得義持因因何事耶謂因依前三昧勝故得如實奢摩他等憶持不捨正顯能持又得已下亦是所持

經於百劫經於千劫乃至無量百千億那由他劫所有善根轉更明淨

三經於下明所鍊淨轉更明淨者解脱彼障故又由前證得彼佛法藏義故

譬如真金以毘瑠璃寶數數磨瑩轉更明淨

喻中真金喻證亦喻信等瑠璃喻方便智由方便智數磨今出世證智發教智光轉勝前也

此地菩薩所有善根亦復如是以方便慧隨逐觀察轉更明淨轉復寂滅無能映蔽

合中方便慧即上不住道合前瑠璃隨逐觀察合數磨瑩轉更明淨者般若現前故轉復寂滅者證智脱彼障故

譬如月光照衆生身令得清涼四種風輪所不能壞此地菩薩所有善根亦復如是能滅無量百千億那由他衆生煩惱熾火四種魔道所不能壞

一譬如月下明教智淨以月光寛大勝於前地但取月輪爲喻也四種風輪者出現品有能持等四種風輪非今四輪以彼不是壞散風故有散壞風復無四種未見經論不可定斷且就義釋即四時之風春曰和風喻煩惱魔順愛心故夏曰炎風喻於蘊魔多熱惱故秋曰涼風亦曰金風喻於死魔果熟收殺故冬曰寒風喻於天魔敗藏人善故行四魔行即是魔道餘文可知

出現品者即初總明出現中一名能持能持大水故二名能消能消大水故三名建立建立一切諸處所故四名莊嚴莊嚴分布成善巧故釋曰既持既嚴故非散壞有散壞者意業中第九相云佛子譬如風災壞世界時有大風起名曰散壞能壞三千大千世界鐵圍山等皆成碎末即散壞風唯一無四也

此菩薩十波羅蜜中般若波羅蜜偏多餘非不修但隨力隨分

佛子是名略說菩薩摩訶薩第六現前地

菩薩住此地多作善化天王所作自在一切聲聞所有問難無能退屈能令衆生除滅我慢深入緣起布施愛語利行同事如是一切諸所作業皆不離念佛乃至不離念具足一切種一切智智復作是念我當於一切衆生

中爲首爲勝乃至爲一切智智依止者此菩
薩若勤行精進於一念頃得百千億三昧乃
至示現百千億菩薩以爲眷屬
攝報中言聲聞難問無能屈者巳知二乘
緣諦等故
若以願力自在示現過於此數乃至百千億
那由他刼不能數知
爾時金剛藏菩薩欲重宣其義而說頌曰
菩薩圓滿五地巳觀法無相亦無性無生無
滅本清淨無有戲論無取捨
體相寂滅如幻等有無不二離分别隨順法
性如是觀此智得成入六地明利順忍智具
足
第三重頌二十二頌分三初十七偈頌位
行次四頌位果後一結說前中三初二頌

一句頌勝慢對治二有十偈三句頌不住
道行勝三有四偈頌彼果勝
觀察世間生滅相
二中有三初一句頌總顯心境
以癡闇力世間生若滅癡闇世無有
觀諸因緣實義空不壞假名和合用無作無
受無思念諸行如雲徧興起
不知真諦名無明所作思業愚癡果識起共
生是名色如是乃至衆苦聚
次九偈一句頌别明觀相即爲十段第一
有二偈半頌有支行列
了達三界依心有十二因緣亦復然生死皆
由心所作心若滅者生死盡
二一偈頌攝歸一心既云心滅則生死盡
故知不可唯約真心以真妄和合是說依

心即真之妄既滅即妄之真不無故起信云但心相滅非心體滅故起信者論有問云若心滅者云何相續若相續者云何說究竟滅答曰所言滅者唯心相滅非心體滅如風依水而有動相若水滅者即風相斷絕無所依止以水不滅風相相續唯風滅故動即隨滅非是水滅無明亦爾依心體而動若心體滅則衆生斷絕無所依止以體不滅心得相續唯癡滅故心相隨滅非心體滅釋曰現文可知楞伽亦云若心體滅則本識滅本識滅者不異外道斷見戲論

無明所作有二種緣中不了爲行因如是乃至老終歿從此苦生無有盡

三一偈頌自業差別

無明爲緣不可斷彼緣若盡悉皆滅

四半偈頌不相捨離

愚癡愛取煩惱支行有是業餘皆苦

五半偈頌三道不斷

癡至六處是行苦觸受增長是苦苦所餘有支是壞苦若見無我三苦滅

六一偈越頌第七三苦聚集

無明與行爲過去識至於受現在轉愛取有生未來苦觀待若斷邊際盡

七一偈却頌第六三際輪環

無明爲緣是生縛於緣得離縛乃盡

八半偈越頌第九生滅繫縛

從因生果離則斷觀察於此知性空

九有半偈却頌因緣生滅

隨順無明起諸有若不隨順諸有斷此有彼有無亦然

十有三句頌無所有盡觀

十種思惟心離著有支相續一心攝自業不離及三道三際三苦因緣生繫縛起滅順無盡

第三十種下有五句頌總結十名
如是普觀緣起行無作無受無眞實如幻如
夢如光影亦如愚夫逐陽燄
如是觀察入於空知緣性離得無相了其虛
妄無所願唯除慈愍爲衆生
三如是下頌彼果勝中初二頌對治勝
大士修行解脫門轉益大悲求佛法知諸有
爲和合作志樂決定勤行道
次一頌修行勝
空三昧門具百千無相無願亦復然
次半偈頌三昧勝
般若順忍皆增上解脫智慧得成滿
後二句通頌後二勝以義通故
復以深心多供佛於佛教中修習道得佛法
藏增善根如金瑠璃所磨瑩

如月清涼被衆物四風來觸無能壞此地菩
薩超魔道亦息羣生煩惱熱
此地多作善化王化導衆生除我慢所作皆
求一切智悉已超勝聲聞道
此地菩薩勤精進獲諸三昧百千億亦見若
干無量佛譬如盛夏空中日
甚深微妙難見知聲聞獨覺無能了如是菩
薩第六地我爲佛子已宣說
位果等可知　六地竟
第七遠行地所以來者已說緣起相應慧
住寄於緣覺次說有加行有功用無相住
寄菩薩地故次來也瑜伽云前地雖能多
住無相作意而未能令無相作意無間無
缺多修習住爲令滿故次有此來又前功
用未滿今令滿故初來意有二一正釋約慧寄位雙辨瑜伽下二

引證約慧於中先舉六地為入因後為令下正辨此來言遠行者通有四義成唯識云至無相住功用後邊出過世間二乘道故此有三義同於本分已如前釋解深密云能遠證入無缺無間無相作意與清淨地共相隣接故名遠行此有二義初義即三中無相揀異前地云無間缺後義由隣後地即能遠去故故下經云二界中間此能過故亦是前行後遠攝大乘云至功用行最後邊者但是一義世親釋云雖一切相不能動搖而於無相猶名有行者此解功用之言謂起功用住無相故金光明經同深密初義莊嚴論中同深密後義雖有四義然通有二義立遠行名一從前遠來至功用邊二此功用行邊能遠去後位故十住論云去三界遠近法

王位故名遠地仁王名遠達地者亦通二義成唯識下二釋總舉五釋意符唯識以包含故此有三義者一善脩無相到無相邊故名遠行二功用至極故名遠行三望前超過故名遠行及釋善脩並如前說二引深密即第四經亦是前行後遠者指上二義為前後耳三引攝論兼釋即第七論四引金光明即當第三五引莊嚴論即第十三偈云離道鄰一道遠去名遠行論釋云菩薩於七地中近一乘道故名為遠去問誰遠去答功用方便究竟此遠能去故名遠行十住論即第一卷即當後義仁主即當下卷奉持品既言遠達則亦通從前來達向後位然其能遠去行正是無相故所離障離細相現行障謂六地執生滅細相現行故此生滅相即是二愚一細相現行愚謂執有緣生流轉細生相故二純作意求無相愚即執有細還滅相故以純作意於無相勤求未能空中起有勝行至此地中方能斷之故所離下正明亦唯識論具云七細相現行障謂所知障中俱生一分執有生滅細相現行彼障七地妙無相道入七地時便能永斷由斯七地說

斷二愚及彼麤重一細相現行愚卽是此中執有生者猶取流轉細生相故二純作意求無相愚卽是此中執有滅者當取還滅細滅相故純於無相作意勤求未能空中起有勝行釋曰今疏便以釋言解之義已委具由執還滅故求無相又相有二種一有二無無者爲細以常在無相故不執生更不作意勤求無相故能證得法無差別眞如以了種種教法同眞無相故故能證下正辯所證唯識云七地無別眞如謂此眞如雖多教法種種安立而無異故彼疏釋云謂雖諸教法依如建立如無異故又於教中立種種名法界實相而如無異今疏中云以了種種教法同眞無相者謂雖諸教法隨機種種不失平等一味之相故中邊論云第七地中所證法界名種種法無差別由通達知此法無相不行契經等種種法相中故以能空中起有勝行故成方便度二行雙行乃至亦得無相之果故知以純無相不礙起行爲此地別義乃至下第六得果欲顯七門義理相順故云乃至得果者中邊論云通達種種法無別法界得一切法無相果故故知以下結成總意

是時天衆心歡喜散寶成雲在空住普發種種妙音聲告於最勝淸淨者

了達勝義智自在成就功德百千億人中蓮華無所著爲利羣生演深行

次正釋文亦有三分初讚請中有十二頌前十讚後二請前中分四初二天衆讚說主

自在天王在空中放大光明照佛身亦散最上妙香雲普供除憂煩惱者

次一天主光雲供佛表智契法身故

爾時天衆皆歡喜悉發美音同讚述我等聞斯地功德則爲已獲大善利

三有一頌天衆慶聞

天女是時心慶悅競奏樂音千萬種悉以如來神力故音中共作如是言

四有六頌天女樂音讚佛於中初一顯聲因緣

威儀寂靜最無比能調難調世應供已起一切諸世間而行於世闡妙道

雖現種種無量身知身一一無所有巧以言辭說諸法不取文字音聲相

往詣百千諸國土以諸上供供養佛智慧自在無所著不生於我佛國想

雖勤教化諸衆生而無彼已一切心雖已修成廣大善而於善法不生著

餘五正顯讚詞於中初四讚寂用無礙

以見一切諸世間貪恚癡火常熾然於諸想念悉皆離發起大悲精進力

後一明起用所由即悲智無礙將說雙行故承力讚此

一切諸天及天女種種供養稱讚已悉共同時默然住瞻仰人尊願聞法

時解脫月復請言此諸大衆心清淨第七地中諸行相唯願佛子爲宣說

後請可知

爾時金剛藏菩薩告解脫月菩薩言佛子菩薩摩訶薩具足第六地行已欲入第七遠行地當修十種方便慧起殊勝道

第二正說分中二先行後果行中有五種相差別一樂無作行對治差別二彼障對治差別三雙行勝差別四前上地勝差別五彼果差別（行中有五下文三初列）五中初一是趣地方便即當入心餘四爲住出心在果入住中初即初住地次一正住地次一說雖在後義該始終後一地滿（二五中下三心料揀）對初

言樂無作者樂著般若觀空故即細相現行障此地隨有不著爲能對治二謂向離能治前地樂空之心以其有量有功用即復是障故修無量無功用行以爲對治三垢障既盡故止觀雙行四明此地功用過前六地勝後三地上即後也五由地滿故說雙行果（初言下釋其名相）今初分中有四初結前標後二何等下徵顯其相三菩薩以如是下結行功能四入已下彰其分齊今初具足六地行已即是結前義含所治無相行故以般若無相行滿於此生著非增上行故次欲入下明其標後十種方便即是能治謂前樂無作不名方便不能起增上行非殊勝道今以十種不捨衆生法無我智以爲能治治前樂心名方便慧便能攝取增上行故名起殊勝道是則即有修空故不住空是空中方便慧即空涉有故不住有是有中殊勝道道即行也所行殊勝故名增上於何增上謂前所寄世出世中即空故勝於世間即能涉有故勝出世間前六地中雖亦修悲不住於無而在寂不能出空方作故不得方便殊勝之名雖行空行有而多著空但名樂無作治（義含所治者正意結前故謂前樂下二別釋方便慧殊勝道之所以由樂無作不能涉有故非方便不起勝行豈爲勝道今以十種下顯得名所由前六地下五解相濫雖難云前亦有即空涉有何不得名方便勝道答意可知雖行空下六通所治名局難亦躡前起難云前地既許雙遊空有何以偏名樂無作行釋意可知復應問云前地何以偏樂無作答治於五地取有慢故）

何等爲十所謂雖善修空無相無願三昧而慈悲不捨衆生雖得諸佛平等法而樂常供

養佛雖入觀空智門而勤集福德雖遠離三界而莊嚴三界雖畢竟寂滅諸煩惱燄而能爲一切衆生起滅貪瞋癡煩惱燄雖知諸法如幻如夢如影如響如燄如化如水中月如鏡中像自性無二而隨心作業無量差別雖知一切國土猶如虛空而能以清淨妙行莊嚴佛土雖知諸佛法身本性無身而以相好莊嚴其身雖知諸佛音聲性空寂滅不可言說而能隨一切衆生出種種差別清淨音聲雖隨諸佛了知三世唯是一念而隨衆生意解分別以種種相種種時種種劫數而修諸行

二徵顯中所以勝行得增上無勝者由下十義故義各二句皆上句觀空下句涉有上句得下句即成空中方便慧下句得上句即成有中殊勝行不滯空有並致雖言論主攝十爲四種功德謂前三各一後七爲一故（論主下別釋四中前三自利後一利他前中論當第一今當第二第二是第一今順經次一是離過後二成德成德之中前成福報後成內德）一初句即護惡行因事菩薩惡行有其二種一不樂利樂二起愛見今由上句故無愛見由下句故能利樂若二中互闕皆有惡行今由二句護之爲無愛見之悲因事（一初句下於中先舉惡行後今由下明護上句護下句無愛見惡行下句護上句無棄利樂惡行）二即財及身勝因事由供佛故獲財及身由得平等故二事皆勝勝財則隨物所須勝身隨意取其何類（二即財下成勝報也下句是身財得上句故身財俱勝上句得下句故不滯寂一同初句勝財則隨物下辨二勝相此二若勝能集助道）三護善根因事善根即勤集福德爲菩提資糧今以即空智而集是得彼勝

因增上令所集功德法皆成增上波羅蜜行名之為護雖有慈悲但是增上意樂故三皆自利三護善根下於中有二先正釋言是得彼勝因增上者勝因增上即觀空智慧後雖有下通妨結成謂第一句雖有慈悲但是意樂未正利他故三自利然疏釋文皆先釋下句涉有勝行後釋上句以導下句二皆互資例如初門後七同是利他合為第四攝眾生因事即為七種初一隨物受生次二化令離障後四攝令住善初中願力受生為作眾生上首故須莊嚴三界但是願生非由業惑故云遠離

二說對治故謂示起煩惱欲令治斷而知性寂方為第一義治令見常自寂故

三為滅智障故障有四種如五地隨世智中說令隨眾生心作書論等無量事業而為能治障有四種下前論云是中書等有四種障對治四種障者一所用事中忘障二邪見軟智障三所取物中不守護障四取與生疑障以書治初障因聲二論治第二障印治第三障算數治第四障今文書是第一治論是第二等即等取印算數等無量事業總以結之而為能治通上四也

四於大法眾會集故為物起嚴土行此明依報下三明正報三輪益物四於大法下此上明望益修因淨土之中聖賢集會諸上善人俱會一處與諸菩薩同一志行無有怨嫉令物修因當獲淨土人實為嚴而集會故

五即身業無身現身者令生五福謂見聞親近供養修行故自身無身同佛法身故下二亦然令生五福下見唯約眼聞但約耳親近約身供養捨財修行通三業言自身無身同佛法身故者佛以法為身清淨如虛空所現眾色形令入此法中今菩薩亦無身現身登地已上分證法身同佛身故下二亦然者即總例口意同身皆即體起用無言現言無知而知並如經文

六即口業轉法輪故

七即意業於無長短中隨問善釋記三世事起三世行故於無長短下三世是長一念是短今明三世即一念

是實是空則無長短不礙能知種種時節長短劫事

菩薩以如是十種方便慧起殊勝行從第六地入第七地

第三總結勝能中論釋云此十種發起殊勝行異對攝取對治攝取者皆上下二句相對名爲共對由此上下各能對治皆上句治凡下句治小隨治不同義如前說由二攝取名殊勝行對治前障第三總結者具此十行入十地故疏論釋云下所以釋者由上釋十句但明共中所起勝行未顯方便殊勝之由今總釋之先舉論後皆上下疏釋於中有三初解共對次由此下釋對治上句治凡者觀空下句治小者起行故後由二攝取下通釋兩箇攝取以上共對亦有攝取對治亦有攝取此二攝取大旨則同上句攝取下句則不滯小下句攝取上句則不滯凡此是共對攝取成殊勝行上句治凡不攝下句非眞實治下句治小不攝上句亦非實治二互相攝皆成勝行又若別說上句攝下卽空中方便慧下句攝上爲有中殊勝行二旣和合通得名爲十種方便亦得名爲十種勝行故論但云此十種發起殊勝行旣空有無滯故能對治六地之中樂無作行也

入已此行常現在前名爲住第七遠行地

四彰分齊者明無相無間故無相地名從此而立此亦卽攝前不退住不同前六前六得住地已捨入地心以修解入非以行入此以行入故常行不捨名不退住言此以行入故常行不捨者七地功用行滿方便涉有故得行入之名

佛子菩薩摩訶薩住此第七地已入無量衆生界入無量諸佛教化衆生業

第二佛子菩薩摩訶薩住此第七下彼障對治卽攝無著行有量功用皆不著故言對治者有二種相一修行無量種治前有量障二此菩薩作是念下修行無功用行治前有功用障令初有二十句攝成十對一一對中皆上句明境界無量爲所知所

化後句明佛德業無量爲能知能化菩薩入彼佛化以用化生要則攝十爲五即五無量界爲所知所化者所知即智境所化即悲境要則攝十爲五者所以更為此攝者以此說無量要治於有量要唯有五故為此攝如前頻釋一即衆生界無量二世界無量三法界無量四調伏界無量五調伏方便界無量然此五界唯佛窮證能化德業用於五界菩薩修入能化德業趣入五界又此五中初一所化次二化處後二化法正化即前三是所後二是能望能化能知五界皆所將此十對能化所化望於菩薩皆是所入則入皆修入證入亦了達也初一對衆生無量論云隨所化何等衆生此對爲總十對皆爲利衆生故言何等者類非一故釋經無量之言隨所者隨多類宜而以無量化衆生業而化故

入無量世界網入無量諸佛清淨國土

二有一對衆生住何等處謂住世界無量以淨土行化故

入無量種種差別法入無量諸佛現覺智入無量劫數入無量諸佛覺了三世智

三有二對以何等智慧化初對橫窮諸法智後對竪窮三世智皆是種智二對約其所知皆是法界無量

入無量衆生差別信解入無量諸佛示現種種名色身入無量衆生欲樂諸根差別入無量諸佛語言音聲令衆生歡喜入無量衆生種種心行入無量諸佛了知廣大智

四有三對明調伏界無量初二對明以何等心於中初對隨衆生信樂種種天身菩薩以名色身化故謂心隨其樂同修天行得天身故口隨其信以名句身說彼行故第二對知昔根欲不同以隨類音稱根說故次一對以何等行謂知現在心行不同

以徧趣行説對治故

入無量聲聞乘信解入無量諸佛説智道令信解入無量辟支佛所成就入無量諸佛説甚深智慧門令趣入入無量諸菩薩方便行入無量諸佛所説大乘集成事令菩薩得入

五有三對明調伏方便界論云置何等乘謂置三乘故初對爲聲聞説智道令證滅故次對爲緣覺説深智令知因緣故後對爲菩薩説地度集成事稱彼方便涉有故

此菩薩作是念如是無量如來境界乃至於百千億那由他劫不能得知我悉應以無功用無分別心成就圓滿

第二修無功用行中二先加行趣求後佛子此菩薩下正顯修行今初先牒前無量爲所趣求我悉下要期以無功無相攝取彼境無分別者謂不取性相忘緣等照即無相觀也加以無功無相尤勝然任放天性不由勤策自然而行亡功合道名無功用八地方證今要心任彼故云應以由功用行此已滿故此則修行無功非如八地任運無功也

佛子此菩薩以深智慧如是觀察常勤修習方便慧起殊勝道安住不動

二正顯中初牒前觀智次常勤修下是修行相方便已下是所修法即前空中方便慧有中殊勝行既以無功無相智修能治功用有相之障後安住不動顯觀成相此即行成不動非如八地相用不動

無有一念休息癈捨行住坐卧乃至睡夢未曾暫與葢障相應

第三無有一念下辨雙行勝文分四別一二行雙無間二常不捨下信勝三此菩薩於念念下能作大義四佛子此十下菩提分差別四中前三別顯後一總該三中前一自分後二勝進一二行下初總敘名意疏皆具釋今當總釋一內證行止觀並起為二行雙行常現相續名為無間始起勝進於上決定名為信勝三依信起行行有義利故名為義勝故名大修起名作行成覺因名菩提分分具多義稱爲差別四中前三下二料揀然四會多義故曰總該亦勝進攝今初無有一念休息廢捨者正顯雙行無間之義謂不捨前不動之止觀察之觀爲止觀二行雙行一念不休即無間義次行住下顯無間時謂四儀睡寤舉睡夢者以昧況審今初無有下全捨爲休暫廢爲息以昧況審者睡眠皆以昧略爲性略揀寤時昧揀定中定中雖略而不昧故今爲對審但舉昧耳常不捨於如是想念

二信勝者論云彼無量智中殊異義莊嚴相現前專念故者專念忍可即是信義常信前十無量二嚴佛境故名爲勝

此菩薩於念念中常能具足十波羅蜜何以故念念皆以大悲爲首修行佛法向佛智故所有善根爲求佛智施與衆生是名檀那波羅蜜能滅一切諸煩惱熱是名尸羅波羅蜜慈悲爲首不損衆生是名羼提波羅蜜求勝善法無有厭足是名毘梨耶波羅蜜一切智道常現在前未嘗散亂是名禪那波羅蜜能忍諸法無生無滅是名般若波羅蜜能出生無量智是名方便波羅蜜能求上上勝智是名願波羅蜜一切異論及諸魔衆無能沮壞是名力波羅蜜如實了知一切法是名智波羅蜜

三作大義者一念頓具十度之行義利廣故念念修起故名爲作文中二先總明後何以下徵釋徵云十度行異一念寧圓釋文分二先明能具所以由悲智雙運故後所有下顯所具之相檀通悲智忍唯約悲餘皆約智然此中十相意令一念十相不同故三檀等中隨取其一可以意得理實無所不具故下菩提分中云一切皆滿前六可知故三檀下遠公云施中但有法施戒中但有律儀律儀中有三離一因離二對治離三果行離今唯因離滅煩惱故尸羅此云清涼忍唯辨他不饒益精進唯明攝善禪定唯明引生功德般若唯明第一義諦然案經文義類易求故云可知後之四度是論自釋　但釋後四方便涉事云無量智以是智故又能出生施等行願以攝衆生故名方便願中由此願智能求八地已上上上大波羅蜜攝取彼勝行故次力中以是智故遠離布施等障故不爲彼動智中以是智故布施等一切種差别如實了知爲化衆生故此四相皆從用立名通成前六亦有别成前六等並如初會中辨一念具十念念皆然初心欲修至此方得一念具十下明得分齊初心圓觀亦卽修此今此證得七地特明

大方廣佛華嚴經疏鈔會本第三十七之七

音釋

羼提梵語也此云忍羼初眼切

大方廣佛華嚴經疏鈔會本第三十七之八

唐于闐國三藏沙門實叉難陀　譯

唐清涼山大華嚴寺沙門澄觀撰述

佛子此十波羅蜜菩薩於念念中皆得具足如是四攝四持三十七品三解脱門畧説乃至一切菩提分法於念念中皆悉圓滿

四菩提分差別中有四種相前二攝善後二離過一依大乘行謂十度自利此即大義結文爲顯十度通二義故論將屬後巧用經文（爲顯十度下一成義利即前利他二求菩提即今自利結文是一而義兩成故云巧用）二四攝者即依教化衆生三四持等即依煩惱障增上淨故謂依四持爲所住處以三解脱爲所依門修行三十七品則得煩惱障淨任持自分故名爲持亦名四家所住處故四者一般若家此是能照二者諦家即是所照三捨煩惱家四苦清淨家由初二勝業離此惑苦若約別説初一見道前次三即見修無學（三四持等者等取三十七品三解脱門謂依四持下二顯淨惑要由此三方能淨故任持下三釋總名揀非勝進云持自分亦名四家下四出異名所住處故者釋成家義亦可得名四種住處謂智住處等亦名成位處四者下五釋四體相即就家釋由初二下六結成四義由般若照諦名初二業得惑滅苦淨故有四也若約別説下七約位分別則初亦名智位二見實位三斷惑位四證滅位然其此四通於諸位故云若約別説以配四位耳）四畧説下依智障清淨以無所不具故離塵沙無明

爾時解脱月菩薩問金剛藏菩薩言佛子菩薩但於此第七地中滿足一切菩提分法爲諸地中亦能滿足

第四爾時解脱月下前上地勝差別中二初明勝前六地二何以故菩薩從初下明

勝後三地勝即增上義前中二先問問意云若先已具此何獨言若先未具何得成此先問意者從前一切菩提分法念念皆悉圓滿中生問意可知

金剛藏菩薩言佛子菩薩於十地中皆能滿足菩提分法然第七地最爲殊勝何以故此第七地功用行滿得入智慧自在行故

後答中三初標次徵後釋釋中二先別顯此地勝相功用行滿即自分滿足得入下勝進趣後由此二義故能勝前智慧即八地證智自在即五通大用十自在等得入智下勝進趣後者經中但云得入智慧自在行故論經云乃得入智慧神通行故論釋云通者五神通智者如前說釋曰如前十方便智上七地修此十智至於八地無功而成似於此地故得指之然論神通即今自在號全二經故以自在指十自在十自在亦神通

佛子菩薩於初地中緣一切佛法願求故滿足菩提分法第二地離心垢故第三地願轉增長得法光明故第四地入道故第五地順世所作故第六地入甚深法門故第七地起一切佛法故皆亦滿足菩提分法

二佛子下通示諸地滿相即遠釋十地皆滿足言近釋七地功用滿語故論徵云云何此地中方便行滿足方便即功用也具十方便故論自釋云彼餘世間出世間中更起殊勝行是故此七地中起一切佛法故者謂前三世間次三出世此則更互各一殊勝行今一切中具起所以名滿故論徵下二舉論徵釋以成前義初地願中具二地戒中具三地聞中具而云願增長者欲依如來智慧利衆生故餘可知欲依如來智即求願義七地一切者瑜伽論中說佛功德七地皆得八地成

就九地具足十地圓滿有少餘障未名清淨離已即是清淨菩提有少餘障下即果累無常微細習氣故

何以故菩薩從初地乃至第七地成就智功用分以此力故從第八地乃至第十無功用行皆悉成就佛子譬如有二世界一處雜染一處純淨是二中間難可得過唯除菩薩有大方便神通願力佛子菩薩諸地亦復如是有雜染行有清淨行是二中間難可得過唯除菩薩有大願力方便智慧乃能得過

二明勝後三地文中四一法二喻三合四因論生論今初先徵後釋徵意云何以前六各一至七方具一切釋云從初積集至此成故此酬前徵由此便能令後三地勝行成就斯乃勝由勝前但約能入八地勝後令後地無功行成乃至十地要由積功以至無功之功故要由積功者結成勝後地義後地無功用因於此地功用成故名之為勝非行體勝合中有雜染行合雜染世界然有二義一即前六二通前七有清淨行合純淨界即後三地中間難過亦有二義一若六地爲雜則七地爲中間若七地皆雜則從七至八即曰中間難過者猶娑婆之於極樂淨穢域絕前六後三難過亦爾要得此地大願方便方能越之淨由此到染由此過故此一地最爲勝要一若六地下通論染淨乃有四門一云外凡人位說為純染善趣已上乃至解行名為染淨初地已上乃名純淨二善趣亦染種姓已上為染淨純淨同前三者地前皆染初至七地亦名染淨八地已上乃名純淨四染義如前十地皆染淨佛為純淨今是第三門耳

解脫月菩薩言佛子此七地菩薩爲是染行

爲是淨行

四因論生論中先問後答問意云前後可知但言中間爲何所屬

金剛藏菩薩言佛子從初地至七地所行諸行皆捨離煩惱業以廻向無上菩提故分得平等道故然未名爲超煩惱行

答意明非染非淨亦得名爲亦染亦淨故名中間於中二先通將七地對後彰劣攝此第七通於染淨則成前七地皆是染淨相雜非純染行故論云從初地來離一切煩惱示現如是此地名爲染淨非染行故二佛子此第七下別將此地對前彰勝顯此第七雙非染淨故成前第七是中間義示現如是下謂約行非染約位在染中今初通中有法喻合法中初標離惑業顯是淨故此以廻向下釋上淨義以二因故後然未下即由上二顯同前染非報行故以二因故者二因即經中一廻向菩提故二分得平等道故後然未下即經然未名爲超煩惱行疏今釋云由上二因故非超也上用二因得名清淨成於行淨今以二因却同染者既因廻向及分平等而得淨名明非淨位故同於染不同八地報行淨也

佛子譬如轉輪聖王乘天象寶遊四天下知有貧窮困苦之人而不爲彼衆患所染然未名爲超過人位若捨王身生於梵世乘天宮殿見千世界遊千世界示現梵天光明威德爾乃名爲超過人位

次喻中輪王喻七地隨分捨功用道故梵王喻於八地報得初禪遊千界故然法中對問但明前七喻中舉勝顯劣故兼明上地次譬喻中略舉其要此是行淨義揀異梵王報得淨耳然準合中二喻各有五節至下當知然云梵王遊千界者即千四天下準俱舍論二禪量等小千三禪等中

千四禪等大千娑沙有義初禪之量即等小千故生梵世得遊千界

佛子菩薩亦復如是始從初地至於十地乘波羅蜜乘遊行世間知諸世間煩惱過患以乘正道故不爲煩惱過失所染然未名爲超煩惱行若捨一切有功用行從第七地入第八地乘菩薩清淨乘遊行世間知煩惱過失不爲所染爾乃名爲超煩惱行以得一切盡超過故

合文準此可知

佛子此第七地菩薩盡超過多貪等諸煩惱衆住此地不名有煩惱者不名無煩惱者何以故一切煩惱不現行故不名有者求如來智心未滿故不名無者

第二別明此地雙非染淨初總明盡超過多貪等者盡超故勝前求佛之心爲貪猒世爲瞋取空著有爲癡至此盡超前求佛下示其所超此有二類一約所求道中辨貪瞋癡即是所知障中智即障義前六地有七地都超又初地超貪檀度滿故二三超瞋尸忍滿故三亦超癡得聞持故四地超慢道品離我相故五地超疑了諸諦故六地超見入般若故此地總超隨惑等常在觀故故云盡超而云多者顯非報行故則細者未超又初地下正超煩惱前之六地於俱生中分分別超此都盡故云諸煩惱衆衆即多也故唯識云能永伏盡如何羅漢而云多下上明總超即是非染此下明其細者未超即是非淨由此生下雙非之義故論先云住是第七菩薩地過多貪欲等諸煩惱衆者未至報地故即云是故此地不名離者明知躡前明雙非也次住此下正明形前望後以顯雙非後何以下釋雙非義常在觀故惑不現行即過前也有功用行名求未滿即劣後也功用即是煩惱以有起動故

佛子菩薩住此第七地以深淨心成就身業成就語業成就意業所有一切不善業道如來所訶皆已捨離一切善業如來所讚常善修行

第五佛子菩薩住此第七下彼果分中論主此中名雙行果此果實通諸分以雙行是正住行親生此果故又以雙行該於諸分皆雙行故名雙行果文分四果一業清淨二得勝三昧三過地四得勝行遠公云初即彼障對治果二即雙行果三即前上地勝果勝行轉增故四即樂無作行對治果以彼方便及起勝行滿足在此故又初一即自他二行雙行二即定慧雙行三即悲智等雙行四即寂用雙行第五佛子下疏文有五一釋總名二文分下開章三遠公下辨所從然疏意欲通故引遠公局配於中有四初由於離障故至此中三業皆淨二由前雙行一念不捨止觀雙行三昧轉增故名為勝三勝行轉增故得過地四由前有方便智起殊勝行今此行成名得勝行又初下雙辨有相就初果中復分四種一者戒清淨於中初約性戒明戒但三業淨後所有已下約智聽明戒則惡止善行就初果中復分為四者一戒清淨二世間智淨三得自身勝四得勝力又此四中初三自分後一勝進前中初離過後二成善善中二前行用後行體然疏皆具揀今易見耳

世間所有經書技術如五地中說皆自然而行不假功用

二世間所有下世間智淨此辨行用

此菩薩於三千大千世界中為大明師唯除如來及八地已上其餘菩薩深心妙行無與等者

三此菩薩下明得自身勝此明行體論云心行二平等無與等者謂深心及妙行為

二深心即證行猶是十方便妙行即教行亦是前起勝行此二齊起故云平等不同前地有無間生

諸禪三昧三摩鉢底神通解脫皆得現前然是修成非如八地報得成就此地菩薩於念念中具足修習方便智力及一切菩提分法轉勝圓滿

四諸禪下明得勝力謂得禪等現前勝功德力故上三自分此一勝進文中二初明離定障禪等已見品初論云寂滅樂行故此釋三昧是現法樂住禪次云滅定三摩跋提者以三摩鉢底有其五種一四無色二八勝處三十徧處四滅盡定五無想定前四菩薩多入爲化衆生後一不入非聖法故今於五中正意在於滅定故論別明下解脫月亦因此言問何位中能入定滅也後此地下離智障可知初明離者二即智障由上對治故離二障然禪等雖前已釋今略要知禪即四禪三昧即三三昧三摩鉢底如疏有五論三摩提即三摩鉢底之古譯耳神通謂五神通解脫謂八解脫經中先彰所成後然是下對後揀劣論中先略指云四得勝力禪等現前勝如經等次重分別云是中依禪起三昧三摩跋提神通解脫為教化衆生故寂滅樂行故滅定三摩跋提如是次第釋曰此中論主明得勝力具足二禪四禪為能起一一起得三昧等即引生功德禪二爲教化衆生故即出引生之意是能益衆生禪三寂滅樂行下即現法樂住禪然九次第定皆是現法樂住今從最勝舉其滅定正是此地之所安住故疏云正意在此下約於此以辨勝行定散自在故云勝行耳後此地下據此業清淨果即前雙行果也則雙行有四一二行雙無間二信勝此二三昧爲果三作大義四菩提分差別即業清淨爲果

佛子菩薩住此地入菩薩善觀擇三昧善擇義三昧最勝慧三昧分別義藏三昧如實分別義三昧

第二佛子菩薩住此地下明三昧勝分二初別舉十名後入如是下總結多類今初前五自利後五利他又前五起戒後五成行又前五現法樂住後五利益衆生前中初二知理次二知教後義一知事一云善觀擇者依未觀義伏心令觀二依已觀義重更思審故論經云善思義三昧三依一名說無量義故云最勝四依一義說無量名故云分別義含於名故稱爲藏五依通一切五明處如事實故三依一名即知教言四一義多名是如教詮論經三名益意三昧者義能澄心故

善住堅固根三昧智慧神通門三昧法界業三昧如來勝利三昧種種義藏生死涅槃門三昧

後五中初一依煩惱障淨眞如觀堅固根故般若云不動法界故眞如觀爲堅起信云眞如三昧爲諸定之本故此云根此一顯行深後四依智障淨以顯行廣爲治四障故今即能治障在文外四中初一助道次二證道後一不住道初智通者治勝功德障智通即是勝德下三倣此以智與通化利鈍二類令入一實故名爲門二治無礙智障雙照事理二法界爲業故三治於深上佛法怯弱障大悲勝利安住涅槃能建大事是佛深上故四治不住行障種種義藏者種種善根故此善能生不住故名爲藏修有爲善根故不住涅槃修無爲善根故不住生死種種善根即無住之門

入如是等具足大智神通門百千三昧淨治此地

後結可知
是菩薩得此三昧善治淨方便慧故大悲力
故超過二乘地得觀察智慧地
第三是菩薩得此下明過地於中三一行
修善巧過二作業廣大過三修行勝入過
今初過法有二一巧智二深悲過相亦二
一下過二乘二上過智地智慧地即八地
無功用智由此地中雙觀止觀便至彼處
法流水中任運雙流趣佛智海
佛子菩薩住此地善淨無量身業無相行善
淨無量語業無相行善淨無量意業無相行
故得無生法忍光明
二佛子菩薩住此下作廣業大過中二先
正顯過後解脱月下彰過分齊今初中先
對下彰出過言無相者即前樂無作對治
無量者即前無量對治入定離相二乘容
有而非無量故此無量顯異二乘善淨之
言顯過下地謂修方便行滿足故後得無
生法忍光明對上彰入過是彼八地無生
法忍明相現前故下地未得故
解脱月菩薩言佛子菩薩從初地來所有無
量身語意業豈不超過二乘耶
二彰過分齊中二先難即執前同後難
金剛藏菩薩言佛子彼悉超過然但以願求
諸佛法故非是自智觀察之力今第七地自
智力故一切二乘所不能及譬如王子生在
王家王后所生具足王相生已即勝一切臣
衆但以王力非是自力若身長大藝業悉成
乃以自力超過一切菩薩摩訶薩亦復如是
初發心時以志求大法故超過一切聲聞獨

覺今住此地以自所行智慧力故出過一切二乘之上

後答即揀後異前答有法喩合法中非自力者障現行故喩中王家即如來家王后即得眞法喜修二利故名爲王相合中大法即法中佛果法自所行者即殊勝行智慧力者即方便智於此二中常不出觀故是自力能過此約寄位廣如初地中辨餘文可知（此約寄位者前六寄凡小故未過也）

佛子菩薩住此第七地得甚深遠離無行常行身語意業勤求上道而不捨離是故菩薩雖行實際而不作證

三佛子下明行修勝入過謂非但如前廣多無量而力用難測深無分量勝而過也論云神力亦無量者神即難測義也文中言甚深者即遠入無底故遠離者彼前障滅故無行者無相之行無所行故彼前六地不能行故常行者此無間故得此三業即當體深入過勤求下即趣後勝入故二乘亦有離彼相業而得少爲足不能上求菩提求過故也是故已下結雙行故

解脫月菩薩言佛子菩薩從何地來能入滅定

第四解脫月下明得勝行於中二先得寂滅勝行在定不住故即方便智也二佛子此菩薩下得發起勝即起殊勝行前中先問後答

金剛藏菩薩言佛子菩薩從第六地來能入滅定今住此地能念念入亦念念起而不作證故此菩薩名爲成就不可思議身語意業

行於實際而不作證譬如有人乘船入海以
善巧力不遭水難此地菩薩亦復如是乘波
羅蜜船行實際海以願力故而不證滅
答中先明得法分齊六地入深緣起之實
際未念念入者有出觀故後今住下辨勝
過劣於中有法喻合法中先正明得而不
證後此菩薩下出不證所以以得方便即
寂起用故成不思議三業故能不起滅定
現諸威儀故能不起下即淨名第一身子章前已引竟然十通品第十通
云菩薩摩訶薩以一切法滅盡三昧智通
於念念中入一切法滅盡三昧亦不退菩
薩道不捨菩薩事不捨大慈大悲心修
習波羅蜜未嘗休息即動寂無二也喻
云善巧力者知行船法知水相故準大品
經未善巧前亦有其喻方便未成入水便
敗故準大品下經云譬如有人不曉船法
乘船入海沒溺而死菩薩亦爾未得
方便波羅蜜多入實際海則證實際次云
譬如有人善知船法雖入大海而不沒溺

菩薩亦爾得方便波羅
蜜雖入實際而不作證合云波羅蜜船即
般若等也以願力者是方便不捨有因
佛子此菩薩得如是三昧智力以大方便雖
示現生死而恒住涅槃雖眷屬圍繞而常樂
遠離雖以願力三界受生而不為世法所染
雖常寂滅以方便力而還熾然雖然不燒雖
隨順佛智而示入聲聞辟支佛地雖得佛境
界藏而示住魔境界雖起魔道而現行魔法
雖示同外道行而不捨佛法雖示隨順一切
世間而常行一切出世間法所有一切莊嚴
之事出過一切天龍夜叉乾闥婆阿脩羅迦
樓羅緊那羅摩睺羅伽人及非人帝釋梵王
四天王等之所有者而不捨離樂法之心
二明發起勝行中亦是上來已攝無著行
此下攝平等隨順一切衆生廻向且依發

起勝行文分爲二初牒前標後由得滅定三昧不作證智故成後大方便也後雖示下正顯勝行經有十句論爲八種共對治攝謂後三爲一故能治所治二行共俱互相攝故如示生死爲所治以恒住涅槃爲能治能治攝於所治則不爲生死所染亦得以涅槃爲所治示現生死爲能治能治攝於所治而不證於涅槃他皆倣此

八中初一爲總故云生死涅槃論云一起功德行謂入生死爲福業事故淨名云生死畏中當依如來功德之力不入生死海不得無價寶珠何有功德

二上首攝餘行謂既示生死必爲上首攝眷屬故

三願取有行非業所拘故處而不染

四家不斷行謂雖言不染而示有妻子名家不斷雖然不燒者示有常修梵行故唯此一句具空中方便慧有中殊勝行上下皆應倣此從畧故無四家不斷行中雖言不染而示有妻子即空中方便慧是觀於空不礙有故雖然不燒即有中殊勝行涉有不迷於空故唯此經文具斯二言上下應有而不具者皆用二句互相攝導已具二故如雖示生死得下而住涅槃即有中殊勝行下住涅槃得上示生死即空中方便慧故義已盡但文不具

五者入行謂非獨化凡亦轉二乘入佛慧故

六資生行謂雖知五欲即道今攝佛法而飲食資身睡夢資神皆順五欲十軍是魔境界皆順五欲者約五欲境即是魔王所緣之境若將資神及益身等即分齊境十軍已見初會

七退行謂示老病死衰退即四魔等法不行其因名超魔道即四魔者老病衰退總是蘊魔死即死魔老病之時亦有惑俱即煩惱魔而言等者兼有十魔不求有生即不

行其因生必老死故八者轉行謂初四化凡次一化小次二化魔令由自行不染故轉凡之惑令絕其因此有三種一見貪轉外道著諸見故如佛示學二仙二障礙轉如佛示學書算等三所有下貪轉如佛處於王宮不生染者此有三者無數煩惱不出此三謂見愛無明又見愛卽利鈍二使無明兼縛所知則二障皆縛如佛示學者本行集云一阿羅羅仙人二欝頭藍弗仙人

佛子菩薩成就如是智慧住遠行地以願力故得見多佛所謂見多百佛乃至見多百千億那由他佛

第二位果初調柔中文亦有四初調柔行體中亦有法喩合法中亦三初緣

於彼佛所以廣大心增勝心供養恭敬尊重讚歎衣服飲食卧具醫藥一切資生悉以奉施亦以供養一切衆僧以此善根廻向阿耨多羅三藐三菩提復於佛所恭敬聽法聞已受持獲如實三昧智慧光明隨順修行於諸佛所護持正法常爲如來之所讚喜一切二乘所有問難無能退屈

次於彼下能練行淨言護持正法者由方便行滿守護於他故得於三界爲大師所以能護

利益衆生法忍清淨如是經無量百千億那由他劫所有善根轉更增勝

三利益衆生下明所練淨論云此地釋名應知者卽以經文爲釋名謂利益衆生是有中殊勝行法忍清淨卽空中方便智此二是行善根轉更增勝者明功用究竟卽是遠義

譬如眞金以衆妙寶間錯莊嚴轉更增勝倍

益光明餘莊嚴具所不能及
喻中金喻證智信等善根衆寶間錯者即
一切菩提分法方便行功用滿足故令前
善根轉勝
菩薩住此第七地所有善根亦復如是以方
便慧力轉更明淨非是二乘之所能及佛子
譬如日光星月等光無能及者閻浮提地所
有泥潦悉能乾竭此遠行地菩薩亦復如是
一切二乘無有能及悉能乾竭一切衆生諸
惑泥潦
第二佛子譬如日光下明教智淨先喻後
合喻中光義如前地而此日光盛故勝彼
月光以月光清凉如般若故日光用廣如
方便故餘並可知
此菩薩十波羅蜜中方便波羅蜜偏多餘非
不修但隨力隨分佛子是名畧說菩薩摩訶
薩第七遠行地菩薩住此地多作自在天王
善爲衆生說證智法令其證入布施愛語利
行同事如是一切諸所作業皆不離念佛乃
至不離念具足一切種一切智智復作是念
我當於一切衆生中爲首爲勝乃至爲一切
智智依止者此菩薩若發勤精進於一念頃
得百千億那由他三昧乃至示現百千億那
由他菩薩以爲眷屬若以菩薩殊勝願力自
在示現過於此數乃至百千億那由他劫不
能數知
爾時金剛藏菩薩欲重宣其義而說頌曰
第一義智三昧道六地修行心滿足即時成
就方便慧菩薩以此入七地
雖明三脫起慈悲雖等如來勤供佛雖觀於

空集福德菩薩以此升七地
遠離三界而莊嚴滅除惑火而起餤知法無
二勤作業了刹皆空樂嚴土
解身不動具諸相達聲性離善開演入於一
念事各別智者以此升七地
第三重頌二十一頌分三初十七頌半頌
位行次二頌半頌位果後一頌歎勝結說
前中分五初四頌樂無作行對治
觀察此法得明了廣爲群迷與利益入衆生
界無有邊佛教化業亦無量
國土諸法與劫數解欲心行悉能入說三乘
法亦無限如是教化諸群生
次二頌彼障對治中無量畧不須無功用
行
菩薩勤求最勝道動息不捨方便慧一一迴
向佛菩提念念成就波羅蜜
發心迴向是布施滅惑爲戒不害忍求善無
厭斯進策於道不動即修禪
忍受無生名般若迴向方便希求願無能摧
力善了智如是一切皆成滿
三有三頌頌雙行無間
初地攀緣功德滿二地離垢三諍息四地入
道五順行第六無生智光照
七住菩提功德滿種種大願皆具足以是能
令八地中一切所作咸清淨
此地難過智乃超譬如世界二中間亦如聖
王無染著然未名爲總超度
若住第八智地中爾乃喻於心境界如梵觀
世超人位如蓮處水無染著
此地雖超諸惑衆不名有惑非無惑以無煩

惱於中行而求佛智心未足
四有五頌頌前上地勝分言三諍息者約
忍度故又得法光明故無有諍
世間所有衆技藝經書辭論普明了禪定三
昧及神通如是修行悉成就
菩薩修成七住道超過一切二乘行初地願
成此由智譬如王子力具足
成就甚深仍進道心心寂滅不取證譬如乘
船入海中在水不爲水所溺
方便慧行功德具一切世間無能了
五有三頌半頌雙行果
供養多佛心益明如以妙寶莊嚴金
此地菩薩智最明如日舒光竭愛水又作自
在天中主化導群生修正智
若以勇猛精勤力獲多三昧見多佛百千億
數那由他願力自在復過是
此是菩薩遠行地方便智慧清淨道一切世
間天及人聲聞獨覺無能知

大方廣佛華嚴經疏鈔會本第三十七之八

音釋

泥潦　潦魯皓切路上流水也

大方廣佛華嚴經疏鈔會本第三十八之一

唐于闐國三藏沙門實叉難陀　譯

唐清涼山大華嚴寺沙門澄觀撰述

第八不動地所以來者瑜伽云雖於無相作意無缺無間多修習住而未能於無相住中捨離功用又未能得於相自在修習得滿故次來也又約寄位初之三地寄同世間次有四地寄三乘法第八已去寄顯一乘莊嚴論釋第七地云近一乘故梁論亦說八地已上以爲一乘是知從前差別進入一乘故次來也

言不動者總有三義故成唯識云無分別智任運相續相用煩惱不能動故謂任運故功用不能動相續故相不能動總由上二煩惱不動與本分大同而金光明云無相正思惟修得自在諸煩惱行不能令動但有二義由相於前已不動故行即功用攝論云由一切相有功用行不能動故此則畧無煩惱無性釋意云第七地行動相不動此中行相俱不動世親同此解深密云由於無相得無功用於諸法中不爲現前煩惱所動此但約煩惱不動上二十住論云若天魔梵沙門婆羅門無能動其願故此即約人不能動人亦是相仁王名等觀地者上皆對他立名此約當體受稱即無相觀下經自有釋名至彼當知若不動名諸論雖異並不出前三言不動下二釋名總引八釋兼無性世親釋論則有十釋下結不出三義而唯識最具謂任運下初疏釋即第九論二與本分下即本論云報行純熟無相無間故名不動報行純熟即是功用不動前地所修今此位成名爲報熟空有常行名爲無間不爲空有間故常在無相觀故而

金光明者即第三經先舉經但有二義下疏釋不言不為相動故但二義由相於前下疏出經意前常在無相觀相已不動此經無相正思惟修是常無相故煩惱不動得自在故功用不動四攝論先舉論此則略無煩惱是疏釋論而言略無者非全無也或以相用即煩惱故無性下引彼釋論當其第一彼文繁廣故言意云無性具云言不動者謂一切相及一切行不能動彼心故第七地中雖一切相所不能動相不現行故然不自在任運而轉有加行故第八地中任運而轉不作加行故是名七八地差別次云世親同此者亦七論云由此地所有諸相及一切行皆不能動無分別智任運流行五解深密即第四經亦以相行即煩惱也六十住論亦是第一論此即約人下疏釋七仁王者即下卷經後上皆下疏釋即常在無相觀故名等觀故

所離障亦離無相中作加行障由有加行未能現相及土此地能斷說斷二愚一於無相作功用愚二於相自在愚令於相中不自在故

故所離障下三所離障亦唯識論今當具出論云八無相中作加行障謂所知障中俱生一分令無相觀不任運起前之五地有相觀多無相觀少於第六地有相觀少無相觀多第七地中純無相觀雖恒相續而有加行由無相中有加行故未能任運現相及土如是加行障八地中無功用道若得入八地時便能永斷彼永斷故得二自在由斯八地說斷二愚及彼麤重一於無相作功用愚二於無相作自在愚令於相中不自在故此亦攝土相一分故八地已上純無漏道任運起故三界煩惱永不現行第七識中細所知障猶可現起生空智果不違彼故釋曰求無相故名曰加行令無相觀不任運故五地觀心劣故無相觀少六地觀染淨平等故無相觀多七地作加行故然準護法於無相中有加行智體非是障以善住故只由所斷障令作加行故說名為加行障也由此第七有加行故雖現金等諸相及土非任運現故以為障生空智者謂生空智所引後得智及滅盡定也金光明中諦二愚云一無相法多用功力無明二執相自在難可得度無明餘二可知疏但攝要大旨義已略周餘如前說

其所證如名不增減以住無相不隨淨染有增減故即此亦名相土自在所依真如證此真如現相現土皆自在故

其所證下四所證如亦唯識文具云八不增減真如謂此真如離增減執不隨染淨有增減故即此亦名相土自在所依真如謂若證得此真如已現相現土俱自在故以論對疏廣略可知此名即攝論名世親釋云謂於此中雜染減時而無有減

清淨增時而無有增無性釋云法外無用所以不增諸法不壞所以不減無性復釋一同世親中邊論云由通達此圓滿證得無生法忍於諸清淨雜染法中不見一法有增有減上釋不增減世親釋相土自在所依眞如云於諸相中而得自在名相自在隨其所欲卽能現前故於所現土而得自在如欲令土成金寶等隨意成故釋曰相約現身土約器界故下文中於三世間而辯自在故

所成行亦名無生法忍相土自在所成行下五成行略舉其二故莊嚴論第八云維淨佛土而無起作無功用卽自在義及所得果卽定自在等皆由無相無功用故及所得下六得果言定自在等者卽梁論云通達無增減法界定自在等得法身果意云等者第九自在金光明經八地發心得證三昧

是時天王及天衆聞此勝行皆歡喜爲欲供養於如來及以無央大菩薩

雨妙華旛及幢蓋香鬘瓔珞與寶衣無量無邊千萬種悉以摩尼作嚴飾

次正釋文亦有三分初讚請中有十二頌分二前十讚後二請前中二初二天王天衆供讚

天女同時奏天樂普發種種妙音聲供養於佛幷佛子共作是言而讚歎

一切見者兩足尊哀愍衆生現神力令此種種諸天樂普發妙音咸得聞

後八天女樂讚於中二初二標讚所依餘六正顯讚德總讚如來身土自在將說身土自在地故於中毛端約剎論處毛孔約身

於一毛端百千億那由他國微塵數如是無量諸如來於中安住說妙法

一毛孔內無量剎各有四洲及大海須彌鐵圍亦復然悉見在中無迫隘

一毛端處有六趣三種惡道及人天諸龍神

衆阿修羅各隨自業受果報
於彼一切刹土中悉有如來演妙音隨順一
切衆生心爲轉最上淨法輪
刹中種種衆生身身中復有種種刹人天諸
趣各各異佛悉知已爲說法
大刹隨念變爲小小刹隨念亦變大如是神
通無有量世間共說不能盡
六中前四依正互在五依正重重六轉變
自在兼結無盡
普發此等妙音聲稱讚如來功德已衆會歡
喜默然住一心瞻仰欲聽說
時解脱月復請言今此衆會皆寂靜願說隨
次之所入第八地中諸行相
後請可知
爾時金剛藏菩薩告解脱月菩薩言佛子菩
薩摩訶薩於七地中

第二正說分中二先地行後地果前中有七種差別一總明方便集作地分二入一切法本來無生下得淨忍分三佛子菩薩成就此忍下得勝行分四佛子菩薩住此第八地以大下淨佛國土分五佛子菩薩成就如是身智下得自在分六此菩薩如是入已下大勝分七佛子此菩薩智地下釋名分（第二正說下分二先依論科）七中初二是趣地方便一是遠方便總前七地集作此地方便故二是近方便前地得忍光明此修熟令淨故三是初住地行謂依前淨忍發起勝修故次二即安住地行謂四是正住之始依前勝行更起修淨佛土之行五即正住之終由淨土行成德無礙六是地滿行

此地望前通皆是勝今復地滿勝中之勝故云大勝七即辨德彰號通於始終又前二分即是入心餘是住心後七中下料揀先以論對經料揀後又前二下約三心料揀七名廣義至文當知略已釋竟今初分二先標集德處謂總前七地非獨第七第七雖亦有下十法而非次第以是功用行滿無功用際故總集之即四節中當第三也先標等者於中先揀濫正釋故論云七地總相後以是下出總所以四節之總初地已釋謂一入位二入地三入無功用四菩薩地盡

善修習方便慧善清淨諸道善集助道法

善修已下正顯所集有十一句分二前三同相諸地通行故後入別相諸地異修故前三同相者此是體相非撰相也同中三句一二種無我上上證故此即證道地地轉勝名上上證巧證不著經云方便一二種無我下卽論文此下疏釋十地同證二無我理下之二句皆有三段一舉經二舉論釋三疏釋論二善淨諸道者不住道清淨故悲智雙運故名爲諸三善集助道者彼方便智行所攝滿足助菩提分法故方便是前證道行即不住道悲智等行故菩提分即是彼二所攝之助助彼二故

大願力所攝如來力所加自善力所持常念如來力無所畏不共佛法善清淨深心思覺能成就福德智慧大慈大悲不捨衆生入無量智道

後大願下別相攝八爲七一初地大願攝持能至此故二二地攝善戒中如來力加故彼經爲證十力四無所畏等故是故我今等行十善等即上承佛力

三地中因修自證禪定神通名自善力所持四常念下論云四地中所說法分別智教化智障淨勝念通達佛法者謂前十法明門是智分別即前觀察依彼智明入如來所說法中次教化智即彼經清淨分中以十種智成就法故生如來家障淨勝者即彼論釋謂滅三地智障攝四地勝智故上之二段皆念通達佛法故與此同（四常念下即經常念如來力無所畏不共佛法次牒論文論有二節一先牒前文二念通達佛法即以前釋此就牒前文中牒兩處文一所說法分別智即牒前因分中義後教化智障淨勝牒前清淨分中義謂前十法下疏釋論依前二段釋之先釋牒前因分中義故云謂前十法明門是智故前疏云明為能入之門法為所入之法此上疏指前經依彼智下彼論具云得證地智光明依彼智明入如來所說法中釋曰得證地智即四地證智其光明即前三地得此四地證智前相此兩處智俱欲通達佛法佛法是三地求多聞所得即十法明門中所觀察衆生界法界世界等次教化智者即釋論牒第二段經先標牒經具云以十種智成就法故得彼內法生如來家障淨勝者即論牒前論釋謂滅三地下疏取意釋論若具論文言云何於如來家轉有勢刀依止多聞智障究竟故除滅智障攝勝故令疏已釋上之二段下釋論念通達佛法即以前釋此也二處皆念通達佛法佛法即力無畏等）五地中有十種平等深淨心故云善淨深心此心即是思覺六能成下六地中三種大悲故云成就福德三皆觀因緣集即成就智慧（三種大悲者即大悲為首大悲增上大悲滿足觀因緣生滅）七中二句以近此地故初空中方便智有中殊勝行皆是大慈大悲不捨衆生行次句即前以無量衆生界故入無量智道（七中二句者一大慈大悲不捨衆生二入無量智道疏云以無量衆生界故入無量智道者全是論文入無量衆生界是彼初句無量智道是彼第十六句以與此相應故應具二十句十對第二句云入無量諸佛化衆生業三入無量世界網四入無量諸佛清淨國土餘廣如彼）

入一切法本來無生無起無相無成無壞無盡無轉

第二淨忍分有十五句分三初十正明無生忍次四明無生忍淨後一結得忍名然無生忍畧有二種一約法二約行約法則諸無起作之理皆曰無生慧心安此故名爲忍即正明中意約行則報行純熟智冥於理無相無功曠若虛空湛猶渟海心識妄惑寂然不起方曰無生即淨忍中意前一猶通諸地未得於後不稱淨忍然無生下就類明忍成前三段之中前二段也今初段中言一切法者總該萬有理事之法入即證達以歷事難窮畧陳其十十中相從爲四無生前七爲一名事無生後三各一二自性無生三數差別無生四作業無生四中一破相二破性三因泯四果離即前二破相入如後二證實捨相若寄位初加行二正體四後得三通始終又四中約法性收不出真妄妄法本空稱曰無生真法離相亦曰無生依佛性等論說三性無生如初會說四中下三顯功能然相實名事泯事入理名事無生良以無生緣起成事是故泯事即是無生故能破相即遣有相也二破性者破遣有性也法體名性以一切法各有性故泯性入如名性無生良以無生緣起成性是故泯性即是無生三因泯者即離因相因有始終三世分異名數差別證實返望本無此數名數差別無生故地持云不知無言自性事故三世差別以知無言自性事故三世中一切平等四果離者即離果相果位業用名爲作業證實以望無業可得名業無生是故結云前二破相入如後二證實捨相一破有相二破無相二俱破相二俱入如三四皆證實並捨相相如文思之若寄位下四約位捨相入實相入實故是加行性相雙遣故爲根本用是後得於理必然三通始終三世別故又四中下五出體大同第六三性但合爲真妄耳則妄通依他遍計真唯圓成依佛性下六指廣即三性分別言佛性論者即彼三性品論云由有三性故

說不了義經達三性者自然顯了名了義
經如經中說若人得無生法忍則不退墮
問云此言云何成立答曰由三性故則得
成立如來約分別性故說本來無生忍約
依他性故說自性無生忍約真實性故說
惑垢苦本性無生忍釋曰若取文顯初一
似約遍計以云本來無生故第二同約依
他以論云自性無生故後二約圓成以第
三約位有垢淨故第四約佛明所證故細
而尋之初一修成有依他故本有卽圓成
故約位亦從緣故佛所入處緣起遍故又
本來無生該下文故故疏更不廣釋但指
前文　第二經事無生中前四不增正顯無生後
三不滅亦卽無滅法本不生今則無滅以
初攝後皆曰無生後三不滅下略有二意一者是無生中別義故
次云以初攝後皆曰無生二者亦應名無滅忍卽如前疏中說今亦從總但云無生
然此無生滅卽不增減眞如別是此地之所證故　別言七者爲治
七種實故實者隨相執定故一淨分法中
本有實謂計自性住性爲事物有今爲治
此故云本來無生本性離故先若有生後
應滅故別中七者下二別釋隨相執實卽是所治欲顯無生反立七實然文

含二義一者此之七實通於凡聖故疏但
稟文釋二者約位分別於中有二先明前
四爲遣初地已上後三爲遣外凡解行前
中又二先別明後結束前中一淨分法中
本有實者是論謂計自性下疏釋先舉所
治今爲治此下引經爲能治下七皆然此
初多約初地自性住性卽第一義空以初
證故若謂有物在於心中爲事物有故爲
所治故今治之本來無生無生豈是事物
有耶言本性離故者此釋經文無生之義
若先有生下反以成立卽淨名云法本不
生今則無滅得此無生法忍是爲入不二
法門　二新新生實計習所成性爲實治此云
無起從緣起故二新新生實者二地已上乃至七地修道漸增說爲
新新能治中言從緣起故者以從緣起起卽無起　三相實卽計前
二性所生行相治此云無相前二能生無
故三相實者卽第八地至十地無功用相是上二相智無功用是集起相無生理
現是本有相　四後際實謂計於佛果後際出纏
治云無成真如出纏非新成故菩薩成佛
時煩惱作菩提故上四初一自性住佛性
次二引出後一至得果性又此四展轉釋

疑可知四後際實者佛果究竟為後果即菩提涅槃能治中云真如出纏釋無涅槃實菩薩成佛下顯無菩提實上四下後結束有兩重初約三佛性三佛性義至十地更明大旨可知又此四下二展轉收束謂何以知無本有實新熏無成故何以知無成二相不可得故何以知不可得菩提涅槃亦離相故五先際實謂對佛果後際衆生煩惱爲先治云無壞煩惱即空無可壞故菩薩未成佛時菩提作煩惱故染淨和合以爲衆生前遺淨分此遺染分又前即不空藏此即空藏皆不可得五先際實下第二釋後三句遺地前執初即煩惱二即生體是有為故三通上二亦即是業初句治中云煩惱無可壞者是性空門菩提作煩惱約妙有稱實門染淨和合下此中染即煩惱淨即如來藏即不生滅與生滅和合名爲衆生上明不生不生今辨生滅不生又前即不空藏者以佛性妙有故此即空藏者不與煩惱相應故今二藏雙遺云皆不可得六論云盡實諸衆生者謂執衆生念念盡故揀上煩惱故特云諸衆生故上經云一切凡夫行莫不速歸盡

治此云無盡其性如虛空故上經云下即須彌頂上偈讚品善慧菩薩偈以上半為所治下半其性如虛空故說無有盡為能治餘並可知所以先遺地上者正此所證故從細至麤故又後舉地前以麤況細麤未證性此應合有今不可得況於地上佛性之性七論云雜染實淨分中者謂修行位中轉染向淨治此云無轉若定有實不可轉故論經云不行謂能轉之行不可得故

無性爲性

第二無性爲性者即自性無生此則顯詮論經云非有有性者明非有彼定執自性此則遮詮遮顯雖殊義旨不異第二無性下此自性無生於中有三一會二經非有即是無性有性即是為性故云義旨不殊無性即是法無我理此理既以無性爲其自性則自體無性非是先有今無亦非全無真體故云爲性以前觀事無生正忍此理故

故論云彼觀事故是此忍不得言無無性即是

下釋文先釋無性執法有性名之為我如地堅性水濕性等以無我故名性無生非先有今無者揀斷滅無中論云先有而今無是則為斷滅亦非全無下釋為性字於中二先反立次以前觀事下順成妙有故論云下引證言觀事者此無我理是四地乃至七地所觀事故明知是有又是所忍法故若無所忍則無如可證

斯則非有非無以顯中道此二亦不二又此理亦非所觀事外故論云所有觀法無我理無二相故斯則非即非離無二為中道義

斯則非有下會歸中道有二中道而文三節初正立二種中道一非有非無為中道無性則非有為性則非無既即以無性為性故云此二不二即以性無體有為眞諦中道又此理下不即不離為中道即事顯理為二諦中道七實皆事不之一字即是於理斯即於諦常自二於解常自一今通達此無二眞入第一義也故論下引論證上䟽家立二二中道皆因論主無二相言由無二故法無我理得為諸法自性無生遠公破古云人言觀心與法無我理心境不二非也者實如所破斯則下結成

初中後際皆悉平等

第三初中後際皆悉平等者即數差別無生於三時中染淨法不增減故謂先際非染增淨減後際非淨增染減中際亦非半增半減以知三際皆空無自性故

第三初中後下䟽文有二先正明即正證無增無減眞如若隨相說前際染增淨減後際淨增染減中際半增半減今約理性空故非之

然準瑜伽前三句約三世此中約位以明三際故論就染淨明之

然準瑜伽下後揀濫濫前三句故前三句者即第四後際實第五先際第六盡實正約衆生當中際故今釋云此明三世約時辨異今此約位以明三際前際即七地已前後際即九地已後中際即當八地雖約位有殊而體無增減又前三際先際唯染後際唯淨中自約生今之三際皆通染淨又不同也故䟽結云論就染淨明之

無分別如如智之所入處

第四無分別下作業差別無生果位作用名業差別如智貫之則無差別無差別即是無生下如是理如上如是智如智如於

真理故無分別此智是佛究竟入處今菩薩證如同佛入處故論云於真如中淨無分別佛智故第四無分別下疏文有二先正明引論止證同佛入處以論經云真如無分別入一切智故故今疏用佛智釋之若真就今文但是八地自無分別智耳要無分別真智方入非是俗智能入無生如是四種皆是示現無生忍觀如是四種下總結以論云如是無生法忍觀示現故今廻其文論意云此中廣說無生理者成於此地無生觀故

離一切心意識分別想無所取著猶如虛空入一切法如虛空性

第二離一切下明忍淨中初句離障後三顯治前言離者論云示現行遠離謂契實捨妄名行遠離揀非心體離也第二離一切下忍淨中二謂離一切心識分別想總為離障所離之中心意識三別為兩類分別想字通其二處故先牒之所離一切畧有二種一離心者離報心憶想分別謂第八異熟識轉現徧行亦不行故一離心者牒經謂離報心憶想分別此即以論釋經心字然論具云報分別境界想攝受分別境界想其報分別境界想正釋心字謂第八下疏釋論異熟識是報心故彼七地中修無漏因感此變易異熟果體即是報心轉現遍行者轉現二字即起信論以第八賴耶有其三細謂業轉現業相最細菩薩地盡方能離之今得此忍轉現不行即見相二分亦不行也言遍行者唯識等論第八賴耶與心所俱唯有遍行五耳謂觸作意受想思今與此忍相應斯亦不行故疏總云轉現遍行亦不行故而云亦者如入滅定前七不行第八持身今八二分亦復不行顯轉深也即是經中離心分別想二離意識者離方便心憶想分別論云離攝受分別性想故謂六七識及中心所等亦不行故是則心行處滅名離一切想二離意識者牒經二字離方便心憶想分別者疏取論意釋經意即第七識即前六此之意識是異熟生但名方便論云下以論證上方便之義言攝受分別性想者第七內攝受六識外分別此等王所居然不行謂六七下疏釋論意及與經意謂六七識即是王及中心所者六七二識所攝心所一切不行故疏結云心行處滅不同七地猶有觀求之心後無所取下明

治上但明所治非有今明能治不無故論云想者遠離障法想非無治法想者治即無分別智後無所取下釋能治中疏文有三初結前生後先正明故論云下以論為證此之論文亦是揀濫上云滅一切心意識分別想但是滅障法想障法想者即有分別觀解之想有治想者即無分別智是則別境五中慧所不泯但無分別上言不行耳所以明此有二義故一揀異斷滅外道無想二乘滅盡故二揀異如來尚是照寂非寂照故所以明此下第二彰立有治想所以一揀凡小此是揀劣外道無想無有此慧二乘滅定亦無此慧想受盡滅故故此比於滅定彼所行者此亦不行如前一切心等彼所無者此中則有謂無分別智二揀如來即揀勝未忘無分別智故故瓔珞云等覺照寂妙覺寂照今八地無生亦照寂故若窮照寂即同佛故是故智障有其三門一是智障所謂分別有無之心二是體障謂觀非有非無之解立已能知故曰體障三是治想謂妄識中含如正慧依此地中有其三義初一四地乃至七地斷除四五六地斷除分別取有之心謂解法慢身淨慢等入七地時斷除分別取無之心八地已上斷除體障前第七地雖除無分別有無之心猶見已心以為能觀如為所觀如不即心能觀之心不即如故心如別故心外求法故有功用法外立心故有體障從第七地入八地時破捨此障觀察如外由來無心心外無如如外無心心不異如心外無如如不異心故能如心泯同法界廣大不動以不異故自外推求故捨功用不復如外建立神智故滅體障體障滅故名無障想第三治想至佛方滅故入八地雖無障想而有治想從八地已上無生忍體轉轉寂滅令彼治想運運自亡至佛乃窮今此未盡故說非無故云此想於下地有三種勝一無功自然行故云無所取著謂無取果心任性自進故此顯治妙二徧一切法想故云猶如虛空此顯治廣三入真如不動自然行故云入一切法如虛空性此顯治深故云此想下第三別釋文相然總將此論釋有治義下釋三勝一無功自然行故者即是論文謂無取果心者疏釋經文任性自進是疏釋論觀心純熟不假作意任運趣果名任性自進無取自進故名為妙二空遍一切故名治廣顯無生智無不遍矣三者入如而行故深此則入於起信離念相者等虛空界無所不徧法界一相故

云入一切法如虛空性然論云不動自然行者任性趣故非謂有彼自然行心故上離即止此治即觀無功雙運唯證相應勿滯言也（此則入於下以起信意總收上義起信所入即是本覺故論云所言覺者謂心體離念離念相者等虛空界無所不遍法界一相即是如來平等法身依此法身說名本覺釋曰今入虛空即入法身本覺故上離下引論會釋結無生法忍之止觀耳）

是名得無生法忍

結名可知

佛子菩薩成就此忍即時得入第八不動地

第三得勝行中二初明深行勝對前彰出二佛子此地菩薩下發起勝對後彰入前中亦是攝童真住文中二先結前生後以入第八地是結前入位生後深行爲所依故

爲深行菩薩難可知無差別離一切相一切想一切執著無量無邊一切聲聞辟支佛所不能及離諸諠諍寂滅現前

二爲深行下正顯深行先法後喻法中八句初一總相位行玄奧故餘七別相一難可知者即難入深正是對下彰出（餘七別下疏文）（有二先隨文釋一明七地不知故云正是對下彰出）二無差別者同行深與諸無漏淨地菩薩同故如麥在麥聚故難知差別（二即就勝彰等等於得八地人）三離一切下境界深分齊殊絶故由所取相離能取相不現前故復言離一切執著者護此地一切所治障想故（三正示勝相故云分齊殊絶即分齊境也故下總束三句為境分殊絶護此地下護者防也捨也此是論主別釋此句揀於上二恐有問言但離相想於義已足何須更離一切執著故今通云以上相想言通善惡今明除所治障想謂貪求佛法故論經云離一切貪著非除能治無分別智想以此治

想為能護故如上淨忍分中無所取著也四無量無邊即修行深自利無分量利他無邊故四即二利行體五一切等明不退深二乘不能壞其勝故前句當相辨大此句寄對以明五即寄對顯勝不可形奪退其勝相云不退也故合上二為正行廣大六離諸諠諍即離障深謂離功用障故六離功用之動七寂滅現前即對治現前深以證真如爲能治故一切寂滅七有報行之治故合以為離障寂靜今經但合寂滅現前論經云一切寂靜而現前故真如一切寂靜現前故釋曰上句教道寂靜下句證道寂靜是故疏云以證真如為能治故一切寂靜其一切言即含教也上七別中相從束爲三分能離前地四種惱患謂初三明此地境分殊絕離第四微細想行過謂求如來智猶未息等次二明正行廣大離前第三化生勤方便過謂十無量等猶有勤故後二明離障寂滅離前二過一離第二淨

地勤方便過即前修無功用日夜常修及行住坐卧皆起道等二離第一有行有間發過此之四過如地持說瑜伽名四災患義次亦同上七別中下第二收束治障束七為三初有三句二三皆二句故言四種惱患者第一有行有間發過第二淨地勤方便過第三化生勤方便過第四微細想行過此之四過從細至麤經中説治從麤至細故下喻中從細至麤離第四者此最麤也求如來智慧既未休息即是惱患今相想斯絕故無此患次二明下既求十對化衆生業名勤方便今自無分量利他離於有無二邊故無此過後二明下此第三節一離第二過疏中引上二文皆是勤方便一即前彼障對治中修無功用行無功用行即牒前科文日夜常修即是牒前論經若今經云佛子此菩薩以深智慧如是觀察常勤修習方便智慧釋曰常勤修習即日夜常修及行住下即引第三雙行勝中二行雙無間文言無有一念休息廢捨行住坐卧乃至睡夢未曾暫與蓋障相應釋曰既修無功即是淨地勤方便未能任運無功故成其過一念止觀雙行亦未息行心故皆成過二離第一者此第三節復離此過若遠公云謂七地中十方便慧發起勝行無功用心名為有行有間發釋曰發即發起若以十方便為有行此

行最麤又無功用心即淨地勤方便則似義重今治即前信勝及作大義皆有行發起而言有間者約修無功用未得任運無功用則有功用之間耳又上通說第三二句通離二過亦得離障離有行有間發過寂靜離淨地勤方便過以離過寂靜返覆相成故合為一雙治二過

大方廣佛華嚴經疏鈔會本第三十八之一

音釋

隘烏懈切矮去聲陋也　渟唐丁切音廷水止曰渟

大方廣佛華嚴經疏鈔會本第三十八之二

唐于闐國三藏沙門實叉難陀　譯
唐清涼山大華嚴寺沙門澄觀撰述

譬如比丘具足神通得心自在次第乃至入滅盡定一切動心憶想分别悉皆止息此菩薩摩訶薩亦復如是住不動地即捨一切功用行得無功用法身口意業念務皆息住於報行

第二喻中文有三喻從後次第喻前三段爲順治障從細至麤故法中顯深故從麤至細三中各有喻合今初滅定喻喻前離障寂滅喻中那舍羅漢心解脱人多能入之九次第定當其第九故云乃至動心息者謂所依六七心王已滅能依心所憶想自亡第二喻中滅定之義前地已説法界品更明能依心者以論云無彼依止故爲此釋

合中住不動地合入滅定即捨已下合動心止息即捨一切功用行者過所治故得無功用法者明得彼治法故身口等息者以得無功用法自然行故即同前無所取著離第一有行有間發過合中下合文分三一正合經文即捨一切功用行者牒經過所治故者即是論釋謂所治者即七地中功用之心得無功用法者牒經得彼治法者論釋以有八地無功用無分别智爲能治故身口意下牒經以得無功用法自然行者論釋以自然行不作意故云身口等息非謂不行行故云自然行也譬如舟船乘風入海但見不施功非船不進故疏引淨忍分中無所取著以爲證成故前論云非無治法離第一下二結成離過即結上合意

住於報行者文含二意一亦成上示現得有功用行相違法謂得無功用地故此約教道同前無所取著二者謂善住阿賴耶識眞如法中故此約證道同前入一切法如虛空性即離第二淨地勤方便過不

同前地修無功用故云報行報行者前地所修報熟現前故住眞如者以本識有二分一妄染分凡夫所住二眞淨分此地所住由住眞如故捨黎耶之名又佛地單住眞如不云黎耶眞如今爲有變易報在是故雙舉則黎耶言約異熟識如來但名無垢識故住於報行下三別釋能治此牒經下疏釋前意明數道者無功無分別智可寄言故住眞如下五重釋論文而有二意一雖舉賴耶但取眞如以第八地捨賴耶名故故唯識云阿羅漢位捨釋曰大乘第八地同於羅漢以捨分段出三界故又佛地下二存其賴耶則顯譯論不善用名以第八識有其多名故賴耶但是局凡位故異熟直至菩薩地盡雖同第八不應存賴耶名耳第八名別已見上文

譬如有人夢中見身墮在大河爲欲度故發大勇猛施大方便以大勇猛施方便故即便覺寤既覺寤已所作皆息菩薩亦爾見衆生身在四流中爲救度故發大勇猛起大精進以勇猛精進故至此不動地既至此已一切功用靡不皆息二行相行悉不現前

第二夢寤喻喻前正行廣大論云示此行護彼過想者離彼化生勤方便過故有正智想者非無此地無功智故如從夢寤雖無夢想非無寤想但此行寂滅故云所作皆息論云示下次顯喻意意明護過所護過意大意是同謂護彼過想同前捨一切功用行有正智想同前得無功用法如從夢下三釋顯喻相即喻前意雖無夢想喻護彼過想非無寤想喻有正智想但此行寂滅者通妨妨云若有正智何以文云所作皆息答意可知合中勇猛約心精進約行合上方便並是功用二行已下出所息障依内證清淨生死涅槃二心不行名二行不現如彼寤時此彼岸無依外緣境界受用念想不行故云相行不現即離化生聖道等想如彼寤時人船俱無合中見人墮河

喻中身自墮者衆生病即菩薩病故合中勇猛下四釋合文但顯護過化生動方便不行耳以內證釋二行不行如覺無二岸以外緣釋相行不行如覺無人船船即化生聖道餘畧不合者具即以菩薩合前有人謂七地菩薩至不動地令覺寤也

佛子如生梵世欲界煩惱皆不現前住不動地亦復如是一切心意識行皆不現前此菩薩摩訶薩菩薩心佛心菩提心涅槃心尚不現起況復起於世間之心

第三生梵天喻喻境分殊絕第三生梵天喻中分五一舉所喻畧不釋喻合中初正合下地心意識不現合欲界心不現行也所以不行者得報行故此離微細想行過故論云此說遠離勝也合中下二釋合文即經住不動下文所以不行下三論釋不行所以明有治故經文畧無後此菩薩下舉勝況劣謂佛等不順行世間一分心等尚不行況順行世間一分心耶佛心等者即七地求如來智心也此中但況世間亦應以大況小大尚不行況小乘耶則若世若出世若人若法若因若果若智若斷皆不行也謂佛等者以論云此中順行不順行二分心等佛等不行故謂一心中分染淨二分以淨況染則若世下疏束成對畧有四對兼於大小則有五對若世者即經況復起於世間之心若出世者佛等心也若人即佛菩薩若法即菩提涅槃若因即菩薩若果即佛若智即菩提若斷即涅槃小雖經無對菩薩有論文具之論云佛等不行故大乘小乘差別故大乘中衆生法差別故衆生是人無學學差別佛等涅槃差別應知是中順行者順行差分中心等不行故如經一切心意識不行行故是中不順行者不順行一分中佛等不行故如經佛心乃至涅槃心不行故大乘小乘差別大乘中差別者佛菩薩涅槃差別故小乘中差別者聲聞涅槃阿羅漢等差別故大乘中衆生差別者佛菩薩差別故法差別者菩提涅槃差別故小乘中無學學衆差別是中法差別者涅槃差別無學差別者阿羅漢差別有學差別者阿那含等差別如是等皆悉不行故釋曰恐欲知論故復委出亦不出於上言五對然論差別之言一一事中皆有差別如有學中有三果四向

等菩提有多種菩提等非全所要故疏畧之就出世中偏多舉者出世易着今無着故

佛子此地菩薩本願力故諸佛世尊親現其前與如來智令其得入法流門中

第二明發起勝行此下亦是攝尊重行因勸起行皆尊重故勝亦尊重之義文中四一說主總敘二作如是下正顯勸辭三佛子諸佛世尊下顯勸所爲四佛子若諸佛下彰勸之益今初願即勸因如第三勸中論云本願力住故者迴文未盡應言住本願力故

迴文未盡應言住本願力者謂安住本願利衆生故得諸佛勸遠公案論釋云本願住三門分別一解本願從前地來同求此地無生忍亦爲本願二釋住義三說住之意二中得已心息更無去意故名爲住然住不住畧有四種一觀入分別始時不住終則樂住從前地來求趣無生以未得故所以不住今此得之樂着故住二起用分別始得樂住終則不住今此始得樂寂故住以佛勸起所以不住三就寂分別始終常住謂佛菩薩隨所證入無暫捨故四就用分別諸佛菩薩一切不入住常就世間利衆生故今言住者約前二門第三明住之意有二一顯此地所得深寂難捨故二明諸佛勸說所以釋曰上遠公之意順論解釋非不有由今以此經本願力故明其本願是勸之由以此釋論應言住本願也住忍須勸是下勸益中辨又由經住故勸意則有故疏釋云決彼無生止水令起無功用行無生止水即住忍義若將令願力住爲住忍者非經論意

諸佛世尊下總顯勸相諸佛所以與智勸者轉彼深行樂足之心令入法流門故法流者決彼無生止水令起無功用行河任運趣佛智海即以能趣爲門又法流者即是行海言與智者有二意故一現與覺念猶彼意加二令起修取故名爲與下之七勸皆佛智攝故但云與智前地未淨此忍故云方與以得此忍攝德本故一與之後不復欲沉

下之七勸下通妨乃有四重一有妨云下之七勸義相不同何以此中但云有智故此通云七不出智二前地

未淨下問云佛慈平等何以偏與此地菩薩通意可知三以得此下復有問言何以要得此忍卽與智耶答意可知四一與下復應問言九十已得何不與耶得已不失故不重與

作如是言善哉善哉善男子此忍第一順諸佛法

二正顯勸辭中有二先讚將欲取之必固與之

然善男子我等所有十力無畏十八不共諸佛之法汝今未得汝應爲欲成就此法勤加精進勿復放捨於此忍門

後然善男子下勸於中有七一勸修如來善調御智二勸悲愍衆生三勸成其本願四勸求無礙智五勸成佛外報六勸證佛內明無量勝行七勸總修無遺成徧知道遠公攝七爲二前六舉多未作轉其住心後一明其少作能成增其去心經無此文論似有意於理無違今攝爲三前三勸其下化初一化法次一正化後一化願次三勸其上求初一折其所得非勝後二引其求佛勝果若外若內三最後一勸總結多門以所作無邊別說難盡故然七皆舍轉住增去

於中有七者七勸如文亦有總名今初勸中疏文有四一列七名二遠公下敘古釋三釋經無下辨違順四今攝下申正釋然七皆舍者正揀遠公前六轉住後一增去如初願中勿復放捨卽是轉住令勤精進豈非增去餘可思準遠公亦攝前六爲三對二利初對一自利未滿二所化未出第二對三所化未滿四自德未勝第三對五化業未勝六已德未窮亦是一理

今初有三一明多未作以未得修十力等教授衆生法故二汝應下勸令修習三勿復下莫捨忍門然捨有二義一若以放捨身心住此忍門斯則不應故云勿復是以論云若不捨此忍

行不得成就一切佛法此令捨著二全棄捨則所不應故論云依彼有力能作故故云勿復放捨此令依之

又善男子汝雖得是寂滅解脫然諸凡夫未能證得種種煩惱皆悉現前種種覺觀常相侵害汝當愍念如是衆生

第二勸中三初明自所得忍二然諸下明他無忍起過在家多有煩惱出家多起覺觀皆是衆生無利益事三汝當下勸起悲心悲心依上而轉出家多起下皆是論意意云出家斷除煩惱不與之俱爲斷此故未善方便故多覺觀或起惡覺乃至不忘善覺故言悲心悲心依上而轉者釋論以論初云依彼衆生大利益事現起煩惱使彼在家出家分中染著煩惱衆生轉故故是大悲依彼轉也

又善男子汝當憶念本所誓願普大饒益一切衆生皆令得入不可思議智慧之門

第三勸中願有二種一依廣心下化衆生二皆令得下依大心然有二義一令他得二令自得佛智依此智行能廣利故

又善男子此諸法法性若佛出世若不出世常住不異諸佛不以得此法故名爲如來一切二乘亦能得此無分別法

第四勸中有三初法性眞常定其所尚定其所尚者所尚即無生法忍所忍即諸法實性故三地中諮八地爲一切法如實覺法性即實相眞如理無廢與故云出世不出不異次諸佛下奪其異佛勸其上求以有深無礙智大用無涯方不共二乘故以有深無礙智者即下偈云法性眞常離心念二乘於此亦能得不以此故爲世尊但以甚深無礙智意示甚深無礙智爲世尊耳對下同於二乘故此不共後一切下抑同二乘令不住忍三獸渡河同涉理故功行疲倦趣寂爲垢故應勿住抑同二乘者此一乘旨二乘絶分非是共理約寄位中勸其莫作故

抑令同下三獸度河亦是抑耳河即是通理如彼身子自領解云我等同入法性故功行疲倦者此下是論意斯則三乘皆功行疲欲趣於寂是菩薩垢故論云依不共義功行疲倦彼垢轉故謂衣轉進

又善男子汝觀我等身相無量智慧無量國土無量方便無量光明無量清淨音聲亦無有量汝今宜應成就此事

第五勸中舉身相等六皆是化生事業若成就此法則有力化生故勸修成就

又善男子汝今適得此一法明所謂一切法無生無分別善男子如來法明無量入無量作無量轉乃至百千億那由他劫不可得知汝應修行成就此法

第六勸中有三初明其所得未廣次善男子下示佛無量勝行無量入者所入法門差別故作是法門業用轉是業用上上不斷後汝應下結勸

又善男子汝觀十方無量國土無量衆生無量法種種差別悉應如實通達其事

第七勸中二先舉三種無量即淨土中三自在行後悉應下結勸明少作在既言悉應通達明少分觀察即能成就去佛非遥此同德生勸於善財勿以少行而生知足故云無量三自在行者即三世間自在耳

佛子諸佛世尊與此菩薩如是等無量起智門令其能起無量無邊差別智業

第三顯勸所爲令起智業故

佛子若諸佛不與此菩薩起智門者彼時即入究竟涅槃棄捨一切利衆生業

第四彰勸益中亦是所爲爲是故勸於中二先明不勸之損故不得不勸後以諸佛

下彰勸之益是故須勸令初有二一自損既不與智即入涅槃故應須與故論云即入涅槃者與智慧示現二者損他不利生故問始行之流尚修無住豈深智地取滅須勸一問頗有一人佛不與智便取滅不二問答有四義故是以須勸一爲引斥定性二乘明菩薩此地大寂滅處猶有勸起況彼所得寧爲究竟二爲警覺漸悟菩薩樂寂之習三爲發起始行無厭上求四爲顯此地甚深玄奧難捨所以須勸但有此深奧法流之處必有諸佛作七勸橋故無一人便取永寂又設佛不勸亦無趣寂爲顯勸益假以爲言問始行之流下此下問答通對不勸之失勸益爲問先與二問下具四答須勸可知但有此深奧下後倒深故勸答二問中答文有三初答云定有佛勸無有無勸此自有三一正明無自無勸而趣寂者二文設下假設以明三

爲顯下結上不勸之損言耳

以諸佛與如是等無量無邊起智門故

第二勸益中有法喻合法中三初牒前與智彰益之因故論云彼行中攝功德因勝故云何勝諸佛同作教授說故故論云彼行中攝功德因勝者彼行即無生忍行由有忍行故佛與智此二皆因此因皆勝故能攝德正與智而能攝德故疏論但以與智爲因轉推得智之因復由得忍

於一念頃所生智業從初發心乃至七地所修諸行百分不及一乃至百千億那由他分亦不及一如是阿僧祇分歌羅分算數分譬喻分優波尼沙陀分亦不及一

二於一下起行速疾

何以故佛子是菩薩先以一身起行今住此地得無量身無量音聲無量智慧無量受生無量淨國教化無量衆生供養無量諸佛入

無量法門具無量神通有無量衆會道場差別住無量身語意業集一切菩薩行以不動法故

三何以下釋疾所由謂先唯一身故長時劣此一念此地身等無量故一念頓超有十一句前十別明後一總結十中初六依教化衆生次二依自集助道後二依障清淨

十中一多身隨現所以多者論云一切菩薩身信解如自一身故謂智契同體故能即一爲多此實報能爲不同前諸地變十中一多下上通相料揀此下隨句別釋釋此初句疏文有四一摽舉卽是經中今住此地得無量身所以多下舉論釋多所以信解卽是勝解勝解印持一切菩薩卽是我身故有多身謂智契下釋上信解爲一所以前來諸地雖有信解未與理冥今與理冥故成多耳此實報下釋通妨難難云初地百身二地千身如是漸增乃至七地有百千億那由他身何得言一故今答云彼前多身皆云示現卽變化爲非實報得以其前地功用分別未捨離故不能合法凡所爲作名心自在非法自在是故不得就法說多此地功用分別心息契合法界凡所爲作名法自在以法門無量隨法論身身亦無量舉身旣爾餘可例知此對前一身餘音聲等對前起行類亦無量二圓音隨說三隨所知智四隨取何類生五隨應以何國六隨其教化何類衆生七隨供養集福德助道八隨入何法門集智慧助道九隨神通障淨十隨智慧障淨故能處無量衆會隨機說法皆言隨者隨宜非一釋無量言故隨時之義其大矣哉此對前下釋其餘句餘並可知後一結釋中先結謂起行衆多不離三業後以不動法故者釋由無相無功無有間斷故相用不動任運集成

佛子譬如乘船欲入大海未至於海多用功

力若至海已但隨風去不假人力以至大海一日所行比於未至其未至時設經百歲亦不能及

喻中船喻彼行速疾論云應知因勝示現者釋疾所由船由入海故疾行入無生故疾

佛子菩薩摩訶薩亦復如是積集廣大善根資糧乘大乘船到菩薩行海於一念頃以無功用智入一切智智境界本有功用行經於無量百千億那由他劫所不能及

合中初合未至海即前七地次到菩薩下合若至海即第八地無生之智亦是行故名爲行海又頓能徧起即深而廣亦得名海無功用智以合上風一切智境明其趣果前喻所無以無生智同佛智海故喻不分本有已下合前校量

大文第四淨土分者問經中但云大方便智一切觀察皆如實知廣說化生應形作用瑜伽論中十自在前起智門後但云得分身智何以論主判爲淨土分耶答淨土有二一是能淨之因二是所淨之果此有二對一相淨果謂寶嚴等以行業爲因謂直心等二自在淨果謂三世間圓融等以德業爲因謂淨土三昧等今約後對然淨土行業始起在凡滿在十地淨土德業始起不動終在如來今約下揀定既約位釋成始起於此故偏有淨土分也

佛子菩薩住此第八地以大方便善巧智所起無功用覺慧觀一切智智所行境

文分三別一器世間自在行二衆生世間

自在行三智正覺世間自在行初是化處次是所化後是能化具後二淨方名淨土然初一多約能淨後二多約所淨文影略耳就初分二先總標舉無功用智爲能觀智智所行境爲所觀方便善巧即無功用因在於七地修無功用今得自在智所行境者即世界成壞能觀智即下如實知此總科方便善巧下別牒釋言即無功用因者由於七地得空中方便慧有中殊勝行修此無功故

所謂觀世間成觀世間壞

後所謂下別顯其相有五種自在一隨心欲二隨何欲三隨時欲四隨廣陿欲五隨心幾許欲令初觀世間成壞論云隨心所欲彼能現及不現故者謂約能淨論隨隨自心欲知即能知故約所淨論隨隨衆生心樂欲見者則現成現壞不欲見者則不現故經云觀知則唯約因論主欲顯義兼於果故云隨現即轉變自在下之四段隨現準知

由此業集故成由此業盡故壞

二由此業下明隨何欲謂隨物欲知何業成壞皆能現故

幾時成幾時壞幾時成住幾時壞住皆如實知

三幾時成下明隨時欲謂隨時長短即能現故若約能淨即隨時智如此世界成二十劫初劫成器餘成衆生壞亦二十先壞衆生後一壞器並稱事稱理名如實知

又知地界小相大相無量相差別相知水火風界小相大相無量相差別相

四又知地下隨廣陿欲彼能現故文中三

初知四大差别即是廣相二知微塵下是知陋相三隨何世界所有地水下知能所成即雙明廣陋相今初中小相者非定地報識境界大相者定地境界乃至四禪緣三千故無量者如來境界上三是事分齊皆以境界智知差别相者是法分齊故以相智知知其自相同相差别故後類餘易了

初知四大差别即是廣相者謂知大分齊小相者下散心所知少故名小定心所知廣故名大初禪量等四洲二禪量等小千三等中千四等大千故云乃至量既遍等故能遍緣無量相者佛智稱事理之實故無分量差别相者若大小即是分齊知地堅相水濕相等名知自相同無常等名知共相皆是法分齊也

知微塵細相差别相無量差别相隨何世界中所有微塵聚及微塵差别相皆如實知

二知微塵中細者透金塵故論經次云麤相者隙塵故差别同前無量差别者一塵之中含多法故塵之麤細俱通定散故不云小大

細者透金塵故者俱舍云極微微金水兔羊牛隙塵蟣蝨麥指節後後增七倍隙塵乃塵中最麤無一極微獨處而住故不說初而七極微爲一微塵此亦最細而名是通故取第三透金之塵以爲細也一塵之中含多法者能造所造一聚而現必具堅濕煖動色香味觸故云多法

隨何世界中所有地水火風界各若干微塵所有寶物若干微塵衆生身若干微塵國土身若干微塵皆如實知知衆生大身小身各若干微塵成知地獄身畜生身餓鬼身阿修羅身天身人身各若干微塵成得如是知微塵差别智

三知能所成中二先總知內外二知地獄下别明六道斯即楞伽責所不問意顯窮幽又云無性故

斯即楞伽下謂大慧菩薩發一百八問云我名爲大慧通達於大乘今以百八義仰諸尊中上下問云何淨其念云何念增長等列問竟

佛讚善牒問竟然後責其所問不盡云諸山須彌地巨海日月量下中上衆生身各幾微塵一一剎幾塵亐亐數有幾肘步拘樓舍半由一由旬乃至云是等所應請何須問餘事聲聞辟支佛佛及最勝子身各有幾數何故不問此釋曰此即責所不問也

又知欲界色界無色界成知欲界色界無色界壞知欲界色界無色界小相大相無量相差別相得如是觀三界差別智

第五又知欲界下明隨心幾許欲即能現故文中二初約智知自在上即三界互望論大小令即一界之中自分大小欲界中人境爲小天境爲大色中覺觀爲小無覺觀爲大無色界中論云佛法中凡境爲小聲聞菩薩爲大者爲揀外道妄取爲涅槃故特云佛法如來所知一切三界皆名無量相佛法中者問無色無色無有分量何有大小答大乘之中許有色故離世間品明菩薩鼻根聞無色界宮殿香故此有二意一無麤有細二無其相色有通果色故

佛子此菩薩復起智明教化衆生所謂善知衆生身差別善分別衆生身善觀察所生處隨其所應而爲現身教化成熟

第二佛子此菩薩復起下約通明自在隨物現化文中三一隨機現化於中初標能化智次所謂下明所知機有三句一知身類不同故二知隨身宜用方便異故三生何等界能利生故後隨其下正明隨化雖言現身意在生處故屬器界

此菩薩於一三千大千世界隨衆生身信解差別以智光明普現受生如是若二若三乃至百千乃至不可說三千大千世界隨衆生身信解差別普於其中示現受生

二此菩薩於一三千下明化分齊

此菩薩成就如是智慧故於一佛剎其身不動乃至不可說佛剎衆會中悉現其身

三此菩薩成就下明現自在謂不動而徧猶月入百川

佛子此菩薩隨諸衆生身心信解種種差別於彼佛國衆會之中而現其身

第二佛子此菩薩下明衆生世間自在行謂隨感能應調伏衆生自在故於中三初總明感應

所謂於沙門衆中示沙門形婆羅門衆中示婆羅門形剎利衆中示剎利形如是毗舍衆首陀衆居士衆四天王衆三十三天衆夜摩天衆兜率陀天衆化樂天衆他化自在天衆魔衆梵衆乃至阿迦尼吒天衆中各隨其類而爲現形

二所謂下別顯感應於中顯化生行有二自在一化同物身沙門中現沙門形等故即身自同事

又應以聲聞身得度者現聲聞形應以辟支佛身得度者現辟支佛形應以菩薩身得度者現菩薩形應以如來身得度者現如來形

二又應下化應物心以身不必同其所化即心自同事故論云彼行化衆生身心自同事（以身不必同者如有居士欲見佛身爲現佛身佛身不同居士而隨心樂名心同事）

佛子菩薩如是於一切不可說佛國土中隨諸衆生信樂差別如是如是而爲現身

三佛子菩薩如是下總結感應如是如是者現類衆多故若身若心無偏頓應故論

結云自身心等分示現也

佛子此菩薩遠離一切身想分別住於平等

第三佛子此菩薩遠離下明智正覺世間自在行遠公云若就行境應名二諦自在行今就行體名智正覺智於二諦正覺無礙故名自在今更一釋以所知十身皆是毗盧遮那正覺之體亦得從境名智正覺能令相作亦自在故今就行體者以智正覺一切法故文中二初明第一義智後此菩薩下明世諦智今初上句離妄下句住實由自身他身不分別故住於平等不分別言非唯照同一性亦乃能所照亡論云此不同二乘第一義智示現者以彼不得法空不能即俗而眞非一異故

此菩薩知衆生身國土身業報身聲聞身獨覺身菩薩身如來身智身法身虛空身

二明俗諦智中有三一總知十身二此菩薩下令十身相作顯通自在三此菩薩知衆生身下別顯知相彰智自在今初十身論攝爲三初三染分次六淨分後一不二分皆言分者同一大緣起法界分爲十故即染分依他淨分依他同依一實故染中三者初是衆生世間次國土世間業報身者彼二生因謂業煩惱經略煩惱故論具之而云報者業能招報從果立名若是所招寧異上二然國土身合通於淨且從一類以判爲染經畧煩惱者論云是中衆生世間器世間彼二生因業煩惱是染分故次六總以三乘爲淨分於中前四是人菩薩及佛但因果之異次一是能證智後一是所證法故論云此三乘隨

何智隨何法彼淨顯示謂因法智殊顯三乘別謂因法智殊者智法有殊故三乘異亦以三乘明法智故後虛空身是不二分者通爲二依非染淨故觀下別顯多約事空義兼於理義兼理空者無量周遍等皆兼於理亦由此故爲二所依

此菩薩知諸衆生心之所樂能以衆生身作自身亦作國土身業報身乃至虛空身又知衆生心之所樂能以國土身作自身亦作衆生身業報身乃至虛空身又知諸衆生心之所樂能以業報身作自身亦作衆生身國土身乃至虛空身又知衆生心之所樂能以自身作衆生身國土身乃至虛空身

二諸身相作皆先明相作所由由隨機故文中二一別顯相作略有四翻云何法智虛空得爲自身入法智中自然應現自已身故令於虛空忽見自身故名爲作作餘亦爾云何法智者此假問也法中理法法無形智體虛空皆無形質不可作身云何言作答意云智證於法自然應現卽是作義亦猶體理成智理寂無相而成有知故今於虛空下通虛空作自此三作自既爾自作此三亦然冥同理智及虛空故

隨諸衆生所樂不同則於此身現如是形

二隨諸衆生下總結例餘上但舉四翻理應具十成一百身然自身卽是菩薩若將自望菩薩別則有百一十身故云則如是現所以相作得無礙者廣如懸談今文略有三意一由證卽事第一義故事無理外之事事隨理而融通故此章初先明勝義二者緣起相由故三業用自在故晉經偈云菩薩於因緣和合中自在乃至能隨意爲現於佛身今經略無此偈論主但釋相

作之意云彼自在中所作攝取行種種示現者謂彼正覺自在中作攝取衆生行故隨心樂種種示現所以相作下出其所因以經文中但云隨衆生心之所樂故則唯是業用門而無德相故具出所以例前可知則經文中但有第二義第一義畧無第二引晉經文證者第二因緣和合是緣起故上顯相作之因論主但明相作之意然隨衆生樂通因通意意欲攝生故是意也就隨意能作卽業用因

大方廣佛華嚴經疏鈔會本第三十八之二

音釋

毗舍梵語正言吠舍此云坐估即商賈種也　首陀梵語也亦云戍達那即農田種也　泯弭盡切　隙乞逆切孔隙也　虱色櫛切　蟣居里切

大方廣佛華嚴經疏鈔會本第三十八之三

唐于闐國三藏沙門實叉難陀　譯
唐清涼山大華嚴寺沙門澄觀撰述

此菩薩知衆生集業身報身煩惱身色身無色身

第三別顯知相中十身爲八以三身合故然其類例應各具十文或闕略且從顯說

初衆生身有五相初三業生煩惱妄想染差別此約總明三界後二約上二界即就報開別若總開三界五趣則具十矣若總開下色身兼欲色二界加無色爲三界集業煩惱爲二報身即五趣報故爲十也

又知國土身小相大相無量相染相淨相廣相倒住相正住相普入相方網差別相

二國土身具有十相前八一切相後二眞實義相前中初三分齊相即小中大千次二染淨差別次廣即寛陿差別此略無陿次二依住差別眞實中一重頓入名爲普入十方交絡故云方網又重重現故多同初地又重重現下雙釋普入及方網言塵能受刹刹以塵成亦能受刹重重皆入名爲普入既交絡入九方入東東入西時帶餘九入西入南時帶東諸方而入於南故成重重即初地中如帝網差別故爲眞實義故

知業報身假名差別知聲聞身獨覺身菩薩身假名差別

三四二段共有四身皆云假名差別者但有自相同相差別假名分別實無我人餘亦假名偏語此四者業因尚假苦果可知聖人尚假況於凡類又三乘聖人方能知假佛德超絕不得云假

知如來身有菩提身願身化身力持身相好莊嚴身威勢身意生身福德身法身智身

五知佛身自有十相餘之九身既是佛身一一有此則已成百若更相作則重重無盡菩提身者示成正覺故二願生兜率故三所有佛應化故揀異猨猴鹿馬等化故云應化即王宮生身四自身舍利住持故上四於三身中皆化身攝四自身下舍利梵言此翻名身若云舍利羅此云身骨論經名受神力身此身是佛攝受衆生留化神力故出現品中醫王延壽喻正喻力持身也五所有實報身無邊相海等揀三十二等故云實報即三中報身六所有光明攝伏衆生故云威勢即通報化六所有下論經名光明身故遠公云善軟衆生慈光攝取剛强衆生威光伏取故云攝伏七意生身者論云所有同異世間出世間心得自在解脫故者同謂同類異謂異類世即地前出世地上謂若凡若聖若同若異由得自在解脫故隨意俱生即種類

俱生無作行意生身也此通變化及他受用八福德者所有不共二乘之福能作廣大利益因故故種少善根必之佛果九法身者所有如來無漏界故斯即所證法體故離世間品十佛中名法界佛諸漏永盡非漏隨增性淨圓明故名無漏界是藏義生義含無邊德生世出世諸樂事故十智身者所有無障礙智謂大圓鏡智已出障垢證平等性故次云此智能作一切事者即成所作智彼事差別皆悉能知者即妙觀察智此通四身但兩重十身一一圓融故異諸教九法身者所有如來無漏界故者即是論文同於唯識轉依之果論云此即無漏界不思議善常安樂解脫身大牟尼名法論曰前修習位所得轉依應知即是究竟位攝此謂此前二轉依果即是究竟無漏界攝諸漏永盡非漏隨增性淨圓明故名無漏界是藏義此中含容無邊稀有大功德法或是因義能生五

乘世出世間利樂事故釋曰此即釋其初句今疏所用諸漏永盡者此即離彼相應縛義非漏隨增者此即顯離所緣縛義性淨揀異二乘無學有所知障不名淨故圓明揀彼十地菩薩未圓滿故具此諸義名無漏界餘義可知釋第二句論云此轉依果又不思議超過尋思言議道故微妙甚深自內證故非諸世間喻所喻故此又是善白法性故清淨法界遠離生滅極安隱故四智心品妙用無方極巧便故二種皆有順益相故違不善故俱說爲善此又是常無盡期故清淨法界無生無滅性無變易故說爲常四智心品所依常故無斷盡故亦說爲常非自性常釋第三句云此又安樂無逼惱故清淨法界衆相寂靜故名安樂四智心品永離惱害故名安樂此二自性皆無逼惱及能安樂一切有情故二轉依俱名安樂二乘所得二轉依果唯是遠離煩惱障縛無殊勝法故但名解脫大覺世尊成就無上寂靜法故名大年尼此年尼尊所得二果永離二障亦名法身無量無邊力無畏等大功德法所莊嚴故體依聚義故得名身故此法身五法爲性非淨法界獨名法身二轉依果皆此攝故釋曰今此疏中正用初句義則包含正取所證能證四智智身攝故彼處通說菩提涅槃二種果故四智之義頻見上文言此通四身者智寘於理同法性身大圓鏡智相應淨識能頓現於自受用身平等性智現他受用身成所作智起變化身是則智身

通於四也又妙觀察智亦通四身通觀四故但兩重下通非圓宗難可知也

知智身善思量相如實決擇相果行所攝相世間出世間差別相三乘差別相共相不共相出離相非出離相學相無學相

六知智身有十一相攝爲三類初二約體分別初通聞思二即修慧俱通理教次果行相即因果分別行即是因通於三慧果唯證入相離前三餘有八智皆約位分別於中初一是總世間俗智名之爲世三乘聖智名爲出世又道前名世見道已去名出世五三乘者於出世中大小分別小乘十智等中乘七十七智等大乘權實無量六七二相於大乘中麤妙分別甚深般若不共二乘相似般若是則名共八九二相通就三乘縛解分別於新熏性習未習故

後三通於三乘修成分別果唯證入者此明智身了於諸法法有違證二義不同今就果說故唯證知言相離前三者離聞思修相如初地示說分齊中說然此通約因果而說若分三乘小乘四果爲果趣四果四爲行中乘無學爲小果有學爲行無數出入故無四果大乘之中佛果爲果餘皆爲行小乘十智等者即法類四諦他心世俗及盡無生前已曾解中乘七十七者廣如六地鈔中不共等者共不共義前已頻釋後二通下即學無學前行果中中乘雖約學無學明意在行果小乘學中亦有果故大乘位位容有果故故疏上來但約總說又此學等畧有三門一約理三乘同學未證名學證竟無學凡夫非學非無學二以小望大二乘於大亦非學非無學二就修成之德義同初門今就智明疏云修成分別耳

知法身平等相不壞相隨時隨俗假名差別相衆生非衆生法差別相佛法聖僧法差別相

七知法身前能知智此所知法竝通一切智法不同前佛法智唯局如來七知法身中文二先通揀濫謂第六智身及此法身對上如來身上十身中智身法身以料揀耳如文

有五相一平等相即是理法論云無量法門明等一法身故者謂法門雖殊同詮平等法身生佛無二故揀理異事皆世諦門攝一法身者前佛中取法此法中取佛門各異故也揀理異事下遮難難云若是平等法身應名第一義智所知故爲此答第一義智無分別故亦猶相見道中觀非安立諦而是後得智攝二不壞相即是行法論云如聞取故謂稱理起行名如聞取行符乎理則寘之菩提名不可壞

三即教法隨所化衆生根性相應時說差別故理本無言假言顯理若權若實皆是隨俗假名

四即重顯理法所徧之境此通染淨平等法身徧情非情故四即重顯者論但云有根無根差別相故有根身即衆生有根身故無根即非情今以四法收法無遺謂教理行果理是所詮乃通事理初句明理此句即事理外無事故言所遍之境此通染淨等皆悉平等則顯前

之法身是淨法法身故前釋云法門雖殊同詮平等五即果法唯約於淨故論云第一相差別三乘同證第一義故隨智有異三種不同故所顯理亦說深淺若約功德等異如常所辯論云第一相者有二義疏是一義更云三寶最勝故隨智有異者即一切賢聖皆以無爲法而有差別大品云由平等故分別須菩提等故所顯理者小乘人空如兎之足中乘修習如馬之足大乘二空深徹底故若約功德者小乘三生緣覺百劫菩薩三祇乃至三學萬行差別非一皆以一相統之則四法一揆

知虛空身無量相周徧相無形相無異相無邊相顯現色身相

八知虛空身文有六相一無量相芥子中空亦無分量故二徧至一切色非色處故三不可見故今世人見者但見空一顯色想心謂見故涅槃經中廣破見空又此舍無爲空故亦不可見四無異相者無障礙

故謂不同色法彼此相異有障礙故五無邊相謂無始終起盡之邊故六能通受色相持所持故故下經云譬如虛空寬廣非色而能顯現一切諸色旣因色分別彼是虛空則知因空顯彼爲色三不可見者釋無形相世人見者但見空一顯色者雜集第一云云何建立色蘊謂諸所有色若四大種所造色者謂眼等五根色聲香味觸所攝一分及法處所攝色次釋色云色者謂四大種所造眼根所行了義謂青黃赤白長短方圓麤細高下若正不正光影明暗煙雲塵霧迴色表色空一顯色此復三種謂妙不妙俱相違色此青等二十五色建立由六種因謂相故安立故損益故作所依故作相故莊嚴故如其次第四十八云迴色者謂離餘礙觸方所可得空一顯色者謂上所見青等顯色釋曰若智論說上空謂作青白影色見故又依小乘毗曇宗空有二種一是有爲除色爲空二是無爲本來常無有爲可見故今世人同共見之無爲不可見故今說言不可見相成實論中虛空唯一不可眼見世人見者但見空中光明之色想心於中知無實物作虛空解便謂見空其實不見涅槃中同成實說廣破虛空有爲可見今此經疏符不可見六能通受色相

者此即論文釋經顯現色身相䟽文可知而論經云顯色身別異相意云能顯於色而與色異上言無異自約空體耳若遠公云謂因色像空有差別謂屋內空屋外空等此乃以色顯空不順今經空能顯色

佛子菩薩成就如是身智已

大文第五自在分中分二初牒前爲因修行三種世間自在行故得十自在此但約智通說若依攝論以六度爲因如下別明

第五自在分釋曰此中通有四門一辨相二治障三出因四得位文皆已具此但約智者對下六度但明一智爲通遠公別配修前器世間自在行故得財自在一切世界莊嚴之事悉能示現修前衆生世間自在行故得生自在隨化衆生處處現生修前智正覺世間自在行故得六自在一得命自在證第一義成法身故欲久近住隨意悉能二得心自在知於二諦故能入無量三昧法門三得業自在於報身得自在故一切業報隨意示現四得信解自在知如來身及知聲聞緣覺菩薩故生信解五得法自在知法身故六得智自在知智身故通修前三故得二自在一得願自在一切所欲隨心皆得二得如意自在隨意轉故釋曰雖有此釋乃成穿鑿故䟽但云約智通說別配依下取於攝論六度爲因

得命自在心自在財自在業自在生自在願自在解自在如意自在智自在法自在

二得命下顯自在果命自在者不可說不可說劫命住持故心則無量阿僧祇三昧入智故財謂一切世界無量莊嚴嚴飾住持示現故上三以施爲因如次以一切時一切處一切物施故業則如現生後時業報住持示現故生則一切世界生示現故上二自在以戒爲因戒調身語成勝業故復由戒淨隨欲生故願則隨心所欲佛國土時示成三菩提故此則由進策勤無懈廢故解則一切世界中徧滿示現故論經名信解攝論名勝解皆一義耳用忍爲因以修忍時隨衆生意故得一切皆隨心轉

謂變地爲金等如意則一切佛國中如意作變事示現故以定爲因智則如來力無畏不共法相好莊嚴三菩提示現故法則無中無邊法門明示現故上二同以般若爲因内照所知得智自在應根宣説得法自在於此十中若智若通皆無壅滯故云自在二得命下疏文有三一别釋經文即具釋經有難見即以論釋兼以攝論六度之因次第配釋論以此十治十怖畏一治死怖畏二治煩惱垢染怖畏三治貧窮四治惡業五治惡道六治求不得七治謗法罪業八治追求時縛不活九法自在治云何云何疑十智自在治大衆威德此二如論次此十亦即初地五畏細故漸開此中二四七即是惡名惡名本故三六屬不活九屬第十故約因而論此地方得約果而論圓滿在佛此約行布下離世間上賢首品皆有此十而約普賢位通貫始終

得此十自在故則爲不思議智者無量智者廣大智者無能壞智者

大文第六得此巳下明大勝分於中三初智大智解殊勝故二業大行業寬廣故三彼二所住功德大智業所成故今初文有五句初句牒前爲因則爲下正顯顯有四智初一爲總謂不住世間涅槃寂用難測名不思議此不思議有三一修行盡至不思議謂證涅槃無分量故二所知不思議廣照世境故三除障不思議謂令真如出所知障天魔外道不能壞故

此菩薩如是入巳如是成就巳

第二此菩薩下業大有三初二句牒前爲因一入自在二成就智次得畢竟下正顯業大三佛子下總結多門（一入自在者即經云如是入已牒前十自在也二成就智即經云如是成就已即牒前爲不思議智者等）

得畢竟無過失身業無過失語業無過失意業身語意業隨智慧行般若波羅蜜增上大悲爲首方便善巧善能分別善起大願佛力所護常勤修習利衆生智普住無邊差別世界

正顯中有十二句初三明三業淨當相辨業後九約修辨業攝爲四相初一句明起論云能起能起同時謂身語意是所起智慧爲能起此三業起必與能起同時故經云隨行智爲導首故二般若下四句智攝不染作利衆生行等謂由般若攝彼大悲故不染愛見能起方便利衆生行三善起下二句因攝謂內由大願爲自行他行之因又外蒙佛攝得成二因四後二句作業所持初句利益衆生後句淨佛國土（故經云下經文但有身語意業隨智慧行論經云智慧爲首智隨順轉故疏具用二句之意以智先導釋其隨行初智導起起已不失於智即是隨行故）

佛子舉要言之菩薩住此不動地身語意業諸有所作皆能積集一切佛法

後總結可知

佛子菩薩住此地

第三佛子菩薩住此下彼二所住功德大中三初標所住分齊次得善下顯所住德三此菩薩下結成功德

得善住深心力一切煩惱不行故得善住勝心力不離於道故得善住大悲力不捨利益

衆生故得善住大悲力救護一切世間故得善住陀羅尼力不忘於法故得善住辯才力善觀察分別一切法故得善住神通力普往無邊世界故得善住大願力不捨一切菩薩所作故得善住波羅蜜力成就一切佛法故得如來護念力一切種一切智智現前故

二中十句依七種功德謂初四爲一善住道功德此是德體以二利行爲菩薩道故初二自利先契理離障名爲深心後對治堅固名爲勝心後二慈悲利他後六各一約修辦德初三三輪化益修上利他後三願行相符外招佛護修上自利二中十句者謂依此七種功德宣說彼所住功德法故此段名所住功德大也後二慈悲者餘處慈能與樂悲能拔苦今悲不捨衆生慈却救護世間以慈悲皆通與樂拔苦故後三願行相符等願即第八行即第九佛護即第十

此菩薩得如是智力能現一切諸所作事於諸事中無有過咎

三結成中近結此段遠結前三得如是智結前智大以智證理得無憎愛故次能現下結作業大平等作故後於諸下結所住功德大得七功德無過咎故

佛子此菩薩智地名爲不動地無能沮壞故名爲不退轉地智慧無退故名爲難得地一切世間無能測故名爲童真地離一切過失故名爲生地隨樂自在故名爲成地更無所作故名爲究竟地智慧決定故名爲變化地隨願成就故名爲力持地他不能動故名爲無功用地先已成就故

大文第七釋名分亦攝眞如相迴向稱如不動等故釋名分二一地釋名即約法明

位二智者釋名即約人彰德第七釋名分一地釋名約法明位者廣明此地有不動德故二約人者廣明住此地菩薩有不動德故法即本有此德如於菩提人由得地故成勝德猶如此覺者今初十句論攝爲六遠公復攝六爲二初二自分後四勝進勝進中復三初一發修離過次二因修成德一成教道德二成證道德後一依德成位亦有斯理今初十句者初三四六皆攝二故疏文有三一總科初二自分前一離過畢竟後一所證深玄餘句可知言爲六者一初二句名染對治一治下地功用行小乘願諸魔業故名不動地二治煩惱習行故名不轉上二即相用煩惱不能動也二次一句得甚深故可知言爲六下二依論釋初染治中功用小願魔業皆是業染第七地功用之心名功用行第六地中樂空之心名小乘願前五地中着有之心名諸魔業亦可七地所起行修名功用行二乘之心名小乘願凡夫之心名諸魔業今離功用治功用行遠離有無間隔過故治小願魔業故名不動此一爲總

故諸經論皆立此名三有二句發行清淨上句發淨謂得眞無漏三業無失不破觀心能發趣行然其八地應對八住合名童眞而論經中名王子者似不順文下句行淨正行之時離障自在故三有二句者即勝進中發修離過前句發修之時離功用過名爲發淨後句修行之時離不成過名爲行淨隨意成故論經名王子者經云名爲王子地離家過故遠公釋云如世王子生在王家無有營農等過菩薩如是生在佛家無有修行功用之過釋曰觀經之意但取離過四次二句名世間出世間有作淨勝上句悲故隨世有作自無所作下句出世有作以智善分別故智障淨故皆決定義四次二句下兼第五門即勝進中因修成德德義不同有其二種一者有作即教道功德德本無今有方便修起故名有作即第四門二者無作即證道功德本有今顯非從修起名爲無作即第五門與加分中有作善法淨無作法淨相似今第四中功德名世間智慧名出世間前中隨世有作釋經名爲成地自無所作釋經更無所作故下句中以智慧善分別故即是論經

智障淨故是論釋上善分別言皆決定義疏將彼經及論皆就今經決定之言五有一句彼二無作淨勝謂於世出世名爲彼二願力變化而不滯寂故云無作即無住涅槃五有一句下即證道也即經名爲變化地隨願成就故今經但有其用論經云名爲涅槃地善起大願故遠公云涅槃地者即無作體體寂滅故善起大願以用顯體非小涅槃故疏釋云化不滯寂成無住涅槃六有二句菩薩地勝即分位過前上句勝六地以六地觀空爲他有動今念念發起殊勝行故下句勝七地上依論釋六有二句者即遠公依德成位上句可知下句勝七地有功用此地報熟名無功用言先已成就者論經云善起先道故遠公就諸地中分別云有三一不起先道謂前六地當地別習不兼前行二起而不善謂七地念念修起一切佛法前六地中所有諸行至此皆起而功用心起不名爲善三亦起亦善謂此八地前七地中所修諸行是其先道至此地中報熟現前名起先道報熟現前非功用生故名善起疏意順經先已成就即是七地之中修無功用爲先已成就故今無功此意是總易故不釋今更指文別爲一解

謂此諸名對前經立初二從淨忍分受名得無生忍入不動故此句爲總此智現前故無退壞次二約得勝行分受名一得爲深行菩薩不可知故二離一切相等諸過失故次三約淨土分受名生地謂器世間自在隨樂生故成地衆生世間自在隨物成身自無作故究竟地智正覺世間決二諦故次一約自在分隨願成就方名自在次一約大勝分得深心等十種力持故後無功用通該始終依此釋者似若論家闕指明據今更指文者第三順經釋但是指文義不異論故疏云則似論家闕指明據

佛子菩薩成就如是智慧

第二佛子菩薩成就下智者釋名中三初牒前爲因由得智地故二入佛下正就人

顯三於無量下總結所住

入佛境界佛功德照順佛威儀佛境現前

就人顯中以何義故菩薩名爲得不動地有二義故一一向不動謂行修上順故二一體不動謂與諸菩薩行體同故一向不動是勝進行一體不動是自分行先明勝進者舉彼勝求顯於自分從上滿也文中先總明後常爲下別顯今初文有四句皆含二義論總釋云佛性隨順因故佛性即初句以梵云馱都譯通界性致譯論經云得入佛性即是法身果性故論云佛性者界滿足勝故究竟見性故云滿足此即分齊境界菩薩由得地智能上入之隨順因者即下三句由三爲因故能隨順佛境一攝功德佛功德照者善清淨義故謂以無垢慧善照佛德即是攝義二者行謂正行威儀順同佛故三者近即佛境現前近如可覩故今初文有四句者謂一向一體以遠公將此總屬於一向不動則此四句明一向義後十方明不動故疏案定云皆含二義謂由入佛境故一向上順亦與菩薩同一體性下三句準之以論先釋四句竟方云是中一向不動者如經日夜常爲善知識加諸佛加故等故疏將此四句爲總三者近者由其前二故近佛也

常爲如來之所護念梵釋四王金剛力士常隨侍衛恒不捨離諸大三昧能現無量諸身差別於一一身有大勢力報得神通三昧自在隨有可化衆生之處示成正覺

後別明中先明一向不動經論十向今經闕一初一總顯佛加解參玄極上德被巳故既常爲佛加故名一向不動餘句別依五種功德以顯不動一供養功德即梵釋四王論經王下有奉迎之言二守護功德謂金剛等現形衛故三依止功德恒不捨

三昧故四國土清淨功德即能現諸身差別若器若衆生皆能隨現故云無量謂金剛等者此前亦有但寘衛耳如來常有八金剛神列其八面此地菩薩隨分得之五於一一下教化衆生功德此復五種前三自分後二勝進一願取諸有多爲主導故云有大勢力一根心使智力即報得神通窮三際中衆生根欲等故三無量法力三昧自在轉法輪故四受力彼經云能受無量記故今經闕此五說力即隨有可化示成正覺眞能說故論經此後更有一句結云是菩薩如是通達論云一向不動故前三自分者即三輪也謂身口意論云一向下論釋結如是通達如是通達故一向不動義耳

佛子菩薩如是入大乘會獲大神通放大光明入無礙法界知世界差別示現一切諸大功德隨意自在善能通達前際後際普伏一切魔邪之道深入如來所行境界

二佛子下明一體不動文有十句初總餘別總云入大乘會者謂入同類大乘衆數故入數者不破壞義和合如一故別有九種具此九種堪入衆數

一智不壞獲法智通故二說不壞謂放教智光故三解脫不壞謂不住行證入空有等無礙法界業用無礙故四佛國清淨不壞知世界自在故五入大乘不壞智能示現大功德故六神通不壞隨意自在故七善能下能解釋義不壞稱三際說故八普伏下坐道場不壞萬行及菩提樹下伏魔邪故九正覺不壞入如來境同佛覺故一智不壞者論經云善思量大乘道故即法智通者以論會經既云智大經云獲大神通

明是法智通也即十通第九於六通中漏盡開出故亦證智二教智三不住上三自利下六利他初句淨土行後五化法益物於中前三自分即意身口稱三際說者先際生死後際涅槃中際聖賢也八普伏下二句勝進坐道場稱佛方便成正覺者成佛度人前中況明坐道場畧有三說一就法門即萬行道場二就實成約金剛三昧一念成佛三約化相菩提樹下今正約後然一經但言普伏一切魔邪之道而論云坐道場坐道場即降魔故伏魔亦三一約法門一切生死涅槃皆是魔道修一切智則伏其道矣二約實說無明習氣以爲魔道金剛喻定方能摧之三約化相菩提樹下降於天魔今亦據後九正覺不壞者上入佛境同佛覺故即是一切法如實覺故同無障礙智餘如初地中說

於無量國土修菩薩行以能獲得不退轉法是故說名住不動地

第三總結所住中行無障礙不斷不轉念不退故

佛子菩薩住此不動地已以三昧力常得現見無量諸佛恒不捨離承事供養此菩薩於一一劫一一世界見無量百佛無量千佛乃至無量百千億那由他佛恭敬尊重承事供養一切資生悉以奉施於諸佛所得於如來甚深法藏受世界差別等無量法明若有問難世界差別如是等事無能屈者如是經於無量百劫無量千劫乃至無量百千億那由他劫所有善根轉增明淨

第二位果調柔中先調柔行法說中受世界差別等無量法明者等取衆生智正覺故論名彼因相故者以所受法爲自在因故

譬如眞金治作寶冠置閻浮提主聖王頂上一切臣民諸莊嚴具無與等者

喻中眞金作閻浮提主冠者喻得清淨地身心勝故以此地中報行純熟三世間自

在故特加於王無與等者喻善根光明轉更明淨

此地菩薩所有善根亦復如是一切二乘乃至第七地菩薩所有善根無能及者以住此地大智光明普滅衆生煩惱黑闇善能開闡智慧門故

佛子譬如千世界主大梵天王能普運慈心普放光明滿千世界此地菩薩亦復如是能放光明照百萬佛刹微塵數世界令諸衆生滅煩惱火而得清涼

三佛子譬如下教智淨梵王普放光明者勝前日光一多故二淨故三廣故

此菩薩十波羅蜜中願波羅蜜增上餘波羅蜜非不修行但隨力隨分

是名略說諸菩薩摩訶薩第八不動地若廣說者經無量劫不可窮盡

佛子菩薩摩訶薩住此地多作大梵天王主千世界最勝自在善說諸義能與聲聞辟支佛諸菩薩波羅蜜道若有問難世界差別無能退屈布施愛語利行同事如是一切諸所作業皆不離念佛乃至不離念一切種一切智智

復作是念我當於一切衆生中爲首爲勝乃至爲一切智智依止者此菩薩若以發起大精進力於一念頃得百萬三千大千世界微塵數三昧乃至示現百萬三千大千世界微塵數菩薩以爲眷屬

若以菩薩殊勝願力自在示現過於是數乃至百千億那由他劫不能數知

爾時金剛藏菩薩欲重宣其義而說頌曰

七地修治方便慧善集助道大願力復得人尊所攝持爲求勝智登八住功德成就恒慈愍智慧廣大等虛空

第三重頌分中二十二頌分三初十八偈半頌位行次二偈半頌位果後一結說分齊今初頌上七分即爲七段初一偈半頌集作地分

聞法能生決定力是則寂滅無生忍知法無生無起相無成無壞無盡轉離有平等絕分別超諸心行如空住

二一偈半頌淨忍分

成就是忍超戲論甚深不動恒寂滅一切世間無能知心相取著悉皆離住於此地不分別譬如比丘入滅定如夢度河覺則無如生梵天絕下欲

三有七偈頌得勝行分於中二初二頌深行勝

以本願力蒙勸導歎其忍勝與灌頂語言我等衆佛法汝今未獲當勤進汝雖已滅煩惱火世間惑燄猶熾然當念本願度衆生悉使修因趣解脫法性眞常離心念二乘於此亦能得不以此故爲世尊但以甚深無礙智如是人天所應供與此智慧令觀察無邊佛法悉得成一念超過曩衆行菩薩住茲妙智地則獲廣大神通力一念分身徧十方如船入海因風濟

後五頌發起勝於中云但以甚深無礙智者長行所無故知唯念法性則同二乘事理事事皆無障礙是菩薩學故晉經全有

一偈云但以得無礙甚深微妙智通達三
世故乃得名爲佛又此一句亦可總頌餘
勸
心無功用任智力悉知國土成壞住諸界種
種各殊異小大無量皆能了
三千世界四大種六趣衆生身各別及以衆
寶微塵數以智觀察悉無餘
菩薩能知一切身爲化衆生同彼形國土無
量種種別悉爲現形無不徧
譬如日月住虛空一切水中皆現影住於法
界無所動隨心現影亦復然
隨其心樂各不同一切衆中皆現身聲聞獨
覺與菩薩及以佛身靡不現
衆生國土業報身種種聖人智法身虛空身
相皆平等普爲衆生而示作

四有六偈頌淨佛國土分於中三初二器
世間次三衆生世間後一智正覺世間
十種聖智普觀察復順慈悲作衆業
五有半偈頌十自在故晉經云能得於十
種妙大自在智
所有佛法皆成就持戒不動如須彌十力成
就不動搖一切魔衆無能轉
六一偈頌大勝分
諸佛護念天王禮密跡金剛恒侍衛此地功
德無邊際千萬億劫說不盡
七一偈頌釋名分密跡者古譯爲力士餘
文可知也
復以供佛善益明如王頂上莊嚴具菩薩住
此第八地多作梵王千界主
演說三乘無有窮慈光普照除衆惑一念所

獲諸三昧百萬世界微塵等諸所作事悉亦
然願力示現復過是
菩薩第八不動地我爲汝等已略說若欲次
第廣分別經於億劫不能盡

大方廣佛華嚴經疏鈔會本第三十八之三

音釋

諮津私切 迴戶頃切遠

大方廣佛華嚴經疏鈔會本第三十八之四

唐于闐國三藏沙門實叉難陀　譯

唐清涼山大華嚴寺沙門澄觀撰述

第九善慧地所以來者瑜伽意云前雖於無相住中捨離功用亦能於相自在而未能於異名衆相訓詞差別一切品類宣說法中得大自在爲令此分得圓滿故次有此來

言善慧者攝大乘云由得最勝無礙智故無性釋云謂得最勝四無礙解無礙解智於諸智中最爲殊勝智即是慧故名善慧即下文中十種四無礙是也莊嚴論云於九地中四無礙慧最爲殊勝云何勝耶於一剎那三千世界所有人天異類異音異義問此菩薩能以一音普答衆問徧斷衆疑故此同下文金光明云說法自在無患累故增長智慧自在無礙者此兼顯離障名勝深密意亦同此瑜伽住品十住論成唯識等文辭小異義旨無殊仁王名爲慧光者言兼法喻智論名善相從所了得名能所雖殊皆明說法之慧

言善慧下二釋名總有九釋一攝論當第七論從即下文下疏會經二莊嚴論即第十三頌云四辯智力巧善說稱善慧今疏即是彼論長行此同下文即疏會經三金光明即第三卷從此兼下疏會釋四深密經意者即第四卷經云獲得廣大無礙智慧五瑜伽住品即四十八論上文來意亦同此卷論云由此地中一切有情利益安樂意樂清淨逮得菩薩無礙解慧由此善能宣說正法是故此地名爲善慧六十住論亦當第一論云其慧轉明調柔增上故七成唯識亦當第九論云成就微妙四無礙解能遍十方善說法故從文詞下會上三論八仁王下亦即下卷九智論可知

故所離障離利他中不欲行障有四辯故四無礙障分成二愚前三爲一名於無量所說法無量名

句字後後慧辯陀羅尼自在愚謂所說法是義名句字是法後後慧辯是詞陀羅尼自在愚通於上三二辯才自在愚即愚第四無礙故所離下第三離障亦唯識文具云九利他中不欲行障謂所知障中俱生一分令於利樂有情事中不欲勤行樂修已利彼障九地四無礙解入九地時便能永斷由斯九地說斷二愚及彼麤重一於無量所說法無量名句字後後慧辯陁羅尼自在愚此總標也論自釋云於無量所說法陁羅尼自在者謂義無礙解即於所詮總持自在於一義中現一切義故也一於無量名句字陁羅尼自在者謂法無礙解即於能詮總持自在於一名句字中現一切名句字故也於後後慧辯陁羅尼自在者謂詞無礙解即於一言音展轉訓釋總持自在於一音聲中現一切音聲故二辯才自在愚辯才自在者謂辯無礙解善達機宜巧爲說故愚能障此四種自在皆是此中第九障攝釋曰此用能障無礙解所知障種以爲體性以八地已上六識中所知障無現行故金光明亦云一說法無量名句味無量智慧不能持無明二四無礙辯未得自在無明釋曰此則第二愚亦許通四但上能持此約能說即說上三耳梁論云一無量所說法無量名句味難善巧言自在陁羅尼無明二於四無礙解決疑生解無明釋曰第二愚亦通四無礙解本論名離不能利衆生障釋曰唯識不欲此論不能不能故不欲耳疏但撮畧以對論文廣狹可知互相映發疏論俱易故所證眞如名智自在所依謂若證得此眞如已於無礙解得自在故故所證下四所證如亦唯識文攝論名同無性釋云謂此地中得無礙解所依止故分證得智波羅蜜多於一切法不隨眞言善能了知諸意趣義如實成就一切有情受勝法樂釋曰無礙解等釋自在義分證得等釋於智義中邊論云有四自在一無分別自在即相自在二淨土自在三智自在四業自在法界爲此四種所依止義後二八地唯能通達初二自在所依止義後二如次在後一地便成善達法器自在說法行便成善達下第五成行莊嚴論云四辯自在成熟衆生即此經在說法自無邊總持廣受法行即此經善達法器梁論云由通上眞如得應身果金光明中得智藏三昧皆一義耳梁論云下第六得果初即成熟衆生果後即總持法義果

說此菩薩八地時如來現大神通力震動十方諸國土無量億數難思議

一切知見無上尊其身普放大光明照耀彼諸無量土悉使衆生獲安樂

次正釋文三分之内初讚請中有十三頌分三初二如來現相顯説無功用行無動之動難思議故特此現通

菩薩無量百千億俱時踊在虛空住以過諸天上妙供供養説中最勝者

次十頌别讚後一頌結請别讚中亦三初一菩薩供

大自在王自在天悉共同心喜無量各以種種衆供具供養甚深功德海

次一天王供

復有天女千萬億身心歡喜悉充徧各奏樂音無量種供養人中大導師

後八天女供讚於中二初一供餘七讚

是時衆樂同時奏百千萬億無量别悉以善逝威神力演出妙音而讚歎

讚中二初一標讚

寂靜調柔無垢害隨所入地善修習心如虛空詣十方廣説佛道悟群生

天上人間一切處悉現無等妙莊嚴以從如來功德生令其見者樂佛智

後六顯詞於中亦二初二讚菩薩通於八地及説法主

不離一刹詣衆土如月普現照世間音聲心念悉皆滅譬猶谷響無不應

若有衆生心下劣爲彼演説聲聞行若心明利樂辟支則爲彼説中乘道

若有慈悲樂饒益爲説菩薩所行事若有最勝智慧心則示如來無上法

譬如幻師作衆事種種形相皆非實菩薩智
幻亦如是雖現一切離有無
後四雙讚佛及菩薩三輪化益此文云菩
薩幻智後結云讚佛已故文中通讚八九
地如月普現前地有故此法師位隨機說
權實故如月普現者偈云譬如日月住虛空一切水中皆現影住於法界無所動隨心現影亦復然從此法師下即九地之德下文廣具文中三初
一身無心而普應次二口隨機而演說後
一喻結心常契中旣特云最勝智心亦如
來法權實明矣故瓔珞經中說十種善前
九依三乘人各成三乘第十名佛乘種性
謂初聞佛法即發佛心唯觀如如修佛智
慧終不爲悲願纏心一向不起二乘作意
第九爲悲願纏心故此云慈悲樂饒益明
文若斯云何不信

如是美音千萬種歌讚佛已默然住解脫月
言今衆淨願說九地所行道
爾時金剛藏菩薩告解脫月菩薩言佛子菩
薩摩訶薩以如是無量智思量觀察
第二正說分先明地行文有四分一法師
方便成就謂此地能起辯才說法名法師
地趣地行立名方便故二智成就具能知
法之智慧故三入行成就達所化器之心
行故四說成就稱根正授故四中初一入
心餘皆住心亦攝三位至下當知然第八
地中但淨佛土教化衆生此地辯才力故
教化衆生成就一切相能教化故一切相
者具上四分故第二正說文三一總科二四中下會三心三然第八下顯地別相此是論文亦是通難恐有難云第八地中於三世間已得自在普與衆生身心同事復能多身多音說法利樂衆生何以此地方名法師有說成等故爲此

通從成就下辨勝過劣初分中三初牒前起後前得二諦等智故次欲更下正顯方便三得入下結行入地前得二諦等者二諦即是淨土分中等者等取諸佛勸起無量智慧思量觀察即是思修若準論經云無量智慧善思量智遠公云廣謂無量深曰善思量上佛勸與無量智即是廣也淨忍即是深智然不出二諦故疏但以二諦等之

欲更求轉勝寂滅解脫復修習如來智慧入如來祕密法觀察不思議大智性淨諸陀羅尼三昧門具廣大神通入差別世界修力無畏不共法隨諸佛轉法輪不捨大悲本願力得入菩薩第九善慧地

正顯中文有十句不離二利論云一一五三句示現者初句利他次句自利故云一一次五利他後三自利故云五三示現之言通上四段初句依無色得解脫想可化衆生利益他故化其令得大般涅槃故云轉勝論主謂菩薩不求自滅故作此釋然經既云更求寂滅何妨自求以七八九地同得無生八地得忍寂滅現前依勸起修此求上品名爲轉勝即用而寂眞解脫故若依此義前二自利亦可十句俱通二利於理無失且依論解二依未得究竟自利益故復修習如來智慧初句利他者此依論主有兩對二利疏意更有二意一爲三節以合初二爲自利故二者十句皆通二利然遠公云自分所成以用化人勝進所成未堪化人業未熟故但可自利疏意云更求勝進豈無利他三依根熟菩薩化入如來秘密三密化益故四依邪念修行可化衆生令觀察不思議智得正念故謂觀無念見智性故五依未知法衆生轉法輪令得知故即淨陀羅尼三昧門皆說法所依故六依邪歸依

衆生具廣大神通令入正法故七依信生天衆生令入差別世界佛淨土故上五中一無證二無行三無解後二無信三依根熟下五門利他言根熟者阿含行成堪能入證絶念修行可利生故四不觀智性盡爲邪念五未知令知六邪歸依者卽諸外道取信耳目故以通化七諸佛淨土超過諸天無退轉故上五下結上利他竟故下三自利中八依正覺内證智德故修力等九依轉法輪外化思德十依無住涅槃斷德

佛子菩薩摩訶薩住此善慧地如實知善不善無記法行有漏無漏法行世間出世間法行思議不思議法行定不定法行聲聞獨覺法行菩薩行法行如來地法行有爲法行無爲法行

第二佛子菩薩住此下智成就此下二三段攝王子住知法知根皆法王軌度等故

且依智成文中初總知三性謂淨染不二不二卽無記不二卽無記者不同前二故云不二淨卽是善順理清昇故染卽不善違理雜穢故後有漏下展轉別開一於淨法開漏無漏謂施戒等取相心修與漏相應名爲有漏無漏反此一於淨法下俱舍云有漏無漏法除道餘有漏於彼漏隨增故說名有漏四諦之中苦集二諦是有漏法漏卽煩惱漏過無窮故漏法於彼苦集隨增苦集有彼漏故名爲有漏論云無漏謂道諦及三種無爲由其道諦是有爲無漏故於有漏除於道諦今疏中云與漏相應卽漏隨增義言施戒等取相心修者以善中開出漏故舉其施等等取忍進禪慧今漏於彼施等善法而隨增故相心修善是集諦攝三界因故言無漏反此者卽離相心修漏不隨增卽屬道諦俱舍云緣滅道諦諸漏雖生而不隨增故非有漏約於見道分世出世前來頻有二於無漏開出見道巳前名世見道巳去名出世

三卽就上二世出世異名爲思議卽世出世名不思議亦可於出世中約教證二道

三卽就下思不思議乃有二意前約圓融行布地前地上相對以明後約教證二道唯就地上

四彼有漏思議中定能證入名之爲定爲緣所動名爲不定亦可佛性定有餘一切法皆悉不定三聚定等下文自說

四彼有漏者以思議通於二義今明定能證入意取地前思議故兼取有漏之善言定能證入者大乘之中種性堅固名之爲定爲緣所動名爲不定故仁王受持品云習忍已前十善菩薩有退有進譬如輕毛隨風東西是諸菩薩亦復如是雖以十千劫行十正道發三菩提心乃入習忍亦常學三伏忍法而不可定名是不定人是定人者入生空位聖人性故必不起五逆十重等若通諸乘說小乘忍心已去名定餘必不定

五總上諸善開出三乘謂諦緣度等皆通上四故唯佛果一是唯無漏等而屬菩薩乘果

五總上者三乘皆有漏無漏世及出世教證二道定不定等故云皆通

六於三乘法中亦有爲無爲依順行故此是善體故後明之謂滅諦緣性彼岸真理皆名無爲道諦緣智能證修起皆名有爲如來一切皆是無爲佛智有爲非極說故涅槃令覆有爲相故三乘聖人依此起行依此差別故名順行

六於三乘下先舉論後此是下疏釋於中又二先辨次二謂滅緣諦下釋然有爲無爲及漏無漏如十藏品世及出世教證二道初地已廣今隨三乘畧明爲等滅諦卽是小乘無爲小乘四諦三是有爲故緣性卽是中乘無爲逆順觀等皆是緣相因緣性離是名無爲彼岸真理大乘無爲大約六度故云彼岸彼岸有二一是涅槃修六度因得涅槃果居然無爲二窮行究竟卽同無爲又真理言通於三乘同入二空之真理故道諦已下三乘有爲對前可知如來無爲前已頻釋三乘聖人下釋上論文依順行言然有二意一依起行二亦依無爲成差別位

此菩薩以如是智慧如實知衆生心稠林煩惱稠林業稠林根稠林解稠林性稠林樂欲稠林隨眠稠林受生稠林習氣相續稠林三聚差別稠林

第三此菩薩以如是下明入行成就於中

三初總標章門二此菩薩如實知下依章廣釋三佛子菩薩隨順下總結安住今初有十一林一衆生心者是總故論云依共以通是下十染淨共依故菩薩依此而知故名爲依下依義準之一衆生心下疏文有二初隨文釋此言總別通有三意一約本末即如今文心爲本是總十林是別然本末容可由一生多總別要一具多是經宗意二就末中三雜染爲總餘七是別此約依本開末七不離三故三以三聚爲總根等爲別此約以時該於法故今初心爲總者論云依共者論唯二字以通是下疏釋先釋共字其染淨共依但釋共字菩薩依此下方釋依字餘十是別不出三雜染故論云依煩惱業生生是苦果今當第九論釋餘七云依共染煩惱染淨等依定不定時謂次根等四同是業故名共隨眠即煩惱種名染眠伏藏識令心染汙故受生即生如前已說餘二通三故不出三也二云何通謂習氣無

別體是染淨等氣分故三聚但是約時定不定故餘十是別者即第二重總別義也言生是苦果下是疏釋論然論經今經已前是因生是苦果皆當第九論以三是總故以生居前後習氣三聚俱通因果論釋餘七下二釋餘七於中有四一總釋七林文中有三初句標舉二依共染下舉論三謂次下疏釋然上論七林總有四節一依共字攝根解性欲四林二染字即隨眠林三煩惱染淨等即習氣林四依定不定時即三聚林四節皆合有其依字初一後一有依中二林畧無以初依字該於中二二若具應云依共依染依煩惱染淨依定不定時也今釋四節文亦有四初釋共字謂次根解性欲同是業故二隨眠下釋染字故三地中顯超煩惱名貪嗔癡顯超隨眠名爲染也以常隨心令心穢濁無時蹔淨故名爲染然論經名使如下當釋三受生即生下此非釋論以經次第至於生故指前總中故前云不出業煩惱生世四餘二下釋論第三四節習氣三聚二稠林也於中有二上二句總釋言餘二不通三者即是習氣及三聚林通三雜染故不出者隨眠是煩惱根等是業今二復通故上標云不出三雜染也二云何通下二別釋二林此句徵問後謂習氣下釋前論第三云煩惱染淨等是習氣林染攝煩惱故疏畧無煩惱之言又欲將染淨通根解性欲而言等者等取生雜染以三雜染皆有習氣故

故下釋中有煩惱習氣業習氣道差別習氣卽是生故不言心習氣者心是總故爲十依故三聚但是下釋上論第四節依定不定時是三聚林故論又別釋根信性欲相似之義云彼復定不定時根等次第根等相似信等者由下經文以根例三故此重釋相似之義亦須約時故云彼復定不定時約何論時亦約根等四事次第也云何次第謂根等相似似何等耶謂信等故如宿習名根印持名解依根起解故云次第解必似根故云相似習解成性性必似解依性起欲欲復似性若相似未熟時卽名不定熟名正定全無邪定故時依根等論經名解爲信是信解故論又別釋下第二重釋根等相似之義卽重釋上依共之言以言共是於業復相似故於中有四一生起論文二彼復下舉論三由下經文下彰釋所以由相似故經舉根林以例三林論上云共故今顯共相似之義四亦須下正釋論文爲四展轉相生皆徵上起

下而文分五一釋彼復定不定時云亦須約時躡上四義但云亦須約時合云根等四林亦須約時亦者釋論復字以前釋三聚約時今重約時故云亦也二約何下第二節徵於上句釋下根等次第三云何下徵上第二釋下根等相似四似何等下徵上第三釋下信等二字五如宿習下顯上相似次第之義唯初根解此二相望有於次第及與相似性欲但明相似之義次第可知故畧無之若相似下第三例釋三聚三聚亦由上四生故是故上云三聚爲總十皆名稠林者多故名林難知曰稠論經十林皆有行字謂不正信義故名心行等稠林心行若絕證信圓明非稠林行然此十名多如發心品辨而習氣一通於二義一者殘習二者種子熏習如下當辨

此菩薩如實知衆生心種種相所謂雜起相速轉相壞不壞相無形質相無邊際相清淨相垢無垢相縛不縛相幻所作相隨諸趣生相如是百千萬億乃至無量皆如實知

第二依章廣釋文分九段以解性欲合一例故今初心中三謂總別結別中畧舉十門攝之爲八二三後二合故

一差別相心意及識六種別故此八緣境許得齊起故名雜起又雜起者必與所俱極少猶有徧行五故心意及識下第八名心第七名意前六名識然有通別已見問明今更畧釋大乘法師釋云心積集義意思量義識了別義積集有二一集行相二集種子初通諸識後唯第八思量有二一無間覺二現思量初通諸識後唯第七了別有二一細二麤細通諸識麤唯前六此八緣起者唯識第七云依止根本識五識隨緣現或俱或不俱如濤波依水釋曰此有二門初句六識共依門下三句六識俱轉門此中正是後門論云根本識者阿陀那識染淨諸識生根本故依止者謂前六轉識以根本識爲共親依釋曰此釋第一句舉阿陀那通至佛果故若言賴耶位局染故但言六者第七識緣恒時具故又此正明六識義故言爲共親依者共依即是現行本識識皆共故親依即是彼種子識各別種故次釋下三句六識俱轉門論云五識者謂前五轉識種類相似故總說之隨緣現言顯非常起緣謂作意根境等緣謂五識身內依本識外隨作意五根境等衆緣和合方得現前由此或俱或不俱等外緣合者有頓漸故如水濤波隨緣多少此等法喻廣說如經釋曰言種類相似者一俱依色根故二同緣色境三俱緣現在四俱有間斷言謂作意等即眼具九緣等經初已說言廣如經者即解深密云廣慧如大瀑流水若有一浪生緣現前唯一浪轉乃至若多浪生緣現前有多浪轉諸識亦爾然彼更有淨明鏡喻恐繁不引極少猶下即如第八心所俱門謂唯與觸及作意受想思俱餘識心所多少之義廣如彼論

二速轉下二句明行相四相遷流故速即是住住體輕危速就異故轉者是異壞即是滅不壞是生故論經但一句云輕轉生不生相論云住異生滅行故論云住異者住釋上輕異釋上轉生釋於生滅釋不生

三無形質者第一義相觀彼心離心故云何離謂心身不可得故身者體依聚義即同起信心體離念等云何離者從初至不可得唯除此句假徵餘皆論文從身者下疏釋言心體離念等等取虛空界法界一相皆無形義

四無邊際即自

相順行無量境界取故取境不同故名爲自取境不同者此下䟽釋八識緣境有同有異前五轉識緣五塵境是現量故第六意識緣一切法通三量故第七末那緣賴耶爲境是非量故第八賴耶緣於三境謂種子根身器世間故亦現量攝廣如唯識上四相初一是所相二是能相此二並心之相三是心之空性性相不同合爲心體四即心用此四並通染淨後四明淨心隨緣由第五隨煩惱緣成六七隨業生緣成第八上四相下結前言心之空性者空如來藏故涅槃云空者所謂生死故後四明淨心者標也次由第五下總釋也隨現煩惱故有第六隨煩惱種故成第七故論云第六七心染不染故心縛解故此二句煩惱染示現第八雙隨業生染故論云第八句心隨道故生染示現以隨業受生故云隨業生緣菩薩幻生亦菩薩業謂第五清淨者自性不染相即自覺聖智眞妄所依不空性也染而不染名自性淨次下二句即不染而染謂第五清淨下當句別釋此即自性清淨心對前空性是不空性是則相辨眞空性爲妙有也不染染等前已頻釋謂六垢無垢者即同煩惱不同煩惱相隨緣有垢性恒離故七縛不縛者同使不同使相義不異前但種現有別耳

八有二句同名因相隨因受生故菩薩以幻智願力生故餘衆生隨業諸趣生故隨因受生者通釋二句菩薩以下別釋二句幻所作相同於摩耶大願智幻耳

又知諸煩惱種種相所謂久遠隨行相無邊引起相俱生不捨相眠起一義相與心相應不相應相隨趣受生而住相三界差別相愛見癡慢如箭深入過患相三業因緣不絕相畧說乃至八萬四千皆如實知

第二釋煩惱稠林亦三別中九句攝爲三種事後七合故第二釋煩惱稠林攝爲三種事者一即遠入相二難知相三染相一遠入相乃至有頂故此約四住

現行下至金剛自約種說久者無始常隨
故明分齊深至於有頂故四住揀於無始無明現惑揀種故彈古云下至金剛自
約種說遠公見偈云禪定境排仍退轉金
剛道滅方畢竟便釋有頂云謂至于地金
剛頂故今彈云彼頌隨眠稠林約俱生種何得證此二無邊引起者
難知相言無邊者修習無量善根故引起
者引起惑故惑與善俱所以難知即勝鬘
中恒河沙等上煩惱也上明豎深此辨橫
廣二無邊引起者論云二難知無量善根等修業行故餘如疏釋言恒沙等上煩
惱者以善無邊一一善上皆有煩惱故亦即所知未盡則無法之上而無惑也三
俱生下七句合爲染相即三雜染謂此煩
惱亦與業生二俱起故即分爲三
初三句當體明煩惱染一俱生不離者明
隨所縛此句總明能所所縛即妄心謂惑
與妄心遞共同事故云俱生生即是事然
離惑不名妄心離心惑依何住故迭共相

依名爲不捨二眠起一義者是以何縛謂
使爲能縛使即隨眠起即現行現行由使
不得解脫以現及種同一惑義故然下辨
使不必與現行俱此中現行必由於使如
有種子未必有芽若已有芽必依種子故
云一義三與心相應不相應者是所縛事
事即眞心若被妄染名與相應是縛非解
心性淨故名不相應示可解脫初三句下別釋三段
就此三中初句既總即能所縛即二爲能
縛三即所縛妄心今初論自釋隨所縛云
迭共同事迭共相依不相離故今疏取意
開展釋之以論同事釋經俱生生即是事
者然有二義一夫言俱生必有二物煩惱
是一與何物俱即妄心事同時生也二生
即生雜染則煩惱與生事俱也從然離惑
下以論相依釋經不捨二眠起一義者別
明能縛如世縛賊爲用繩耶爲用鎖等云
以何縛從謂使爲能縛下出能縛體現行
由使下釋其縛義煩惱縛心使縛煩惱如
毛繩縛人由入水故令繩縛急然下辨使
等者通相濫妨此中使同下使故答意云
此約使爲惑因後正顯使故不濫也遠公

釋云使有二義一繫縛義通性及起二隨逐義局在性成今約繫縛亦是一理而下隨眠亦有繫縛故但依疏三與心相應下即別舉所縛然雖別顯能縛所縛而必互有如繩縛縛人若言以何物縛是單說能而必有所縛之人若不爾者何得縛名如說何人被縛必有能縛之物故下二句各兼能所而二正取能三正取所思之事即真心者出所縛體即自性清淨心若被下即被縛相因無明風動不守自性成其染心也染而不染云心性淨言示可解脫者若定是染則不可脫故中論云集若有定性先來所未斷於今云何斷二隨趣下有二句約生明煩惱染論云身事生道界因故者苦報集起名身事生上句是道因下句是界因二隨趣下謂就生雜染中明於煩惱先舉論總釋從苦報下釋論從上句下以經對論道界因道界因言彰惑之過三愛見下二句約業明煩惱染初句明於三分中業因障解脫故言三分者愛是欲求中追求現報受欲行者見是邪梵行求癡是欲求中追求現報習惡行者故論云無戒衆生爲現少樂習衆惡行

愚癡之甚慢通上三而多屬見有求屬生染所攝故此畧無上三俱障解脫過患難拔如箭入木故外道得非想定尚與見慢相應上即論意亦可見愛等通七識中煩惱故云深入下句明此惑隨順世間身口意業不斷起因故三愛見下先總明初句下別釋釋初句中先牒論言三分下疏釋三即愛見癡是業之因疏文委具而文有四節一以二求釋三分業二慢通上三下會通經論經有四惑論但說三故又三求中唯說二故通意可知三上三俱障下以論障解脫言釋經如箭深入過患四亦可知下疏別立理下句下釋三業因緣不斷相結中八萬四千煩惱隨好品自明賢劫經中亦有其相結中八萬下然隨好品正明煩惱賢劫自說八萬度門而取所治亦是煩惱故復引之此經具名賢劫定意經有十三卷第二卷末有喜王菩薩宴坐七日過七日已詣佛諮請行何三昧能悉通達八萬四千諸度法門佛告喜王有三昧門名了諸法本行菩薩行時便能通達諸度法門諸度法門者諸佛有三百五十功德一一功德各修六度爲因然彼第二卷末喜王菩

薩起請如來初列章門第三卷初喜王再請一一解釋至第九卷經方終其三百五十度中最初名修習進行法修度無極其度無極言即波羅蜜義乃是三百五十之總名其光耀度乃當第二其分布舍利是最後度其間諸相隨好力無所畏十八不共三十七品五眼六通等皆是所成即以六度爲二千一百其一一各有六度隨事各各不同而初言二千一百竟即云是一千一百其中別有一百度無極主除四大六衰令無有餘獨步三界亦可將此都成前度言如是二千一百諸度無極及是百度無極是二千一百諸度無極貪欲恚癡等分四事二千一百合八千四百各有十事合八萬四千不言十事是前四大六衰及至第九經總釋竟即云是八千四百一度爲十合八萬四千諸度無極亦不言十對四大六衰次云此八萬四千諸度除八萬四千衆垢塵勞遂成八萬四千三昧門立八萬四千空行設以義取應以四大六衰成八千四百而人以四大六衰成二千一百似非經意又此皆是菩薩所修之法亦非如來一代經如是多會說法下諸卷廣說千佛名及因緣然不說四大六衰之相第十三卷末云三毒五陰十二牽連四大六衰諸蔽睡眠則義當四大六塵六塵衰損善法故經中但言一度爲十經既不釋今以義推乃有二義一如古釋四大六衰成之二以義推如一施度下經具十餘五亦然則八千四百既一一具十斯理無失亦有云四大者貪嗔嫉妬及衆生想此能障四無量故六衰者慳嫉放逸不忍懈怠散亂愚癡能障六種波羅蜜故此乃理求未有所出難以取憑又經中既云於其一百對四大六衰若如向說則盡對四大六衰又有云若依大乘菩薩藏說貪嗔邪見及慢爲四種各二萬一千有貪香味觸法色不貪聲等有雅貪聲不貪色等有俱貪香味觸法當知亦是色十多種有貪外色不貪內色有反此者亦有俱者外色中有多差別十形四顯八差別等各別俱貪或少或多或遍貪着聲香味觸各亦多門是故貪行二萬一千嗔邪見慢當知亦爾釋曰非無所以未詳所據

大方廣佛華嚴經疏鈔會本第三十八之四

音釋

迭杜結切音經更也　稠除留切音酬密也　蔽必蔽切障也　填亭年切加也　券區願切

大方廣佛華嚴經疏鈔會本第三十八之五

唐于闐國三藏沙門實叉難陀　譯

唐清涼山大華嚴寺沙門澄觀撰述

又知諸業種種相所謂善不善無記相有表示無表示相與心同生不離相因自性剎那壞而次第集果不失相有報無報相受黑黑等衆報相如田無量相凡聖差別相現受生受後受相乘非乘定不定相略說乃至八萬四千皆如實知

第三釋業亦三別中十句爲九種差別後二合故第三業稠林然論有二先正解後重分別今疏將下重分別文合在前文正解中用九句分二前八對果辨業後一明定不定就前八中遠公攝為三對初三一對次三一對後二一對三對之中皆初對果明業為因後復就業體隨義分別

初一道因差別謂通說三性爲六趣因引業唯善惡各有三品二地已說滿業通三性名言熏習亦通三性許爲因種故又俱舍十七以三性因對五種果無記亦能招果故論主通以三爲道因或既不招異熟則論主言總意別初一道因者此即對果明業疏文有二先通三性感五趣果故唯善惡今初引業唯善惡者俱舍業品云一業引一生多業能圓滿釋云引業謂總報業但由一業唯引一生若許一業引多生時分定業應成雜亂若此一生多業所引應衆同分分分差別以業果別故注云分分差別者謂數死數生多業能圓滿者別報業也謂一生身圓滿莊嚴許由多業譬如畫師先以一色圖其形狀後塡衆彩一色圖形喻引業一故後塡衆彩喻滿業多是故雖同禀人身於其中間有支體色力莊嚴缺減各有三品二地已說者彼經云十善業道是人天乃至有頂處受生因意明下品十善是人因中品十善是欲天因上品十善是色無色界因下辨三乘除如來因皆同上故其十惡業畧有三種經云佛子此菩薩摩訶薩又作是念十不善業道上者地獄因中者畜生因下者餓鬼因皆三品也滿業通三性者唯識第八云然諸習氣總有三種一名言習氣謂有為法各別親種二我執習氣三有支習氣下二習氣六地廣明其名言習氣問明已釋為明三性故復重

衆論釋名言習氣云名言有一一表義名言即能詮義音聲差別二顯境名言即能了境心心所法隨二名言所熏成種作有為法法名別因緣彼疏釋云名言熏習即三性法各自親種表義名言即能詮義音聲差別者揀無詮聲彼非名故然名乃是聲上屈曲唯無記性不能熏成色心等種然因名起種名名言種謂因於名令心了知而成種故今經從因起之義乃顯境名言故云許為因種又俱舍等者彼疏第五初論云前所言果有五種此中何業有幾種果頌曰斷道有漏業具足有五果無漏業有四謂唯除異熟餘有漏善惡亦四除離繫餘無漏無記三除前所除釋曰斷道即無間道也廣配如彼彼中第二三性相對論云已總分別諸業有果次辨異門有業果相於中先辨善等三果頌曰善等於善等初有四二三中有二三四後二三三果釋曰上善等即業下善等即法初即善業以善法為四果謂除異熟異熟唯無記以不善為二果謂士夫增上以無記為三果除等流離繫故云初有四二三言中有二三四者中即不善業以善為二果謂增上士用以不善為三果加於等流以無記為四果謂除離繫言後二三三果者後即無記以善為二果謂士用增上以不善為三果除異熟離繫以無記為三果亦除異熟離繫解曰既無記望善惡無記有二三三果明有果也況別不離總為因無失或既不招下二明道因明是善惡謂既曰無異

熟總報果體即無果義論主言總明三為道因別意但取善惡為因二有表示等者自性差別然論經此句云作未作相此則並以思為自性故論云此有二種一籌量時此在意地唯有審慮一種思故釋未作義二作業時釋經作字有決定思若在身語唯發動思成唯識云動身之思名為身業發語之思名為語業然今既云有表示等即表無表業各通三業表則三皆是思無表則非心非色或說色收義如別說二有表示者自性差別此下二句唯就業體隨義差別云自性者造作之義是業自性論初釋中但云自性差別論云此有二種下此是論主後重釋文論主但云一籌量時二作業時從此在意地下疏釋初義言在意地者未形身口言有審慮決定二種思者今言唯有審慮一種思者正明論中未作之意雖在意地未有決定未成業道未受報故如六地業有二義不受果報一未作業上引瑜伽已廣顯示二作業時者此句論文從釋經作字下疏釋通三業也言決定思者即是意業至決

定思方成業道能招報故言若在身語下辨餘二業成唯識下引論證成彼論第一廣破外宗表無表色竟小乘引經問言世尋經中說有三業撥身語意豈不違經故論答云不撥為無但言非色能動身思說名身業能發語思說名語業審決二思意相應故動作意故說名意業釋曰此出三業體然思有三種一審慮思二決定思三動發思然初二思是發身語遠近加行然發動思正發身語即是二業體然初二思

與意俱故作動意故名為意業故總以思為三業體釋曰故意業中要具二思方成業道如上已明今約成業但云決定故晉經云分別不可分別相然今既云下但順經文而非論意表即表彰相可見故無表反此俱舍業品云世別由業生思及思所作思即是意業所作謂身語釋曰謂有問言世從何生初句答云從業而生次句示二種業一者思業二者思已即下之二句開二為三然其意業約等起立業既是思

與意相應意等引起名為意業言身業者約所依立身謂色身業依身起故名身業言語業者約自性立語即業故次開二業成表無表偈云此身語二業俱表無表性釋曰論釋此云其文繁廣今當畧示初立有宗正理云身表許別形故表為身表如合掌等許有別形形即是表形善惡故表即是業此之形色依身起故名為身業次破正量部云非行動為體行動即是有為有為刹那後有盡故此之滅法更不待因

身表是果果必待因故論主次復破有宗云形色亦非實有應二根取謂依多顯色假立長等無別極微故假非實若言有實顯是眼境形可身取故顯即形應二根取形雖是表而非是業業今是思故依身行門故名身業次立語業云語表許言聲謂且許之以其言聲為語業體業體亦以發語之思以為語業語門行故語之業故則分同大乘言無表者俱舍云無表雖以色為其性如有表業而非表示令他了知故名無

表又頌云亂心無心等隨流淨不淨大種所造故由此說無表上依小乘唯識論示正義云然心為因令識所變示色等相生滅相續轉趣餘方似有動作表示心故假名身表然因心故識變似聲生滅相續似有表示假名語業釋曰唯識但約心變即異小乘次明無表云表既不實無表寧真然依思願善惡分限假立無表理亦無違次下大小乘對辨然俱舍意唯身語二俱表無表而唯識意無表既依表上假立是

故疏云表則三皆是思若以非色非心而為無表則意亦有矣故瑜伽五十三云云何表業畧有三種一染污二善三無記若於身語意十不善業道不離現行增上力故有身語表業名染污表業所治三也若即於彼誓受遠離所有身語表名善表業此身語善表也若諸威儀路工巧處一分所有身語表業名無記表業此身語無記表業若有不欲表示於他唯自起心內意思擇不說語言但發善染污無記法現行

意表業名意業釋曰此顯意業亦具三性自能曉了我今造作如是事業別表於後意俱之表表名為意表意為無表如理思之故知大乘三皆有表廣如別章大乘法師法苑中十門分別一辨名二出體三假實分別四具支多少五得捨分齊六依他有無七四大造性八應成差別九先後得捨十釋諸妨難

三與心同生不離者方便差別心共生熏心不別生果故謂此業思與等起意識共生隨其善惡生已即熏本識成名言等種種似能熏故云不別生果即不離義

方便心業者心為起業之方便故經云與心同生不離者業共心生生已不離故經此言業行常依心王也與等起者俱舍頌云等起有二種因及緣刹那如次第應知名轉名隨轉引論解釋已如六地然今此中正同緣等起也與所起業同刹那故故云意識共生言隨其善惡生已即熏成名言等種者此文影畧若善惡熏即成業種意識等種熏成名言種由上有意識共生故然要由業熏心方成種故云爾耳疏中等言等於業種言種似能熏亦有二義一似善惡惡生苦果善生樂果二似名言所熏第八成異熟種能熏七識等成名色等種上二並言不別生果言即不離義者結歸於經謂業種不離心得果不離種也

四因自性等者盡集果差別謂無始業因以是有為故自性刹那壞故云盡此顯非常而得持至果功不敗亡故云集果不失此顯非斷前念雖滅後念續存故云次第亦是因即頓熏果則次第如識等五也

四因自等者此下第二對三句前二句對果論業後句約業差別前中此句明業得果不失壞也言而得持至果者即俱舍得得連持義論偈云得謂獲成就非得此相違得非得唯自於相續二滅然此得得以持此義如券持債故古經論名不失法中論云不失法如券業如負財物然大乘雖立有得不許有實而云熏習成種前句已引前念雖滅下釋經次第之言然有二意一即就上因滅果生以明次第二亦是因即頓熏下唯就果中以明次第如六地明

五有報無報者論云已受果未受果差別過去生報業現在已受名爲有報後報未受名爲無報非謂全無更有一理謂已悔之業則許無報有報可知

論云等者此句明業得報遲速言過去生報業現在已受者且約一相隨近以明若

今世受更是前前所造之業即亦得是後報之業名為已受是則後報之業已潤有報未潤無報亦應云已熟已受未熟未受更有一理者上是六地緣生中護外三過中此通業無報難上論答云業有三義故不受報一未造二未潤三得對治前即第二義今即第三未造之業即前未作是也六黑黑等衆報者對差別謂四業相對成差別故初二黑白相對後二漏無漏相對言黑黑者即四中初一因果俱惡故又因果俱與無明相應故即三塗業等者等於餘三謂二名白白業因果俱善故俱與智明相應故即色界善業三黑白業即欲界善業因中善惡雜故受報亦愛非愛雜四非黑非白業謂諸無漏業無異熟故對上黑白二業立雙非名言衆報相者上三有報故論云業集成就故若俱舍意其黑白業約相續說以無一業及一異熟是黑亦白五相違故言相續

者謂或意樂黑方便白如爲誑他行敬事等或意樂白方便黑如慈弟子現麤語等若以義推正以諂心而行敬事亦可同時餘廣如雜集第八俱舍十六初二等者釋論對字然其論經具有四句云黑業白業黑白業非黑非白業論釋云黑業對白白業對黑不黑不白對二業二業即是第三黑白業也後二漏無漏相對漏即亦黑亦白業故又今黑黑之言全依俱舍次下當引即四中下別釋然以惡釋於黑乃是通義別者因惡染汚果惡鄙穢不可愛樂通以善釋於白別亦不同因白體不染汚果白則可愛樂故然上黑是因能招黑果故下黑是果能酬黑因故白因白果例此可知謂諸無漏業者無白異熟故曰非白體非染汚故曰非黑今以無漏非染義可知故但云無異熟耳然俱舍論云此非白言是密意說以佛於彼大空經中告阿難陀諸無學法純善純白一向無罪釋曰既言純白明非白者是密意說爲成四句致非白言故疏云對上黑白二業立雙非名若準雜集但言非黑白業無兩非字故論云非黑者離煩惱垢故白者一向清淨故然上四業前二因果共立黑黑白白第三唯就因中立名第四亦雙就因果立名因明非黑果明非白上三有報者由約異熟名報無漏無異

熟故說有三報若約果名報無漏既有四果則上之四句皆名有報若俱舍等者為生後釋不許善惡同時故此指俱舍明約相續非約自性然上四句全俱舍意故彼論云又經中說業有四種或有業黑黑異熟或有業白白異熟或有業黑白白黑異熟或有業非黑非白無異熟業能盡諸業其相云何頌曰依黑等有殊所說四種業惡色欲界善能盡彼無漏應知如次第亦黑白俱非釋曰上來疏文用論已周細尋

自見謂初二句總標次句即前三業惡是欲界惡業色是色界善業欲是欲界善業能盡彼無漏即第四業彼即前之三業以為所治無漏能治之謂能盡彼前三是無漏業後二句結餘廣如雜集等者俱舍之義上已具用雜集之義大同俱舍令更具出論云復次有四種諸業差別謂黑黑異熟業白白異熟業黑白白黑異熟業非白黑無異熟業能盡諸業黑黑異熟業者謂不善業由染污故不可愛異熟故白白異熟業者謂二界善業不染污故可愛異熟故黑白白黑異熟業者謂欲界繫雜業善不善雜故云何一業亦善不善此中不約生剎那相說一種業亦善不善然約意樂及方便總說一業是此經意約此二種若黑若白互不相似建立一種黑白業故或有業意樂故黑方便故白意樂故白方便故黑者如有一人為欲誑他先現其相令信已故行於惠施乃至出家方便故黑意樂故白者如有一人欲令子及門徒遠危處安由憐愍心現發種種身語麤惡遂於此時發生雜染非黑白無異熟業能盡諸業者謂於方便無間道中諸無漏業以方便無間道是彼諸業斷對治故非黑者離煩惱垢故白者一向清淨故無異熟者生死相違故能盡諸業者由無漏業力永拔黑等三有漏業與異熟習氣故釋曰在文易了但云非黑者非煩惱垢此揀前黑黑業一向清淨者揀前有漏善業為煩惱所發言由無漏業力永拔者即由加行無間二無漏智同時思業從智慧說故言永拔所拔即三有漏業習氣也餘義與上所引俱舍一而無二故疏總指

七如田無量者因緣差別謂識種爲因業田爲緣隨田高下等殊令種亦多差別故論經云業田無量相因緣差別者彰業能為緣容因種故隨田高下者上句單約喻下句雙含法喻又云令種差別者且約喻明如穀子隨田肥瘦非令種穀而生豆芽若約江南為橘江北為枳則亦少有變種之義然亦流類非全差別也若約法說識種無異由業善惡識招苦樂即令種異也

八凡聖差別者即已集未集差別出世未集世已集故出世等者約凡未能集聖法故以釋經文凡聖差別故

九十二句定不定差別前句明三種時

報定不定謂現作現得報名現受現作次來生獲報名生受現作第三生去方得報名後受於此三中各有定不定謂前二時定報通定不定後一時報俱通定不定

謂現作下疏釋經文三受之義疏文已具然經部師云順現受業其力最勝必受生報後報若順生受其力稍劣必受後受不受現受順後受業其力最劣不受現生唯受後受隨初熟位名順現等也釋曰義似有餘或有各造一生之業人天並造先受人報後受於天豈要令其重受人耶然其三受畧説有三因一由於因如於佛僧慈定滅定及無諍定見修道中作供養者得現樂報於父母王等作損惱業得現苦報二由業體如不動業得樂生報五無間業得苦生報三由行願多福之人罪得生報現世輕受疾得菩提故多罪之人都無現報以造重惡趣生報故諸相好業皆得後報不可一生即成佛故又諸輪王多受後報劫滅修因劫增受果故謂前二下二釋然即俱舍頌云此有定不定三順現等或説業有五餘師説四句釋曰初句標次句別釋現生後三即三定業加於不定即有四業或説業有五者或有欲令不定受業復有二種於異熟及時有定不定開為二種一異熟定時不定謂果必定受於三世時

即不定也二異熟與時二俱不定謂果與時俱不定受但有果定時不定無有時定果不定者但於時定於果必定以時離果無別性故雖開合有異其理無別也餘師説四句者謂譬喻師説業分八種故為四句彼許時定於果不定於不定中時復分三兼前五業故成八種第一句者於時分定異熟不定謂順現等三業三世時定於果不定若現在世其果即受現若不受求更不受於時必定於果不定順現既然生

後亦爾此分三種謂一順現定果不定二順生定果不定三順後定果不定第二句業於異熟定時不定此但為一謂果定時不定第三句有業於二俱定謂順現等定得異熟此有三種一順現時果俱定二順主時果俱定三順後時果俱定第四句者有業於二俱不定謂不定業非定得異熟此但為一謂果不定時不定也釋曰上俱舍三師後後漸開疏中總攝而言小異言此三俱有定不定為已總攝三師而正收初師即俱舍云此有定不定三順現等兼不定為四謂前二下別示其相雖通第三師四句而有通局前二時定者以現若受名現報業現若不受非現報業生報亦然要次生受方名生報故説前二時則定也報通定不定者有造現報之業應合現受更遇勝緣排而不受此報不定生報亦爾無有移此更別時故無時不定也後一俱通定不定者即第四句時報俱不定及第三句時報俱定并第二句報定時不定謂

順後受不定業有業定受而不定一生二生多生故是報定時不定有不定業於第三生應合受之遇緣業壞是為時定報不定也或復有業未定緣生數而受果報忽遇緣壞故俱不定然俱舍中報定時不定義通三報今何就於順後受耶答俱舍以業就時時謂有業定受而或現或生或後今明以時取業要現受報方名現業現若受者即現定業現若不受即非現業故無時不定也若是生業受即是生業不受則非生報之業故無生報時不定也各取一義亦不相違問現見有業合受現報而以力排便受生報或合生報由異因緣便受後報如末利夫人尊精施戒合受生報生兜率天臨終小嗔先生蝎中七日之後轉報生天問據此二業皆有報定而時不定何得言無答現報緣排而受生者即是生報不名現報時不定也生報亦然思之可解對前三師疏意便當第四師也業力甚深不妨廣解或當更有餘經論明

第十句明乘非乘定不定乘即三乘唯修自乘業名定作修此乘復修彼乘名爲不定非乘謂世間無運出義故定者難度不定易度故定者下此約非乘及與二乘各於自分已定大乘若定叓不須度是故不言定者易度結中亦言八萬四千者惑因既爾所起之業亦然根等諸門皆成八萬翻此即顯波羅蜜門三昧門等根等諸門者由惑有業惑有階降業亦如之惑依根有勝劣性有差異解有淺深欲有輕重各成八萬言翻此即顯等者下明能治一一惑等皆到彼岸窮理盡性即是八萬四千度門若於惑等寂妄不動即是八萬四千三昧若於惑等一一無羈即八萬四千解脫

文知諸根輭中勝相先際後際差別無差別相上中下相煩惱俱生不相離相乘非乘定不定相淳熟調柔相隨根網輕轉壞相增上能無壞相退不退差別相遠隨共生不同相略說乃至八萬四千皆如實知

第四釋根中二先別後結別中十相爲九差別五六合故第四根稠林根義已見於第九迴向別中十相者總科也束九為三初六隨法義分別次二就人分別以論云聲聞菩薩故後一約行以辨其根初中又三初三淨根第四染根後二通染淨一說器差別謂說法所授之器信等五根有下中上故亦

是鈍中利謂於教理受有遲速及多少故受有遲速者鈍者遲少利者速多中者水雁之間淺深亦爾二根轉差別過未爲先後際現在已定兩望論差謂前上中下根於三際中互望轉變若後轉爲中上前根則下後轉爲下前根則增是差別義不轉則平是無差別故論云前後根前根下增平故

三三性差別謂約菩薩等三乘根性相形爲上中下故不同第一通於三乘三乘根性者小乘為下緣覺為中大乘為上亦猶羊鹿牛形之大小也

四煩惱染差別謂喜樂等五受根隨貪等煩惱得增上故謂喜樂者喜樂生於貪憂苦生於嗔捨根生於癡後於此類煩惱而有勝用故名煩惱染根

五六二相明定不定差別初向乘非乘皆約熟不熟明大乘中熟者定不熟者不定小乘中熟者不定可轉向大乘故不熟者定各隨自乘而解脫故若世間非乘熟者不定可化入道故不熟者報已定故且暫捨之即離世間中待時方化清淨捨也後句淳熟調柔一向是定大乘中者前章約業明定不定今此約根居然自別又前定不定明難易度今此約熟明定不定耳即離世間者彼有十種清淨捨然有二類待時今皆當之一以第四云於法器衆生待時而化於無法器亦不生嫌清淨捨釋曰今但用法器待時二第九捨云或有衆生根已成熟發生恵念而未能知最上之法待時而化清淨捨今全用之是以疏云且暫捨之

六隨根網輕轉壞者順行差別此知眼等根順行境界得增上故於中有三種順行一依身順行謂六入展轉迭共相縛如網魚鳥不得解脫故云根網此行內境二生滅順行謂體是有爲生住不久故云輕易可異滅故云轉壞三觀行取相順行此行外境即論經云取相今文闕此或根網

中收一依身者此論語倒云身依順行今六入者如意識遍緣於六根中根法隨識亦行六中眼見自身耳聞自聲聲身並在內根所攝由根隨識緣於眼根令根被縛不得解脫餘例可知故云展轉二生滅順行此言是倒若正應云順行生滅根與心王相隨染污故順生滅易可興滅者以生住釋輕以興釋轉以滅釋壞三觀行者順行者以覺觀心行六塵故或根網中收者六根取於六塵根網塵也六塵引於六根塵網根也故其根網攝論取相七聲聞淨差別望凡夫二乘行增上故以二乘根由滅障能成故煩惱無能壞七聲聞淨下下二約人今初聲聞言望凡夫二乘行增上故者然論下重釋云聲聞淨者行增上滅障能成故今疏取論釋經此上釋增上謂二乘淨根對望凡夫不求涅槃今能求故故於出世得增上也從以二乘根下釋無能壞兼釋論中滅障能成八菩薩淨差別此通三種退不退也八菩薩淨者即大乘根三不退大者即位正念也九遠隨等者示一切根攝差別謂三無漏根總攝諸根三者一始行即未知當知根二方便即已知根正在修道故名方便三報

熟者即具知根謂前信等共三無漏根生而隨優劣三位不同自始至末故名遠隨此之三根於修無學涅槃得增上故九遠隨下此一約行即經遠隨共生不同相論經云深入共生種種差別相種種即不同深入即遠隨言示一切根攝下是論釋經論重釋云一切根攝差別者始行方便報熟根異故從謂三無漏下疏釋論文初修為始正行善巧為方便究竟名報熟配三無漏義見上文謂前信等下以論會經釋不同遠隨之言其信等共三無漏根釋共生義根與法行相應起故而隨已下釋不同義自始至末下釋遠隨義此之三根下釋成根義以勝用光顯增上名根此上九中初二約信等三五七八並約三乘通於諸根四約五受六約眼等九約三無漏根二十二根已明十九男女命根不足可辨餘如俱舍根品麤說即然細分無量故結云乃至八萬四千此上九下總以義収並如迴向品

又知諸解輭中上諸性輭中上樂欲輭中上

皆略說乃至八萬四千

第五例三稠林謂解性欲此三與根性相順入舉一可反三隅故皆略例第五例三下然解性欲三畧如十力章廣如發心功德品言性相順入者依根生解依解成性依性起欲皆悉相似名為相順義理相叅名為順入以此例根更不廣說

又知諸隨眠種種相所謂與深心共生相與心共生相心相應不相應差別相久遠隨行相無始不拔相與一切禪定解脫三昧三摩鉢底神通相違相三界相續受生繫縛相令無邊心相續現起相開諸處門相堅實難治相地處成就不成就相唯以聖道拔出相

第六釋隨眠先總後別總中普及論經皆名為使論云隨順逐縛義故如世公使隨逐衆生得便繫縛即是隨眠眠伏藏識隨逐纏繞故此唯約種不同小宗第六釋隨眠此唯約種者案瑜伽第二云於諸法自體中所有種子若煩惱品所攝亦名麤重亦名隨眠若異熟品所攝及餘無記品所攝唯名麤重不名隨眠若信等善根所攝種子不名麤重亦非隨眠何以故由此法生時所依自體唯有堪能非不堪能故別有十二句論攝為二前六明何處隨逐後六明以何隨逐前六明等者論中且據隨逐以明若約繫縛亦應云何處繫縛以何繫縛若順隨眠亦應言何處隨眠以何隨眠故下釋中久安眠處等今初為五一合初二句約心明處初句於報心隨逐正顯眠伏藏識即久安眠處而言深者無始來有微細難知故下句於非報心隨逐即轉識分別事識不離現事而生故但云心即暫迴轉處今初為五者一約心明處二就界明處三就位明處四就時明處五約行明處今初言報心者異熟賴耶總報體故微細等義頻見上文不離現事者故唯識等論前七識為異熟生非是報體酬昔心種不得名報而七識皆依第八託緣現起名不離現事種隨現起或有或無名暫迴轉處如人假寐不必本房二相應不相應者約三界明處

唯與當界心相應不與異界心相應故故論云欲色無色或上中下差別無色惑微所以名下等雖則隨眠性皆成就隨其現惑亦有不相應義二相應不相應中初取論意立名唯與下疏釋相應等相故論云下引證約界言之從無色惑微下疏釋論文下中上言等取色界惑中欲界惑上此約惑體遠公云欲界為下等約界勝劣雖則隨眠下通妨謂有問言隨在一界皆成三界所有隨眠如生上界下界惑種亦皆成就如何云有相應及與不相應耶故今荅云就其現惑説種相應非生上界失下界種等然今衆經但有相應不相應言故為此釋若準論經云相應不相應不離相則現惑有相應不相應而隨眠常不離也三久遠隨行相者約地明處論云隨順乃至有頂故然有頂之言通有二義一至金剛之頂二至三有之頂今取通大小義直云有頂論經但云遠入今云久遠亦無始來上至九地頂故一至金剛之頂者謂金剛喻定之前猶有無有無生死之有故名有頂以俱生惑種此時方斷故以上煩惱林

中云下至金剛自約種説雖有二義疏意扶此故上科云三約位明處今取通下會經不言金剛者欲通大小故下偈既云金剛道滅方畢竟即前義為正也九地之言亦通二義對上三有之頂即三界九地之九謂欲界四禪四空應為九耳若順前義即善慧地第十當其斷盡位故四無始不拔相此約時明處處既無邊時亦無始唯智能怖隨眠怨賊既未曾有聞思修智故不能拔出四約時易了唯智能怖下此即論意以論經云無始來不恐怖相故論為此釋論云無邊世界唯智能怖畏如怨賊未曾有聞思修慧是故不滅疏取論意會釋今經五與一切禪定等者此約行明處由隨眠隨逐令世間禪定等不能滅愛見等心不能隨順正修行故名為相違故下偈云禪定境排仍退轉也不能隨順者論經神通下有正修行言故餘可知後三界下明以何隨逐即顯隨逐之相由此相故名為隨眠此有六種一於上三有不斷隨逐所以三有不斷相似相續者由有

此使作繫縛故如世眠者不能起牀後三界下明以何隨逐中除第四句彰隨眠體虛餘五亦就前處以明隨逐而文不次一即就前第二約界明處以明隨逐不斷即是隨逐之相二遠時隨逐即於上無始時令心相續現起無邊如世眠者夢心相續二即於前第四約時明處以辨隨逐即經令無邊心相續現起相而論經云無始來相續集相疏中雙會無始無邊然其相續即隨逐相三開諸處門者一身生隨逐謂於前一身之上報非報心明隨逐也如世眠者夢中見聞於中二義一令眼等諸根門集生六種識時使與同生故云開門此明外逐方便心二論云及阿賴耶熏故此明内熏報心論經門字下更有集字即阿賴耶集起之心然是諸處通依故今經義含耳三開諸處門即於第一約心明處以辨隨逐集生六識即隨逐相餘如疏文但言令經義含者諸處之中意處攝賴耶故四堅實難治即不實隨逐謂修

禪等時不得真實對治故不實堅實如世重眠不得重觸大聲無由起故四堅實下彰隨眠體虛不就前處言不實堅實者經云堅實難治論云不實隨逐不實即是隨眠隨逐至禪定等故是堅實即不實難治是隨逐相五地處等者微細隨逐此於上有頂處九地中六入處煩惱身隨逐故然九地有二義一約三界九地雖並成就細故不知成處多少名不成就如世眠者夢中謂覺二以善慧爲九地十地猶有故名微細不成就者此地中分有斷除故故下偈云金剛道滅方畢竟故五地處者五即就前第三約位明處以辨隨逐言九地中六入處者以論經云地入隨順不隨順相論釋云九地中六入處煩惱身隨逐故釋曰身即體也然九地下是疏釋論對二有頂存二九地二約善慧九地中就所知障種十地猶有等覺二愚從入地來地地雙斷故於九地已斷十入故云此地分有斷除次引金剛方畢竟雙證上二金剛方畢明十地猶有既言方畢明九已有除又約煩惱障種金剛頓斷亦成於經地地

之中皆有成就義

六離苦隨逐謂唯無分別智出世間聖道方能拔出如眠得觸

六離苦隨逐者此疏前第五約行明處辨隨逐義唯以出世聖道方能離者則反顯世間之道諸定等不能離也故論云餘行不能離故此以不能離即隨逐相前第五中以有成就為隨逐相

大方廣佛華嚴經疏鈔會本第三十八之五

音釋

淳熟 淳音純熟殊六切

羇 居宜切寄也

蠍 許竭切毒蟲也

兜率 梵語也此云知足兜當侯切

大方廣佛華嚴經疏鈔會本第三十八之六

唐于闐國三藏沙門實叉難陀　譯
唐清涼山大華嚴寺沙門澄觀撰述

又知受生種種相所謂隨業受生相六趣差別相有色無色差別相有想無想差別相業爲田愛水潤無明暗覆識爲種子生後有芽相名色俱生不相離相癡愛希求續有相欲受欲生無始樂著相妄謂出三界貪求相

第七釋受生稠林中十句先總後別論通爲八一身種種謂形類多故二業因種種第七受生稠林論通爲八者八中前七對因顯果後一約對後苦彰能生集就前七中攝爲三對謂初二次三後二其三對中皆初當相論生後對因說生就初對中一身種種當相論生二業因種種對因辨生由業不同故生成種種三住處種種四四五二句色想上下種種五同外色因種種謂田等取外同喻故第二對三句中前二句當相論生三住處種非唯六趣一趣之中無量處故四四五二句色想上下種種者今經二句爲論中一句經云有色無色差別相有想無想差別相二界有色無色界爲無色無想天爲無想餘皆有想而言上下者以無色爲上有色爲下無想爲上有想爲下應更有非想非非想亦無想收而論但云色想上下故遠公問云無色云何得爲色中上下釋云彼無麤色有細色故又問無想云何得爲想中上下答義同前意云彼無麤想有細想故餘如初地中辨五同外色種種卽對因辨生以舉過業之因顯有芽故廣如六地六自體種種名色與識俱生相依不離是報自體故七本順生因種種謂癡愛爲本順生求有令有續故第三對中六自體種種卽當相論生亦如六地然有體唯名有體唯色有體具二故云種種七本順生下卽對因辨生此上論文謂癡愛下疏順論釋若遠公云論文語倒若正應云順本生因謂現在之生本因癡愛依今生上還起癡愛故云順本亦不違理八末後二句集苦諦種種謂三求不同皆是集因但集苦果故云種種上句顯欲有二求欲受即欲求貪愛共取追求不已故欲

生即有求愛生三有自得勝身復攝眷屬故言無始樂著者顯上二求之過下句即邪梵行求由心取著故不知三界輪迴貪求三界小大無量之相妄謂涅槃謂或拍腹爲道或計無想非想爲涅槃故八末後下約對後果彰其生集故名集苦諦種種謂三求下疏取論意以爲解釋論中先總釋論名後上句下別消經文先釋上句二求言欲受者受即樂受欲生五欲增取追求招於當苦言欲生者體即是想取三界勝相而欲生故下句即邪梵行求中初總明此言輪迴即論往來上下次貪求三界下別說小即欲界大即色界無量即空識二無色並如八地妄謂涅槃總相而說或謂拍腹即檀提婆羅門拍腹唱言我身即道是計欲界爲道無想即計色界爲道非想即計無色界爲道則上二無色亦在其中二界偏舉此二天者外道多計爲涅槃故然論經云貪著三界想出想故而論以無想天釋經想字意云彼有細想外道妄計以爲無想有想謂無云想出想成實論中亦謂無想天但無麤想而有細想故論結云外道妄計謂出有輪故知三求但增集因展轉招苦

又知習氣種種相所謂行不行差別相隨趣熏習相隨衆生行熏習相隨業煩惱熏習相善不善無記熏習相隨入後有熏習相次第熏習相不斷煩惱遠行不捨熏習相實非實熏習相見聞親近聲聞獨覺菩薩如來熏習相

第八釋習氣中亦先總後別總云習氣既通二義不可局於羅漢餘習雖標習氣別中皆言熏習第八習氣林總有四義初標章中即餘習熏習而爲二義標章通故雖標習氣下二引文證成熏習之義故唯識第二云內種必由熏習生長親能生果是因緣故外種熏習或有或無爲增上緣所辦成果必以內種爲彼因緣是共相種所生果故熏謂熏灼如外香氣習謂習學唯約有情習必能熏以成氣分故云習氣即賴耶識以爲所熏以恒住一類是無記性可受熏故前七轉識以爲能熏由有生

滅勢力增盛有增滅故能所共相和合故名熏習此如攝論及唯識第二若依起信眞如亦能內熏佛善友等以爲外熏內外和合以成氣分前中雖聞教等亦因識能領受故判識爲能熏今並通此文中既有因熏與果等定知熏習種成爲氣分義

謂熏熏灼下第三正釋於中有二先釋名即唯識文即賴耶下釋熏習義於中有三一法相宗亦唯識文問明已廣今疏文具更略示之論云所熏能熏各具四義令種生長故名熏習何等爲所熏四義釋曰疏云即賴耶識以爲所熏者出所熏體唯有賴耶具四義故得名所熏以恒住一類下即出四義此上一句即第一義論云一堅住性若法始終一類相續能持習氣乃是所熏此遮轉識及聲風等性不堅住故非所熏二是無記性者即第二義論云二無記性若法平等無所違逆能容習氣乃是所熏此遮善染勢力強盛無所容納故非所熏由此如來第八淨識唯帶舊種非新受熏此極善故三可受熏故者即第三義論云三可熏性若法自在性非堅密能受習氣乃是所熏此揀心所及無爲法依他堅密故非所熏心所不自在無爲性堅密四能所共相和合者論云四與能熏共和合性若與能熏同時同處不即不離乃是所熏此遮他身剎那前後無和合義故非所熏此義出疏家在於能熏第四合舉前七轉識者即出能熏體由有生滅下即出四義論云何等名爲能熏四義一有生滅若法非常能有作用生長習氣乃是能熏此遮無爲前後不變無生長用故非能熏二勢力增盛者即第二義論云二有勝用若有生滅勢力增盛能引習氣乃是能熏此遮異熟心心所等勢力羸劣故非能熏彼疏釋云言勝用者謂前七識可是能熏揀前六識異熟生者及第八心王心所雖是能緣而不強盛不名爲勝故非能熏三有增減故者即第三義論云三有增減若有勝用可增可減攝根習氣乃是能熏此遮佛果圓滿善法無增無減故非能熏彼若能熏便非圓滿前後佛果應有勝劣能所二法者即合辨第四能熏論云四與所熏和合而轉若與所熏同時同處不即不離乃是能熏此遮他身剎那前後無和合義故非能熏自他不得互熏前後不得互熏論云唯七轉識及彼心所有此勝用而增減者具此四義可是能熏釋曰所以能所第四合者有二義故一以二種第四但能所異言全同故二用此文別爲總結故論結云如是能熏與所熏識俱生俱滅熏習義成令所熏中種子生長如熏苣勝容名熏習若依起信下第二法性宗中熏習之義並如問明前中雖聞等第三揀濫通妨亦唯

識意故云前中亦爲揀於起信等中善友聞法爲外熏故今並通此者四通結上文性相二宗熏習之義及餘習義經文皆具別中十種差別一與果現在非現在差別謂過去善惡業因與今現果同起名行不同起名不行如人行施今得人身亦常好施等此即因習別中乃有下別釋䟽文有二先當句釋後總結束結束中略今若具說前七約時明習次一約道後二約人前中又二初二對過說習次三現在望現說習後二以現望後說習䟽文皆具今初初句即因習也二隨趣熏者道熏差別如從天來今猶鮮淨廣明道習如大威燈光仙人所問經此即果習上二皆是對過說二即果習如大威燈光仙人者彼云問今疑經此仙爲首廣有問答末後諸仙同問此義云衆生業持猶如流星各各別異云何得成真實聚集下取意引佛言無時方處而持得聚集過一乘已若菩薩地中方得聚集無餘涅槃中方得聚集如百川歸海又云我雖說煩惱平等中得聚集亦非聚集如風吹蟲聚在一處風息還散衆生亦爾業風吹聚地獄餓鬼等處業盡還散又問意云先同在六道後人中相遇云

何得知先來聚集佛言大仙人所有衆生若相見時心不歡喜生嗔結恨或時頭痛或時失禁大小便利當知是輩已於先世地獄之中曾聚集相又問若先世曾在畜生中百千萬身一處者云何可知佛言彼生人中各相見時結成嗔怨常見其便我當何時覓得其便即畜生中曾聚集相若餓鬼中來常樂臭穢復多貪食設欲與他心不去離生惱貪著或復見彼富貴勢力心生嫉妬復常欲得彼人財物若有先世同在人中曾共一處者於現世中若相見時更生欲心若有先世共在天中若相見時各以眼道遠相攝取共相眷愛仙人聞此稱讚如來是一切智三隨衆生行者親近衆生熏差別此是緣習故宜遠惡近善慎所習也所以昔王不立廐於寺而立之於屠三隨衆生行者此下三句現望現在以說習氣所以昔王下即智論文謂此王有象可以敵國每有怨敵莊嚴器仗無不尅勝後敵國皆懼久而無敵遂於寺中立廐養之久聞僧衆禮念熏心馴善成性後有鄰國兵衆相侵嚴象敵之都不肯戰其王憂愁慮其國敗智臣白王此象久處精舍見聞善事與之化矣可處屠坊令常見殺後未經久惡心還起畜生尚爾況復於人近善不善近惡不惡四隨業等者功業煩惱熏差別功業

者釋經業字謂是起作事業揀非業因如鍜金之子宜教數息等煩惱習者如人喜眠眠則滋多等四隨業下四五二句約因說習第四約於作業之因第五約於善惡之因如鍜金之子等明法品已引莊嚴經論說舍利弗錯教弟子一白骨觀一數息觀經歷多年各不得定以是因緣即生邪見言無涅槃無漏之法設其有者我應得之何以故我能善持所受戒故我於爾時見是比丘生邪見心即喚舍利弗而呵責之汝不善教云何乃爲是二弟子顛倒說法汝二弟子其性各異一是浣衣之子一是金師金師之子應教數息觀浣衣之子應教白骨觀以汝錯教令是二人生於惡心我於爾時爲是二人如應說法二人聞已得羅漢果是故我爲一切衆生眞善知識非舍利弗及目連也釋曰以此文證明是工業之習非業因也業即下善惡是耳如人喜眠者即涅槃十九大臣皆爲闍王說此偈曰若常愁苦愁遂增長如人喜眠眠則滋多貪婬嗜酒亦復如是五善不善等者善業等熏差別此業即是業因以是善等三性望來果稱業故如久行施者施心轉濃等上三唯約現世以明習氣

六隨入後有者中陰熏差別中有即是本有後故如梵行人至中有內亦無染欲中有者以經文隨入後有論判爲中陰熏故故俱舍云本有謂死前居生剎那後則本有即是今身未至當有於二中間說爲中有俱舍云生死二有中五蘊名中有故七次第者與果次第熏差別謂修善惡業於後有位諸趣之中受果次第習亦與果次第無差上二約現望後以說熏習七次第等者此言後有即當本有也遠公釋次第云中有能與生陰之果爲方便故名爲次第疏意云如在因中先多作善後則無惡後與果時初即多樂後便有苦先苦後樂義亦準之則受果時如因次第上二約現者第六現望中陰第七現望當有八不斷等者離世間禪因熏差別謂諸無漏定名離世間禪修學無漏即是彼因由未斷煩惱雖修無漏亦爲煩惱牽煩惱隨至無漏名爲遠行行亦入義入不斷下此一約道明熏習無漏聖道亦有熏故九實非實者同法異外道行解脫熏

差別同法釋實即三乘同佛法故異外道釋非實在佛法外故名爲異行者上二之因解脫者上二之果各有熏習好習本法故曾修小乘今雖學大先發小習餘可準知此即邪正雙明約修證說亦含三乘餘習之相九實非實下後二約人亦含三乘香雖去習氣故在如人被縛初得脫時身猶不便如畢陵伽罵恒河女亦第二論舍利弗嗔亦當第二謂身子爲上座羅睺羅瘦佛問其故彼說偈云若人食油則得力若食酥者得好色食麻滓者無氣力大德世尊自當知佛問誰爲上座答和上舍利弗佛言舍利弗食不淨食令日中炙後復令止不肯歸巳炙不合止佛遂引昔爲蛇傷王呪師設火坑令其嗽毒若不嗽者當入火坑彼自思惟我巳能吐云何更嗽遂投身入火故其嗔習至今不巳其大迦葉舞即智論四十七餘如第二疏鈔十乘熏差別唯就於正約其見聞故法華安樂行令不親近二乘恐習成種故法華安樂行者經云又不親近求聲聞比丘比丘尼優婆塞優婆夷亦不問訊若於房中若經行處若在講堂中不共住止即不令近也恐習成種即是疏釋上來十種前七約時三世三有互望明習通於善惡八明惡隨於善後二約人種種習氣皆能了之令成如來無習氣之習氣智故

又知衆生正定邪定不定相所謂正見正定相邪見邪定相二俱不定相五逆邪定相五根正定相二俱不定相八邪邪定相正性正定相更不作二俱離不定相深著邪法邪定相習行聖道正定相二俱捨不定相

第九釋三聚稠林亦先總後別論通爲五總即第一有涅槃法無涅槃法三乘中一向定差別無即邪定有即正定各於自乘定故離此不定論畧不釋此就種性約位以明外凡無涅槃三乘聖人定有內凡不定又約一期久遠非究竟無第九三聚林論通爲五者

（一約生死涅槃之果以分次二偏就生死之因後二偏就涅槃之因又約一期下揀法相宗無性之義）二善行惡行因差別此約解惑以分三聚謂正見是善行因邪見惡行因二見定起二行名之爲定言二俱不定者無正慧決擇又不撥無因果率之則可清升任之則便鄙替故曰不定下不定倣此可知故論皆不釋（此約解惑者解爲善因惑爲惡因正見即三善根中無癡定起善業無貪無嗔不定起善則爲不定涅槃經說邪見一種定起惡業故爲邪定三則輕微善惡以爲不定前三善根者四善根中唯世第一定八離生故三不定）三惡道善道因差別此約行業以辨四外道聲聞因差別此約位以分翻彼八正名曰八邪外道邪位定正性離生聖人位定已入見道故前三善根則名不定五菩薩差別此約修大乘者得失以分著邪是失所謂六蔽聖道爲得即六度等

佛子菩薩隨順如是智慧名住善慧地

第三總結安住文屬八行論意總結前三故云前三種事成就方能安住此地（總結前三者即一法師方便成就二智成就三入行成就）

住此地已了知衆生諸行差別教化調伏令得解脫

大文第四住此地已下明說成就亦攝善法行辯才饒益多同彼故文中二先牒前總顯謂了心行方善說故（大文第四先牒前者住此地已名爲牒前了知已下即是總顯先了心行後教化調伏令得解脫即是善說）

佛子此菩薩善能演說聲聞乘法獨覺乘法菩薩乘法如來地法

後佛子下廣顯說成有三成就一智成就謂知法知器知化儀故二口業成就能起說故三法師自在成就得陀羅尼等成彼

德故各有佛子以爲揀别令初分二先明隨所知之法二一切下隨所依之器此二何異前文智成入成前二各别而知今此總收以法逗器令初所知法即三乘一乘解脱差别各含教證教道以將化生令器熟故證道以將度生令得解脱體正度故此二何異下問答料揀先問後前二下答謂若前二别知智成如别知本草别明入成如别知脉經今此依脉知病授本草藥教道以將化生者文無教證故各含之其教證言在前總中教化調伏即是教道令得解脱即是證道此三乘中皆具此二以論經前文總中但云此菩薩住善慧地已如實知衆生如是諸行差别之相隨其解脱而與因緣無有教化調伏之言及至此經所知法中論經却云是菩薩如實知化衆生法如實知度衆生法説聲聞乘法説辟支佛乘法説菩薩乘法如實知如來地法論釋云何者隨所知説解脱器得熟故即道解脱體正度故證道疏依論經有教證義仍取前文教化等言故云含有一切行處智隨行故能隨衆生根性欲解所行有異諸趣差别亦隨受生煩惱眠縛諸業習氣而爲説法令生信解增益智慧各於其乘而得解脱

二隨所依中文有三節初總明次能隨下别顯後令生下結益論主通收爲七種器一説所説法對器自釋云隨應度者授對治法故即總中二句下句是説所説法上句即所對之器論主通收者謂收上總明爲第一器收下總結爲第七器一説所説法對器中先舉論即總中下指經别中初能隨及後而爲説法即上説所説法中間根等諸林即是所對之器於中準論經衆生下有心字即是心稠林通爲五種器初衆生心根性欲解明所説法器成謂十一林之中此五正顯已成信等法器可隨根欲等説故别顯之别中等者别但開總故先配總中二句以初後六字配經中智

隨行句以中間諸林配一切行處而疏但配屬論以前將論屬經意故初衆生下牒經經無心字論中文有及下喻中復要此心故依論義加然論經具云菩薩如是知已如實爲衆生說法令得解脫隨心差別隨使差別隨根差別隨信差別隨境界差別隨種種行習氣隨順一切境界智隨順性行稠林隨生煩惱業習氣轉隨聚差別隨乘信解令得解脫而爲說法釋曰論依上經分成七器初有總心今經略無心後有使令經爲眼縛在於向後令經云性在於第二論云性行文在於後故今疏中但順經文會取論意以配屬耳此五正顯者然心經一種但是總依未成器故論經中則有心字釋義不牒但云隨根隨信而爲說法故疏但云已成信等法器不言於心以是總依故言有五

二所行有異含其二義一約能行之行名種種異行器即上根等能行二所行之境即上根等所行名譬喻器總喻上五故如世稼穡具五因緣彼所種物成就堪用一有心物二有根益其生力三有可生性四含潤欲發五決定可生喻上心等故云譬喻一約能行者然論經中具於二句論別將屬於二器一云

隨譬喻器如經隨境界差別種種行習氣故二云隨種種異行器如經隨順一切境界智故今經既闕二句但有所行有異卽論前句中種種行習氣故疏取意開成二器以順論文言種種行行者如根有於能行信進念定慧等種種異行之境者卽所信佛法僧等乃至所知如根既爾性解欲等亦然能勝解者卽持心印所勝解者卽所印境謂所解具理等能行卽有根性等殊名種種行所行境中隨於一境卽須有五故爲譬喻如種一穀卽具五義謂修一定一定如穀一須作意如有心物以一物心斷種不生故二有定根三習成性如一莖穀雖有心根今已枯悴卽無生性四現起樂欲五勝解印持不可引轉名決定可生故疏結云喻上心等

四諸聚差別者卽定不定根轉器亦通上根等卽定不定者定通邪正二俱不定卽是轉言通上根等者根性欲解皆悉有於定不定義

五亦隨下隨辭辯器以彼生煩惱業熏難捨要作同行巧辯方能化故以彼生煩惱者卽三雜染生卽是苦煩惱攝眼縛眼縛卽是隨眼是論之使而論乃在第一心下故此不言然其類例不合在前多是譯人見其性義謂是隨眼故類前後名之爲使以性同種性似種子故而論前文闕性字義必譯人失論經意故今疏文直案今經論意釋義甚符順

疏 三結成益即隨乘因能乘出器以上諸義不出自乘解脱故三結成益下即第七器言以上諸義不出自乘者上六器義不出三乘

佛子菩薩住此善慧地作大法師具法師行善能守護如來法藏

第二佛子菩薩住此下口業成就曲分為二先總明具說之德二以無量下正明口業成就今初亦是智成就以具法師行即是智故而言說者護如來法藏通於說故斯則內持於智外口說故何名具法師行深妙義中具二十種功德故一知時二正意三頓四相續五漸六次七句義漸次八示九喜十勸十一具德十二不毀十三不亂十四如法十五隨衆十六慈心十七安隱心十八憐愍心十九不著名利二十不自讚毀他廣釋如論今初亦是下義有兩兼故云亦是而智先已說此中之智為成口業故論但云口業成就何名具下先引本論但舉論列名廣釋如論者以文多稍易非正釋經故略指耳今具出之論二十德分之為二前十五種是隨順說外順說儀故後之五德是清淨說內心無過故前十五中義分為六初有兩句量他所宜二有二句量法所宜三有三義量化所宜此與量他而有別者前者量他受法之心及法威儀今此量化量物機性四從八示下三義量物所宜五第十一具德一句亦量自所宜與第二量法異者前量說心及量說事今量說智六從十二不毀下四義明其說能順益已知大旨次當解釋初言時者觀察物心無留難時而為說法論云是中時者無八難故如偈說云如王懷憂惱病恚著諸欲嶮處無侍衛讒佞無忠臣如是八難時智臣不應語心王亦如是非時不應說釋曰論但兩偈更無解釋今當釋之前一偈半是喻但半偈合王喻衆生於所說法取捨自在故一如人憂惱言不入心衆生憂惱法不入心二病苦喻衆生有苦法不入心三恚四欲可知五嶮處喻八難處六無善法為無侍七惡友讒佞八無善友忠臣此八皆為法之難二正意者論云正威儀住非不正住此義云何自立他坐不應為說法如是等事如戒經中廣說何以故諸佛菩薩敬重法故以恭敬故令他生尊重心聞法恭

敬攝心聽故釋曰上量他所宜竟二有二句量法所宜者即三頓四相續論云頓者是菩薩正意爲一切衆生說一切離慳法垢故釋曰說一切法是法頓也離慳法垢故即心頓也生多法廣事雖難盡但捨慳垢即名頓矣論云相續者說無休息捨諸法中嫉妬意故釋曰說無休息者說相續也捨嫉妬意心相續也事難常俱但捨妬心即名相續第三三句量化所宜者謂五漸六次七句義漸次論云漸者如字句次第說故釋曰此約教明論云次者如字句次第義亦如是說故釋曰此依義也論云句義漸次者說同義法不說不同義法故釋曰此依行法次第說亦可於前教及義中說同義法不說不同義法是義云何如四諦中苦說有作集滅道中亦說有作苦說無作集滅道中亦無作如是一切不相間雜故曰同義四有三句量物所宜者謂八示九喜十勸論云示者示所應示等故釋曰如小乘根應示小等等者授所應授照所應照等論云喜者喜所應喜等量宜開曉令歡喜故論云勸者怯弱衆生勸令勇猛故五一句亦量自者論云具德者現智比知阿舍所證具說故釋曰現比一對情意分別教證一對約境分別備此四種能說之德故云具德六有四句明具說能順益謂十二不毀至第十五論云不毀者隨順善道說故釋曰說能隨順出世之道論云不亂者不動雜正入非稠林故釋曰此明說能順理不動者言不太淺太

淺失理名之爲動不雜者說不太深不雜深隱言正入者顯前不動言能顯理令人正入非稠林者顯前不雜語不深隱不如稠林難見知故論云如法者具說四聖諦故釋曰謂說稱於四諦法相能令人知苦斷集證滅修道故論云隨衆者於四衆八部隨所應聞而爲說法故釋曰此明說順於人故論總結云如是十五種相菩薩隨順利益他說一切法故後之五種是清淨說者謂十六慈心下是論云慈心者於怨衆生起慈心說法故釋曰怨多嗔故論云安隱心者於惡行衆生中起利益心說法故釋曰惡行必當受大苦故論云憐愍心者於受苦樂放逸衆生中起憐愍利樂心說法故釋曰於受苦者愍其現苦於受樂放逸者愍其當苦論云不著名聞利養者心不希望常行遠離故釋曰未得不悕已得能離故論云不自讚毀他者離我慢嫉妬隨煩惱爲衆生說法故釋曰隨緣現起名隨煩惱以離我慢故不自讚以離嫉妬故不毀他論結云如是五種相菩薩自心清淨故論又總結云具此二十事能作法師是名住大法師深妙義中

涅槃具七善知名大法師與此略同慈氏論說具十德者名大法師攝義具足一善知法義二能廣宣說三處衆無畏四無斷辯才五巧方便說六法隨

法行七威儀具足八勇猛精進九身心無倦十成就忍力會之亦同涅槃具七善知下二引他文此中有三一引涅槃先雖廣引今略列名一知法二知義三知時四知足五知自六知衆七知尊卑慈氏論下二引論二十者一善知法義即攝三事一漸二次三句義漸次二能廣宣說攝二即頓及具德三處衆無畏即隨衆四無斷辯才即相續五方便善巧攝三一知時二示三喜六法隨法行攝二一如法二安隱心第七威儀具足即正意八勇猛精進即攝二義一勸二懈愍九身心無倦攝於三德一不毀二不亂三慈心十成就忍力即攝二德一不著名聞利養二不自讚毀他故諸經論開合不同大旨無別會之亦同下會瑜伽同上二文一會七善知謂一善知法義即是初二二具上二義故能廣說三處衆無畏即知衆四辯才無斷即知時五善巧方便即知尊卑六法隨法行即知自七威儀具足亦知尊卑八勇猛精進即是知足九身心無倦十成就忍力皆由具上七故

以無量善巧智起四無礙辯用菩薩言辭而演說法此菩薩常隨四無礙智轉無暫捨離何等爲四所謂法無礙智義無礙智辭無礙智樂說無礙智

第二正明口業中先略明後此菩薩以法下廣顯今初先顯名體謂外由菩薩美妙言辭而演法義名四無礙辯內由智起名四無礙智次辯體者此智即無漏後得爲體故云善巧即上知法知機智也義無礙解或通正體今初先顯名體者文有三節一顯名體經文是一義含二名體謂經從初至而演說法皆是釋名有二名故次辨體者重取善巧智字以爲辨體義無礙下隨難別釋義名所以知是差別即後得智無心照理即通正體次此菩薩下約位顯勝以初地分得此地任運故無暫捨約位顯勝文意可知然此無蹔捨離論名不壞論云不壞者不動故即無蹔捨義後何等下徵列名字智緣法等無拘礙故法等皆智境界從境分四後何等下三徵列名字於中有二先釋通名上釋名中但釋辯智今釋無礙一法者法體謂法自體有軌持故即二空所攝即

眞之俗境故論云遠離二邊生法所攝如
色礙相等法一法者下別釋四名然唯識云法無礙智緣能詮教法爲境義
無礙智即於所詮總持自在於一法中現一切義故詞無礙智即於言音展轉訓釋總持自在於一聲中現一切音聲故樂說無礙智緣機巧說爲境又云辯才自在者謂辯無礙解善達機宜巧爲說法俱舍亦以法緣能詮釋云名身者所謂想章字總說釋曰以想釋名以章釋句以字釋文以總釋身論云名謂作想解云想者取像或契約義若取像名想想是心所如說於色能生色想因名生想名爲作想若契約義想即是名謂諸賢聖共爲契約立色等名名即是想由此名想顯有詮表故名作想餘義準說今之本論釋法無礙不局能詮故云法體如色礙相然論一時列名云是詮中四無礙境界者一法體二法境界體三正得與衆生四正求與無量門後方牒釋

今疏四中文皆三節一牒經舉論立名二謂字下是疏釋論二故論云下舉論牒釋二今初法中論牒釋內以色從緣集非定斷常故離二邊辨俗異眞云生法所攝即二執所依之法言如色礙相者正出法體二義者法境界體謂於法體上差別境義即上二空所攝眞諦之境故論云即彼遠離二邊生法所攝中

如實智境界故然得此眞智者由菩薩於生法二執所攝境中以智安住求彼色等但是虛妄即俗而眞是彼色等之中別義上即遠公之意其猶不生不滅是無常義亦可不約二諦法約自體義約差別謂十一色等虛妄分別之相即是別義言如實智者稱事實也二義中第三段內文曲有四一舉論牒釋二然得下遠公釋論以法爲俗以義爲眞應有問言法義不同何以論文皆有遠離二邊生法所攝故釋意云隨順觀察世諦即入第一義故三上即下疏成遠公義四亦可下是疏別義於中二先正釋後言如實下解妨妨云若義亦俗諦何名如實答云約如事實三詞者正得與衆生謂得彼方言與他說故故論云於彼如實智境中隨他所喜言說正知此釋正得隨他言說正知而與故此釋與衆生

四樂說者正求與無量門謂樂說乃辭中

別義七辯剖析名無量門論云於彼隨他所喜言語正知無量種種義語隨知而與故正求與者邪求不與二廣顯中理實此四通該一切且約圓數以列十門各有復次論云後五是淨者謂三乘行果則顯前五是三乘教理通於染淨言十者一依自相謂知事法體各殊故二依同相謂知理法若性若相各有同理故三行相此約時辯法三世遷流故上三知義即是所詮四說相此知教法上四皆約所知五智相此約能知六無我慢相此約所離明淨七小乘大乘相此約所行上二通辨諸乘行果後三別約一乘八菩薩地相此約因行後二知果九如來地相約體十作住持相約用然十中法義則別後二多同皆詞則說於法義樂說乃詞中別義亦有以詞說於法樂說說義十中皆四無礙即四種相言十者下二列名略釋其十相名卽是論文謂字巳下皆是疏釋然十中下三總就十中釋無礙義亦多以下如第七大小乘相中法知一乘義知諸乘詞云說一切乘無差別卽同一乘樂說云說一一乘無邊法卽同說諸乘意

大方廣佛華嚴經疏鈔會本第三十八之六

音釋

廐居又切象舍也　馴松倫切順也　浣胡管切濯垢也　嗽色角切口噏也　讒佞讒鉏咸切傷良曰讒佞乃定切諛諂也　苣勝苣臼許切苣勝胡麻也　鍛金鍛都玩切鍛金冶金也

大方廣佛華嚴經疏鈔會本第三十之七

唐于闐國三藏沙門實叉難陀 譯

唐清涼山大華嚴寺沙門澄觀 撰述

此菩薩以法無礙智知諸法自相義無礙智知諸法別相辭無礙智無錯謬說樂說無礙智無斷盡說

今初自相有四種者一生法自相謂知色是礙礙相等一生法下次別釋然論諸段皆有三節一總列四名二總舉經帖二重更牒釋疏文之中以論三段一一別配四無礙義今初自相論總列名云一生法自相二差別自相三想堅固自相四彼想差別自相一生法自相者論標名也謂知色下疏釋世法集起故名爲生自性門中辨此生法名生自相下三例然

二義者差別自相謂知色有十一處等上

二約總別以分法義後二同體義分二義下論立名謂知下疏釋即生法之中差別義也十一處者五根五境及法處所攝色也上二義下疏結前生後然上諸義論無重釋三想堅固自相想者

起言所依亦以慧心取彼二種相故一隨自所覺諸法相二隨彼彼所化言詞所宜相以所覺法隨彼言詞爲彼生說說無錯謬名爲堅固論經云不壞者壞即錯也三想堅固下是論立名想者下疏釋即論重釋中意論具牒釋第三句經云是中不壞說者隨所覺諸相隨彼彼衆生說法故今疏中先釋想字言亦以慧心取彼二種相故者總釋言慧心取者揀異凡想一隨自所覺諸法者即論隨所覺諸相二隨彼下即釋隨彼彼衆生說法說無錯下以經成論論經下會通二經四彼想差別自相想義同上但以次第不息以多異名堅固彼義令他愛樂名不斷盡四彼想下論立名也想義下即疏釋亦論重釋中意論云次第不斷說者次第不息無量衆多異名爲堅固彼義故疏文可知令他愛樂亦樂說義此自相一門是總故論前總中亦依此釋諸經論中亦多依此

復次以法無礙智知諸法自性義無礙智知

諸法生滅辭無礙智安立一切法不斷說樂說無礙智隨所安立不可壞無邊說

第二同相約性與相分於法義第二同相中論亦二節謂列名經帖重釋一同於前文中初總標法義　一一切法同相謂諸法同以無性爲自性故一一切法下二別釋四義此初知法先論立名謂字下疏釋論無重釋　二有爲法同相同生滅故謂觀無常門生滅相得入初句法無我性故無我智境得成是則生滅是常義也二中初論立名同生滅相下是疏釋論謂觀下即論重釋論具云是中無常門入無我義中第二同相初智境界成疏文有四初釋是中無常門二得入下釋入無我義中三故下釋第二同相初智境界成四是下疏以義結若準推無常門入初無性亦是不生不滅是無常義今以經中法尚無自性即是常也義明生滅是無常也故以無常生滅是無性家義用三詞四辨準此可知　三一切法假名同相故云安立所立之法已是假名更以言詮假名而談名不斷說

四假名假名同相謂不壞前假名更能以異異無邊假名說故重言假名

復次以法無礙智知現在法差別義無礙智知過去未來法差別辭無礙智於去來今法無錯謬說樂說無礙智於一一世無邊法明了說

第三行相中約三世以分法義第三行相論亦三節疏亦先總分法義　一生行相現法緣生故設知過未亦名現在以三世皆是當世現在故故論云過去未來彼彼世間攝受故一生行相者論立名現法緣下疏釋論名設知下論重牒釋疏中有二先取意釋論本文云一一世現在世故論云下明引論釋釋上一一現在之言　二已生未生行相設知現在亦名過未以現是過家未未家過故是則當世而知名法逆見過未能知現在是則名義爲菩薩智境二已生下知義先舉

論後設知下疏取義釋具足論云見過去未來世知現在世彼菩薩智境界成釋曰疏文分二先正取意釋二是則下結示上二云何逆見過未知現在耶見過去法謝未法未生則知現在從未而生必當謝滅三物假名行相總說

三世之物不謬故

四說事行相然所說事不出三世總相物中故云一一世但曲明異異事法故云無邊法明三四可知

復次以法無礙智知法差別義無礙智知義差別辭無礙智隨其言音說樂說無礙智隨其心樂說

第四說相中約本釋以分法義一修多羅相故但云法二解釋相所以名義三隨順相隨類言音故四相似說相謂隨心樂聞何法宜何譬喻說似彼心故第四說相約本釋以分法義釋即法等次隨音隨心以分詞辯別必帶總皆合有說前三畧無

復次法無礙智以法智知差別不異義無礙智以比智知差別如實辭無礙智以世智差別說樂說無礙智以第一義智善巧說

第五智相約法類以分法義一現見智二比智比即類也然所知境即是二諦法比等智是無礙體從體立稱不同前後又法比等智通於大小四無礙智唯局大乘故涅槃說唯菩薩有聲聞設有少故名無若就二智所觀並通大小約能觀智唯局大乘於大乘中依觀所取能取以立法類第五智相疏文有五一分法義既以法比分於法義下約說淺深分詞樂說比即類也然所知下二定其境體若倒前後法比二智是所知境經文既云以法智知差別不異即是就能為無礙體二諦為境然法比約情智二諦約事理又法比下三辨二行通局法比則通無礙則局故涅槃下證無礙智即第十六經梵行品廣說四無礙竟云聲聞無四無礙無三種法故一者必須臾語然後授法二者必須麤語然後授法三

者不耎不麤語然後授法故聲聞設有者
是通妨難即彼經中迦葉菩薩難云若聲
聞無者何以如來說舍利弗等有四無礙
佛答意云如四河入海此之四河皆有無
量水而言等海者無有是處即少故名無
意也次下又云或得一得二得三不得具
四故名爲無即其義也從若就下結成通
局非唯法比通於大小今無礙智所觀亦
通大小但能觀無礙局大乘耳即以法無
礙智知法知境及能知智名法智知差別
不異也下三例然於大乘下四正明大乘
法比之相即是釋文於中有二先雙標法
比
一法智觀如故云現見謂觀差別二諦
同如不異故
一法智下二別釋四相論云
一現見智疏中有二先釋現
見後謂觀下釋成現見所以即論重釋中
意然論經云以法無礙智知諸法差別不
壞方便釋曰其不壞方便即今經不異論
重釋云是中法智者知諦差別不異方便
法智差別不壞方便故釋曰其知諦差別
即釋經中知法差別二諦不同名法差別
言不異方便者釋不壞方便從法智下重
舉經帖故取意云差別二諦同如不異同
如即是不
異所以
二比智即觀前能觀如實分別
之智類餘亦爾類何等耶比知如前差別
即如實故
二比智下釋義無礙比智二字
是論即觀下疏釋亦即論中重

釋之意彼經云以義無礙智以比智如實
知諸法差別釋曰此與今文顛倒論重釋
云比智者此如實分別餘亦如是比知實
諦差別可知釋曰以現所知類度諸法故
曰如是疏中取意其觀前能觀如實分別
之智即如實分別從類餘下釋論餘亦如
是從類何卜徵釋比智如實諦差別知故
爲順經中云差別如實故如實在下差別
即如實正辨順上二諦同如了一諦
如即如實諦知差別耳細尋易見
三欲
得方便智謂此是相見道依真假說後得
智攝故云世智若欲得第一義假說以爲
方便
三欲得下即論謂字下釋證第一義
名之爲得欲趣向證必假俗諦爲方
便故論經云以詞無礙智以世智正見故
知說法論重釋中不釋此句疏以相見道
釋　正
見
四得智謂雖以世智說而與第一義
相應非顛倒異方名樂說故云善巧可以
證得第一義故
言四得智即論謂字下取
論意釋論重釋云第一義
智方便者非顛倒異樂說應知以論經云
樂說無礙智以第一義智正方便說故論
牒之疏中先釋論非顛倒次故云下
結以經帖後可以證下釋論立名
餘如
唯識雜集各第九瑜伽十六說上迴向品

疏已略明餘如下第五指其本源論則可知廻向即第六廻向十六智實處明彼說三心見道亦有法類一內遣有情假緣智二內遣諸法假緣智三遍遣一切有情諸法假緣智前二名法智各別緣故後一名類智總合緣故有說十六心見道自有二義一依如智二依上下諦並如前說然有部則時通處別現智知於三世之法名為時通比智亦然現智唯知欲界之法比智知於上二界法名為處別若依經部成實論明則處通時別二智通知三界名為處通法智知於現在比智知於過未名為時別成實十六無邊空處品中問此定能緣何地答此定緣一切地及滅道問曰有人言諸無色定雖能緣滅但緣此智分滅不緣現智分滅是事云何答曰緣一切滅以現智緣現自在地滅以比智緣餘滅道亦是能緣一切擇曰現智即法智也若依深密相續解脫經時處俱非定現見見法名為現見智知他方及此世名為比智又更分別於一切現所知名現智類度解者名為比智故不可時處定也俱舍即當第二十三大同雜識觀上下諦一十六心偈云世第一無間即緣欲界苦生無漏法忍忍次生法智次緣餘界苦生類忍類智緣集滅道諦各生四亦然如是十六心名聖諦現觀此總有三種謂見緣事別釋曰從世第一無間即緣欲界苦聖諦境生無漏法名苦法智忍苦忍無間緣欲苦諦次生法智名苦法智此智無間次緣餘界苦聖諦境有類智忍生名苦類智忍此忍無間即緣此境有類智生名苦類智如緣苦諦餘三亦然有十六心言苦法忍者苦是苦諦法忍緣苦法名苦法忍果是等流智唯無漏為顯此忍亦唯無漏舉後等流以為標別故忍名智者從果為名如苦果樹樹非苦果從果得名故云智忍餘可例知言現觀者現前觀聖諦故言有三者一見現觀即無漏慧見諦分明故二緣現觀此無漏慧及慧相應心心所法同一所緣故三事現觀前相應及餘俱有同一事業故餘俱有者謂道共戒及生等四相有因故名俱有也餘廣如彼

復次法無礙智知諸法一相不壞義無礙智知蘊界處諦緣起善巧辭無礙智以一切世間易解了美妙音聲文字說樂說無礙智以轉勝無邊法明說

第六無我慢相中約真俗以分法義第六無我慢相言約真俗者通就三乘二諦明之故世諦中歷三乘法詞及樂說但總別分之一第一義諦無我故云一相言不壞者不壞無我故若言我知無我我證無我則壞

無我以有能所故二世諦無我故云蘊等迷蘊著積聚我迷界著異因我計種族別故迷處著欲我計爲生門能受入故迷諦緣起著作我皆明因果有造作故並是法我亦通人我今隨順觀察世諦緣生無實以爲對治得入第一義法無我名善巧方便故蘊界等是菩薩智境所治之我迷五蘊者以聚生門種族是蘊處界義故迷積聚爲蘊謂有我人亦謂聚色以爲色蘊等迷十八界者約法我六根六塵生識正因因各異故有此法我若外道計中有人我以爲異因使知塵等迷十二處者迷於六入根塵相順眼見色等遂生貪著則有法我或謂神我於中能著猶如一人在於六向見色聞聲等迷諦緣者迷於四諦十二因緣皆謂以因能作果故人我可知故疏雙結並是法我亦通人我今隨順下上辨所遣之病即是我慢此下辨能遣之藥即是無我觀世緣生故無有實無實即實爲第一義故上六地論云隨順觀察世諦即入第一義從故蘊界等下結成蘊等爲智之境三說美妙無我愜情稱美順理爲妙

四說無上無我故云轉勝詞中差別故曰無邊法明

復次法無礙智知一乘平等性義無礙智知諸乘差別性辭無礙智說一切乘無差別樂說無礙智說一一乘無邊法

第七大小乘相中約權實以分法義第七大小乘相者知實爲法知權爲義會三歸一爲詞開方便門爲樂說一觀相謂一觀不異唯一事實故唯一事實者即法華云唯此一事實餘二則非真二性相就彼根性有三乘故二中順機說權即是義意三解脫相會彼三乘同歸一實解脫相中無差別故論云依同解脫不懼者法華云今我喜無畏但說無上道故三中三乘同歸一實者第一經云舍利弗當知諸佛語無異於佛所說法當生大信力世尊法久後要當說真實告諸聲聞衆及求緣覺乘我令脫苦縛逮得涅槃者佛以方便力

示以三乘教衆生處處著引之令得出又第三經云汝等所行是菩薩道漸漸修學悉當成佛三周之經皆是會三方便歸一眞實解脫相者第三經藥草喻品云如來知是一相一味之法所謂解脫相離相滅相究竟涅槃常寂滅相終歸於空即解脫中無差別也又第二經云但離虛妄名爲解脫其實未得一切解脫則一切解脫三乘同歸也法華云下釋成上論亦方便品先有一偈云舍利弗當知鈍根小智人著相憍慢者不能信是法釋曰此偈則明如來有畏畏其謗故次即云今我喜無畏於諸菩薩中正直捨方便但說無上道

四念相即開方便門隨機念異心行不同以多法明說諸乘法然皆爲一事故論云隨順解脫

即開方便一有二義一於一佛乘分別說三名之爲開即初施權故信解品末云隨諸衆生宿世善根又知成熟未成熟者種種籌量分別知已於一乘道隨宜說三等是也二開者開除開發故第四經云此經開方便門示眞實相斯即說三爲方便名之爲開即然皆爲一事下疏是也第一經云我此九部法隨順衆生說入大乘爲本以故說是經亦即長行中云諸佛世尊唯以一大事因緣故出現於世又云舍利弗諸佛如來但教化菩薩諸有所作常爲一事唯以佛之知見示悟衆生即其文也故引論明隨順解脫即方便多門皆順解脫也

復次法無礙智知一切菩薩行智行法行智隨證義無礙智知十地分位義差別辭無礙智說地道無差別相樂說無礙智說一一地無邊行相

第八菩薩地相中約地體相以分法義

第八菩薩地相者說地體爲法地相爲義三詞者說相不違體四樂說者說相隨機此之體相即證教二道亦即前義說二大亦即不可說及可說義總收一品之意廣如大分及請分中

一智相一切菩薩行者總標也何者是耶謂所證法行能證智行何以此二名菩薩行以智契如故故經云智隨證論云觀智說故此菩薩行即十地智體

一智相下即前釋法無礙上句論標名從一切下牒經解釋有兩重徵釋何者下此徵法體經法行智行後徵法智何以名菩薩行答意可知故經云下雙舉經論以帖言論云觀智說者論具云是中一切菩薩行者法行智行是現觀智說故

二說相謂

體雖一智相有十地分位故然此分位由
心差別故論云十地差別者謂心而名說
相者約口言也以論經云義無量者說十
地差別故作是釋斯則異前義大斯則異前者顯義無礙即說是大前法無礙是義大也三與方便相謂巧說
十地授與衆生不顛倒教授與地證道無
有差別故謂巧說十地者釋方便言從授與下釋無差別言乃有二意一稱機不倒爲無差別二不違證道爲無差別如鳥跡合空四入無量門
相入諸地相差別故
復次法無礙智知一切如來一念成正覺義
無礙智知種種時種種處等各差別辭無礙
智說成正覺差別樂說無礙智於一一句法
無量劫說不盡
第九如來地相約眞應以分法義謂一法
身相即始本無二之法身故云一念成正

覺第九如來地相中以始本無二釋一念者以起信云謂一念相應慧無明頓盡名一切智言一念相應者即始覺與本覺相應故彼論云如菩薩地盡滿足方便一念相應覺心初起心無初相以遠離微細念故得見心性心即常住名究竟覺王是始本無二相也次上論釋本覺竟云何以故本覺義者對始覺義說以始覺者即同本覺又云若得無念者則知心相生住異滅以無念等故而實無有始覺之異以四相俱時而有皆無自立本來平等同一覺故以始覺同於本覺無復始本之異爲一念相應亦是一念頓覺一切法故故淨名云一念知一切法是道場成就一切智故餘並可知二色身相種種時者隨何劫中種種
處者隨何國土依報事各差別者隨何等
佛身正報事
三正覺相通說正覺十佛差別故
四說相佛德無盡故說亦無盡
復次法無礙智知一切如來語力無所畏不
共佛法大慈大悲辯才方便轉法輪一切智
智隨證義無礙智知如來隨八萬四千衆生

心行根解差別音聲辭無礙智隨一切衆生行以如來音聲差別說樂說無礙智隨衆生信解以如來智清淨行圓滿說

第十作住持相約諸佛能說德所說聲教以分法義第十作住持相約就能所以分法義法義亦是總別總知如來所轉法輪名法別知八萬四千差別爲義而前意義長故疏但舉一意詞及樂說同體義分依前法義起說名詞詞中差別說爲樂說一覺相即作住持德覺法性相故語者隨自意語隨他意語隨自他意語此能說法故十力破魔憍慢無畏伏外道不共異二乘慈悲故常說辨才故能說方便者隨順物機轉法輪者正說此上皆一切智智隨證隨自意等者論主但云語者能說法故疏以涅槃意明如來說法不出三語即三十五迦葉品中因說若言衆生定有佛性名爲執著若言定無是則妄語便云如我說十二部經或隨自意語等初會已引今更畧示如五百比丘各說身因問佛佛言我爲欲界衆生說父母以爲身因結云是名隨自意語次云如答把吒長者問瞿曇知幻應是幻人佛反問云汝識王舍城中氣嘘旃陀羅不答云我知佛言汝知旃陀羅而非旃陀羅我知幻者豈是幻人結云是名隨他意語次言世智說有我亦說有世智說無我亦說無是隨自他語等十力已下轉法輪之德言上皆一切智智下結釋經文二差別相知佛隨心種性等差別聲教故三說相用前音聲差別說故四彼無量相異異說故隨信解者示現菩薩無盡樂說故以如來智等者諸佛法身以利生爲行此行合智故無垢清淨不可破壞故云圓滿此地分得故用之而說

佛子菩薩住第九地得如是善巧無礙智得如來妙法藏作大法師

第三佛子菩薩住第九地下法師自在成就中二先牒前標後二得義下正顯成就有四種事一持成就得不失故二說成就

巧能演故三問答成就斷疑網故四受持成就更受勝法故則前三自分後一勝進又前一釋得妙法藏後三釋作大法師於此四種皆無縛著即攝第九迴向也第三法師目在成就二又前下對釋標文

得義陀羅尼法陀羅尼智陀羅尼光照陀羅尼善慧陀羅尼衆財陀羅尼威德陀羅尼無礙門陀羅尼無邊際陀羅尼種種義陀羅尼如是等百萬阿僧祇陀羅尼門皆得圓滿以百萬阿僧祇善巧音聲辯才門而演說法

今初分二初列十持持先已得後此菩薩得如是下用前十持持當所得今初先列十持並從所起業用立名初三起意業次三起身業後四起口業

一持義二持教法三持能知智四善軌者慈光攝受五剛強者善慧降伏種種施爲故六上供諸佛下攝貧窮故名衆財七於大乘中陋劣衆生示教大乘威德勝利令生喜故八不斷辯才智常說故九無盡樂說深說故十種種義樂說廣說故一義持下三別釋然以人望法十皆所持約三業中亦有能所初三意中義教所持次三是能知身業三中通能所攝而初二以正報攝後一以依攝後四口中七以教攝二八以辨九十所說深廣九無盡樂說深者深約契理何有盡時十廣可知後如是下總結以百萬下顯持之用

此菩薩得如是百萬阿僧祇陀羅尼門已於無量佛所一一佛前悉以如是百萬阿僧祇陀羅尼門聽聞正法聞已不忘以無量差別門爲他演說

二持當得中聞已不忘正顯持義爲他演說亦持之用

此菩薩初見於佛頭頂禮敬即於佛所得無量法門此所得法門非彼聞持諸大聲聞於百千劫所能領受

第二此菩薩初見下明說成就於中三初顯所受法多

此菩薩得如是陀羅尼如是無礙智坐於法座而說於法大千世界滿中衆生隨其心樂差別爲說唯除諸佛及受職菩薩其餘衆會威德光明無能與比

二此菩薩得如是下能廣開演

此菩薩處於法座欲以一音令諸大衆皆得解了即得解了或時欲以種種音聲令諸大衆皆得開悟或時心欲放大光明演說法門或時心欲於其身上一一毛孔皆演法音或時心欲乃至三千大千世界所有一切形無形物皆悉演出妙法言音或時心欲發一言音周徧法界悉令解了或時心欲一切言音皆作法音恒住不滅或時心欲一切世界簫笛鐘鼓及以歌詠一切樂聲皆演法音或時心欲於一字中一切法句言音差别皆悉具足或時心欲令不可說無量世界地水火風四大聚中所有微塵一一塵中皆悉演出不可說法門如是所念一切隨心無不得者

三此菩薩處於法座下明起說自在

佛子此菩薩假使三千大千世界所有衆生咸至其前一一皆以無量言音而興問難一一問難各各不同菩薩於一念頃悉能領受仍以一音普爲解釋令隨心樂各得歡喜如是乃至不可說世界所有衆生一刹那間一一皆以無量言音而興問難一一問難各各

不同菩薩於一念頃悉能領受亦以一音普爲解釋各隨心樂令得歡喜乃至不可説不可説世界滿中衆生菩薩皆能隨其心樂隨根隨解而爲説法承佛神力廣作佛事普爲一切作所依怙

第三佛子此菩薩假使下問答成就初一界答難二明一切世界

佛子此菩薩復更精進成就智明假使一毛端處有不可説世界微塵數諸佛衆會一一衆會有不可説世界微塵數衆生一一衆生有不可説世界微塵數性欲彼諸佛隨其性欲各與法門如一毛端處一切法界處悉亦如是如是所説無量法門菩薩於一念中悉能領受無有忘失

第四佛子此菩薩復更下受持成就可知

佛子菩薩住此第九地晝夜專勤更無餘念唯入佛境界親近如來入諸菩薩甚深解脱常在三昧恒見諸佛未曾捨離一一劫中見無量佛無量百佛無量千佛乃至無量百千億那由他佛恭敬尊重承事供養於諸佛所種種問難得説法陀羅尼所有善根轉更明淨

第二佛子菩薩住此下明位果三果同前但初調柔見佛緣中初依內證近佛法身後依三昧見佛色身餘文可知

譬如真金善巧金師用作寶冠轉輪聖王以嚴其首四天下內一切小王及諸臣民諸莊嚴具無與等者此第九地菩薩善根亦復如是一切聲聞辟支佛及下地菩薩所有善根無能與等

佛子譬如二千世界主大梵天王身出光明二千界中幽遠之處悉能照耀除其黑闇此地菩薩所有善根亦復如是能出光明照衆生心煩惱黑闇皆令息滅

此菩薩十波羅蜜中力波羅蜜最勝餘波羅蜜非不修行但隨力隨分

佛子是名略説菩薩摩訶薩第九善慧地若廣説者於無量劫亦不能盡

佛子菩薩摩訶薩住此地多作二千世界主大梵天王善能統理自在饒益能爲一切聲聞緣覺及諸菩薩分別演説波羅蜜行隨衆生心所有問難無能屈者布施愛語利行同事如是一切諸所作業皆不離念佛乃至不離念一切種一切智智復作是念我當於一切衆生中爲首爲勝乃至爲一切智智依止者此菩薩若發勤精進於一念頃得百萬阿僧祇國土微塵數三昧乃至示現百萬阿僧祇國土微塵數菩薩以爲眷屬

若以菩薩殊勝願力自在示現過於此數乃至百千億那由他劫不能數知

爾時金剛藏菩薩欲重宣其義而説頌曰

無量智力善觀察　最上微妙世難知　普入如來祕密處　利益衆生入九地

總持三昧皆自在　獲大神通入衆刹　力智無畏不共法　願力悲心入九地

第三重頌分中二十四頌分三初十九頌地行次四頌位果後一結歎今初具頌上四分初二頌法師方便

住於此地持法藏　了善不善及無記　有漏無漏世出世　思不思議悉善知

若法決定不決定三乘所作悉觀察有爲無
爲行差別如是而知入世間
次二頌智成就
若欲知諸衆生心則能以智如實知種種速
轉壞非壞無質無邊等衆相
煩惱無邊恒共伴眠起一義續諸趣業性種
種各差別因壞果集皆能了
諸根種種下中上先後際等無量別解性樂
欲亦復然八萬四千靡不知
衆生惑見恒隨縛無始稠林未除翦與志共
俱心並生常相羇繫不斷絶
但唯妄想非實物不離於心無處所禪定境
排仍退轉金剛道滅方畢竟
六趣受生各差別業田愛潤無明覆識爲種
子名色芽三界無始恒相續
惑業心習生諸趣若離於此不復生衆生悉
在三聚中或溺於見或行道
次七頌入行成就
住於此地善觀察隨其心樂及根解
四有八偈頌說成就於中初半偈頌智成
就
悉以無礙妙辯才如其所應差別說處於法
座如師子亦如牛王寶山王
又如龍王布密雲霔甘露雨充大海善知法
性及與義隨順言辭能辯說
次二偈頌口業成就其中諸喻長行所無
總持百萬阿僧祇譬如大海受衆雨總持三
昧皆清淨能於一念見多佛
一一佛所皆聞法復以妙音而演暢
後五偈半頌法師自在成就於中初一偈

半頌持

若欲三千大千界教化一切諸群生如雲廣布無不及隨其根欲悉令喜

次一偈頌說

毛端佛衆無有數衆生心樂亦無極悉應其心與法門一切法界皆如是

次一頌問答

菩薩勤加精進力復獲功德轉增勝聞持爾所諸法門如地能持一切種

十方無量諸衆生咸來親近會中坐一念隨心各問難一音普對悉充足

後二頌受持兼頌問答

住於此地爲法王隨機誨誘無厭倦日夜見佛未曾捨入深寂滅智解脫

供養諸佛善益明如王頂上妙寶冠復使衆生煩惱滅譬如梵王光普照

住此多作大梵王以三乘法化衆生所行善業普饒益乃至當成一切智

一念所入諸三昧阿僧祇刹微塵數見佛說法亦復然願力所作復過此

此是第九善慧地大智菩薩所行處甚深微妙難可見我爲佛子已宣說

大方廣佛華嚴經疏鈔會本第三十八之七

音釋

曩 乃朗切曏也　輭 而兗切　依怙 怙侯古切依怙倚恃也　統理 統他總切總也　霔 之戍切霖霔也　誘 與久切引也　吒 陟駕切　噓 休居切

大方廣佛華嚴經疏鈔會本第三十九之一

唐于闐國三藏沙門實叉難陀 譯

唐清涼山大華嚴寺沙門澄觀撰述

第十法雲地所以來者瑜伽意云雖於一切品類宣說法中得大自在而未能得圓滿法身現前證受今精勤修習已得圓滿故有此來論云於九地中已作淨佛國土及化衆生第十地中修行令智覺滿此是勝故以八九二地同無功用故對之顯勝有此地來又一乘中最居極故瑜伽唯攝第九於中有三先明九地所能次而未下明前地不能則是舉劣顯勝後今精勤下顯此地之能即舉勝揀劣論云下二引本論通攝前九故云於九地中非第九也已作淨佛國土即第八地及化衆生即第九地既通前九而偏語八九者後三通無功用故舉揀異又八多約身九多約語今云智滿多約意業故勝於前言智覺滿者智度圓故菩薩地盡故次釋名下自有釋名分今且略解雲

者是喻略有三義一含水義二覆空義三霔雨義約法就喻則有多義雲有四義一喻智慧二喻法身三喻應身四喻多聞熏因空亦四義一喻真如二喻麤重三喻法身四喻棃耶攝大乘論云由得總緣一切法智含藏一切陀羅尼門三摩地門此喻含水義總緣一切法契經等智不離真如如雲合空總持三昧即是水也又云譬如大雲能覆如空廣大障故此喻覆空義即以前智能覆惑智二障又云又於法身能圓滿故此有二義一喻霔雨義即上之智出生功德充滿所依法身故二喻徧滿即前之智自滿法身耳故金光明云法身如虛空智慧如大雲成唯識中亦有三義全同攝論而喻伽云麤重之身廣如虛空法

身圓滿譬如大雲皆能徧覆此同攝論第二義而無性釋以智覆空此以法身者智滿則法身圓滿起信論云顯現法身智純淨故本分云得大法身具足自在亦以法身喻雲真諦三藏釋金光明經云虛空喻三法身雲喻三道之智此法喻亦齊似非經意此喻位極非道前故莊嚴論第十三云於第十地中由三昧門及陀羅尼門攝一切聞熏習因徧滿阿梨耶識中譬如浮雲徧滿虛空能以此聞熏習雲於一一剎那於一一相於一一好於一一毛孔雨無量無邊法雨充足一切所化衆生由能如雲雨法雨故故名法雲此從法身未及佛故立賴耶名十住論云於無佛世界能雨法雨故瑜伽又意云言大雲者未現等覺

若現等覺能雨大雨作利益故是則密雲不雨含德而已然諸釋雖衆不出三義謂以智慧含德徧斷諸障徧證法身故亦四義下影出如空以標名雖無釋有空故攝大乘下以諸經論釋上空雲總有九釋兼攝論三義成十一義一引攝論釋有三義此即第一義從此喻下疏釋彼論此句即疏從總緣下無性釋論彼釋具云由得總緣一切法智總緣一切契經等不離真如此一切法共相境界智譬如大雲陀羅尼門三摩地門猶如淨水智能藏彼如雲含水有能生彼勝功德故釋曰共相境智者雲與空合如智與境冥又共相即是總釋之義今疏取其要言釋彼本論義已盡矣又云下即攝論第二義從此喻下疏釋彼論從即以下取無性意釋彼釋具云又如大雲覆隱虛空如是總緣一切法智覆隱如空廣大无遍惑智二障言覆隱者隔義斷義又於法身下攝論第三義從此有下疏釋亦取無性意無性釋此云又如大雲澍清冷水充滿虛空如是總緣一切法智出無量殊勝功德充滿所依法身釋曰彼言雖多疏以收盡次四可知真諦三藏下六引真諦於中先言虛空喻三法身者譬如虛空空有三義一容受義譬如自性法身不礙生死二無邊義譬如顯了法身謂雖得顯了猶未究竟如空有清淨處有塵霧處

如道內法身遍解惑中道也三清淨無塵霧義譬如聖果法身雲喻三道之智者即智慧如大雲譬如如智有其三義一道前性得二道內修得三道後至得文言遍者性得如如智遍如如理滿者修得如如智滿如如理覆者至得如如理境智相稱雲即是雨雨有三義一能除塵謂道前自性智清淨無染義二能洗垢道內滅除惡業三能生萌芽道後能生如如萌芽又虛空如法身雲如應身此法喻下二疏斷得失先取後似非經意下奪之謂若如上釋道前應得法雲之名名既此立故似非經意而言似者以約理可通故謂道前雖有雲義三義未足不得此名十地位滿方得名耳此則可通故云似也莊嚴論下七引莊嚴先引論此從法下疏釋瑜伽下九重引瑜伽先舉論後是則下疏釋即周易小畜卦語易云小畜亨密雲不雨自我西郊象日小畜柔得位而上下應之日小畜健而巽剛中而志行乃亨密雲不雨上往也自我西郊施未行也釋曰彼況文王當紂之時身為西伯有君之德猶如密雲未有君位德未施行猶如不雨今況十地含 佛之德未等正覺是故但云含德而已

所覆麤重即所離障謂於諸法中未得自在障此障十地大法智雲及所含藏所起事業故斯即二愚障所起業名大神通愚障

大智雲即悟入微細秘密愚

斷此障故便能證得業自在等所依真如

謂神通作業總持定門皆自在故便成受

位等行

具智波羅蜜得化身三昧等果即是雲雨

究竟成佛法身及所證如皆亦所徧虛空

其旨一耳

淨居天衆那由他　聞此地中諸勝行　空中踊

躍心歡喜　悉共虔誠供養佛

不可思議菩薩衆　亦在空中大歡喜　俱然最

上悅意香　普熏衆會令清淨

自在天王與天衆　無量億數在虛空　普散天

衣供養佛　百千萬種繽紛下

次正釋文文中三分先讚請中有十六偈

前十三讚後三偈請前中亦二前三偈但

申供養有三類可知

天諸婇女無有量靡不歡欣供養佛各奏種

種妙樂音悉以此言而讚歎

後十偈天女供讚於中亦二初一總標供

讚

佛身安坐一國土一切世界悉現身身相端

嚴無量億法界廣大悉充滿

於一毛孔放光明普滅世間煩惱闇國土微

塵可知數此光明數不可測

餘九正顯讚辭於中亦二前八讚佛德能

後一勸修利益前中亦二前五讚大用自

在後顯自在所由前中亦二前二用益普

周

或見如來具衆相轉於無上正法輪或見遊

行諸佛剎或見寂然安不動

後三隨見不等於中亦二初一總明

或現住於兜率宮或現下生入母胎或示住

胎或出胎悉令無量國中見

或現出家修世道或現道場成正覺或現說

法或涅槃普使十方無不覩

後二八相顯

譬如幻師知幻術在於大衆多所作如來智

慧亦復然於世間中普現身

佛住甚深真法性寂滅無相同虛空而於第

一實義中示現種種所行事

所作利益衆生事皆依法性而得有相與無

相無差別入於究竟皆無相

所由中亦二初一智了世幻故文有喻合

後二證窮性相故於中半偈證體半偈起

用半偈用不離體半偈體用泯絕

若有欲得如來智應離一切妄分別有無通達皆平等疾作人天大導師

無量無邊天女衆種種言音稱讚已身心寂靜共安樂瞻仰如來默然住

即時菩薩解脫月知諸衆會咸寂靜向金剛藏而請言大無畏者真佛子

從第九地入十地所有功德諸行相及以神通變化事願聰慧者爲宣說

後三請中初一結默念請後二上首言請

爾時金剛藏菩薩摩訶薩告解脫月菩薩言佛子菩薩摩訶薩從初地乃至第九地以如是無量智慧觀察覺了已善思惟修習善滿足白法集無邊助道法增長大福德智慧廣行大悲知世界差別入衆生界稠林入如來所行處隨順如來寂滅行常觀察如來力無所畏不共佛法名爲得一切種一切智智受職位

第二正說論分八分一方便作滿足地分攝前九地所修總爲方便滿此地故二得三昧分初住地行行德無量偏舉受職之所依故三得受位分正住地行依前定力攝佛智故四入大盡分是地滿行望前諸地行已窮盡今復地滿盡之極故五釋名分此地學窮辯德顯稱故六神通力有上無上分地滿足已妙用自在形前無上形佛劣故七地影像分以喻顯法如因影像知形質故八地利益分彰說殊勝勸修趣入故（第二正說疏文有二一依論總科便以疏釋）後之二分通該十地將前攝後云此地有八若依前長科後二分通則此地分二先明地行後彰

位果地行之中方有六分如上所列六中初一是入心餘是住心出心即調柔果已如前說二後之二分下料揀於中有三初料揀論次若依前下以經對論後六中下對前三心今初分中二先總明後善滿下別顯今初無量智者阿含廣故觀察覺了者證智深故實性論中地上菩薩起二修行一約根本智名如實修即此證智二約後得智名徧修行即此廣智諸地具起上二種行今於上二決擇思修

別中十句攝爲七相初三七八二處合故七中一善修行故即是同相謂初三句明證助不住諸地同修故初句證道無漏白法故何以得證由次句助道何因成助由後句不住道增福德故不住無爲增智慧故不住有爲

後六別相謂二廣行大悲即普徧隨順自利利他相此總前七地合爲一相以七地差別之相八地之初已辨故此總舉普徧釋廣隨順釋行大悲利他而成自業故云自利

三一句令佛土淨即八地相下三相即九地以親證此故多舉之

謂四一句教化衆生相即九地自分行入十一稠林故即九地者則顯後二相是勝進行五有二句善解相謂解達真如是佛所行處故善順如來能證寂滅行故真如是佛行處者今此九地入向十地何名入如來所行答十地同佛境相應故六無猒足相常觀察力等欲趣入故上句解此句行並九地勝進故前地云晝夜專勤更無餘念唯入佛境界故

七地盡至入相謂十地證窮故同前諸地結行入位已屬第十故云名爲得受職位七地盡者即經名為得下經文十地學窮名為地盡依行得證說為至入

佛子菩薩摩訶薩以如是智慧入受職地已

第二佛子菩薩摩訶薩以如是下明三昧分於中二初牒前起後

即得菩薩離垢三昧入法界差別三昧莊嚴道場三昧一切種華光三昧海藏三昧海印三昧虛空界廣大三昧觀一切法自性三昧知一切衆生心行三昧一切佛皆現前三昧

後即得下正顯於中四初舉十名二如是等下結所得數三菩薩於此下彰入滿足四其最後下顯最後名令初十中初總餘別總云離垢者離煩惱垢故是障盡地徧受此名別中九定離八種垢第二三昧分別中九定者六七合故然下䟽一一結之若從上科八中前七自分後一勝進前中前六自利後一利他前中前五法身行後一攝淨土行前中有三一解二行三成德一入密無垢謂解入事事法界深密之處不與惑俱故不與惑俱者釋無垢義就總開別皆帶無垢無垢即不與惑俱故初句示其帶總云不與惑俱二近無垢萬行已圓道場斯近故如淨名說上來初一解次一行下三成德下三成德者即身口意密也三放光無垢謂光開心華令其見實亦能坐種種大寶蓮華光無不照故初放光中䟽雙就身智二光正意在身四陀羅尼無垢如海包藏五起通無垢則無心頓現上五皆起法身之定也六有二定清淨佛土無垢上句無量則盡法界之疆域下句正觀窮國土之體性上六自利上句無量者即經虛空界廣大三昧此同自受用剎下句窮國土之

體性即法性土此能窮究七化生無垢上之二利皆自分行

八正覺無垢謂勝進上覺將成菩提時一切諸佛迭共現前而證知故如下受職處說以本覺將現前故

如是等百萬阿僧祇三昧皆現在前

二結數者亦是眷屬皆現前者久修成就不加功才自然現故

菩薩於此一切三昧若入若起皆得善巧亦善了知一切三昧所作差別

三彰入滿足中能入者通方便定體入起相即隱顯無方故云善巧善了所作即知業用

其最後三昧名受一切智勝職位

四彰最後名者將說受位分故一切智者佛無分別智也論經重言智者兼後得智二智平等名受位也

此三昧現在前時有大寶蓮華忽然出生其華廣大量等百萬三千大千世界以衆妙寶間錯莊嚴超過一切世間境界出世善根之所生起知諸法如幻性衆行所成恒放光明普照法界非諸天處之所能有毗瑠璃摩尼寶爲莖栴檀王爲臺碼碯爲鬚閻浮檀金爲葉其華常有無量光明衆寶爲藏寶網彌覆十三千大千世界微塵數蓮華以爲眷屬

第三此三昧現在前下明受位分於中有四一法二喻三合四結第三受位分自有十相者文中法喻合結今初有六一座二身三眷屬四相五出處六得位六中前五自分德備後一上攝佛果前中初三位體次一位相後一位用

前三即依正眷屬今初隨何等座謂大寶華王座故於中二先明主華自有十相一主相即寶蓮華如世之華上者為主菩薩之華大寶故上二其華下量相二廣大為量三以衆妙下勝相具德故三事則衆寶間錯故勝法則衆德為嚴亦如上說有同時具足相應廣狹自在一多相容等德故四超過下地相生處故四法界智地為生處故五出世下因相五因如種植六知諸下成相六成如出水七恒放下第一義相正觀普照法界現事故如世蓮華開敷菡萏爲第一故七第一相然華有三時之異一華而未敷二處中盛時三彫而將落今非初後正處中盛時正觀普照等彼流光法界現事如開菡萏披敷見蓮華實雙美事理照著權實開榮八非諸天下功德相菩薩德招故八世之蓮華人德感故今此之華出世德感九毗瑠璃下體相九瑠璃為淨栴檀為樂瑪瑙為我檀金為常四德為體十其華下莊嚴相十智光圓照照如來藏欵網遐張為莊嚴也二十三千下

明眷屬華

爾時菩薩坐此華座身相大小正相稱可

第二爾時下隨何等身殊妙之身稱於座故

無量菩薩以爲眷屬各坐其餘蓮華之上周帀圍繞一一各得百萬三昧向大菩薩一心瞻仰

第三無量下隨何眷屬

佛子此大菩薩幷其眷屬坐華座時所有光明及以言音普皆充滿十方法界一切世界咸悉震動惡趣休息國土嚴淨同行菩薩靡不來集人天音樂同時發聲所有衆生悉得安樂以不思議供養之具供一切佛諸佛衆會悉皆顯現

第四佛子此大下隨何等相周徧作業爲

其相故

佛子此菩薩坐彼大蓮華座時於兩足下放百萬阿僧祇光明普照十方諸大地獄滅衆生苦於兩膝輪放百萬阿僧祇光明普照十方諸畜生趣滅衆生苦於齋輪中放百萬阿僧祇光明普照十方閻羅王界滅衆生苦從左右脇放百萬阿僧祇光明普照十方一切人趣滅衆生苦從兩手中放百萬阿僧祇光明普照十方一切諸天及阿脩羅所有宫殿從兩肩上放百萬阿僧祇光明普照十方一切聲聞從其項背放百萬阿僧祇光明普照十方辟支佛身

第五佛子此菩薩坐彼下隨何出處十處出光令惡道出離菩薩增行故文分爲四一舒光作業二衆聖咸知三下類奔風四

同聲相應今初十處放光有三種業一利益業二發覺業三攝伏業今類例相從且分爲四一前之七光但有益業前五益凡後二益小

從其面門放百萬阿僧祇光明普照十方初始發心乃至九地諸菩薩身

二第八一光有二業半一者益九地已還菩薩故二者發覺令知故言一半者但有攝義攝彼令來故

從兩眉間放百萬阿僧祇光明普照十方受職菩薩令魔宫殿悉皆不現

三第九一光亦二業半一益等位菩薩故下文彼光旣令此益此光必益於彼故二發覺令知故言一半者魔宫不現是伏業故

從其頂上放百萬阿僧祇三千大千世界微塵數光明普照十方一切世界諸佛如來道場衆會

四第十頂光但有發覺文分爲三一顯照分齊

右繞十帀住虛空中成光明網名熾然光明發起種種諸供養事供養於佛餘諸菩薩從初發心乃至九地所有供養而比於此百分不及一乃至筭數譬喻所不能及其光明網普於十方一一如來衆會之前雨衆妙香華鬘衣服幢旛寶蓋諸摩尼等莊嚴之具以爲供養皆從出世善根所生超過一切世間境界若有衆生見知此者皆於阿耨多羅三藐三菩提得不退轉

二右繞下正顯作業謂興供成益益言不退菩提者論有四義一於登地證決定故二入正定聚故三定離放逸惡故四定集善事故

佛子此大光明作於如是供養事畢復繞十方一切世界一一諸佛道場衆會經十帀已從諸如來足下而入

三佛子下事訖收光言足下入者若約教相頂光入足顯深敬故若約證實終極之智從下趣入諸佛境故故論釋後段云平等攝故顯證佛境即自證故若約教相者顯有二意前約教相人之所賤莫過於足人之所貴莫過於頂頂光入足故顯敬深二若約證下自有二意文乃有三一頂光入足顯此菩薩入他佛境二故論下引證三顯證佛境即自證故者是第二意入自佛境因圓趣果故論言平等攝者此有二意一如來下攝足收其光菩薩上攝光入佛境云平等攝二入他佛境即入自境自他佛境無二體故云平等攝是以處中引論證上證下第一平等下疏自具而約二光以明相攝

謂菩薩光入足佛光入頂今但入足已顯相攝餘可知也

爾時諸佛及諸菩薩知其世界中其菩薩摩訶薩能行如是廣大之行到受職位

第二爾時下衆聖咸知

佛子是時十方無量無邊乃至九地諸菩薩衆皆來圍繞恭敬供養一心觀察正觀察時其諸菩薩即各獲得十千三昧

第三佛子是時下下位奔風申敬獲益文並可知

當爾之時十方所有受職菩薩皆於金剛莊嚴臆德相中出大光明名能壞魔怨百萬阿僧祇光明以爲眷屬普照十方現於無量神通變化作是事已而來入此菩薩摩訶薩金剛莊嚴臆德相中其光入已令此菩薩所有智慧勢力增長過百千倍

第四當爾之時下同聲相應以修平等因行互相資故表內吉祥深廣之德嚴心已圓故外於此相放光相益又上此照彼放眉間光表中道已照今彼照此乃於胷相者表心契懸同德圓魔盡名壞魔怨第四當爾下同聲相應文中有四一總顯相應之由同聲相應者即周易乾卦文言之語易云同聲相應同氣相求水流濕火就燥雲從龍風從虎聖人作而萬物覩本乎天者親其上本乎地者親其下亦各從其類也今取同位故曰同聲同謂何能有相益顯如世朋友互相成益故二表內下釋德相放光之由三又上此下對前會釋下彼光照此此增智力今此照彼益彼何疑四德圓下釋光明號

爾時十方一切諸佛從眉間出清淨光明名增益一切智神通無數光明以爲眷屬普照十方一切世界右繞十帀示現如來廣大自在開悟無量百千億那由他諸菩薩衆周徧震動一切佛剎滅除一切諸惡道苦隱蔽一

切諸魔宮殿示一切佛得菩提處道場衆會莊嚴威德如是普照盡虛空徧法界一切世界已而來至此菩薩會上周帀右繞示現種種莊嚴之事

第六爾時十方下明隨所得位於中二一放光於中十業初光名即益業益一切智令成佛故二眷屬光是因業三示佛是敬業四開悟業五振動業六止惡業七降魔業八示現業九卷舒業十示現種種即變化業

現是事已從大菩薩頂上而入其眷屬光明亦各入彼諸菩薩頂當爾之時此菩薩得先所未得百萬三昧名爲已得受職之位入佛境界具足十力墮在佛數

二現是事已下入頂成益入頂者若約化相上收於下也若約實義照極心源名爲智頂成果在已是爲光入若約化相者疏但有二初身光入菩薩色身之頂但爲化相即上收下就實約義中曲復有二一約相顯實即諸佛智光入菩薩心頂二直就實論自智已圓當成之果顯在心源是故結云果成在已論云諸如來光明彼菩薩迭互智平等攝受故謂菩薩頂光入佛足則因上進於果也佛光入菩薩頂果收因也亦因收果入則無迹因果雙亡名平等也論云下引證謂菩薩下疏釋言亦因收果者上義佛果下收今菩薩頂收得佛光耳上釋迭互攝受入則下釋平等攝受當爾之時下得益名爲下結位入佛境者所證同也具十力者行德同也墮佛數者如始出家便墮僧數

佛子如轉輪聖王所生太子母是正后身相具足其轉輪王令此太子坐白象寶妙金之座張大網幔建大幢旛然香散花奏諸音樂

取四大海水置金瓶内王執此瓶灌太子頂是時即名受王職位墮在灌頂剎利王數即能具足行十善道亦得名爲轉輪聖王

第二佛子如轉輪下喻喻上六事文少不次初喻隨何身（初喻隨何身者即經云如轉輪聖王所生太子母是正后身相具足是也然論經云玉女寶所生準智論玉女不生乃是一說準薩遮尼揵子經第三千子皆玉女生彼名夫人寶餘則可知）二其轉輪下喻隨何座三張大下喻隨何相四取四大下喻隨所得位王喻真身手喻應身餅喻白毫水喻於光應有第三隨何等眷屬謂文武百寮以爲輔弼五即能下明隨何等出處（隨所得位者然論釋云此菩薩同得位時名為善住遠公有二釋一明同上王子得位時二同佛得位時）

菩薩受職亦復如是諸佛智水灌其頂故名爲受職具足如來十種力故墮在佛數

第三菩薩受職下合但合隨所得位正意在此故

佛子是名菩薩受大智職菩薩以此大智職故能行無量百千萬億那由他難行之行增長無量智慧功德名爲安住法雲地

第四佛子下總結結斯一分

大文第四佛子菩薩住此法雲下明入大盡分於中有五種大一智大二解脫大三三昧大四陀羅尼大五神通大此五依五種義一依正覺實智義離智障故二依心自在義離煩惱障故三依發心即成就一切事義意定力故四依一切世間隨利益衆生義意能徧持口能徧隨故五依堪能度衆生義身及諸通廣能運故前二自利後三利他（大文第四大盡分中文前有四一依論科二此五下論釋義三）

前二下料揀四文中下辨經二中五義之内義字向上皆是論文義字已下即是疏釋然前二離惑智二障成心慧二解脫後三利他即是三業一意二口雖云意持正在口說三即身通

大方廣佛華嚴經疏鈔會本第三十九之一

音釋

繽紛 繽匹賓切紛敷文切
莖 户耕切幹也
鬚 音須華鬚也
膝 息七切脛頭節也
䐡 徂奚切與臍同
脇 虚業切腋下也
臆 於力切胷也
幔 莫半切帷幔也
澍 朱戍切與注同
彖 吐玩切斷也
狹 胡甲切
菡萏 菡户感切萏徒感切菡萏芙蓉未發為菡萏
燥 先到切乾也
迭 徒結切更互也

大方廣佛華嚴經疏鈔會本第三十九之三

唐于闐國三藏沙門實叉難陀　譯

唐清涼山大華嚴寺沙門澄觀　撰述

佛子菩薩摩訶薩住此法雲地如實知欲界集色界集無色界集世界集法界集有爲界集無爲界集衆生界集識界集虛空界集涅槃界集此菩薩如實知諸見煩惱行集知世界成壞集知聲聞行集辟支佛行集菩薩行集如來力無所畏色身法身集一切種一切智智集示得菩提轉法輪集入一切法分別決定智集舉要言之以一切智知一切集

文中三前二別明後三合例今初智大分二先別明後總結今初有七種智一集智大二應化智大三加持智大四入微細智大五密處智大六入劫智大七入道智大

此七展轉相生今初集智依能斷疑力了法緣集故今初集智下疏文有四一總彰大意然論中文有三節一總立七名謂一集智大等如向疏引二總辨七智之所依起畧顯其相三總釋七智之相今疏文中分爲七段一一智內皆有三重如今集智云今初集智卽第一列名二依能下卽論第二依起之一三了法下卽第三段釋義下之六智皆具此三然遠公釋緣集云統唯一種或分爲二一妄緣集三界虛妄唯一心作如夢所見但是心解二眞緣集一切諸法皆眞心起如夢所見皆報心作或說爲三一眞妄離合爲三離爲前二合爲第三第二約心識論三一事緣集從事識起一切法二妄緣集從其妄緣起一切法三眞緣集眞識體中具過一切恒沙性德互相集成故言緣集又從眞識起一切法故經說言若無藏識七識不住不得猒苦樂求涅槃由如來藏故起諸法三就有爲無爲說三一有爲緣集二無爲緣集三具二緣集並如六地已說文中先別明後舉要下總結前中有二十集皆明因緣集然通眞妄及與和合故有三分一染分二淨分三滅分在文六重三攝以義類卽前三中第一三也在文雖六不出前三收攝已竟釋義已周一唯染

謂初四及衆生集諸見煩惱集一唯染中已攝六集二唯淨謂聲聞已下諸集二有七集三唯滅謂虛空三唯一集四淨染合說謂識及有爲世界成壞四有三集五淨滅合說謂無爲及涅槃擇滅無爲爲淨非擇滅爲滅性淨涅槃稱滅餘三涅槃爲淨五唯二集無爲有三虛空已別說竟但二無爲一淨二滅涅槃有四餘無餘及與無住皆約修顯故得稱淨六唯一集故有二十六通染淨滅謂法界故論云隨所正不正以法界通善不善及無爲故而論諸句皆有隨所言者隨何等差別皆能知故六通染下有四一摽通三二故論下引證三以法界下疏釋順上善法界爲淨不善法界爲染無爲法界爲滅無爲與善爲正不善不正四而論下會釋論文然上以其三事開合故爲六段而文不次又經與論經次亦小異若依今文辨次第者然望論經論經闕二一無世界集二無最後入一切法分別決定智集彼意爲世界卽世界成壞將後入一切法集屬於總結故但十八并結十九今爲世界是總通佛衆生如世界成就品通有唯成無有壞義成壞之剎唯屬衆生彼次與此亦有小異以法界居虛空之後衆生識界居爲無爲前且依今經以辨次者先明三界通於依正總辨衆生所依次云世界通於染淨次辨法界向上爲上四所依向下與爲無爲等而爲所依法界是總以性從緣則有爲無爲衆生是能迷之人識界爲衆生之本虛空是衆生等住處涅槃是衆生所歸煩惱是能迷之因行兼於業則顯前皆是果故此句初有此菩薩言由煩惱因感界成壞次三辨反源之人如來下四辨反源之果結云一切者非止二十故也

佛子此菩薩摩訶薩以如是上上覺慧如實知衆生業化煩惱化諸見化世界化法界化聲聞化辟支佛化菩薩化如來化一切分別無分別化如是等皆如實知

第二佛子下明應化智中三初牒前起後以依前緣集智身起化用故故論云依彼身起力次如實下正顯後如是下總結中十句初三衆生世間自在化化起衆生善

惡業及利鈍使令衆生見似眞造作故次一句器世間自在化次五智正覺世間自在化三乘正覺故一法界化爲三乘所説法行餘四化爲三乘人及果後一通三世間有情有分別器無分別智正覺通上二也（第二應化智亦具上三謂一列名二依起三釋相在文分二先標名總科卽將躡經前文釋論第二牒所依起其第三釋義易解不舉論云是中應化智者衆生應化等差別遠公云然化有三種一據始起有分別心而作變化二就息想論物見我化我實不化三就眞實說緣起門中皆是眞實作用法門之所示現今依後義是故依前緣集故而起化用）

又如實知佛持法持僧持業持煩惱持時持願持供養持行持劫持智持如是等皆如實知

第三又如實知佛持下加持智論云依如是如是轉行力謂依彼應化常化不絕爲加持行其事非一重言如是（謂依彼下三疏釋論依起是第三段中釋義常化不絕爲加持故卽以不絕是轉義如轉法輪）有十一句初三不斷三寶是境界持餘八是行持於中初二逆行勝熱炙身無厭行虐婆須染欲徧行處邪皆其事也後六順行前四起因行時謂起因之時願等因體後二得果在時時謂長劫智卽果體謂一切智智故（不斷三寶者不斷是三寶中持義謂佛種不斷卽是佛持等願等因體者望上時持故名因體就體有二願是起行方便之心供養及行卽依願正行供養攝福行攝智故）

又如實知諸佛如來入微細智所謂修行微細智命終微細智受生微細智出家微細智現神通微細智成正覺微細智轉法輪微細智住壽命微細智般涅槃微細智教法住微細智如是等皆如實知

第四又如實知諸佛下微細智謂知佛化用微細自在故論云依彼應化加持善集不二作故謂依前應化等三智合爲不二之智作此微細化用故隨一事即具前三非但八相一具餘七文並可知三智者一應化二加持三善集即前緣集智所以合者集智是智餘二多悲悲智無礙爲佛微細非但八相者但應化一智即能令一而具一切今一一事皆具三智故爲微細以如來證此法門故別有十事多同八相八相不具

又入如來祕密處所謂身祕密語祕密心祕密時非時思量祕密授菩薩記祕密攝衆生祕密種種乘祕密一切衆生根行差別祕密業所作祕密得菩提行祕密如是等皆如實知

第五又入下密處智依護根未熟衆生不令驚怖故現麤隱細而祕密俱成初三即總顯三密次三別顯起化密一意知化時二口與其記謂懈怠者遲記怯退者速記或引實行聲聞與應化者記又昔但記菩薩則於聲聞記爲祕密隨機隱顯後攝衆生密論經云攝伏謂攝受折伏皆通身口次一教密約實則無三說三三即爲密但爲化菩薩故約機非一說一一亦爲密後三約所知明密知根種種知業萬差知逆順行皆得菩提故爲密也初三下釋文文含多義前諸疏文已皆具矣

又知諸佛所有入劫智所謂一劫入阿僧祇劫阿僧祇劫入一劫有數劫入無數劫無數劫入有數劫一念入劫劫入一念劫入非劫非劫入劫有佛劫入無佛劫無佛劫入有佛劫過去未來劫入現在劫現在劫入過去未

來劫過去劫入未來劫未來劫入過去劫長劫入短劫短劫入長劫如是等皆如實知

第六又知下入劫智依命行加持捨自在意謂劫時遷流名爲命行一攝一切名曰加持一入一切名之爲捨以廢已隨他故劫隨心轉名爲自在謂劫下三疏釋論亦含於入劫之相十世隔法異成門也以得不思議解脱不見長短一多大小互相即入等並如發心品

又知如來諸所入智所謂入毛道智入微塵智入國土身正覺智入衆生身正覺智入衆生心正覺智入衆生行正覺智入隨順一切處正覺智入示現徧行智入示現順行智入示現逆行智入示現思議不思議世間了知不了知行智入示現聲聞智辟支佛智菩薩行如來行智

第七又知如來下入道智論云依對治意說謂徧入諸道若逆若順皆爲對治無非入道此約知凡夫道若約知化凡夫道即此逆順等便是佛道謂遍入下三疏釋依起顯前標名具於三義一明知凡夫道道謂業惑以逆順等皆所知故二若約下知化凡夫道謂一切善法下論名對治即順字攝之及第三知化凡夫即是佛道文正出此別中有十四句初句總入所化謂毛道凡夫隨風不定故論經云入凡夫道論云依凡夫地初句爲總者義通三義餘句別顯所化略有三種一依我慢行者令入微塵智觀破摶聚唯塵無我故二依信求生天者入淨國土過於所信故餘皆依覺觀者於中初句起覺觀身次二句正顯覺觀心行差別次句明所覺境上四即所化之覺觀次四句能化之

行初句總顯徧行故次二隨宜若逆若順後句若深若淺後四句化令入三乘果別顯三種中前二皆第一知凡夫道其中觀破摶聚者四十八經當具解釋次四句者即化凡夫道亦兼第三知凡夫道即是佛道後四化果其中思議等並如九地

佛子一切諸佛所有智慧廣大無量此地菩薩皆能得入

第二佛子一切下總結前七皆佛之智菩薩能入故名智大

佛子菩薩摩訶薩住此地

第二佛子至住此地下明解脫大中三初標得位

即得菩薩不思議解脫無障礙解脫淨觀察解脫普照明解脫如來藏解脫隨順無礙輪解脫通達三世解脫法界藏解脫光明輪解脫無餘境界解脫

次即得下略顯有十初依神通境界轉變自在言念不及故如淨名所得二能至無量世界以願智力無拘礙故三明離障解脫故云淨觀離障有二並皆知之一約位則世出世間所離不同二就出世中學無學別此學無學並通三乘上三中前二約通此一約智共爲一對總相以明約身明通就人顯智次三一對一通二智四約心明通普照物機隨意轉變一時普應如觀音普門示現故次二約法明智謂五即法陀羅尼顯如來藏中蘊恒沙德故六即能破他言隨彼言破無礙圓滿故次二一對相入通智約時明通由達三世劫隨意住持相入故約因緣集顯智一切種智包藏法界之中故後二一對約相即明通智約

身明通不離一身光明輪而普照故是解脫光輪約時明智即一而能知多故第二解脫下總有四對疏中已配

此十爲首有無量百千阿僧祇解脫門皆於此第十地中得

後此十下結廣

如是乃至無量百千阿僧祇三昧門無量百千阿僧祇陀羅尼門無量百千阿僧祇神通門皆悉成就

第三如是乃至下總例餘三大盡分竟

佛子此菩薩摩訶薩通達如是智慧隨順無量菩提成就善巧念力

大文第五佛子菩薩摩訶薩通達如是下釋名分中三一能受如來大法雲雨故名法雲二佛子此地菩薩以自願下明能注雨滅惑故名法雲三佛子此地菩薩於一念下明注雨生善故名法雲然後之二段從自受名今此一段從所受立名論云雲法相似以徧覆故此地中聞法相似猶如虛空身徧覆故謂佛身雲徧覆法界法雨亦多唯此能受故名法雲今此一段下此文有三初此上揀別二引論釋三謂佛身下疏釋論然此一段若從所受應名法雨地若從能受應名法海地今從受處名爲法雲雲當佛身而論意又以聞法相似猶如虛空則以虛空爲能受菩薩身遍覆故雲爲所受之法以雲義多含故影出之文中二先總明能受之德由前七智成就念力能受多法此智實成多德故云無量菩提近說受持之義耳由前七智者七智正是此地別行所以舉之成就念力偏語受法之德此智實成下釋經隨順無量菩提之言由因成果就故云隨順無量菩提無量之德皆隨順也

十方無量諸佛所有無量大法明大法照大

法雨於一念頃皆能安能受能攝能持譬如娑伽羅龍王所霔大雨唯除大海餘一切處皆不能安不能受不能攝不能持如來祕密藏大法明大法照大法雨亦復如是唯除第十地菩薩餘一切衆生聲聞獨覺乃至第九地菩薩皆不能安不能受不能攝不能持

二十方下別顯受法之相於中三初總顯受多二歷數顯多三問答顯多今初有法喻合法中三一明所受法多二大法明下所受法妙故下合云祕密藏也文有三句上二句性故謂三慧所知名法自性大法明是聞思智攝受故照是修慧所攝受故下句作故謂說授衆生如雲與他雨法雨故三於一念下顯能受德一念者速故既多妙又速展轉顯勝能安者堪能安受文故受者信受故上二受文攝者思惟攝取義故持者攝受彼文義成二持故此但順說下喻合兼及顯不能文並易了上二句者論一時具云聞法者性故作故二事示現疏離破之謂三慧下疏釋論大法明下牒論釋經然今經云安受攝持論經云受堪思持思即是攝堪即是安受堪雖倒俱是聞慧疏取義順經不違論釋

佛子譬如大海能安能受能攝能持一大龍王所霔大雨若二若三乃至無量諸龍王雨於一念間一時霔下皆能安能受能攝能持何以故以是無量廣大器故住法雲地菩薩亦復如是能安能受能攝能持一佛法明法照法雨若二若三乃至無量於一念頃一時演說悉亦如是是故此地名爲法雲

第二佛子譬如大海下歷數顯多中先喻後合海能安者受一切水故受者不濁故

濁如不信攝者餘水數入失本名故持者用不可盡故

解脫月菩薩言佛子此地菩薩於一念間能於幾如來所安受攝持大法明大法照大法雨

第三解脫月下問答顯多中先問後答

金剛藏菩薩言佛子不可以筭數能知我當爲汝說其譬喻佛子譬如十方各有十不可說百千億那由他佛剎微塵數世界其世界中一一衆生皆得聞持陀羅尼爲佛侍者聲聞衆中多聞第一如金剛蓮華上佛所大勝比丘然一衆生所受之法餘不重受佛子於汝意云何此諸衆生所受之法爲有量耶爲無量耶解脫月菩薩言其數甚多無量無邊金剛藏菩薩言佛子我爲汝說令汝得解佛子此法雲地菩薩於一佛所一念之頃所安所受所攝所持大法明大法照大法雨三世法藏前爾所世界一切衆生所聞持法於此百分不及一乃至譬喻亦不能及

答中二先校量顯示一佛之所受法廣多

如一佛所如是十方如前所說爾所世界微塵數佛復過此數無量無邊於彼一一諸如來所所有法明法照法雨三世法藏皆能安能受能攝能持是故此地名爲法雲

後如一佛下類顯多佛言三世法藏者三世佛法之藏也而論云於法界中三種事藏者意取法明照雨蘊在法界故以彼經云法界藏故故爲此釋

佛子此地菩薩以自願力起大悲雲震大法雷通明無畏以爲電光福德智慧而爲密雲

現種種身周旋往返於一念頃普徧十方百千億那由他世界微塵數國土演說大法摧伏魔怨復過此數於無量百千億那由他世界微塵數國土隨諸衆生心之所樂霔甘露雨滅除一切衆惑塵燄是故此地名爲法雲

第二注雨滅惑釋名中此中雲等如出現品廣明悲雲普覆故法雷驚蟄故通明無畏照機速疾令見道故以福智因成種種身如雲形顯多故法雨正能破四魔故

佛子此地菩薩於一世界從兜率天下乃至涅槃隨所應度衆生心而現佛事若二若三乃至如上微塵數國土復過於此乃至無量百千億那由他世界微塵數國土皆亦如是是故此地名爲法雲

第三注雨生善釋名八相漸益故可知

佛子此地菩薩智慧明達神通自在

大文第六神通力有神通上分中有六種相一依內二依外三自相四作有持相五令歡喜相六者大勝若就經文分二前四合爲一段正顯神通後二爲一斷疑顯勝今初分二先別明後總結別中三初明依內智慧明達者即起通之智亦陀羅尼二神通者是通體三自在即通德亦攝不思議解脫及與三昧具此三事即通無上智慧明達者經但兩句論經亦但云住此地於智慧得上自在力善擇大智神通隨心所念而論云是中依內者有其四種一不思議解脫二三昧三起智陀羅尼四神通如前所說釋曰今疏取意各別配經亦具此四論言如前所說者即大盡分中五種大但合智及陀羅尼耳以陀羅尼智爲體故

隨其心念能以狹世界作廣世界廣世界作狹世界

第二隨其下依外謂業用依外境而起故亦是第三依自相謂轉變作用是神通相故此之二段者卽以轉變外事爲神通自相故　此二經文是一義分爲二今依自相釋文自有二種一轉變外事於中三一同類略廣轉

垢世界作淨世界淨世界作垢世界亂住次住倒住正住如是無量一切世界皆能互作

二垢世界下垢淨異事轉

或隨心念於一塵中置一世界須彌盧等一切山川塵相如故世界不減或復於一微塵之中置二置三乃至不可說世界須彌盧等一切山川而彼微塵體相如本於中世界悉得明現或隨心念於一世界中示現二世界莊嚴乃至不可說世界莊嚴或於一世界莊嚴中示現二世界乃至不可說世界或隨心念以不可說世界中衆生置一世界或隨心念以一世界中衆生置不可說世界而於衆生無所嬈害

三或隨心下塵容世界等是自在轉

或隨心念於一毛孔示現一切佛境界莊嚴之事

二或隨心念於一毛下應化自身可知

或隨心念於一念中示現不可說世界微塵數身一一身示現如是微塵數手一一手各執恒河沙數華奩香篋鬘蓋幢幡周徧十方供養於佛一一身復示現爾許微塵數頭一一頭復現爾許微塵數舌於念念中周徧十方歎佛功德或隨心念於一念間普徧十方示成正覺乃至涅槃及以國土莊嚴之事或現其身普徧三世而於身中有無量諸佛及

佛國土莊嚴之事世界成壞靡不皆現或於自身一毛孔中出一切風而於衆生無所惱害或隨心念以無邊世界爲一大海此海水中現大蓮華光明嚴好徧覆無量無邊世界於中示現大菩提樹莊嚴之事乃至示成一切種智或於其身現十方世界一切光明摩尼寶珠日月星宿雲電等光靡不皆現或以口噓氣能動十方無量世界而不令衆生有驚怖想或現十方風災火災及以水災或隨衆生心之所樂示現色身莊嚴具足或於自身示現佛身或於佛身而現自身或於佛身現已國土或於已國土而現佛身

第三或隨心念於一念中示現不可說下作住持相謂常用不絕故

佛子此法雲地菩薩能現如是及餘無量百千億那由他自在神力

爾時會中諸菩薩及天龍夜叉乾闥婆阿脩羅護世四王釋提桓因梵天淨居摩醯首羅諸天子等咸作是念若菩薩神通智力能如是者佛復云何

第二爾時下斷疑顯勝中二先斷疑後顯勝今初即論生喜由疑除故於中二先示自神通力斷疑二說法斷疑今初有二問答初一問答顯神力無上令衆歡喜後一問答顯神力有上令衆歡喜前中先問後答問中先大衆生疑舉佛疑菩薩如上之事佛可得爾菩薩豈然

爾時解脫月菩薩知諸衆會心之所念白金剛藏菩薩言佛子今此大衆聞其菩薩神通智力墮在疑網善哉仁者爲斷彼疑當少示

現菩薩神力莊嚴之事

後上首爲請

時金剛藏菩薩即入一切佛國土體性三昧

答中二一入定現通二問答決擇今初即事爲驗故於中三一法主入定國土體性無所不融故能一身包含無外國土體性者此金剛藏正用前作住持相中於其身中示有無量國土莊嚴之事及於自身示現佛身

入此三昧時諸菩薩及一切大衆皆自見身在金剛藏菩薩身内於中悉見三千大千世界所有種種莊嚴之事經於億劫說不能盡又於其中見菩提樹其身周圍十萬三千大千世界高百萬三千大千世界枝葉所蔭亦復如是稱樹形量有師子座座上有佛號一切智通王一切大衆悉見其佛坐菩提樹下師子座上種種諸相以爲莊嚴假使億劫說不能盡

二入此下衆覩希奇表通自在故佛號通王

金剛藏菩薩示現如是大神力已還令衆會各在本處時諸大衆得未曾有生奇特想嘿然而住向金剛藏一心瞻仰

三金剛下攝用增敬

爾時解脫月菩薩白金剛藏菩薩言佛子今此三昧甚爲希有有大勢力其名何等金剛藏言此三昧名一切佛國土體性

第二爾時解脫月下問答決擇中三初問名字

又問此三昧境界云何答言佛子若菩薩修此三昧隨心所念能於身中現恒河沙世界微塵數佛刹復過此數無量無邊

二又問下業用分齊

佛子菩薩住法雲地得如是等無量百千諸大三昧故此菩薩身身業不可測知語語業意意業神通自在觀察三世三昧境界智慧境界遊戲一切諸解脫門變化所作神力所作光明所作略說乃至舉足下足如是一切諸有所作乃至法王子住善慧地菩薩皆不能知

三佛子菩薩住下類顯廣多於中二初但結多定已顯業用難思

佛子此法雲地菩薩所有境界略說如是若廣說者假使無量百千阿僧祇劫亦不能盡

後佛子此法雲下結略顯廣則餘德無盡此中亦即大盡中事此中等者前文標中已有五大今復結之故云亦是謂初總標三業卽神通自在餘具五大一觀察三世卽第一智大二三昧境界卽第三三昧大三智境界卽四陀羅尼大四遊戲下卽第二解脫大五變化下卽第五神通大

解脫月菩薩言佛子若菩薩神通境界如是佛神通力其復云何

第二解脫月下顯有上中謂劣於佛故先問後答問中卽舉菩薩疑佛謂菩薩旣實得爾則佛應不勝若言勝者其相云何故問辭則同疑意懸隔問中等者謂信菩薩神通謂佛應不勝前舉佛疑菩薩則謂佛得亦疑菩薩不得故問同意別

金剛藏言佛子譬如有人於四天下取一塊土而作是言爲無邊世界大地土多爲此土多我觀汝問亦復如是如來智慧無邊無等云何而與菩薩比量

答中三一總訶問非顯佛德無量

復次佛子如四天下取少許土餘者無量此

法雲地神通智慧於無量劫但說少分況如來地

二復次下舉所未說顯佛德無量謂向所說乃是十地德之少分如四天下之少土全將菩薩之德以比如來狀如四天下上以比無邊大地況將已說之少分以比如來則如一塊以比無邊大地佛證極故

佛子我今爲汝引事爲證令汝得知如來境界佛子假使十方一一方各有無邊世界微塵數諸佛國土一一國土得如是地菩薩充滿如甘蔗竹葦稻麻叢林彼諸菩薩於百千億那由他劫修菩薩行所生智慧比一如來智慧境界百分不及一乃至優波尼沙陀分亦不能及

三佛子我今下引事類顯佛德無量

大方廣佛華嚴經疏鈔會本第三十九之二

音釋

嬈（而沼切擾也）奩（音廉匣也）篋（苦協切箱篋也）蔗（之夜切甘蔗也）噓（朽居切吹噓也）摩醯首羅（梵語也此云大自在）醯（呼雞切）葦（于鬼切蘆也）

大方廣佛華嚴經疏鈔會本第三十九之三

唐于闐國三藏沙門實叉難陀　譯
唐清涼山大華嚴寺沙門澄觀撰述

佛子此菩薩住如是智慧不異如來身語意業不捨菩薩諸三昧力於無數劫承事供養一切諸佛一一劫中以一切種供養之具而爲供養一切諸佛神力所加智慧光明轉更增勝於法界中所有問難善爲解釋百千億劫無能屈者佛子譬如金師以上妙眞金作嚴身具大摩尼寶鈿厠其間自在天王身自服戴其餘天人莊嚴之具所不能及此地菩薩亦復如是始從初地乃至九地一切菩薩所有智行皆不能及

此地菩薩智慧光明能令衆生乃至入於一切智智餘智光明無能如是佛子譬如摩醯首羅天王光明能令衆生身心清涼一切光明所不能及此地菩薩智慧光明亦復如是能令衆生皆得清涼乃至住於一切智智一切聲聞辟支佛乃至第九地菩薩智慧光明悉不能及

第二佛子菩薩住如是智慧下說法斷疑者謂此地菩薩智慧能令衆生入一切智復顯上說其德不虛故疑除生喜然此下文當出地心比前諸地卽調柔果而論復將入前分中欲顯義門多勢終似惑人若準上例上來地行竟此下第二明其位果於中亦有三果今初調柔果中五一調柔行二此地菩薩智慧下教智淨三佛子此菩薩已能安住下勝過自在四此菩薩十波羅蜜下別地行相五佛子是名下總結

地名五中前二合爲説法令喜可知

佛子此菩薩摩訶薩已能安住如是智慧諸佛世尊復更爲説三世智法界差别智徧一切世界智照一切世界智慈念一切衆生智舉要言之乃至爲説得一切智智

後三及餘二果俱名大勝顯義多含故論連前勢爲果已定更不重言就大勝中初三明神通勝二攝報中得十不可説等名算數勝此二種事勝一切地故名大勝徧舉此二者以是神通有上無上門中明故就前三中先明勝過自在於中三初牒前次諸佛下別顯後舉要下總結別中五句爲三初句卽能斷疑行謂令通達三世之中所有道義故二一句速疾神通行聞説如來祕密法界故三餘三句等作助行謂以平等三道助通化益故於中初句作淨佛國土平等化卽是助道次句作法明平等化謂教智化後句作正覺平等化謂慈念令得證知故故論經云令一切衆生得證法故

此菩薩十波羅蜜中智波羅蜜最爲增上餘波羅蜜非不修行

佛子是名略説菩薩摩訶薩第十法雲地若廣説者假使無量阿僧祇劫亦不能盡

佛子菩薩住此地多作摩醯首羅天王於法自在能授衆生聲聞獨覺一切菩薩波羅蜜行於法界中所有問難無能屈者布施愛語利行同事如是一切諸所作業皆不離念佛乃至不離念具足一切種一切智智復作是念我當於一切衆生爲首爲勝乃至爲一切

智智依止者若勤加精進於一念頃得十不可說百千億那由他佛剎微塵數三昧乃至示現爾所微塵數菩薩以為眷屬若以菩薩殊勝願力自在示現過於此數所謂若修行若莊嚴若信解若所作若身若語若光明若諸根若神變若音聲若行處乃至百千億那由他劫不能數知

餘別地結名及筭數等並可知

大文第八佛子此菩薩摩訶薩十地行相下地影像分於中四喻謂池山海珠喻四功德前二是阿含德後二證德前二下以二德收之然遠公前三皆阿含今以海喻十德互過故喻證德此二教證亦可隔句相對池望於海是修成相對地中真偽合修為教如池喻起修之行海喻捨妄契真實德互遍猶如義大第二山喻第四珠喻即約詮就實相對寄言顯十如彼十山為教智真體無二如珠更含餘義畧示其一前中池喻修行功德即諸地中起修之行前中池喻下第三依論列釋標功德名皆是論文餘皆疏釋然下論隨文釋中亦自解釋釋第一云依本願修二山喻上勝功德即依修成德德位高出故釋第二山德云依一切智增上行十地故三海喻難度能度大果功德即修所成德能至大果故謂大海難度十德皆徧故名能度大海難成由攬十德能成智海故云大果此釋法喻兼含矣釋第三海喻云因果相順故今十德遍海即因順於果海攬十德即果順於因四珠喻轉盡堅固功德謂從初地轉至法雲障盡證堅故釋第四珠喻云過十寶性即障盡證堅又十地有三一是修地因前果後故初二喻顯之二是成地隨分修成即是佛智故珠喻顯之三是法地就佛智法開之為十故海喻顯之以後一融前二無有障礙又十地有三者第二修顯分別以修成法三而收四喻前二是修故亦即是教次一是成亦順於證三是法地順佛果海

故以海喻融前二也前二即是修成含池山珠之三喻也又此四喻皆喻十地與彼佛智非一非異無差別之差別而旨趣各殊初一喻始異終同次山喻能所依別所依之地則一能依之山不同此則無差之差上二喻有能所依下二喻直喻地智不立能所三海喻全一佛智之體而十德不同德非別物又互相徧不同於山斯乃無差別之差別差卽無差四珠喻唯是一珠前後之異唯一智體前後增明喻雖無差別不礙差別初一下別顯池非是海故云始異入海即池之水故云終同同異先後即始差別終無差也二山喻一佛智地出十地山故云無差之差上二下結前生後三海則因果交徹四珠雖一證智不礙分十又初喻前後體別前非是後而後包前次喻前前非後後後後非前前而同依一體海喻前後雖殊而前後相徧珠喻前後一體而前前非後後後後必具前前又初一喻下第二約前後論非一異則十地相望以爲前後初一卽是圓家漸次喻圓中漸珠喻卽是漸圓海喻卽圓圓也四喻圓融初即是下第三結歸圓融此言自天台生而小不同彼處漸圓是漸教家圓今亦圓教行布之極耳圓亦與彼不同乃是初後圓融名圓圓非是圓教圓滿名圓圓也是知上取相顯前二喻教後二喻證理實四喻一一之中皆有教證如珠喻中珠體即證治穿等一教池初四河即是於教入海爲證故約非一皆是教道約非異義皆是證道又非一非異二義不同即是教道互融爲證勿滯語言上來所解在論雖無理必應爾若得斯旨不疑十地差別等相上來所解下第四結示本意言上來所解者唯除四喻喻四功德餘皆疏意故云在論雖無

佛子此菩薩摩訶薩十地行相次第現前則能趣入一切智智

今初修行德中有法喻合法中始從歡喜終至法雲名次第行相次第既具則入智

海令初文下二正釋文然論但云是中修行功德者依本願力修行以四攝法作利益行自善增長及得菩提自利益行應知次論牒經帖義文意可知

譬如阿耨達池出四大河其河流注徧閻浮提既無盡竭復更增長乃至入海令其充滿

譬中四大河者面各出一故具如十定品而言大者阿含婆沙云出二十河以四河去池四十里各分爲四并本四爲二十今就本河所以言大下云增長攝餘十六而勝鬘云八者以東面五河人皆具見餘三大河名聲普聞十二小河不聞不見故但言八

佛子菩薩亦爾從菩提心流出善根大願之水以四攝法充滿衆生無有窮盡復更增長乃至入於一切智海令其充滿

合中菩提心合池流出善根等合四河依菩提心修四攝行自善增長故準十定四河今文含具一願智河即大願之水二波羅蜜河三三昧河即今善根四大悲河即以四攝法充滿衆生故言無有窮盡等者合上無盡竭大願等皆無盡也

佛子菩薩十地因佛智故而有差別

第二山喻上勝功德中有四初總舉於法次如因下總顯於喻三佛子如雪山下法喻對顯四佛子此十寳下總結法喻今初言因佛智者爲修平等佛智而起諸行修既未窮故隨十地之行各一增上斯乃爲修無差而成於差以本統末非全隔越

如因大地有十山王何等爲十所謂雪山王香山王鞞陀梨山王神仙山王由乾陀山王馬耳山王尼民陀羅山王斫羯羅山王計都

末底山王須彌盧山王

第二總顯於踰踰意可知鞞陀黎者此云種種持由乾陀此云雙持迴文即云持雙也尼民陀羅此云持邊斫迦羅此曰輪圍計都末底此云幢慧第二總以踰顯然此十山與俱舍論多同小異彼偈云蘇迷盧處中次踰健達羅伊沙陀羅山揭地洛迦山蘇達梨舍那頞濕縛羯拏毘那怛迦山尼民達羅山於大洲等外有鐵輪圍山前七金所成蘇迷盧四寶釋於梵名如昇須彌山頂品然須彌處中次七金繞輪圍第九今有十山爲次又別爲順十地所出異故一雪二香俱舍九中所無三鞞陀梨陀梨亦云跋羅下偈復云毘陀則正當第三伊沙陀羅此云持軸與種種持義亦大同四神仙應是第五蘇達梨舍那此云善見以仙居故五由乾陀羅即第二持雙六馬耳全同第六頞濕縛羯拏七尼民陀羅全同第八彼却無翻但約其形名爲魚觜八斫羯羅同彼第九九計都末底義同揭地落迦彼亦無翻但說其相故論經名衆相山十蘇迷盧全同第一既加香雪應除象鼻三藏楚夏既各不同言詞輕重難爲剋定

佛子如雪山王一切藥草咸在其中取不可盡菩薩所住歡喜地亦復如是一切世間經書技藝文頌呪術咸在其中說不可盡佛子如香山王一切諸香咸集其中取不可盡菩薩所住離垢地亦復如是一切菩薩戒行威儀咸在其中說不可盡佛子如鞞陀梨山王純寶所成一切衆寶咸在其中取不可盡菩薩所住發光地亦復如是一切世間禪定神通解脫三昧三摩鉢底咸在其中說不可盡佛子如神仙山王純寶所成五通神仙咸住其中無有窮盡菩薩所住燄慧地亦復如是一切道中殊勝智慧咸在其中說不可盡佛子如由乾陀羅山王純寶所成夜叉大神咸住其中無有窮盡菩薩所住難勝地亦復如是一切自在如意神通咸在其中說不可盡佛子如馬耳山王純寶所成一切諸果咸在

其中取不可盡菩薩所住現前地亦復如是入緣起理聲聞果證咸在其中說不可盡如尼民陀羅山王純寶所成大力龍神咸住其中無有窮盡菩薩所住遠行地亦復如是方便智慧獨覺果證咸在其中說不可盡如斫羯羅山王純寶所成諸自在衆咸住其中無有窮盡菩薩所住不動地亦復如是一切菩薩自在行差別世界咸在其中說不可盡如計都山王純寶所成大威德阿修羅王咸住其中無有窮盡菩薩所住善慧地亦復如是一切世間生滅智行咸在其中說不可盡如須彌盧山王純寶所成大威德諸天咸住其中無有窮盡菩薩所住法雲地亦復如是如來力無畏不共法一切佛事咸在其中問答宣說不可窮盡

第三法喻對顯中語其山體前二土山餘八是寶故論云是中純淨諸寶山喻八種地三地世間云何言淨論云厭地善清淨故謂能修善厭伏煩惱亦得爲淨喻以寶山若語山中所有即明各有增上義也初地聖智法藥二地戒香三地禪等可貴如寶四地出世如仙五地善巧自在如夜叉六地以五地修四諦因相同聲聞未能出彼六地超彼成果無盡七方便善巧如彼龍神超前緣起之因名緣覺果八地無功用心自在故此自在衆即是密迹諸神九地善巧攝生大力相故十地佛德如天已淳淨故修羅總有五種住處一在地上二最居下最居下者在於海底即毘摩質多羅阿修羅王其力最大統領無量修羅眷屬次上二萬一千由旬有阿修羅王名曰勇健威勢次劣亦統無量修羅眷屬次上二萬一千由旬有修羅王名曰花

鬘威勢轉弱亦統無量修羅眷屬次上二萬一千由旬有修羅王名曰羅睺勢力最劣亦統無量修羅眷屬今此所說應是彼王最居上者論云前三及六非衆生數餘皆衆生數就非衆生數中有二種事一初二及第六是受用事資內報故第三寶是守護積聚事受用中有二一藥是四大增損對治二香及果即長養衆生以揵闥婆常食香氣故衆生數中復有六種難對治一五通福田治貧窮難以供彼仙能生福故二夜叉治死難威制眷屬不令害人故三龍治儉難降時雨故四諸自在衆治不調伏難調伏難調故五修羅治惡業難以呪術力制諸眷屬不造諸惡故六大威德天治修羅怨敵難以四天王三十三天俱處此山故論但顯喻義含於法今略合之初地法藥初破無明故二地戒六地無漏慧資法身故三地禪等可蘊積故四地道品資助能生福故五地修無住不永滅故七地功用滿足無所少故八地三世間化得自在故九地善知稠林得無礙辯破惑業故十地如佛降四魔故皆言集在其中者如所說事能生一切物故不可盡者隨順修行不永斷不蹔息故四地道品即第一治貧窮五地即第二治死七地即第三治儉八地即第四治不調伏九地即第五治惡十地即第六治修羅

佛子此十寶山王同在大海差別得名菩薩十地亦復如是同在一切智中差別得名

第四總結法喻即結成本意本意有二一既同一智海得差別名則差非差也二互相顯義謂彼十大山因海得高勝名若在餘處不足爲高故大海亦因大山得深廣

名舍斯大義故十地亦爾因修佛智故得高勝佛智亦因十地所不能窮方顯深廣故論云因果相顯前言依地即一切智地生長住持故此言依海卽一切智海由深廣故以山依二處法合二義故更顯之又地則但依海兼明入故一一山皆深入大海一一地智皆入佛智又一一山下皆有於地則一一地中皆有佛地又山在海海則非山山若依地山卽是地法合是顯非一異義思之又山出海上高下等殊若入海中量皆齊等十地教行則優劣懸差若證如入智量皆平等二互相顯者前意但因依果今則互依

佛子譬如大海以十種相得大海名不可移奪何等爲十一次第漸深二不受死屍三餘水入中皆失本名四普同一味五無量珍寶六無能至底七廣大無量八大身所居九潮不過限十普受大雨無有盈溢菩薩行亦復如是以十相故名菩薩行不可移奪何等爲十所謂歡喜地出生大願漸次深故離垢地不受一切破戒屍故發光地捨離世間假名字故餤慧地與佛功德同一味故難勝地出生無量方便神通世間所作衆珍寶故現前地觀察緣生甚深理故遠行地廣大覺慧善觀察故不動地示現廣大莊嚴事故善慧地得深解脫行於世間如實而知不過限故法雲地能受一切諸佛如來大法明雨無厭足故

第三大海十相明難度能度大果功德先喻後合皆有總別合中總云不可移奪者此有二義一果海因十地相不可奪其果

海深廣之名二地行因相由依智海不可奪其因行之稱以是海家之相故果家之因故若奪因相則果亦不成喻中約果名不可奪法中舉因名不可奪文影略耳故論云因果相順故云何相順謂十地如大海此總舉也能度難度者顯因順果也如海十相方能成海得大菩提果故果順因也如海成時不失十相離十相而無海離十地而無佛智故十地即智海也今初總云下疏文分四一順釋不奪二若奪下反以成立三喻中下會通法喻成俱不奪以喻中云得大海名不可移奪明約果也法合則云名菩薩行不可移奪故知約因四故論下云引論證成由經影略故論雙明然論具云難度能度大果功德者因果相順故十地如大海難度能度得大菩提果故今以言揀之故論易了然上説有三種地一修地二成地三法地今明相順正在後二度即到也別中攝十爲八一易入功德以漸故二淨功德三平等功德

四護功德護自一味恒不失故五利益功德利世間故六六七二句合爲不竭功德以深廣故七住處功德無功用行是菩薩所住故經云大身者以無量身修菩薩行十身相作故八末後二句合名護世間功德九地潮不過限不誤傷物知機授法不差根器十地若無大海水溺四洲餘不能受必生毀謗又得此二法用護世間以深廣故者六深七廣餘可知然涅槃三十三明海有八德一漸漸轉深二深難得底三同一鹹味四潮不過限五有種種寶藏六大身衆生所居七不宿死屍八一切萬流大雨投之不增不減釋曰彼經通喻佛法廣有合相今喻次第喻於十地故加至十不同彼次

佛子譬如大摩尼珠有十種性出過衆寶何等爲十一者從大海出二者巧匠治理三者圓滿無缺四者清淨離垢五者内外明徹六

者善巧鑽穿七者貫以寶縷八者置在瑠璃高幢之上九者普放一切種種光明十者能隨王意雨衆寶物如衆生心充滿其願佛子當知菩薩亦復如是有十種事出過衆聖何等爲十一者發一切智心二者持戒頭陀正行明淨三者諸禪三昧圓滿無缺四者道行清白離諸垢穢五者方便神通內外明徹六者緣起智慧善能鑽穿七者貫以種種方便智縷八者置於自在高幢之上九者觀衆生行放聞持光十者受佛智職墮在佛數能爲衆生廣作佛事

第四寶珠喻轉盡堅固功德者先喻後合各有總別總云過衆寶者論經云過十寶性雖不列名論但云過瑠璃等意但取玻瓈等不能出寶者以況小乘八輩及緣覺行果但有淨相無利生用今以出寶乃至放光則出過衆寶故取之爲喻故論云以出故取亦可以出海故取之除不出者關餘義故八輩爲八緣覺果行爲二總成爲十緣覺根利不數入觀故無多果依學無學但分爲二無利生用者合不能出寶下引論出故取者正證出寶兼出海義別中攝十爲八合六七八故八中一出功德可取者選擇出海故由初地中如智善觀出煩惱海也二色功德由治理之則色明淨故三形相四無垢五明淨並可知六起行功德即次下三句謂智行穿徹方便行攝持自在行高顯故相用不染猶彼瑠璃頌云金剛取不動不壞上三皆是異相莊嚴故合爲一後二句明功用殊勝謂七神力功德聞持普照體用微妙故八不護功德謂隨王雨寶無護惜故約法則得

佛正智受位如王令一切衆生同已善根藏故如隨意雨寶故合云廣作佛事合文可知一出生功德論具云一出功德選擇而取以善觀故疏已析開解釋

佛子此集一切種一切智功德菩薩行法門品若諸衆生不種善根不可得聞

大文第九佛子此集下地利益分於中三初顯法利益二如此世界下結通十方三爾時復以下他方來證今初分二初生信功德後雨衆天下供養功德今初復二先明說益生信謂欲令物生決定信故說利益後爾時下動地生信今初亦二先總歎難聞

解脫月菩薩言聞此法門得幾所福

後解脫月下問答顯益

金剛藏菩薩言如一切智所集福德聞此法門福德如是

答中二先正顯等於佛智

何以故非不聞此功德法門而能信解受持讀誦何況精進如說修行是故當知要得聞此集一切智功德法門乃能信解受持修習然後至於一切智地

後何以下徵以釋成先反後順然聞有二義一者汎爾聞爲遠益故二不取聞相初後圓融真實聞故聞已等佛何更修也若更修行等多佛故然聞有二義下疏文分二先正釋順明不取聞相即涅槃經云若有聞經不作聞相不作說相不作句相不作字相如是一切乃爲聞經釋曰此稱理而聞前數已引從初後圓融即此經意言等佛者此經說佛智慧觀境令能正聞如彼真觀故云等佛聞已等佛下通妨先妨後若更下答亦由一多無障礙故

爾時佛神力故法如是故十方各有十億佛

剎微塵數世界六種十八相動所謂動徧動等徧動起徧起等徧起踊徧踊等徧踊震徧震等徧震吼徧吼等徧吼擊徧擊等徧擊

第二動地生信中佛力爲緣而動地者亦爲生信故又法如是者亦是因也餘如初會第二動地者然準論經云一動二踊三上去四起五下去六吼遠公釋云上去是令人覺下去謂振下如世虛物振撼餘如華藏品

雨衆天華天鬘天衣及諸天寶莊嚴之具幢旛繒蓋奏天伎樂其音和雅同時發聲讃一切智地所有功德

供養功德者非謂供養能生功德顯此法勝能令供養是地功德上生信亦然

如此世界他化自在天王宮演說此法十方所有一切世界悉亦如是

爾時復以佛神力故十方各十億佛剎微塵數世界外有十億佛剎微塵數菩薩而來此會作如是言善哉善哉金剛藏快說此法我等悉亦同名金剛藏所住世界各各差別悉名金剛德佛號金剛幢我等住在本世界中皆承如來威神之力而說此法衆會悉等文字句義與此所說無有增減悉以佛神力而來此會爲汝作證如我等今者入此世界如是十方一切世界悉亦如是而往作證

爾時金剛藏菩薩觀察十方一切衆會普周法界

第三重頌分若取長科即當第十於中二先說偈儀意後正顯偈辭今初先說儀

欲讃歎發一切智智心欲示現菩薩境界欲淨治菩薩行力欲說攝取一切種智道欲除滅一切世間垢欲施與一切智欲示現不思議智莊嚴欲顯示一切菩薩諸功德欲令如

是地義轉更開顯承佛神力而説頌言
後欲讃下説意意有九句大旨同前諸會今約當會以釋初句卽顯初地次句卽二地以三聚戒爲行境故三卽三四二地厭禪出世智皆淨治行力故四卽五地五明成種智故五卽六地般若能除垢故六卽七地空有無礙與一切智故七卽八地無功不思議智莊嚴三世間故八卽九地十地能説能受諸功德故九卽總結便指上八句如是地義以頌説之云更開顯

其心寂滅恒調順平等無礙如虚空離諸垢濁住於道此殊勝行汝應聽

第二正顯偈辭有四十二頌分三初一偈總讃勸聽後一偈結説無盡

百千億劫修諸善供養無量無邊佛聲聞獨覺亦復然爲利衆生發大心

精勤持戒常柔忍慙愧福智皆具足志求佛智修廣慧願得十力發大心

三世諸佛咸供養一切國土悉嚴淨

中間正頌分八初十三偈頌方便作滿足地分於中初二頌半總頌前九地同相中善擇功德

了知諸法皆平等爲利衆生發大心住於初地生是心永離衆惡常歡喜

願力廣修諸善法以悲愍故入後位戒聞具足念衆生滌除垢穢心明潔

觀察世間三毒火廣大解者趣三地

三有一切皆無常如箭入身苦熾然厭離有爲求佛法廣大智人趣餤地

念慧具足得道智供養百千無量佛常觀最

勝諸功德斯人趣入難勝地
智慧方便善觀察種種示現救衆生復供十
力無上尊趣入無生現前地
世所難知而能知不受於我離有無法性本
寂隨緣轉得此微妙向七地
智慧方便心廣大難行難伏難了知雖證寂
滅勤修習能趣如空不動地
佛勸令從寂滅起廣修種種諸智業具十自
在觀世間以此而升善慧地
以微妙智觀衆生心行業惑等稠林爲欲化
其令趣道演說諸佛勝義藏
次第修行具衆善乃至九地集福慧常求諸
佛最上法得佛智水灌其頂
餘頌諸地別義若依總攝卽次第頌前十
地前八地中唯三地半偈餘各一頌九地

有三頌兼結入位
獲得無數諸三昧亦善了知其作業最後三
昧名受職住廣大境恒不動
二有一偈頌三昧分
菩薩得此三昧時大寶蓮華忽然現身量稱
彼於中坐佛子圍繞同觀察
放大光明百千億滅除一切衆生苦復於頂
上放光明普入十方諸佛會
悉住空中作光網供養佛已從足入卽時諸
佛悉了知今此佛子登職位
十方菩薩來觀察受職大士舒光照諸佛眉
間亦放光普照而來從頂入
十方世界咸震動一切地獄苦消滅是時諸
佛與其職如轉輪王第一子
若蒙諸佛與灌頂是則名登法雲地

三有五偈半頌受位分

智慧增長無有邊開悟一切諸世間欲界色
界無色界法界世界衆生界有數無數及虚
空如是一切咸通達
一切化用大威力諸佛加持微細智祕密劫
數毛道等皆能如實而觀察
受生捨俗成正道轉妙法輪入涅槃乃至寂
滅解脱法及所未説皆能了

四有三偈半頌大盡分

菩薩住此法雲地具足念力持佛法譬如大
海受龍雨此地受法亦復然
十方無量諸衆生悉得聞持持佛法於一佛
所所聞法過於彼數無有量
以昔智願威神力一念普徧十方土霔甘露
雨滅煩惱是故佛説名法雲

五有三偈頌釋名分

神通示現徧十方超出人天世間境復過是
數無量億世智思惟必迷悶
一舉足量智功德乃至九地不能知何況一
切諸衆生及以聲聞辟支佛

六有二偈頌神通力有上無上分

此地菩薩供養佛十方國土悉周徧亦供現
前諸聖衆具足莊嚴佛功德
住於此地復爲説三世法界無礙智衆生國
土悉亦然乃至一切佛功德
此地菩薩智光明能示衆生正法路自在天
光除世闇此光滅闇亦如是
住此多作三界王善能演説三乘法無量三
昧一念得所見諸佛亦如是
此地我今已略説若欲廣説不可盡

七有四偈半頌前位果亦是神通分攝如
長行辨
如是諸地佛智中如十山王嶷然住
初地藝業不可盡譬如雪山集衆藥二地戒
聞如香山三如鞞陀發妙華
餤慧道寶無有盡譬如仙山仁善住五地神
通如由乾六如馬耳具衆果
七地大慧如尼民八地自在如輪圍九如計
都集無礙十如須彌具衆德
八有七頌半頌地影像分於中初三偈半
頌山喻
初地願首二持戒三地功德四專一五地微
妙六甚深七廣大慧八莊嚴
九地思量微妙義出過一切世間道十地受
持諸佛法如是行海無盡竭
次二頌海喻
十行超世發心初持戒第二禪第三行淨第
四成就五緣生第六貫穿七
第八置在金剛幢第九觀察衆稠林第十灌
頂隨王意如是德寶漸清淨
後二頌珠喻池及地利益分文略不頌
十方國土碎爲塵可於一念知其數毫末度
空可知量億劫說此不可盡
其利益分亦可結說無盡頌之十地竟

大方廣佛華嚴經疏鈔會本第三十九之三

音釋

嶷魚力切山立貌 鈿廁鈿堂鍊切以金玉飾器也廁初吏切間廁也 鞞駢迷切 斫之若切 鑽借官切穿也 縷力主切絲縷也 滌音狄洗也 摶徒官切猶團也 攬魯敢切取也 頞烏葛切 鞨居謁切 鞞駢迷切 歌羅邏梵語也此云凝滑邏郎果切 㭊音析分也

大方廣佛華嚴經疏鈔會本第四十之一

唐于闐國三藏沙門實叉難陀　譯

唐清涼山大華嚴寺沙門澄觀撰述

十定品第二十七

初明來意先辨會來會來有二一約圓融謂前明普門中所具差別正位故寄歷人天今明位後德用不離普門是則會別入普有此會來重會普光意在斯矣等妙二位全同如來普光明智故二約次第前明十地今顯等妙二覺故來以極果由於始信故重會普光謂前依本不動智體起差別之位今位極成果不離本智之因後出現因果因是果中之因得果不捨因故果是果中之果大用無涯故二品來者爲答第二會中十定問故謂前等者此中意有三節初第二會為所

依普門次四會即普門差別此會即會別歸普初即根本次即依本起末後即會末歸本故言重會普光意在斯矣等妙二位者結成入普所以以此會說等妙二覺二覺全同普光明智即是會歸之義問等覺同妙覺於理可然妙覺之外何有如來普光明智為所同耶答說等覺說妙覺即是約位普光明智不屬因果該通因果其由自覺聖智超絕因果故七卷楞伽妙覺位外更立自覺聖智之位亦猶佛性有因有果有因因有果果以因取之是因佛性以果取之是果佛性然則佛性非因非果普光明智亦復如是體絕因果為因果依果方究竟故云如來普光明智以極果下二釋妨於中二難一釋重會難初正通云謂有難言若次第明位何以重會普光故為此通謂前依本下顯其所以何以極果由於始信信依本智而起今不離本智故斯則以因成果攝果酬因然因有二種一約本有恒沙性德信解行願等無不具故二約修起謂依本信德而起信心依本解德而起解心如起信云以知法性無慳貪故隨順修行檀波羅蜜等故一一修起皆帶本有俱來至果無間道中一時頓圓解脫道中因果交徹名為得果果亦有二一者本有菩提涅槃一切佛法本覺具故二者修起今證菩提始覺悟故始覺同本無復始本之異名究竟覺則二果無礙然二因本從本覺體上起來則二因與本覺無礙始覺既同本覺則果全同於二因則二因

與果交徹故因該果海果徹因源故今重會普光表斯玄趣問若此交徹卽是圓融何名次第答雖帶本有起因因亦次第先因後果故得果雖該於因亦成次第故得果後方說融前前圓融中若因若果並是普光明智差別之德別常依普不相捨離說有前後成在一時故不同也後出現下二通躡跡之難謂有難云極果由於始信重會普光極果之後何得更有平等因果故為此通明此因果皆鎔極果故不違理

第二釋名會名有二約處名重會普光明殿會由第二會已曾會此故重意如前約法明說普法會二品名者定謂心一境性十是數之圓極以普賢深定妙用無涯寄十以顯無盡故云十定品卽帶數釋若依梵本具云如來十三昧品以等覺三昧上同佛故三世諸佛之所行故云如來三昧譯家以義通因果故略如來二字然三昧爲定雖非敵對由等持心至一境故義旨相順從略云定又別行本名等目菩薩所問三昧經皆人法雙舉梵本是依主釋別行卽依士釋

三宗趣者會以普賢因果德用圓備爲宗令物證入爲趣品以普賢三昧無礙自在無邊大用而爲宗趣品以普賢等者不同前文宗趣別說者有二義故一者例前令物證入為趣二者令諸菩薩亦得無礙自在無邊大用而為其趣則此疏文通宗通趣

次正釋文此會有十一品經分二前六明因圓後五明果滿若依古德前九明生解因果後二明平等因果前中亦二前六品明位後因相後三品明差別果相然六品之因若約次第與前五會俱是差別之因若約圓融等同果相故與果同會果是對因之果與因同會平等因果由差別成亦與此同會然六品下辭妨難此有二難今初正通重會之難謂有難云若約差別因果者因因不同因與果異如何等覺之因與妙

覺果同會而說故今答云若約差別不合同會有圓融義所以得同故云若約圓融等同果相故果是對因下二有難云若爾因是圓融可同果會果是差別之果何得同因會耶故今答云只緣是差別果對因說果是相待之果劣故同因會又復難云對因之果劣故同因之會平等因果因果俱勝何同此會故今通云平等因果由差別成若無差別平等無依故須同會今初此因即是等覺然文有等覺之義而無等覺之名者以此等覺亦即十地之勝進故今初此因下第二別顯兩門但釋六品疏文分三初總彰大旨以諸古德不立等覺故案定有是以諸教開合不同仁王等合此勝進入於十地是以不立等覺故教化品中約五忍分位於寂滅忍唯有上下下忍中行名爲菩薩即第十地上忍中行爲薩婆若此謂如來若依瓔珞開此勝進爲無垢地即是等覺然等覺照寂妙覺寂照又賢聖覺觀品中說六種性及六堅六忍等瑜伽具有二義七十八引深密經說十一地第十法雲十一說名佛地唯有二十二愚得佛地時由斷二愚一於一切所知境極微細著愚即俱生極微細所知障種二極微細礙愚即是任運煩惱障種斷此便能證大菩提更不別說等覺斷證論復有文亦立等覺又菩薩地云此菩薩雖已修行功德海滿由未能捨三種法故不名妙覺一由未捨劣無漏法二由未捨白淨無記法三由未捨有漏善法至妙覺位方捨此三是以諸教下二引教成立雖有開合疏意扶開故下結云有等覺明矣引二經一論文有二節二經一開一合一論具於開合說六種性者即彼經第一品當第三賢聖覺觀品經云佛子六種性者是一切菩薩功德瓔珞莊嚴菩薩二種法身菩薩所有百萬阿僧祇功德行瓔珞若一切菩薩不入瓔珞功德門得入正位者無有是處佛子性者所謂習種性性種性道種性聖種性等覺性妙覺性釋曰一習種性即十住二性種性即十行三道種性即

十廻向四聖種性即十地五六可知復名六堅者謂信堅法堅即修堅德堅頂堅覺堅頂堅即等覺堅即妙覺堅言六堅者經云復名六忍信忍法忍修忍正忍無垢忍一切智忍而言等者等取六忍六觀經云復名六慧聞慧思慧修慧無相慧照寂慧寂照慧經云復次六觀住觀行觀向觀地觀無相觀一切種智觀亦有相承說於六定瓔珞無文言六定者一習定二相定三性定四道慧定五道種慧定六大覺正觀慧定此五種六皆以第五當於等覺故有明矣論復有下即第五十論明百四十不共佛法約因果位辨差別中云若時菩薩坐道場住最後身於菩薩道菩提資糧極善圓滿爾時無後師修三十七菩提分法得一剎那名無障礙智三摩地是其菩薩學道所攝金剛喻定彼疏云此明因滿菩薩位中最後位也此定位亦名等覺菩薩論從此無間第二剎那頓得其餘不共佛法謂如來十力為初一切種妙智為後皆極清淨悉得無上彼疏云此彰得果釋曰準此論文於十地後金剛喻定一剎那中名為等覺第二剎那為妙覺也故說八義與佛不同論云問一切安住到究竟地菩薩智等如來智等云何應知此二差別彼疏云此初問也論云一如明眼人隔於輕縠觀一眾色像一切安住到究竟地菩薩妙智於一切境當知亦爾如明眼人無所障隔觀眾色像如來妙智於一切法當知亦爾二如畫事業圓布眾彩唯後妙色未淨修治云如畫事業圓布眾彩最後妙色已淨修治三如明眼人於微暗中覩見眾色如明眼人離一切暗觀見眾色四如明眼人遠覩眾色如明眼人近觀眾色五如輕翳眼觀視眾色如極淨眼觀視眾色六如處胎身云如出胎身七如阿羅漢夢中心行如阿羅漢後覺時心八如昧智體如明智體釋曰其云云下皆前配菩薩後配如來唯第六喻改妙智字為一身字第七喻改智為心第八改燈為智體餘五皆如初句彼疏釋云初之五喻約二智用以辨差別第八一喻約二智體以明差別第六七喻如次身心以辨差別觀前五喻義通生法二智用故等覺之位第八識有漏故身亦然義同處胎即五八識有漏虛妄義同在夢論日是故當知一切安住到究竟地諸菩薩眾與諸如來妙智身心有八差別又瑜伽論菩薩地更有一文言劣無漏者唯識第十釋轉依中名所棄捨謂劣無漏種即第十地中所生現行金剛道中方能捨故二由未捨白淨無記者即異熟識第八地中捨賴耶名第十地中猶名異熟識至如來位方捨異熟名無垢識三由未捨有漏善法者即與二障種俱其二障種是所斷捨

今經欲顯開合無礙故存其義不彰其名下離世間品智慧助道具中既云隨順六堅固法有等覺明矣故存其義者即六堅固法已是有文有義

定矣下第十三昧廣說等覺之相云此菩薩住此三昧得十種法同去來今一切諸佛何等為十所謂得諸相好同於諸佛等普眼問云若此菩薩得如來法同諸如來法何故不名佛何故不名十力何故不名一切智等亦有十句普賢具答云佛子此菩薩摩訶薩已能修習去來今世一切菩薩種種行願入智境界則名為佛於如來所修菩薩行無有休息說名菩薩如來諸力皆悉已入則名十力雖成十力行普賢行無有休息說名菩薩知一切法而能演說名一切智雖能演說一切諸法於一一法善巧思惟未嘗止息說名菩薩知一切法無有二相是則說名悟一切法於二不二一切諸法差別之道善巧觀察展轉增勝無有休息說名菩薩等下引伊羅鉢那象王為供帝釋化身上天或捨象身現作天身無能分別是象是天象之與天更互相似此等覺義豈不昭然更有餘文恐繁不引文中分二前三品正答前問後三品總顯深廣今初分二前二品明業用廣大後一品明智慧深玄前中亦二初品就定明用後品就通明用

爾時世尊在摩竭提國阿蘭若法菩提場中

前中分五一序分二請分三示說者分四本分五說分初中三初總顯三成就二始成下別顯三成就三與十佛剎下別顯衆成就

始成正覺於普光明殿入剎那際諸佛三昧以一切智自神通力現如來身清淨無礙無所依止無有攀緣住奢摩他最極寂靜具大威德無所染著能令見者悉得開悟隨宜出興不失於時恒住一相所謂無相

二中分三初約主顯時二於普光明下約主彰處三入剎那下就德顯主於中十句即攝二十一種功德中二十別句總句即前始成正覺故二十一種功德要尋昇兜率品自當曉之然此段文亦是古德所不能知今以攝佛功德釋之有如符契智者當曉一入剎那際三昧者即窮法真源謂時之極促名曰剎那窮彼剎那時相都寂無際之際名剎

那際即攝二句謂二行永絕及達無相法若有二行則有剎那二行既絕則剎那無際由達清淨真如本無相故所以此中特名入剎那際者爲顯將說等覺位故菩薩地盡唯有果累無常生相未寂猶名識藏若以無間智覺心初起心無初相遠離微細念故即無剎那若入此際即見心性常住名究竟覺故云諸佛三昧亦顯差別歷位不離最初剎那際故所以此中者有三一總徵說意前後歎德皆無此故菩薩地盡下三釋剎那際然有二釋初以本業起信叅而釋之菩薩地盡是起信文義通二處言唯有果累無常者即本業下卷經云菩薩爾時住大寂門中登大山臺入百千三昧證佛儀用唯有果累無常生滅二心心心無爲行過十地解與佛同坐佛坐處等釋曰果累無常生滅者未轉依位變易生死名爲果累體是無常有生滅也言生相未寂者即起信意業相未亡也猶名識藏者亦起信意未顯現法身故上辨等覺尚有剎那未至其際若以無間下釋成際義剎那盡處名之爲際故云即無剎那亦起信文前已曾引若入此下釋諸佛三昧亦起信文應有問言上云菩薩地盡是等覺者何名諸佛三昧故引此文成諸佛義亦顯前來差別下是第二義上約合前後無際今明後際不離初際是窮生死之本際

二以一切智自神通力現如來身者依通起用此攝二句一切智通即住於佛住謂由一切智無有功用自神通力常作佛事故次現如來身即攝得佛平等謂依上一切智現身利樂有情故

三清淨無礙攝三句謂清淨攝二句一攝到無障處謂慣習覺慧永斷所治故云清淨二攝不可轉法由清淨故他不能轉無礙者即所行無礙世間八法不能礙故

四無所依止無有攀緣即立不思議謂雖立教法不依世間故非諸世間所能攀緣故

五住奢摩他最極寂靜即普現三世以見三世平等如理無異爲最寂靜
六具大威德即身恒充滿一切世間現受用變化身大利樂故
七無所染著即智恒明達一切諸法謂於諸法善決定故無有染也
八能令見者悉得開悟此攝二句一攝了一切行謂知有情性行差別隨開悟故二攝除一切疑謂知彼遠劫微少善根亦令開悟故
九隨宜出興不失於時亦攝二句一攝無能測身謂如其勝解而示現身如摩尼珠名隨宜出生不失於時二攝一切菩薩等所求智謂調伏有情攝受付囑等皆不失時故

十恒住一相所謂無相攝餘五句謂到佛究竟無二彼岸等隨義雖殊皆由一相無相而成可以意得餘如升兜率品辨

與十佛剎微塵數菩薩摩訶薩俱

第三別顯衆成就中五一舉數二靡不下歎德三其名下列名四如是等下結數五往昔下集意

靡不皆入灌頂之位具菩薩行等於法界無量無邊獲諸菩薩普見三昧大悲安隱一切衆生神通自在同於如來智慧深入演真實義具一切智降伏衆魔雖入世間心恒寂靜住於菩薩無住解脫

歎德中十一句初二句總位極行圓故餘九爲別前四自分德初二行相一深二廣後二行體一定二悲後五勝進德前三同

佛三業大用可知後二同佛無住涅槃初
句釋謂不住涅槃故入世間不住生死故
心恒寂靜後句結德屬人
其名曰金剛慧菩薩無等慧菩薩義語慧菩
薩最勝慧菩薩常捨慧菩薩那伽慧菩薩成
就慧菩薩調順慧菩薩大力慧菩薩難思慧
菩薩無礙慧菩薩增上慧菩薩普供慧菩薩
如理慧菩薩善巧慧菩薩法自在慧菩薩法
慧菩薩寂靜慧菩薩虛空慧菩薩一相慧菩
薩善慧菩薩如幻慧菩薩廣大慧菩薩勢力
慧菩薩世間慧菩薩佛地慧菩薩真實慧菩
薩尊勝慧菩薩智光慧菩薩無邊慧菩薩
三列名中一百菩薩初有三十同名慧者
表純德故
念莊嚴菩薩達空際菩薩性莊嚴菩薩甚深
境菩薩善解處非處菩薩大光明菩薩常光
明菩薩了佛種菩薩心王菩薩一行菩薩常
現神通菩薩智慧芽菩薩功德處菩薩法燈
菩薩照世菩薩持世菩薩最安隱菩薩最上
菩薩無上菩薩無比菩薩超倫菩薩無礙行
菩薩光明燄菩薩月光菩薩一塵菩薩堅固
行菩薩霔法雨菩薩最勝幢菩薩普莊嚴菩
薩智眼菩薩法眼菩薩慧雲菩薩總持王菩
薩無住願菩薩智藏菩薩心王菩薩內覺慧
菩薩住佛智菩薩陀羅尼勇健力菩薩持地
力菩薩妙月菩薩須彌頂菩薩寶頂菩薩普
光照菩薩威德王菩薩智慧輪菩薩大威德
菩薩大龍相菩薩質直行菩薩不退轉菩薩
持法幢菩薩無忘失菩薩攝諸趣菩薩不思
議決定慧菩薩遊戲無邊智菩薩無盡妙法

藏菩薩智日菩薩法日菩薩智藏菩薩智澤菩薩普見菩薩不空見菩薩金剛蹋菩薩金剛智菩薩金剛燄菩薩金剛慧菩薩普眼菩薩佛日菩薩持佛金剛祕密義菩薩普眼境界智莊嚴菩薩

念莊嚴下七十菩薩別名者表雜德故

如是等菩薩摩訶薩十佛刹微塵數

四結數

往昔皆與毗盧遮那如來同修菩薩諸善根行

五集意

爾時普眼菩薩摩訶薩承佛神力從座而起偏袒右肩右膝著地合掌白佛言世尊我於如來應正等覺欲有所問願垂哀許

大文第二爾時普眼下請分中四一普眼請問要以普眼方見普法故

佛言普眼恣汝所問當爲汝說令汝心喜

二佛言下如來許問

普眼菩薩言世尊普賢菩薩及住普賢所有行願諸菩薩衆成就幾何三昧解脫而於菩薩諸大三昧或入或出或時安住以於菩薩不可思議廣大三昧善入出故能於一切三昧自在神通變化無有休息

三普眼下舉法正問

佛言善哉普眼汝爲利益去來現在諸菩薩衆而問斯義

四佛言善哉下歎問利益

普眼普賢菩薩今現在此

大文第三普眼普賢菩薩下示說者分以法屬普賢故示其令請於中有六一示人

令問二聞名獲益三推求不見四教起見方五依教而求六爲現身相今初分三一示處

已能成就不可思議自在神通出過一切諸菩薩上難可值遇從於無量菩薩行生菩薩大願悉已清淨所行之行皆無退轉無量波羅密門無礙陀羅尼門無盡辯才門皆悉已得清淨無礙大悲利益一切衆生以本願力盡未來際而無厭倦

二已能下歎德

汝應請彼彼當爲汝說其三昧自在解脱

三汝應請下教問

爾時會中諸菩薩衆聞普賢名即時獲得不可思議無量三昧其心無礙寂然不動智慧廣大難可測量境界甚深無能與等現前悉見無數諸佛得如來力同如來性去來現在靡不明照所有福德不可窮盡一切神通皆已具足

第二爾時下聞名獲益中獲十種益文並可知

其諸菩薩於普賢所心生尊重渴仰欲見悉於衆會周徧觀察而竟不覩亦不見其所坐之座此由如來威力所持亦是普賢神通自在使其然耳

第三其諸菩薩下推求不見中有三推求皆悉不見一渴仰推求不見二重觀察不見三以三昧力推求不見文各有釋今初先求不見後此由下釋不見所以威力持者欲令大衆渴仰得顯深旨故

爾時普眼菩薩白佛言世尊普賢菩薩今何

所在佛言普眼普賢菩薩今現在此道場衆會親近我住初無動移
二重求中三一審問重示法本湛然故初無移動
是時菩眼及諸菩薩復更觀察道場衆會周徧求覓白佛言世尊我等今者猶未得見普賢菩薩其身及座
二是時普眼下推求不見猶謂可見故
佛言如是善男子汝等何故而不得見
三佛言如是下釋不見所由於中二初印定徵起
善男子普賢菩薩住處甚深不可說故普賢菩薩獲無邊智慧門入師子奮迅定得無上自在用入清淨無礙際生如來十種力以法界藏爲身一切如來共所護念於一念頃悉能證入三世諸佛無差別智是故汝等不能見耳
後善男子下正釋所由以住處甚深故文有十句初句總次八句別後一句結別中四對一廣智勝定深謂智門無邊有邊之智爲覩定用起伏無畏展促自在唯以出世定求故不可見次二外用內證深次二得力成身深後二多護速證深由上八深故不能見
爾時普眼菩薩聞如來說普賢菩薩清淨功德得十千阿僧祇三昧
第三爾時普眼下以三昧力推求不見於中分四一新獲三昧
以三昧力復徧觀察渴仰欲見普賢菩薩亦不能覩其餘一切諸菩薩衆俱亦不見

二以三昧下以定推求

時普眼菩薩從三昧起白佛言世尊我已入十千阿僧祇三昧求見普賢而竟不得不見其身及身業語及語業意及意業座及住處悉皆不見

三時普眼下自陳不見

佛言如是如是善男子當知皆以普賢菩薩住不思議解脱之力

四佛言下釋不見所由於中五一約法總標由住難思解脱翻上三昧可思入故

普眼於汝意云何頗有人能說幻術文字中種種幻相所住處不答言不也佛言普眼幻中幻相尚不可說何況普賢菩薩祕密身境界祕密語境界祕密意境界而於其中能入能見

二普眼於汝意下以近況遠

何以故普賢菩薩境界甚深不可思議無有量已過量舉要言之普賢菩薩以金剛慧普入法界於一切世界無所行無所住知一切衆生身皆即非身無去無來得無斷盡無差別自在神通無依無作無有動轉至於法界究竟邊際

三何以下徵釋所由釋中二初略標深廣翻上三昧尚有數故後舉要下舉略顯廣文有十句初句總以金剛慧達差別法界俱空故餘句別由了空故一世界無住處二衆生無可化三寂無去來四豎無斷盡五横泯差別六體非體故不礙現通七用非用故無依無作八不離如如故無動轉九理事圓故窮法界邊

善男子若有得見普賢菩薩若得承事若得聞名若有思惟若有憶念若生信解若勤觀察若始趣向若正求覓若興誓願相續不絕皆獲利益無空過者

四善男子若有下彰見之益

爾時普眼及一切菩薩衆於普賢菩薩心生渴仰願得瞻覲作如是言南無一切諸佛南無普賢菩薩如是三稱頭頂禮敬

五爾時普眼下歸敬彌增文顯可知

大方廣佛華嚴經疏鈔會本第四十之一

音釋

阿蘭若（梵語也此云閑靜處若爾者切）
奢摩他（梵語也此云止奢詩車切）
勇健（健渠建切有力也）
奮迅（奮方問切迅思普切）

大方廣佛華嚴經疏鈔會本第四十之二

唐于闐國三藏沙門實叉難陀　譯

唐清涼山大華嚴寺沙門澄觀撰述

爾時佛告普眼菩薩及諸衆會言諸佛子汝等宜更禮敬普賢殷勤求請又應專至觀察十方想普賢身現在其前如是思惟周徧法界深心信解厭離一切誓與普賢同一行願入於不二眞實之法其身普現一切世間悉知衆生諸根差別徧一切處集普賢道若能發起如是大願則當得見普賢菩薩

第四教起見方中初令策勤前心次又應下別示深觀上捨境別求故未識其體今令十方齊觀知其體周下依此觀是以得見後誓與下起願思齊具上三心則能得見

是時普眼聞佛此語與諸菩薩俱時頂禮求請得見普賢大士

第五是時普眼下依教修行然普眼位深而猶重習觀修者略有二意一位未等故二示深獎物故

爾時普賢菩薩即以解脱神通之力如其所應爲現色身令彼一切諸菩薩衆皆見普賢親近如來於此一切菩薩衆中坐蓮華座亦見於餘一切世界一切佛所從彼次第相續而來亦見在彼一切佛所演説一切諸菩薩行開示一切智智之道闡明一切菩薩神通分別一切菩薩威德示現一切三世諸佛

第六爾時普賢下爲現身相於中五一爲衆現身不見顯深現不礙用故

是時普眼菩薩及一切菩薩衆見此神變其

心踊躍生大歡喜莫不頂禮普賢菩薩心生尊重如見十方一切諸佛

二是時普眼下衆覩喜敬

是時以佛大威神力及諸菩薩信解之力普賢菩薩本願力故自然而雨十千種雲所謂種種華雲種種鬘雲種種香雲種種末香雲種種蓋雲種種衣雲種種嚴具雲種種珍寶雲種種燒香雲種種繒綵雲不可說世界六種震動奏天音樂其聲遠聞不可說世界放大光明其光普照不可說世界令三惡趣悉得除滅嚴淨不可說世界令不可說菩薩入普賢行不可說菩薩成普賢行不可說菩薩於普賢行願悉得圓滿成阿耨多羅三藐三菩提

三是時以佛下現瑞成益

爾時普眼菩薩白佛言世尊普賢菩薩是住大威德者住無等者住無過者住不退者住平等者住不壞者住一切差別法者住一切無差別法者住一切衆生善巧心所住者住一切法自在解脫三昧者

四爾時普眼下歎德廣深於中十句無等者下無等故無過者上無過故餘可知

佛言如是如是普眼如汝所說普賢菩薩有阿僧祇清淨功德所謂無等莊嚴功德無量寶功德不思議海功德無量相功德無邊雲功德無邊際不可稱讚功德無盡法功德不可說功德一切佛功德稱揚讚歎不可盡功德

五佛言如是下如來印述初印後述中十一句初句總後所謂下別別有十德一

二嚴德二圓明德三深廣德四色相德五慈覆德六超勝德七知法德八絶言德九同佛德十讚無盡德

爾時如來告普賢菩薩言普賢汝應爲普眼及此會中諸菩薩衆說十大三昧令得善入成滿普賢所有行願

大文第四爾時如來告下本分有四一舉益令說二何者下列所說名三此十大下歎定勝德四是故普賢下結勸成益今初分二初勸說成益

諸菩薩摩訶薩說此十大三昧故令過去菩薩已得出離現在菩薩今得出離未來菩薩當得出離

後諸菩薩下引例證勸以三世諸菩薩若說此定皆成益故

何者爲十一者普光大三昧二者妙光大三昧三者次第徧往諸佛國土大三昧四者清淨深心行大三昧五者知過去莊嚴藏大三昧六者智光明藏大三昧七者了知一切世界佛莊嚴大三昧八者衆生差別身大三昧九者法界自在大三昧十者無礙輪大三昧

第二列名中皆云大者因滿之定稱法界故一普光者身心業用周徧全包爲普智照自在名光二妙光者身智徧照爲光勝用交映爲妙三十方無餘之刹皆至入定爲徧往往無雜亂不礙時節歷然爲次第即能起用名神通以智用如理本自徧故四明達諸法本自清淨離於想念契理深心依此起用徧供諸佛請法起說名之爲行五佛出劫刹等事皆名莊嚴過去門中

包此無盡爲藏亦名過去清淨藏者入定能入刧一念無緣起定能受法三輪無著皆名清淨六未來藏中包含諸佛及佛法等名之爲藏智慧徹照稱曰光明七現在諸佛作用衆會身相益物皆曰莊嚴橫徧十方故云一切現可目覩故不云藏八於差別衆生身内外入定起定皆自在故雖通三種世間從多但云衆生前後諸定皆從多説九於眼等十八界自在入出又知事法界邊際與理法界無礙自在故十無礙輪者三輪攝化皆自在故又得十無礙滿佛果故無盡大用一一無礙皆悉圓滿能摧伏故尋初後際不得邊故

此十大三昧諸大菩薩乃能善入去來現在一切諸佛已説當説現説

第三歎定勝德於中四一約人以歎人勝故法勝

若諸菩薩愛樂尊重修習不懈則得成就

二若諸菩薩下約修以歎於中二先明修成

如是之人則名爲佛則名如來亦則名爲得十力人亦名導師亦名大導師亦名一切智亦名一切見亦名住無礙亦名達諸境亦名一切法自在

後如是下修益於中亦二初有十句明上等佛果（初有十句者亦是等覺之義顯矣然一品始末等佛義多）

此菩薩普入一切世界而於世界無所著普入一切衆生界而於衆生無所取普入一切身而於身無所礙普入一切法界而知法界無有邊親近三世一切佛明見一切諸佛法

巧說一切文字了達一切假名成就一切菩薩清淨道安住一切菩薩差別行於一念中普得一切三世智普知一切三世法普說一切諸佛教普轉一切不退輪於去來現在一一世普證一切菩提道於此一一菩提中普了一切佛所說

後此菩薩普入下明身智周徧皆言普入者一一皆窮帝網境故文顯可知

此是諸菩薩法相門是諸菩薩智覺門是一切種智無勝幢門是普賢菩薩諸行願門是猛利神通誓願門是一切總持辯才門是三世諸法差別門是一切諸佛示現門是以薩婆若安立一切衆生門是以佛神力嚴淨一切世界門

三此是諸菩薩下直就法歎明此十定該攝諸法體相用等一一超勝故十門五對一境智通悟二因果遊入三通辨出處四佛法所從五嚴土攝生罔不由此

若菩薩入此三昧得法界力無有窮盡得虛空行無有障礙得法王位無量自在譬如世間灌頂受職得無邊智一切通達得廣大力十種圓滿成無諍心入寂滅際大悲無畏猶如師子爲智慧丈夫然正法明燈一切功德歎不可盡聲聞獨覺莫能思議

四若菩薩入此下約證以歎前約修歎望於佛果以顯終同此約證歎直就此定以明業用亦二十句前十明勝德無限文顯可知

得法界智住無動際而能隨俗種種開演住於無相善入法相得自性清淨藏生如來清

淨家善開種種差別法門而以智慧了無所有善知於時常行法施開悟一切名爲智者普攝衆生悉令清淨以方便智示成佛道而常修行菩薩之行無有斷盡入一切智方便境界示現種種廣大神通

後得法界智下明智德自在

是故普賢汝今應當分別廣說一切菩薩十大三昧今此衆會咸皆願聞

第四結勸文並可知

爾時普賢菩薩承如來旨觀普眼等諸菩薩衆而告之言

大文第五爾時普賢下說分中三初承旨總告二佛子云何下別釋十定三第四十三卷末云佛子此是下總結十數

佛子云何爲菩薩摩訶薩普光明三昧

二中十定即爲十段各有標釋結

佛子此菩薩摩訶薩有十種無盡法何者爲十所謂諸佛出現智無盡衆生變化智無盡世界如影智無盡深入法界智無盡善攝菩薩智無盡菩薩不退智無盡善觀一切法義智無盡善持心力智無盡住廣大菩提心智無盡住一切佛法一切智願力智無盡佛子是名菩薩摩訶薩十種無盡法

就初定釋中分五一智無盡二心無邊三定自在四智巧現五觀超絕各有佛子以爲揀別五中初二定方便次一定體後二定用又前三各有標徵釋結今初釋中十句五對初二所事所化次二化處化法如影者無實故隨現故次二攝護始終次二所持能持後二始心終願

佛子此菩薩摩訶薩發十種無邊心何等爲十所謂發度脱一切衆生無邊心發承事一切諸佛無邊心發供養一切諸佛無邊心發普見一切諸佛無邊心發受持一切佛法不忘失無邊心發示現一切佛無量神變無邊心發爲得佛力故不捨一切菩提行無邊心發普入一切智微細境界説一切佛法無邊心發普入佛不思議廣大境界無邊心發於佛辯才起深志樂領受諸佛法無邊心發示現種種自在身入一切如來道場衆會無邊心是爲十

第二心無邊者前明所知無盡今辨對境發心以境無邊故心無邊有十一句者增數十也

佛子此菩薩摩訶薩有十種入三昧差別智何者爲十所謂東方入定西方起西方入定東方起南方入定北方起北方入定南方起東北方入定西南方起西南方入定東北方起西北方入定東南方起東南方入定西北方起下方入定上方起上方入定下方起是爲十

第三定自在者由前大智大心故於三昧自在方處非一入出不同故云差別文並可知

佛子此菩薩摩訶薩有十種入大三昧善巧智何者爲十佛子菩薩摩訶薩以三千大千世界爲一蓮華現身徧此蓮華之上結跏趺坐身中復現三千大千世界其中有百億四天下一一四天下現百億身一一身入百億百億三千大千世界於彼世界一一四天下

現百億百億菩薩修行一一菩薩修行生百億百億決定解一一決定解令百億百億根性圓滿一一根性成百億百億菩薩法不退業然所現身非一非多入定出定無所錯亂第四智巧現分三初標二徵三釋初法說中二初十句別明展轉深細二總顯離相分明

佛子如羅睺阿修羅王本身長七百由旬化形長十六萬八千由旬於大海中出其半身與須彌山而正齊等佛子彼阿修羅王雖化其身長十六萬八千由旬然亦不壞本身之相諸蘊界處悉皆如本心不錯亂不於變化身而作他想於其本身生非已想本受生身恒受諸樂化身常現種種自在神通威力

二舉喻

佛子阿修羅王有貪恚癡具足憍慢尚能如是變現其身何況菩薩摩訶薩能深了達心法如幻一切世間皆悉如夢一切諸佛出興於世皆如影像一切世界猶如變化言語音聲悉皆如響見如實法以如實法而爲其身知一切法本性清淨了知身心無有實體其身普住無量境界以佛智慧廣大光明淨修一切菩提之行

三佛子阿修羅下以劣況勝

佛子菩薩摩訶薩住此三昧超過世間遠離世間無能惑亂無能映奪佛子譬如比丘觀察內身住不淨觀審見其身皆是不淨菩薩摩訶薩亦復如是住此三昧觀察法身見諸世間普入其身於中明見一切世間及世間法於諸世間及世間法皆無所著

第五觀超絶中分三初法二喻三合異前化現故云法身法性包含故一時頓見由此義故無能映奪故云皆無著

佛子是名菩薩摩訶薩第一普光明大三昧善巧智

佛子下總結

佛子云何爲菩薩摩訶薩妙光明三昧

二妙光明大三昧分三初標

佛子此菩薩摩訶薩能入三千大千世界微塵數三千大千世界於一一世界現三千大千世界微塵數身一一身放三千大千世界微塵數光一一光現三千大千世界微塵數色一一色照三千大千世界微塵數世界一一世界中調伏三千大千世界微塵數衆生是諸世界種種不同菩薩悉知所謂世界雜染世界清淨世界所因世界建立世界同住世界光色世界來往如是一切菩薩悉知菩薩悉入是諸世界亦悉來入菩薩之身然諸世界無有雜亂種種諸法亦不壞滅

二釋二初法中四初佛子此菩薩下明身雲展入二明身智俱入三明其卷入四明展卷無礙也

佛子譬如日出繞須彌山照七寶山其七寶山及寶山間皆有光影分明顯現

二喻文有二喻喻前互入無雜亂義文分爲二一寶山光影喻二先喻有五初佛子譬如下明日光現影喻七寶山者即七金山如十地末所列其名但除妙高及雪香二山山間有七香海海現日影山以淨金亦能現影

其寶山上所有日影莫不顯現山間影中其七山間所有日影亦悉顯現山上影中如是展轉更相影現

第二其寶山下明兩影互現正喻菩薩自他互入以彼影明淨如今之鏡故能互現或說日影出七寶山或說日影出七山間或說日影入七寶山或說日影入七山間

第三或說日影下得名不同謂水中本影現山上影時此所現影從山上出來入山間若山上本影現水中影時此所現影從山間出入七金寶山上故正入時即名爲出所喻可知

但此日影更相照現無有邊際

第四但此下明重現無盡喻菩薩帝網身土重現者古德立帝網義經有帝網之名而無廣說之處以昔未有此品經文故此一段文誠可證也

體性非有亦復非無不住於山不離於山不住於水亦不離水

五體性下明體離二邊既離二邊故能互現而無雜亂謂取不可得故非有影現分明故非無不住不離者謂不住成上非有不離成上非無若有定住則不能相入若其離者則無可相入故不離不住方能相入

佛子菩薩摩訶薩亦復如是住此妙光廣大三昧不壞世間安立之相不滅世間諸法自性不住世界內不住世界外於諸世界無所分別亦不壞於世界之相觀一切法一相無相亦不壞於諸法自性住眞如性恒不捨離

二佛子下法合直明不壞不住故得互入

無亂明不壞性相謂若壞性相則無可相入若住內外則不能相入謂若住世間內則不能身包世界若住世界外則不能徧入世界由俱無住故能互入次釋其所以由定無分別而不壞相慧觀一相而不壞諸於諸世界下釋上不壞不住之所以也此句標從由定無分別下正釋所以先釋兩對經文前對約定後對約慧定慧之中皆權實無礙而動靜相卽上句釋於諸世界一無所分別亦不壞於世界之相次句慧觀一相而不壞諸卽釋經觀一切法一相無相亦不壞於諸法自性既事理雙遊故不壞不住既事理雙遊下結成釋上定無分別慧觀一相故不住也定不壞相慧不壞諸故不壞也又二句中不壞卽不壞相二句中無分別觀一相故卽不壞性二句中不壞諸相故不住理二句中無分別觀一相故不住事故由雙遊故得不壞不住若不壞不住則住眞如恒不捨離若不壞下釋經住眞如性恒不捨離不壞性相故住眞如以眞如卽事而眞故由無所住故住眞如良以諸法本無住故若心有住則為非住故大品云若住一切法不住般若波羅蜜不住一切法則住般若波羅蜜又云若住一切法不住一切法若不住一切法則住一切法故上經云一切法無住定處不可得諸佛住於此畢竟不動搖善知識云無住住者則住眞如卽其事也既卽事不捨故相隨性而融通如無不在故同眞如而內外互入既卽事不捨下結成喻中重現無盡之義謂由住卽事眞如如融於事事便如理理既無所不在故身卽理亦無所不遍眞如無所不包故卽如之身亦含一切故云如無不在故同眞如內外互入

佛子譬如幻師善知幻術

二幻師善巧喻初總喻二初喻三初佛子譬如下總明能幻

住四衢道作諸幻事於一日中一須臾頃或現一日或現一夜或復現作七日七夜半月一月一年百年隨其所欲皆能示現城邑聚落泉流河海日月雲雨宮殿屋宅如是一切靡不具足

二住四衢下明依本時處現幻時處喻互相入

不以示現經年歲故壞其根本一日一時不以本時極短促故壞其所現日月年歲幻相

明現本日不滅

後不以示現下本末互不相礙喻不壞相

菩薩摩訶薩亦復如是入此妙光廣大三昧現阿僧祇世界入一世界其阿僧祇世界一一皆有地水火風大海諸山城邑聚落園林屋宅天宮龍宮夜叉宮乾闥婆宮阿修羅宮迦樓羅宮緊那羅宮摩睺羅伽宮種種莊嚴皆悉具足欲界色界無色界小千世界大千世界業行果報死此生彼一切世間所有時節須臾晝夜半月一月一歲百歲成劫壞劫雜染國土清淨國土廣大國土狹小國土於中諸佛出興于世佛刹清淨菩薩衆會周帀圍繞神通自在教化衆生其諸國土所在方處無量人衆悉皆充滿殊形異趣種種衆生無量無邊不可思議去來現在清淨業力出生無量上妙珍寶如是等事咸悉示現入一世界

後菩薩下合中五一明一多相容不同合上現多時處

菩薩於此普皆明見普入普觀普思普了以無盡智皆如實知

二菩薩於此下明智鑒不昧合前能幻之術

不以彼世界多故壞此一世界不以此世界一故壞彼多世界

三不以彼下合不壞本末之相

何以故

四何以下徵釋所由先徵意云何以互入得不壞相

菩薩知一切法皆無我故是名入無命法無作法者菩薩於一切世間勤修行無諍法故是名住無我法者菩薩如實見一切身皆從緣起故是名住無衆生法者菩薩知一切生滅法皆從因生故是名住無補伽羅法者菩薩知諸法本性平等故是名住無意生無摩納婆法者

釋意有三一由知人無我故人我之相已見上文

菩薩知一切法本性寂靜故是名住寂靜法者菩薩知一切法一相故是名住無分別法者菩薩知法界無有種種差別法故是名住不思議法者

二菩薩知一切法本性下知法無我故

菩薩勤修一切方便善調伏衆生故是名住大悲法者

三菩薩勤修下得同體大悲故由此故能融通事理

佛子菩薩如是能以阿僧祇世界入一世界知無數衆生種種差別見無數菩薩各各發趣觀無數諸佛處處出與彼諸如來所演說法其諸菩薩悉能領受亦見自身於中修行

第五佛子菩薩如是下結成上義於中三一結上多入一

然不捨此處而見在彼亦不捨彼處而見在此彼身此身無有差別入法界故

二然不捨下結上不壞性相

常勤觀察無有休息不捨智慧無退轉故
後常勤下結上明鑒
如有幻師隨於一處作諸幻術不以幻地故壞於本地不以幻日故壞於本日
第二別喻中有三逆喻總中三段一幻不壞本喻別喻不壞相二如世幻者下幻必依處喻別喻前依本時處現多時處三如彼幻師作諸幻事下明幻師不迷喻別喻前能幻今初先喻
菩薩摩訶薩亦復如是於無國土現有國土於有國土現無國土於有衆生現無衆生於無衆生現有衆生無色現色色現無色初不亂後後不亂初
後合合中先正合
菩薩了知一切世法悉亦如是同於幻化知法幻故知智幻知智幻故知業幻知智幻業幻已起於幻智觀一切業
後菩薩了知下釋其所以
如世幻者不於處外而現其幻亦不於幻外而有其處
第二幻必依處喻先喻後合喻中略無幻必依時準合應有
菩薩摩訶薩亦復如是不於虛空外入世間亦不於世間外入虛空
合中分二先合依處後合依時前中初總合以記物現故空即事空
何以故虛空世間無差別故
次何以下徵釋所以由理無差故
住於世間亦住虛空菩薩摩訶薩於虛空中能見能修一切世間種種差別妙莊嚴業

後住於世下結成自在

於一念頃悉能了知無數世界若成若壞亦知諸劫相續次第能於一念現無數劫亦不令其一念廣大

二於一念下合於依時於中先正顯

菩薩摩訶薩得不思議解脫幻智到於彼岸住於幻際入世幻數思惟諸法悉皆如幻不違幻世盡於幻智了知三世與幻無別決定通達心無邊際如諸如來住如幻智其心平等菩薩摩訶薩亦復如是知諸世間皆悉如幻於一切處皆無所著無有我所

後菩薩摩訶薩得下釋其所由以得幻智同於佛故

如彼幻師作諸幻事雖不與彼幻事同住而於幻事亦無迷惑菩薩摩訶薩亦復如是知一切法到於彼岸心不計我能入於法亦不於法而有錯亂

第三幻師不迷喻文並可知

是爲菩薩摩訶薩第二妙光明大三昧善巧智

大方廣佛華嚴經疏鈔會本第四十之二

音釋

繒 慈陵切音情帛也

大方廣佛華嚴經疏鈔會本第四十二

唐于闐國三藏沙門實叉難陀　譯

唐清涼山大華嚴寺沙門澄觀撰述

佛子云何爲菩薩摩訶薩次第徧往諸佛國土神通三昧佛子此菩薩摩訶薩過於東方無數世界復過爾所世界微塵數世界於彼諸世界中入此三昧

第三定中釋内有三謂法喻合法中五一明徧刹入定

或刹那入或須臾入或相續入或日初分時入或日中分時入或日後分時入或夜初分時入或夜中分時入或夜後分時入或一日入或五日入或半月入或一月入或一年入或百年入或千年入或百千年入或億年入或百千億年入或百千那由他億年入或一劫入或百劫入或百千劫入或百千那由他億劫入或無數劫入或無量劫入或無邊劫入或無等劫入或不可數劫入或不可稱劫入或不可思劫入或不可量劫入或不可說劫入或不可說不可說劫入

二或刹那下明入時次第

若乆若近若法若時種種不同

三若乆下總結多門

菩薩於彼不生分別心無染著不作二不作不二不作普不作别

四菩薩於彼下心契定體

雖離此分别而以神通方便從三昧起於一切法不忘不失至於究竟

五雖離此下不廢起通

譬如日天子周行照曜晝夜不住日出名晝

日没名夜晝亦不生夜亦不滅
菩薩摩訶薩於無數世界入神通三昧入三昧已明見爾所無數世界亦復如是
佛子是爲菩薩摩訶薩第三次第徧往諸佛國土神通大三昧善巧智
佛子云何爲菩薩摩訶薩清淨深心行三昧
佛子此菩薩摩訶薩知諸佛身數等衆生見無量佛過阿僧祇世界微塵數
第四定中釋内分二先明定内深心行後明定起深心行令初分二先起行後深心前中先舉内
於彼一一諸如來所以一切種種妙香而作供養以一切種種妙華而作供養以一切種種蓋大如阿僧祇佛刹而作供養以超過一切世界一切上妙莊嚴具而作供養散一切種種寶而作供養以一切種種莊嚴具莊嚴經行處而作供養以一切無數上妙摩尼寶藏而作供養以佛神力所流出過諸天上味飲食而作供養一切佛刹種種上妙諸供養具能以神力普皆攝取而作供養
後於彼一一下起行於中先明外事供養行
於彼一一諸如來所恭敬尊重頭頂禮敬舉身布地請問佛法讚佛平等稱揚諸佛廣大功德入於諸佛所入大悲得佛平等無礙之力於一念頃一切佛所勤求妙法
後於彼一一恭敬等三業供養行
然於諸佛出興於世入般涅槃如是之相皆無所得
然於諸佛下明深心中二先法説

如散動心了別所緣心起不知何所緣起心滅不知何所緣滅此菩薩摩訶薩亦復如是終不分別如來出世及涅槃相

後如散動下喻況於中二喻各有喻合一妄念無知喻喻其契實無念

佛子如日中陽燄不從雲生不從池生不處於陸不住於水非有非無非善非惡非清非濁不堪飲漱不可穢汙非有體非無體非有味非無味以因緣故而現水相爲識所了遠望似水而興水想近之則無水想自滅此菩薩摩訶薩亦復如是不得如來出興於世及涅槃相諸佛有相及以無相皆是想心之所分別

二陽燄似水喻喻其了妄同真文並可知

佛子此三昧名爲清淨深心行菩薩摩訶薩於此三昧入已而起起已不失譬如有人從睡得寤憶所夢事覺時雖無夢中境界而能憶念心不忘失菩薩摩訶薩亦復如是入於三昧見佛聞法從定而起憶持不忘而以此法開曉一切道場衆會莊嚴一切諸佛國土無量義趣悉得明達一切法門皆亦清淨然大智炬長諸佛種無畏具足辯才不竭開示演說甚深法藏

第二佛子此三昧下明定起深心行中初法次喻後合合中上明供養自利行令明開演利他行文影略耳開演深理即深心起行也

是爲菩薩摩訶薩第四清淨深心行大三昧善巧智佛子云何爲菩薩摩訶薩知過去莊嚴藏三昧佛子此菩薩摩訶薩能知過去諸

佛出現所謂劫次第中諸刹次第刹次第中諸劫次第劫次第中諸佛出現次第佛出現次第中說法次第說法次第中諸心樂次第心樂次第中諸根次第根次第中調伏次第調伏次第中諸佛壽命次第壽命次第中知億那由他年歲數量次第

第五定釋中有五一對境辨智

佛子此菩薩摩訶薩得如是無邊次第智故則知過去諸佛則知過去諸刹則知過去法門則知過去諸劫則知過去諸法則知過去諸心則知過去諸解則知過去諸衆生則知過去諸煩惱則知過去諸儀式則知過去諸清淨

二正顯智知各有十句皆是過去藏中之法

佛子此三昧名過去清淨藏於一念中能入百劫能入千劫能入百千劫能入百千億那由他劫能入無數劫能入無量劫能入無邊劫能入無等劫能入不可數劫能入不可稱劫能入不可思劫能入不可量劫能入不可說劫能入不可說不可說劫

三所知時分有十四重即釋過去之義

佛子彼菩薩摩訶薩入此三昧不滅現在不緣過去

四顯知相狀不滅現在者不捨也不緣過去者不取也謂但約過去門顯非有取捨

而緣上四各一佛子

佛子彼菩薩摩訶薩從此三昧起於如來所受十種不可思議灌頂法亦得亦清淨亦成就亦入亦證亦滿亦持平等了知三輪清淨

五明出定獲益有三初舉數辨相有十句初句總位終成果名受灌頂法也餘句別一屬已二淨障三究竟四始入五正證六修滿七持令不失八無知而知九淨三輪總該前九如約智辨三輪者謂無能知所知及正知故餘可思準

何等爲十一者辯不違義二者說法無盡三者訓詞無失四者樂說不斷五者心無恐畏六者語必誠實七者衆生所依八者救脫三界九者善根最勝十者調御妙法

二何等下徵列其名初四是四無礙辯次二自利不畏深法如言能行次二利他爲善者依爲惡者救後二總明二利勝妙

佛子此是十種灌頂法若菩薩入此三昧從三昧起無間則得如歌羅邏入胎藏時於一念間識則託生菩薩摩訶薩亦復如是從此定起於如來所一念則得此十種法

三佛子下結得速疾有法喻合歌羅邏者此云薄酪餘可知也（歌羅邏者梵語唐云俱是古義新云羯剌藍此云雜穢）

佛子是名菩薩摩訶薩第五知過去莊嚴藏大三昧善巧智

佛子云何爲菩薩摩訶薩智光明藏三昧佛子彼菩薩摩訶薩住此三昧能知未來一切世界一切劫中所有諸佛

第六智光明藏三昧釋中分二前明定業用後彰定利益初中分六一總知諸佛

若已說若未說若已授記若未授記種種名號各各不同所謂無數名無量名無邊名無等名不可數名不可稱名不可思名不可量

名不可說名
二若巳說下知多名號
當出現於世當利益衆生當作法王當興佛
事當說福利當讚善義當說白分義當淨治
諸惡當安住功德當開示第一義諦當入灌
頂位當成一切智
三當出現下知當所作
彼諸如來修圓滿行發圓滿願入圓滿智有
圓滿衆俱圓滿莊嚴集圓滿功德悟圓滿法
得圓滿果具圓滿相成圓滿覺
四彼諸如來修下明知彼因圓果滿
彼諸如來名姓種族方便善巧神通變化成
熟衆生入般涅槃如是一切皆悉了知
五彼諸如來名姓下知現所作
此菩薩於一念中能入一劫百劫千劫百千

劫百千億那由他劫入閻浮提微塵數劫入
四天下微塵數劫入小千世界微塵數劫入
中千世界微塵數劫入大千世界微塵數劫
入百佛刹微塵數劫入百千佛刹微塵數劫
入百千億那由他佛刹微塵數劫入無數佛
刹微塵數劫入無量佛刹微塵數劫入無邊
佛刹微塵數劫入無等佛刹微塵數劫入不
可數佛刹微塵數劫入不可稱佛刹微塵數
劫入不可思佛刹微塵數劫入不可量佛刹
微塵數劫入不可說佛刹微塵數劫入不可
說不可說佛刹微塵數劫如是未來一切世
界所有劫數能以智慧皆悉了知
六此菩薩於一念下明知分齊其中大千
即是佛刹而重言者多是遺脫應言百佛
刹也餘並可知

以了知故其心復入十種持門何者爲十所謂入佛持故得不可説佛刹微塵數諸佛護念入法持故得十種陀羅尼光明無盡辯才入行持故出生圓滿殊勝諸願入力持故無能映蔽無能摧伏入智持故所行佛法無有障礙入大悲持故轉於不退清淨法輪入差別善巧句持故轉一切文字輪淨一切法門地入師子受生法持故開法關鑰出欲淤泥入智力持故修菩薩行常不休息入善友力持故令無邊衆生普得清淨入無住力持故入不可説不可説廣大劫入法力持故以無礙方便智知一切法自性清淨

二以了知下彰定利益於中四前二自利後二利他謂一令心入持益即由上知故持之不失由持不失得持之益一心中持佛得佛護益二心入持法得總持辯才益餘句倣此有十二者增數十也師子受生者不畏生死苦故示生死實性名開法關鑰了生死本空故出欲淤泥智力持者定慧雙運也入無住力持則大劫不離一念

佛子菩薩摩訶薩住此三昧已善巧住不可説不可説劫善巧住不可説不可説刹善巧知不可説不可説種種衆生善巧知不可説不可説衆生異相善巧知不可説不可説同異業報善巧知不可説不可説精進諸根習氣相續差別諸行善巧知不可説不可説無量染淨種種思惟善巧知不可説不可説法種種義無量文字演説言辭善巧知不可説不可説種種佛出現種族時節現相説法施爲佛事入般涅槃善巧知不可説不可説無

邊智慧門善巧知不可說不可說一切神通無量變現佛子譬如日出世間所有村營城邑宮殿屋宅山澤鳥獸樹林華果如是一切種種諸物有目之人悉得明見佛子日光平等無有分別而能令目見種種相此大三昧亦復如是體性平等無有分別能令菩薩知不可說不可說百千億那由他差別之相

二佛子至住此三昧下明得善巧益有法喻合然善巧有二一如事善巧故法云不可說無量喻云見種種物二如理善巧故云日光平等又由此二無礙方名善巧故

合云無分別而能知

佛子此菩薩摩訶薩如是了知時令諸衆生得十種不空何等爲十一者見不空令諸衆生生善根故二者聞不空令諸衆生得成熟故三者同住不空令諸衆生心調伏故四者發起不空令諸衆生如言而作通達一切諸法義故五者行不空令無邊世界皆清淨故六者親近不空於不可說不可說佛刹諸如來所斷不可說不可說衆生疑故七者願不空隨所念衆生令作勝供養成就諸願故八者善巧法不空皆令得住無礙解脫清淨智故九者雨法雨不空於不可說不可說諸根衆生中方便開示一切智行令住佛道故十者出現不空現無邊相令一切衆生皆蒙照故

三佛子至如是了知下明得不空益

佛子菩薩摩訶薩住此三昧得十種不空時諸天王衆皆來頂禮諸龍王衆興大香雲諸夜叉王頂禮其足阿脩羅王恭敬供養迦樓

羅王前後圍繞諸梵天王悉來勸請緊那羅王摩睺羅伽王咸共稱讚乾闥婆王常來親近諸人王衆承事供養

四佛子至住此三昧下十王敬養益

佛子是爲菩薩摩訶薩第六智光明藏大三昧善巧智

佛子云何爲菩薩摩訶薩了知一切世界佛莊嚴三昧佛子此三昧何故名了知一切世界佛莊嚴

第七三昧釋中二先明定體用後明定利益前中亦二先徵後釋所以重徵者前通徵一定此則別徵莊嚴

佛子菩薩摩訶薩住此三昧能次第入東方世界能次第入南方世界西方北方四維上下所有世界悉亦如是能次第入

後佛子菩薩下釋中二先釋一切世界以是現在故但云十方

皆見諸佛出興於世亦見彼佛一切神力亦見諸佛所有遊戲亦見諸佛廣大威德亦見諸佛最勝自在亦見諸佛大師子吼亦見諸佛所修諸行亦見諸佛種種莊嚴亦見諸佛神足變化亦見諸佛衆會雲集

二皆見諸佛下釋其莊嚴於中二先總列十門皆是莊嚴其中第八別明莊嚴者即功德智慧以嚴其心色相光明以嚴身也

衆會清淨衆會廣大衆會一相衆會多相衆會處所衆會居止衆會成熟衆會調伏衆會威德如是一切悉皆明見

後衆會清淨下別顯嚴相以廣前二一廣衆會二廣莊嚴今初有三初明見他二見

自三能見令初亦三初見衆會體相

亦見衆會其量大小等閻浮提亦見衆會等四天下亦見衆會等小千界亦見衆會等中千界亦見衆會量等三千大千世界亦見衆會充滿百千億那由他佛刹亦見衆會充滿阿僧祇佛刹亦見衆會充滿百佛刹微塵數佛刹亦見衆會充滿千佛刹微塵數佛刹亦見衆會充滿百千億那由他佛刹微塵數佛刹亦見衆會充滿無數佛刹微塵數佛刹亦見衆會充滿無量佛刹微塵數佛刹亦見衆會充滿無邊佛刹微塵數佛刹亦見衆會充滿無等佛刹微塵數佛刹亦見衆會充滿不可數佛刹微塵數佛刹亦見衆會充滿不可稱佛刹微塵數佛刹亦見衆會充滿不可思佛刹微塵數佛刹亦見衆會充滿不可量佛刹微塵數佛刹亦見衆會充滿不可說佛刹微塵數佛刹亦見衆會充滿不可說不可說佛刹微塵數佛刹

次亦見衆會下明見分量

亦見諸佛於彼衆會道場中示現種種相種種時種種國土種種變化種種神通種種莊嚴種種自在種種形量種種事業

後亦見諸佛於彼下見佛作用

菩薩摩訶薩亦見自身往彼衆會亦自見身在彼說法亦自見身受持佛語亦自見身善知緣起亦自見身住在虛空亦自見身住於法身亦自見身不生染著亦自見身不住分別亦自見身無有疲倦亦自見身普入諸智亦自見身普知諸義亦自見身普入諸地亦自見身普入諸趣亦自見身普知方便亦自

見身普住佛前亦自見身普入諸力亦自見身普入眞如亦自見身普入無諍亦自見身普入諸法

二菩薩摩訶薩下明見自可知

如是見時不分別國土不分別衆生不分別佛不分別法不執著身不執著身業不執著心不執著意譬如諸法不分別自性不分別音聲而自性不捨名字不滅菩薩摩訶薩亦復如是不捨於行隨世所作而於此二無所執著

三如是見時下明能見有法喻合法中明無分別而見喻中明能所詮不自云我是能所詮而不捨能所詮以喻無分別故而知也合中先合不捨後而於下合不分別

佛子菩薩摩訶薩見佛無量光色無量形相圓滿成就平等清淨一一現前分明證了

二佛子至見佛無量光色下廣上莊嚴中二先以法說後以喻顯前中二先標章門略舉四種莊嚴皆分明證了

或見佛身種種光明或見佛身圓光一尋或見佛身如盛日色或見佛身微妙光色或見佛身作清淨色或見佛身作黃金色或見佛身作金剛色或見佛身作紺青色或見佛身作無邊色或見佛身作大青摩尼寶色

後或見佛身下依章別釋即分爲四一釋無量光色

或見佛身其量七肘或見佛身其量八肘或見佛身其量九肘或見佛身其量十肘或見佛身二十肘量或見佛身三十肘量如是乃至一百肘量一千肘量或見佛身一俱盧舍

量或見佛身半由旬量或見佛身一由旬量或見佛身十由旬量或見佛身百由旬量或見佛身千由旬量或見佛身百千由旬量或見佛身閻浮提量或見佛身四天下量或見佛身小千界量或見佛身中千界量或見佛身大千界量或見佛身百大千世界量或見佛身千大千世界量或見佛身百千大千世界量或見佛身百千億那由他大千世界量或見佛身無數大千世界量或見佛身無量大千世界量或見佛身無邊大千世界量或見佛身無等大千世界量或見佛身不可數大千世界量或見佛身不可稱大千世界量或見佛身不可思大千世界量或見佛身不可量大千世界量或見佛身不可說大千世界量或見佛身不可說不可說大千世界量

二或見佛身其量下釋無量形相

佛子菩薩如是見諸如來無量色相無量形狀無量示現無量光明無量光明網其光分量等于法界於法界中無所不照普令發起無上智慧

三佛子菩薩如是見下釋上圓滿成就顯前二圓滿故

又見佛身無有染著無有障礙上妙清淨

四又見佛下釋上平等清淨即兼內二嚴

佛子菩薩如是見於佛身而如來身不增不減譬如虛空於蟲所食芥子孔中亦不減小於無數世界中亦不增廣其諸佛身亦復如是見大之時亦無所增見小之時亦無所減佛子譬如月輪閻浮提人見其形小而亦不減月中住者見其形大而亦不增菩薩摩訶

薩亦復如是住此三昧隨其心樂見諸佛身種種化相言辭演法受持不忘而如來身不增不減佛子譬如衆生命終之後將受生時不離於心所見清淨菩薩摩訶薩亦復如是不離於此甚深三昧所見清淨

二佛子菩薩如是見於佛下以喻顯中三一空無增減喻喻法性身無可增減空之大小在於世界及於芥子非空體然如法性之身應器成異二月無增減喻喻真常色身體不易故證有近遠隨心見殊前喻但喻佛身此喻兼喻光色及圓滿成就三隨心現境喻喻上清淨菩薩心淨則見佛淨在於如來何淨何垢

佛子菩薩摩訶薩住此三昧成就十種速疾法何者爲十所謂速增諸行圓滿大願速以法光照耀世間速以方便轉於法輪度脫衆生速隨衆生業示現諸佛清淨國土速以平等智趣入十力速與一切如來同住速以大慈力摧破魔軍速斷衆生疑令生歡喜速隨勝解示現神變速以種種妙法言辭淨諸世間

第二佛子至住此三昧下明定利益略舉七種益各有佛子以爲揀別第一速成行願益有標徵釋可知

佛子此菩薩摩訶薩復得十種法印印一切法何等爲十一者同去來今一切諸佛平等善根二者同諸如來得無邊際智慧法身三者同諸如來住不二法四者同諸如來觀察三世無量境界皆悉平等五者同諸如來得了達法界無礙境界六者同諸如來成就十

力所行無礙七者同諸如來永絶二行住無諍法八者同諸如來教化衆生恒不止息九者同諸如來於智善巧義善巧中能善觀察十者同諸如來與一切佛平等無二

第二法印同佛益有十句五對初二福慧同次二二諦境智同次二體用同次二二利同後二善巧平等同

佛子若菩薩摩訶薩成就此了知一切世界佛莊嚴大三昧善巧方便門是無師者不由他教自入一切佛法故是丈夫者能開悟一切衆生故是清淨者知心性本淨故是第一者能度脱一切世間故是安慰者能開曉一切衆生故是安住者未住佛種性者令得住故是真實知者入一切智門故是無異想者所言無二故是住法藏者誓願了知一切佛法故是能雨法雨者隨衆生心樂悉令充足故

第三以德成人益可知

佛子譬如帝釋於頂髻中置摩尼寶以寶力故威光轉盛其釋天王初獲此寶則得十法出過一切三十三天何等爲十一者色相二者形體三者示現四者眷屬五者資具六者音聲七者神通八者自在九者慧解十者智用如是十種悉過一切三十三天菩薩摩訶薩亦復如是初始獲得此三昧時則得十種廣大智藏何等爲十一者照耀一切佛刹智二者知一切衆生受生智三者普作三世變化智四者普入一切佛身智五者通達一切佛法智六者普攝一切淨法智七者普令一切衆生入法身智八者現見一切法普眼清

淨智九者一切自在到於彼岸智十者安住一切廣大法普盡無餘智

第四智德包含益於中二先喻後合各有十句合中總標合初獲即得十句合前十事唯八九不次以智雖是一從所知別故一佛刹合色相二衆生合形體三變化合示現四入佛合眷屬以互爲主伴如眷屬故五通達佛法爲助道資具六普攝淨法則圓音示人七皆令入法方是神通八普眼清淨超合慧解九自在却合自在十住法合智用

佛子菩薩摩訶薩住此三昧復得十種最清淨威德身何等爲十一者爲照耀不可說不可說世界故放不可說不可說光明輪二者爲令世界咸清淨故放不可說不可說無量色相光明輪三者爲調伏衆生故放不可說不可說光明輪四者爲親近一切諸佛故化作不可說不可說身五者爲承事供養一切諸佛故雨不可說不可說種種殊妙香華雲六者爲承事供養一切佛及調伏一切衆生故於一一毛孔中化作不可說不可說種種音樂七者爲成熟衆生故現不可說不可說種種無量自在神變八者爲於十方種種名號一切佛所請問法故一步超過不可說不可說世界九者爲令一切衆生見聞之者皆不空故現不可說不可說種種無量清淨色相身無能見頂十者爲與衆生開示無量秘密法故發不可說不可說音聲語言

第五身威超勝益有標有釋

佛子菩薩摩訶薩得此十種最清淨威德身

已能令衆生得十種圓滿何等爲十一者能令衆生得見於佛二者能令衆生深信於佛三者能令衆生聽聞於法四者能令衆生知有佛世界五者能令衆生見佛神變六者能令衆生念所集業七者能令衆生定心圓滿八者能令衆生入佛清淨九者能令衆生發菩提心十者能令衆生圓滿佛智

第六令他圓滿益先牒前起後後徵列名相

佛子菩薩摩訶薩令衆生得十種圓滿已復爲衆生作十種佛事何等爲十所謂以音聲作佛事爲成熟衆生故以色形作佛事爲調伏衆生故以憶念作佛事爲清淨衆生故以震動世界作佛事爲令衆生離惡趣故以方便覺悟作佛事爲令衆生不失念故以夢中現相作佛事爲令衆生恒正念故以放大光明作佛事爲普攝取諸衆生故以修菩薩行作佛事爲令衆生住勝願故以成正等覺作佛事爲令衆生知幻法故以轉妙法輪作佛事爲衆說法不失時故以現住壽命作佛事爲調伏一切衆生故以示般涅槃作佛事知諸衆生起疲厭故

第七轉作佛事益亦先牒前起後後徵列名相文並可知

佛子是爲菩薩摩訶薩第七了知一切世界佛莊嚴大三昧善巧智

大方廣佛華嚴經疏鈔會本第四十一

音釋

陽燄（燄以贍切）漱（蘇奏切蕩口也）寤（五故切寐覺也）歌羅邏（梵語也此云凝滑邏朗可切）關鑰（鑰以灼切關下牡也）淤泥（淤依據切淤泥）

滓濁泥也　肘陟柳切二尺為一肘

大方廣佛華嚴經疏鈔會本第四十二

唐于闐國三藏沙門實叉難陀　譯

唐清涼山大華嚴寺沙門澄觀撰述

佛子云何爲菩薩摩訶薩一切衆生差別身三昧佛子菩薩摩訶薩住此三昧得十種無所著何者爲十所謂於一切剎無所著於一切方無所著於一切劫無所著於一切衆無所著於一切法無所著於一切菩薩無所著於一切菩薩願無所著於一切三昧無所著於一切佛無所著於一切地無所著是爲十

第八一切衆生差別身三昧釋中分五一明能入智二顯入出之相三明入定之益四明境界自在五總結究竟今初由得十種無著成後出入自在一切地者佛地菩薩地等

佛子菩薩摩訶薩於此三昧云何入云何起佛子菩薩摩訶薩於此三昧內身入外身起外身入內身起同身入異身起異身入同身起人身入夜叉身起夜叉身入龍身起龍身入阿脩羅身起阿脩羅身入天身起天身入梵王身起梵王身入欲界身起

二入出相中二先徵起後釋相於中先法後喻法中略辨十類以表無盡一諸類正報相對明入出

天中入地獄起地獄入人間起人間入餘趣起

二天中入下六趣依報明入出

千身入一身起一身入千身起那由他身入一身起一身入那由他身起

三千身入下一多相對

閻浮提衆生衆中入西瞿陀尼衆生衆中起
西瞿陀尼衆生衆中入北拘盧衆生衆中起
北拘盧衆生衆中入東毗提訶衆生衆中起
東毗提訶衆生衆中入三天下衆生衆中起
三天下衆生衆中入四天下衆生衆中起四
天下衆生衆中入一切海差別衆生衆中起
一切海差別衆生衆中入一切海神衆中起
四閻浮提下四洲大海相對
一切海神衆中入一切海水大中起一切海
水大中入一切海地大中起一切海地大中
入一切海火大中起一切海火大中入一切
海風大中起一切海風大中入一切四大種
中起一切四大種中入無生法中起無生法
中入妙高山中起妙高山中入七寶山中起
七寶山中入一切地種種稼穡樹林黑山中

起一切地種種稼穡樹林黑山中入一切妙
香華寶莊嚴中起
五一切海神下大種事法相對其無生法
乘四大種生便故來
一切妙香華寶莊嚴中入一切四天下下方
上方一切衆生受生中起
六一切妙香華下諸方相對
一切四天下下方上方一切衆生受生中入
小千世界衆生衆中起小千世界衆生衆中
入中千世界衆生衆中起中千世界衆生衆
中入大千世界衆生衆中起大千世界衆生
衆中入百千億那由他三千大千世界衆生
衆中起百千億那由他三千大千世界衆生
衆中入無數世界衆生衆中起無數世界衆
生衆中入無量世界衆生衆中起無量世界

衆生衆中入無邊佛刹衆生衆中起無邊佛刹衆生衆中入無等佛刹衆生衆中起無等佛刹衆生衆中入不可數世界衆生衆中起不可數世界衆生衆中入不可稱世界衆生衆中起不可稱世界衆生衆中入不可思世界衆生衆中起不可思世界衆生衆中入不可量世界衆生衆中起不可量世界衆生衆中入不可説世界衆生衆中起不可説世界衆生衆中入不可説不可説世界衆生衆中起

七一切四天下下衆數多少相對

不可説不可説世界衆生衆中入雜染衆生衆中起雜染衆生衆中入清淨衆生衆中起清淨衆生衆中入雜染衆生衆中起

八不可説不可説衆生衆中入下染淨相對

眼處入耳處起耳處入眼處起鼻處入舌處起舌處入鼻處起身處入意處起意處入身處起自處入他處起他處入自處起

九眼處下諸界相對

一微塵中入無數世界微塵中起無數世界微塵中入一微塵中起聲聞入獨覺起獨覺入聲聞起自身入佛身起佛身入自身起一念入億劫起億劫入一念起同念入别時起别時入同念起前際入後際起後際入前際起前際入中際起中際入前際起三世入刹那起刹那入三世起眞如入言説起言説入眞如起

十一微塵下雜明諸類相對爲麤細凡聖念劫真妄等其入出等義如賢首品

佛子譬如有人爲鬼所持其身戰動不能自安鬼不現身令他身然菩薩摩訶薩住此三昧亦復如是自身入定他身起他身入定自身起

二喻顯中有四喻喻前十類各有法合一鬼力持人喻喻第一第四多約身故

佛子譬如死屍以呪力故而能起行隨所作事皆得成就屍之與呪雖各差別而能和合成就彼事菩薩摩訶薩住此三昧亦復如是同境入定異境起異境入定同境起

第二呪起死屍喻喻第二五六多約依報境故

佛子譬如比丘得心自在或以一身作多身或以多身作一身非一身没多身生非多身没一身生菩薩摩訶薩住此三昧亦復如是一身入定多身起多身入定一身起

第三羅漢現通喻喻第三第七多約數故

佛子譬如大地其味一種所生苗稼種種味別地雖無差別然味有殊異菩薩摩訶薩住此三昧亦復如是無所分別然有一種入定多種起多種入定一種起

第四地一苗多喻喻後三門雜明種種故喻合相映文理自顯

佛子菩薩摩訶薩住此三昧得十種稱讚法之所稱讚何者爲十所謂入眞如故名爲如來覺一切法故名之爲佛爲一切世間所稱讚故名爲法師知一切法故名一切智爲一切世間所歸依故名所依處了達一切法方便故名爲導師引一切衆生入薩婆若道故名大導師爲一切世間燈故名爲光明心志

圓滿義利成就所作皆辦住無礙智分別了知一切諸法故名爲十力自在通達一切法輪故名一切見者是爲十

第三佛子至住此三昧下入定益中有三一得讚同佛果益皆上句顯義下句結名十力義中云心志圓滿者明力自利義義利成就顯力利他所作皆辦彰力圓滿住無礙智總顯力體分別了知一切諸法通明力用餘文可知

佛子菩薩摩訶薩住此三昧復得十種光明照耀何者爲十所謂得一切諸佛光明與彼平等故得一切世界光明普能嚴淨故得一切衆生光明悉往調伏故得無量無畏光明法界爲場演說故得無差別光明知一切法無種種性故得方便光明於一切法離欲際而證入故得眞實光明於一切法離欲際心平等故得徧一切世間神變光明蒙佛所加恒不息故得善思惟光明到一切佛自在岸故得一切法眞如光明於一毛孔中善說一切故是爲十

二身智光照益

佛子菩薩摩訶薩住此三昧復得十種無所作何者爲十所謂身業無所作語業無所作意業無所作神通無所作了法無性無所作知業不壞無所作無差別智無所作無生起智無所作知法無滅無所作隨順於文不壞於義無所作是爲十

三業用無作益皆有佛子文相並顯

佛子菩薩摩訶薩住此三昧無量境界種種差別所謂一入多起多入一起同入異起異

入同起細入麤起麤入細起大入小起小入大起順入逆起逆入順起無身入有身起有身入無身起無相入有相起有相入無相起起中入入中起如是皆是此之三昧自在境界

第四佛子至住此三昧無量境下明境界自在先法後喻今初前第二段但明入起今兼明逆順有無等爲種種境界起中入者即用之寂故入中起者即寂之用故是知菩薩之定常入常起常雙入出常無入出方爲自在爲顯自在寄諸境界交絡而明是知菩薩之定者結成難思若以定門觀則常入定以用門觀則常出定以用門觀則常起用實則動寂必俱故常雙入出矣然動靜唯物據其體極動靜斯亡故常無入起又入即起故無入起即入故無起若然何以經云麤細入起等故下釋云爲顯自在故寄諸境界交絡而明若云一入多起即云自在若云無入無起何名自在常入常起自在之相亦然廣如賢首品辨

佛子譬如幻師持呪得成能現種種差別形相呪與幻別而能作幻呪唯是聲而能幻作眼識所知種種諸色耳識所知種種諸聲鼻識所知種種諸香舌識所知種種諸味身識所知種種諸觸意識所知種種境界菩薩摩訶薩住此三昧亦復如是同中入定異中起異中入定同中起

二喻顯中文有六喻皆自有合一幻現六境喻喻前同異

佛子譬如三十三天共阿脩羅鬬戰之時諸天得勝脩羅退衂阿脩羅王其身長大七百由旬四兵圍繞無數千萬以幻術力將諸軍衆同時走入藕絲孔中菩薩摩訶薩亦復如是已善成就諸幻智地幻智即是菩薩菩薩

即是幻智是故能於無差別法中入定差別法中起差別法中入定無差別法中起

二修羅窟匿喻喻前麤細小大二對約理事相望則無差別爲細差別爲麤理細事麤故或無差爲麤總相入故差別爲細別相入故無差則大周法界差則隨事成小若唯約事明大小並差別所收

若約理事等者由標云喻麤細大小二對及經合中云無差別中入定差別法中起等故爲此釋於中先釋麤細後釋大小前中有二意取義雖異麤細是同前則理細事麤後則總麤別細別於一一事中而入理故則後對唯約理說無差則下釋上大小一對亦有二意初一事理對明大小若唯約事下唯就事明大小可知

佛子譬如農夫田中下種種子在下果生於上菩薩摩訶薩住此三昧亦復如是一中入定多中起多中入定一中起

三農夫下種喻喻明上下合辨一多文影略耳

佛子譬如男女赤白和合或有衆生於中受生爾時名爲歌羅邏位從此次第住母胎中滿足十月善業力故一切支分皆得成就諸根不缺心意明了其歌羅邏與彼六根體狀各別以業力故而能令彼次第成就受同異類種種果報菩薩摩訶薩亦復如是從一切智歌羅邏位信解願力漸次增長其心廣大任運自在無中入定有中起有中入定無中起

四受胎生長喻喻上有身無身如彼從無之有故

佛子譬如龍宮依地而立不依虛空龍依宮住亦不在空而能興雲徧滿空中有人仰視所見宮殿當知皆是乾闥婆城非是龍宮佛

子龍雖處下而雲布上菩薩摩訶薩住此三昧亦復如是於無相入有相起於有相入無相起

五龍下雲上喻喻有相無相

佛子譬如妙光大梵天王所住之宮名一切世間最勝清淨藏此大宮中普見三千大千世界諸四天下天宮龍宮夜叉宮乾闥婆宮阿脩羅宮迦樓羅宮緊那羅宮摩睺羅伽宮人間住處及三惡道須彌山等種種諸山大海江河陂澤泉源城邑聚落樹林衆寶如是一切種種莊嚴盡大輪圍所有邊際乃至空中微細遊塵莫不皆於梵宮顯現如於明鏡見其面像菩薩摩訶薩住此一切衆生差別身大三昧知種種剎見種種佛度種種衆證種種法成種種行滿種種解入種種三昧起種種神通得種種智慧住種種剎那際

六梵宮普現喻喻上入中起起中入及逆順相對故合云種種

佛子此菩薩摩訶薩到十種神通彼岸何者爲十所謂到諸佛盡虛空徧法界神通彼岸到菩薩究竟無差別自在神通彼岸到能發起菩薩廣大行願入如來門佛事神通彼岸到能震動一切世界一切境界悉令清淨神通彼岸到能自在知一切衆生不思議業果皆如幻化神通彼岸到能自在知諸三昧麤細入出差別相神通彼岸到能勇猛入如來境界而於其中發生大願神通彼岸到能化作佛化轉法輪調伏衆生令生佛種令入佛乘速得成就神通彼岸到能了知不可說一切祕密文句而轉法輪令百千億那由他不

可說不可說法門皆得清淨神通彼岸到不假晝夜年月劫數一念悉能三世示現神通彼岸是爲十

第五佛子至到神通彼岸下總結究竟並顯可知

佛子是名菩薩摩訶薩第八一切衆生差別身大三昧善巧智

佛子云何爲菩薩摩訶薩法界自在三昧佛子此菩薩摩訶薩於自眼處乃至意處入三昧名法界自在

第九法界自在三昧釋中四一顯定體用二明定成益三以喻寄顯四總結雙行今初分三初總顯名體謂於眼等法界得自在故

菩薩於自身一一毛孔中入此三昧

二菩薩於自身下彰入定處謂於毛孔中入眼等定顯互用自在故謂於毛孔下然常途所明互用者但眼處能作耳處等事耳處能作眼鼻事等故六根互用今約十八界明則有數重之互一諸根互二分圓互毛孔身根中互能入眼等定故三一多互謂一根頓作多根事故四根境互謂根入境定如賢首品說以此云法界必該十八界故五復有一根入多境一境入多根六復有六識對境以明互入等

自然能知諸世間知諸世間法知諸世界知億那由他世界知阿僧祇世界知不可說佛刹微塵數世界見一切世界中有佛出興菩薩衆會悉皆充滿光明清淨淳善無雜廣大莊嚴種種衆寶以爲嚴飾

三自然下明定功用於中四一了三世間

菩薩於彼或一劫百劫千劫億劫百千億那由他劫無數劫無量劫無邊劫無等劫不可數劫不可稱劫不可思劫不可量劫不可說

劫不可說不可說劫不可說不可說佛剎微塵數劫修菩薩行常不休息

二菩薩於彼下多劫修行

又於如是無量劫中住此三昧亦入亦起亦成就世界亦調伏衆生亦徧了法界亦普知三世亦演說諸法亦現大神通種種方便無著無礙

三又下入出無礙

以於法界得自在故善分别眼善分别耳善分别鼻善分别舌善分别身善分别意如是種種差别不同悉善分别盡其邊際

四以於法界下結成自在此有二義一於理法界自在故能善分别眼等界二善分别眼等十八界即是事法界自在此二無礙及事事無礙故云如是種種皆横盡其邊豎窮其際

菩薩如是善知見已能生起十千億陀羅尼法光明成就十千億清淨行獲得十千億諸根圓滿十千億神通能入十千億三昧成就十千億神力長養十千億諸力圓滿十千億深心運動十千億力持示現十千億神變具足十千億菩薩無礙圓滿十千億菩薩助道積集十千億菩薩藏照明十千億菩薩方便演說十千億諸義成就十千億諸願出生十千億迴向淨治十千億菩薩正位明了十千億法門開示十千億演說修治十千億菩薩清淨

第二菩薩如是下明定成益中辨十種益

一生多功德益有二十一句各十千億

佛子菩薩摩訶薩復有無數功德無量功德

無邊功德無等功德不可數功德不可稱功德不可思功德不可量功德不可說功德無盡功德佛子此菩薩於如是功德皆已辦具皆已積集皆已莊嚴皆已清淨皆已瑩徹皆已攝受皆能出生皆可稱歎皆得堅固皆已成就

二佛子至復有無數下具無盡德益隨前一事皆至無盡故於中二十句前十句所具之多後十句能具之相清淨者除垢故瑩徹者發本智光故

佛子菩薩摩訶薩住此三昧爲東方十千阿僧祇佛刹微塵數名號諸佛之所攝受一一名號復有十千阿僧祇佛刹微塵數佛各各差別如東方南西北方四維上下亦復如是

三佛子至住此三昧下諸佛攝受益於中三初明攝受

彼諸佛悉現其前爲現諸佛清淨刹爲說諸佛無量身爲說諸佛難思眼爲說諸佛無量耳爲說諸佛清淨鼻爲說諸佛清淨舌爲說諸佛無住心爲說如來無上神通

次彼諸佛下現身說法

令修如來無上菩提令得如來清淨音聲開示如來不退法輪顯示如來無邊衆會令入如來無邊秘密讚歎如來一切善根令入如來平等之法宣說如來三世種性示現如來無量色相闡揚如來護念之法演暢如來微妙法音辯明一切諸佛世界宣揚一切諸佛三昧示現諸佛衆會次第護持諸佛不思議法說一切法猶如幻化明諸法性無有動轉開示一切無上法輪讚美如來無量功德令

入一切諸三昧雲令知其心如幻如化無邊無盡

　後令修下令其修證

佛子菩薩摩訶薩住此法界自在三昧時彼十方各十千阿僧祇佛刹微塵數名號如來一一名中各有十千阿僧祇佛刹微塵數佛同時護念令此菩薩得無邊身令此菩薩得無礙心令此菩薩於一切法得無忘念令此菩薩於一切法得決定慧令此菩薩轉更聰敏於一切法皆能領受令此菩薩於一切法悉能明了令此菩薩諸根猛利於神通法悉得善巧令此菩薩境界無礙周行法界恒不休息令此菩薩得無礙智畢竟清淨令此菩薩以神通力一切世界示現成佛

　四佛子至住此法界下諸佛護念益攝受攝之屬佛護念即佛力來加

佛子菩薩摩訶薩住此三昧得十種海何者爲十所謂得諸佛海咸覩見故得衆生海悉調伏故得諸法海能以智慧悉了知故得諸刹海以無性無作神通皆往詣故得功德海一切修行悉圓滿故得神通海能廣示現令開悟故得諸根海種種不同悉善知故得諸心海知一切衆生種種差別無量心故得諸行海能以願力悉圓滿故得諸願海悉使成就永清淨故

　五得十海深廣益

佛子菩薩摩訶薩得如是十種海已復得十種殊勝何等爲十一者於一切衆生中最爲第一二者於一切諸天中最爲殊特三者於一切梵王中最極自在四者於諸世間無所

染著五者一切世間無能映蔽六者一切諸魔不能惑亂七者普入諸趣無所罣礙八者處處受生知不堅固九者一切佛法皆得自在十者一切神通悉能示現

六得殊勝超絕益並可知

佛子菩薩摩訶薩得如是十種殊勝已復得十種力於衆生界修習諸行何等爲十一謂勇健力調伏世間故二謂精進力恒不退轉故三謂無著力離諸垢染故四謂寂靜力於一切法無諍論故五謂逆順力於一切法心自在故六謂法性力於諸義中得自在故七謂無礙力智慧廣大故八謂無畏力能說諸法故九謂辯才力能持諸法故十謂開示力智慧無邊故

七得諸力幹能益於中初列十力

佛子此十種力是廣大力最勝力無能摧伏力無量力善集力不動力堅固力智慧力成就力勝定力清淨力極清淨力法身力法光明力法燈力法門力無能壞力極勇猛力大丈夫力善丈夫修習力成正覺力過去積集善根力安住無量善根力住如來力力心思惟力增長菩薩歡喜力出生菩薩淨信力增長菩薩勇猛力菩提心所生力菩薩清淨深心力菩薩殊勝深心力菩薩善根熏習力究竟諸法力無障礙身力入方便善巧法門力清淨妙法力安住大勢一切世間不能傾動力一切衆生無能映蔽力

後佛子此十種力下顯其超勝隨前一一力皆具此三十八力

佛子此菩薩摩訶薩於如是無量功德法能

生能成就能圓滿能照明能具足能徧具足能廣大能堅固能增長能淨治能徧淨治

八佛子此菩薩下結能圓滿益

此菩薩功德邊際智慧邊際修行邊際法門邊際自在邊際苦行邊際成就邊際清淨邊際出離邊際法自在邊際無能說者此菩薩所獲得所成就所趣入所現前所有境界所有觀察所有證入所有清淨所有了知所有建立一切法門於不可說劫無能說盡

九此菩薩功德下自德無邊故他不能說益

佛子菩薩摩訶薩住此三昧能了知無數無量無邊無等不可數不可稱不可思不可量不可說不可說不可說不可說一切三昧彼一一三昧所有境界無量廣大於境界中若入若起若住所有相狀所有示現所有行處所有等流所有自性所有除滅所有出離如是一切靡不明見

十佛子至住此三昧下三昧無邊自無不了益上十段中前七別明後三總結

佛子譬如無熱惱大龍王宮流出四河無濁無雜無有垢穢光色清淨猶如虛空其池四面各有一口一一口中流出一河於象口中出恒伽河師子口中出私陁河於牛口中出信度河於馬口中出縛芻河其四大河流出之時恒伽河口流出銀沙私陁河口流出金剛沙信度河口流出金沙縛芻河口流出瑠璃沙恒伽河口作白銀色私陀河口作金剛色信度河口作黃金色縛芻河口作瑠璃色一一河口廣一由旬其四大河旣流出已各

共圍繞大池七帀隨其方面四向分流瀕涌奔馳入於大海其河旋繞一一之間有天寶所成優鉢羅華波頭摩華拘物頭華芬陀利華奇香發越妙色清淨種種華葉種種臺蘂悉是衆寶自然映徹成放光明互相照現其無熱池周圍廣大五十由旬衆寶妙沙徧布其底種種摩尼以爲嚴飾無量妙寶莊嚴其岸栴檀妙香普散其中優鉢羅華波頭摩華拘物頭華芬陀利華及餘寶華皆悉徧滿微風吹動香氣遠徹華林寶樹周帀圍繞日光出時普皆照明池河内外一切衆物接影連輝成光明網如是衆物若遠若近若高若下若廣若狹若麤若細乃至極小一沙一塵悉是妙寶光明鑒徹靡不於中日輪影現亦復展轉更相現影如是衆影不增不減非合非散皆如本質而得明見

第三喻顯中正顯前體用及益亦明前所未顯故不全似上文文中二先總舉喻體

佛子如無熱大池於四口中流出四河入於大海菩薩摩訶薩亦復如是從四辯才流出諸行究竟入於一切智海

後佛子如無熱下對喻別合有十三門各先喻後合一合流沙入海喻中先總明喻合雖舉四河意在四口出沙故下第九別明四河

如恒伽大河從銀色象口流出銀沙菩薩摩訶薩亦復如是以義辯才說一切如來所說一切義門出生一切清淨白法究竟入於無礙智海如私陀大河從金剛色師子口流出金剛沙菩薩摩訶薩亦復如是以法辯才爲

一切衆生說佛金剛句引出金剛智究竟入於無礙智海如信度大河從金色牛口流出金沙菩薩摩訶薩亦復如是以訓詞辯說隨順世間緣起方便開悟衆生令皆歡喜調伏成熟究竟入於緣起方便海如縛芻大河於瑠璃色馬口流出瑠璃沙菩薩摩訶薩亦復如是以無盡辯雨百千億那由他不可說法令其聞者皆得潤洽究竟入於諸佛法海

後如恒伽下別明四辯即喻四口所說即喻四沙若開四辯總別爲五則有十七門

如四大河隨順圍繞無熱池已四方入海

二如四大河下合遶池入海喻於中先喻後合

菩薩摩訶薩亦復如是成就隨順身業隨順語業隨順意業成就智爲前導身業智爲前導語業智爲前導意業四方流注究竟入爲一切智海佛子何者名爲菩薩四方佛子所謂見一切佛而得開悟聞一切法受持不忘圓滿一切波羅蜜行大悲說法滿足衆生

合中先合遶池菩提心智名之爲池三業隨順智慧即爲遶義後佛子下合其四方

如四大河圍繞大池於其中間優鉢羅華波頭摩華拘物頭華芬陀利華皆悉徧滿菩薩摩訶薩亦復如是於菩提心中間不捨衆生說法調伏悉令圓滿無量三昧見佛國土莊嚴清淨

三如四大河圍遶下合池間寶華喻說法有開敷之義三寶有感果之能莊嚴清淨皆華上之別義

如無熱大池寶樹圍繞菩薩摩訶薩亦復如

是現佛國土莊嚴圍繞令諸衆生趣向菩提
四合寶樹遶池喻
如無熱大池其中縱廣五十由旬清淨無濁
菩薩摩訶薩亦復如是菩提之心其量無邊
善根充滿清淨無濁
五合大池清淨喻即是池體
如無熱大池以無量寶莊嚴其岸散栴檀香
徧滿其中菩薩摩訶薩亦復如是以百千億
十種智寶嚴菩提心大願之岸普散一切衆
善妙香
六合栴檀香岸喻十種智寶有二義一即
離世間中十種如寶智二即他心等十種
智也
如無熱大池底布金沙種種摩尼間錯莊嚴
菩薩摩訶薩亦復如是微妙智慧周徧觀察
不可思議菩薩解脫種種法寶間錯莊嚴得
一切法無礙光明住於一切諸佛所住入於
一切甚深方便
七合底布金寶喻妙智合金沙解脫合摩
尼無礙光明合二種放光住佛所住入於
甚深合布其底上四段各以如無熱大池
爲首
如阿那婆達多龍王永離龍中所有熱惱菩
薩摩訶薩亦復如是永離一切世間憂惱雖
現受生而無染著
八如阿那下合龍王無惱喻即合池名名
因龍得故
如四大河潤澤一切閻浮提地旣潤澤已入
於大海菩薩摩訶薩亦復如是以四智河潤
澤天人沙門婆羅門令其普入阿耨多羅三

藐三菩提智慧大海以四種力而爲莊嚴何者爲四一者願智河救護調伏一切衆生常不休息二者波羅蜜智河修菩提行饒益衆生去來今世相續無盡究竟入於諸佛智海三者菩薩三昧智河無數三昧以爲莊嚴見一切佛入諸佛海四者大悲智河大慈自在普救衆生方便攝取無有休息修行秘密功德之門究竟入於十力大海

九合四河潤澤喻

如四大河從無熱池既流出已究竟無盡入於大海菩薩摩訶薩亦復如是以大願力修菩薩行自在知見無有窮盡究竟入於一切智海

十合四河無盡喻

如四大河入於大海無能爲礙令不入者菩薩摩訶薩亦復如是常勤修習普賢行願成就一切智慧光明住於一切佛菩提法入如來智無有障礙

十一合入海無障喻

如四大河奔流入海經於累劫亦無疲厭菩薩摩訶薩亦復如是以普賢行願盡未來劫修菩薩行入如來海不生疲厭

十二合入海無厭喻上之四喻各以如四大河而爲喻首上之十喻皆以菩薩而爲合初

佛子如日光出時無熱池中金沙銀沙金剛沙瑠璃沙及餘一切種種寶物皆有日影於中顯現其金沙等一切寶物亦各展轉而現其影互相鑒徹無所妨礙

十三佛子如日光下合衆寶交影喻先喻

後合

菩薩摩訶薩亦復如是住此三昧於自身一一毛孔中悉見不可說不可說佛刹微塵數諸佛如來亦見彼佛所有國土道場衆會一一佛所聽法受持信解供養各經不可說不可說億那由他劫而不想念時節長短其諸衆會亦無迫隘何以故以微妙心入無邊法界故入無等差別業果故入不思議三昧境界故入不思議思惟境界故入一切佛自在境界故得一切佛所護念故得一切佛大神變故得諸如來難得難知十種力故入普賢菩薩行圓滿境界故得一切佛無勞倦神通力故

合中二先正合後何以下徵釋涉入所由

佛子菩薩摩訶薩雖能於定一念入出而亦不廢長時在定亦無所著雖於境界無所依住而亦不捨一切所緣雖善入刹那際而爲利益一切衆生現佛神通無有厭足雖等入法界而不得其邊雖無所住無有處所而恒趣入一切智道以變化力普入無量衆生衆中具足莊嚴一切世界雖離世間顛倒分別超過一切分別之地亦不捨於種種諸相雖能具足方便善巧而究竟清淨雖不分別菩薩諸地而皆已善入佛子譬如虛空雖能容受一切諸物而離有無菩薩摩訶薩亦復如是雖普入一切世間而離世間想雖勤度一切衆生而離衆生想雖深知一切法而離諸法想雖樂見一切佛而離諸佛想雖善入種種三昧而知一切法自性皆如無所染著雖以無邊辯才演無盡法句而心恒住離文字

法雖樂觀察無言說法而恒示現清淨音聲雖住一切離言法際而恒示現種種色相雖教化衆生而知一切法畢竟性空雖勤修大悲度脫衆生而知衆生界無盡無散雖了達法界常住不變而以三輪調伏衆生恒不休息雖常安住如來所住而智慧清淨心無怖畏分别演說種種諸法轉於法輪常不休息

第四佛子至雖能於定下總結雙行謂權實定散無障礙故於中三先法次佛子下喻後菩薩下合然法中明即寂而用喻合乃明即用而寂文影略耳

佛子是爲菩薩摩訶薩第九法界自在大三昧善巧智

大方廣佛華嚴經疏鈔會本第四十二

音釋

稼穡 稼古訝切穡所力切種之曰稼斂之曰穡 屍 升脂切死人尸骸也 衂 女六切敗比也 陂 彼爲切池也 瑩徹 瑩烏絅切瑩潔也徹敕列切明徹也 勇健 健渠建切勇而有力也 縛芻 梵語也此云青河芻窻俞切 湏涌 湏胡孔切濛湏大水貌涌余隴切水泛溢也 蘂 如累切萼蘂也華外曰萼華內曰蘂 狹 胡夾切隘也

大方廣佛華嚴經疏鈔會本第四十三之一

唐于闐國三藏沙門實叉難陀　譯

唐清涼山大華嚴寺沙門澄觀撰述

佛子云何爲菩薩摩訶薩無礙輪三昧

第十無礙輪三昧亦初徵次釋後結

佛子菩薩摩訶薩入此三昧時住無礙身業無礙語業無礙意業住無礙佛國土得無礙成就衆生智獲無礙調伏衆生智放無礙光明現無礙光明網示無礙廣大變化轉無礙清淨法輪得菩薩無礙自在

釋中三初明入時方便二佛子菩薩摩訶薩住此三昧已下明入已智用三佛子菩薩摩訶薩入普賢所住下定滿成益今初有二十二句兼顯定名初十一句因用無礙是無礙義後普入下有十一句住果圓滿即是輪義今初段中即此無礙無所不摧亦即輪義初三句三業無礙次句器世間無礙次二句衆生世間無礙餘句智正覺無礙

普入諸佛力普住諸佛智作佛所作淨佛所淨現佛神通令佛歡喜行如來行住如來道常得親近無量諸佛作諸佛事紹諸佛種

後住果中二智通權實故云普住三作利樂事四淨二障種七智契佛境餘七可知

二智通者此有十一句但指二三四七四句釋之故云餘七可知

佛子菩薩摩訶薩住此三昧已觀一切智總觀一切智別觀一切智隨順一切智顯示一切智攀緣一切智見一切智總見一切智別見一切智

第二入已智用中四第一攝佛功德二證

入諸法三普德無盡四結示勸修初中即攝如來二十一種殊勝功德以此位等佛故其間或全同佛相或有約因相似而次第無差於中三初總明妙悟皆滿次別顯二十一德後顯德勝能令初十句初句標滿時餘九顯滿相然一切智若對種智即是根本若直語佛智則通權實今此顯通於中初三句始觀言觀一切智者標也云何觀觀有二種一總觀謂權實齊觀故二別觀此是實此是權權中有多差別皆審照了故次三句中順亦初句標次云何隨順由前總觀故頓能顯示由前別觀故各各攀緣後三句終契釋同前觀但由前觀察今證見分明耳初三句者以妙悟皆滿是佛今就等覺故云觀順攀觀據順故名菩薩據三句見即名爲佛耳皆等覺之義

於普賢菩薩廣大願廣大心廣大行廣大所趣廣大所入廣大光明廣大出現廣大護念廣大變化廣大道

二於普賢下別明二十一種功德分二十段後二合故今初第一明二行永絕即於所知一向無障轉功德然有二義一謂非如二乘有無智故二不同凡夫現行生死起諸雜染不同二乘現行涅槃棄利樂事世尊無彼今菩薩亦無文中廣顯利樂即不同二乘皆與智俱即不同凡夫就文分二先總明大用常恒二佛子此菩薩有一蓮華下別顯一用前中二先法說後喻明今初法說中二先正明後徵釋今初先明行體即於所知者即攝論無著立名然有二義下釋初義即無性釋無著義後意乃是佛地論親光所釋疏家順經但取親光所解消文

不斷不退無休無替無惓無捨無散無亂常
增進恒相續
後不斷下辨常恒
何以故此菩薩摩訶薩於諸法中成就大願
發行大乘入於佛法大方便海以勝願力於
諸菩薩所行之行智慧明照皆得善巧具足
菩薩神通變化善能護念一切衆生如去來
今一切諸佛之所護念於諸衆生恒起大悲
成就如來不變異法
二徵釋中徵意云何以得此智滿行常釋
意云願行善成智慧善巧故
佛子譬如有人以摩尼寶置色衣中其摩尼
寶雖同衣色不捨自性
第二喻顯中四初喻二合三徵四釋今初
摩尼寶置色衣中即總喻菩薩心智置佛

智中雖同衣色喻前智滿十句故合云觀
一切智等不捨自性喻前行常二十句
菩薩摩訶薩亦復如是成就智慧以爲心寶
觀一切智普皆明現然不捨於菩薩諸行
二合如喻辨
何以故
三徵意云何得已能滿智而不斷行耶
菩薩摩訶薩發大誓願利益一切衆生度脱
一切衆生承事一切諸佛嚴淨一切世界安
慰衆生深入法海爲淨衆生界現大自在給
施衆生普照世間入於無邊幻化法門不退
不轉無疲無猒
四釋意云菩薩無障礙願法應爾故窮盡
生界益無疲故文中二先法説可知
佛子譬如虚空持衆世界若成若住無猒無

倦無羸無朽無散無壞無變無異無有差別不捨自性何以故虛空自性法應爾故菩薩摩訶薩亦復如是立無量大願度一切衆生心無猒倦

後轉以喻況於中三喻皆喻利生無厭各有法合一虛空持刹喻喻大願法爾故無厭

佛子譬如涅槃去來現在無量衆生於中滅度終無猒倦何以故一切諸法本性清淨是謂涅槃云何於中而有猒倦菩薩摩訶薩亦復如是爲欲度脫一切衆生皆令出離而現於世云何而起疲猒之心

二涅槃普滅喻喻爲淨衆生故無厭上二喻悲

佛子如薩婆若能令過去未來現在一切菩薩於諸佛家已現當生乃至令成無上菩提終無疲猒何以故一切智與法界無二故於一切法無所著故菩薩摩訶薩亦復如是其心平等住一切智云何而有疲猒之心

三佛智普成喻喻能所不二故無厭此一喻智既非愛見之悲何有厭乎

佛子此菩薩摩訶薩有一蓮華其華廣大盡十方際以不可說葉不可說寶不可說香而爲莊嚴其不可說寶復各示現種種衆寶清淨妙好極善安住其華常放衆色光明普照十方一切世界無所障礙真金爲網彌覆其上寶鐸徐搖出微妙音其音演暢一切智法

第二別顯一用中二初明依果殊勝後菩薩摩訶薩於此華下正報自在前中二先明相嚴過前十地故窮十方際過前十地者十地華

云量等百萬三千大千世界故今盡十方知是過也上十信及十地蓮華亦不言葉數今葉等皆不可說明是等覺之依報也

此大蓮華具足如來清淨莊嚴一切善根之所生起吉祥爲表神力所現有十千阿僧祇清淨功德菩薩妙道之所成就一切智心之所流出十方佛影於中顯現世間瞻仰猶如佛塔衆生見者無不禮敬從能了幻正法所生一切世間不可爲喻

後此大蓮華下辨德嚴自内而觀量周法界自外而觀許衆生見斯乃即小之大也

菩薩摩訶薩於此華上結跏趺坐其身大小與華相稱

二正報中二初明身量大小

一切諸佛神力所加令菩薩身一一毛孔各出百萬億那由他不可說佛刹微塵數光明一一光明現百萬億那由他不可說佛刹微塵數摩尼寶其寶皆名普光明藏種種色相以爲莊嚴無量功德之所成就衆寶及華以爲羅網彌覆其上散百千億那由他殊勝妙香無量色相種種莊嚴復現不思議寶莊嚴蓋以覆其上一一摩尼寶悉現百萬億那由他不可說佛刹微塵數樓閣一一樓閣現百萬億那由他不可說佛刹微塵數蓮華藏師子之座一一師子座現百萬億那由他不可說佛刹微塵數光明一一光明現百萬億那由他不可說佛刹微塵數色相一一色相現百萬億那由他不可說佛刹微塵數光明輪一一光明輪現百萬億那由他不可說佛刹微塵數毘盧遮那摩尼寶華一一華現百萬億那由他不可說佛刹微塵數臺一一臺現

百萬億那由他不可說佛刹微塵數佛一一佛現百萬億那由他不可說佛刹微塵數神變一一神變淨百萬億那由他不可說佛刹微塵數衆生衆一一衆生衆中現百萬億那由他不可說佛刹微塵數諸佛自在一一自在兩百萬億那由他不可說佛刹微塵數佛法一一佛法有百萬億那由他不可說佛刹微塵數修多羅一一修多羅說百萬億那由他不可說佛刹微塵數法門一一法門有百萬億那由他不可說佛刹微塵數金剛智所入法輪差別言辭各別演說一一法輪成熟百萬億那由他不可說佛刹微塵數衆生界一一衆生界有百萬億那由他不可說佛刹微塵數衆生於佛法中而得調伏

後一切諸佛下明佛加放光有二十重後後重中皆倍前前百萬億那由他不可說佛刹微塵數倍則數難量矣

佛子菩薩摩訶薩住此三昧示現如是神通境界無量變化悉知如幻而不染著

第二佛子菩薩至住此三昧下明達無相法即同諸如來於最清淨真如能入功德

初結前生後達無相故不染

安住無邊不可說法自性清淨法界實相如來種性無礙際中無去無來非先非後甚深無底現量所得以智自入不由他悟心不迷亂亦無分別

後安住下正顯安住即是入義謂此真如非有非無故云無邊定有定無即是邊故不可說法即離言真如其法界實相及無礙際皆真如異名而云如來種性者諸佛

以無性真如而爲性故出現品云皆同一性所謂無性法華云知法常無性佛種從緣起無去來等重顯真如即是中道故深無底現量巳下别明能入之義謂此真如下釋文先釋無邊故經云無相者無有無等相故即無有無二邊之義言不可說即離言真如者真如有二一安立真如謂真實如常寄言顯故二離言真如故起信云心真如者即是一法界大總相法門體所謂心性不生不滅一切諸法唯依妄念而有差别若離心念則無一切境界之相是故一切法從本已來離言說相離名字相離心緣相畢竟平等無有變易不可破壞唯是一心故名真如以一切言說假名無實但隨妄念不可得故言真如者亦無有相謂言說之極因言遣言此真如體無有可遣以一切法悉皆真故亦無可立以一切法皆同如故當知一切法不可說不可念故名真如釋曰此即離言真如意也次下論文云復次真如依言說分别有二種義何者爲二一者如實空以能究竟顯實故二者如實不空以有自體具足無漏性功德故釋曰上即依言真如也法華云下此義玄中已引今是義引若具云諸佛兩足尊知法常無性佛種從緣起是故說一乘無去無來者中道非唯非有非無非斷非常等皆中道義

爲去來今一切諸佛之所稱讚從諸佛力之所流出入於一切諸佛境界體性如實淨眼現證慧眼普見成就佛眼爲世明燈行於智眼所知境界廣能開示微妙法門

第三爲去來今下明住於佛住德謂佛無功用常住聖天梵住故文中先三世佛讚文通前後二段從諸佛力下正顯其義謂入一切佛境即聖天等所住境也淨眼現證下明能住相十眼圓明而安住故文有五眼餘但義含

成菩提心趣勝丈夫於諸境界無有障礙入智種性出生諸智離世生法而現受生神通變化方便調伏如是一切無非善巧

第四成菩提心下明得佛平等德謂佛佛

相望有三平等故文即爲三初明所依平等諸佛皆依清淨智故文中始發菩提心終成種智出生智用皆所依也次離世生法下明意樂平等同以調生爲意樂故後神通變化下作業平等同作受用變化業故

功德解欲悉皆清淨最極微妙具足圓滿智慧廣大猶如虛空善能觀察衆聖境界信行願力堅固不動功德無盡世所稱歎於一切佛所觀之藏大菩提處一切智海集衆妙寶爲大智者猶如蓮華自性清淨衆生見者皆生歡喜咸得利益智光普照見無量佛淨一切法

第五功德解欲下明到無障處德以修一切障對治故福智皆淨離於一障文中初二句功德次二句智慧各上句障淨下句德滿次二句重顯功德餘四句重顯智慧

所行寂靜於諸佛法究竟無礙恒以方便住佛菩提功德行中而得出生具菩薩智爲菩薩首一切諸佛共所護念得佛威神成佛法身念力難思於境一緣而無所緣其行廣大無相無礙等于法界無量無邊所證菩提猶如虛空無有邊際無所縛著

第六所行寂靜下明不可轉法德謂教證二法他不能轉文中初一句略標教證謂寂靜證也諸佛法教也恒以下别顯教念力下重顯證既如空無著等他安能轉耶

於諸世間普作饒益一切智海善根所流悉能通達無量境界已善成就清淨施法住菩薩心淨菩薩種能隨順生諸佛菩提於諸佛

法皆得善巧具微妙行成堅固力

第七於諸世間下明所行無礙德謂雖於世間作利樂事世間八法不能礙故文中住菩薩心成堅固力等即不礙之因也

一切諸佛自在威神衆生難聞菩薩悉知入不二門住無相法雖復永捨一切諸相而能廣說種種諸法隨諸衆生心樂欲解悉使調伏咸令歡喜

第八一切諸佛下明立不思議德謂安立正法凡愚不能思故文中初總顯一切教法皆是如來威力之所建立菩薩能知反顯凡夫不思入不二下别顯安立難思之相謂依無相而廣說故隨欲解之多端故並難思也

法界爲身無有分别智慧境界不可窮盡志常勇猛心恒平等見一切佛功德邊際了一切刧差别次第

第九法界爲身下明普見三世以身心等於法界故於三世事記别無差在文可見

開示一切法安住一切刹嚴淨一切諸佛國土顯現一切正法光明演去來今一切佛法示諸菩薩所住之處爲世明燈生諸善根永離世間常生佛所

第十開示一切法下明身恒充滿一切國土謂爲開法故示現受用變化之身徧諸世界而爲利樂文相亦顯

得佛智慧明了第一一切諸佛皆共攝受已入未來諸佛之數從諸善友而得出生所有志求皆無不果

第十一得佛智慧下明智恒明達一切諸

法謂於境善決能斷他疑故文相亦顯
具大威德住增上意隨所聽聞咸能善說
第十二具大威德下明了一切行謂具增上意樂能了有情意樂性行如其所應而爲現身即有威德
亦爲開示聞法善根住實際輪於一切法心無障礙不捨諸行離諸分別
第十三亦爲開示下明除一切疑謂聲聞人言其全無少分善根今能開示令其知當生如來妙智故心不障礙
於一切治心無動念得智慧明滅諸癡闇悉能明照一切佛法不壞諸有而生其中了知一切諸有境界從本已來無有動作身語意業皆悉無邊
第十四於一切法心無動下明無能測身然有二義一謂其身非虛妄分別所起無煩惱業生雜染故不可測初一行經顯之二其身雖無分別如摩尼珠然由佛增上及衆生勝解力見金色等而佛無有分別即不壞諸有下經文顯之
雖隨世俗演說種種無量文字而恒不壞離文字法深入佛海知一切法但有假名於諸境界無繫無著
第十五雖隨世俗下明一切菩薩等所求智謂菩薩以無量文字調伏有情要依佛所聞法爲先獲得妙智故諸菩薩等皆求也文相甚顯
了一切法空無所有所修諸行從法界生
第十六了一切法下明到佛無二究竟彼岸謂了一切法空法界等即佛無二法身

依此法身修波羅蜜多等行而得圓滿爲

從法界生

猶如虛空無相無形深入法界隨順演說於

一境門生一切智

第十七猶如虛空下明具足如來平等解

脱謂一一如來所現身土皆徧法界猶如

虛空無相無形不相障礙而不相雜隨其

化緣現各別故故文云隨順演說於一境

門生一切智慧各順一一境故

觀十力地以智修學智爲橋梁至薩婆若以

智慧眼見法無礙善入諸地

第十八觀十力地下即證無中邊佛平等

地謂三種佛身平等徧滿無有中邊之異

故至薩婆若即自受用智爲橋梁即通變

化見法無礙即是法身結云善入諸地者

即佛十地也

知種種義一一法門悉得明了

第十九知種種下明盡於法界謂此法界

最清淨故能起等流契經等法極此法界

於當來世作諸有情隨應利樂今文但有

所起略無能起

所有大願靡不成就

第二十所有大願靡不成就即等虛空界

窮未來際無有盡故方云成就上來略辨

若廣引諸論如升兜率品

佛子菩薩摩訶薩以此開示一切如來無差

別性此是無礙方便之門此能出生菩薩衆

會此法唯是三昧境界此能勇進入薩婆若

此能開顯諸三昧門此能無礙普入諸刹此

能調伏一切衆生此能住於無衆生際此能

開示一切佛法此於境界皆無所得

第三佛子以此開示下顯德勝能中二初總明後雖一切下別顯今初先標謂用此會事之德開示佛平等徃者同有二十一種功德故後此是下總歎前德

雖一切時演說開示而恒遠離妄想分別雖知諸法皆無所作而能示現一切作業雖知諸佛無有二相而能顯示一切諸佛雖知無色而演說諸色雖知無受而演說諸受雖知無想而演說諸想雖知無行而演說諸行雖知無識而演說諸識恒以法輪開示一切雖知法無生而常轉法輪雖知法無差別而說諸差別門雖知諸法無有生滅而說一切生滅之相雖知諸法無麤無細而說諸法麤細之相雖知諸法無上中下而能宣說最上之法雖知諸法不可言說而能演說清淨言辭雖知諸法無內無外而說一切內外諸法雖知諸法不可了知而說種種智慧觀察雖知諸法無有眞實而說出離眞實之道雖知諸法畢竟無盡而能演說盡諸有漏雖知諸法無違無諍然亦不無自他差別雖知諸法畢竟無師而常尊敬一切師長雖知諸法不由他悟而常尊敬諸善知識雖知法無轉而轉法輪雖知法無起而示諸因緣雖知諸法無有前際而廣說過去雖知諸法無有後際而廣說未來雖知諸法無有中際而廣說現在雖知諸法無有作者而說諸作業雖知諸法無有因緣而說諸集因雖知諸法無有等比而說平等不平等道雖知諸法無有言說而決定說三世之法雖知諸法無有所依而說

依善法而得出離雖知法無身而廣說法身雖知三世諸佛無邊而能演說唯有一佛雖知法無色而現種種色雖知法無見而廣說諸見雖知法無相而說種種相雖知諸法無有境界而廣宣說智慧境界雖知諸法無有差別而說行果種種差別雖知諸法無有出離而說清淨諸出離行雖知諸法本來常住而說一切諸流轉法雖知諸法無有照明而恒廣說照明之法

二別顯中餘九不言且廣初無礙之義自有四十一句初句有不礙無以有是無之有故後四十句明無不礙有以無是有之無故又前是二而不二後是不二而二及寂用相即等並顯可知

佛子菩薩摩訶薩入如是大威德三昧智輪則能證得一切佛法則能趣入一切佛法則能成就則能圓滿則能積集則能清淨則能安住則能了達與一切法自性相應

第二佛子菩薩入如是下證入諸法用中四初明證入二離證相三徵四釋今初十句初句明能證之定三昧智輪尚順梵語若正應云智輪三昧因定最勝名大威德則能下顯所證法謂證佛果法初句總無爲果爲證有爲果曰得餘句別趣入釋證成就釋得圓滿通二積集約因圓清淨謂障盡定能安住慧能了達定慧兩亡則自性相應爲證入也

而此菩薩摩訶薩不作是念有若干諸菩薩若干菩薩法若干菩薩究竟若干幻究竟若干化究竟若干神通成就若干智成就若干

思惟若干證入若干趣向若干境界

二而此下明離證相以無念方證故尚不念無礙慧境況所證法有若干耶

何以故

三徵意有三一何以證而無念耶二何以一定得多果耶三何以因定得果法耶

菩薩三昧如是體性如是無邊如是殊勝故

四釋中二初略別釋後此三昧下廣以通釋令初別釋三徵一體性離念故二定體雖一用無邊故三以殊勝故因得果法

此三昧種種境界種種威力種種深入

後廣通釋者謂文廣義通通明上三句於中二先總標境是定之所緣深入是定證契威力是定之用三皆定體皆言種種故上云無邊具三又多故云殊勝

所謂入不可說智門入離分別諸莊嚴入無邊殊勝波羅蜜入無數禪定入百千億那由他不可說廣大智入見無邊佛勝妙藏入於境界不休息入清淨信解助道法入諸根猛利大神通入於境界心無礙入見一切佛平等眼入積集普賢勝志行入住那羅延妙智身入說如來智慧海入起無量種自在神變入生一切佛無盡智門入住一切佛現前境界入淨普賢菩薩自在智入開示無比普門智入普知法界一切微細境界入普現法界一切微細境界入一切殊勝智光明入一切自在邊際入一切辯才法門際入徧法界智慧身入成就一切處徧行道入善住一切差別三昧入知一切諸佛心

後所謂下別顯有二十八句句皆有上三

義如初句入即深入義不可說等即無邊義智門即境界義其間或有闕無邊義蓋文略耳知智在說說爲智門二入功德智慧不二之莊嚴六入不空如來藏七悲智之境觀度無休餘可知

佛子此菩薩摩訶薩住普賢行念念入百億不可說三昧然不見普賢菩薩三昧及佛境界莊嚴前際

第三佛子此菩薩住普賢下普德無盡於中四一正顯無盡謂非准上列諸用又能念念入多三昧亦不能盡

何以故

二徵徵意云既念念入多何以不盡

知一切法究竟無盡故知一切佛刹無邊故知一切衆生界不思議故知前際無始故知未來無窮故知現在盡虛空徧法界無邊故知一切諸佛境界不可思議故知一切菩薩行無數故知一切諸佛辯才所說境界不可說無邊故知一切幻心所緣法無量故

三釋意云此三昧緣境究竟無盡故文有十句初總餘別並可知

佛子如如意珠隨有所求一切皆得求者無盡意皆滿足而珠勢力終不匱止菩薩摩訶薩亦復如是入此三昧知心如幻出生一切諸法境界周徧無盡不匱不息何以故菩薩摩訶薩成就普賢無礙行智觀察無量廣大幻境猶如影像無增減故

四喻況於中有三喻喻前無盡各有喻合前二合中復加徵釋一如意隨求喻喻定心隨應出法無盡徵意云何以出法無盡

不匱息耶釋意云了多幻境皆同影像緣至則生何有盡耶體無增減何有匱息耶

佛子譬如凡夫各别生心已生現生及以當生無有邊際無斷無盡其心流轉相續不絕不可思議菩薩摩訶薩亦復如是入此普幻門三昧無有邊際不可測量何以故了達普賢菩薩普幻門無量法故

二生心各别喻喻緣境無盡可知

佛子譬如難陀跋難陀摩那斯龍王及餘大龍降雨之時滴如車軸無有邊際雖如是雨雨終不盡此是諸龍無作境界

三龍王降雨喻喻入法無盡於中初喻後合

菩薩摩訶薩亦復如是住此三昧入普賢菩薩諸三昧門智門法門見諸佛門往諸方門心自在門加持門神變門神通門幻化門諸法如幻門不可說不可說諸菩薩充滿門親近不可說不可說佛剎微塵數如來正覺門入不可說不可說廣大幻網門知不可說不可說差別廣大佛剎門知不可說不可說有體性無體性世界門知不可說不可說衆生想門知不可說不可說時劫差別門知不可說不可說世界成壞門知不可說不可說覆住仰住諸佛剎門

合中分三初正明入法合滴如車軸謂入廣大法故初句總智門下別皆云門者自他遊入故幻網者一切皆幻互爲緣起相交映故世界性空故無體隨緣染淨故有體又法性土故有體事土從緣故無體又淨剎順理故有體染剎妄成故無體餘可

知世界性空下釋經有體性無體性世界門文有三釋一雙約事理明謂緣生故有無性故空義即法性宗一義亦無相宗義二云又法性土故有體者亦約性相而含二宗之義若就法性宗釋性上取空義相上取有義今性上取有義相上取空義謂緣生故空義若共二宗釋者法性有體是法相宗義事土無體是法性宗義然可會通故今通用三又淨剎順理下唯就相土以明有體無體之義淨順於理是事淨順上法性土染剎妄成即從緣無性義又第二義亦順瓔珞仁王三賢十聖住果報唯佛一人居淨土三賢十聖忍中行唯佛一人能盡源亦順涅槃空者所謂生死不空者謂大涅槃餘義如前後說也其一品內更有文義皆前後已有故不委示

於一念中皆如實知

二於一念下入法時分合前降雨之時

大方廣佛華嚴經疏鈔會本第四十三之一

音釋

羸 力追切 弱也　鐸 徒各切 鈴屬　匱 求位切 竭也

大方廣佛華嚴經疏鈔會本第四十三之二

唐于闐國三藏沙門實叉難陀　譯
唐清涼山大華嚴寺沙門澄觀撰述

如是入時無有邊際無有窮盡不疲不猒不斷不息無退無失於諸法中不住非處恒正思惟不沉不舉

三如是入時下明入時相用合前無邊無盡無作境界於中三初十句明其相狀次求一切智下明其業用三徵釋所由今初二句合雲無邊兩無盡不疲下合無作境無作即無功用故身不疲心不猒不來斷不暫息未入常入故不退已入未常故不失無法非所入門故不住非處無心不契故恒正思惟不沉不舉正是入相

求一切智常無退捨爲一切佛刹照世明燈轉不可說不可說法輪以妙辯才諮問如來無窮盡時示成佛道無有邊際調伏衆生恒無廢捨常勤修習普賢行願未曾休息示現無量不可說不可說色相身無有斷絶

二業用者隨入一一門皆有斯業門門即不可盡文顯可知

何以故

三徵釋中徵意有二一云菩薩豈無行滿成佛何以業用無際限耶二云設橫顯無盡可爾何以一一門中用即無盡

譬如然火隨所有緣於爾所時火起不息

後釋意亦二一云菩薩本爲衆生生無盡故用亦無盡二釋後意云生及世界既如虛空故隨一門即用無盡如芥子中空由此不但一門成多一念亦能成多事矣文

中三初喻明火隨薪緣薪多火在喻菩薩
生界緣廣用無有涯
菩薩摩訶薩亦復如是觀察衆生界法界世
界猶如虛空無有邊際乃至能於一念之頃
往不可說不可說佛刹微塵數佛所一一佛
所入不可說不可說一切智種種差別法令
不可說不可說衆生界出家爲道勤修善根
究竟清淨令不可說不可說菩薩於普賢行
願未決定者而得決定安住普賢智慧之門
以無量方便入不可說不可說三世成住壞
廣大差別劫於不可說不可說成住壞世間
差別境界起於爾所大悲大願調伏無量一
切衆生悉使無餘
次合可知
何以故此菩薩摩訶薩爲欲度脫一切衆生
修普賢行生普賢智滿足普賢所有行願
後轉徵釋徵意云菩薩何以起多業用釋
意云爲普度生滿普願故
是故諸菩薩應於如是種類如是境界如是
威德如是廣大如是無量如是不思議如是
普照明如是一切諸佛現前住如是一切如
來所護念如是成就往昔善根如是其心無
礙不動三昧之中
第四是故諸菩薩下結示勸修中二初結
勸勸修二佛子至如是修行普賢行下總
結顯示令初謂菩薩心窮生界定用無涯
故應修習文中二初舉所修之法後勸加
下示勸修相令初是故諸菩薩五字該下
二段其所修法有十一句末後一句舉定
名體前之十句別明無礙輪之業用於中

倒牒前來諸文初種類者業用非一故如合龍喻中入法衆多是種類義二境界者即定所緣如前妄念緣境喻三威德者即通顯定用如前珠能出生喻四此上三種皆悉廣大一一無涯如前不見三昧前際故五數不可極如前入不可說智門等即無邊故六並絕心言如前不作是念有若干菩薩等故七皆與智俱如前雖知諸法無作而能示現一切作業是權實明照故八體用齊於佛境則諸佛現前如前觀十力地至薩婆若故九如來護念如前諸佛攝受已入未來諸佛數故十非但現用自在亦成昔善如前功德解欲悉清淨故

勤加修習離諸熱惱無有疲猒心不退轉立深志樂勇猛無怯順三昧境界入難思智地

第二示修相中二初略示離過進德

不依文字不著世間不取諸法不起分別不染著世事不分別境界

後不依下別示離過進德於中先離過

於諸法智但應安住不應稱量所謂親近一切智悟解佛菩提成就法光明施與一切衆生善根於魔界中抜出衆生令其得入佛法境界令不捨大願勤觀出道增廣淨境成就諸度於一切佛深生信解常應觀察一切法性無時暫捨應知自身與諸法性普皆平等應當明解世間所作示其如法智慧方便應常精進無有休息應觀自身善根鮮少應勤增長他諸善根應自修行一切智道應勤增長菩薩境界應樂親近諸善知識應與同行而共止住應不分別佛應不捨離念應常安

住平等法界應知一切心識如幻應知世間諸行如夢應知諸佛願力出現猶如影像應知一切諸廣大業猶如變化應知言語悉皆如響應觀諸法一切如幻應知一切生滅之法皆如音聲應知所往一切佛剎皆無體性應爲請問如來佛法不生疲倦應爲開悟一切世間勤加教誨而不捨離應爲調伏一切衆生知時說法而不休息

後於諸法下進德文並可知

佛子菩薩摩訶薩如是修行普賢之行如是圓滿菩薩境界如是通達出離之道如是受持三世佛法如是觀察一切智門如是思惟不變異法如是明潔增上志樂如是信解一切如來如是了知佛廣大力如是決定無所礙心如是攝受一切衆生

第二總結顯示者遠則通結前來諸段近則逆結上來進德之文欲一一配屬恐厭繁文近則逆結下前經從於諸法智但應安住不應量下是進德文今有十一初一後一即是總意初句明前普賢行末後一明前皆爲攝生中間九句攝前進德即爲九段一如是圓滿菩薩境界即前經云應爲請問如來佛法下三句以三句中初一上求佛道法二下化衆生皆是菩薩之境界故二如是通達出離之道即前應觀諸法一切如幻下三句如幻如聲皆無體性是出離法故三如是受持三世佛法即前應知諸佛力下三句四如是觀察一切智門即前應常安住平等法界下三句五如是思惟不變易法即前應不分別佛下二句六如是明潔增上志樂即前應當明解世間所作下八句八句皆增上志樂故七如是信解一切如來即前如一切佛深生信解下三句八如是了知佛廣大力即前於魔界中拔出衆生下至成就諸度四句九如是決定心無所礙即前所謂親近一切智下四句末句如是總結攝生已如前釋對前諸段類取耳

佛子菩薩摩訶薩入普賢菩薩所住如是大智慧三昧時

大文第三定滿成益文屬此定意兼前九於中四一外感佛加益二內德圓滿益三上攝佛果益四正同佛果益初中五一辨加所依謂在定時故

十方各有不可說不可說國土一一國土各有不可說不可說佛刹微塵數如來名號一一名號各有不可說不可說佛刹微塵數諸佛而現其前

二十方下顯能加者

與如來念力令不忘失如來境界與一切法究竟慧令入一切智與知一切法種種義決定慧令受持一切佛法趣入無礙與無上佛菩提令入一切智開悟法界與菩薩究竟慧令得一切法光明無諸黑闇與菩薩不退智令知時非時善巧方便調伏衆生與無障礙菩薩辯才令悟解無邊法演說無盡與神通變化力令現不可說不可說差別身無邊色相種種不同開悟衆生與圓滿言音令現不可說不可說差別音聲種種言辭開悟衆生與不唐捐力令一切衆生若得見形若得聞法皆悉成就無空過者

三與如來下正顯加相

佛子菩薩摩訶薩如是滿足普賢行故得如來力淨出離道滿一切智以無礙辯才神通變化究竟調伏一切衆生具佛威德淨普賢行住普賢道盡未來際爲欲調伏一切衆生轉一切佛微妙法輪

四佛子菩薩下加以成用文並可知

何以故佛子此菩薩摩訶薩成就如是殊勝大願諸菩薩行則爲一切世間法師則爲一

切世間法日則爲一切世間智月則爲一切世間須彌山王嶷然高出堅固不動則爲一切世間無涯智海則爲一切世間正法明燈普照無邊相續不斷爲一切衆生開示無邊清淨功德皆令安住功德善根順一切智大願平等修習普賢廣大之行常能勸發無量衆生住不可說不可說廣大行三昧現大自在

五何以下徵釋所由徵意云普行既滿何須盡未來際行調生行耶釋意云無障礙願法應爾故已成大願真能調故

佛子此菩薩摩訶薩獲如是智證如是法於如是法審住明見得如是神力住如是境界現如是神變起如是神通常安住大悲常利益衆生開示衆生安隱正道建立福智大光明幢證不思議解脫住一切智解脫到諸佛解脫彼岸學不思議解脫方便門已得成就入法界差別門無有錯亂於普賢不可說不可說三昧遊戲自在住師子奮迅智心意無礙

第二佛子此菩薩獲如是下內德圓滿益中四初牒前住定之因圓通牒上文並顯可知

其心恒住十大法藏何者爲十所謂住憶念一切諸佛住憶念一切佛法住調伏一切衆生大悲住示現不思議清淨國土智住深入諸佛境界決定解住去來現在一切佛平等相菩提住無礙無著際住一切法無相性住去來現在一切佛平等善根住去來現在一切如來法界無差別身語意業先導智住觀

察三世一切諸佛受生出家詣道場成正覺轉法輪般涅槃悉入刹那際佛子此十大法藏廣大無量不可數不可稱不可思不可說無窮盡難忍受一切世智無能稱述

二其心恒住下別示所滿十表無盡

佛子此菩薩摩訶薩已到普賢諸行彼岸證清淨法志力廣大開示衆生無量善根增長菩薩一切勢力於念念頃滿足菩薩一切功德成就菩薩一切諸行得一切佛陀羅尼法受持一切諸佛所說雖常安住真如實際而隨一切世俗言說示現調伏一切衆生

三佛子此菩薩至已到普賢下總結究竟何以故菩薩摩訶薩住此三昧法如是故

四何以下徵釋所由徵意云菩薩何以能滿爾所德耶釋意可知

佛子菩薩摩訶薩以此三昧得一切佛廣大智得巧說一切廣大法自在辯才得一切世中最爲殊勝清淨無畏法得入一切三昧智得一切菩薩善巧方便得一切法光明門到安慰一切世間法彼岸知一切衆生時非時照十方世界一切處令一切衆生得勝智作一切世間無上師安住一切諸功德開示一切衆生清淨三昧令入最上智

第三佛子至以此三昧下上攝佛果益中

三初正明

何以故菩薩摩訶薩如是修行則利益衆生則增長大悲則親近善知識則見一切佛則了一切法則詣一切刹則入一切方則入一切世則悟一切法平等性則知一切佛平等性則住一切智平等性

次何以故徵徵意云上是佛德何能攝耶後菩薩下釋意云住此三昧能所作無餘同如來故於中三初正顯無餘之業故皆云一切

於此法中作如是業不作餘業住未足心住不散亂心住專一心住勤修心住決定心住不變異心如是思惟如是作業如是究竟

二於此法中下明作業行相初句總顯依前而作更不作餘不足之業住未足等顯其作義如是已下總結前作

佛子菩薩摩訶薩無異語異作有如語如作

三佛子下遂難重釋謂廣前作如是業不作餘業文中三初略標舉其中如作通身及意

何以故譬如金剛以不可壞而得其名終無有時離於不壞菩薩摩訶薩亦復如是以諸行法而得其名終無有時離諸行法

次徵徵意云何以不作餘耶後廣釋釋意云若作異前非菩薩故文有十喻即爲十段各自有合一金剛不壞喻喻行體堅牢

譬如真金以有妙色而得其名終無有時離於妙色菩薩摩訶薩亦復如是以諸善業而得其名終無有時離諸善業

二真金妙色喻喻善業外飾

譬如日天子以光明輪而得其名終無有時離光明輪菩薩摩訶薩亦復如是以智慧光而得其名終無有時離智慧光

三日輪光明喻喻智慧圓明

譬如須彌山王以四寶峯處於大海迥然高出而得其名終無有時捨離四峯菩薩摩訶

薩亦復如是以諸善根處在於世逈然高出而得其名終無有時捨離善根

四須彌四峯喻喻善根超出不合四峯若合可以四菩薩行合也

譬如大地以持一切而得其名終無有時捨離能持菩薩摩訶薩亦復如是以度一切而得其名終無有時捨離大悲

五大地能持喻喻大悲荷負

譬如大海以含衆水而得其名終無有時捨離於水菩薩摩訶薩亦復如是以諸大願而得其名終不暫捨度衆生願

六大海含水喻喻大願普育

譬如軍將以能慣習戰鬬之法而得其名終無有時捨離此能菩薩摩訶薩亦復如是以能慣習如是三昧而得其名乃至成就一切智智終無有時捨離此行

七軍將明戰喻喻習定防怨

如轉輪王馭四天下常勤守護一切衆生令無横死恒受快樂菩薩摩訶薩亦復如是入如是等諸大三昧常勤化度一切衆生乃至令其究竟清淨

八輪王護世喻喻定清物感

譬如種子植之於地乃至能令莖葉增長菩薩摩訶薩亦復如是修普賢行乃至能令一切衆生善法增長

九植種生長喻喻行增物善

譬如大雲於夏暑月降霔大雨乃至增長一切種子

十時雨生種喻喻法雨普成先喻後合

菩薩摩訶薩亦復如是入如是等諸大三昧

修菩薩行雨大法雨乃至能令一切衆生究竟清淨究竟涅槃究竟安隱究竟彼岸究竟歡喜究竟斷疑爲諸衆生究竟福田令其施業皆得清淨令其皆住不退轉道令其同得一切智智令其皆得出離三界令其皆得究竟之智令其皆得諸佛如來究竟之法置諸衆生一切智處

合中二先正合後徵釋前中云乃至者越初生種直合終成故由應時而降故獲斯十四種益一得智果淨二障故二得斷果達無相法故三得恩果住大悲故四得所依清淨究竟彼岸果上四自利餘皆利他五了有情行令他歡喜自離十怖則自歡喜六得斷疑七成應供次下諸句由此而成文並可知

何以故菩薩摩訶薩成就此法智慧明了入法界門能淨菩薩不可思議無量諸行

後徵釋中徵意云菩薩依何行力說法成斯大益釋意云由成大智證法界故尚能淨無量行豈止成衆生耶文中二初標後所謂下釋

所謂能淨諸智求一切智故能淨衆生使調伏故能淨刹土常迴向故能淨諸法普了知故能淨無畏無怯弱故能淨無礙辯巧演說故能淨陀羅尼於一切法得自在故能淨親近行常見一切佛興世故

釋中三初列所淨功德

佛子菩薩摩訶薩住此三昧得如是等百千億那由他不可說不可說清淨功德

二佛子下結其廣多以別說難盡故

於如是等三昧境界得自在故一切諸佛所加被故自善根力之所流故入智慧地大威力故諸善知識引導力故摧伏一切諸魔力故同分善根淳淨力故廣大誓願欲樂力故所種善根成就力故超諸世間無盡之福無對力故

三於如是等下顯能淨因同分善根者一一善根迴向法界成主伴故超諸世間等者法性相應所修之福故超於世法性不並真故無有對餘並易了

佛子菩薩摩訶薩住此三昧得十種法同去來今一切諸佛何者爲十所謂得諸相好種種莊嚴同於諸佛能放清淨大光明網同於諸佛神通變化調伏衆生同於諸佛無邊色身清淨圓音同於諸佛隨衆生業現淨佛國同於諸佛一切衆生所有語言皆能攝持不忘不失同於諸佛無盡辯才隨衆生心而轉法輪令生智慧同於諸佛大師子吼無所怯畏以無量法開悟羣生同於諸佛於一念頃以大神通普入三世同於諸佛普能顯示一切衆生諸佛莊嚴諸佛威力諸佛境界同於諸佛

第四佛子菩薩摩訶薩住此三昧下正同佛果益於中二初正顯同有標徵及列等覺之名由此而立

爾時普眼菩薩白普賢菩薩言佛子此菩薩摩訶薩得如是法同諸如來

二爾時普眼下問答料揀於中先問後答問中先牒前同佛

何故不名佛何故不名十力何故不名一切

智何故不名一切法中得菩提者何故不得名爲普眼何故不名一切境中無礙見者何故不名覺一切法何故不名與三世佛無二住者何故不名住實際者何故修行普賢行願猶未休息何故不能究竟法界捨菩薩道

後何故下陳已所疑於中初疑不名爲果後問不捨於因

爾時普賢菩薩告普眼菩薩言善哉佛子如汝所言若此菩薩摩訶薩同一切佛以何義故不名爲佛乃至不能捨菩薩道

後爾時普賢下答中二初讚問牒疑

佛子此菩薩摩訶薩已能修習去來今世一切菩薩種種行願入智境界則名爲佛於如來所修菩薩行無有休息說名菩薩如來諸力皆悉已入則名十力雖成十力行普賢行而無休息說名菩薩知一切法而能演說名一切智雖能演說一切諸法於一一法善巧思惟未嘗止息說名菩薩知一切法無有二相是則說名悟一切法於二不二一切諸法差別之道善巧觀察展轉增勝無有休息說名菩薩已能明見普眼境界說名普眼雖能證得普眼境界念念增長未曾休息說名菩薩於一切法悉能明照離諸闇障名無礙見常勤憶念無礙見者說名菩薩已得諸佛智慧之眼是則說名覺一切法觀諸如來正覺智眼而不放逸說名菩薩住佛所住與佛無二說名與佛無二住者爲佛攝受修諸智慧說名菩薩常觀一切世間實際是則說名住實際者雖常觀察諸法實際而不證入亦不捨離說名菩薩不來不去無同無異此等分

別悉皆永息是則說名休息願者廣大修習圓滿不退則名未息普賢願者了知法界無有邊際一切諸法一相無相是則說名究竟法界捨菩薩道雖知法界無有邊際而知一切種種異相起大悲心度諸衆生盡未來際無有疲猒是則說名普賢菩薩

後佛子此菩薩下正答所問於中三一法說二喻況三法合今初十一段次第答前十一問在文易了意猶難見謂何得已入十力而普行無息耶今總以喻顯如人習誦雖已得通而數溫習不如久精下香象喻顯相雖相似而體不同故瓔珞云等覺照寂妙覺寂照亦似功用滿位此無功用也亦顯得果不捨因盡未來際皆位後普賢故

佛子譬如伊羅鉢那象王住金脅山七寶窟中其窟周圍悉以七寶而爲欄楯寶多羅樹次第行列真金羅網彌覆其上象身潔白猶如珂雪上立金幢金爲瓔珞寶網覆鼻寶鈴垂下七支成就六牙具足端正充滿見者欣樂調良善順心無所逆

喻中三一舉象王依正勝嚴伊羅鉢那此云香葉常居第一金山之脇

若天帝釋將欲遊行爾時象王即知其意便於寶窟而沒其形至忉利天釋主之前以神通力種種變現令其身有三十三頭於一一頭化作七牙於一一牙化作七池一一池中有七蓮華一一華中有七采女一時俱奏百千天樂是時帝釋乘茲寶象從難勝殿往詣華園芬陀利華徧滿其中是時帝釋至華園

已從象而下入於一切寶莊嚴殿無量采女以爲侍從歌詠妓樂受諸快樂爾時象王復以神通隱其象形現作天身與三十三天及諸采女於芬陀利華園之内歡娛戲樂所現身相光明衣服往來進止語笑觀瞻皆如彼天等無有異無能分別此象此天象之與天更互相似

二若天帝下明象王神變自在言七牙者準賢首品但有六牙或是譯者類後三七便言七耳若作表義于何不可無能分別此象此天者正意取此以喻菩薩等佛之義

佛子彼伊羅鉢那象王於金脅山七寶窟中無所變化至於三十三天之上爲欲供養釋提桓因化作種種諸可樂物受天快樂與天無異

三佛子彼伊羅下明不壞本而能現

佛子菩薩摩訶薩亦復如是修習普賢菩薩行願及諸三昧以爲衆寶莊嚴之具七菩提分爲菩薩身所放光明以之爲網建大法幢鳴大法鐘大悲爲窟堅固大願以爲其牙智慧無畏猶如師子法繒繫頂開示祕密到諸菩薩行願彼岸

第三法合中分四一具衆行嚴合前依正二爲欲安處下明因果無礙合前神變自在三佛子菩薩摩訶薩本身下結成不壞因而現果合前不壞本而能現四何以故下徵釋重合初中可知

爲欲安處菩提之座成一切智得最正覺增長普賢廣大行願不退不息不斷不捨大悲

精進盡未來際度脱一切苦惱衆生

二中二一明修無礙行所爲於中先爲果

後增長下爲因

不捨普賢道現成最正覺

二不捨普賢下正顯無礙行相於中先總

明以法界因果無障礙故

現不可説不可説成正覺門現不可説不可

説轉法輪門現不可説不可説住深心門於

不可説不可説廣大國土現涅槃變化門

後現不可説下别顯於中分三初顯因門

果行文有四果一智果二説法果三般若

相應果四斷果

於不可説不可説差别世界而現受生修普

賢行現不可説不可説如來於不可説不可

説廣大國土菩提樹下成最正覺不可説不

可説菩薩衆親近圍繞或於一念頃修普賢

行而成正覺或須臾頃或於一時或於一日

或於半月或於一月或於一年或無數年或

於一劫如是乃至不可説不可説劫修普賢

行而成正覺

次於不可説至而現受生下顯果從因行

及説得時不同隨物現故

復於一切諸佛刹中而爲上首親近於佛頂

禮供養請問觀察如幻境界淨修菩薩無量

諸行無量諸智種種神變種種威德種種智

慧種種境界種種神通種種自在種種解脱

種種法明種種教化調伏之法

後復於一切下顯果門因行並可知

佛子菩薩摩訶薩本身不滅以行願力於一

切處如是變現

第三明不壞因而現果中本身不壞即因不壞合在窟無變一切處變現即能現果合在天神變

何以故欲以普賢自在神力調伏一切諸衆生故令不可說不可說衆生得清淨故令其求斷生死輪故嚴淨廣大諸世界故常見一切諸如來故深入一切佛法流故憶念三世諸佛種故憶念十方一切佛法及法身故普修一切菩薩諸行使圓滿故入普賢流自在能證一切智故

四徵釋重合中先徵意云因果相違云何因門現果果復爲因釋意云調衆生法應如是故文中二先釋果作因意十句可知

佛子汝應觀此菩薩摩訶薩不捨普賢行不斷菩薩道見一切佛證一切智自在受用一切智法

後佛子汝應下釋因現果意於中四一法說謂不捨因而現果

如伊羅鉢那象王不捨象身往三十三天爲天所乘受天快樂作天遊戲承事天主與天采女而作歡娛同於諸天無有差別

二如伊羅下舉前喻顯

佛子菩薩摩訶薩亦復如是不捨普賢大乘諸行不退諸願得佛自在具一切智證佛解脫無障無礙成就清淨於諸國土無所染著於佛法中無所分別雖知諸法普皆平等無有二相而恒明見一切佛土雖已等同三世諸佛而修菩薩行相續不斷

三佛子下重以法合於中初明不捨因而現果後雖知諸法普皆平等下不壞果而

現因

佛子菩薩摩訶薩安住如是普賢行願廣大之法當知是人心得清淨

四佛子至安住下歎勝上來釋相竟

佛子此是菩薩摩訶薩第十無礙輪大三昧殊勝心廣大智

第三結名可知上來別釋十定竟

佛子此是菩薩摩訶薩所住普賢行十大三昧輪

最後佛子即大文第三總結十數

大方廣佛華嚴經疏鈔會本第四十三之二

音釋

霔（之戍切澍注也）金脅（脅虛業切金脅山名也）窟（苦骨切火也）珂（苦何切石次玉也色潔白如雪者曰珂）繒（慈陵切帛也）嶷然（嶷魚力切山立貌）慣習（慣古患切亦習也）馭（牛倨切統也）莖（戶庚切枝幹也）

大方廣佛華嚴經疏鈔會本第四十四之一

唐于闐國三藏沙門實叉難陀 譯

唐清涼山大華嚴寺沙門澄觀撰述

十通品第二十八

初來意爲答第二會中十通問故以二品明業用廣大前定此通義次第故亦由依定發通

二釋名者通即神通謂妙用難測曰神自在無擁曰通妙用無極寄十顯圓晉經本業俱稱十明者委照無遺故然通與明經論皆異故智度第三云直知過去宿命之事爲通若知過去因緣行業爲明等今以此經通即委照亦得稱明如文廣說故下經云非諸菩薩通明境界晉經意存順義今譯務不違文然通與下初引論論有問曰神通與明有何等異答曰直知過去宿命事是名爲通若知過去行業爲明復次直知死此生彼是名爲通知行因緣際會不失是名爲明復次直盡結使不知更生更不生名漏盡通若知漏盡更不復生是名爲明釋曰此論前文釋明行足所謂三明因以三明對於六通辨差別也今疏但舉一明末云等者等於後二今以此經下第二會釋經文於中有二先會晉經明順文順義皆委照文有證故晉經意存下二會今經文言務不違文者文有十通同六通故明但有三十無從三故通梵語云吃嘌池鄞明云婆鄞哆

宗趣者智用自在爲宗爲滿等覺無方攝化爲趣

爾時普賢菩薩摩訶薩告諸菩薩言佛子菩薩摩訶薩有十種通

次正釋文長分爲四一舉數標告二徵數列釋三總歎勝能四結數辨果今初言十者一他心二天眼三知過去劫宿住四盡未來際劫五無礙清淨天耳六無體性無動作往一切佛刹七善分別一切言辭八

無數色身九一切法智十入一切法滅盡三昧此十皆言智通者皆以大智爲體性故若隨相說前八量智後二理智據實唯一無礙大智此十亦是開彼六通天眼天耳神足漏盡各分二故天眼約見現未分成二四天耳約音聲言辭分出五七亦是約聞聖敎及諸類言辭故神足約業用及色身分成六八漏盡約慧定分成九十一三不分故六爲十然小乘六通智用有分三乘平徧亦非曲盡今一乘十通智用重重徧周法界猶如帝網念劫圓融故尚越彼明況於通用爲顯圓旨開成十通一他心者以經無總列故今列名文中有四一列別名此十皆言下二辨其通稱通名神通已如上說今但釋智字便當出體若隨相下辨智差別此十亦是下三對六開合但看前列次第在文易了然小乘下四通妨難謂有難言十通全異可分權實十六之殊

既依六開何能過六故今釋之名數小異義旨全乖文有三節一明小乘二辨三乘三釋一乘言小乘智用有分者宿命但知八萬劫事天眼但見三千世界天耳他心神足皆局三千之内漏盡不盡所知故云有分三乘平徧明其不盡重重一乘重重居然有異如天眼見塵中之剎剎中之塵塵剎之佛佛身毛孔塵剎重重彼重重剎中如來說法天耳皆聞彼中衆生他心盡了一念卽知多剎況局八萬之中一塵卽往剎無窮況局三千之内三明雖知因起未盡重重故云尚越彼明況於小乘六通之境次有難云若爾但明六通而義有異已揀權實何要十耶故云託事顯圓故開爲十十十法門是本宗故

何者爲十

第二何者下徵數列釋中先總徵後佛子下別釋十通卽爲十段段各有三謂標釋結

佛子菩薩摩訶薩以他心智通

今初標云他心者智以他心爲所緣故若直就所緣應名心差別通若所若王種類

多種皆能知故並依主受名今初標下疏文有二一釋名文中有三初能所合釋智為能緣他心為所緣二直就所釋三若所若王下顯智寬狹然智緣他心諸說不同安慧論師云佛智緣他心緣得本質餘皆變影護法論師則佛亦變影若緣本質得心外法壞唯識故但極似本質有異因人依唯識宗護法為正以今經望前亦未失以攝境從心不壞境故能所兩亡不礙存故第一義唯心非一非異正緣他時即是自故以即佛心之衆生心非即衆生心之佛心為所緣以即衆生心之佛心非即佛心之衆生心為能緣如是鎔融故非一非異若離佛外別有衆生更須變影却失眞唯識義然智緣下第二辨相於中有二先敘異釋即彼二十唯識偈云他心智云何緣境不如實如知自心智不知如佛境不知如佛境者唯佛得本質故依唯識下二會今經意於中有三初

標所取取前安慧故云望前亦未為失以攝境下初直出所以卽示法相宗有其三義一云攝境從心者卽示心境有無彼得本質恐壞唯心既不壞境得之何妨壞有何失以無心者無心於萬物萬物未嘗無此得在於神靜失在於物虛謂物實有故若唯心壞境則得在於境空失在於心有故以境由心變故說唯心所變不無何必須壞若以緣生無性則心境兩亡故云借心以遣境境遣而心亡非獨存心矣二能所兩亡者上不壞境且遣懼質之病今遣空有之理故心境並許存亡心境相藉故空有相依緣生故有有卽存也空卽亡也空有交徹存亡兩全三第一義唯心者正出具分唯心之理上第一釋雖有唯心之義尚通生滅唯心第二義雖兩亡不羈而未言心境相攝今明具分唯識故云第一義唯心同第一義故非異不壞能所故非一非一故有能所緣他義成矣非異故能所平等唯心義成矣云正緣他時卽是自故者結成得於本質無心外過以卽自故不失唯識以卽佛心下二示法性他心之相此有兩對前對明所緣後對明能緣今初言卽佛心之衆生心者明所緣衆生心卽是佛心此明不異次云非卽衆生心之佛心者明衆生心與佛心非卽非卽故有所緣義非異故不壞唯心義言為所緣者結成所緣揀非能緣也次辨能緣云以卽衆生心之佛心者此明能緣佛心卽是衆生心此明非異次云非卽佛心之衆生心

者此明佛心與衆生心有非一義非一故為能緣非異故不壞唯識之義言為能緣者結成能緣揀非所緣也更以喻況如水和乳乳為所和喻衆生心是所緣水為能和喻佛心為能緣以此二和合如似一味鵝王呞之乳盡水存則知非一然此水名即乳之水又此乳名即水之乳二雖相即而有不一之義故應喻之以即水之乳非即乳之水為所和以即乳之水非即水之乳為能和義可知矣若離佛外下第三結彈護法言却失真唯識者不知外質即佛心故

知一三千大千世界衆生心差別所謂善心不善心廣心狹心大心小心順生死心背生死心聲聞心獨覺心菩薩心聲聞行心獨覺行心菩薩行心天心龍心夜叉心乾闥婆心阿修羅心迦樓羅心緊那羅心摩睺羅伽心人心非人心地獄心畜生心閻魔王處心餓鬼心諸難處衆生心如是等無量差別種種衆生心悉分別知

二知一下釋相中二初知一剎後如一下以少類多前中三初總次所謂下別後如是下結別中有三十類心闕第三無記晉經具有於中前十約相總顯後二十心約人別顯前中初二約性總該諸心次二約行兼濟獨善故次二約報天大人小故上四唯善次二約向背而順通三性善唯有漏背唯是善通漏無漏約人辨中初六約乘前三是果後三是因即前背生死心及廣狹心次八部約類即前順生死及大小心地獄等約趣亦順生死是不善心餘並可知

如一世界如是百世界千世界百千世界百千億那由他世界乃至不可說不可說佛剎微塵數世界中所有衆生心悉分別知

是名菩薩摩訶薩第一善知他心智神通

佛子菩薩摩訶薩以無礙清淨天眼智通
第二天眼標云無礙者見自在故清淨者
離障故天眼即通
見無量不可說不可說佛剎微塵數世界中
衆生死此生彼善趣惡趣福相罪相或好或
醜或垢或淨如是品類無量衆生所謂天衆
龍衆夜叉衆乾闥婆衆阿修羅衆迦樓羅衆
緊那羅衆摩睺羅伽衆人衆非人衆微細身
衆生衆廣大身衆生衆小衆大衆如是種種
衆生衆中以無礙眼悉皆明見隨所積集業
隨所受苦樂隨心隨分別隨見隨言說隨因
隨業隨所緣隨所起悉皆見之無有錯謬
二見無量下釋中分三初總明多界相殊
其善惡趣等後後展開如問明品次所謂
下別明多類非一隨一一類有前罪等三
如是種種下委照分明前但覩其現相此
則照其因緣十明之目由此而立於中初
能見分明次隨所下所見委悉言隨所者
所知非一故後悉皆下結其無謬文並可
知
是名菩薩摩訶薩第二無礙天眼智神通
佛子菩薩摩訶薩以宿住隨念智通
第三宿住通標中謝往之事名宿住在過
去明了記憶爲隨念即宿住之隨念宿住
隨念之通
能知自身及不可說不可說佛剎微塵數世
界中一切衆生過去不可說不可說佛剎微
塵數劫宿住之事所謂某處生如是名如是
姓如是種族如是飲食如是苦樂從無始來
於諸有中以因以緣展轉滋長次第相續輪

迴不絶種種品類種種國土種種趣生種種形相種種業行種種結使種種心念種種因緣受生差別如是等事皆悉了知

圖二能知下釋相中二一知凡事於中先總所謂下別

又憶過去爾所佛刹微塵數劫爾所佛刹微塵數世界中有爾所佛刹微塵數諸佛一一佛如是名號如是出興如是衆會如是父母如是侍者如是聲聞如是最勝二大弟子於如是城邑如是出家復於如是菩提樹下成最正覺於如是處坐如是座演說如是若干經典如是利益爾所衆生於爾所時住於壽命施作如是若干佛事依無餘依般涅槃界而般涅槃般涅槃後法住久近如是一切悉能憶念

二又憶過去下知佛事於中亦二先約界顯多但知其果

又憶念不可說不可說佛刹微塵數諸佛名號一一名號有不可說不可說佛刹微塵數佛從初發心起願修行供養諸佛調伏衆生衆會說法壽命多少神通變化乃至入於無餘涅槃般涅槃後法住久近造立塔廟種種莊嚴令諸衆生種植善根皆悉能知

後又憶念下約人顯多兼知其因皆以菩薩得九世眼如見現在故若不爾者過去之法若不落謝不名過去若已落謝無法可知若但曾經心中有種影現前故說憶知者是則但見自心不見彼法又曾不經事應不憶知又但見現在非是過去何名宿住餘文可知皆以已下此釋知義而云見者是知見也此上正明

二若不爾下反難成立三若但下遮救謂恐救云昔曾見事事則雖滅見種猶存故得知耳是則下為遮此救文有三破一奪破謂但見心不見法故所見不同豈見現心名宿住智二又曾下縱許有種能知見者昔不經事應不知見謂昔為人何能普見今得宿智廣遠皆知三又但見下結成即乖名破

是名菩薩摩訶薩第三知過去際劫宿住智神通

佛子菩薩摩訶薩以知盡未來際劫智通

第四知劫通亦從境受名

知不可說不可說佛刹微塵數世界中所有劫一一劫中所有衆生命終受生諸有相續業行果報若善若不善若出離若不出離若決定若不決定若邪定若正定若善根與使俱若善根不與使俱若具足善根若不具足善根若攝取善根若不攝取善根若積集善根若不積集善根若積集罪法若不積集罪法如是一切皆能了知又知不可說不可說佛刹微塵數世界盡未來際有不可說不可說佛刹微塵數劫一一劫有不可說不可說佛刹微塵數諸佛名號一一名號有不可說不可說佛刹微塵數諸佛如來一一如來從初發心起願立行供養諸佛教化衆生衆會說法壽命多少神通變化乃至入於無餘涅槃般涅槃後法住久近造立塔廟種種莊嚴令諸衆生種植善根如是等事悉能了知

二知不可說下釋相中二先知凡後又知下知佛前中亦二先明所依劫但寄多界以顯多劫非有際限名及後段皆盡未來此位所知同於佛故後一一下顯能依事義如十地中辦

然大乘宗未來世法體用俱無今云何知

依方便教但見現在因種知當果相非見未來法體若一乘宗於九世中未來中現在體用俱有今稱實而知然非現在之現在故稱未來然大乘下總徹知義謂小乘或說三世俱有未來但未有用或縱可見而未有體大乘體用俱無則無可知見依方便教下答中有二初依權教立理答謂見因知果如見色相知後吉凶若一乘下二通妨謂問云若爾何名見未來耶答意可知此有若是性有即同小乘若是緣有緣今未會云何言有若今時看緣性俱無以是現在未來定非有故若逐未來時看以是未來之現在故還如今有此有若是下立理重難縱其性有緣有二俱有過若今時看下四以理會通謂不向今時看未若向今時看未此未即是現在未來如何得有若逐未下向未來看未未是未之現在矣故異於今

是名菩薩摩訶薩第四知盡未來際劫智神通

佛子菩薩摩訶薩成就無礙清淨天耳

第五天耳通初標名略無智通若直云天耳即當體受名若取無礙清淨之天耳即依有德業受稱

圓滿廣大聰徹離障了達無礙具足成就於諸一切所有音聲欲聞不聞隨意自在

二圓滿下釋相中三初總顯德業自在二佛子下別示一方業用三如東方下舉一例餘今初九句皆約用辨德前之標名即是總句一圓滿者能互用故二徧聞十方及九世故三一時領覽通其源故四離二障故五明了所知故六緣不能礙故七非如權小聞有分限不盡重重故八已證得故九於一切皆自在故謂欲聞則細遠無逃欲不聞則近大不撓故云自在

佛子東方有不可說不可說佛刹微塵數佛
第二別示一方業用中二初舉多佛欲顯
聞廣
是諸佛所說所示所開所演所安立所教化所調伏所憶念所分別甚深廣大種種差別無量方便無量善巧清淨之法於彼一切皆能受持
二是諸佛下顯聞憶持於中二先聞持教法隨釋可知
又於其中若義若文若一人若衆會如其音辭如其智慧如所了達如所示現如所調伏如其境界如其所依如其出道於彼一切悉能記持不忘不失不斷不退無迷無惑爲他演說令得悟解終不忘失一文一句
後又於下顯持圓滿即能持之相於中二先舉所持上文通顯佛所說法今辨所說差別後於彼下辨能持相兼明轉化餘文可知
如東方南西北方四維上下亦復如是是名菩薩摩訶薩第五無礙清淨天耳智神通
佛子菩薩摩訶薩住無體性神通無作神通平等神通廣大神通無量神通無依神通隨念神通起神通不起神通不退神通不斷神通不壞神通增長神通隨詣神通
第六無體性智通初標名中有十四名初一總通即無體性餘皆別別中一無功作用二同理平等三能普徧四量難知五非謂依體起用六但隨念即形七現有作用八不動本處九作必究竟十用無間歇亦

不斷佛種十一他不能壞十二能生善根十三隨何所詣於十三中初二五八是無體性義餘即神通義此二無礙故受斯名

此菩薩聞極遠一切世界中諸佛名所謂無數世界無量世界乃至不可說不可說佛刹微塵數世界中諸佛名聞其名已即自見身在彼佛所

二此菩薩下釋相中三一明廣大謂聞多刹佛名即見身在彼多刹故

彼諸世界或仰或覆各各形狀各各方所各各差別無邊無礙種種國土種種時劫無量功德各別莊嚴彼彼如來於中出現示現神變稱揚名號無量無數各各不同此菩薩一得聞彼諸如來名不動本處而見其身在彼佛所禮拜尊重承事供養問菩薩法入佛智慧悉能了達諸佛國土道場衆會及所說法至於究竟無所取著

二彼諸世界下明無量不起等義謂又於彼佛重聞佛名便往敬事受道無著故

如是經不可說不可說佛刹微塵數劫普至十方而無所往然詣刹觀佛聽法請道無有斷絕無有廢捨無有休息無有疲猒修菩薩行成就大願悉令具足曾無退轉為令如來廣大種性不斷絕故

三如是經下明不斷義謂於多時體用無礙故

是名菩薩摩訶薩第六住無體性無動作往一切佛刹智神通

佛子菩薩摩訶薩以善分別一切衆生言音智通

第七善分別言音通中初標名從所了得名即依主立稱若從所發得名即通持業

知不可說不可說佛刹微塵數世界中衆生種種言辭所謂聖言辭非聖言辭天言辭龍言辭夜叉言辭乾闥婆阿修羅迦樓羅緊那羅摩睺羅伽人及非人乃至不可說不可說衆生所有言辭各各表示種種差別如是一切皆能了知

二知不可說下釋相中二先知言詞有標列及結

此菩薩隨所入世界能知其中一切衆生所有性欲如其性欲爲出言辭悉令解了無有疑惑如日光出現普照衆色令有目者悉得明見菩薩摩訶薩亦復如是以善分別一切言辭智深入一切言辭雲所有言辭令諸世間聰慧之者悉得解了

後此菩薩下明發言詞謂隨樂差別而發言故有法喻合文並可知

是名菩薩摩訶薩第七善分別一切言辭智神通

佛子菩薩摩訶薩以出生無量阿僧祇色身莊嚴智通

第八色身莊嚴智通依所現得名即有財立稱

知一切法遠離色相無差別相無種種相無無量相無分別相無青黃赤白相

二知一切下釋相中三初知無色以色即空故二菩薩如是下明能現色以空即色故三佛子下雙明無色現色所爲不礙悲故

今初由了法界無定實色舉體即空非斷空故空中無色不礙色故存亡隱顯皆自在故方能隨樂現種種色故先明之

今初由了下疏文有二先彰大意意明此是即色之空非絕色之真空故不礙現色於中先明即色之空故能現色由上無實色故即色是空既即色是空故非斷空又無定實則顯非常非是斷空又顯非斷以定有則常定無則斷故今非斷常即真法界從空中無色下明空不礙色故能現色然此段文乃含多意一第一謂色空相望總有三義一相違義故云空中無色二不相礙義故云不礙色故三相作義故前云無定實色舉體即空非斷空故謂此幻色若不舉體即空不成幻色亦合云色中無空故色不礙空舉體即色非斷滅故以此正說了無色義故唯說色即空邊下第二段能現色邊方合明於色無空等此三無礙方曰眞空亦稱妙有二第二此之二句遣於地前三空亂意謂無定實色舉體即空非斷空故遣第二疑空滅色取斷滅空以空中無色遣第三疑空是物謂空爲有今明空尚無色豈有體耶況色中無空空定無體次云不礙色故即遣第一疑空異色取色外空既云不礙於色明非色外離此三過方曰眞空清淨法界三第三亦含法界觀意即第一眞空絕相觀彼有四門第一會色歸空觀即今門意第二明空即色觀是第二段能現色意第三空色無礙觀即此第三段無色現色意第四泯絕無寄觀亦在此段之中彼第一會色歸空觀中有四句各先標後釋前三標語皆同云色不即空以即空故今云無定實色以舉體即空非斷空故即彼第一句彼云以色不即空是斷空故云不即空以色舉體是真空故云以即空故今云不礙色即彼第二句青黃之相非即真空之理故云色不即空然青黃無體莫不皆空故云以即空故良以青黃無體之空非即青黃故云不即空要有青黃方說無體明不礙色矣次今云空中無色即彼第三句空中無色故不即空會色無體故云以即空故良由會色歸空空中必無色是故由色空故色非空也上三句以法揀情第四便云色即是空謂凡是色法必不異真空以諸色法必無性故是故色即是空此即今疏第一法界無定實色舉體即空是也存亡隱顯者總成前義於中二意一者結上空中無色亡也不礙色故存也舉體即空非斷空故兼存亡也存亡約色隱顯約空空理真常不可言亡而色存即空隱色亡則空顯此唯約會色歸空以說若兼第二不礙現色是明空即色觀論存亡隱顯者色即是空則色亡空顯空即是色則空隱色存然皆即亡即存即隱即顯故云自在即以總結為彼第三空色無礙觀其泯絕無寄在下釋文

於中六句初一總知色

性離相亦無有法而爲空故餘五別明離何等相一離差別相麤妙長短等同一無生體故二種種異相虛故三無量多相離故又無大小絕分量故四但妄分別求叵得故色空二見皆情取故即與不即斯見絕故上通形顯五離顯相依形有故四但妄下即彼泯絕無寄意也彼云謂此所觀眞空不可言即色不即色即空不即空一切法皆不可此語亦不受過絕無寄非言所及非解所到是謂行境何以故以生心動念即乖法體失正念故以今疏文對彼所引相攝可知

菩薩如是入於法界能現其身作種種色

二能現色中初結前標後以即空之色爲妙色故又空色不二成上眞空不二而二現斯妙色色空融即爲眞法界緣起無盡即一現多以即色故成妙色也又色空下將今對前反覆相成初空色不二成上眞空以今成前次不二而二以前成後次色空融即下融上二文歸初法界後緣起無盡下成後無涯其眞空妙色之旨廣如問明

所謂無邊色無量色清淨色莊嚴色普徧色無比色普照色增上色無違逆色具諸相色離衆惡色大威力色可尊重色無窮盡色衆雜妙色極端嚴色不可量色善守護色能成熟色隨化者色無障礙色甚明徹色無垢濁色極澄淨色大勇健色不思議方便色不可壞色離瑕翳色無障闇色善安住色妙莊嚴色諸相端嚴色種種隨好色大尊貴色妙境界色善磨瑩色清淨深心色熾然明盛色最勝廣大色無間斷色無所依色無等比色充滿不可說佛剎色增長色堅固色攝受色最勝功德色隨諸心樂色淸淨解了色積集衆妙色善巧決定色無有障礙色虛空明淨色清淨可樂色離諸塵垢色不可稱量色妙見

色普見色隨時示現色寂靜色離貪色眞實福田色能作安隱色離諸怖畏色離愚癡行色智慧勇猛色身相無礙色遊行普徧色心無所依色大慈所起色大悲所現色平等出離色具足福德色隨心憶念色無邊妙寶色寶藏光明色衆生信樂色一切智現前色歡喜眼色衆寶莊嚴第一色無有處所色自在示現色種種神通色生如來家色過諸譬喻色周徧法界色衆皆往詣色種種色成就色出離色隨所化者威儀色見無厭足色種種明淨色能放無數光網色不可說光明種種差別色不可思香光明超過三界色不可量日輪光明照耀色示現無比月身色無量可愛樂華雲色出生種種蓮華鬘雲莊嚴色超過一切世間香燄普熏色出生一切如來藏色不可說音聲開示演暢一切法色具足一切普賢行色

後所謂下別顯不同有一百三種或從色相立名或就德用受稱可以意求然皆是稱法界之色不同變礙但隨所顯以立色名

佛子菩薩摩訶薩深入如是無色法界能現此等種種色身令所化者見令所化者念爲所化者轉法輪隨所化者時隨所化者相令所化者親近令所化者開悟爲所化者起種種神通爲所化者現種種自在爲所化者施種種能事

三雙明所爲中初結前後今所化下顯其所爲有十句並可知

是名菩薩摩訶薩爲度一切衆生故勤修成

就第八無數色身智神通

佛子菩薩摩訶薩以一切法智通

第九一切法智通初標名從所知眞俗等法受稱

知一切法無有名字無有種性無來無去非異非不異非種種非不種種非二非不二

二知一切下釋相中二初明知法即內證事理後此菩薩下明演法即外益衆生亦是前明即事常理後明即理恒事用寂寂用無障礙故今初又二初約離言顯實二無我下約二空顯實今初初三句一向顯實一名無得物之功故二緣成無性故三體絶去來故下有三句相對顯實然此三對釋有三義一唯約顯實則相待而空故異相互無故云不異遮異言不異亦無不異可得云非不異二約雙顯體則不異相非不異三約雙遮相即性故非異性即相故非不異又相非相故不異性非性故非不異故離二邊不住中道下二對例知然此三對者然此三義散在經論古德隨見取捨不同以今疏意並皆收之而取義各別並爲正解合其三意方盡玄旨然此三對皆由下句成別上非異句義旨皆同同是遣差別相故下句對上別成三重第一唯約顯實者則拂迹入玄非異者拂差別相也非不異者拂上不異之迹則遣之又遣之以至於無遣耳而文中二先總明兩句故云則相待而空故次先破異云異相互無故云不異者此卽中論破合品中意以小乘立見可見見者三事和合因將異以破之云異法當有合見等無有異異法不成故見等云何合釋曰此但總明無異異則無合次例破異云非但可見等異相不可得所有一切法皆名無異相釋曰上總言無下出無所以云異因異有異異離異無異若法所因出是法不異因謂如眼於色異色於眼異是名為異今明因色異故眼異故云異因異有異若離於色眼與離異故云異離異無異然則眼色二異相因而成則無定眼色而成於異故云若法所因出是法不異因亦由衆緣成舍舍不異

於梁椽等法故云法所因出法不異因若眼如舍則色如梁等若色如舍則眼如梁等故互爲所因所以疏云異相互無謂眼色相因無定異故無定異故又與長短異長中無短相長無可對故無有長短中無長相短無可對故無有短既無長短孰言異耶故云異相互無故無異又長中自無長相短中自無短相將何長短而說異耶亦中論意亦百論意故中論云異中無異相不異中亦無無有異相故則無彼此異

百論破一品中外道立一內破若因果不異三世應爲一彼救云不然因果相待成故如長短注云如因長見短因見相長如見泥團觀餅則因觀土則是果內破曰因他相違共過故非長中長相亦非短中及共中注云若實有長相若長中有若短中有若共中有是皆不可得何以故長中無長相以因他故因短爲長故短中亦無長相性相違故若短中有長不名爲短共中亦無長二俱過故若長中有若短中有先

已說二過故將何共耶長相既無短相亦爾若無長短云何相待上來破異竟爲遮異下以相待門釋無不異謂無異可待故故二雙絶以契性空亦百論云若無長短云何相待意也二約雙顯者謂上但顯實則雖性而非相今性相皆具故云雙顯謂由體一故非異相差別故非不異此舉雙是以顯雙非三約雙遮下文有二意一前明相卽故得雙遮謂相本是異今卽性故無有異也故非異性本是一今卽相故無

有一也故非不異二又相非相下明當相自離故得雙非故離二邊下結成玄旨

無我無比不生不滅不動不壞無實無虛一相無相非無非有非法非非法不隨於俗非不隨俗非業非非業非報非非報非有爲非無爲非第一義非不第一義非道非非道非出離非不出離非量非無量非世間非出世間非從因生非不從因生非決定非不決定非成就非不成就非出非不出非分別非不分別非如理非不如理

二約二空顯中亦初三對一向顯實無比者無有我所與我爲比對故餘二可知無實下亦通三釋準前知之且約顯實以釋一虛實皆緣顯故二法性不並眞故一相一亦不爲一故無相有無皆法待對故無法與非法但假施設並就實而求能治所

治無不雙寂餘皆倣此法性不並下即影公云法性不並真聖賢無異道由理無異味故一亦不爲一者即法句經云森羅及萬像一法之所印云何一法中而當有差別即上一相也次云一亦不爲一爲欲破諸數淺智著諸法見一以爲一即下句意有無皆法者釋非無非有謂有即有法無即無法故云有無皆法言待對故無者三論初章中偈云若有有可有則有無可無今無有可有亦無無可無謂因無立有有假無生故非有因有說無無因有立故非無若躡上起上云無相即是無義今非彼無相故云非無尚不存有安得立故云非無非有皆待對故無也法與非法者然法非法有其三義一者有法爲法無法爲非法上已破有無故今非此義二者惡法爲非法善法爲法三以相爲法以性爲非法今通此二善惡相因亦假施設遣相之法明性爲非法相既不存性不安立故法尚應捨何況非法性相相因亦假設耳並就實下結成顯實上一一對中多以上句爲所治下句爲能治如虛是所治實爲能治法是所治非法爲能治既並歸實故皆雙寂餘皆倣此者釋不隨於俗非不隨俗已下經文

此菩薩不取世俗諦不住第一義不分別諸法不建立文字隨順寂滅性

第二演法外益中三一牒前成智爲起用所依故

不捨一切願見義知法興布法雲降霔法雨

二不捨下正明演法

雖知實相不可言說而以方便無盡辯才隨法隨義次第開演以於諸法言辭辯說皆得善巧大慈大悲悉已清淨能於一切離文字法中出生文字與法與義隨順無違爲說諸法悉從緣起

三雖知實相下寂用無礙於中三初寂不礙用

雖有言說而無所著演一切法辯才無盡分別安立開發示導令諸法性具足明顯斷衆疑網悉得清淨雖攝衆生不捨真實

次雖有言說下用不礙寂

於不二法而無退轉常能演說無礙法門以衆妙音隨衆生心普雨法雨而不失時

後於不二下寂用無二

是名菩薩摩訶薩第九一切法智神通

佛子菩薩摩訶薩以一切法滅盡三昧智通

第十滅定智通中三初標名云一切法滅盡者謂五聚之法皆當體寂滅故斯即理滅不同餘宗滅定但明事滅唯滅六七心心所法不滅第八等斯即理下揀定謂對餘宗揀定體用於中有三初揀理事斯即理滅者即是本宗法界體寂故不同已下是法相宗但事滅故要心不行方稱爲滅但事滅故不能即定而用證理滅故定散無礙由即事而理故不礙滅即理而事故不礙用是以文云雖念念入而不廢菩薩道等但事滅下二揀功能不等先明事滅六七不行何能起用證理滅下辨理滅功高既即事而理故定散無礙亦非心定而身起用亦不獨明定散雙絕但是事理無礙故上七地云雖行實際而不作證能念念入亦念念起及淨名云不起滅定現諸威儀皆斯義也亦非心定下三遮救重揀恐彼救云心想雖滅定前加行令身起用故今揀之亦非我宗心正在定不能起故此遮法相次亦非獨明定散雙絕者此遮禪宗止觀兩亡不定不亂約理頓明亦頓教意故非經宗後但是事理下方顯正義契無礙之理故得定散自在故七地下引二經證並如前說事理非一故一切法滅盡之神通非異故滅盡即神通通二釋也

於念念中入一切法滅盡三昧

二於念念下釋相中二先明即定體用自在後此菩薩住三昧時下明入定時分自在前中亦二先標入定

亦不退菩薩道不捨菩薩事不捨大慈大悲心修習波羅蜜未嘗休息觀察一切佛國土

無有厭倦不捨度衆生願不斷轉法輪事不廢教化衆生業不捨供養諸佛行不捨一切法自在門不捨常見一切佛不捨常聞一切法知一切法平等無礙自在成就一切佛法所有勝願皆得圓滿了知一切國土差别入佛種性到於彼岸能於彼彼諸世界中學一切法了法無相知一切法皆從緣起無有體性然隨世俗方便演説雖於諸法心無所住然順衆生諸根欲樂方便爲説種種諸法

二亦不退下明不礙用於中初二句總未作不退現作不捨正簡事滅以顯真滅餘句别明文顯可知

此菩薩住三昧時隨其心樂或住一劫或住百劫或住千劫或住億劫或住百億劫或住千億劫或住百千億劫或住那由他億劫或住百那由他億劫或住千那由他億劫或住百千那由他億劫或住無數劫或住無量劫乃至或住不可説不可説劫

第二明入定時分自在中三初長短隨心

菩薩入此一切法滅盡三昧雖復經於爾所劫住而身不離散不羸瘦不變異非見非不見不滅不壞不疲不懈不可盡竭

二菩薩入此下威儀不忒

雖於有於無悉無所作而能成辦諸菩薩事所謂恒不捨離一切衆生教化調伏未曾失時令其增長一切佛法於菩薩行悉得圓滿爲欲利益一切衆生神通變化無有休息譬如光影普現一切而於三昧寂然不動

三雖於有無下不礙起用定散雙行於中先法後喻光影普現寂然無心隨器虧盈

體無來去

是爲菩薩摩訶薩入一切法滅盡三昧智神通

三是爲下結名

佛子菩薩摩訶薩住於如是十種神通一切天人不能思議一切衆生不能思議一切聲聞一切獨覺及餘一切諸菩薩衆如是皆悉不能思議此菩薩身業不可思議語業不可思議意業不可思議三昧自在不可思議智慧境界不可思議

大文第三佛子菩薩下總歎勝能中二一形劣顯勝劣不測故

唯除諸佛及有得此神通菩薩餘無能說此人功德稱揚讚歎

二唯除下以勝顯勝謂佛等方測故

佛子是爲菩薩摩訶薩十種神通若菩薩摩訶薩住此神通悉得一切三世無礙智神通

大文第四佛子是爲下結數辨果文顯可知

大方廣佛華嚴經疏鈔會本第四十四之一

音釋

乾闥婆梵語也此云香陰帝釋樂神也闥他達切

錯謬錯倉各切差錯也謬靡幼切誤謬也

瑕翳瑕胡加切瑕玷也翳於計切翳障也

吃居乙切

呞作答切

大方廣佛華嚴經疏鈔會本第四十四之三

唐于闐國三藏沙門實叉難陀　譯

唐清涼山大華嚴寺沙門澄觀　撰述

十忍品第二十九

初來意者爲答普光十頂問故義如前釋前二已明通定用廣今此辨其智慧深奧故次來也

二釋名者忍謂忍解印可即智照觀達寄圓顯十

三宗趣者智行深奧爲宗爲得佛果無礙無盡爲趣

然此忍行約位即等覺後心爲斷微細無明若約圓融實通五位寄終極說體即是智不同餘宗忍因智果雖是一智隨義別說二三四五等諸教不同今此圓教故說十忍雖是一智下三辨類言是一者一無生忍二謂人空法空忍二謂佛性論說三無性忍及地持論說有信忍順忍及無生忍四亦有二義一如八地論中一事無生二自性無生三數差別無生四作業無生二者思益經中說有四忍一無生忍二無滅忍三因緣忍四無住忍釋經序中已具引竟言五忍者即仁王經一伏忍等如十地說而言等者乃有多義一等六忍如瓔珞說十定初已引或說十忍如八地或說十四十五如仁王瓔珞並如十住十地品引言諸教不同者通辨諸忍約教不同小乘不立忍名上來諸門多通始終獨一無生兼通頓教

爾時普賢菩薩告諸菩薩言佛子菩薩摩訶薩有十種忍

四正釋文文有長行偈頌前中四一舉數歎勝二列名顯要三依名廣釋四總結其名今初先舉數

若得此忍則得到於一切菩薩無礙忍地一切佛法無礙無盡

後若得下歎勝到無礙地即自分因圓佛

法無礙即勝進果滿

何者爲十所謂音聲忍順忍無生法忍如幻忍如燄忍如夢忍如響忍如影忍如化忍如空忍

第二何者爲十下列名顯要中初徵數次列名後顯要名中前三約法後七就喻三中初一約教謂忍於教聲從境爲名音聲之忍次一約行順諸法故順即是忍三無生忍者若約忍無生理即無生之忍若約無生之智及煩惱不生則無生即忍通二釋也又此三忍若通相說前二皆是無生忍之加行順向無生後一方契若約當位三忍條然以不應此位方有順無生忍故順但順理不是順忍若爾何異無生順忍通順事理故不同無生經云法有亦順知等又依五忍位當寂滅今約三忍明義故當無生如地持說三無生忍自有二義一理智雙明二若約無生之智下唯就智說具如八地即是忍淨忍淨復二一智不生即無分別智體無念慮故二煩惱不生妄想不起故若約位下二反顯非局謂依地持音聲屬資糧位順忍屬加行位無生忍屬正證故言三忍迢然迢然不同以不應下結非局義順但順理下三通妨難文有兩難第一正難云加行之位順無生忍故名順忍今不約位那有順忍故今通云順有二義一順無生忍即是加行今順無生之理故非約位次躡跡難云若爾何異無生次順忍通順下通難既通事理故不同無生但順於理經云已下引經證成然無生異順更有一義謂但順理無生惑智不生欲明順忍雙異二義故但約雙順事理足揀二別又上躡云前二通爲無生加行者約此等覺自說加行不同前取三忍迢然又依五忍下二辨有局義是勝非劣五忍明義無生則當七八九地三忍明義正證已後俱通無生雖有此義而此既有音聲順忍是知定通局非正意後七約喻中並是依主謂如幻之忍等故光統云前四喻音聲電化喻順忍空喻無生電即今之影喻又云幻者起無起

相燄者境無境相夢者知無知相響者聞無聞相電者住無住相今既云影應云現無現相化者有無有相空者爲無爲相此則能喻局於一相所喻義通多法在文雖無於理無失光統云下先以七喻對上三法義類同故又云幻下二別顯喻相大同攝論言起無起者幻法從緣無定性故境無境者六塵之境如燄似水而非水故知無知者夢中知覺非實覺故聞無聞者谷所發響非本聲故住非住者電卽晉經取淨名意是身如電念念不住從今既云影下類彼以釋亦淨名意經云是身如影從業緣現故云現無現相化以無而忽有故云有無有相空以不礙施爲故云爲無爲相皆取喻中別義此則能喻下二疏爲會通言能喻局於一相者幻中但有起無起相而無境無境相知無知等六相乃至空喻但有爲無爲相而無起無起等故云局一言所喻義通多法者如起無無起相通明緣起之法不局內外等殊有無有相但明萬有卽虛不局菩薩能化等故云通多法如境無境聞無聞亦有局義故疏致於義通之言從在文雖無下縱成其義又古德云觀識如幻想如燄受如夢聲如響行如電色如化

總觀一切蘊界處等畢竟空故如虛空也此釋順後會偈文故今影喻亦喻於行又古德下二賢首釋先敘昔此釋下會通文則縱成意則暗奪謂後離世間品偈有別喻義則可成而下正釋所喻旣通但順後經故爲暗奪言離世間偈者經云觀色如聚沫受如水上泡想如熱時燄諸行如芭蕉心識猶如幻示現種種事如是知諸蘊智者無所著卽其文也言故今影喻亦喻於行者今文影喻當晉電故對上光統故致亦言若依攝論第五八喻皆喻依他起性然並爲遣疑所疑不同故所喻亦異一以外人聞依他起相但是妄分別有非眞實義遂卽生疑云若無實義何有所行境界故說如幻謂幻者幻作所緣六處豈有實耶二疑云若無實何有心心法轉故說如燄飄動非水似水妄有心轉三疑云若無實何有愛非愛受用故說如夢中實無男女而有愛非愛受用覺時亦爾四疑云若無

實何有戲論言說故說如響實無有聲聽者謂有五疑云若無實何有善惡業果故說如影謂如鏡影像故亦非實六疑云若無實何以菩薩作利樂事故說如化謂變化者雖知不實而作化事菩薩亦爾然彼論無空喻而影喻是鏡像更有映質光影喻喻種種識無實又有水月喻喻定地境界無實今經以義類同故合在影中互文當知若依攝論下三引攝論分二先引論不欲繁文疏中義引恐欲委究故鈔具明論云復次何緣如經所說於依他起自性說幻等喻此總問也於依他起自性爲除他虛妄疑故此總答也世親釋虛妄疑云謂於虛妄依他起性所有諸疑論云他復云何於依他起自性有虛妄疑牒徵也由他於此起如是疑總牒標也下別釋一論云云何實無有義而有所行境界爲除此疑說幻事喻解曰此中疑意從前論生以前論云依他起相是虛妄分別唯識爲性是無所有非真實義從此生疑故云若無實義何有境界下文諸疑皆從此生故每疑前皆有云何無義喻釋之中皆云

爲除此疑說如燄喻等無性釋幻喻意云如無實象而有幻象爲所緣境界依他起性亦復如是雖無色等所緣六處周遍計度似有所緣六處顯現解曰無實似有何要實耶下文諸喻酬意皆爾二論云云何無義心心法轉爲除此疑說陽燄喻釋曰又如陽燄於飄動時實無有水而有水覺外器世間亦復如是三論云云何無義有愛非愛受用差別爲除此疑說所夢喻釋曰又如夢中睡眠所起心心法聚極成昧略雖無女等種種境界有愛非愛境界受用覺時亦爾四論云云何無義淨不淨業愛非愛果差別而生爲除此疑說影像喻釋曰又如影像於鏡等中還見本質而爲我令乃見影像而此影像實無所有非等引地善惡思業本質爲緣影像果生亦復如是五論云云何無義種種識轉爲除此疑說光影喻釋曰又如光影由弄影者映蔽其光起種種影非等引中種種諸識於無實義差別而轉六論云云何無義種種戲論言說而轉爲除此疑說谷響喻釋曰又如谷響實無有聲而令聽者似聞多種言說境界種種言說語業亦爾七論云云何無義而有實取諸三摩地所行境轉爲除此疑說水月喻釋曰又如水月由水潤滑澄清性故雖無有月而月可取緣實義境之所熏修潤滑爲性諸三摩地相應之意亦復如是雖無所緣實義境界而似有轉此與影像有何差別定不定地而有差別有說面等衆緣和合水鏡等中面等影

生分明可取如衆緣力頗胝迦等種種色生爲不爾耶所取差别如離水鏡月面等影分明可得頗胝迦等所現衆色則不如是故非同喻又非我等許有水等種種實義有法不成故非比量八論云云何無義有諸菩薩無顛倒心爲辦有情諸利樂事故思受生爲除此疑說變化喻釋曰又如變化依此變化說名變化雖無有實而能化者無有顛倒於所化事勤作功用菩薩亦爾雖無遍計所執有情於依他起諸有情類由哀愍故而往彼彼諸所生處攝受自體論下總結云應知此中唯有爾所虛妄疑事所謂内一外二受用差别三身業四語業五三種意業非等引地六若等引地七若無顛倒八於此八事諸佛世尊說八種喻諸有智者聞是所說於定不定二地義中能正解了解曰上依彼論次第具引其釋曰下皆無性釋其解曰下卽鈔家意然其論釋疑但由疑異故舉八喻不必相躡故論皆牒最初若無有義疏直依經文之次第以引論文若列定記一一相躡既經論中次第不同如何經中復成相躡然彼論下第二經論對辨然論望經略有四異疏有三節初明有無二而影下是顯名異三更有下辨其開合於中有二先辨論開所由由義異故後今經下明經合所以以類同故更有一意爲成十故以加三法故合此三下文當說然若唯爲成十何不合在於餘喻中故疏但顯類同之義言至下當知者卽影喻中廣開其相四者經論次第而有前却經爲對前三種法故次不同論下釋具出易故此無

遠公見其無空便以空喻喻無爲法非不有理而違下經經云衆生及諸法皆如空故若爾云何釋空喻耶謂彼疑情雖遣猶謂諸法有不實相故云如空畢竟無物餘義廣如攝論及別章說

遠公下四叙遠公有四一取意叙昔然遠公依於二諦解斯七喻前六爲俗知俗非實故說如幻知俗假有故說如燄知俗心起故說如夢知聲不實故說如響知俗蹔有故說如電知變易無體故說如化後一知真知真離相故如虛空前六是有爲空後一卽無爲空以前六喻多同光統及與攝論故疏不引但取意云見其攝論八喻依他故不立空今經有空明喻無爲非不有理下二辨順違初句順理空比餘喻似無爲故而違已下辨其違文以文中空喻寬故若爾下三假徵正釋先徵意云彼釋違文自云何解從謂彼疑情下卽疏正解取攝論勢以解空喻彼論雖無假使有者應如我釋餘義下四結廣從略攝論之廣已如二引别章之文抄已略具

金剛般若九喻亦皆喻有爲

金剛般若下五叙般若論言九喻者羅什譯經但有六喻九依魏經偈云一切有爲

法如星翳燈幻露泡夢電雲無著論當第十八上求佛地住處明流轉不染天親當二十七說法入寂疑謂佛既涅槃何能說法故舉此偈爲了有爲如幻等即無有爲是爲大智故不住生死然非無幻等故不離有爲即是大悲故不住涅槃以是無住涅槃故能入寂而說法也無著頌云見相及於識器身受用事過去現在法亦觀未來世論自解云此偈顯示四有爲相一自性相即初句攝三喻二著所住味相即如幻喻三隨順過失相即露泡二喻四隨順出離相即夢電雲三喻釋初相云於中自性相者共相見識此相如星應如是見無智暗中有彼光故有智明中無彼光故解曰古有二釋一者古來諸德皆以共相見識解自性相合於三喻此三皆是生死自體性故從此相如星下別解星喻而云此相者但此上相字非此一句以見屬翳喻識屬燈喻故此解甚明但不順天親天親云能見心法亦復如是以天親云譬如星宿爲日所映有而不現能見心法亦復如是故又見相二字於偈不次若迴偈云相見及於識理則無違而天親又以星配於見翳配相故二者大雲別爲一解云此相如星者全指上文共相見識以爲此相謂第六識起分別見緣共相境故喻如星夜有光明五識各緣故非共相第七意識恒行染污配屬翳喻若第八識所緣行相俱不可知以微細故又無計度強分別故不合星喻星喻要須有智明故見即分別耳

此釋亦是一理則成論家不釋自性相義牒之何爲又令共相見識之中燈喻不明故不及前解今爲一解並異兩家謂此之言全指前共相見識則如大雲而不將此句獨解如星謂如星下別解三喻應云此相如星如翳如燈以星喻在初故先牒解耳又不依古星喻相分今以星喻喻於見分星有照了之能同見分故亦順天親能見心法亦復如是翳喻相分猶有妄見謂有空花之外相故燈喻自證分此不異論若爲此解亦順偈中見相及於識義次第故亦得論家共相見識解自性義又通八識三分共是識故而爲自相不獨第六而爲共等論別解識言爲無智暗中有光等者若無般若喻之如暗便有見分名有彼先若有智日識見便空云有智明中無彼光矣論次解翳喻云人法我見如翳應如是見何以故以取無義故解曰眼若有翳妄取空花心有妄見妄取我法無處妄取名取無義論次解燈喻云識如燈應如是見何以故渴愛潤取緣故熾然解曰愛潤於取而成識緣故令識炎熾然增盛則愛如油取如炷識猶燈燄燈體即是第八炎盛即是七轉二解著所住味相論云於中著所住味相者味著顛倒境界故彼如幻應如是見解曰即偈器字六境爲所住愛心味著無實爲實名顛倒境如幻六境令人謂真三解隨順過失相論云於中隨順過失相者無常等隨順故彼露譬喻者顯示相體無有以隨順無常故解曰即偈中

身字是身無常不久散滅如朝露故論云彼泡譬喻者顯示隨順苦體以受如泡故解曰即偈受用事也受如泡者不久立故三受即爲三苦無樂可著名隨順苦四解隨三順出離相論云隨順出離相者隨順人法無我以於攀緣得出離故說無我謂出離也解曰出離攀緣也云何隨順論云隨順者謂過去等行以夢等譬喻顯示解曰但以夢等觀於三世則隨順出離矣夢者論云彼過去行所念處故如夢寤念夢時都無所有夢望覺時即是過去論曰現在者不久時故如電可知論云未來者彼粗惡種子似虛空引出心故如雲解曰依空出雲如種生現有漏爲粗惡論結云如是知三世行轉生已則通達無我此顯示隨順出離相故上依論經故有九喻若依秦經但有六喻加一影喻云一切有爲法如夢幻泡影如露亦如電應作如是觀次第亦不同論而將影喻添前則成十喻古人亦將影喻攝星翳燈雲則六喻攝九若

大品智論十喻通喻一切若依大品下第六叚依大品智論所明十喻十喻者一如幻二如燄三如水中月四如虛空五如響六如揵闥婆城七如夢八如影九如鏡中像十如化智論第七廣明其相什公有傳叡公有讚下釋文中並已含具但闕揵城大同幻故欲成十忍故不出之又加三法故合三影皆爲成圓十耳楞伽亦通楞伽亦通者即是第七多同大品今經長行多同前通而偈所喻亦有局者顯義無方故已釋列名今經長行下二蹟爲會通言偈有局者如下響喻云一切諸世間種種諸音聲非內亦非外了知悉如響是

此十種忍三世諸佛已說今說當說

此十種下顯要要故同說

佛子云何爲菩薩摩訶薩音聲忍謂聞諸佛所說之法不驚不怖不畏深信悟解愛樂趣向專心憶念修習安住是名菩薩摩訶薩第一音聲忍

大文第三佛子云何下依名廣釋即爲十段前七皆三謂徵起釋義結名初忍釋中十一句初一總舉所聞謂三無性等法餘顯能聞入法謂聞無相不驚以解徧計無所有故聞無生不怖以解依他必無生故聞無性不畏以解眞如無性性故又釋於

眞空法聞時不驚越思時不續怖修時不定畏又聞有無所有不驚聞空無所有故不畏並如諸般若論說謂聞無相者此不驚等同金剛經諸論皆釋天親論第二有其二解一云不驚者謂於諸無生之理心不驚愕趣生道故不怖者謂於諸法無和合相心不怖懼而於世俗和合相中相續分別不執爲實故不畏者心不如是永決定故又釋於下第二釋云復次不驚等言如其次第謂聞時思時修習時心安不動衆生等想已遠離故無著論第二云聲聞乘中世尊說有法及空法於聽聞時有法無有故驚聞空法無有故怖於思量時於二不有理聞不能相應故畏更有一釋約三種無性故卽疏意能斷金剛般若論第二云驚者謂於非處生懼若正釋梵音應云越也違越正理如越正道可猒惡故言怖者應云續怖相續生懼怖旣生已不能除斷故言畏者應言定畏生決定心一向畏懼此等若無便成心離惶惑今疏中總有三釋初一卽無著第二釋而展彼論文次釋卽合其三釋一正是天親第二約三慧釋亦別配論文二初句越字次句續字後句定字卽正是能斷金剛意三者卽此三字亦兼天親第一釋意又聞有無等者卽第三釋卽同無著第一解故疏三釋已含諸論五釋深信者聞慧之始悟

解者聞慧之終初信久解故愛樂者思慧之初愛法樂觀故趣向爲終愛樂等者論云云何菩薩法隨法行當知此行略有五種久思向修故謂如所求如何受法身語意業無顚倒轉正慧正修此標列五行也論云云何菩薩於法正慧謂諸菩薩獨居閑靜隨所聞法樂欲思惟樂欲稱量樂欲觀察乃至云是菩薩由卽於此已所得忍數數作意令堅牢故能於其修隨順趣入釋曰樂欲思惟卽經中愛樂隨順趣向初終之義論中廣明今疏略顯愛樂法樂觀爲初久思向修爲終專心憶念者修慧之初起加行故修習爲終正明造修至定根本故安住者依定發慧證理相應故具如瑜伽菩薩地中專心等者論云云何於法正修當知此修略有四相一者奢摩他二者毗鉢舍那三者修奢摩他毗鉢舍那四者樂修奢摩他毗鉢舍那乃至云如是一切所作業由前四種修相皆得成菩提釋曰論說四種修相卽此經中專心憶念修習安住修初後相論亦廣明今疏略具以起加行爲初以成根本定及依定發慧而爲其體具如瑜伽者卽第三十八萬種性品菩薩所受學法七種方便於中具多勝解法隨法行第二方

便中廣說此義論云云何菩薩具多勝解謂諸菩薩於其八種勝解依處具足成就淨信爲先決定喜樂乃至云八者於善言善語善說勝解依處具足成就淨信爲先決定喜樂謂於契經應頌記別等皆具多勝解彼疏云契經等法是解所印之境名勝解處信與勝解得遞爲因今取彼信所生勝解故信爲先言決定者顯勝解之體喜樂言顯勝解之果喜樂卽是喜受也或卽欲樂釋曰論言信解卽此經中深信悟解故晋經中但云信解

佛子云何爲菩薩摩訶薩順忍謂於諸法思惟觀察平等無違隨順了知令心清淨正住修習趣入成就是名菩薩摩訶薩第二順忍

第二順忍釋中有四重止觀一創修止觀謂止思一境觀觀事理釋中等者既行順諸法行中之要唯止與觀故止思一境者謂創修之時繫緣一境不捒事理經云思惟二漸次止觀謂止安事境順其理故名平等無違觀達事理名隨順了知偈云法有亦順知法無亦順知故謂止安事境者謂前創修事理容別今漸深入故卽事入玄上二之止皆通隨緣體真止中停止止也二處之觀並通空假皆觀達觀也三純熟止觀謂止惑不生名令心清淨觀徹前境爲正住修習謂止惑不生者卽止息止也以妄息名止故其正住修習者卽雙住空有中道不偏故云正住義通觀穿及與觀達故云觀徹前境四契合止觀寂冥理境名爲趣入智顯於心故云成就寂冥理境者卽不止止謂既與理冥非止非不止止強名曰止智顯於心者卽不觀觀法界洞朗非觀非不觀而強名曰觀耳上四皆止觀俱行如是方爲真實順忍上四等者亦容有止觀別修則未爲真實順忍若俱運者方爲真耳

佛子云何爲菩薩摩訶薩無生法忍佛子此菩薩摩訶薩不見有少法生亦不見有少法滅

第三無生忍釋中有二先總明後何以下徵釋今初若具皆應牒無盡等此二總故畧標之釋中具有皆此別義

何以故
後徵釋中徵意有二一云何以得知無生滅耶二云既稱無生法忍何以復言不見法滅
若無生則無滅若無滅則無盡若無盡則離垢若離垢則無差別若無差別則無處所若無處所則寂靜若寂靜則離欲若離欲則無作若無作則無願若無願則無住若無住則無去無來
釋中釋初徵意云眞法本自不生從緣之法無性故不生以無生故何有於滅此則以緣集釋無生以無生釋無滅此中畧無緣集偈文具有云何無生釋無滅耶此有二意一云若先是生後必可滅本既不生今則無滅二云既即緣無性稱曰不生則不待滅竟方無故次云無滅此二爲總餘可倣之偈文具有者偈云菩薩亦如是觀察一切法悉皆因緣起無生故無滅
釋第二徵意云天無生忍非獨無生必諸法都寂今從初義立無生稱故無滅等成無生義釋第二徵意下此中疏文有三初舉總攝別稱爲無生若從別義亦可得稱無滅忍等是以信力入印度經明此忍能淨初歡喜地云一謂得無生忍亦令他住又云無生忍者謂證寂滅故二得無滅忍亦令他住又云無滅忍者證無生故斯文可據若從別義下即第二以初攝後釋但標無生是以信力入印度經等者彼經廣說初地之相其第二卷云復次文殊師利菩薩摩訶薩有五種法則能清淨初歡喜地得大無畏安隱之處何等爲五一謂菩薩生如是心我已得住無生法忍故生安隱心爲令他住無生忍故起安慰心又言無生忍者謂證寂滅故二謂菩薩生如是心我已得住無滅法忍故生安隱心爲令他住無滅法忍故起安慰心又言無滅法忍者謂證無生法忍故三謂菩薩生如是

心我已得住身念智故生安隱心爲令他住身念智故起安慰心又言身念智者謂離身心故四謂得受念智受念智者謂息一切受五謂得心念智心念智者謂起心如幻故後二略引勢同前三今但取前二故疏不具引然引有二意一正證第二義明有無滅忍二兼證初義以無滅成無生故故彼經云無滅忍者證無生故亦得名無盡忍等又此諸句各有二義一以前前釋後後以後後成前前前前有故後後有前前無故後後無二者諸句一一皆在無生句中正無生時諸義頓足以是即事之理非斷滅故即理之智無能所故又此諸句下三重釋前義謂無生中頓具諸義具相云何故下廣釋疏文分三初雙標二門然二門總釋前之初義其第一後後成前前兼釋第二從別之義以得無生忍則得無滅等忍故無滅等忍淨無生等忍故然文旨包含畧爲三釋一唯約理二具理智三唯約智今初云何前前有故則後後有謂生法既滅滅則終盡盡則是垢染法染則前後別異別則方處不同

有處則能所非寂不寂則有所欲有欲則有營作作則有所願求願則心住願事住則有去有來今由前前無故後後斯寂故以後後顯成無生此順長行然文旨下二開章別釋正釋第一門合釋第二門故下牒初門今初云何下釋唯約理然無生理中無有次第由所遣生等有次第故以不不之亦成次第故疏先明生滅盡等理所依事之次第也今田前前下方顯無生之次第故以後後者上方明前前有故後後有等今例結前以前前釋後後以後後成前前二雙約理智者初二是總含於理智次四顯理無生後六顯智無生故偈云其心無染著等理智契合名無生忍次四顯理者以盡是有爲垢是煩惱差別是事異處是方隅並所觀境今了即真爲理無生後六顯智者以心妄動即名爲生若心寂靜即智不生故偈云下引證約智理智契合下結成上義偈舉一句具云無滅故無盡無盡故無染釋曰此即前四約理也次偈云於世變異法了知無變異無異則無處無處則寂靜其心無染著願度諸衆生釋曰此即後六顯智疏舉一句顯智分明等言等餘皆約智相

三唯約智者由了從緣無生則智無有起故名無生無生之智湛然不遷故云無滅無滅故用無斷盡次垢念皆離常無差異傍無方所照而常寂遇境無染雖爲而無作雖悲而無願處世而無住等法界而無去來皆以前釋後以後成前言亡慮絶寂照湛然名無生忍三唯約智下初由了從緣成智之由故智無起契上理故起卽生義湛然不遷體不滅無不動約理無生可滅正同十地義大之中無生無滅非一往滅餘皆甚深般若無生真智妙用不同但空唯遮諸過審須思之

若唯約知無生理名無生忍未足深玄若唯約知下三結彈古義卽刋定記彼中但云法從緣故各無自生生既無生滅依何滅故今彈云若理無生知之爲忍小聖亦有故非等覺深玄之忍

是名菩薩摩訶薩第三無生法忍

大方廣佛華嚴經疏鈔會本第四十四之二

音釋

愕逆各切驚愕也　遞大計切更迭也　鬘莫班切　歔俞芮切　頗胝迦梵語也此云水玉頗普禾切胝張尼切　犍闥犍巨寒切闥他達切　眄莫見切斜視也

大方廣佛華嚴經疏鈔會本第四十四之三

唐于闐國三藏沙門實叉難陀　譯
唐清涼山大華嚴寺沙門澄觀撰述

佛子云何爲菩薩摩訶薩如幻忍佛子此菩薩摩訶薩知一切法皆悉如幻從因緣起於一法中解多法於多法中解一法

第四如幻忍釋中先略後廣略中二先了幻緣相後此菩薩下成就忍行

今初有三初指法同喻次從因緣起者彰幻所由由緣生不實故後於一法下顯其幻相

初一切法即是所喻所喻通局已見上文此意明通通爲無爲故大品云設有一法過涅槃者我亦說言如夢如幻涅槃雖眞從緣顯故遣著心故廣中合云了世如幻則似有爲然有法世亦通無爲此爲有爲所隱覆故所以名世故後云菩提涅槃亦皆不見者了平等故涅槃雖真下三釋經妨難謂有難言妄法緣生可許如幻涅槃真實又不從緣如何同幻故牒釋之釋有二意一明雖真而亦從緣顯雖非緣生而是緣顯亦空無性二明涅槃非幻爲破著涅槃心云如幻耳是則破心中涅槃亦顯涅槃體即真空而成妙有故並如智論廣中合云下四引文決擇初引局文明涅槃非幻次然有法世下以法通真故該涅槃三此爲有爲所隱覆下釋真是世義四後云下下引經成立該通一切就法喻中各開五法如結一巾幻作一馬一有所依之巾二幻師術法三所現幻馬四馬生即是馬死五愚小謂有初巾喻法性二術喻能起因緣謂業惑等三喻依他起法即衆生等四喻依他無性即是圓成故廣說皆云非也五喻取爲人法今菩薩反此故云解了就法喻中下第二合釋前之二段以開五義中具有能所成故於中分四第一總開義門

五法不出三性初一圓成二三依他謂二因三果四明依圓相卽五卽遍計所執今經云從因緣起能起卽第二所起卽第三以第二爲因令悟第三成第四遣第五病歸第一理今經云下二對經顯意言以第二爲因者從緣生故令悟第三卽是依他成第四者卽事歸理遣第五病者遍計情亡歸第一者圓成理顯然緣亦從緣故緣果俱幻中論云譬如幻化人復作幻化人卽斯意也然緣亦下三通妨難謂有難云若以第二惑業爲緣令第三依他爲無性者第二業惑應當是實不從緣故故今釋云亦從緣起謂業從惑生惑由虛妄分別卒至無住皆託因緣故引中論明因果俱幻故論合云如初幻化人是則名爲業幻化人所作則名爲業業果旣未有一法不從緣生爲彰緣起故分能所然上五義各具有無一巾性有相無爲馬所隱故二術用有體無以依巾無體故三馬相有實無以實無而現故四生卽是無死卽是有以無礙故五情有理無但妄見故然上五義下四別明義理於中有二先成有無

言有無者以三性中各有二義皆有無故圓成二者一性有二相無依他二者一緣有二性無遍計二者一情有二理無初中卽圓成二義術馬皆是依他二義而術是能成之因託真而起故用有體無卽有果是緣有體無卽是性無三馬是所成之性故相有實無相有卽是緣有實無卽是性無四明依圓不離卽事同真生喩於妄死喩於真事泯理顯故生無死有以無礙故者出其所因卽事理無礙也五中就情則有妄見分明故就理則無以是妄計必非有故所以幻喩廣說有無者以惑情所執有無皆失理無惑計有無皆真是知幻喩諸法非實非虛非空非有若無於有不成於無若無於無不成於有有無交徹萬化齊融故又五中各有四句準思可知又五中下先正顯也初性有相無四者一有真性有故二空無諸相故三亦有亦空義門異故四非有非空互融奪故二用有體無四者一有迷真有用故二空依真無體故三亦有亦空體用不壞故四非有非空無體之用故非有卽用無體故非空三相有實無四者一有事相現故二空緣成無實故三俱存無性不礙緣成緣成不礙無性故四俱非緣成卽無性故非有無性卽緣成故非空四生卽是無死卽是有四者一真性顯故二依他卽無性故三性相雙存故四性相卽奪故五情有理無四者一遍計妄情能招生死故二卽理而求不可得故三要由

理無方知情有若無情有不顯理無故四情有卽理無理無卽情有故

然皆具德不同四謗

然皆具德者二揀非也言四謗者謂定有者是增益謗若定無者是損減謗亦有亦無相違謗非有非無戲論謗疏以具德故出不同所由謂上明四句卽是具德以稱眞故不同情計定執四句今重顯初門具德之義一眞如是有義以迷悟依故不空義故不可壞故二眞性是空以離相故隨緣義故對染說故三眞如亦有亦空以具德故逆順自在故體鎔融故四眞性非有非空以二不二故定取不可得故餘之四句前已略明又皆卽有之空方爲具德之空卽空之有方爲具德之有是則非有之有非空之空爲具德耳又盡有之空盡空之有方爲具德又隨一句必具餘三若隨闕者則非具德又四句齊照成解境故四句齊泯成行境故皆言亡慮絕方爲具德耳是知若依四謗四句皆絕若依具德四句不亡不卽不離方知幻法故楞伽第二令觀四句謂一異俱不俱有無非有非無常無常等

若以諸門交絡成多四句亦可思準

若以諸門者二重重四句也總有四節成二十重第一節有八重一以第一門中有對第二門中無成四句謂一者緣起是有以眞性妙有故二緣起是無業惑無體故三亦有亦無雙照眞妄故四非有非無眞妄雙絕故二以第一門中無對第二門中有成四句謂一緣起是有業惑有用招生死故二是無一眞法界絕諸相故三亦有亦無雙照眞妄故四非有非無眞妄雙絕故三以第一門中有對第三門中無成四句謂一緣起是有有眞性故二是無以事無眞實故三亦有亦無雙照事理故四非有非無事理相卽互相泯故四以第一門中無對第三門中有成四句謂一事相有故二理相空故三空有雙現故四空有互泯故五以第一門中有對第四門中無成四句謂一眞性有故二事卽虛故三雙照二故四互卽奪故六以第一門中無對第四門中有成四句謂一無性之理有故二理無相故三二義齊現故四非有非無眞中道故七以第一門中有對第五門中無成四句一眞理有故二情計於理無故三有處妄計無故四性有卽是理無理無卽是性有故八以第一門中無對第五門中有成四句一有在情有故二無理無相故三俱存要理無相方是妄情有故四俱非妄情之有卽眞理無相故非有眞性無相能爲妄情所依故非無此上以第一門有無對下四門有無成八重四句第二以第二門中有無對下三門又成六重四句第三以第三門中有無對下二門復成四重四句第四以第四門有無對第五門有無成兩重四句都成二十重四句不得以後爲首更對於前以不異前門爲首對於後故今具出八重其十二重取類思之恐繁不出

後顯幻相略爲二解一

約相類謂解一無實則知一切皆然並從緣故故云一中解多等二約圓融復有三義一以理從事故説相即如馬頭之巾不異足巾説頭即足故一即多等無行經云貪欲即是道者貪欲性故諸法即貪欲者即貪實故二以理融事一多相即如馬頭無別有即以巾爲頭以巾體圓融故令頭即足故云一中解多等三約緣起相由力則法界同一幻網令一多相即如幻師術力令多即一等賢首品云或現須臾作百年等以幻法虛無障礙故相即既爾相入亦然入則一中有多等異體既爾同體亦然一門既爾餘門思準一約相類者如觀一葉落知天下秋見一華開知天下春矣二約圓融下疏有三意初即事理無礙義二以理融事下兩門事事無礙義前門即法性融通門三即緣起相由門一門已下三以門例門如緣起相由門既爾無定性唯心現等諸門亦然又相即入既爾微細相容安立門等亦然

此菩薩知諸法如幻已了達國土了達衆生了達法界了達世間平等了達佛出現平等了達三世平等成就種種神通變化

二成忍行中由知法幻成二種行一忍智現前云了平等二幻用無礙云成通化云何平等一理事平等如巾馬無二故色即空等二理理平等如頭足俱巾巾無別故如賢聖同如三事事平等如前一多中説

譬如幻非象非馬非車非步非男非女非童男非童女非樹非葉非華非果非地非水非火非風非晝非夜非日非月非半月非一月非一年非百年非一劫非多劫非定非亂非純非雜非一非異非廣非狹非多非少非量

非無量非麤非細非是一切種種衆物

第二譬如下廣中三一喻二合三忍行成初中二先明性無即體空義故結云非是一切種種之物所非之事亦可次第對前情非情境所非之事者如非男非女卽對前了達衆生非地水火風卽對前了達國土等

種種非幻幻非種種然由幻故示現種種差別之事

二種種非幻下明其相有卽相差別義故云然由幻故示現別事於中初二句結前生後種種非幻者象等非術故下句反此法合可知然由下正顯相有雖互相非然由因起果虛而假現又喻智了平等而起化用象等非術者卽因果相異門依他之果非徧計緣故下句反此者術非象等明徧計非依他下明相有卽因果相成

菩薩摩訶薩亦復如是觀一切世間如幻所謂業世間煩惱世間國土世間法世間時世間趣世間成世間壞世間運動世間造作世間

第二菩薩下法合文有總別皆言世間者有二義一可破壞故卽喻有爲二隱覆名世亦通無爲則法通五類趣謂五趣成壞約器一期說故運動通情非情念念移故造作唯情現營爲故

菩薩摩訶薩觀一切世間如幻時不見衆生生不見衆生滅不見國土生不見國土滅不見諸法生不見諸法滅不見過去可分別不見未來有起作不見現在一念住不觀察菩提不分別菩提不見佛出現不見佛涅槃不見住大願不見入正位不出平等性

第三菩薩至觀一切下成忍行中二先成眞智行由了體空故故結云不出平等性又前法中明即寂之照云了平等此明即智之止故云不見是知無幻之幻方是幻法絕見之見方爲見幻

是菩薩雖成就佛國土知國土無差別雖成就衆生界知衆生無差別雖普觀法界而安住法性寂然不動雖達三世平等而不違分別三世法雖成就蘊處而永斷所依雖度脫衆生而了知法界平等無種種差別雖知一切法遠離文字不可言說而常說法辯才無盡雖不取著化衆生事而不捨大悲爲度一切轉於法輪雖爲開示過去因緣而知因緣性無有動轉

二是菩薩下明動寂無二亦權實不二故

經云智不得有無而興大悲心由了體空不壞幻相差別故如象生即是象死故經云者二引證也即楞伽第一大惠讚佛偈然彼經歎佛了達三性初偈云世間離生滅猶如虛空花智不得有無而興大悲心此明了遍計次偈云一切法如幻遠離於心識智不得有無而興大悲心遠離於斷常世間恒如夢智不得有無而興大悲心此上二偈明了依他次偈云知人法無我煩惱及爾燄常清淨無相而興大悲心此偈明了圓成又此上偈準金光明意即顯佛具三身謂了遍計成化身了依他成報身了圓成成法身然四偈下半皆同今文正引依他中如幻下半其如夢下半如夢忍中更引此二相對應成四句謂此二無二故非異無不二故非一非一即非異故非非一非異即非一故非非異亦絕雙照故非亦一亦異此二相對下五義門料揀於中有四初就第二門似有無性顯成四句一一非異二非一三非非一非非異四非亦一亦異其所遣病者一者異二者一三者非一非異四者亦一亦異如疏思之楞伽第二名見妄想故須破之若以巾上二義對象上二義辯非一異略有十

向若以巾下初標所依言巾上二義者一住自性義二成象義初即不變義後即隨緣義象上二義者一體空義二差別義初即無性後即幻有一以巾上成象義對象上差別義合爲一際名不異此是以本隨末就末明不異經云法身流轉五道名爲衆生如來藏受苦樂與因俱若生若滅等一以巾下第二別釋十句即分爲十初四句非異次四句非一九十二句收上二門明非一異就初非異中第一句即隨緣與差別不異第二向不變與體空不異第三句即合前二句以無礙第四句即合前二句以相奪今初向中經云法身流轉下引證引二經證問明已辨今當更釋初法身流轉五道名日衆生即不增不減經法身即是真如流轉五道即是隨緣名日衆生是差別義次如來藏受苦樂與因俱若生若滅即楞伽第四彼云大慧七識不流轉不受苦樂非涅槃因大慧如來藏受苦樂與因俱若生若滅解日七識念念生滅無常當起即謝如河流轉自體無成故不受苦樂既非染依亦非無漏涅槃依矣其如來藏真常普遍而在六道迷此能令隨緣成事受苦樂果與七識俱名與因俱不守自性而成此七識依此而得生滅云若生若滅此明如來藏即是真如隨緣故受苦樂等二以巾上任自位義與象上體空義合爲一際名不異此是以末歸本就本明不異經云一切衆生即如不復更滅等二以巾上者住自即是不變體空相即是如故二義相順而會相歸性故云以末歸本本即是性末即相故經云一切下引證即淨名經彌勒章中然彼經云爲從如生得授記耶爲從如滅得授記耶若以如生得授記者如無有生若以如滅得授記者如無有滅一切衆生皆如也一切法亦如也衆聖賢亦如也至於彌勒亦如也若彌勒得授記者一切衆生亦應授記所以者何夫如者不二不異若彌勒得阿耨多羅三藐三菩提者一切衆生皆亦應得所以者何一切衆生即菩提相若彌勒得滅度者一切衆生亦當滅度所以者何諸佛知一切衆生畢竟寂滅即涅槃相不復更滅是故彌勒無以此法誘諸天子今疏文略舉二句之要而言等者此有二意一者等餘淨名之文如上所引是二者等餘一切皆如之文故此經云一切法皆如諸佛境亦然乃至無一法如巾有生滅等

三以攝末所歸之本與攝本所從之末此二雙融無礙不異此是本末平等爲不異以前二經文不相離故三以攝末下此句即合前

二句令無障礙成此一句斯乃卽差別之體空與卽不變之隨緣相成故不異言攝末所歸之本者卽差別之體空也是前第二句體空是本差別是末斯卽本融於末也令末同本故差別卽體空言與攝本所從之末者卽不變之隨緣也是前第一句由不變舉體隨緣成差別故末融於本令本同末也故云此二雙融由不變舉體隨緣故本不礙末差別卽體空故末不礙本故云無礙特由法身成衆生故得衆生卽如由衆生卽如方知法身流轉五道作衆生也則第一句本等於末第二句末等於本故云本末平等正本等末時卽末等於本故上二經亦不相違故云前二經文不相離故既合前二句相成爲第三句故用前二經以證此句

四以所攝歸本之末亦與所攝隨末之本此二相奪故名不異此是本末雙泯明不異以眞妄平等異不可得故四以所攝者此句亦合前二句相奪以成此句謂以卽體空之差別與卽隨緣之不變相奪故不異然同用前二句而意懸隔第三句用第一句取卽不變之隨緣故本成末今第四句用初句取卽隨緣之不變卽本奪末也但顛倒而已第三句用第二句取卽差別之體空故末成本今第四句用第三句取卽體空之差別末奪於本也亦但顛倒耳故義懸隔言所攝歸本之末者卽體空之差別也卽第二句言所攝隨末之本者卽隨緣之不變也卽第一句田隨緣卽不變故奪差別令體空則末寂也由體空卽差別故奪不變令隨緣故本寂也以全本爲末故本便隱全末爲本故末便亡是則真如隨緣成衆生末曾失於真體故令衆生非衆生也衆生體空卽法身時末曾無衆生故法身非法身也故二雙絕二既互絕則真妄平等無可異也

次下四門明非一謂五以巾住自位義與象上相差別義此二本末相違相背故名非一楞伽云如來藏不在阿賴耶中是故七識有生滅如來藏者不生滅此之謂也次下四門者此句總標謂第五門性相相違故非一第六門性相相害故非一第七門但合五六二門明違害不同故非一第八門亦合五六二門明存泯不同故非一其五六門但交互第二門耳謂上第二門以不變對體空故則不異今對差別則不一耳第六亦然五中先正明言本末相違背故者謂本則寂無二相末則差別萬端故相違也楞伽云下引證可知起信疏云此中唯生滅是七識唯不生滅是如來藏二義既分遂使梨耶無別自體故云不在中此約不二義非約不和合也何以故此中如來藏不生滅卽七識生滅之不生滅故與自生滅

不一也七識生滅卽如來藏不生滅之生滅故與自不生滅不一也此中非直不爭不異以明不一亦乃由不異故成於不一何以故若如來藏隨緣作生滅時失自不生滅者則不得有生滅是故由不生滅得有生滅者是則不異故不一也釋日上所引義和會非一異義今此分門正明不一若會非一異令其相同卽第十門令以因七識生滅之文便引會耳六巾上成象義與象上體空義此二本末相反相害故非一楞伽云七識不流轉不受苦樂非涅槃因唯如來藏受苦樂等六巾上者此段有二初正明謂第一句以成象對差別則不異今對體空故不一楞伽云下後引證卽第四經如前已引但前雖具引意在如來藏受苦樂以取隨緣成法故今疏雖具引意取七識不流轉義以成相反末卽空故言七識不流轉者以本害末令末空故無可流轉唯如來藏受苦樂者末害本故不守自性清淨之體隨緣成有始欲成象被七體空違方欲體空被成象違故非一也七以初相背與次相害此二義別故名非一謂相背則各相背捨相去懸遠相害則相與敵對親相食害是故近遠非一以前經

文不相雜故七以初相背如二怨家不喜相見亦如參辰夫妻反目相害如二怨家以死相敵如父母之讐不與同天亦猶二虎之鬬勢不兩全八以極相害俱泯而不泯與極相背俱存而不存不存不泯義為非一此是成壞非一以七識卽空而是有故眞如卽隱而是顯故八以極相害者亦合五六二句取不泯不存明不一俱泯不泯卽第六句俱存不存卽第五句何者以前第五相違是存第六相害是泯然存上有不存之義泯上有不泯之義若唯泯無不泯則色空俱亡無可相卽以不全泯故雖相卽而色空歷然若唯存無不存則色空各有定性不得相卽由有不存故雖歷然而得相卽以體虛故是以第七但合五六之存泯今第八門乃合五六之不存不泯故七八二門雖同合五六二義不同言此是成壞不一者不存是懷不泯是成九上四非一與四非異而亦非一以義不雜故九上四非一者上四門非一不是非異故二門不一十然亦不異以理徧通故法無二故十總融前八稱真法界故亦非異既無二理豈一異有殊若以不異門取諸門極相和會若以非一

門取諸門極相違害極違而極順者是無障礙法也

巾象相對既爾術等相對交絡諸句準之上下諸文非一異義皆準此釋餘文可知

上下諸門下四例釋前後若依叡公十喻之讚多顯空理如幻喻云幻惑愚目流眄無已長勤世間父父子子我實非我妄想而起若了如幻此心自止然彼有十喻水月鏡像既合影中更有揵城之喻應同幻攝彼犍闥婆城喻讚云世法空廓如彼鬼城凌晨熟影現此都京愚夫馳赴隨風而征終朝乃悟窮曒失聲

是名菩薩摩訶薩第四如幻忍

佛子云何為菩薩摩訶薩如燄忍佛子此菩薩摩訶薩知一切世間同於陽燄

第五如燄忍釋中有三一指法同喻所喻如前二譬如下別顯喻相三總以法合

譬如陽燄無有方所非內非外非有非無非斷非常非一色非種種色亦非無色

二中若別開義門亦具五義一空地二陽氣三氣與空地合而有燄四燄似水即無水五令渴鹿謂有初喻如來藏二喻無明習氣三喻習氣熏動心海起緣生似法四喻依他無生五喻凡小執實若十喻論法喻各有多義如彼廣說其有無等義如幻應知經文有二初喻體空

第五如燄忍若十喻者智論釋如燄云燄以日光風動塵故曠野中動如野馬無智人初見謂之為水男女之相亦復如是結使煩惱日光熱氣諸行之塵邪憶念風生死曠野中轉無智者謂為一相為男為女是名如燄復次若遠見燄想之為水近則無水想無智之人亦復如是若遠聖法不知無我不知諸法空於衆界入性空法中生於人想男想女想近聖法者則知諸法實相是時虛誑種種妄想盡除以是故說諸菩薩摩訶薩知諸法如燄釋曰彼就妄說生死為曠野今就真妄合說故以空地喻如來藏叡公云燄惑癡愛樂之無極非身想身非色見色實無可樂莫之能識若有智慧此心自息

但隨世間言說顯示

後但隨下喻其相有

菩薩如是如實觀察了知諸法現證一切令

得圓滿

三菩薩下法合中初明了法後現證下明

成忍行

是名菩薩摩訶薩第五如燄忍

大方廣佛華嚴經疏鈔會本第四十四之三

音釋

鬘莫班切　敵杜歷切　敫古弔切

敵當也　敫呼也

大方廣佛華嚴經疏鈔會本第四十四之四

唐于闐國三藏沙門實叉難陀 譯

唐清涼山大華嚴寺沙門澄觀撰述

佛子云何爲菩薩摩訶薩如夢忍佛子此菩薩摩訶薩知一切世間如夢

第六如夢忍釋中亦三一標法同喻

譬如夢非世間非離世間非欲界非色界非無色界非生非沒非染非淨而有示現

二譬如下正舉喻相然開此夢義亦有五法一所依謂悟心以喻本識二所因謂睡蓋以喻無明習氣三所現謂夢相差別以喻緣所起法四此夢事非有而有但心變故非見前法五令夢者取以爲實一所依者若無本識無所熏故則無無明等亦可喻如來藏喻本識者諸宗共許故法相宗明如來藏不受熏故二所因者智論云復次如夢中無喜事而喜無嗔事而嗔無怖事而怖

三界衆生亦復如是無明眠力故不應嗔而嗔等四此夢事者智論云夢有五種一若身中不調若熱氣多則夢見火見黃見赤二若冷氣多見水見白三若風氣多則見飛見黑四又復所聞見事多思惟念故五或天與夢欲令知於未來事故是五種夢皆無實事而妄見世人亦復如是五道之中衆生身見力因緣故見四種我衆色是我色是我所我中有色色中有我如色受想行識亦復如是四五二十得實智覺已知無實釋曰論中身見力合上身中不調五道衆生亦可合前五夢初火如地獄火塗道故白如人善法故黑如畜生愚癡故多思如鬼天與如天故然周禮列子皆說六夢與此五夢有同有異言六夢者一正夢二噩夢三思夢四寤夢五喜夢六懼夢正夢謂不思慮忽然而夢共天神與夢大同餘五多是見聞多攝莊子第二齊物篇云莊周夢爲蝴蝶自適適志與不知周也注蝴蝶而不知周則與殊死不異也然所在無不適志則當生而係生者必當死而戀死矣由此觀之知夫在生而哀死者誤矣俄然覺則蘧蘧然周也不知周之夢爲蝴蝶歟蝴蝶之夢爲周歟周與蝴蝶必有分矣此之謂物化意云昨日之夢於今化矣生死之變豈異於此又自周而言蝴蝶稱覺未必非夢此亦可喻萬法如夢矣又列子中有人晝爲主役而夜夢爲人君主則夜夢被役二者各有其美也但心變者此通喻合約喻者卽通妨難也謂有難

言若無實者何以夢中見色聞聲等耶故智論云不應言論無實之事何以故得緣便生夢中之識有種種緣若無緣云何生故今答云夢中五識不行所見五塵但心變耳故智論云無也不應見而見故如夢中見人頭有角見身飛等人實無角身實不飛故二約法者但心變故合而有義不見前境合非有義

文中初明俱非喻法非有後云而示現有喻法而有雙辨爲俱句互奪爲雙非然此四句皆由以是夢故謂一以是夢故有夢事現於夢者爲有二既言是夢其性必虛於無實處而見實故然語有則全攝無而爲有言無則全攝有而爲無以非二相故非但相有性無而已思之

然語有下揀濫於中又二先正舉謂有無交徹卽夢事而性虛卽性虛是夢事約法卽性空是幻有卽幻有爲性空若是定有不得爲空若是斷空不得爲有既無性故有卽全攝無而爲有也既緣生故空則全攝有而爲無故結云非有二相非但相有下二揀非也謂諸宗計多有此說但空自性不空於法如法相宗但無遍計非無依他設學三論不得意者亦云法無自性故說爲空則令相不空矣今既無性緣生故有有體卽空緣生無性故空空而常有要互交徹方是眞空妙有故其言大同而旨有異故令思之若得此意則下二句義旨可知

三以是夢故必具二義全有之無與全無之有二門峙立不相是故非是半有半無四既言是夢必是雙非形奪俱融二相盡故然此俱非不違雙是以若不奪無令盡無以爲無若不奪有令盡無以爲有是故存亡不礙俱泯自在方爲夢自在法門

然此俱非下二融通亦爲揀濫謂尋常雙是義涉相違尋常雙非義叅戲論故今雙融令離二諦成具德句謂非但二不相違亦乃二句相成故云若不奪無令盡無以爲無言奪無令盡者非無也奪有令盡者非有也謂若無非無則無亦無何者若無不盡是定性無故非眞無下句亦然若無非有則無亦有以有不盡是定性有非眞有故故以非有非無成上亦有亦無亦更合說俱句成於俱非含在俱句及下結中故略不明若欲別明應云以亦有是卽無之有故成非有以亦無是卽有之無故成非無是故存亡不礙者結成也存卽是有亡卽是無俱卽亦有

亦無泯卽非有非無皆互交徹故云自在無礙又存者存四句亡者亡四句俱者亦存亦亡泯者非存非亡故曰夢自在法門互爲抗行豈名自在 是故經云世間恒如夢智不得有無此之謂也 世間等者三引證也卽楞伽第一此卽中間兩句若具應云遠離於斷常世間恒如夢智不得有無而興大悲心前如幻忍抄已具引

菩薩摩訶薩亦復如是知一切世間悉同於夢無有變異故如夢自性故如夢執著故如夢性離故如夢本性故如夢所現故如夢無差別故如夢想分別故如夢覺時故

第三菩薩下合喻中十句初句爲總次無有下別別中初句近上總句略無如夢二字於九句中前八辨夢後一明覺就前八中攝爲四對初二明常無常門體虛無變卽是常義自性無恒是無常義次二辨眞妄門妄由著生眞由性離次二性相門性本一如相現多種後二明一異門但是一心一而無別隨相分別異異不同又唯是一夢相現多種上之四門各雙存互奪以爲四句思之可見 上之四門者如第一常無常門云一者常二無常三合前卽成亦常亦無常故云雙存四約互奪卽成非常非無常無常奪常故非常常奪無常故非無常謂正以體虛無實卽自性無恒故下三門例知也 後一句明覺卽止觀門謂要在覺時方知是夢正夢之時不知是夢純昏心故設知是夢亦未覺故覺時了夢知實無夢然由夢方有覺故辨夢覺時若離於夢夢覺斯絕觀了上之多門止不取於夢妄如此方爲了夢法門 謂要在下二說立覺所以亦是解妨謂有問言此明夢忍那說覺時故今釋云覺夢相成故須說覺於中初以覺成夢以未覺時不知是夢故要在覺時方知是夢者正辨須覺所以謂大夢之夜則必有彼大覺之明謂我世尊方知三界皆如夢故上引楞伽歎佛能了於夢正夢時者謂爲實故爲諸凡夫長眠大夜不生

猒求故歒公云夢中矇夢純昏心也設知是夢者此通妨難謂亦有人夢知是夢如人重眠忽有夢生了知我夢以睡重故取覺不能喻諸菩薩從初發心卽知三界皆夢豈非是覺何用更說覺時故今釋云亦未是覺未大覺故故起信云若人了知前念起惡能止後念令其不起雖復名覺卽是不覺有生滅故無明覆心不自在故覺時了夢者非唯覺時知夢亦知無夢如八地菩薩夢渡河喻證無生忍不見生死此岸涅槃彼岸能渡所渡皆叵得故況於大覺故經云久念衆生苦欲脫無由脫今日證菩提豁然無所有然由於夢者上辨以覺成夢此辨以夢成覺對夢說覺無夢無覺既了夢無夢對何說覺故覺夢斯絕如無不覺則無始覺覺夢雙絕方爲妙覺觀了下釋止觀義服上四門故名爲觀覺夢斯絕卽不取於夢妄故無量義經歎佛云智恬情怕慮凝靜意滅識亡心亦寂永斷夢妄思想念無復諸大陰界入卽知究竟了夢唯我世尊廬公頌云長夜之內大夢所成皆由心畫遍造衆形神傳五道倫盡跉蹡若能悟之卽破無明

是名菩薩摩訶薩第六如夢忍

佛子云何爲菩薩摩訶薩如響忍佛子此菩薩摩訶薩聞佛說法觀諸法性修學成就到於彼岸

第七如響忍釋中分三一忍行所因二知一切下成忍之相三此菩薩下忍成之益今初由聞起觀能成忍故

知一切音聲悉同於響無來無去如是示現

二中先法後喻法中有二一指法同喻略顯其相通知一切音聲如響無去無來明其體空如是示現彰其相有

佛子此菩薩摩訶薩觀如來聲不從內出不從外出亦不從於內外而出雖了此聲非內非外非內外出而能示現善巧名句成就演說

二佛子下了知佛聲如響非獨但喻世間聲故於中先明即有之無離機無聲故非內離佛無聲故非外二法相依故非內外

若言内外合者便有二聲内外相依即顯無性後雖了此聲下明即無之有故牒非三而能巧現

譬如谷響從緣所起

第二譬如下喻顯於中四一喻二合三轉喻四重合今初直舉從緣所起明響無性無性之相已見法中然有五法一空谷二有聲此二是緣三聲擊空谷便有響應此明所起四有而非真此彰無性五愚小謂有亦有有無等義如上準之然此一喻通喻三法一喻上一切聲則谷喻𩩲[齒條]聲喻風氣二喻上如來聲則谷喻如來聲喻緣感三喻一切法今經略無晉本具有大品十喻亦響喻一切則谷喻如來藏聲喻無明習氣

而與法性無有相違令諸衆生隨類各解而得修學

二而與下合但合佛聲以從近故然初至令諸衆生隨類各解言含法喻謂約法則如來之聲不違法性而能隨類合上能巧示現約喻則不違本聲事法之性隨其呼人類別各解

如帝釋夫人阿脩羅女名曰舍支於一音中出千種音亦不心念令如是出

三如帝釋下轉以喻顯此有二意一則喻上佛聲一音隨類二則喻下菩薩無心普演

菩薩摩訶薩亦復如是入無分別界成就善巧隨類之音於無邊世界中恒轉法輪

四菩薩下重合

此菩薩善能觀察一切衆生以廣長舌相而爲演說其聲無礙徧十方土令隨所宜聞法各異

第三此菩薩下忍成之益於中二一隨機徧說

雖知聲無起而普現音聲雖知無所說而廣說諸法妙音平等隨類各解悉以智慧而能了達

二雖知聲下明權實雙行以同於響性相無礙故是則由聞如響之教了如響之聲發如響之音演如響之法也疏文可見嚴公讚云聲以響酬相和如一無扣而應誰辨虛實業雖虛妄罪福不失若映斯照朗如皎日又爲讚曰響無所在緣會發聲不知自我喜怒交爭妄和真心事像萬形莫知其本終日營營

是名菩薩摩訶薩第七如響忍

佛子云何爲菩薩摩訶薩如影忍

第八如影忍文分四別一標二釋三結四果

佛子此菩薩摩訶薩非於世間生非於世間沒非在世間內非在世間外非行於世間非不行世間非同於世間非異於世間非往於世間非不往世間非住於世間非不住世間非是世間非出世間

釋中有三謂法喻合今初法中有十一對分三初七對雙遮顯性以成止行如影無實故

非修菩薩行非捨於大願非實非不實

二非修下二對雙照性相以成觀行如影雖虛而現故性則非修相乃不捨眞即俗故非實俗即眞故非不實性則非修者釋成雙照之義如

前文云非是世間義當出世下句云非世間卽拂上出世世與出世俱故曰雙遮今文若云非修菩薩行則由通雙遮既云非捨於大願明是雙照謂非修菩薩行卽爲照實非捨於大願卽是照權故得雙照之名耳次明非實非不實例然雙照真俗耳

雖常行一切佛法而能辦一切世間事不隨世間流亦不住法流

三雖常下二對遮照無礙成雙運自在行初對雙照真俗即權實雙行後對雙遮真俗即權實雙寂遮照一時爲雙運互奪無礙爲自在以此結上二段同斯無礙爲忍相之深玄遮照一時者若約權實俱行爲雙運竟今遮照爲雙運則此中方有卽合前二門爲此第三門矣既言遮照一時則全遮爲照全照爲遮則二門峙立以照奪遮遮亡以遮奪照照寂則爲遮照兩亡矣言無礙者自有二意一遮不礙照照不礙遮二者雙存不礙雙奪雙奪不礙雙存故云無礙如此方稱自在故下結云以此結上二段同斯無礙故曰深玄

譬如日月男子女人舍宅山林河泉等物

二譬如下喻中文具五法一日等爲所依本質二於油下明能現之處上二是緣三而現其影明緣之所起四影與油下明有之非有五然諸下愚小謂有今初若約影喻別喻菩薩現身則日等喻悲智願等若約影喻通喻一切法則日等喻因其河泉二種雖通能現且爲所現長河飛泉入鏡中故其河泉下二揀能喻通局言雖通能現者以河泉之中見日月故故爲能現言且爲所現者以下經云於油於水下方明能現故今河泉以爲所現長河飛泉入鏡中故者出是所現之相登樓持鏡則黃河一帶盡入鏡中瀑布千丈現於徑尺王右丞云隔牕雲霧生衣上卷幔山泉入鏡中明是所現矣

於油於水於身於實於明鏡等清淨物中

二能現中亦有通別別喻機感及應現處通喻於緣謂無明等別喻機感者日月既喻菩薩則水等喻機亦喻菩薩應處如影落百川喻菩薩身充徧法界百川江河喻所現國土之處也

然此文具攝論三喻然此文下第二別開喻旨此二句總標下成三義卽分三別一以油水對上日月爲水月喻喻於定地所引境界以水有潤滑澄清性故鏡等影像闕此潤等喻非定地一以油水者則月影喻菩薩悲智水喻機心水中月喻定境界謂定中見佛等亦喻徧處定境青黃赤白等故出現偈云譬如淨月在虛空能蔽衆星示盈缺一切水中皆現影諸有觀瞻悉對前如來淨月亦復然能蔽餘乘示修短普現人天淨心水一切皆謂對其前歔公偈頌云水月不真唯有虛影人亦如是終莫之領爲之驅驅背此真淨若能悟之超然獨醒二以於身對上日月爲光影喻身映日等而有影故弄影多端故喻於諸識二以於身等者日月喻菩薩悲智身喻物機日照發影以喻現身等而言映日等者等取經上月字及燈燭故弄影多端者上約別喻菩薩現身此約通喻一切諸識動身俛仰卽是弄影形端影正形曲影斜故云多端以況八識依身有異亦喻七識依第八識對境差別歔公頌云光不照處謂之爲影不照慧明生死長永捨遠東逢而行㮇梗若能悟之狂滅自醒三以實鏡等對上男子等爲影像喻喻非定地果報以鏡中影像離於本質別現鏡等之中故喻於果與因處別前映質之影雖因日等影乃隨身不於日內而現故喻諸識雖託境生異自在我非在於境三以實鏡者釋第三喻疏從通說云喻非定地果報此攝論意對前水月等定境故云非定地則鏡喻於因故云謂無明等本質喻緣影喻果報故淨名云是身如影從業緣現又鏡喻本識如來藏性本質喻無明業等像喻果報如問明品若將鏡像別喻菩薩現身則鏡等喻菩薩本質喻機像喻菩薩所現之身以鏡中影像者第二對喻辨異明此鏡像得果報名果與因別故若影在身外前映質下辨前異此日月在天影現在身身卽喻因則所現法得與因俱故喻諸識下合上雖隨日等影乃隨身此就通喻諸識以說若將光影喻菩薩現身則影隨身異不在日光則身由生異不在菩薩智日令異歔公頌云形不入鏡光照而有世亦如是業影而受不知此者長嬰其咎若能悟之還神氣母而現其影

三明所起中亦有通別二果可知

影與油等非一非異非離非合於川流中亦不漂度於池井内亦不沉没雖現其中無所染著

四明有非有中攝多義門於中一異合離通顯影義各有四句如幻喻辨然一異約此影彼影合離約影對水等於中一異者此揀經中諸對通局此通三影故云通顯次於川流下別顯影義不通二影如月映淮流流水不將月去光臨潭上萬仭不見光沉喻菩薩同世遷流不漂生死證眞寂滅不沉涅槃次於川流下唯明水月之影一異約此者自揀二對義言不同顯無重言之失言此影者江中之月若與水一不可在河若與水異江河不同應有兩月言合離約影對水等者水影若合水流月亦應流水影若離去水應有影在又合離者合意亦二如二掌合一異不爾一則無雙如氷成水水影與水異則月可出水影與水一則有水即月亦不可移合離之義不異前釋不通二影者唯水月故非通鏡像及於映質以文但云川流池井故言月映淮流者故文選云月映清流後雖現下雙結有無喻性相交徹兼於鏡像兼於鏡像者以文云雖現其中故通鏡像亦不通映質映質之影無現中故若取日照身影入於水中則亦通之然是水影中攝然諸衆生知於此處有是影現亦知彼處無如是影遠物近物雖皆影現影不隨物而有近遠

五取爲有中由以有無爲有無不知即影了不可取故成執著於中先取有無爲著後遠物下擧影正義顯上爲執不知此影無遠近故不知此影者即釋經中影不隨物而有遠近如執鏡臨池池中月出而此影不近天上之月去地四萬二千由旬影落潭中而亦不遠以喻菩薩遠在他方恒住此故雖在此處常在彼故安有遠近之異相耶一切遠近皆類此知菩薩摩訶薩亦復如是能知自身及以他身一切皆是智之境界不作二解謂自他別而於自國土於他國土各各差別一時普現

第三菩薩下合中二先正合前文於中初舉智境合前本質次而於下合前油等後各各下合前現影

如種子中無有根芽莖節枝葉而能生起如是等事菩薩摩訶薩亦復如是於無二法中分別二相善巧方便通達無礙

二如種子下轉以喻合非有之有於中先喻後合有無無礙名爲方便等

是名菩薩摩訶薩第八如影忍

菩薩摩訶薩成就此忍雖不往詣十方國土而能普現一切佛剎亦不離此亦不到彼如影普現所行無礙令諸衆生見差別身同於世間堅實之相

第四果中三初得稱性之身如影不往而至不分而徧故然此差別即非差別別與不別無所障礙次然此下結成無礙以無差是差之無差故雖不往而徧令物見殊差是無差之差故雖徧而不在彼此

此菩薩從於如來種性而生身語及意清淨無礙故能獲得無邊色相清淨之身

後此菩薩下顯此身因其無邊身近局果中亦通前法

佛子云何爲菩薩摩訶薩如化忍

第九如化忍文分四別一標二釋三結四果標云化者無而忽有故

佛子此菩薩摩訶薩知一切世間皆悉如化

釋中有三謂法喻合法中二先總標標法同喻具能所知既知一切世間不局所化情類略標世間應具出世

所謂一切衆生意業化覺想所起故一切世間諸行化分別所起故一切苦樂顛倒化妄取所起故一切世間不實法化言說所現故一切煩惱分別化想念所起故

後所謂下別顯先顯所知後顯能知前中十句前五染化後五淨化今初不出惑業苦三前四是苦即五蘊相一識由想起二行因識生分別是識故三受因想起想取愛憎相故四色亦行生無記報色如沫不實名言熏習即是行故五即是惑惑由想行念即行故業通二處初句意業此句分別皆是業故此中意等從緣無性如化不實本無今有如化相現故仁王云法本自無因緣生諸淨化二義倣此可悉故仁王者證上不實相現二義然有二義一因緣生之即是相現由緣生故有來即無云法本自無即無實義二者兩句共成一義謂自者從也從無之有曰生非本先有故云法本自無遇緣即起故云因緣生諸斯即但用因緣生諸即成二義謂因緣生故相有緣生無性故無實正順無而忽有名化故引此文此文即第二卷護國品第五普明王爲千王說偈此後更有偈云盛者必衰實者皆虛衆生蠢蠢都如幻居聲響俱空國土亦如等總有八偈及事緣並如彼經也淨化二義者即不實相現之二義也

復有清淨調伏化無分別所現故於三世不轉化無生平等故菩薩願力化廣大修行故如來大悲化方便示現故轉法輪方便化智慧無畏辯才所說故

後復有下明後五淨中一方便調生依真智故二湛然真智由理成故故上文云智入三世了法平等三願由行滿四慈悲復依方便立故五具無畏辯能轉法故四慈悲者即出現品文故彼偈云譬如樹林依地有地依於水得不壞水輪依風風依空而其虛空無所依一切佛法依慈悲慈悲復依方便立方便依智智依慧無礙慧身無所

依彼說五重相依今此但要悲悲依方便方便卽後得智慈悲以後得智爲體後得智中與樂拔苦故

菩薩如是了知世間出世間化現證知廣大知無邊知如事知自在知眞實知非虛妄見所能傾動隨世所行亦不失壞

二菩薩如是下別顯能知於中初二句結前生後世間結前染出世結前淨亦結餘所不盡謂乃至一法過於涅槃亦如化故或說涅槃不如化者大品云爲新發意菩薩恐其驚怖分別生滅方如化故餘如幻說了知之言卽是生後次現證下正顯能知上言了知知有六義一若事若理非比度故二傍無遺故三契中道故四稱俗境故五眞俗無礙故六歸一實諦故後非虛妄下結上六知處眞道而不傾行非道而不壞

大方廣佛華嚴經疏鈔會本第四十四之四

音釋

跉跰 跉音令跰滂丁切 噩 逆各切 蘧 求於切蘧蘧有形貌 矇 莫紅切目有童子而無見也 鎟 蘇朗切鼓鎟也與鎟同 漂 西堯切浮也

大方廣佛華嚴經疏鈔會本第四十四之五

唐于闐國三藏沙門實叉難陀　譯
唐清涼山大華嚴寺沙門澄觀撰述

譬如化不從心起不從心法起不從業起不受果報非世間生非世間滅不可隨逐不可攬觸非久住非須臾住非行世間非離世間不專繫一方不普屬諸方非有量非無量不厭不息非不厭息非凡非聖非染非淨非生非死非智非愚非見非不見非依世間非入法界非黠慧非遲鈍非取非不取非生死非涅槃非有非無有

第二譬如下喻中應開四義一能化者以喻因緣二化現事喻所起果三現用而無實四愚小謂真故十喻傳云猶如化事雖空無實能令衆生憂苦瞋恚喜樂癡惑諸法亦爾云何無實如彼化人無生老死苦樂異餘人故文中有四十句初句標次三十七句一向雙非以顯無實後非有非無有義通二種一亦是雙非謂無有亦無故二雙融性相化不實故非有現化事故非無有對成四句及一異等準前思之謂無有者經有二句云非有非無有今偏釋非無有句謂非有卽是無有今亦遣彼無有故云非有非無有故云無有亦無上句易故不釋肇公云衆生如化非有非真不違此者轉如車輪解法清淨無我無人衆垢消除如日無雲

菩薩如是善巧方便行於世間修菩薩道了知世法分身化往

第三菩薩如是下合中二先化行後佛子下化益前中四一起化用以同化相有故然但云菩薩如是者以上諸非一一通法故指上如是爲善巧方便

不著世間不取自身於世於身無所分別不住世間不離世間不住於法不離於法

二不著下明化智以了化不實故

以本願故不棄捨一衆生界不調伏少衆生界不分別法非不分別知諸法性無來無去雖無所有而滿足佛法

三以本願下雙非顯中了法如化非有非無

四了法下結示化旨

佛子菩薩摩訶薩如是安住如化忍時悉能滿足一切諸佛菩提之道利益衆生是名菩薩摩訶薩第九如化忍

化益及結文顯可知

菩薩摩訶薩成就此忍凡有所作悉同於化譬如化士於一切佛刹無所依住於一切世間無所取著於一切佛法不生分別而趣佛菩提無有懈倦修菩薩行離諸顛倒雖無有身而現一切身雖無所住而住衆國土雖無有色而普現衆色雖不著實際而明照法性平等圓滿

第四果中先得利他業用之果

佛子此菩薩摩訶薩於一切法無所依止名解脱者一切過失悉皆捨離名調伏者不動不轉普入一切如來衆會名神通者於無生法已得善巧名無退者具一切力須彌鐵圍不能爲障名無礙者

後佛子下得依自利立勝名果

佛子云何爲菩薩摩訶薩如空忍

第十如空忍中亦四謂標釋結果標云如空如空所喻通一切法佛地喻清淨法界

以離差别相故及中邊等論喻圓成實但是此中一義如空所喻通一切法標云如空者疏文有四一顯所喻通局上是本經之意通喻一切二佛地論下引論明通局然其喻相小異諸喻諸喻開義多分有五雖正取所成幻等以喻於法而亦取緣等以顯無性此中喻相不開别法直指於空具含多義以喻於法又此諸喻若約能喻前五多取似有以破實有化喻以不有有破似有此喻以性相俱絕破於一切又前六遣有會空多依空立有少此一遣有入空少依空立有多又上所喻則通一切此中能喻則具多義所喻各隨别義喻一類法又前六下三重將空喻對六明空有不同義成諸喻共喻於空空喻却成於有此中能喻者謂如一空有無相義有無起義一味義等言所喻各别者謂無相但喻事法界無起但喻世界一味但喻教法等故然龍樹十喻以四復次釋如空

義一近無遠有謂如虛空非可見法以遠視故眼光迴轉則見縹色一切諸法亦復如是空無所有以凡夫人遠無漏慧棄捨實相則見彼我男女等物而實此物竟無所有二約性淨不染三約無初中後四約體實無物及佛地有十復次上八地中空有十義皆是畧明及佛地十義菩薩入地十義此之二經文皆十義意各不同佛地十義喻如來清淨法界今當具引即第三論去至第四論方終第一義者經云妙生當知清淨法界譬如虛空雖遍諸色種種相中而不可說有種種相體唯一味如是如來清淨法界雖復遍至種種相類所知境界而不可說有種種相體唯一味二云又如虛空雖遍諸色不相捨離而不爲色過所染污如是如來清淨法界雖遍一切衆生心性由真實故不相捨離而不爲彼過所染污三云又如虛空含容一切身語意業而此虛空無有起作如是如來含容一切智所變化利衆生事清淨法界無有起作四當第四卷初故云又如虛空中種種色相現生現滅而此虛空無生無滅如是云云諸智變化利衆生事現生現滅而淨法界無生無滅五云

又如虛空種種色相現增現減而此虛空無增無減如是云云顯示如來甘露聖教有增有減而淨法界無增無減六云又如虛空十方色相無邊無盡是虛空界無邊盡故而此虛空無去無來無動無轉如是云云建立十方一切衆生利益安樂種種作用無邊無盡清淨法界無邊盡故而淨法界無去無來無轉無動七云又如虛空二千世界現壞現成而虛空界無壞無成如是云云現無量相成等正覺或復示現入大涅槃而淨法界非成等正覺非入寂滅八云又如依空種種色相壞爛燒燦變異可得而虛空界非彼所變亦無勞蔽如是依止如來淨界衆生界內種種學處身語意業毀犯可得而淨法界非彼變異亦無勞蔽九云又如依空大地大山光明水火帝釋眷屬乃至日月種種可得而虛空界非彼諸相如是依止如來淨界戒蘊定蘊慧蘊解脫解脫知見諸蘊可得而淨法界非彼諸相十云又如空中種種因緣展轉生起三千大千無量世界周輪可得而虛空界無所起作如是如來清淨法界具無量相諸佛衆會周輪可得而淨法界無所起作釋曰上之十義具出經文如是字下皆有如來清淨法界之言餘並依經而論皆廣釋大意相似故疏不引論亦不具列經文言大意相似者通與一切法非卽離義耳上正辨五法之中真法界故以虛空十義爲喻若略取別相者一體唯一味二性淨無染三無起作四無生滅五無

增減六無去來動轉七無成壞八無變易勞倦九非諸相十無所起作觀其經文十與三同而三是含容無起作十是生起無起作三合云無能所若觀論結十應言無分別三應云無作意今略引論釋釋第一云次當顯示淨法界相釋難決擇法界差別謂有難言若諸如來法界爲性法界則用真如爲體真如卽是諸法共相諸法既有種種差別法界隨彼云何無有種種差別法界若有種種差別云何清淨非頗胝迦種種依止共相應故無種種相爲釋此難故說最初太虛空喻意云雖遍種種不隨成形不捨自性故二有難云法界遍在一切則與貪等而共相應云何不如有漏心法不成清淨故今通云性清淨故非彼體故不爲所染三有難云如來清淨法界真如爲體則無戲論亦無起作云何得容利有情事故今通云由先願力爲增上緣與諸衆生作利樂事任運而住無有分別而無戲論四有難云若淨法界遍在一切不相捨離一向隨轉是則法界應有生滅故故今通云雖遍一切世俗施設則有生滅真勝義體不生不滅五有難言若淨法界遍在一切不相捨離如來聖教現有增減法界亦應增減故今通云然世俗理說有增減非真法界而有增減六有難云若諸如來法界爲體如來施與有情利樂或去或來法界應有來去故今通云就受用身說有去來非法界體而有去來七有難云若無去來云何得有成等正覺故今通

云成者約世俗勝義無成壞八有難云若法界遍一切有情之類云何有情得有毀犯故今通云衆生有毀犯法界無變異九有難云若法界遍一切應無有戒等無漏蘊相故今通云爲增上緣增長一切自無諸相十有難云若一切佛法界爲體應無受用云何得有衆會差別故今通云約別別因緣所得非如來身有戲論分別等以上十難對上經文居然易了上八地者十相不同謂一無量相二周徧相三無形相四無異相五無邊相六顯現色身相文唯有六例合有十耳但語於空又不別喻相法

然別義有此不同同義諸喻無別故敝公云十喻以喻空空必待此喻借言以會意意盡無會處若得出長羅住此無所住若能映斯照萬象無來去餘無礙義如前後說

故敝公下二引證成於空義是同此但總結十喻之讃若別明空讃云空唯有名無用無色人亦如是莫之能識妄造妄苦百艱孔棘馳空求空空竭其力亦顯空義耳餘無礙義三結成此經之大意也經疏前已有說如如幻忍等後亦有說如德齊空中說前後遠文文更多矣

佛子此菩薩摩訶薩了一切法界猶如虛空以無相故一切世界猶如虛空以無起故一切法猶如虛空以無二故一切衆生行猶如虛空無所行故一切佛猶如虛空無分別故一切佛力猶如虛空無差別故一切禪定猶如虛空三際平等故所說一切法猶如虛空不可言說故一切佛身猶如虛空無著無礙故

第二釋中二先忍解之相後忍行成益今初先別明以空九義喻九種法隨義雖別然其總意亦以緣成無性故空九句各初標法同喻後出所以一標事法界如空下出所以者以無相故謂從緣無性其相自虛即事是理法界故此句爲總二世界共業所起故三軌儀教法一味法界所流故及餘六句並準初句二世界者出現品當說

菩薩如是以如虛空方便了一切法皆無所有

後菩薩如是下總結

佛子菩薩摩訶薩以如虛空忍智了一切法時得如虛空身身業得如虛空語語業得如虛空意意業

第二佛子下忍行成益中三初總明得如空三業業具

譬如虛空一切法依不生不歿菩薩摩訶薩亦復如是一切法身不生不歿譬如虛空不可破壞菩薩摩訶薩亦復如是智慧諸力不可破壞譬如虛空一切世間之所依止而無所依菩薩摩訶薩亦復如是一切諸法之所依止而無所依譬如虛空無生無滅能持一切世間生滅菩薩摩訶薩亦復如是無向無得能示向得普使世間修行清淨譬如虛空無方無隅而能顯現無邊方隅菩薩摩訶薩亦復如是無業無報而能顯示種種業報譬如虛空非行非住而能示現種種威儀菩薩摩訶薩亦復如是非行非住而能分別一切諸行譬如虛空非色非非色而能示現種種諸色菩薩摩訶薩亦復如是非世間色非出世間色而能示現一切諸色譬如虛空非久非近而能久住現一切物菩薩摩訶薩亦復如是非久非近而能久住顯示菩薩所行諸行譬如虛空非淨非穢不離淨穢菩薩摩訶薩亦復如是非障非無障不離障無障譬如虛空一切世間皆現其前非現一切世間之前菩薩摩訶薩亦復如是一切諸法皆現其前非現一切諸法之前譬如虛空普入一切

而無邊際菩薩摩訶薩亦復如是普入諸法

而菩薩心無有邊際

二譬如下別顯德齊虛空於中初二句一向喻實無依爲依巳下皆顯性相無礙從緣有故無性空故又此二相即故便成四句一緣生故空緣生故有二無性故空無性故有三緣生故有無性故空四即反此餘一異等並例此知（四即反此者謂無性故有緣生故空並如問明品若對經文應言從緣有故爲世界依無性空故而無所依四句但出空義所以差別耳）

無法出空故皆現其前空不可見故不現法前餘並文顯（無法出空下別釋譬如虛空一切世間皆現其前非現一切世間之前）

何以故菩薩所作如虛空故謂所有修習所有嚴淨所有成就皆悉平等一體一味一種分量如虛空清淨徧一切處如是證知一切諸法於一切法無有分別

三何以下徵釋得益之由所以得者釋意云空觀成故於中二先智證齊空故一體者真如平等故一味者解脫不殊故一種分量者大小皆稱性故（一味解脫者涅槃云一切同一甘露一解脫味淨名云解脫味爲槃故餘文及頌文並可知）

嚴淨一切諸佛國土圓滿一切無所依身了一切方無有迷惑具一切力不可摧壞滿足一切無邊功德巳到一切甚深法處通達一切波羅蜜道普坐一切金剛之座普發一切隨類之音爲一切世間轉於法輪未曾失時

後嚴淨下德用滿空故

是名菩薩摩訶薩第十如空忍

結名可知

菩薩摩訶薩成就此忍得無來身以無去故

得無生身以無滅故得不動身以無壞故得不實身離虛妄故得一相身以無相故得無量身佛力無量故得平等身同如相故得無差別身等觀三世故得至一切處身淨眼等照無障礙故得離欲際身知一切法無合散故得虛空無邊際身福德藏無盡如虛空故得無斷無盡法性平等辯才身知一切法相唯是一相無性爲性如虛空故得無量無礙音聲身無所障礙如虛空故得具足一切善巧清淨菩薩行身於一切處皆無障礙如虛空故得一切佛法海次第相續身不可斷絕如虛空故得一切佛剎中現無量佛剎身離諸貪著如虛空無邊故得示現一切自在法無休息身如虛空大海無邊際故得一切不可壞堅固勢力身如虛空任持一切世間故得諸根明利如金剛堅固不可壞身如虛空一切劫火不能燒故得持一切世間力身智慧力如虛空故

果中得二十種身前十與十行及離世間大分相似然通相多從德用立名可以意得

佛子是名菩薩摩訶薩十種忍

大文第四佛子至是名下總結十忍

爾時普賢菩薩摩訶薩欲重宣其義而說頌言

譬如世有人聞有寶藏處以其可得故心生大歡喜如是大智慧菩薩真佛子聽聞諸佛法甚深寂滅相

第二祇夜一百七頌大分爲二百偈頌前七偈結歎前中但頌廣釋即爲十段段各

十偈初有十頌頌音聲忍於中先二偈頌所聞佛說

聞此深法時其心得安隱不驚亦不怖亦不生恐畏大士求菩提聞斯廣大音心淨能堪忍於此無疑惑自念以聞此甚深微妙法當成一切智人天大導師菩薩聞此音其心大歡喜發生堅固意願求諸佛法以樂菩提故其心漸調伏令信益增長於法無違謗是故聞此音其心得堪忍安住而不動修行菩薩行爲求菩提故專行向彼道精進無退轉不捨衆善軛以求菩提道其心無恐畏聞法增勇猛供佛令歡喜

餘頌能聞入法於中一偈頌不驚怖畏一偈深信一偈悟解二偈愛樂一偈修習安住後二偈頌趣向專心憶念

如有大福人獲得真金藏隨身所應服造作莊嚴具菩薩亦如是聞此甚深義思惟增智海以修隨順法法有亦順知法無亦順知隨彼法如是如是知諸法成就清淨心明徹大歡喜知法從緣起勇猛勤修習平等觀諸法了知其自性不違佛法藏普覺一切法志樂常堅固嚴淨佛菩提不動如須彌一心求正覺以發精進意復修三昧道無量劫勤行未曾有退失菩薩所入法是佛所行處於此能了知其心無厭怠如無等所說平等觀諸法非不平等忍能成平等智隨順佛所說成就此忍門如法而了知亦不分別法

二有十偈頌順忍於中初一偈三句頌思惟次二偈一句頌隨順了知令心清淨次一却頌觀察平等無違餘頌正住修習

三十三天中所有諸天子共同一器食所食各不同所食種種食不從十方來如其所修業自然咸在器菩薩亦如是觀察一切法悉從因緣起無生故無滅

三有十偈頌無生忍初三頌標以前三忍

皆是法說故偈初各加其喻

無滅故無盡無盡故無染於世變異法了知無變異無異則無處無處則寂滅其心無染著願度諸羣生專念於佛法未嘗有散動而以悲願心方便行於世勤求於十力處世而不住無去亦無來方便善說法

次四頌釋

此忍最爲上了法無有盡入於真法界實亦無所入菩薩住此忍普見諸如來同時與授記斯名受佛職了達三世法寂滅清淨相而能化衆生置於善道中

後三結歎

世間種種法一切皆如幻若能如是知其心無所動諸業從心生故說心如幻若離此分別普滅諸有趣譬如工幻師普現諸色像徒令衆貪樂畢竟無所得世間亦如是一切皆如幻無性亦無生示現有種種

第四頌如幻忍初六頌畧說於中前四頌

指法同喻及顯緣相

度脫諸衆生令知法如幻衆生不異幻了幻無衆生衆生及國土三世所有法如是悉無餘一切皆如幻

後二頌成就忍行

幻作男女形及象馬牛羊屋宅池泉類園林華果等幻物無知覺亦無有住處畢竟寂滅

相但隨分别現

後四須廣於中初二頌喻

菩薩能如是普見諸世間有無一切法了達悉如幻

次一頌合

衆生及國土種種業所造入於如幻際於彼無依著

後一頌忍行成

如是得善巧寂滅無戲論住於無礙地普現大威力

第五如是下頌如燄忍初一攝前生後以明觀意

勇猛諸佛子隨順入妙法善觀一切想纏網於世間衆想如陽燄令衆生倒解菩薩善知想捨離一切倒衆生各别異形類非一種了達皆是想一切無真實十方諸衆生皆爲想所覆若捨顛倒見則滅世間想世間如陽燄以想有差别知世住於想遠離三顛倒

次五頌指法同喻

譬如熱時燄世見謂爲水水實無所有智者不應求

次一頌喻

衆生亦復然世趣皆無有如燄住於想無礙心境界若離於諸想亦離諸戲論愚癡著想者悉令得解脱遠離憍慢心除滅世間想住盡無盡處是菩薩方便

後三頌合

菩薩了世法一切皆如夢非處非無處體性恒寂滅諸法無分别如夢不異心三世諸世間一切悉如是夢體無生滅亦無有方所三

界悉如是見者心解脱夢不在世間不在非世間此二不分别得入於忍地譬如夢中見種種諸異相世間亦如是與夢無差别住於夢定者了世皆如夢非同非是異非一非種種衆生諸刹業雜染及清淨如是悉了知與夢皆平等菩薩所行行及以諸大願明了皆如夢與世亦無别了世皆空寂不壞於世法譬如夢所見長短等諸色是名如夢忍因此了世法疾成無礙智廣度諸羣生

第六菩薩了下頌如夢忍中正頌前合兼頌標喻十頌頌前九句一頌無變二一頌頌自性上二兼頌標法三頌執著翻則解脱兼頌前喻四頌性離五超頌所現六却頌本性七八二頌頌無差别九頌想分别十頌覺時思之可了

修行如是行出生廣大解巧知諸法性於法心無著

第七修行下頌如響忍初一偈頌忍行所因文云修行如是行似結前喻既言知諸法性義同忍行

一切諸世間種種諸音聲非内亦非外了之悉如響如聞種種響心不生分别菩薩聞音聲其心亦如是

次二偈頌聞一切聲如響

瞻仰諸如來及聽説法音演契經無量雖聞無所著如響無來處所聞聲亦然而能分别法與法無乖謬

次二頌知如來聲如響

善了諸音聲於聲不分别知聲悉空寂普出清淨音了法不在言善入無言際而能示言

說如響徧世間了知言語道具足音聲分知聲性空寂以世言音說如世所有音示同分別法其音悉周徧開悟諸羣生菩薩獲此忍淨音化世間善巧說三世於世無所著

餘頌忍成之益其喻徧諸偈中

為欲利世間專意求菩提而常入法性於彼無分別普觀諸世間寂滅無體性而恒為饒益修行意不動

第八為欲下頌如影忍頌法說十對喻合含在其中初二偈頌非世生没謂了寂故不生饒益故不没

不住於世間不離於世間於世無所依依處不可得

次偈頌非在內外不住故不內不離故不外

了知世間性於性無染著雖不依世間化世令超度

次偈頌非行不行了無染故非行化世故非不行

世間所有法悉知其自性了法無有二無二亦無著

次偈頌非同非異知自性故非同了無二故非異

心不離世間亦不住世間非於世間外修行一切智

次偈頌非徃不徃第一句不徃餘三句非不徃

譬如水中影非內亦非外菩薩求菩提了世非世間不於世住出以世不可說

次六句頌非住非不住於中初二句兼別

頌喻故云非內外

亦不在內外如影現世間

次亦不在內外二句頌非是世間非出世

間

入此甚深義離垢悉明徹不捨本誓心普照

智慧燈

次入此一偈頌非修菩薩行非捨於大願

世間無邊際智入悉齊等普化諸羣生令其

捨衆著

次一偈頌雖常行一切佛法而能辦一切

世間事其實不實及不住世流法流義通

結上故畧不頌

觀察甚深法利益羣生衆從此入於智修行

一切道菩薩觀諸法諦了悉如化而行如化

行畢竟永不捨隨順化自性修習菩提道一

切法如化菩薩行亦然

第九觀察下頌如化忍初三偈頌總知一

切世間如化

一切諸世間及以無量業平等悉如化畢竟

住寂滅

次一頌染法化

三世所有佛一切亦如化本願修諸行變化

成如來佛以大慈悲度脱化衆生度脱亦如

化化力爲説法

次二頌淨法化言度脱亦如化者爲釋疑

故謂觀察衆生如化何用化之故此答云

化若有實可招來難度既如化化之何妨

知世皆如化不分别世間化事種種殊皆由

業差别修習菩提行莊嚴於化藏無量善莊

嚴如業作世間化法離分别亦不分别法此

二俱寂滅菩薩行如是化海了於智化性印
世間化非生滅法智慧亦如是
餘頌法合
第十忍明觀衆生及諸法體性皆寂滅如空
無處所
第十頌如空忍初一偈頌忍解之相餘頌
忍行成益
獲此如空智永離諸取著如空無種種於世
無所礙成就空忍力如空無有盡境界如虛
空不作空分別虛空無體性亦復非斷滅亦
無種種別智力亦如是虛空無初際亦復無
中後其量不可得菩薩智亦然如是觀法性
一切如虛空無生亦無滅菩薩之所得
於中初五偈頌別顯德齊虛空
自住如空法復爲衆生說降伏一切魔皆斯
忍方便世間相差別皆空無有相入於無相
處諸相悉平等唯以一方便普入衆世間謂
知三世法悉等虛空性
次三偈頌徵釋得忍之由
智慧與音聲及以菩薩身其性如虛空一切
皆寂滅
後一偈却頌上總明得如空三業
如是十種忍佛子所修行其心善安住廣爲
衆生說於此善修學成就廣大力法力及智
力爲菩提方便通達此忍門成就無礙智超
過一切衆轉於無上輪
末後七偈結歎中二前三二利行圓言超
過一切正顯十頂之義
所修廣大行其量不可得調御師智海乃能
分別知捨我而修行入於深法性心常住淨

法以是施羣生衆生及刹塵尚可知其數菩
薩諸功德無能度其限菩薩能成就如是十
種忍智慧及所行衆生莫能測
後四顯深難測上智所知

大方廣佛華嚴經疏鈔會本第四十四之五

音釋

黠慧（黠胡八切亦慧也）鈍（徒困切愚鈍也）軛（於革切）

大方廣佛華嚴經疏鈔會本第四十五之一

唐于闐國三藏沙門實叉難陀 譯

唐清涼山大華嚴寺沙門澄觀撰述

阿僧祇品第三十

初來意有二一通謂前三品別答前問此下三品總明等覺深奧故二別謂前既智圓證極此品校量行德難思故次來也又難思佛德菩薩盡窮故亦爲遠答變化海故故下偈中廣顯變化大用又通顯一部之數量故（初來意者一通以後三品對前三品二別辨者則此品對十忍品自有三意一答第二會初二一爲遠答下答第一會中十海三又通下顯一部之數初中復有二意一直辨菩薩二又難思下明菩薩知佛德下科偈文亦具此二意）

二釋名者阿之言無僧祇曰數全帶數名若晉本云心王菩薩問阿僧祇品兼能問人即人法雙舉及菩薩所問之算數梵本同此然僧祇是十大數之創首經論多用故以標名又顯此數即離數故寄無數標名（全帶數名者無數乃是一百二十四數之一故人法雙舉者若人法不同即是相違下言及菩薩所問之數即是依主然僧下通妨妨云僧祇非是後數何以偏標通意可知）

三宗趣者寄數顯德分齊爲宗令知普賢諸佛離數重重無盡爲趣

四正釋文此下三品總顯深奧即爲三別此品明勝德無數次品明盡一切時後品明徧一切處然此三品初一通明佛菩薩德次品正顯佛德兼明菩薩後品唯明菩薩所以爾者亦是等覺亦名佛故位後普賢是佛菩薩故（四釋文下此先總科有二一直就法科然此三品下約人料揀）

爾時心王菩薩白佛言世尊諸佛如來演說阿僧祇無量無邊無等不可數不可稱不可

思不可量不可說不可說不可說

今初一品先問後答問中二先牒佛所說後世尊下正明諮問今初所以心王問者表數不離心數與非數皆自在故又顯此數統收前後辨超勝故所以偏問十者舉後攝初顯無盡故前後文中多用此故故文云如來演說但問本數已攝諸轉表數不離者此釋心字數與非數下釋王字王以自在爲義故又顯此數下雙明心王二字心者統攝諸法一切最勝故王者統御四海爲最勝故所以偏問下料揀所問言轉者謂阿僧祇阿僧祇爲一阿僧祇轉等

世尊云何阿僧祇乃至不可說不可說耶

佛告心王菩薩言善哉善哉善男子汝今爲欲令諸世間入佛所知數量之義而問如來應正等覺

第二佛告下答中四一讃問成益令入佛所知數者以是圓教所明深廣無涯唯佛方測不同凡小所知如黃帝算法但有二十三數始從一二終至正載已說天地不容小乘六十已至無數此有百二十四倍倍變之故非餘測故數之終寄不可說況復倡初更積不可說歷諸塵刹以顯無盡所以佛自答者正表難思故又明此品統語因位終德故佛說之始從一二者從一至十爲十次有十三數謂十十爲百十百爲千次萬億兆京垓梓壤溝澗正載言載者天地不能容載故小乘六十者即俱舍論說六十向後更無數也即第十二論引解脫經說六十數中阿僧企耶是第五十二數彼文具列從一至十爲十乃至跋羅攙爲一阿僧企耶於此數中亡失餘八但五十二今云小乘六十已至無數者此之無數謂此外更無非是阿僧企耶也

善男子諦聽諦聽善思念之當爲汝說

二善男子下誡聽許說

時心王菩薩唯然受教

三時心王下敬受尊命

佛言善男子一百洛叉爲一俱胝俱胝俱胝爲一阿庾多阿庾多阿庾多爲一那由他那由他那由他爲一頻婆羅頻婆羅頻婆羅爲一矜羯羅矜羯羅矜羯羅爲一阿伽羅阿伽羅阿伽羅爲一最勝最勝最勝爲一摩婆（上聲）羅摩婆羅摩婆羅爲一阿婆（上聲）羅阿婆羅阿婆羅爲一多婆（上聲）羅多婆羅多婆羅爲一界分界分界分界爲一普摩普摩普摩爲一禰摩禰摩禰摩爲一阿婆（上聲）鈐阿婆鈐阿婆鈐爲一彌伽（上聲）婆彌伽婆彌伽婆爲一毗攞伽毗攞伽毗攞伽爲一毗伽（上聲）婆毗伽婆毗伽婆爲一僧羯邏摩僧羯邏摩僧羯邏摩爲一毗薩羅毗薩羅毗薩羅爲一毗贍婆毗贍婆毗贍婆爲一毗盛伽毗盛伽毗盛伽爲一毗素陀毗素陀毗素陀爲一毗婆訶毗婆訶毗婆訶爲一毗薄底毗薄底毗薄底爲一毗佉擔毗佉擔毗佉擔爲一稱量稱量稱量爲一一持一持一持爲一異路異路異路爲一顛倒顛倒顛倒爲一三末耶三末耶三末耶爲一毗覩羅毗覩羅毗覩羅爲一奚婆（上聲）羅奚婆羅奚婆羅爲一伺察伺察伺察爲一周廣周廣周廣爲一高出高出高出爲一最妙最妙最妙爲一泥羅婆泥羅婆泥羅婆爲一訶理婆訶理婆訶理婆爲一一動一動一動爲一訶理蒲訶理蒲訶理蒲爲一訶理三訶理三訶理三爲一奚魯伽奚魯伽奚魯伽爲一達攞步陀達攞步陀達攞步陀爲一訶魯那訶魯那訶魯那爲一摩魯陀摩魯陀摩魯陀爲

一㦸慕陀㦸慕陀㦸慕陀爲一竪攞陀竪攞
陀竪攞陀爲一摩魯摩摩魯摩摩魯摩爲一
調伏調伏調伏爲一離憍慢離憍慢離憍慢
爲一不動不動不動爲一極量極量極量爲
一阿麽怛羅阿麽怛羅阿麽怛羅爲一勃麽
怛羅勃麽怛羅勃麽怛羅爲一伽麽怛羅伽
麽怛羅伽麽怛羅爲一那麽怛羅那麽怛羅
那麽怛羅爲一奚麽怛羅奚麽怛羅奚麽怛
羅爲一鞞麽怛羅鞞麽怛羅鞞麽怛羅爲一
鉢羅麽怛羅鉢羅麽怛羅鉢羅麽怛羅爲一
尸婆麽怛羅尸婆麽怛羅尸婆麽怛羅爲一
翳羅翳羅翳羅爲一薜羅薜羅薜羅爲一諦
羅諦羅諦羅爲一偈羅偈羅偈羅爲一窣步
羅窣步羅窣步羅爲一泥羅泥羅泥羅爲一
計羅計羅計羅爲一細羅細羅細羅爲一睤

羅睤羅睤羅爲一謎羅謎羅謎羅爲一娑攞
荼娑攞荼娑攞荼爲一謎魯陀謎魯陀謎魯
陀爲一契魯陀契魯陀契魯陀爲一摩覩羅
摩覩羅摩覩羅爲一娑母羅娑母羅娑母羅
爲一阿野娑阿野娑阿野娑爲一迦麽羅迦
麽羅迦麽羅爲一摩伽婆摩伽婆摩伽婆爲
一阿怛羅阿怛羅阿怛羅爲一醯魯耶醯魯
耶醯魯耶爲一薜魯婆薜魯婆薜魯婆爲一
羯羅波羯羅波羯羅波爲一訶婆婆訶婆婆
訶婆婆爲一毗婆上聲羅毗婆羅毗婆羅爲一
那婆上聲羅那婆羅那婆羅爲一摩攞羅摩攞
羅摩攞羅爲一娑婆上聲羅娑婆羅娑婆羅爲
一迷攞普迷攞普迷攞普爲一者麽羅者摩
羅者麽羅爲一馱麽羅馱麽羅馱麽羅爲一
鉢攞麽陀鉢攞麽陀鉢攞麽陀爲一毗伽摩

毗伽摩毗伽摩爲一烏波䟦多烏波䟦多烏波䟦多爲一演説演説演説爲一無盡無盡無盡爲一出生出生出生爲一無我無我無我爲一阿畔多阿畔多阿畔多爲一青蓮華青蓮華青蓮華爲一鉢頭摩鉢頭摩鉢頭摩爲一僧祇僧祇僧祇爲一趣趣趣爲一至至至爲一阿僧祇阿僧祇阿僧祇爲一阿僧祇轉阿僧祇轉阿僧祇轉爲一無量無量無量爲一無量轉無量轉無量轉爲一無邊無邊無邊爲一無邊轉無邊轉無邊轉爲一無等無等無等爲一無等轉無等轉無等轉爲一不可數不可數不可數爲一不可數轉不可數轉不可數轉爲一不可稱不可稱不可稱爲一不可稱轉不可稱轉不可稱轉爲一不可思不可思不可思爲一不可思轉不可思轉不可思轉爲一不可量不可量不可量爲一不可量轉不可量轉不可量轉爲一不可説不可説不可説爲一不可説轉不可説轉不可説轉爲一不可説不可説此又不可説不可説爲一不可説不可説轉

四佛言下正答所疑於中二先長行明能數之數廣多後偈頌顯所數之德無盡今初問乃舉後難知答則始終具説初言一百洛叉爲一俱胝者是中等數洛叉是萬俱胝是億故光明覺品云過一億梵本皆云俱胝故若依俱舍以洛叉爲億則俱胝當兆也若兼取一十百千萬等下數法則通有百三十七數由前易故略不説之俱胝巳下並是上等數法倍倍變故餘如光明覺品説其中多存梵音但是數名更無

別理末後云此又不可說不可說者若類前具牒便有四箇不可說字故譯家云此又二字替一不可說不可說爲譯之巧若依俱舍者彼論十一釋三輪頌云安立器世間風輪最居下其量廣無數厚十六洛叉次上水輪深十一億二萬下八洛叉餘凝結成金謂十一億是此方言下洛叉卽是梵語若並從此方合云下八億是水餘凝結成金故知以洛叉爲億便有四箇者謂取前例合云不可說不可說不可說不可說爲一不可說不可說轉上兩不可說不可說是所積之一數謂一箇不可說不可說兩箇不可說不可說乃至不可說不可說箇不可說不可說故有四箇今以此又二字替却兩箇不可說不可說字豈非妙耶所以舉此者以刊定記破經此又字爲長故

爾時世尊爲心王菩薩而說頌言

不可言說不可說　充滿一切不可說　不可言說諸劫中　說不可說不可盡　不可言說諸佛刹　皆悉碎末爲微塵　一塵中刹不可說　如一一切皆如是

此不可說諸佛刹　一念碎塵不可說　念念所碎悉亦然　盡不可說劫恒爾　此塵有刹不可說　此刹爲塵說更難　以不可說筭數法　不可說劫如是數　以此諸塵數諸劫　一塵十萬不可說

第二偈頌百二十偈大分爲二前六明普賢德廣說不可盡餘偈明佛德深廣普賢窮究前中分二前四偈半明能數多後一偈半顯所數廣今初積數自有十重以顯無盡是知上至不可說轉尚約順機據佛所知實無盡故言十重者一初句積不可說至不可說然此應積最後不可說不可說轉而但積不可說者有二義故一取言易故下偈多用故二表言所不及之數故二次三句將上所積充滿一切不可說中

於中初句標後二句釋謂何者是一切不可說釋云不可說劫中說不盡者三半偈將上諸不可說一一是一剎皆碎爲塵四半偈即前一一塵有不可說剎五半偈將前諸塵中剎一念徧碎爲塵六半偈念念碎塵復盡多劫七一句明前所碎塵復有多剎八一句即此多剎復碎爲塵九半偈以多筭數經於多劫數上諸塵云如是數十以上諸塵數劫一塵有十萬箇不可說劫如是重重無盡無盡

爾劫稱讚一普賢無能盡其功德量於一微細毛端處有不可說諸普賢一切毛端悉亦爾如是乃至徧法界

第二顯所數廣中略舉三重一將上諸劫讚一普賢之德不盡二況一塵中有多普賢三況徧法界塵皆有多矣是知德無盡故若不以稱性之心思之心惑狂亂

一毛端處所有剎其數無量不可說盡虛空量諸毛端一一處剎悉如是

彼毛端處諸國土無量種類差別住有不可說異類剎有不可說同類剎

不可言說毛端處皆有淨剎不可說種種莊嚴不可說種種奇妙不可說

第二一毛端下一百一十四偈明佛德深廣普賢窮究即廣顯變化之相於中二前九十一頌明果德無礙因位善窮後不可言說諸如來下明果德深廣因能趣入前中亦二先明果法無礙後菩薩悉能下明因位善窮前中亦二先三偈明依報自在明果德深廣者趣入約證詣前善窮約解了又所舉德一約無礙二約深廣則二不

同然趣入善窮應通無礙深廣蓋影略耳

於彼一一毛端處演不可說諸佛名一一名
有諸如來皆不可說不可說
一一諸佛於身上現不可說諸毛孔於彼一
一毛孔中現衆色相不可說不可言說諸毛
孔咸放光明不可說

後於彼一一毛端處演不可說下明依正融攝即入自在於中五初二偈半依中現正

於彼一一光明中悉現蓮華不可說於彼一
一蓮華内悉有衆葉不可說
不可說華衆葉中各現色相不可說彼不可
說諸色内復現衆葉不可說
葉中光明不可說光中色相不可說此不可
說色相中一一現光不可說

光中現月不可說月復現月不可說於不可
說諸月中一一現光不可說
於彼一一光明内復現於日不可說於不可
說諸日中一一現色不可說
於彼一一諸色内又現光明不可說於彼一
一光明内現不可說師子座
一一嚴具不可說一一光明不可說光中妙
色不可說色中淨光不可說
於彼一一淨光内復現種種妙光明此光復
現種種光不可言說不可說
如是種種光明内各現妙寶如須彌一一光
中所現寶不可言說不可說

二於彼一一光明下十一偈半正中現依初現蓮華光明

彼如須彌一妙寶現衆刹土不可說盡須彌

實無有餘示現剎土皆如是
以一剎土末爲塵一塵色相不可說衆剎爲
塵塵有相不可言說不可說如是種種諸塵
相皆出光明不可說
後彼如須彌下淨土之用
光中現佛不可說佛所說法不可說法中妙
偈不可說聞偈得解不可說
不可說解念念中顯了眞諦不可說示現未
來一切佛常演說法無窮盡
一一佛法不可說種種清淨不可說出妙音
聲不可說轉正法輪不可說
於彼一一法輪中演修多羅不可說於彼一
一修多羅分別法門不可說
於彼一一法門中又說諸法不可說於彼一
一諸法中調伏衆生不可說

三光中現佛下五偈依中現正說法
或復於一毛端處不可說劫常安住如一毛
端餘悉然所住劫數皆如是
四或復下一偈明現時常住
其心無礙不可說變化諸佛不可說一一變
化諸如來復現於化不可說
彼佛法身不可說彼佛分身不可說莊嚴無
量不可說往詣十方不可說
周行國土不可說觀察衆生不可說清淨衆
生不可說調伏衆生不可說
彼諸莊嚴不可說彼諸神力不可說彼諸自
在不可說彼諸神變不可說
所有神通不可說所有境界不可說所有加
持不可說所住世間不可說
清淨實相不可說說修多羅不可說於彼一

一修多羅演說法門不可說
於彼一一法門中又說諸法不可說於彼一
一諸法中所有決定不可說
於彼一一決定中調伏衆生不可說不可言
說同類法不可言說同類心
不可言說異類法不可言說異類心不可言
說異類根不可言說異類語
念念於諸所行處調伏衆生不可說所有神
變不可說所有示現不可說於中時劫不可
說於中差別不可說
五其心無礙下十偈半明自在調生
菩薩悉能分別說諸明算者莫能辨
第二因位善窮中二先半偈結前生後
一毛端處大小刹雜染清淨麤細刹如是一
切不可說一一明了可分別

以一國土碎爲塵其塵無量不可說如是塵
數無邊刹俱來共集一毛端
此諸國土不可說共集毛端無迫隘不使毛
端有增大而彼國土俱來集
於中所有諸國土形相如本無雜亂如一國
土不亂餘一切國土皆如是
虛空境界無邊際悉布毛端使充滿如是毛
端諸國土菩薩一念皆能說
於一微細毛孔中不可說刹次第入毛孔能
受彼諸刹諸刹不能徧毛孔
入時劫數不可說受時劫數不可說於此行
列安住時一切諸劫無能說
如是攝受安住已所有境界不可說入時方
便不可說入已所作不可說
餘偈正顯因德於中有十初八偈明帝網

身土是起行處又前文明其展徧此明包容文影略耳言毛孔悉能受諸剎等者稱法性之一毛故受多剎而無外不壞相之多剎安徧悟者之一毛內外緣起非即離故

稱法性之一毛者此中文亦影略若具諸剎毛孔皆有稱性及不壞相義今毛上取稱性義故如法性之無外剎上取不壞相義故不遍稱性之毛而著悟者之言更有一意亦文影略謂毛安悟者則顯剎因迷有迷則有分悟則無邊前義直就法論後義約人取法思之可見內外緣起者亦有二義一約內外共爲緣起由不即故有能所入由不離故故得相入二約內外緣起與真法性不即不離此復二義一由內外不即法性故有能所入不離法性故毛能包剎能遍入二者毛約不離法性如理而包剎約不即法性不遍毛孔思之成觀

意根明了不可說不可說遊歷諸方不可說勇猛精進不可說自在神變不可說

所有思惟不可說所有大願不可說所有境界不可說一切通達不可說

身業清淨不可說語業清淨不可說意業清淨不可說信解清淨不可說

妙智清淨不可說妙慧清淨不可說了諸實相不可說斷諸疑惑不可說

出離生死不可說超昇正位不可說甚深三昧不可說了達一切不可說

二意根明了下五偈三業勤勇行

一切衆生不可說一切佛剎不可說知衆生身不可說知其心樂不可說

知其業果不可說知其意解不可說知其品類不可說知其種性不可說

知其受身不可說知其生處不可說知其正生不可說知其生已不可說

知其解了不可說知其趣向不可說知其言語不可說知其作業不可說菩薩如是大慈

悲利益一切諸世間
三一切衆生下應器攝生行
普現其身不可說入諸佛刹不可說見諸菩薩不可說發生智慧不可說
請問正法不可說敷揚佛教不可說現種種身不可說詣諸國土不可說
示現神通不可說普徧十方不可說處處分身不可說親近諸佛不可說
作諸供具不可說種種無量不可說清淨衆寶不可說上妙蓮華不可說最勝香鬘不可說供養如來不可說
清淨信心不可說最勝悟解不可說增上志樂不可說恭敬諸佛不可說
四普現其身下五偈半明游方供佛行
修行於施不可說其心過去不可說有求皆施不可說一切悉施不可說
持戒清淨不可說心意清淨不可說讚歎諸佛不可說愛樂正法不可說
成就諸忍不可說無生法忍不可說具足寂靜不可說住寂靜地不可說
起大精進不可說其心過去不可說不退轉心不可說不傾動心不可說
一切定藏不可說觀察諸法不可說寂然在定不可說了達諸禪不可說
智慧通達不可說三昧自在不可說了達諸法不可說明見諸佛不可說
修無量行不可說發廣大願不可說甚深境界不可說清淨法門不可說
菩薩法力不可說菩薩法住不可說彼諸正念不可說彼諸法界不可說

修方便智不可說學甚深智不可說無量智
慧不可說究竟智慧不可說
彼諸法智不可說彼淨法輪不可說彼大法
雲不可說彼大法雨不可說
彼諸神力不可說彼諸方便不可說入空寂
智不可說念念相續不可說
無量行門不可說念念恒住不可說
五修行於施下廣修十度行
諸佛剎海不可說悉能往詣不可說諸剎差
別不可說種種清淨不可說
差別莊嚴不可說無邊色相不可說種種間
錯不可說種種妙好不可說
清淨佛土不可說雜染世界不可說
六諸佛剎海下二偈半游剎自在行
了知衆生不可說知其種性不可說知其業
報不可說知其心行不可說
知其根性不可說知其解欲不可說雜染清
淨不可說觀察調伏不可說
變化自在不可說現種種身不可說修行精
進不可說度脫衆生不可說
示現神變不可說放大光明不可說種種色
相不可說令衆生淨不可說
七了知衆生下明調伏衆生行
一一毛孔不可說放光明網不可說光網現
色不可說普照佛剎不可說
勇猛無畏不可說方便善巧不可說調伏衆
生不可說令出生死不可說
清淨身業不可說清淨語業不可說無邊意
業不可說殊勝妙行不可說
成就智寶不可說深入法界不可說菩薩總

持不可說善能修學不可說
智者音聲不可說音聲清淨不可說正念眞
實不可說開悟衆生不可說
具足威儀不可說清淨修行不可說成就無
畏不可說調伏世間不可說
諸佛子衆不可說清淨勝行不可說稱歎諸
佛不可說讃揚無盡不可說
世間導師不可說演說讃歎不可說
八一一毛孔不可說下七偈半三業深淨
行
彼諸菩薩不可說清淨功德不可說
彼諸邊際不可說能住其中不可說住中智
慧不可說盡諸劫住無能說
欣樂諸佛不可說智慧平等不可說善入諸
法不可說於法無礙不可說

三世如空不可說三世智慧不可說了達三
世不可說住於智慧不可說
殊勝妙行不可說無量大願不可說清淨大
願不可說成就菩提不可說
諸佛菩提不可說發生智慧不可說分別義
理不可說知一切法不可說
嚴淨佛刹不可說修行諸力不可說長時修
習不可說一念悟解不可說
諸佛自在不可說廣演正法不可說種種神
力不可說示現世問不可說
清淨法輪不可說勇猛能轉不可說種種開
演不可說哀愍世間不可說
九彼諸菩薩下願智自在行
不可言說一切劫讃不可說諸功德不可說
劫猶可盡不可說德不可盡

十不可言說一切劫下一偈結德無盡

不可言說諸如來不可言說諸舌根歎佛不可言說德不可說劫無能盡

十方所有諸衆生一切同時成正覺於中一佛普能現不可言說一切身

此不可說中一身示現於頭不可說此不可說中一頭示現於舌不可說

此不可說中一舌示現於聲不可說此不可說中一聲經於劫住不可說

如一如是一切佛如一如是一切身如一如是一切頭如一如是一切舌

如一如是一切聲不可說劫恒讚佛不可說劫猶可盡歎佛功德無能盡

第二明果德深廣因能趣入中先果後因前中三初六偈總歎佛德

一微塵中能悉有不可言說蓮華界一一蓮華世界中賢首如來不可說

乃至法界悉周徧其中所有諸微塵世界若成若住壞其數無量不可說

一微塵處無邊際無量諸剎普入來十方差別不可說剎海分布不可說

二一微塵中能悉有下別明依報

一一剎中有如來壽命劫數不可說諸佛所行不可說甚深妙法不可說

神通大力不可說無障礙智不可說入於毛孔不可說毛孔因緣不可說

成就十力不可說覺悟菩提不可說入淨法界不可說獲深智藏不可說

三一一剎中有如來下三偈別明正報

種種數量不可說如其一切悉了知種種形

量不可說於此靡不皆通達
種種三昧不可說悉能經劫於中住於不可
說諸佛所所行清淨不可說
得不可說無礙心往詣十方不可說神力示
現不可說所行無際不可說
往詣衆剎不可說了達諸佛不可說精進勇
猛不可說智慧通達不可說
於法非行非不行入諸境界不可說不可稱
說諸大劫恒遊十方不可說
方便智慧不可說眞實智慧不可說神通智
慧不可說念念示現不可說
於不可說諸佛法一一了知不可說

第二種種數量下明因德趣入於中二先

自分行

能於一時證菩提或種種時而證入
毛端佛剎不可說塵中佛剎不可說如是佛
剎皆往詣見諸如來不可說
通達一實不可說善入佛種不可說諸佛國
土不可說悉能往詣成菩提
國土衆生及諸佛體性差別不可說如是三
世無有邊菩薩一切皆明見

後能於一時證菩提下勝進行且從相顯
略科然上諸德德德圓融無盡無盡唯忘
懷體之（且從相顯下結釋顯深）

大方廣佛華嚴經疏鈔會本第四十五之一

音釋

俱胝（梵語也此云百億胝張尼切）阿庾多（梵語也此云萬億庾弋渚切）矜羯羅（矜居陵切羯居謁切）阿婆鈐（鈐其廉切）毗攞伽（攞來可切）僧羯邏（邏朗可切）毗佉擔（佉丘迦切擔都藍切）堅攞

陀毉音醫鞞麽怛羅鞞駢迷切窣步羅窣蘇沒切聛羅聛匹詣切娑攞荼荼同都切醯魯耶醯馨夷切烏波跋多跋蒲末切巳上並數量皆梵語也迫隘迫博陌切迫迮也隘烏懈切狹隘也

大方廣佛華嚴經疏鈔會本第四十五之二

唐于闐國三藏沙門實叉難陀　譯

唐清涼山大華嚴寺沙門澄觀撰述

壽量品第三十一

初來意者夫玄鑒虛朗出乎數域之表豈有殊形萬狀脩短之壽哉然應物隨機能無不形而無不壽故上品彰其實德此品以辨隨機雖少至多顯時無不徧即前多德之一故粗廣之亦爲遠答壽量海故所以來也初來意中二先立理正顯十身壽量且寄三身明之謂眞身無修短應身示有修短玄謂玄理鑑謂鑑照理智實契以為眞身玄故則虛凝鑑故則朗徹出乎數不可語其壽命短長出乎域不可言其形量所在又出乎數不可說其一身多身出乎域不可同其人天之壽若開上能所證別則三身義具然應物下辨其應化故經云佛以法為身清淨如虛空所現衆色形令入此法中又云如來眞身本無二應物隨機遍十方等二釋名者壽謂報命量即分限染淨土之報壽隨機見之分限以顯無盡之命無限之量壽之量故壽有斯量通二釋也別行經名無邊佛土經即以處顯人二釋名者亦依眞應以立其名然諸經論說三身壽量化則有始有終長短萬品報則有始無終一得永常法身無始無終凝然不變故法華中以伽耶生雙林滅化身也我本行菩薩道時所成壽命報身也常住不滅法身也此經宗意三身既融三壽無礙即長能短即短恒長無長無短長短存焉一一圓融言思斯絶三宗趣者應物脩短爲宗顯窮來際無限爲趣以就同教且積劣之勝若就別教則脩短圓融故

爾時心王菩薩摩訶薩於衆會中告諸菩薩言

次正釋文初集經者敘而心王說者以領旨故佛壽自在故

佛子此娑婆世界釋迦牟尼佛刹一劫於極

樂世界阿彌陁佛刹爲一日一夜極樂世界一劫於袈裟幢世界金剛堅佛刹爲一日一夜袈裟幢世界一劫於不退轉音聲輪世界善勝光明蓮華開敷佛刹爲一日一夜不退轉音聲輪世界一劫於離垢世界法幢佛刹爲一日一夜離垢世界一劫於善燈世界師子佛刹爲一日一夜善燈世界一劫於妙光明世界光明藏佛刹爲一日一夜妙光明世界一劫於難超過世界法光明蓮華開敷佛刹爲一日一夜難超過世界一劫於莊嚴慧世界一切神通光明佛刹爲一日一夜莊嚴慧世界一劫於鏡光明世界月智佛刹爲一日一夜

二佛子下正說於中三初别舉十刹相望

佛子如是次第乃至過百萬阿僧祇世界

次佛子如是下舉略顯廣

最後世界一劫於勝蓮華世界賢勝佛刹爲一日一夜普賢菩薩及諸同行大菩薩等充滿其中

三最後世界下舉其玄極且如以劫爲日未歷十重則劫不可說況百萬僧祇則最後之刹已鄰刹海平等故舉普賢等充滿明極位所居由此名爲兼顯菩薩已鄰刹海者猶有數限故致鄰言刹海平等無數量故

諸菩薩住處品第三十二

初來意者上約化益盡一切時今明菩薩徧一切處故次來也故僧祇中明法界毛端之處皆有多多普賢此則據實而談今約機緣所宜指有方所使物欣厭翹心有歸若知能住菩薩毛含刹海所住之處塵

納無邊則未有一方非菩薩住亦遠答前壽量海問菩薩隨機住壽異故昔將此品遠答第二會初問意十句非唯義意不同抑亦文不相次

二釋名者菩薩大悲隨機住處能住非一故名曰諸諸菩薩之住處故以爲名

三宗趣者隨機應感方所爲宗使物歸憑及悟無方爲趣

爾時心王菩薩摩訶薩於衆會中告諸菩薩言

次正釋文文中二先集經者叙亦心王說者隨所統王皆自在故亦表心隨智住無障礙故

佛子東方有處名仙人山從昔已來諸菩薩衆於中止住現有菩薩名金剛勝與其眷屬諸菩薩衆三百人俱常在其中而演說法

二佛子下正說住處有二十二處前十依八方山海以上下非凡至故不明之山海包藏仁智棲止表大智高深故能止能照故後十二處城邑雜居曲盡物機表大悲無遺故則知菩薩無不在矣今初第六是海中之山第十海中之窟餘皆是山一仙人山者相傳是東海蓬萊山若爾則亦兼海

山海包藏下釋山海意此句約事山藏海納言仁智棲止者寄外典說夫子云仁者樂山智者樂水意云仁者好山如山之安固不動智者好水如水之清鑑洗滌流止從緣故非要仁即住山智即近水也表大智下正約所表唯一大智雙合上二高如山深如海止即是山照即是海

南方有處名勝峯山從昔已來諸菩薩衆於中止住現有菩薩名曰法慧與其眷屬諸菩薩衆五百人俱常在其中而演說法

二勝峯即德雲所住晉本名樓閣山即娑施羅所居

西方有處名金剛燄山從昔已來諸菩薩衆於中止住現有菩薩名精進無畏行與其眷屬諸菩薩衆三百人俱常在其中而演說法

三金剛焰在西海之濵

北方有處名香積山從昔已來諸菩薩衆於中止住現有菩薩名曰香象與其眷屬諸菩薩衆三千人俱常在其中而演說法

四香積山昔云應是雪北之香山昔云等者凡有應是之言即是帶疑事難融會不可勇知固當多聞闕疑矣言雪北者俱舍論說雪北香南有阿耨達池故知雪山在香之南至

東北方有處名清涼山從昔已來諸菩薩衆於中止住現有菩薩名文殊師利與其眷屬諸菩薩衆一萬人俱常在其中而演說法

五清涼山即代州鴈門郡五臺山也於中現有清涼寺以歲積堅氷夏仍飛雪曾無炎暑故曰清涼五峯聳出頂無林木有如壘土之臺故曰五臺表我大聖五智已圓五眼已淨總五部之真祕洞五陰之真源故首戴五佛之冠頂分五方之髻運五乘之要清五濁之災矣清涼山疏文分六一畧釋經文然畧有二名言代州五臺即五臺縣及繁峙兩縣之界往者非一可畧言也表我大聖下第二彰其所表多出金剛頂瑜伽亦有以理推析言大聖者即文殊也不指其名直言大聖今山中稱念但云大聖菩薩即舉總稱別指吉祥耳言五智者若準佛地經論五法攝大覺性謂四智菩提一真法界依金剛頂即一真法界名清淨法界智故成五智二五眼可知三言五部者一佛部二金剛部三寶部四蓮華部五羯磨部一切諸天真言皆屬寶部諸鬼神真言屬羯磨部四五陰者即我五陰表是五臺中有大覺即不動智佛妙慧自在即是文殊五言首戴五佛之冠者諸大菩薩多有此冠而大聖不論戴冠六復常有五髻然諸五類例大同謂當中髻即中臺表之毗盧遮那佛

居是佛部主法界清淨智亦佛眼也其東
一髻即是東臺是阿閦佛居爲金剛部主
是大圓鏡智即是慧眼其南一髻即是南
臺寶生如來所居是寶部主是平等性智
即是天眼其西一髻即是西臺阿彌陀如
來所居是蓮華部主即妙觀察智即是法
眼其北一髻即是北臺不空成就如來所
居是羯磨部主是成所作智即是肉眼七
若配五乘中即佛乘東菩薩乘南緣覺乘
西聲聞乘北人天乘若人天乘別北即人
乘合佛菩薩餘如次第八若清五濁但取
五不同不必如次若配五陰中即識陰東
爲行陰南爲想陰西爲受陰北爲色陰一例
爲其次識爲主故然五如來皆有種子一
一觀行各各不同學密教者
方知其要今但畧屬而已

然但云東北
方者其言猶漫寀寶藏陀羅尼經云我滅
度後於贍部洲東北方有國名大振那其
國中間有山號爲五頂文殊師利童子游
行居住爲諸菩薩衆於中說法及與無量
無數藥叉羅刹緊那羅摩睺羅伽人非人
等圍遶供養恭敬斯言審矣

然但云下三
定方所以經
不指國名但云東北故引經定所以此經
不指者以在八方之例餘之七方皆不指
國名在下文故今恐淺識者惑故引經證
此經亦名八字陀羅尼經廣說文殊之德
疏引猶畧今更引之謂彼經金剛密跡主
菩薩問如來云文殊師利於何處方面住
復何方面能行利益如來答云我滅度已
下疏文全引下有偈云文殊大菩薩不捨
大悲願變身爲童真或冠或露體或處小
兒叢遊戲邑聚落或作貧窮人衰形爲老
狀亦現饑寒苦巡行坊市鄽求乞衣財寶
令人發一施與滿一切願使令發信心信
心既發已爲說六度法領萬諸菩薩居於
五頂山放億衆光明人天咸悉覩罪垢皆
消滅或得聞持法一切陀羅尼秘密深藏
門修行證實法究竟佛果願具空三昧門
背盡泥洹路文殊大願力與佛同境界
下更廣讚其德不能繁叙要當尋經

其
山靈迹備諸傳記余幼尋茲典每至斯文
皆掩卷長歎遂不遠萬里委命棲託聖境
相誘十載于茲其感應昭著盈于耳目及
夫夏景勝事尤多歷歷龍宮夜開千月纖
纖細草朝間百華或萬聖羅空或五雲凝
岫圓光映乎山翠瑞鳥翥于煙霄唯聞大
聖之名無復人間之慮入聖境者接武華

凡心者架肩相視互謂非凡觸目皆爲佛事其山勢寺宇難以盡言其山靈跡下四顯聖靈於中有二初畧指諸文本傳甚廣畧有六門一立名標化二封域里數三臺頂塔廟四諸寺廟宇五古今靈應六聞名禮敬功德然今文中皆已畧有今初二句通指前五門地里誌云其山層盤秀峙路徑紆深靈岳神溪非薄俗所居悉是棲神禪寂之士寘搜造微之儔矣余幼尋下二自述見聞於中有三先叙至山源由由此菩薩住處清涼山之文當時逆寇亂常兵戈蜂起豺狼滿路山川阻絕不憚而遊故云委命棲託途雖五千反覆萬里始本暫遊日復一日頓馳聖境一十五年作跡至斯正當十載其山勢寺宇下畧指佳境其山在長安東北一千六百里離代州之東南百餘里左鄰恒岳秀出千峯右接孟津長流一帶北臨絕塞過萬里之煙塵南擁汾陽為大國之艮背迴泊日月蓄洩雲龍雖積雪夏凝而名花萬品寒風勁烈而瑞草千般丹嶂橫開翠屏疊起排雲撥霧時逢物外之峯捫蘿履危每到非常之境白雲凝布奪萬里之澄江杲日將昇見三尺之大海五峯一一難具言也言寺宇者北齊崇敬置立伽藍見有故壞二百餘所當時棲託寺有八馬貞元已來數早過十或五峯抱出或雙嶺中開或疊起巖中或聳居雲外不可具言也自大師晦迹於西

天妙德揚輝於東夏雖法身長在而雞山空掩於荒榛應現有方而鷲嶺得名於茲土神僧顯彰於靈境宣公上稟於諸天漢明肇啓於崇基魏帝中孚於至化北齊數州以傾俸有唐九帝之迴光自大師下五徵源由兼彰聖迹初對正叙本源大集經中佛將涅槃委諸菩薩分衛大千此土多有毒龍為害人多愛樂大乘故妙吉祥菩薩處斯以行化故云妙德揚輝於東夏文殊般泥洹經云若但聞名者除十二億劫生死之罪若禮拜者恒生佛家若稱名字一日七日文殊必降若有宿障夢中得見得見形像斯人位階聖果應化廣大故曰揚輝次對成上兩句初成上大師晦迹兼通妨難謂有問言常在靈鷲山及餘諸住處何言晦迹故今云二聖之本本皆湛然二聖之迹迹有隱顯今靈鷲山盡是荒榛所翳雞山即是雞足亦鷲嶺所營應現下成上揚輝於東夏山似靈鷲故言鷲嶺得名次下當說神僧等者感通傳云宇文後周時文殊化為梵僧來遊此土云欲禮拜迦葉佛說法處并往文殊師利所住之處名清涼山唐初長安師子國僧九十九夏三果人也聞斯聖迹跣行至此禮清涼山皆神僧顯彰也宣公等者南山感通傳云時有天人姓

陸名玄暢來詣云弟子周穆王時生天余乃問曰宇內所疑自昔相傳文殊在清涼山領五百仙人說法經中說文殊久住娑婆世界娑婆則大千之總號如何偏在此方天人答曰文殊是諸佛先師隨緣利見應變不同大士大功非凡境界不勞評薄但知多在清涼五臺之中往往有人見之不得不信故云上東於諸天又今山南有清涼府五臺縣山北有五臺府亦可萬代之龜鏡故無惑矣漢明等者按感通傳云今五臺山東南三十里現有大孚靈鷲寺兩堂舊跡猶存南有花園可二頃許四時發彩人莫究之或云是漢明所立又云魏文所作互說不同如何天答曰俱是二帝所作周穆王時已有佛法此山靈異文殊所居周穆於中造寺供養及阿育王亦依置塔漢明之初摩騰天眼亦見有塔請帝王立寺山形似於靈鷲故號為大孚靈鷲寺大孚者弘信也帝信佛理立寺勸人花園今在寺前後之君王或改為大花園寺至則天大聖皇后與于闐三藏譯華嚴經見菩薩住清涼山因改為大華嚴寺焉五頂攢擁中開山心离坎乾坤得其中理千巖聳秀萬壑森沉拔鷲嶺之仙峯成華嚴之一葉信可謂衆靈翔集之沖府忝賢覲聖之玄都矣所以前云鷲嶺得名於茲土北齊等者傳云北齊高帝篤崇大教置二百餘寺於茲山割八州租稅而供山衆衣藥之資至今猶有五道場莊有唐等者自我太唐至于今聖相繼九葉無不迴於聖

鑑言今聖者當德宗帝傾仰靈山御劄天衣每光於五頂中使香藥不斷於歲時金閣岩嶢於雲端猶疑聖化竹林森聳於巖畔宛似天來故得百辟歸崇九州持供雲委霧合市地盈山非我諸佛之祖師積萬行於曠劫慈雲彌漫而普覆智海顯湛而包納廓法界為疆域盡衆生為願門孰能應感若茲宿善何濃遇斯遺跡情躍不已形於詠言

五天殉命以奔風八表亡軀而競託其有居神州而一生不到亦奚異舍衛三億之徒哉願皆修敬

五天殉命下六勸物修敬初二句引例勸修五天竺國粗云二十萬里熟知其實數耶若以陸行途經數百國雲山幾萬重或捫索憑虛或飛梯架迥或風行雪卧或木食松棲或惡獸盈群或盜賊相繼若水行洪濤無岸雲島潛迴精怪揺風鯨鯢鼓浪日月出沒於波底鬼魅飄颻於夢中縱使浪息風停只見水涵於天際舟行棹舉猶將息念作生涯雖此艱危而三藏名僧相繼而至總緣大聖委命輕生故云五天殉命以奔風八表等者自東自西自南自北天徼月窟海潮日出有耳目者不憚艱辛遠而必至焉其所居神州下二正勸即反舉不往之失以彰往者之得謂葱嶺之東地方數千里曰赤縣神州即有唐中華之國也去清涼之境途程不遙坦然通衢車馬溢路隨方觀化不失家常往必感徵如

何不往是知不往即是三億之徒故今秉鉞分茅方面之重無不傾仰西域諸王恨生五天不產東夏豈唯遥禮大聖每多仰羡此君故有遊西天者先問曾居五臺山不若不曾居棄而不顧今此國衆生宿因多幸得誕中華諸佛祖師不解修敬故此勸之三億之徒者智論第十一云佛出世難值如憂曇華時一有之如是罪人輪轉三惡道或在人天中佛出世時天人不見如說舍衛城中有九億家三億家眼見佛三億家耳聞有佛而眼不見三億家不見不聞佛在舍衛國二十五年而此衆生不見不聞何況遠者故今中華有人曾到五臺山即亦聞亦見有聞清涼而不得到即同聞名不見只近五臺亦有不聞不見之者況於遠乎故勸修敬若見文殊功德之廣如前畧說廣在經文

海中有處名金剛山從昔已來諸菩薩衆於中止住現有菩薩名曰法起與其眷屬諸菩薩衆千二百人俱常在其中而演說法

六金剛山謂東海近東有山名爲金剛雖非全體是金而上下四周乃至山間流水砂中皆悉有金遠望即謂全體是金又海東人自古相傳此山往往有聖人出現然晋本此處當其第九以與第十莊嚴窟俱在海中故而今居此者意是八方之内東北方攝故若不然者何以正說八方忽然語海又晋本海中有二住處一名枳怛那現有菩薩名曇無竭有萬二千菩薩眷屬言枳怛者具云昵枳多此云涌出金剛語體涌出語狀曇無竭者此云法生亦云法勇亦云法尚今言法起與生勇義同即常啼之友也菩薩眷屬十倍今經或前譯之誤

東南方有處名支提山從昔已來諸菩薩衆於中止住現有菩薩名曰天冠與其眷屬諸菩薩衆一千人俱常在其中而演說法

七支提山者此云生淨信之所有舍利者

爲塔無舍利曰支提或山形似塔或彼有支提故以爲名昔云旣指清涼爲東北則東南影響吳越然吳越靈山雖衆取其形似者天台之南赤城山也直聳雲際艴若霞起巖樹相映分成數重其間有白道猷之遺蹤或即當之矣然剡川有三學山中有歡喜王菩薩屢持燈而出名雖不同而天竺望之即是東南亦有見其持寶冠者則密示其名也希後賢以審之

西南方有處名光明山從昔已來諸菩薩衆於中止住現有菩薩名曰賢勝與其眷屬諸菩薩衆三千人俱常在其中而演說法

八光明山昔云應是與補怛洛迦山相連以晋譯觀音住山爲光明今文非觀音住處而云光明故言連也

西北方有處名香風山從昔已來諸菩薩衆於中止住現有菩薩名曰香光與其眷屬諸菩薩衆五千人俱常在其中而演說法

九香風山疑是香山西畔

大海之中復有住處名莊嚴窟從昔已來諸菩薩衆於中止住

十莊嚴窟者對上第六海中故云復有晋本云二名功德莊嚴窟

毘舍離南有一住處名善住根從昔已來諸菩薩衆於中止住

後城邑十二處中一毘舍離者即毘耶離此云廣嚴城亦曰廣博即是中印度淨名所居之城言南者案西域記第七云此城南十四五里有塔是七百賢聖重結集處更南八九十里有僧伽藍其側有過去四

佛座及經行遺跡之處應是其所晉本第二更有一處名巴連弗邑有處名金燈僧伽藍昔云具言波吒補怛囉此云黃華子即黃華女之子創居此處亦中天摩伽陀國具如西域記第八今經闕此一處案西域記

者彼云吠舍釐國即毗耶離梵音楚夏云城東南行十四五里至大窣堵波是七百賢聖重結集處佛涅槃後百一十年吠舍釐城有諸苾蒭遠離佛法謬行戒律時長老耶舍陀住憍薩羅國長老三菩伽住秣菟羅國長老釐波多住韓若國長老沙羅住吠舍黎國長老富闍彌羅住娑羅梨弗國諸大羅漢心得自在皆得三明有大名稱衆所知識皆是尊者阿難弟子時耶舍陀遣使告諸賢聖守集吠舍釐城猶少一人未滿七百是時富闍蘇彌羅以天眼見諸大賢聖集議法事運神足至法會時三菩伽於大衆中右袒長跪揚言曰衆無諠譁欽哉念哉昔大聖法王善權寂滅歲月雖淹言教尚在吠舍釐城懈怠苾蒭謬於戒律有十事出違十力教今諸賢者深明持犯俱是大德阿難指誨念報佛恩重宣聖旨時諸大衆莫不悲感即名集諸苾蒭依毗柰耶訶責制止削除謬法宣明聖教七百賢聖結集南行八九十里至濕吠多

補羅僧伽藍層臺輪煥重閣翬飛僧衆清肅並學大乘其側有過去四佛座及經行遺跡之處其傍窣堵波無憂王之所建也如來在昔南趣摩揭陀國北顧吠舍釐城中途止息遺跡之處名巳連等者西域記第八云摩竭陀國殑伽河南有故城周七十餘里荒蕪雖久基址尚存昔者人壽無量歲時號拘蘇摩補羅城唐言香花宮城王宮多花故以名焉逮乎人壽數千歲更名波吒釐子城舊云巳連弗邑訛也初有婆羅門高才博學門人數千傳以受業與諸學徒相從遊觀有一書生徘徊悵望同儔謂曰夫何憂乎曰盛色方剛羈遊履影歲月已積藝業無成顧此為言憂心彌劇於是學徒戲言之曰今將為子求婦婚親乃假立二人為男父母二人為女父母遂坐波吒釐樹謂女婿樹也採時果酌清流陳婚姻之緒請合好之期時假女父攀花枝以授書生曰斯嘉偶也幸無辭焉書生之心欣然自得日暮言歸懷戀而止學徒曰前言戲耳幸可同歸林中猛獸恐相殘害書生遂留往來樹側景夕之後異光燭野管弦清雅帷帳陳列俄見老翁策杖來慰頃有一嫗攜引少女並賓從盈路袨服奏樂翁乃指少女曰此君之弱室也酣歌樂讌經七日焉學徒疑為獸害往而求之乃見獨坐陰樹若對上客告與同歸辭不從命後自入城拜謁親故說其始末聞者驚駭與諸友人同往林中咸見花樹是一大宅僮僕役使驅馳往來而彼老翁從容

接對陳饌奏樂賓主禮備諸友還城具告遠近其十歲之後生一男子謂其妻曰吾今欲歸未忍離阻適復留心棲寄飄露其妻既聞具以白父翁謂書生曰人生行樂詎必故鄉今將築室宜無異志於是役使靈從功成不日香花舊城遷都此邑由彼子故神為築城自爾之後因名波吒釐子城馬

摩度羅城有一住處名滿足窟從昔已來諸菩薩衆於中止住

二云摩度羅者亦曰摩偷羅此云孔雀亦云密蓋並是古世因事亦中印度言滿足窟者彼國有舍利弗等塔及文殊師利塔於王城西五六里有山寺是烏波毱多所造寺北有巖中間有石窟是毱多度人安籌之所具如西域記第四說安籌雖是後事多是安聖窟中二摩度羅亦云摩偷羅亦中印度境西域記第四者彼記名秣菟羅國記中不說孔雀之緣言有舍利等塔者等取大目揵連及富樓那塔言寺北有巖等者記云城東行五六里至一山伽藍踈崖為室因谷為門尊者烏波毱多唐言近護之所建也其中則有如來指爪窣堵波伽藍北巖間有石室高二十餘尺廣三十餘尺四寸細籌塡積其內尊者近護說法化道夫妻俱證阿羅漢果乃下一籌異室別族雖證不記安籌等者恐人設難云既是毱多建窟乃是佛滅之後百年中事今是始成說經那是彼窟故為此通

俱珍那城有一住處名曰法座從昔已來諸菩薩衆於中止住

三俱珍那者具云俱陳那耶俱珍姓也此云大盆那耶法律也謂池形如大盆往昔有仙於側修法律後人以此爲姓因爲城名三俱珍那城者大同釋嬌陳如名

清淨彼岸城有一住處名目眞鄰陀窟從昔已來諸菩薩衆於中止住

四清淨彼岸城是南印度目眞此云解脫即龍之名鄰陀云處即龍所居處者目真等者西域記第八云自支隣陀龍王池其水清黑其味甘美西岸有小精舍中作佛像昔如來

初成正覺於此宴坐七日入定時此龍王警衛如來即以其身繞佛七帀化出多頭俯垂為蓋故池東岸有其室焉

摩蘭陀國有一住處名無礙龍王建立從昔已來諸菩薩衆於中止住

五摩蘭陀國未詳所在晉經無國但云風地謂有風孔處即龍所居摩蘭陀者更以義推摩蘭陀即摩伽陀無礙龍王建立正是普光法堂是今說法之處耳以不指云此處故云未詳所在

甘菩遮國有一住處名出生慈從昔已來諸菩薩衆於中止住

六甘菩遮國正云紺蒲即是果名其果赤白圓滿乍似此方林檎而腹三約橫文此國多端正女人面似紺蒲三約文成以女名國出生慈者大集經中但名慈窟大集經者即月藏分第十亦但列名無別指處下當具引月藏之文

震旦國有一住處名那羅延窟從昔已來諸菩薩衆於中止住

七震旦國即此大唐亦云眞丹或云支那皆梵音楚夏此云多思惟以情慮多端故前爲成八方故清涼直云東北今在諸國之類故舉國名此云多思惟者婆沙亦云支那此云漢也西域記云大漢具云摩訶支那故眞諦三藏云衣物意云是衣冠人物之國皆是義翻疏翻為正那羅延者此云堅牢昔云即青州界有東牢山現有古佛聖跡此應是也然牢山乃是登州亦青州分野其山靈迹亦多然今之到此山在蔚州東靈迹顯著不減清涼時稱普賢所居往往有覩彼亦有五臺南臺有窟難究其底時稱那羅延窟或即是此亦青州分野者禹別九州東為青州則天下分其九分野矣然今之到此山者相傳云以是秦始皇築長城到此畢工故立其名

疏勒國有一住處名牛頭山從昔已來諸菩薩衆於中止住

八疎勒國具云佉路數怛勒是彼國山名因山立號或翻為惡性因國人以立名然牛頭山在今于闐國此云地乳佛滅百年方立此國具如西域記以集經之時未開尚屬疎勒故耳晉本但云邊國故或指江表牛頭今譯既明定非此也八疎勒國者西域第十二云出葱嶺其烏鎩國此國城西二百餘里至一大山從此北行山磧曠野五百餘里至佉沙國舊云為疎勒者乃稱其城號也正音宜云室利訖栗多底疎勒之言猶為訛也釋曰疏依古釋即日照三藏釋西域記云佉沙國周五千餘里多砂磧少壤土稼穡殷盛花果繁茂從此東南行五百餘里濟河踰沙至斫句迦國唐言沮渠周千餘里國南境有大山崖嶺嵯峨峯巒重疊草木凌寒春秋一觀溪澗濬瀨飛流四注崖龕石室棊布巖林印度得果人多運神通輕舉遠遊棲止於此諸阿羅漢於此寂滅者衆是故多有窣堵波也今猶現有三阿漢羅居巖岫中入滅心定形若羸人鬚髮恒長故諸沙門時往為剃而此國中大乘經典部數尤多佛法至處莫斯為盛也十萬頌為部者凡有十數自兹已降其流實廣釋曰據此華嚴等經郄在此國從此而東踰嶺越谷行八百餘里至瞿薩旦那國唐言地乳即其俗之雅言也俗語謂之漢那凶奴謂之于遁諸胡謂之豁旦印度謂之屈丹舊曰于闐者訛也瞿薩旦那國周四千餘里砂磧大半壤土隘狹宜穀稼多衆果宗尚佛法伽藍百有餘所僧徒五千餘人並多習學大乘教法王甚驍武敬重佛法自云毘沙門天之祀胤也昔者此國虚曠無人毘沙門天於此棲宅無憂王太子在呾叉始羅國被抉目王怒譴讁輔佐遷其豪族出於雪山北居荒谷間遷人逐牧至此西界推舉尊豪首立為主當是地也東土太子蒙譴流從居此東界羣下勸進又自稱王歲月已積風教不通各因畋獵遇會荒澤更問宗緒因而爭長忿形辭語便欲交兵或有諫曰今何遽乎因獵決戰未盡兵鋒宜歸治兵期而後集於是廻駕各歸其國校習戎馬督勵士卒至期兵會旗鼓相望旦日合戰西主不利因而逐北遂斬其首東主乘勝撫集亡國遷都中地方建城郭憂其無土恐難成功宣告遠近誰識地理時有塗灰外道負大瓠盛滿水而自進曰我知地理遂以其水屈曲遺流周而復始因即疾驅忽而不見依彼水迹峙其基堵遂得興工即斯國治今王所都於此城也城非崇峻攻擊難尅自古

已來未能有勝其王遷都作邑建國安人工續已成齒耄云暮未有胤嗣恐絶宗緒乃往毘沙門天王所祈禱請嗣神像額上剖出嬰孩捧以迴駕國人稱慶既不飲乳恐其不壽尋詣神祠重請養育神前之地忽然隆起其狀如乳神童飲吮遂至成立智勇光前風教遐被遂營神祠崇先祖也自茲已降奕世相承傳國君臨不失其緒故今神廟多諸珍寶拜祀享祭無替於時地乳所育因為國號王城南十餘里有伽藍先此國王為毘盧折那唐言遍照阿羅漢建也王城西南二十餘里至瞿室餕勸𪘲反反叉力伽山唐言牛角山峯兩起巖隒四絶於崖谷間建一伽藍其中佛像時燭光明昔如來曾至此處為諸天人畧說法要懸記此地當建國土敬崇遺法遵習大乘即今處也牛角巖有大石室中有阿羅漢入滅心定待慈氏佛數百年間供養無替近者崖崩掩塞門經國王興兵欲除崩石即黑蜂羣飛毒螫人衆以故至今石門不開釋曰據此亦為聖居或指江表牛頭者即金陵南四十里有一山名牛頭由此山有雙峯故一名雙闕一名天闕一名南郊一名仙窟皆以累朝改革不定按域地誌云此山高一千四百尺周迴四十七里準西域記及舊華嚴經菩薩住處品心王菩薩告諸菩薩言東北方邊夷國土名牛頭若按新經云疏勒國有一住處名牛頭山如前所引西域記文此與貞丹處則異也此文見金陵塔寺記古老相傳云是辟支佛現形之所而前後文多云菩薩於中止住而其靈應往往有之

迦葉彌羅國有一住處名曰次第從昔已來諸菩薩衆於中止住

九迦葉彌羅晉譯為罽賓此翻為阿誰入即末田乞地之所略如音義廣出西域記

第三九迦濕彌羅記第三云北印度境末田乞地即阿羅漢名昔云末田地新云末田底迦迦濕彌羅國周七千餘里四境負山山極峭峻雖有門徑而復隘狹自古隣敵無能攻伐云云昔此國本龍池也世尊自烏仗那國降惡神已欲還中國乘空當此國上告阿難曰我涅槃後有末田底迦阿羅漢當於此地建國安人弘揚佛法如來寂滅之後第五十年阿難弟子末田底迦阿羅漢者得六神通具八解脫聞佛懸記心自慶悅便來至此於大山巖宴坐林中現大神通龍見深信請於所欲阿羅漢曰願於池內惠以容膝龍王於是縮水奉施羅漢神通廣身龍王縱力縮水池空水盡龍翻請池阿羅漢於此西北為留一池周百餘里自餘枝屬別居小池龍王曰池地總施願恒受供末田底迦曰我今不久無餘涅槃雖欲受請其可得乎龍王重請五百羅漢常受我供乃至法盡法盡之後還取此國以為居池末田底迦從其所

請時阿羅漢既得地已運大神力立五百伽藍於諸異國買鬻賤人以充役使以供僧衆末田底迦入寂滅後彼諸賤人自立君長隣境諸國鄙其賤種莫與交親謂之訖利多（唐言買得）今時泉水已多流溢

增長歡喜城有一住處名尊者窟從昔已來諸菩薩衆於中止住

十增長歡喜城古釋云即南印度尊者窟者即上座部所居之所

菴浮梨摩國有一住處名見億藏光明從昔已來諸菩薩衆於中止住

十一庵浮棃摩此云無垢即是果名此國豐而且勝故以爲名在中印度境

乾陀羅國有一住處名苫婆羅窟從昔已來諸菩薩衆於中止住

十二乾陀羅國此云持地國多得道果者護持不爲他國侵害故或云香徧徧國香草先發故苫婆羅者是香華樹名與初品苫末羅梵言輕重耳徧窟側近多生此故相傳云是佛留影之所具如西域記及大集月藏分第十（十二乾陀羅國西域記第三云健馱邏國有伽膩色迦王以如來涅槃之後第四百年應期撫運王風遠被殊俗内附機務餘暇每習佛經日請一僧入宮說法而法異儀部執不同王用深疑無以去惑時脇尊者曰如來去世歲月逾遠弟子部執師資異謂各據聞見共爲矛盾時王聞已甚用感傷悲歎良久謂尊者曰猥以餘福幸遵前緒去聖雖遠猶爲有幸敢亡庸鄙紹隆法教隨其部執具釋三藏（意下取）遂召衆僧七日供養欲集法事先下勑令去凡留聖聖衆猶多復去有學無學猶多次留具三明六通具者猶多次取内閑三藏外達五明乃至四百九十九人後一世友未得羅漢等廣集三藏凡三十萬頌王以銅鍱鏤寫石函封緘全捨此國與僧故多聖居也苫末羅者此翻爲黄雜色初品巧幻術修羅王苫末羅王乃偈共長行唐梵互出與此釋不同偈云紅色光神又其城東南十餘里有窣堵波中有佛牙長可寸半其色黄白彼多聖迹故是聖居相傳云者即西域記第二說那揭羅國城西南二十餘里有伽藍藍西南深澗峭絶瀑布飛流懸崖壁立東

岸石壁有大洞穴瞿波羅龍之所居也門徑狹小窟穴窴闇崖石津壁溪徑餘流昔有佛影煥若真容相好具足儼然如在近代已來人不遍覩縱有所見髣髴而已至誠祈請有窴感者乃暫明示尚不能久昔如來在世之時此籠為牧牛之士供王乳酪進奉失儀既獲譴責心懷恚恨即以金錢買花供養受記窣堵波願為惡龍破國害王即趣石壁投身而死遂居此窟為大龍王便欲出穴成本惡願適起此心如來已鑒愍此國人為龍所害運神通力自中印度至龍所龍見如來毒心遂止受不殺戒願護正法因請如來常居此窟諸聖弟子恒受我供如來告曰吾將寂滅為汝留影遺五羅漢常受汝供正法隱沒其事無替汝若毒心忿怒起時當觀吾影以慈心善故毒心當止此賢劫中當來世尊亦愍汝等皆留影像釋曰此與觀佛三昧海經大同已如初會鈔引西域記云此國無別君長屬迦畢試國去健馱邏國不遠或曾屬之耳具如西域記者此即總指上來諸處引西域記不局一卷月藏分的指第十然月藏分當第十二有十卷經中即建立塔寺品第十九爾時娑婆世界主大梵天王釋提桓因曰四大天王等及諸眷屬從坐而起合掌向佛一心敬禮而作是言佛說於四天下中所有過去諸佛如來之所建立住持大塔牟尼諸佛所依住處於現在世及未來世而常不空佛為菩薩摩訶薩等降大法雨皆悉充滿初名衆仙所興次名德積次名金剛焰次名香室次名睒婆梨次名賢城次名須質多羅次名水光次名香熏次名善建立次名遮波羅次名金燈次名樂住次名年隣陀次名金剛地次名慈窟次名那羅延窟次名渠摩娑羅香次名惠頂次名大德窟次名善現次名青欝茂次名虛空子次名牛頭栴檀室次名難勝此是過去諸佛建立住持大塔常為菩薩等之所加護於是我等常所供養世尊所有聲聞弟子於現在世及未來世復有幾所塔寺住處令我等護持養育然此初數處與此經同可以意得故不具引下取意引爾時世尊微笑面門放種種光時四天下有無量百千諸佛住處而現東州八萬佛現北州百千西州五百南州二百五十千佛處現廣說諸國各有佛現等下諸天龍等發願護持

此文之終都無結束或是經來不盡閻浮既爾餘方餘界異類界等可以倣之法界身雲則無在不在矣

大方廣佛華嚴經疏鈔會本第四十五之二

音釋

壘 魯水切疊也　翥 陟慮切飛舉也　肇 直紹切始也　赩 許力切大赤也
峙 丈里切屹立貌　紆 邕俱切縈紆也　礡 白各切旁礡廣被也　蓄洩 敕蓄

六切積也渫私列切散也企遣爾切音鄽呈延切音廛市鄽也蕘如招切音
饒供然火之草黯乙減切音掩深黑也殉松閏切音同峻偶人送死也茆
莫鮑切音夘鳧葵也又同茅苫婆羅梵語土窟之名也苫詩廉切秝
食聿切音述穀也莵土故切音兎莵絲藥名翬音揮素質五彩皆備曰翬
殑渠京切音擎嫗於據切音預娉匹正切音聘娶也袨熒絹切音
眩黑衣也毱渠玉切音局毛丸鎩所賣切音晒所轄切音殺磧七迹切音
戚水淺石見也又砂磧又音積差峨上才何切音娃下牛何切音娥高大貌
抉一厥切聲同月又音厥吮暨乂切讀如順口喻也䬝音陵又音另馬
食穀多氣流四下也隒疑檢切音儼崖也螫施隻切音釋垂行貌罽呂利
切音計縮所六切音叔退也鍱弋涉切音葉銅鐵鍱睒音閃暫視貌

大方廣佛華嚴經疏鈔會本第四十六之一

唐于闐國三藏沙門實叉難陀　譯

唐清涼山大華嚴寺沙門澄觀撰述

佛不思議法品第三十三

初明來意先通後別通則此下五品爲答第二會初如來地等十句問故古德但有三品答前謂前明修生之因今辨修生之果因圓果滿故次來也若答前問何以重請由因果隔絶念法希聞因德尚深果必玄妙故念請耳別明此品則前品因終此品果始故次來也古德但有三品者以後二品別爲平等因果故用品雖廣狹不同答果義等若答前問下二解妨先問以前六會共答前問皆不重請故問此品何以重請由因果下古德答此乃有二意一因果隔絶前諸會同因故不別問此下是果果隔於因故此重問二念法希奇果不思議故復念請因德已下出念法希奇之相上是通意別明此下二唯明此品

二釋名者如來果法迥超言慮故以爲名斯即佛之不思議法也

三宗趣者先總後別總明說佛果德體用心言罔及爲宗令總忘言絶想速滿爲趣別就宗中三門分別一通辨佛德若說百四十不共佛法通於權小若五法攝大覺性猶通於權若言唯一味實德者約理頓說若言具無盡德是此所明故後文中初標十問答具多門類通十方一一無盡初通辨佛德言百四十不共者已見光明覺品今重舉總數謂三十二相八十種好四一切種清淨十力四無所畏三念住三不護大悲無忘失法永斷習氣一切種妙智爲百四十而通權小者小乘亦說但相劣耳權大說者皆悉超勝此約五教已有其二若五法下正明實教故云通權權實皆有但實教中會歸法性不壞相耳若言唯一味下二即頓教若言具無盡下三即圓教從故後文中下四辨今經是圓教德

二別顯義相諸佛功德不出二種一者修生

二者本有初謂信等本無今有後謂真如具性功德此二無礙應成四句一唯修生二唯本有以性相軀分故三本有修生謂如來藏待彼了因本隱今顯故四修生本有無分別智冥符理故若權教所明二德不雜法報四句亦有差殊依此經宗雖有四義而無四事本有如真金修生如嚴具然由嚴具方顯金德嚴具無體全攬金成故唯金不礙嚴具唯法身而不礙報化唯嚴具亦然既互全收故十身無礙八相該於法界丈六徧於十方諸根毛孔各無限量亦不礙量量與無量無有障礙二別顯義相於中有三初正顯二德言信等者此通行位信爲萬行之首則該進念定等位亦以信爲初五十二位所有行德皆有二故若權教下三揀權異實初明權教言不雜者如轉依果有二一所生得即是四智二所顯得即是涅槃涅槃本有四智修生修生有爲修顯無爲故二不雜法報四句者遮救恐外救云我宗亦有四句何異前融一唯法即在纏法身二唯報即四智菩提三亦法亦報謂真如出纏具諸功德四非法非報所謂應化今言亦有差殊者正揀權也雖有四句染淨時乖法報非一思之依此經宗下二顯實教舉喻四句喻上四句一本有如真金是前第二句二修生如嚴具喻第一句三然由嚴具方顯金德喻第四句修生本有四嚴具無體全攬金成喻第三句此即合初二句成三四句離初二句無三四句三四兩句同在一時更無別體以此細尋權實斯顯五故唯金下結第二句歸初句六唯嚴具亦然結第一句歸第二句此約喻說若望前法但初句爲第二第二句此爲第一耳從既互全收下結歸本宗無礙之相今更以喻總喻二德如修生本在因漸顯於本有在果圓滿於本有非本有理有漸有圓如初生月明雖漸滿而常帶圓月以圓月常在故十五日月徧在初一二三等中則知滿果遍在因位亦令後後常具前前前前常具後後以初一日有二日月乃至十五日月以十五日月即初月故法合可知由此故云修生本有以初圓時先已圓故本有修生以初生時亦已圓故忘懷思之三顯不思議之義泛明有四一理妙難測二事廣難知三行深越世四果用超情今文通四正

辨後一就後一中復開爲四一何者不思議略辨十種一智超世表二悲越常情三無思成事四同染恒淨五所作祕密六業用廣大七多少即入八分圓自在九依正無礙十理事一味文並具之恐繁不引二於何不思議此有四位一過世間二越權小三超因位四顯法自體三云何不思議亦有四種謂非聞思修及報智境故四何用不思議亦有四種謂令信向故起行求故隨分證故圓滿得故前並是宗唯何用爲趣即此宗趣可以釋名一何者下徵不思議法體答謂智悲等二於何下徵不思議人答謂世間等此人不能思議三云何下徵不思議體謂聞思等思不及故四何用下徵不思議意謂如來說法本欲利生今絕言思於物何益答意云令信入故謂欲證入要須心絕動搖言忘戲論耳次正釋文五品分二初品總明佛德後四別顯佛德

古德後二爲平等因果此但三品果法有將此三配體相用後二可然初品有妨有相用故今依賢首初品總顯佛德體用次品別顯勝德之相後品別明勝德用益又初品明德次品明相後品明好後之四品者是疏新意欲將五品答其十問然有三重一此品總明佛德具答十問如下科釋二者一一門中含答十問亦如下釋三者五品廣答十問如下說分之初古德已下敘昔疏且述古便依三品科經

爾時大會中有諸菩薩作是念

今初分四一請分二加分三證分四說分

初中二先明請人

諸佛國土云何不思議諸佛本願云何不思議諸佛種性云何不思議諸佛出現云何不思議諸佛身云何不思議諸佛音聲云何不思議諸佛智慧云何不思議諸佛自在云何

不思議諸佛無礙云何不思議諸佛解脫云何不思議

後諸佛下正顯所念十法皆云不思議即前果用超情離於說相故此十句義並多含皆通真應不得一向就應而辨後諸佛下正顯所念疏文有三一略示法體不得一向下結彈異釋然此十問攝前普光後二十句所成果問謂身攝六根智攝佛境佛地及最勝三問自在攝五一神力二神通三十力四無畏五三昧此並前開此合然此十下對前相攝今當先列第二會初二十句問一如來地二如來境界三如來神力四如來所行五如來十力六如來無畏七如來三昧八如來神通九如來自在十如來無礙十一如來眼十二如來耳十三如來鼻十四如來舌十五如來身十六如來意十七如來辯才十八如來智慧十九如來最勝二十欠光明故唯有十九然句句皆有云何是言經中十句次第可知此中攝彼不依次第對前成三類故一前開此合二前合此開三無開合欲以此少攝彼之多故先明前開此合乃有三句攝前十六句第二前合此開以前二句攝五句第三節彼此一句則此中初合有三次此開有六後此不開有一具足十句彼前初開有十六次合有二後不開合亦一成十九句就初前開中第一身攝六根者身即六中之一兼攝欠光明一句故有七句第二智慧攝三兼能攝智爲四第三自在攝五兼能攝自在爲六故成十六前境界中開出國土所化所依之境故前所行中開出出現本願種性種性即悲智之行本願就因辨行故出現是佛普賢行故出現與行互有寬陿下出現品行是其一故前之無礙此開解脫作用無礙名解脫故所以開合者顯義無方故名多同者顯不異故前境界下第二前合此開中亦有三節而初境界國土無能攝句境界由前智慧已攝竟故故雖三節但有二句境界是所化之境國土是所依之境第二節所行攝二即有能攝然三皆行故言出現與行互有寬狹者遮難恐有難言彼十門出現行是其一如何此行能攝彼耶故以互有寬狹通之如以菩提爲門則菩提之性攝於涅槃若以涅槃爲門則涅槃攝於菩提前之無礙者是

第三節則前但有一此則具於無礙解脫音聲即辯雖無開合名有寬陿義旨大同音聲即辯下第三無閒合前後各一句更爲立圖

◎佛不思議法品初十問。如來名號品二十問。

佛不思議法品初十問	如來名號品二十問
一國土	二如來境
二本願 三種性 四出現	四所行
五身	十一眼 十二耳 十三鼻 十四舌 十五身 十六意 二十光明
六音聲	十七辯才
七智慧	一佛地 十八智慧 十九最勝
八自在	三神力 五十力 六無畏 七三昧 八神通 九自在
九無礙 十解脫	十無礙

此十義相第二會中已釋至下說分重明

爾時世尊知諸菩薩心之所念則以神力加持智慧攝受光明照耀威勢充滿令青蓮華藏菩薩住佛無畏入佛法界獲佛威德神通自在得佛無礙廣大觀察知一切佛種性次第住不可說佛法方便

第二爾時世尊下加分中三初加因神知機故次則以下顯加相三業加故初句總餘句別謂意語身以光即教光故後令青蓮華下加所爲爲具說德故文有八句一外制無畏二內證深寂此意業勝三威德內充四神用外徹此身業勝五具四無礙是語業勝六偏觀機教爲廣大七智性無差爲次第八授記善巧爲方便皆說德也所以加青蓮華藏者果德離言藉因顯故因果同時故性德無染最超勝故一德具

含一切功德故七智性無差者成十九最勝彼欠二十光明行次第本性無差性隨次第而終不易果德離言者此文有四節此對表華之義經宗有因果二分十地已明華引果故二因果下表蓮華義謂有問言是華引果何要蓮華故答云餘華華前果後此華不有則已有則華實雙含又無染故故舉蓮華三又問言蓮華有四何要舉青故疏答云最勝超故智論云水生華勝者即優鉢羅華故四又蓮華一蓮多子表一含一切故此釋藏義

爾時青蓮華藏菩薩則能通達無礙法界則能安住離障深行則能成滿普賢大願則能知見一切佛法以大悲心觀察衆生欲令清淨精進修習無有厭怠受行一切諸菩薩法於一念中出生佛智解了一切無盡智門總持辯才皆悉具足

第三爾時青蓮華下證分十句初四自利次三利他上皆自分後於一念下三句勝進並顯可知

承佛神力告蓮華藏菩薩言

第四承佛下說分分二先承力總告告蓮華藏者非同佛心無以受佛德故亦名蓮華不言青者不礙能說爲最勝故

佛子諸佛世尊有無量住所謂常住大悲住種種身作諸佛事住平等意轉淨法輪住四辯才說無量法住不思議一切佛法住清淨音徧無量土住不可說甚深法界住現一切最勝神通住能開示無有障礙究竟之法

後佛子諸佛下正顯佛德略有二義一總下五品共答十問此品答佛種性佛以功德爲種性故次二品答身次一品答本願後一品答出現其國土問初會已廣餘或經來未盡或前後攝之二者此品具答十問謂佛德無量略顯三十二門門門皆具

十有三百二十德以顯無盡昔以初十標宗略答具答十問所餘唯有別答而超次答前十問今謂三十二門如次答前十問而門門皆含答十欲顯佛德一具一切故亦顯所問能包含故而其標門之名多不同前者爲顯佛德無邊量故文分爲十初二門答國土問第二念念出生下二門答本願問第三不思議境下二門答種性問第四普入下二門答出現問第五離過清淨下五門答身問第六演説下二門答音聲問第七最勝下三門答智慧問第八自在下八門答自在問第九決定下三門答無礙問第十一切智住下三門答解脫問以身及自在含前普光諸問多故用門亦多而文多有三謂標釋結義相至文當顯

今初二門答國土者國土即是所依所住初門明其常住法門後門明其徧住法界不唯國土不在方所爲真土也今初文二初標後釋釋中九句顯於如來應機說法含答十問則十問皆成住處下皆倣之一起應之心答種性問悲爲種性故二演法之身答身問三轉法之意答本願問本願平等利一切故四能轉之辯答音聲問音出辯故五所轉之法答自在自在不思議故六轉音周徧答國土國土是音所至故七所顯之理答智慧智慧能住法界故八能化之通答神通問九演法之益答無礙問文唯九句脫於出現或通前諸句出現皆能作前九故答此十問既爾答初二會類例可知今初下釋文但明記上十問尋文易了或開或合顯義無方

佛子諸佛世尊有十種法普徧無量無邊法界何等爲十所謂一切諸佛有無邊際身色相清淨普入諸趣而無染著一切諸佛有無邊際無障礙眼於一切法悉能明見一切諸佛有無邊際無障礙耳悉能解了一切音聲一切諸佛有無邊際鼻能到諸佛自在彼岸一切諸佛有廣長舌出妙音聲周徧法界一切諸佛有無邊際身應衆生心咸令得見一切諸佛有無邊際意住於無礙平等法身一切諸佛有無邊際無礙解脫示現無盡大神通力一切諸佛有無邊際清淨世界隨衆生樂現衆佛土具足無量種種莊嚴而於其中不生染著一切諸佛有無邊際菩薩行願得圓滿智遊戲自在悉能通達一切佛法佛子是爲如來應正等覺普徧法界無邊際十種佛法

二普徧法界者明其徧住謂六根三業皆徧法界土故標中無量是事法界無邊是理此二無礙及事事無礙法界並爲所徧列中則顯前十皆徧一無邊身含答三問一正答身其普徧諸趣是有悲性及出現義次六是身别相亦是於身兼答普光眼等六問出妙音聲答音聲問第八答三問謂無礙答第九解脫答第十神通力答自在第九别答國土第十答本願及智慧問

佛子諸佛世尊有十種念念出生智何等爲十所謂一切諸佛於一念中悉能示現無量世界從天來下一切諸佛於一念中悉能示現無量世界菩薩受生一切諸佛於一念中悉能示現無量世界出家學道一切諸佛於

一念中悉能示現無量世界菩提樹下成等正覺一切諸佛於一念中悉能示現無量世界轉妙法輪一切諸佛於一念中悉能示現無量世界教化衆生供養諸佛一切諸佛於一念中悉能示現無量世界不可言說種種佛身一切諸佛於一念中悉能示現無量世界種種莊嚴無數莊嚴如來自在一切智藏一切諸佛於一念中悉能示現無量世界無量無數清淨衆生一切諸佛於一念中悉能示現無量世界三世諸佛種種根性種種精進種種行解於三世中成等正覺是爲十

第二念念出生智下二門答本願問此門明乘願現其八相後門明願不失時今初然願以後得智爲體從其願智生八相等非生智也別中一乘願下生二受生種族三學解脫道四明其出現五音聲六化生嚴國七現身八自在相嚴福嚴嚴如來藏故九是無礙十即智慧正徧知故

佛子諸佛世尊有十種不失時何等爲十所謂一切諸佛成等正覺不失時一切諸佛成熟有緣不失時一切諸佛授菩薩記不失時一切諸佛隨衆生心示現神力不失時一切諸佛隨衆生解示現佛身不失時一切諸佛住於大捨不失時一切諸佛入諸聚落不失時一切諸佛攝諸淨信不失時一切諸佛調惡衆生不失時一切諸佛現不思議諸佛神通不失時是爲十

二不失時者行止在緣根熟化現未熟便捨非願不周若機熟失時便違本願別中一出現二成本願有緣三知種性與記四

自在五現身六智住於捨七六根無礙八淨國攝信九强音調惡十即不思議解脱

佛子諸佛世尊有十種無比不思議境界何等爲十所謂一切諸佛一跏趺坐徧滿十方無量世界一切諸佛説一義句悉能開示一切佛法一切諸佛放一光明悉能徧照一切世界一切諸佛於一身中悉能示現一切諸身一切諸佛於一處中悉能示現一切世界一切諸佛於一智中悉能決了一切諸法無所罣礙一切諸佛於一念中悉能徧往十方世界一切諸佛於一念中悉現如來無量威德一切諸佛於一念中普緣三世佛及衆生心無雜亂一切諸佛於一念中與去來今一切諸佛體同無二是爲十

第三不思議境界下二門答種性問此門雙明報應種性皆真正故後門唯明法身種性今初體相超言念故云不思議下位不及故云無比別中一身二音三乘願放光如其本願所得光故四出現五國土六智慧七自在八威德種族九無雜之礙十解脱體同上之五段皆略指陳兼答十問已下恐繁不顯説者隨宜

佛子諸佛世尊能出生十種智何者爲十所謂一切諸佛知一切法無所趣向而能出生迴向願智一切諸佛知一切法皆無有身而能出生清淨身智一切諸佛知一切法本來無二而能出生能覺悟智一切諸佛知一切法無我無衆生而能出生調衆生智一切諸佛知一切法本來無相而能出生了諸相智一切諸佛知一切世界無有成壞而能出生

了成壞智一切諸佛知一切法無有造作而能出生知業果智一切諸佛知一切法無有言說而能出生了言說智一切諸佛知一切法無有染淨而能出生知染淨智一切諸佛知一切法無有生滅而能出生了生滅智是爲十

二出生智者明法身爲種性也從無性中出其智慧非荅智慧故别中十各二句皆上句知性即無性之性爲能生後句出生智用

佛子諸佛世尊有十種普入法何等爲十所謂一切諸佛有淨妙身普入三世一切諸佛皆悉具足三種自在普化衆生一切諸佛皆悉具足諸陀羅尼普能受持一切佛法一切諸佛皆悉具足四種辯才普轉一切清淨法輪一切諸佛皆悉具足平等大悲恒不捨離一切衆生一切諸佛皆悉具足甚深禪定恒普觀察一切衆生一切諸佛皆悉具足利他善根調伏衆生無有休息一切諸佛皆悉具足無所礙心普能安住一切法界一切諸佛皆悉具足無礙神力一念普現三世諸佛一切諸佛皆悉具足無礙智慧一念普立三世劫數是爲十

第四普入下二門荅出現問此門明徧現常現非有出没方爲真現故别中云普現三世諸佛況自身耶又一現即一切現以三世佛無二體故如文殊般若中辨别中云三種自在者即三業化也

佛子諸佛世尊有十種難信受廣大法何等爲十所謂一切諸佛悉能摧滅一切諸魔一

切諸佛悉能降伏一切外道一切諸佛悉能調伏一切衆生咸令歡悅一切諸佛悉能往詣一切世界化導羣品一切諸佛悉能智證甚深法界一切諸佛悉皆能以無二之身現種種身充滿世界一切諸佛悉皆能以清淨音聲起四辯才說法無斷凡有信受功不唐捐一切諸佛皆悉能於一毛孔中出現諸佛與一切世界微塵數等無有斷絕一切諸佛皆悉能於一微塵中示現衆剎與一切世界微塵數等具足種種上妙莊嚴恒於其中轉妙法輪教化衆生而微塵不大世界不小常以證智安住法界一切諸佛皆悉了達清淨法界以智光明破世癡闇令於佛法悉得開曉隨逐如來住十力中是爲十

第二十種廣大法者明出現之相謂大用無涯故云廣大凡小莫測故難信受文顯可知

大方廣佛華嚴經疏鈔會本第四十六之一

音釋

罣礙 罣古賣切礙五溉切罣礙罥也

唐捐 捐與專切唐捐徒棄也

大方廣佛華嚴經疏鈔會本第四十六之二

唐于闐國三藏沙門實叉難陀　譯

唐清涼山大華嚴寺沙門澄觀撰述

佛子諸佛世尊有十種大功德離過清淨何等為十所謂一切諸佛具大威德離過清淨一切諸佛悉於三世如來家生種族調善離過清淨一切諸佛盡未來際心無所住離過清淨一切諸佛於三世法皆無所著離過清淨一切諸佛知種種性皆是一性無所從來離過清淨一切諸佛前際後際福德無盡等於法界離過清淨一切諸佛無邊身相徧十方剎隨時調伏一切衆生離過清淨一切諸佛獲四無畏離諸恐怖於衆會中大師子吼明了分別一切諸法離過清淨一切諸佛於不可說不可說劫入般涅槃衆生聞名獲無量福如佛現在功德無異離過清淨一切諸佛遠在不可說世界中若有衆生一心正念則皆得見離過清淨是為十

第五離過清淨下五門答身問即分為五一此門總顯無過如來三業隨智慧行故三業等事不出於身故別中十句多同出現品身之十相思之別中十句者彼之十相即是十身一普入成益相即威勢身二無心普應相即是化身故云種族調善三平等隨應即菩提身由菩薩智無所住故平等隨應四無著無礙即智身五周遍十方即是法身故云一性六嚴剎益生即福德身七無生潛益即相好莊嚴身八嚴好滿願即是願身願力周法界恒轉妙法輪故九窮盡後際即力持身故彼經中以醫王延壽喻喻佛雖涅槃而不失利樂十圓廻等住即意生身故云心念則現以彼十相十身對今經文一無差異其有難者隨句已釋若依彼次此一即彼三二即彼七三即彼四四即彼二五即彼一六即彼九七即彼五八即彼十九即彼八十即彼六但彼文廣理無二也

佛子諸佛世尊有十種究竟清淨何等為十

所謂一切諸佛往昔大願究竟清淨一切諸佛所持梵行究竟清淨一切諸佛離世衆惑究竟清淨一切諸佛莊嚴國土究竟清淨一切諸佛所有眷屬究竟清淨一切諸佛所有種族究竟清淨一切諸佛色身相好究竟清淨一切諸佛法身無染究竟清淨一切諸佛一切智智無有障礙究竟清淨一切諸佛解脫自在所作已辦到於彼岸究竟清淨是爲十

二究竟清淨明過不生揀異因淨故云究竟惑障諸垢永不起故別中前五功德身淨次三色身次一法身次一智身後一意生等身淨也（後一意生者由言解脫自在故云意生身言等身者等取願身化身等也）

佛子諸佛世尊於一切世界一切時有十種佛事何等爲十一者若有衆生專心憶念則現其前二者若有衆生心不調順則爲說法三者若有衆生能生淨信必令獲得無量善根四者若有衆生能入法位悉皆現證無不了知五者教化衆生無有疲厭六者遊諸佛剎往來無礙七者大悲不捨一切衆生八者現變化身恒不斷絕九者神通自在未嘗休息十者安住法界能徧觀察是爲十

三十種作佛事即明身之業用別中亦多同出現品身相

佛子諸佛世尊有十種無盡智海法何等爲十所謂一切諸佛無邊法身無盡智海法一切諸佛無量佛事無盡智海法一切諸佛佛眼境界無盡智海法一切諸佛無量無數難思善根無盡智海法一切諸佛普雨一切甘

露妙法無盡智海法一切諸佛讃佛功德無盡智海法一切諸佛往昔所修種種願行無盡智海法一切諸佛盡未來際恒作佛事無盡智海法一切諸佛了知一切衆生心行無盡智海法一切諸佛福智莊嚴無能過者無盡智海法是爲十

四無盡智海法者即如來六根三業皆智慧深廣相應故亦別廣智身可知

佛子諸佛世尊有十種常法何等爲十所謂一切諸佛常行一切諸波羅蜜一切諸佛於一切法常離迷惑一切諸佛常具大悲一切諸佛常有十力一切諸佛常轉法輪一切諸佛常爲衆生示成正覺一切諸佛常樂調伏一切衆生一切諸佛心常正念不二之法一切諸佛化衆生已常示入於無餘涅槃諸佛境界無邊際故是爲十

五十種常法者明身中意業恒常用無斷故

佛子諸佛世尊有十種演説無量諸佛法門何等爲十所謂一切諸佛演説無量衆生界門一切諸佛演説無量衆生行門一切諸佛演説無量衆生業果門一切諸佛演説無量化衆生門一切諸佛演説無量淨衆生門一切諸佛演説無量菩薩願門一切諸佛演説無量菩薩行門一切諸佛演説無量一切世界成壞劫門一切諸佛演説無量菩薩深心淨佛刹門一切諸佛演説無量一切世界三世諸佛於彼彼劫次第出現門一切諸佛演説一切諸佛智門是爲十佛子諸佛世尊有十種爲衆生作佛事何等爲十所謂一切諸

佛示現色身爲衆生作佛事一切諸佛出妙音聲爲衆生作佛事一切諸佛有所受爲衆生作佛事一切諸佛無所受爲衆生作佛事一切諸佛以地水火風爲衆生作佛事一切諸佛神力自在示現一切所緣境界爲衆生作佛事一切諸佛種種名號爲衆生作佛事一切諸佛以佛刹境界爲衆生作佛事一切諸佛嚴淨佛刹爲衆生作佛事一切諸佛寂寞無言爲衆生作佛事是爲十

第六演說無量下二門答音聲問此門明以音聲辯說兼答普光辯問後門十種作佛事明種種說法謂六塵四大舉動施爲皆能顯法成益無非佛事非獨音聲如淨名說別中初身二音三四皆智受爲成彼檀故不受令彼倣佛行少欲故又以無所

受受諸受故餘可知

佛子諸佛世尊有十種最勝法何等爲十所謂一切諸佛大願堅固不可沮壞所言必作言無有二一切諸佛爲欲圓滿一切功德盡未來劫修菩薩行不生懈倦一切諸佛爲欲調伏一切衆生故往不可說不可說世界如是而爲一切衆生而無斷絶一切諸佛於信於毁二種衆生大悲普觀平等無異一切諸佛從初發心乃至成佛終不退失菩提之心一切諸佛積集無量諸善功德皆以迴向一切智性於諸世間終無染著一切諸佛於諸佛所修學三業唯行佛行非二乘行皆爲迴向一切智性成於無上正等菩提一切諸佛放大光明其光平等照一切處及照一切諸佛之法令諸菩薩心得清淨滿一切智一切

諸佛捨離世樂不貪不染而普願世間離苦得樂無諸戲論一切諸佛愍諸衆生受種種苦守護佛種行佛境界出離生死遠十力地是爲十

第七最勝法下三門答智慧問初此一門總明權實因果之智兼答普光最勝之問智慧最勝故結云住十力地兼答佛地之問別中四即三念處行餘可思之四即三念者亦云三念住念謂能緣慧處謂不增不減平等之理初一心聽法不憂二一心聽法不喜三常行捨心以法界中滅退相不可得故增進相不可得即涅槃相故如次配之

佛子諸佛世尊有十種無障礙住何等爲十所謂一切諸佛皆能往一切世界無障礙住一切諸佛皆能住一切世界無障礙住一切諸佛皆能於一切世界行住坐卧無障礙住一切諸佛皆能於一切世界演說正法無障礙住一切諸佛皆能於一切世界住兜率天宮無障礙住一切諸佛皆能入法界一切三世無障礙住一切諸佛皆能坐法界一切道場無障礙住一切諸佛皆能念念觀一切衆生心行以三種自在教化調伏無障礙住一切諸佛皆能以一身住無量不思議佛所及一切處利益衆生無障礙住一切諸佛皆能開示無量諸佛所說正法無障礙住是爲十

二無障礙住明智慧離障以智慧所作無礙故一切無礙

佛子諸佛世尊有十種最勝無上莊嚴何等爲十所謂一切諸佛皆悉具足諸相隨好是爲諸佛第一最勝無上身莊嚴一切諸佛皆悉具足六十種音一一音有五百分一一分無量百千清淨之音以爲嚴好能於法界一

切衆中無諸恐怖大師子吼演說如來甚深法義衆生聞者靡不歡喜隨其根欲悉得調伏是爲諸佛第二最勝無上語莊嚴一切諸佛皆具十力諸大三昧十八不共莊嚴意業所行境界通達無礙一切佛法咸得無餘法界莊嚴而爲莊嚴法界衆生心之所行去來現在各各差別於一念中悉能明見是爲諸佛第三最勝無上意莊嚴一切諸佛皆悉能放無數光明一一光明有不可說光明網以爲眷屬普照一切諸佛國土滅除一切世間黑闇示現無量諸佛出興其身平等悉皆清淨所作佛事咸不唐捐能令衆生至不退轉是爲諸佛第四最勝無上光明莊嚴一切諸佛現微笑時皆於口中放百千億那由他阿僧祇光明一一光明各有無量不思議種種色徧照十方一切世界於大衆中發誠實語授無量無數不思議衆生阿耨多羅三藐三菩提記是爲諸佛第五離世癡惑最勝無上現微笑莊嚴一切諸佛皆有法身清淨無礙於一切法究竟通達住於法界無有邊際雖在世間不與世雜了世實性行出世法言語道斷超蘊界處是爲諸佛第六最勝無上法身莊嚴一切諸佛皆有無量常妙光明不可說不可說種種色相以爲嚴好爲光明藏出生無量圓滿光明普照十方無有障礙是爲諸佛第七最勝無上常妙光明莊嚴一切諸佛皆有無邊妙色可愛妙色清淨妙色隨心所現妙色映蔽一切三界妙色到於彼岸無上妙色是爲諸佛第八最勝無上妙色莊嚴一切諸佛皆於三世佛種中生積衆善寶究

竟清淨無諸過失離世譏謗一切法中最爲殊勝清淨妙行之所莊嚴具足成就一切智智種族清淨無能譏毀是爲諸佛第九最勝無上種族莊嚴一切諸佛以大慈力莊嚴其身究竟清淨無諸渴愛身行永息心善解脱見者無厭大悲救護一切世間第一福田無上受者哀愍利益一切衆生悉令增長無量福德智慧之聚是爲諸佛第十最勝無上大慈大悲功德莊嚴是爲十

三十種無上莊嚴即智慧成益由內具智嚴故外具諸嚴標中超下位故最勝上無加故云無上別中十義結名自顯一相好身二圓滿音三以功德嚴意四放光五微笑授記其緣甚衆離世間品亦明六法身中真如出纏故云清淨無礙即法性法身本智返照故於一切法究竟通達即智慧法身智契法界俱無邊際雖在巳下應化法身了世巳下功德法身嚴理智故了世實性成上不雜生下出世行出世法則功德備矣言語道斷即虛空法身亦實相法身體絶百非言亡四句唯證相應故超蘊界處顯是無爲翻有漏蘊成五分法身若翻界處則外六塵亦國土身則十身圓融成真法身矣七即常光八金等妙色九中具真應種三世佛種即真如無性故應種可知十中起必智俱故無渴愛動與道合故身行永息心善解脱成上無愛見者無厭成上行息此皆功德亦無愛見成下大悲既爲第一田故受施之中更無過上

佛子諸佛世尊有十種自在法

第八十自在法下八門答自在問即爲八段初一總明自在兼攝加持初總可知
何等爲十所謂一切諸佛於一切法悉得自在明達種種句身味身演說諸法辯才無礙是爲諸佛第一自在法
别中全同八地之中十種自在但深廣不次耳一法自在論經云無中邊法門示現故
一切諸佛教化衆生未曾失時隨其願樂爲說正法咸令調伏無有斷絶是爲諸佛第二自在法
二心自在無量阿僧祇劫三昧入智故由在三昧觀機故化不失時
一切諸佛能令盡虛空界無量無數種種莊嚴一切世界六種震動令彼世界或舉或下或大或小或合或散未曾惱害於一衆生其中衆生不覺不知無疑無怪是爲諸佛第三自在法
三勝解自在大小淨穢隨解轉變故
一切諸佛以神通力悉能嚴淨一切世界於一念頃普現一切世界莊嚴此諸莊嚴經無數劫說不能盡悉皆離染清淨無比一切佛刹嚴淨之事皆令平等入一刹中是爲諸佛第四自在法
四財自在一切世界無量莊嚴嚴飾住持故
一切諸佛見一衆生應受化者爲其住壽經不可說不可說劫乃至盡未來際結跏趺坐身心無倦專心憶念未曾廢忘方便調伏而不失時如爲一衆生爲一切衆生悉亦如是

是爲諸佛第五自在法

五命自在不可說劫命住持故

一切諸佛悉能徧往一切世界一切如來所行之處而不暫捨一切法界十方各別一一方有無量世界海一一世界海有無量世界種佛以神力一念咸到轉於無礙清淨法輪是爲諸佛第六自在法

六如意自在一切國土中如意變化故

一切諸佛爲欲調伏一切衆生念念中成阿耨多羅三藐三菩提而於一切佛法非已現覺亦非當覺亦不住於有學之地而悉知見通達無礙無量智慧無量自在教化調伏一切衆生是爲諸佛第七自在法

七智自在如來力無畏不共法相好莊嚴三菩提示現故文中生界無邊機熟相續故念念應成而真成在昔故佛於三世非是新覺亦非不覺住在學地又顯雖念念覺離覺相故非三世覺亦離不覺故不住學地又云而悉通達無量智等即十力等

一切諸佛能以眼處作耳處佛事能以耳處作鼻處佛事能以鼻處作舌處佛事能以舌處作身處佛事能以身處作意處佛事能以意處於一切世界中住世出世間種種境界一一境界中能作無量廣大佛事是爲諸佛第八自在法

八業自在六根互用廣大佛事是佛業故然非改轉一根不變本來具故

一切諸佛其身毛孔一一能容一切衆生一一衆生其身悉與不可說諸佛剎等而無迫隘一一衆生步步能過無數世界如是展轉

盡無數劫悉見諸佛出現於世教化衆生轉淨法輪開示過去未來現在不可説法盡虚空界一切衆生諸趣受身威儀往來及其所受種種樂具皆悉具足而於其中無所障礙是爲諸佛第九自在法

九生自在一切世界生示現故

一切諸佛於一念頃現一切世界微塵數佛一一佛皆於一切法界衆妙蓮華廣大莊嚴世界蓮華藏師子座上成等正覺示現諸佛自在神力如於衆妙蓮華廣大莊嚴世界如是於一切法界中不可説不可説種種莊嚴種種境界種種形相種種示現種種劫數清淨世界如於一念如是於無量無邊阿僧祇劫一切念中一念一切現一念無量住而未曾用少方便力是爲諸佛第十自在法

十願自在隨心所欲佛國土時示成三菩提故上來唯三與八取意而釋餘並論經之文其第十自在文有四節一一念現多佛於一類界成佛二如於衆妙下類顯餘界三如於一念下類顯餘念四一念一切現下總結深廣一切現者一念便現法界諸形諸時諸神力故一念無量住者常無現故而不動如來少許方便故云自在

佛子諸佛世尊有十種無量不思議圓滿佛法何等爲十所謂一切諸佛一一淨相皆具百福一切諸佛皆悉成就一切佛法一切諸佛皆悉成就一切善根一切諸佛皆悉成就一切功德一切諸佛皆能教化一切衆生一切諸佛皆悉能爲衆生作主一切諸佛皆悉成就清淨佛刹一切諸佛皆悉成就一切智

智一切諸佛皆悉成就色身相好見者獲益
功不唐捐一切諸佛皆具諸佛平等正法一
切諸佛作佛事已莫不示現入於涅槃是爲
十
第二不思議圓滿佛法者明圓滿自在謂
前十自在八地容有故顯如來十種圓滿
又無一法不自在故方云圓滿别中二即
證成菩提十力等云一切佛法九即具有
法輪教法三通福智故曰善根四唯是福
但云功德餘可思準
佛子諸佛世尊有十種善巧方便
第三善巧方便即於法自在皆權實等無
礙故
何等爲十一切諸佛了知諸法皆離戲論而
能開示諸佛善根是爲第一善巧方便

别中一知實離言絶動揺之戲論而起權
開示善根故爲自在
一切諸佛知一切法悉無所見各不相知無
縛無解無受無集無成就自在究竟到於彼
岸然於諸法真實而知不異不别而得自在
無我無受不壞實際已得至於大自在地常
能觀察一切法界是爲第二善巧方便
二證實無能所見而不礙於法真實知見
無縛無解而至大自在
一切諸佛永離諸相心無所住而能悉知不
亂不錯雖知一切相皆無自性而如其體性
悉能善入而亦示現無量色身及以一切清
淨佛土種種莊嚴無盡之相集智慧燈滅衆
生惑是爲第三善巧方便
三無相知相無性入性亦能示現依正調

生
一切諸佛住於法界不住過去未來現在如如性中無去來今三世相故而能演說去來今世無量諸佛出現世間令其聞者普見一切諸佛境界是爲第四善巧方便
四證眞三際之理而演三際益生
一切諸佛身語意業無所造作無來無去亦無有住離諸數法到於一切諸法彼岸而爲衆法藏具無量智了達種種世出世法智慧無礙示現無量自在神力調伏一切法界衆生是爲第五善巧方便
五三業湛然而包含示現
一切諸佛知一切法不可見非一非異非量非無量非來非去皆無自性亦不違於世間諸法一切智者無自性中見一切法於法自在廣說諸法而常安住眞如實性是爲第六善巧方便
六知非一異而見一切法
一切諸佛於一時中知一切時具淨善根入於正位而無所著於其日月年劫成壞如是等時不住不捨而能示現若晝若夜初中後時一日七日半月一月一年百年一劫多劫不可思劫不可說劫乃至盡於未來際劫恒爲衆生轉妙法輪不斷不退無有休息是爲第七善巧方便
十知時融入故不住不捨而不壞年劫演法無休
一切諸佛恒住法界成就諸佛無量無畏及不可數辯不可量辯無盡辯無斷辯無邊辯不共辯無窮辯眞實辯方便開示一切句辯

一切法辯隨其根性及以欲解以種種法門說不可說不可說百千億那由他修多羅初中後善皆悉究竟是爲第八善巧方便八恒住法界則寂無所住而成就無量無畏十辯演法十辯者一多故二非心測故三隨說一事窮劫不盡故四任放辯才無有間故五觸類成辯故六下位所無故七無能難屈故八皆契事理故九無一句義不能顯故十無有一法不能演故初中後善下明說之德具七善故或開爲十瑜伽八十五云一初善聽聞時生歡喜故二中善修行時無有艱苦遠離二邊依中道行故三後善謂究竟離垢等故今文云皆悉究竟諸經論中更有多釋恐厭繁文餘七經文略無三後善者等字等取及一切究竟離欲爲後邊故法性離垢故

能學者亦離垢故修行究竟得離垢故詳經論者智論云讚布施爲初善讚持戒爲中善讚二果報生天淨土名後善復說聲聞獨覺大乘亦名三善寶愜經云知苦斷集名初善修八正道爲中善證滅名後善是名聲聞初中後善若不捨菩提心不念下乘迴向一切智是名菩薩初中後善等釋曰今疏全依瑜伽故指餘釋餘七者謂略故無非是全無今依瑜伽具出論云四者文巧謂善緝綴名身等故及八語具八語具者一先首二美妙三顯了四易解五樂聞六無依七無違八廣大如瑜伽二十五說五義妙謂能引發利益安樂六純一謂不與外道共故唯佛法有外道所無七圓滿無限量故最尊勝故義豐且勝故名圓滿八清淨謂自性解脫故一剎那自體解脫故或法自體解脫故九鮮白謂相續解脫故設多剎那亦解脫故能學之者亦解脫故十梵行之相謂八聖道支滅諦名梵道諦名行與滅爲因此具八道名梵行相當知此道由純一道等四種妙相之所顯說

一切諸佛住淨法界知一切法本無名字無過去名無現在名無未來名無衆生名無非衆生名無國土名無非國土名無法名無非法名無功德名無非功德名無菩薩名無佛

名無數名無非數名無生名無滅名無有名無無名無一名無種種名何以故諸法體性不可說故一切諸法無方無處不可集說不可散說不可一說不可多說音聲莫逮言語悉斷雖隨世俗種種言說無所攀緣無所造作遠離一切虛妄想著如是究竟到於彼岸是爲第九善巧方便

九離說而說故無想著

一切諸佛知一切法本性寂靜無生故非色無戲論故非受無名數故非想無造作故非行無執取故非識無入處故非處無所得故非界然亦不壞一切諸法本性無起如虛空故一切諸法皆悉空寂無業果無修習無成就無出生非數非不數非有非無非生非滅非垢非淨非入非出非住非不住非調伏非不調伏非衆生非無衆生非壽命非無壽命非因緣非無因緣而能了知正定邪定及不定聚一切衆生爲說妙法令到彼岸成就十力四無所畏能師子吼具一切智住佛境界是爲第十善巧方便

十了寂起用於中先知本寂後而能下不廢起用前中亦二先正顯後然亦下釋成謂色等性無非遣之使無故不壞諸法即空無業等後起用可知

佛子是爲諸佛成就十種善巧方便

大方廣佛華嚴經疏鈔會本第四十六之二

音釋

沮壞 沮慈呂切遏也 壞古賵切毀也

譏謗 譏居依切誹也 謗補曠切毀也

懈倦 懈古隘切懈怠也 倦渠卷切疲倦也

大方廣佛華嚴經疏鈔會本第四十七

唐于闐國三藏沙門實叉難陀　譯

唐清涼山大華嚴寺沙門澄觀撰述

佛子諸佛世尊有十種廣大佛事無量無邊不可思議一切世間諸天及人皆不能知去來現在所有一切聲聞獨覺亦不能知唯除如來威神之力

第四十種廣大佛事明神通自在即答前二會神通問先總標中謂八相等中皆有大用微細相容故以此攝物故名佛事於中先標名無量下顯勝

何等爲十所謂一切諸佛於盡虛空徧法界一切世界兠率陀天皆現受生修菩薩行作大佛事無量色相無量威德無量光明無量音聲無量言辭無量三昧無量智慧所行境界攝取一切人天魔梵沙門婆羅門阿脩羅等大慈無礙大悲究竟平等饒益一切衆生或令生天或令生人或淨其根或調其心或時爲說差別三乘或時爲說圓滿一乘普皆濟度令出生死是爲第一廣大佛事

列中先徵後釋釋中一明上生佛事於中四一别明能攝二攝取下所攝廣多三大慈下能攝殊勝四或令下所攝成益

佛子一切諸佛從兠率天降神母胎以究竟三昧觀受生法如幻如化如影如空如熱時焰隨樂而受無量無礙入無諍法起無著智離欲清淨成就廣大妙莊嚴藏

二降神處胎佛事中先明智德內圓

受最後身住大寶莊嚴樓閣而作佛事或以神力而作佛事或以正念而作佛事或現神

遍而作佛事或現智日而作佛事或現諸佛廣大境界而作佛事或現諸佛無量光明而作佛事或入無數廣大三昧而作佛事或現從彼諸三昧起而作佛事

後受最後下明神遍外用於中先一處一時作佛事

佛子如來爾時在母胎中爲欲利益一切世間種種示現而作佛事所謂或現初生或現童子或現在宮或現出家或復示現成等正覺或復示現轉妙法輪或示現於入般涅槃如是皆以種種方便於一切方一切網一切旋一切種一切世界中而作佛事是爲第二廣大佛事

後佛子如來爾時下總攝時處作佛事此中多處準下瞿波乃至十重此畧舉五皆後後廣前前一一切方者即娑婆與能遶十三刹塵數刹十方無間住故二彼上諸刹復有眷屬刹等圍遶交絡成網故三遶中間海十右旋海故四盡華藏刹海諸刹種故五一切世界者盡法界故

佛子一切諸佛一切善業皆已清淨一切生智皆已明潔而以生法誘導群迷令其開悟具行衆善爲衆生故示誕王宮

三現生處宮佛事分二初無生現生是誕生相

一切諸佛於諸色欲宮殿妓樂皆已捨離無所貪染常觀諸有空無體性一切樂具悉不眞實持佛淨戒究竟圓滿

後一切佛於諸色下無染處染是處王宮相於中四一三學自圓無染是定故

觀諸內宮妻妾侍從生大悲愍觀諸衆生虛妄不實起大慈心觀諸世間無一可樂而生大喜於一切法心得自在而起大捨

二觀諸下四心愍物

具佛功德現生法界身相圓滿眷屬清淨而於一切皆無所著以隨類音爲衆演說令於世法深生猒離如其所行示所得果復以方便隨應教化未成熟者令其成熟已成熟者令得解脫爲作佛事令不退轉復以廣大慈悲之心恒爲衆生說種種法又爲示現三種自在令其開悟心得清淨

三具佛下具德攝益

雖處內宮衆所咸覩而於一切諸世界中施作佛事以大智慧以大精進示現種種諸佛神通無礙無盡恒住三種巧方便業所謂身業究竟清淨語業常隨智慧而行意業甚深無有障礙以是方便利益衆生是爲第三廣大佛事

四雖處下攝益廣深

佛子一切諸佛示處種種莊嚴宮殿觀察猒離捨而出家欲使衆生了知世法皆是妄想無常敗壞深起厭離不生染著永斷世間貪愛煩惱修清淨行利益衆生當出家時捨俗威儀住無諍法滿足本願無量功德以大智光滅世癡闇爲諸世間無上福田常爲衆生讚佛功德令於佛所植諸善本以智慧眼見眞實義復爲衆生讚說出家清淨無過永得出離長爲世間智慧高幢是爲第四廣大佛事

四出家佛事中二先明出家意後當出家

時下明出家相三業二利故

佛子一切諸佛具一切智於無量法悉已知見菩提樹下成最正覺降伏衆魔威德特尊其身充滿一切世界神力所作無邊無盡於一切智所行之義皆得自在修諸功德悉已圓滿其菩提座具足莊嚴周徧十方一切世界佛處其上轉妙法輪說諸菩薩所有行願開示無量諸佛境界令諸菩薩皆得悟入修行種種清淨妙行復能示導一切衆生令種善根生於如來平等地中住諸菩薩無邊妙行成就一切功德勝法一切世界一切衆生一切佛刹一切諸法一切菩薩一切教化一切三世一切調伏一切神變一切衆生心之樂欲悉善了知而作佛事是爲第五廣大佛事

五成道佛事中三初明眞覺舊圓次菩提樹下應身今滿後其菩提下演法益生此頓演華嚴

佛子一切諸佛轉不退法輪令諸菩薩不退轉故轉無量法輪令一切世間咸了知故轉開悟一切法輪能大無畏師子吼故轉一切法智藏法輪開法藏門除闇障故轉無礙法輪等虛空故轉無著法輪觀一切法非有無故轉照世法輪令一切衆生淨法眼故轉開示一切智法輪悉徧一切三世法故轉一切佛同一法輪一切佛法不相違故一切諸佛以如是等無量無數百千億那由他法輪隨諸衆生心行差別而作佛事不可思議是爲第六廣大佛事

六轉法輪佛事中義通權實先列後結列

中一唯菩薩乘通四不退二通五乘世咸了故三開權顯實令悟知見決定有故四通三藏三藏除癡及三障故五唯頓法事理雙絶故六中道法不著二邊故七世諦法淨所知故八唯佛法智徧知故九唯圓法無異味故後一如是下總結即無量乘唯第十輪隨機演故十皆圓融爲不思議佛子一切諸佛入於一切王都城邑爲諸衆生而作佛事所謂人王都邑天王都邑龍王夜叉王乾闥婆王阿修羅王迦樓羅王緊那羅王摩睺羅伽王羅剎王毘舍闍王如是等王一切都邑入城門時大地震動光明普照盲者得眼聾者得耳狂者得心裸者得衣諸憂苦者悉得安樂一切樂器不鼓自鳴諸莊嚴具若著不著咸出妙音衆生聞者無不欣樂一切諸佛色身清淨相好具足見者無猒能爲衆生作於佛事所謂若顧視若觀察若動轉若屈申若行若住若坐若卧若默若語若現神通若爲說法若有教勑如是一切皆爲衆生而作佛事一切諸佛普於一切無數世界種種衆生心樂海中勸令念佛常勤觀察種諸善根修菩薩行歎佛色相微妙第一一切衆生難可值遇若有得見而興信心則生一切無量善法集佛功德普皆清淨如是稱讚佛功德已分身普往十方世界令諸衆生悉得瞻奉思惟觀察承事供養種諸善根得佛歡喜增長佛種悉當成佛以如是行而作佛事或爲衆生示現色身或出妙音或但微笑令其信樂頭頂禮敬曲躬合掌稱揚讚歎問訊起居而作佛事一切諸佛以如是等

無量無數不可言說不可思議種種佛事於一切世界中隨諸衆生心之所樂以本願力大慈悲力一切智力方便教化悉令調伏是爲第七廣大佛事

七威儀佛事於中四一別舉入城益物二一切諸佛色身下通顯威儀益物三一切諸佛昔於下言談示現益物其昔字晉本所無即是現益若言昔者乃是舉因顯果必是晉字四一切諸佛以如是下總結深廣

佛子一切諸佛或住阿蘭若處而作佛事或住寂靜處而作佛事或住空閑處而作佛事或住佛住處而作佛事或住三昧而作佛事或獨處園林而作佛事或隱身不現而作佛事或住甚深智而作佛事或住諸佛無比境界而作佛事或住不可見種種身行隨諸衆生心樂欲解方便教化無有休息而作佛事或以天身求一切智而作佛事或以龍身夜叉身乾闥婆身阿脩羅身迦樓羅身緊那羅身摩睺羅伽人非人等身求一切智而作佛事或以聲聞身獨覺身菩薩身求一切智而作佛事或時說法或時寂默而作佛事或說一佛或說多佛而作佛事或說諸菩薩一切行一切願爲一行願而作佛事或說諸菩薩一行一願爲無量行願而作佛事或說佛境界即世間境界而作佛事或說世間境界即佛境界而作佛事或說佛境界即非境界而作佛事或住一日或住一夜或住半月或住一月或住一年乃至住不可說劫爲諸衆生而作佛事是爲第八廣大佛事

八起行佛事中有四一身心安住行蘭若唯山林寂靜通城邑空閑在無物二或以天身下起應上求行三或時說法下說默下化行四或住一日下時分進修行

佛子一切諸佛是生清淨善根之藏令諸衆生於佛法中生淨信解諸根調伏永離世間令諸菩薩於菩提道具智慧明不由他悟或現涅槃而作佛事或現世間皆悉無常而作佛事或說佛身而作佛事或說所作皆悉已辦而作佛事或說功德圓滿無缺而作佛事或說永斷諸有根本而作佛事或令衆生猒離世間隨順佛心而作佛事或說壽命終歸於盡而作佛事或說世間無一可樂而作佛事或爲宣說盡未來際供養諸佛而作佛事或說諸佛轉淨法輪令其得聞生大歡喜而作佛事或爲宣說諸佛境界令其發心而修諸行而作佛事或爲宣說念佛三昧令其發心常樂見佛而作佛事或爲宣說諸根清淨勤求佛道心無懈退而作佛事或詣一切諸佛國土觀諸境界種種因緣而作佛事或攝一切諸衆生身皆爲佛身令諸懈怠放逸衆生悉住如來清淨禁戒而作佛事是爲第九廣大佛事

九起用佛事中二初顯起用所依以是能生功德藏故二或現涅槃下正明起用

佛子一切諸佛入涅槃時無量衆生悲號涕泣生大憂惱遞相瞻顧而作是言如來世尊有大慈悲哀愍饒益一切世間與諸衆生爲救爲歸如來出現難可值遇無上福田於今永滅即以如是令諸衆生悲號戀慕而作佛

事復爲化度一切天人龍神夜叉乾闥婆阿脩羅迦樓羅緊那羅摩睺羅伽人非人等故隨其樂欲自碎其身以爲舍利無量無數不可思議令諸衆生起淨信心恭敬尊重歡喜供養修諸功德具足圓滿復起於塔種種嚴飾於諸天宮龍宮夜叉宮乾闥婆阿脩羅迦樓羅緊那羅摩睺羅伽人非人等諸宮殿中以爲供養牙齒爪髮咸以起塔令其見者皆悉念佛念法念僧信樂不迴誠敬尊重在在處處布施供養修諸功德以是福故或生天上或處人間種族尊榮財產備足所有眷屬悉皆清淨不入惡趣常生善道恒得見佛具衆白法於三有中速得出離各隨所願獲自乘果於如來所知恩報恩永與世間作所歸依佛子諸佛世尊雖般涅槃仍與衆生作不思議清淨福田無盡功德最上福田令諸衆生善根具足福德圓滿是爲第十廣大佛事

十涅槃佛事別顯用中之一於中三初明涅槃悲戀益次復爲化度下舍利流布益後佛子下總結益滿若配十問一本願二即種性及國土三是無礙四十皆解脫五出現六音聲七身八智慧九自在

佛子此諸佛事無量廣大不可思議一切世間諸天及人及去來今聲聞獨覺皆不能知唯除如來威神所加

三結可知

佛子諸佛世尊有十種無二行自在法何等爲十所謂一切諸佛悉能善說授記言辭決定無二一切諸佛悉能隨順衆生心念令其意滿決定無二一切諸佛悉能現覺一切諸

法演說其義決定無二一切諸佛悉能具足去來今世諸佛智慧決定無二一切諸佛悉知三世一切刹那即一刹那決定無二一切諸佛悉知三世一切佛刹入一佛刹決定無二一切諸佛悉知三世一切佛語即一佛語決定無二一切諸佛悉知三世一切諸佛與其所化一切衆生體性平等決定無二一切諸佛悉知世法及諸佛法性無差別決定無二一切諸佛悉知三世一切諸佛所有善根同一善根決定無二是爲十

第五無二行自在法者明無畏自在兼答普光無畏之問於事明審決定無疑故云無二不畏他難名爲自在別中初四可知次三通二義一以理融相二事事即入次二唯理後一有三義一同性修故二互迴向故三互主伴故

佛子諸佛世尊有十種住住一切法何等爲十所謂一切諸佛住覺悟一切法界一切諸佛住大悲語一切諸佛住本大願一切諸佛住不捨調伏衆生一切諸佛住無自性法一切諸佛住平等利益一切諸佛住無忘失法一切諸佛住無障礙心一切諸佛住恒正定心一切諸佛住等入一切法不違實際相是爲十

第六明住住一切法者明三昧自在兼答普光三昧問如來所住無非三昧故徧住一切文顯可知

佛子諸佛世尊有十種知一切法盡無有餘何等爲十所謂知過去一切法盡無有餘知未來一切法盡無有餘知現在一切法盡無

有餘知一切言語法盡無有餘知一切世間道盡無有餘知一切衆生心盡無有餘知一切菩薩善根上中下種種分位盡無有餘知一切佛圓滿智及諸善根不增不減盡無有餘知一切法皆從緣起盡無有餘知一切世界種盡無有餘知一切法界中如因陀羅網諸差別事盡無有餘是爲十

第七知一切法盡無有餘者明十力自在兼答普光十力之問十力智慧照境無遺故亦顯可知

佛子諸佛世尊有十種力何等爲十所謂廣大力最上力無量力大威德力難獲力不退力堅固力不可壞力一切世間不思議力一切衆生無能動力是爲十佛子諸佛世尊有十種大那羅延幢勇健法

第八廣大力者明神力自在亦答普光十力之問文中亦三初標次何者下徵釋三結令初十力是別名大那羅延等是總稱故下列中但依總名是則標中十力一一徧下別中別中十門一一具前標中十力則成十門

古德將標中十力次第配下十勇健法謂初爲廣大力等則令別中一門不攝前十不成百門亦令餘門無廣大義初門無最上等說欲從勝配者應逆次配之亦令餘門者以廣大爲初門故言初門無最上等者初門唯有廣大故無餘九最上在初略舉其一等於下八設欲下五遮救謂彼救云雖則互有何方從多立名故今答云從多可爾不應順次以逆次配與文相順故下釋文一一從多逆次名釋然總名那羅延幢者卽帝釋力士之名十中一廣大者周法界故二最上者無加過故三無分量故四可敬畏故

五唯佛得故六作無屈故七當體堅故八緣不壞故九超言念故十不可揺故何者爲十所謂一切諸佛身不可壞命不可斷世間毒藥所不能中一切世界水火風災皆於佛身不能爲害一切諸魔天龍夜叉乾闥婆阿脩羅迦樓羅緊那羅摩睺羅伽人非人毘舍闍羅刹等盡其勢力雨大金剛如須彌山及鐵圍山徧於三千大千世界一時倶下不能令佛心有驚怖乃至一毛亦不揺動行住坐卧初無變易佛所住處四方遠近不令其下則不能雨假使不制而從雨之終不爲損若有衆生爲佛所持及佛所使尚不可害況如來身是爲諸佛第一大那羅延幢勇健法

次徵釋中第一身命不可壞力今逆次配此即不可動力乃至一毛不揺動故文中二先正明不可動壞謂情非情境倶不能壞後若有衆生下舉況顯勝如令者婆入火取子入獄問罪等如令者婆入火者現相已引入獄問罪即報恩經第四令阿難往阿鼻地獄問調達云汝今受罪云何調達答云如第三禪樂今取入中問罪若不能害耳

佛子一切諸佛以一切法界諸世界中須彌山王及鐵圍山大鐵圍山大海山林宮殿屋宅置一毛孔盡未來劫而諸衆生不覺不知唯除如來神力所被佛子爾時諸佛於一毛孔持於爾所一切世界盡未來劫或行或住或坐或卧不生一念勞倦之心佛子譬如虛空普持一切徧法界中所有世界而無勞倦一切諸佛於一毛孔持諸世界亦復如是是爲諸佛第二大那羅延幢勇健法

第二毛孔容持力即是不可思而諸衆生不覺知矣

佛子一切諸佛能於一念起不可說不可說世界微塵數步一一步過不可說不可說佛刹微塵數國土如是而行經一切世界微塵數劫佛子假使有一大金剛山與上所經一切佛刹其量正等如是量等大金剛山有不可說不可說佛刹微塵數諸佛能以如是諸山置一毛孔佛身毛孔與法界中一切衆生毛孔數等一一毛孔悉置爾許大金剛山持爾許山遊行十方入盡虛空一切世界從於前際盡未來際一切諸劫無有休息佛身無損亦不勞倦心常在定無有散亂是爲諸佛第三大那羅延幢勇健法

第三毛持大山力即當不壞以雖持多大山身心無勞損故文中速行廣步多劫行刹爲一山之量此山已無邊矣況有多山在於一毛況復多毛窮劫持住實難思之境矣

佛子一切諸佛一座食已結跏趺坐經前後際不可說劫入佛所受不思議樂其身安住寂然不動亦不廢捨化衆生事佛子假使有人於徧虛空一一世界悉以毛端次第度量諸佛能於一毛端處結跏趺坐盡未來劫如一毛端處一切毛端處悉亦如是佛子假使十方一切世界所有衆生一一衆生其身大小悉與不可說佛刹微塵數世界量等輕重亦爾諸佛能以爾所衆生置一指端盡於後際所有諸劫一切指端皆亦如是盡持爾許一切衆生入徧虛空一一世界盡於法界悉

使無餘而佛身心曾無勞倦是爲諸佛第四大那羅延幢勇健法

第四定用自在力即是堅固定力安住故佛子一切諸佛能於一身化現不可說不可說佛刹微塵數頭一一頭化現不可說不可說佛刹微塵數舌一一舌化出不可說不可說佛刹微塵數差別音聲法界衆生靡不皆聞一一音聲演不可說不可說佛刹微塵數修多羅藏一一修多羅藏演不可說不可說佛刹微塵數法一一法有不可說不可說佛刹微塵數文字句義如是演說盡不可說不可說佛刹微塵數劫盡是劫已復更演說盡不可說不可說佛刹微塵數劫如是次第乃至盡於一切世界微塵數盡一切衆生心念數未來際劫猶可窮盡如來化身所轉法輪無有窮盡所謂智慧演說法輪斷諸疑惑法輪照一切法法輪開無礙藏法輪令無量衆生歡喜調伏法輪開示一切諸菩薩行法輪高升圓滿大智慧日法輪普然照世智慧明燈法輪辯才無畏種種莊嚴法輪如一佛身以神通力轉如是等差別法輪一切世法無能爲喻如是盡虛空界一一毛端分量之處有不可說不可說佛刹微塵數世界一一世界中念念現不可說不可說佛刹微塵數化身一一化身皆亦如是所說音聲文字句義一一充滿一切法界其中衆生皆得解了而佛言音無變無斷無有窮盡是爲諸佛第五大那羅延幢勇健法

第五常徧演法力此即不退言音無變無斷盡故文中二初明一身轉後如一佛下

明多身轉前中三初顯所說多次如是演說下明所說常後所謂下示所說體後多身可知是則常恒之說前後無涯生盲之徒對而莫覩隨所感見說有始終

佛子一切諸佛皆以德相莊嚴胷臆猶若金剛不可損壞菩提樹下結跏趺坐魔王軍衆其數無邊種種異形甚可怖畏衆生見者靡不驚懾悉發狂亂或時致死如是魔衆徧滿虛空如來見之心無恐怖容色不變一毛不竪不動不亂無所分別離諸喜怒寂然清淨住佛所住具慈悲力諸根調伏心無所畏非諸魔衆所能傾動而能摧伏一切魔軍皆使迴心稽首歸依然後復以三輪教化令其悉發阿耨多羅三藐三菩提意永不退轉是爲諸佛第六大那羅延幢勇健法

第六德相降魔力即當難獲然十皆難獲世多魔惑偏立難獲之名

佛子一切諸佛有無礙音其音普徧十方世界衆生聞者自然調伏彼諸如來所出音聲須彌盧等一切諸山不能爲障天宮龍宮夜叉宮乾闥婆阿脩羅迦樓羅緊那羅摩睺羅伽人非人等一切諸宮所不能障一切世界高大音聲亦不能障隨所應化一切衆生靡不皆聞文字句義悉得解了是爲諸佛第七大那羅延幢勇健法

第七圓音徧徹力即是威德聞皆調伏故

佛子一切諸佛心無障礙於百千億那由他不可說不可說劫恒善清淨去來現在一切諸佛同一體性無濁無翳無我無我所非內非外了境空寂不生妄想無所依無所作不

住諸相永斷分別本性清淨捨離一切攀緣憶念於一切法常無違諍住於實際離欲清淨入眞法界演説無盡離量非量所有妄想絕爲無爲一切言説於不可説無邊境界悉已通達無礙無盡智慧方便成就十力一切功德莊嚴清淨演説種種無量諸法皆與實相不相違背於諸法界三世諸法悉等無異究竟自在入一切法最勝之藏一切法門正念不惑安住十方一切佛剎而無動轉得不斷智知一切法究竟無餘盡諸有漏心善解脱慧善解脱住於實際通達無礙心常正定於三世法及以一切衆生心行一念了達皆無障礙是爲諸佛第八大那羅延幢勇健法

第八心無障礙力即無量力離量非量故初無塵惑障礙後於不可説下起用無障礙心善解脱者由三種相一於諸行徧了知故二於彼相應諸煩惱斷得作證故三煩惱斷已於一切處離愛住故心善解脱者瑜伽八十五説

佛子一切諸佛同一法身境界無量身功德無邊身世間無盡身三界不染身隨念示現身非實非虛平等清淨身無來無去無爲不壞身一相無相法自性身無處無方徧一切身神變自在無邊色相身種種示現普入一切身妙法方便身智藏普照身示法平等身普徧法界身無動無分別非有非無常清淨身非方便非不方便非滅非不滅隨所應化一切衆生種種信解而示現身從一切功德寶所生身具一切諸佛法眞如身本性寂靜無障礙身成就一切無礙法身徧住一切清

淨法界身分形普徧一切世間身無攀緣無退轉永解脱具一切智普了達身是爲諸佛第九大那羅延幢勇健法

第九法身微密力即是最上此總收前八後一更無加故文列二十五身或即應之眞即眞之應即性之相即理之智十身圓融同一法界之身不可配於報化故云最上微密

佛子一切諸佛等悟一切諸如來法等修一切諸菩薩行若願若智清淨平等猶如大海悉得滿足行力尊勝未曾退怯住諸三昧無量境界示一切道勸善誡惡智力第一演法無畏隨有所問悉能善荅智慧説法平等清淨身語意行悉皆無雜住佛所住諸佛種性以佛智慧而作佛事住一切智演無量法無有根本無有邊際神通智慧不可思議一切世間無能解了智慧深入見一切法微妙廣大無量無邊三世法門咸善通達一切世界悉能開曉以出世智於諸世間作不可説種種佛事成不退智入諸佛數雖已證得不可言説離文字法而能開示種種言辭以普賢智集諸善行成就一念相應妙慧於一切法悉能覺了如先所念一切衆生皆依自乘而施其法一切諸法一切世界一切衆生一切三世於法界内如是境界其量無邊以無礙智悉能知見佛子一切諸佛於一念頃隨所應化出興於世住清淨土成等正覺現神通力開悟三世一切衆生心意及識不失於時佛子衆生無邊世界無邊法界無邊三世無邊諸佛最勝亦無有邊悉現於中成等正覺

以佛智慧方便開悟無有休息佛子一切諸佛以神通力現最妙身住無邊處大悲方便心無障礙於一切時常爲衆生演説妙法是爲諸佛第十大那羅延幢勇健法

第十具足行智力即是廣大力因行如海果智普周五無邊界大用無涯故文中四一萬行圓淨二住佛所住下智用圓周三雖已證下動寂自在四佛子一切諸佛下用無涯畔上之十力不出三業可以思準

佛子此一切諸佛大那羅延幢勇健法無量無邊不可思議去來現在一切衆生及以二乘不能解了唯除如來神力所加

第三佛子此一切下總結可知

佛子諸佛世尊有十種決定法何等爲十所謂一切諸佛定從兜率壽盡下生一切諸佛定示受生處胎十月一切諸佛定厭世俗樂求出家一切諸佛決定坐於菩提樹下成等正覺悟諸佛法一切諸佛定於一念悟一切法一切世界示現神力一切諸佛定能應時轉妙法輪一切諸佛定能隨彼所種善根應時説法而爲授記一切諸佛定能應時爲作佛事一切諸佛定能爲諸成就菩薩而授記莂一切諸佛定能一念普荅一切衆生所問是爲十

第九決定法下三門答無礙問一明所作決定無能爲礙此約一類世界故云決定於異類界未必定然又約佛定能爲故云決定耳

佛子諸佛世尊有十種速疾法何等爲十所謂一切諸佛若有見者速得遠離一切惡趣

一切諸佛若有見者速得圓滿殊勝功德一切諸佛若有見者速能成就廣大善根一切諸佛若有見者速得往生淨妙天上一切諸佛若有見者速能除斷一切疑惑一切諸佛若已發菩提心而得見者速得成就廣大信解永不退轉能隨所應教化衆生若未發心即能速發阿耨多羅三藐三菩提心一切諸佛若未入正位而得見者速入正位一切諸佛若有見者速能清淨世出世間一切諸根一切諸佛若有見者速得除滅一切障礙一切諸佛若有見者速能獲得無畏辯才是爲十

二速疾法者明令他無礙如如意寶見速獲益而薄福不覩十句五對一離惡趣圓勝德二成善因感樂果三除疑惑滿大心四始入位終清淨五淨二礙具四辯

佛子諸佛世尊有十種應常憶念清淨法何等爲十所謂一切諸佛過去因緣一切菩薩應常憶念一切諸佛清淨勝行一切菩薩應常憶念一切諸佛滿足諸度一切菩薩應常憶念一切諸佛成就大願一切菩薩應常憶念一切諸佛積集善根一切菩薩應常憶念一切諸佛已具梵行一切菩薩應常憶念一切諸佛現成正覺一切菩薩應常憶念一切諸佛色身無量一切菩薩應常憶念一切諸佛神通無量一切菩薩應常憶念一切諸佛十力無畏一切菩薩應常憶念是爲十

三應憶念清淨者舉佛無二礙勸物念持

佛子諸佛世尊有十種一切智住何等爲十所謂一切諸佛於一念中悉知三世一切衆

生心心所行一切諸佛於一念中悉知三世一切衆生所集諸業及業果報一切諸佛於一念中悉知一切衆生所宜以三種輪教化調伏一切諸佛於一念中盡知法界一切衆生所有心相於一切處普現佛興令其得見方便攝受一切諸佛於一念中普隨法界一切衆生心樂欲解示現說法令其調伏一切諸佛於一念中悉知法界一切衆生心之所樂爲現神力一切諸佛於一念中徧一切處隨所應化一切衆生示現出興爲說佛身不可取著一切諸佛於一念中普至法界一切處一切衆生彼彼諸道一切諸佛於一念中隨諸衆生有憶念者在在處處無不徃應一切諸佛於一念中悉知一切衆生解欲爲其示現無量色相是爲十佛子諸佛世尊有十

種無量不可思議佛三昧何等爲十所謂一切諸佛恒在正定於一念中徧一切處普爲衆生廣說妙法一切諸佛恒在正定於一念中徧一切處普爲衆生說無我際一切諸佛恒住正定於一念中徧一切處普入三世一切諸佛恒在正定於一念中徧一切處普入十方廣大佛刹一切諸佛恒在正定於一念中徧一切處普現無量種種佛身一切諸佛恒在正定於一念中徧一切處隨諸衆生種種心解現身語意一切諸佛恒在正定於一念中徧一切處說一切法離欲眞際一切諸佛恒住正定於一念中徧一切處演說一切緣起自性一切諸佛恒住正定於一念中徧一切處示現無量世出世間廣大莊嚴令諸衆生常得見佛一切諸佛恒住正定於一念

中徧一切處令諸衆生悉得通達一切佛法無量解脱究竟到於無上彼岸是爲十佛子諸佛世尊有十種無礙解脱何等爲十所謂一切諸佛能於一塵現不可說不可說諸佛出興於世一切諸佛能於一塵現不可說不可說諸佛轉淨法輪一切諸佛能於一塵現不可說不可說衆生受化調伏一切諸佛能於一塵現不可說不可說諸佛國土一切諸佛能於一塵現不可說不可說菩薩授記一切諸佛能於一塵現去來今一切諸佛一切諸佛能於一塵現去來今諸世界種一切諸佛能於一塵現去來今一切神通一切諸佛能於一塵現去來今一切衆生一切諸佛能於一塵現去來今一切佛事是爲十

第十一切智住下三門答解脱問初門明

智障解脱智安事理故名爲住由離障故一切能知二無量不思議三昧者明定障解脱由離障故用廣爲無量體深不可思議故十種之中各先明在定後一念徧用三無礙解脱者明業用解脱智論云菩薩有不思議解脱諸佛有無礙解脱所作無障脱拘礙故故各於一塵頓爲微細作用若别答十問者一答出現二音聲三本願願化盡故四國土五即智慧能授菩薩之記六佛身七即種性云世界種入世化物之種應非世界海中之種以前有國土竟故八自在九是無礙利生無礙故十即解脱無不爲故既隨一門皆答十問則包含該攝是以名不思議然文少結束似經來未盡或顯佛德無盡故相海等猶答前問

故

大方廣佛華嚴經疏鈔會本第四十七

音釋

盲 莫耕切目無童子也 聾 盧紅切耳聵也 裸 郎果切赤體也 胷臆 臆於力切胷肉也 懾 之涉切怖也 記莂 莂必列切記莂謂授將來成佛之記劫國名號之莂也